Diogenes Tasche

Werkausgabe in fünf Bänden
Band III

Theodor Fontane

Irrungen Wirrungen

Frau Jenny Treibel

*Herausgegeben
und mit Anmerkungen
von Hans-Heinrich Reuter
Mit einem Nachwort
von Otto Brahm*

Diogenes

Diese Ausgabe erschien erstmals 1964
im Aufbau-Verlag, Berlin
Das Nachwort von Otto Brahm
erschien erstmals am 20. April 1888
in der ›Frankfurter Zeitung‹.
Umschlagillustration: Adolf Menzel,
›Nachmittag im Tuileriengarten‹
(Ausschnitt)

Veröffentlicht als Diogenes Taschenbuch, 1983
Lizenzausgabe mit freundlicher Genehmigung
des Aufbau-Verlags, Berlin und Weimar
Alle Rechte vorbehalten
Copyright © 1964 by
Aufbau-Verlag, Berlin
80/91/36/3
ISBN 3 257 21076 0

IRRUNGEN WIRRUNGEN

An dem Schnittpunkte von Kurfürstendamm und Kurfürstenstraße, schräg gegenüber dem „Zoologischen", befand sich in der Mitte der siebziger Jahre noch eine große, feldeinwärts sich erstreckende Gärtnerei, deren kleines, dreifenstriges, in einem Vorgärtchen um etwa hundert Schritte zurück gelegenes Wohnhaus trotz aller Kleinheit und Zurückgezogenheit von der vorübergehenden Straße her sehr wohl erkannt werden konnte. Was aber sonst noch zu dem Gesamtgewese der Gärtnerei gehörte, ja die recht eigentliche Hauptsache derselben ausmachte, war durch eben dies kleine Wohnhaus wie durch eine Kulisse versteckt, und nur ein rot und grün gestrichenes Holztürmchen mit einem halb weggebrochenen Zifferblatt unter der Turmspitze (von Uhr selbst keine Rede) ließ vermuten, daß hinter dieser Kulisse noch etwas anderes verborgen sein müsse, welche Vermutung denn auch in einer von Zeit zu Zeit aufsteigenden, das Türmchen umschwärmenden Taubenschar und mehr noch in einem gelegentlichen Hundegeblaff ihre Bestätigung fand. Wo dieser Hund eigentlich steckte, das entzog sich freilich der Wahrnehmung, trotzdem die hart an der linken Ecke gelegene, von früh bis spät aufstehende Haustür einen Blick auf ein Stückchen Hofraum gestattete. Überhaupt schien sich nichts mit Absicht verbergen zu wollen, und doch mußte jeder, der zu Beginn unserer Erzählung des Weges kam, sich an dem Anblick des dreifenstrigen Häuschens und einiger im Vorgarten stehender Obstbäume genügen lassen.

Es war die Woche nach Pfingsten, die Zeit der langen Tage, deren blendendes Licht mitunter kein Ende nehmen wollte. Heute aber stand die Sonne schon hinter dem Wilmersdorfer Kirchturm, und statt der Strahlen, die sie den ganzen Tag über herabgeschickt hatte, lagen bereits abendliche Schatten in dem Vorgarten, dessen halb märchenhafte Stille nur noch von der Stille des von der alten Frau Nimptsch und ihrer Pflegetochter Lene mietweise bewohnten Häuschens übertroffen wurde. Frau Nimptsch selbst aber saß wie gewöhnlich an

dem großen, kaum fußhohen Herd ihres die ganze Hausfront
einnehmenden Vorderzimmers und sah, hockend und vorge-
beugt, auf einen rußigen alten Teekessel, dessen Deckel, trotzdem der Wrasen auch vorn aus der Tülle quoll, beständig
hin und her klapperte. Dabei hielt die Alte beide Hände
gegen die Glut und war so versunken in ihre Betrachtungen
und Träumereien, daß sie nicht hörte, wie die nach dem Flur
hinausführende Tür aufging und eine robuste Frauensperson
ziemlich geräuschvoll eintrat. Erst als diese letztre sich geräus-
pert und ihre Freundin und Nachbarin, eben unsre Frau
Nimptsch, mit einer gewissen Herzlichkeit bei Namen genannt hatte, wandte sich diese nach rückwärts und sagte nun
auch ihrerseits freundlich und mit einem Anfluge von Schelmerei: „Na, das is recht, liebe Frau Dörr, daß Sie mal wieder
rüberkommen. Und noch dazu vons ,Schloß‘. Denn ein Schloß
is es und bleibt es. Hat ja ’nen Turm. Un nu setzen Sie sich . . .
Ihren lieben Mann hab ich eben weggehen sehen. Und muß
auch. Is ja heute sein Kegelabend.“
Die so freundlich als Frau Dörr Begrüßte war nicht bloß eine
robuste, sondern vor allem auch eine sehr stattlich aussehende
Frau, die, neben dem Eindruck des Gütigen und Zuverlässigen, zugleich den einer besonderen Beschränktheit machte.
Die Nimptsch indessen nahm sichtlich keinen Anstoß daran
und wiederholte nur: „Ja, sein Kegelabend. Aber, was ich
sagen wollte, liebe Frau Dörr, mit Dörren seinem Hut, das
geht nicht mehr. Der is ja schon fuchsblank und eigentlich
schimpfierlich. Sie müssen ihn ihm wegnehmen und einen
andern hinstellen. Vielleicht merkt er es nich . . . Un nu rük-
ken Sie ran hier, liebe Frau Dörr, oder lieber da drüben auf
die Hutsche . . . Lene, na, Sie wissen ja, is ausgeflogen un hat
mich mal wieder in Stich gelassen.“
„Er war woll hier?“
„Freilich war er. Und beide sind nu ein bißchen auf Wilmersdorf zu; den Fußweg lang, da kommt keiner. Aber jeden
Augenblick können sie wieder hier sein.“
„Na, da will ich doch lieber gehn.“

„O nich doch, liebe Frau Dörr. Er bleibt ja nich. Und wenn er auch bliebe, Sie wissen ja, der is nich so."

„Weiß, weiß. Und wie steht es denn?"

„Ja, wie soll es stehn? Ich glaube, sie denkt so was, wenn sie's auch nich wahrhaben will, und bildet sich was ein."

„O du meine Güte", sagte Frau Dörr, während sie, statt der ihr angebotenen Fußbank, einen etwas höheren Schemel heranschob. „O du meine Güte, denn is es schlimm. Immer wenn das Einbilden anfängt, fängt auch das Schlimme an. Das is wie Amen in der Kirche. Sehen Sie, liebe Frau Nimptsch, mit mir war es ja eigentlich ebenso, man bloß nichts von Einbildung. Und bloß darum war es auch wieder ganz anders."

Frau Nimptsch verstand augenscheinlich nicht recht, was die Dörr meinte, weshalb diese fortfuhr: „Und weil ich mir nie was in 'n Kopp setzte, darum ging es immer ganz glatt und gut, und ich habe nu Dörren. Na, viel is es nich, aber es is doch was Anständiges, und man kann sich überall sehen lassen. Und drum bin ich auch in die Kirche mit ihm gefahren und nicht bloß Standesamt. Bei Standesamt reden sie immer noch." Die Nimptsch nickte.

Frau Dörr aber wiederholte: „Ja, in die Kirche, in die Matthäikirche un bei Büchseln. Aber, was ich eigentlich sagen wollte, sehen Sie, liebe Frau Nimptsch, ich war ja woll eigentlich größer und anziehlicher als die Lene, un wenn ich auch nicht hübscher war (denn so was kann man nie recht wissen, und die Geschmäcker sind so verschieden), so war ich doch so mehr im Vollen, un das mögen manche. Ja, soviel is richtig. Aber wenn ich auch sozusagen fester war und mehr im Gewicht fiel und so was hatte, nu ja, ich hatte so was, so war ich doch immer man ganz einfach un beinah simpel, un was nu er war, mein Graf, mit seine Fuffzig auf 'm Puckel, na, der war auch man ganz simpel und bloß immer kreuzfidel un unanständig. Und da reichen ja keine hundertmal, daß ich ihm gesagt habe: ‚Ne, ne, Graf, *das* geht nicht, *so* was verbitt ich mir . . .‘ Und immer die Alten sind so. Und ich sage bloß, liebe Frau Nimptsch, Sie können sich so was gar nicht den-

ken. Gräßlich war es. Und wenn ich mir nu der Lene ihren
Baron ansehe, denn schämt es mir immer noch, wenn ich
denke, wie meiner war. Un nu gar erst die Lene selber. Jott,
ein Engel is sie woll grade auch nich, aber propper und fleißig un kann alles und is für Ordnung un fürs Reelle. Und
sehen Sie, liebe Frau Nimptsch, das is grade das Traurige.
Was da so rumfliegt, heute hier un morgen da, na, das kommt
nich um, das fällt wie die Katz immer wieder auf die vier
Beine, aber so'n gutes Kind, das alles ernsthaft nimmt und
alles aus Liebe tut, *das* is schlimm ... Oder vielleicht is es
auch nich so schlimm; Sie haben sie ja bloß angenommen un
is nich Ihr eigen Fleisch und Blut, un vielleicht is es eine Prinzessin oder so was."
Frau Nimptsch schüttelte bei dieser Vermutung den Kopf und
schien antworten zu wollen. Aber die Dörr war schon aufgestanden und sagte, während sie den Gartensteig hinunter-
sah: „Gott, da kommen sie. Und bloß in Zivil, un Rock un
Hose ganz egal. Aber man sieht es doch! Und nu sagt er ihr
was ins Ohr, und sie lacht so vor sich hin. Aber ganz rot is sie
geworden ... Und nu geht er. Und nu ... wahrhaftig, ich
glaube, er dreht noch mal um. Nei, nei, er grüßt bloß noch
mal, und sie wirft ihm Kußfinger zu ... Ja, das glaub ich; so
was laß ich mir gefallen ... Nei, so war meiner nich."
Frau Dörr sprach noch weiter, bis Lene kam und die beiden
Frauen begrüßte.

ZWEITES KAPITEL

Andern Vormittags schien die schon ziemlich hoch stehende
Sonne auf den Hof der Dörrschen Gärtnerei und beleuchtete
hier eine Welt von Baulichkeiten, unter denen auch das
„Schloß" war, von dem Frau Nimptsch am Abend vorher mit
einem Anfluge von Spott und Schelmerei gesprochen hatte.
Ja, dies „Schloß"! In der Dämmerung hätt es bei seinen großen Umrissen wirklich für etwas Derartiges gelten können,

heute aber, in unerbittlich heller Beleuchtung daliegend, sah
man nur zu deutlich, daß der ganze bis hoch hinauf mit gotischen Fenstern bemalte Bau nichts als ein jämmerlicher Holzkasten war, in dessen beide Giebelwände man ein Stück Fach-
werk mit Stroh- und Lehmfüllung eingesetzt hatte, welchem
vergleichsweise soliden Einsatze zwei Giebelstuben entspra-
chen. Alles andere war bloß Steindiele, von der aus ein Ge-
wirr von Leitern zunächst auf einen Boden und von diesem
höher hinauf in das als Taubenhaus dienende Türmchen
führte. Früher, in Vor-Dörrscher Zeit, hatte der ganze riesige
Holzkasten als bloße Remise zur Aufbewahrung von Bohnen-
stangen und Gießkannen, vielleicht auch als Kartoffelkeller
gedient, seit aber, vor soundso vielen Jahren, die Gärtnerei
von ihrem gegenwärtigen Besitzer gekauft worden war, war
das eigentliche Wohnhaus an Frau Nimptsch vermietet und
der gotisch bemalte Kasten, unter Einfügung der schon er-
wähnten zwei Giebelstuben, zum Aufenthalt für den damals
verwitweten Dörr hergerichtet worden, eine höchst primitive
Herrichtung, an der seine bald danach erfolgende Wieder-
verheiratung nichts geändert hatte. Sommers war diese beinahe fensterlose Remise mit ihren Steinfliesen und ihrer Kühle
kein übler Aufenthalt, um die Winterszeit aber hätten Dörr
und Frau, samt einem aus erster Ehe stammenden zwan-
zigjährigen, etwas geistesschwachen Sohn, einfach erfrieren
müssen, wenn nicht die beiden großen, an der anderen Seite
des Hofes gelegenen Treibhäuser gewesen wären. In diesen
verbrachten alle drei Dörrs die Zeit von November bis März
ausschließlich, aber auch in der besseren und sogar in der
heißen Jahreszeit spielte sich das Leben der Familie, wenn
man nicht gerade vor der Sonne Zuflucht suchte, zu großem
Teile vor und in diesen Treibhäusern ab, weil hier alles am
bequemsten lag: hier standen die Treppchen und Estraden,
auf denen die jeden Morgen aus den Treibhäusern hervor-
geholten Blumen ihre frische Luft schöpfen durften, hier war
der Stall mit Kuh und Ziege, hier die Hütte mit dem Zieh-
hund, und von hier aus erstreckte sich auch das wohl fünfzig

Schritt lange Doppelmistbeet, mit einem schmalen Gang dazwischen, bis an den großen, weiter zurück gelegenen Gemüsegarten. In diesem sah es nicht sonderlich ordentlich aus, einmal weil Dörr keinen Sinn für Ordnung, außerdem aber eine so große Hühnerpassion hatte, daß er diesen seinen Lieblingen ohne Rücksicht auf den Schaden, den sie stifteten, überall umherzupicken gestattete. Groß war freilich dieser Schaden nie, da seiner Gärtnerei, die Spargelanlagen abgerechnet, alles Feinere fehlte. Dörr hielt das Gewöhnlichste zugleich für das Vorteilhafteste, zog deshalb Majoran und andere Wurstkräuter, besonders aber Porree, hinsichtlich dessen er der Ansicht lebte, daß der richtige Berliner überhaupt nur drei Dinge brauche: eine Weiße, einen Gilka und Porree. „Bei Porree", schloß er dann regelmäßig, „ist noch keiner zu kurz gekommen." Er war überhaupt ein Original, von ganz selbständigen Anschauungen und einer entschiedenen Gleichgültigkeit gegen das, was über ihn gesagt wurde. Dem entsprach denn auch seine zweite Heirat, eine Neigungsheirat, bei der die Vorstellung von einer besonderen Schönheit seiner Frau mitgewirkt und ihr früheres Verhältnis zu dem Grafen, statt ihr schädlich zu sein, gerade umgekehrt den Ausschlag zum Guten hin gegeben und einfach den Vollbeweis ihrer Unwiderstehlichkeit erbracht hatte. Wenn sich dabei mit gutem Grunde von Überschätzung sprechen ließ, so doch freilich nicht von seiten Dörrs in Person, für den die Natur, soweit Äußerlichkeiten in Betracht kamen, ganz ungewöhnlich wenig getan hatte. Mager, mittelgroß und mit fünf grauen Haarsträhnen über Kopf und Stirn, wär er eine vollkommene Trivialerscheinung gewesen, wenn ihm nicht eine zwischen Augenwinkel und linker Schläfe sitzende braune Pocke etwas Apartes gegeben hätte. Weshalb denn auch seine Frau nicht mit Unrecht und in der ihr eigenen ungenierten Weise zu sagen pflegte: „Schrumplich is er man, aber von links her hat er so was Borsdorfriges."

Damit war er gut getroffen und hätte nach diesem Signalement überall erkannt werden müssen, wenn er nicht tagaus,

tagein eine mit einem großen Schirm ausgestattete Leinwand-
mütze getragen hätte, die, tief ins Gesicht gezogen, sowohl
das Alltägliche wie das Besondere seiner Physiognomie ver-
barg.

Und so, die Mütze samt Schirm ins Gesicht gezogen, stand er
auch heute wieder, am Tage nach dem zwischen Frau Dörr
und Frau Nimptsch geführten Zwiegespräche, vor einer an
das vordere Treibhaus sich anlehnenden Blumenestrade, verschiedene Goldlack- und Geraniumtöpfe beiseite schiebend,
die morgen mit auf den Wochenmarkt sollten. Es waren sämtlich solche, die nicht im Topf gezogen, sondern nur eingesetzt
waren, und mit einer besonderen Genugtuung und Freude
ließ er sie vor sich aufmarschieren, schon im voraus über die
„Madams" lachend, die morgen kommen, ihre herkömmlichen
fünf Pfennige abhandeln und schließlich doch die Betrogenen
sein würden. Es zählte das zu seinen größten Vergnügungen
und war eigentlich das Hauptgeistesleben, das er führte. „Das
bißchen Geschimpfe ... Wenn ich's nur mal mit anhören
könnte."

So sprach er noch vor sich hin, als er, vom Garten her, das
Gebell eines kleinen Köters und dazwischen das verzweifelte
Krähen eines Hahnes hörte, ja, wenn nicht alles täuschte,
seines Hahns, seines Lieblings mit dem Silbergefieder. Und
sein Auge nach dem Garten hin richtend, sah er in der Tat,
daß ein Haufen Hühner auseinandergestoben, der Hahn aber
auf einen Birnbaum geflogen war, von dem aus er gegen den
unten kläffenden Hund unausgesetzt um Hilfe rief.

„Himmeldonnerwetter", schrie Dörr in Wut, „das is wieder
Bollmann seiner ... Wieder durch den Zaun ... I, da soll
doch ..." Und den Geraniumtopf, den er eben musterte,
rasch aus der Hand setzend, lief er auf die Hundehütte zu,
griff nach dem Kettenzwickel und machte den großen Zieh-
hund los, der nun sofort auch wie ein Rasender auf den Garten zuschoß. Ehe dieser jedoch den Birnbaum erreichen
konnte, gab „Bollmann seiner" bereits Fersengeld und ver-
schwand unter dem Zaun weg ins Freie – der fuchsgelbe Zieh-

hund zunächst noch in großen Sätzen nach. Aber das Zaun-
loch, das für den Affenpinscher gerade ausgereicht hatte,
verweigerte ihm den Durchgang und zwang ihn, von seiner
Verfolgung Abstand zu nehmen.

Nicht besser erging es Dörr selber, der inzwischen mit einer
Harke herangekommen war und mit seinem Hunde Blicke
wechselte. „Ja, Sultan, diesmal war es nichts." Und dabei
trottete Sultan wieder auf seine Hütte zu, langsam und verlegen, wie wenn er einen kleinen Vorwurf herausgehört hätte.
Dörr selbst aber sah dem draußen in einer Ackerfurche hin-
jagenden Affenpinscher nach und sagte nach einer Weile:
„Hol mich der Deubel, wenn ich mir nich 'ne Windbüchse an-
schaffe, bei Mehles oder sonstwo. Un denn pust ich das Biest
so stille weg, und kräht nich Huhn, nich Hahn danach. Nich
mal meiner."

Von dieser ihm von seiten Dörrs zugemuteten Ruhe schien
der letztere jedoch vorläufig nichts wissen zu wollen, machte
vielmehr von seiner Stimme nach wie vor den ausgiebigsten
Gebrauch. Und dabei warf er den Silberhals so stolz, als ob
er den Hühnern zeigen wolle, daß seine Flucht in den Birnbaum hinein ein wohlüberlegter Coup oder eine bloße Laune
gewesen sei.

Dörr aber sagte: „Jott, so 'n Hahn. Denkt nu auch wunder,
was er is. Un seine Courage is doch auch man so so."

Und damit ging er wieder auf seine Blumenestrade zu.

DRITTES KAPITEL

Der ganze Hergang war auch von Frau Dörr, die gerade
beim Spargelstechen war, beobachtet, aber nur wenig beachtet
worden, weil sich ähnliches jeden dritten Tag wiederholte.
Sie fuhr denn auch in ihrer Arbeit fort und gab das Suchen
erst auf, als auch die schärfste Musterung der Beete keine
„weißen Köppe" mehr ergeben wollte. Nun erst hing sie den
Korb an ihren Arm, legte das Stechmesser hinein und ging

langsam und ein paar verirrte Küken vor sich hertreibend,
erst auf den Mittelweg des Gartens und dann auf den Hof
und die Blumenestrade zu, wo Dörr seine Marktarbeit wieder aufgenommen hatte.

„Na, Suselchen", empfing er seine beßre Hälfte, „da bist du
ja. Hast du woll gesehn? Bollmann seiner war wieder da.
Höre, der muß dran glauben, und denn brat ich ihn aus; ein
bißchen Fett wird er wohl haben, un Sultan kann denn die
Grieben kriegen ... Und Hundefett, höre, Susel ...", und er
wollte sich augenscheinlich in eine seit einiger Zeit von ihm
bevorzugte Gichtbehandlungsmethode vertiefen. In diesem
Augenblick aber des Spargelkorbes am Arme seiner Frau gewahr werdend, unterbrach er sich und sagte: „Na, nu zeige
mal her. Hat's denn gefleckt?"

„I nu", sagte Frau Dörr und hielt ihm den kaum halbgefüll-
ten Korb hin, dessen Inhalt er kopfschüttelnd durch die Finger gleiten ließ. Denn es waren meist dünne Stangen und viel
Bruch dazwischen.

„Höre, Susel, es bleibt dabei, du hast keine Spargelaugen."

„O ich habe schon. Man bloß hexen kann ich nicht."

„Na, wir wollen nicht streiten, Susel; mehr wird es doch nicht.
Aber zum Verhungern is es."

„I, es denkt nich dran. Laß doch das ewige Gerede, Dörr; sie
stecken ja drin, un ob sie nu heute rauskommen oder morgen,
is ja ganz egal. Eine tüchtige Husche, so wie die vor Pfingsten,
und du sollst mai sehen. Und Regen gibt es. Die Wassertonne
riecht wieder, un die große Kreuzspinn is in die Ecke ge-
krochen. Aber du willst jeden Tag alles haben; das kannst du
nich verlangen."

Dörr lachte. „Na, binde man alles gut zusammen. Und den
kleinen Murks auch. Und du kannst ja denn auch was ab-
lassen."

„Ach, rede doch nicht so", unterbrach ihn die sich über seinen
Geiz beständig ärgernde Frau, zog ihn aber, was er immer als
Zärtlichkeit nahm, auch heute wieder am Ohrzipfel und ging
auf das „Schloß" zu, wo sie sich's auf dem Steinfliesenflur be-

quem machen und die Spargelbündel binden wollte. Kaum aber, daß sie den hier immer bereitstehenden Schemel bis an die Schwelle vorgerückt hatte, so hörte sie, wie schräg gegenüber in dem von der Frau Nimptsch bewohnten dreifenstrigen Häuschen ein Hinterfenster mit einem kräftigen Ruck aufgestoßen und gleich darauf eingehakt wurde. Zugleich sah sie Lene, die, mit einer weiten, lilagemusterten Jacke über dem Friesrock und einem Häubchen auf dem aschblonden Haar, freundlich zu ihr hinübergrüßte.

Frau Dörr erwiderte den Gruß mit gleicher Freundlichkeit und sagte dann: „Immer Fenster auf; das ist recht, Lenchen. Und fängt auch schon an heiß zu werden. Es gibt heute noch was."

„Ja. Und Mutter hat von der Hitze schon ihr Kopfweh, und da will ich doch lieber in der Hinterstube plätten. Is auch hübscher hier; vorne sieht man ja keinen Menschen."

„Hast recht", antwortete die Dörr. „Na, da werd ich man ein bißchen ans Fenster rücken. Wenn man so spricht, geht einem alles besser von der Hand."

„Ach, das is lieb und gut von Ihnen, Frau Dörr. Aber hier am Fenster is ja grade die pralle Sonne."

„Schadet nichts, Lene. Da bring ich meinen Marchtschirm mit, altes Ding und lauter Flicken. Aber tut immer noch seine Schuldigkeit."

Und ehe fünf Minuten um waren, hatte die gute Frau Dörr ihren Schemel bis an das Fenster geschleppt und saß nun unter ihrer Schirmstellage so behaglich und selbstbewußt, als ob es auf dem Gendarmenmarkt gewesen wäre. Drinnen aber hatte Lene das Plättbrett auf zwei dicht ans Fenster gerückte Stühle gelegt und stand nun so nahe, daß man sich mit Leichtigkeit die Hand reichen konnte. Dabei ging das Plätteisen emsig hin und her. Und auch Frau Dörr war fleißig beim Aussuchen und Zusammenbinden, und wenn sie dann und wann von ihrer Arbeit aus ins Fenster hineinsah, sah sie, wie nach hinten zu der kleine Plättofen glühte, der für neue heiße Bolzen zu sorgen hatte.

„Du könntest mir mal 'nen Teller geben, Lene, Teller oder Schüssel." Und als Lene gleich danach brachte, was Frau Dörr gewünscht hatte, tat diese den Bruchspargel hinein, den sie während des Sortierens in ihrer Schürze behalten hatte. „Da, Lene, das gibt 'ne Spargelsuppe. Un is so gut wie das andre. Denn daß es immer die Köppe sein müssen, is ja dummes Zeug. Ebenso wie mit 'n Blumenkohl; immer Blume, Blume, die reine Einbildung. Der Strunk is eigentlich das Beste, da sitzt die Kraft drin. Und die Kraft is immer die Hauptsache."

„Gott, Sie sind immer so gut, Frau Dörr. Aber was wird nur Ihr Alter sagen?"

„Der? Ach, Leneken, was der sagt, is ganz egal. Der red't doch. Er will immer, daß ich den Murks mit einbinde, wie wenn's richtige Stangen wären; aber solche Betrügerei mag ich nicht, auch wenn Bruch- und Stückenzeug gradeso gut schmeckt wie's Ganze. Was einer bezahlt, das muß er haben, un ich ärgre mir bloß, daß so 'n Mensch, dem es so zuwächst, so 'n alter Geizkragen is. Aber so sind die Gärtners alle, rapschen un rapschen un können nie genug kriegen."

„Ja", lachte Lene, „geizig is er und ein bißchen wunderlich. – Aber eigentlich doch ein guter Mann."

„Ja, Leneken, er wäre soweit ganz gut, un auch die Geizerei wäre nich so schlimm und is immer noch besser als die Verbringerei, wenn er man nich so zärtlich wäre. Du glaubst es nich, immer is er da. Un nu sieh ihn dir an. Es is doch eigentlich man ein Jammer mit ihm, un dabei richtige Sechsundfünfzig, un vielleicht is es noch ein Jahr mehr. Denn lügen tut er auch, wenn's ihm gerade paßt. Un da hilft auch nichts, gar nichts. Ich erzähl ihm immer von Schlag und Schlag und zeig ihm welche, die so humpeln und einen schiefen Mund haben, aber er lacht bloß immer und glaubt es nich. Es kommt aber doch so. Ja, Leneken, ich glaub es ganz gewiß, daß es so kommt. Und vielleicht balde. Na, verschrieben hat er mir alles, un so sag ich weiter nichts. Wie einer sich legt, so liegt er. Aber was reden wir von Schlag und Dörr un

daß er bloß O-Beine hat. Jott, mein Leneken, da gibt es ganz
andere Leute, die sind so grade gewachsen wie 'ne Tanne.
Nich wahr, Lene?"

Lene wurde hierbei noch röter, als sie schon war, und sagte:
„Der Bolzen ist kalt geworden." Und vom Plättbrett zurück-
tretend, ging sie bis an den eisernen Ofen und schüttete den
Bolzen in die Kohlen zurück, um einen neuen herauszuneh-
men. Alles war das Werk eines Augenblicks. Und nun ließ
sie mit einem geschickten Ruck den neuen, glühenden Bolzen
vom Feuerhaken in das Plätteisen niedergleiten, klappte das
Türchen wieder ein und sah nun erst, daß Frau Dörr noch
immer auf Antwort wartete. Sicherheitshalber aber stellte die
gute Frau die Frage noch mal und setzte gleich hinzu:
„Kommt er denn heute?"

„Ja. Wenigstens hat er es versprochen."

„Nu sage mal, Lene", fuhr Frau Dörr fort, „wie kam es denn
eigentlich? Mutter Nimptsch sagt nic was, un wenn sie was
sagt, denn is es auch man immer so so, nich hü un nich hott.
Un immer bloß halb un so konfuse. Nu sage du mal. Is es
denn wahr, daß es in Stralau war?"

„Ja, Frau Dörr, in Stralau war es, den zweiten Ostertag, aber
schon so warm, als ob Pfingsten wär, und weil Lina Gans-
auge gern Kahn fahren wollte, nahmen wir einen Kahn, und
Rudolf, den Sie ja wohl auch kennen und der ein Bruder von
Lina ist, setzte sich ans Steuer."

„Jott, Rudolf. Rudolf is ja noch ein Junge."

„Freilich. Aber er meinte, daß er's verstünde, und sagte bloß
immer: ‚Mächens, ihr müßt stillsitzen; ihr schunkelt so', denn
er spricht so furchtbar Berlinsch. Aber wir dachten gar nicht
daran, weil wir gleich sahen, daß es mit seiner ganzen Steue-
rei nicht weit her sei. Zuletzt aber vergaßen wir's wieder und
ließen uns treiben und neckten uns mit denen, die vorbei-
kamen und uns mit Wasser bespritzten. Und in dem einen
Boote, das mit unsrem dieselbe Richtung hatte, saßen ein
paar sehr feine Herren, die beständig grüßten, und in unsrem
Übermut grüßten wir wieder, und Lina wedelte sogar mit

dem Taschentuch und tat, als ob sie die Herren kenne, was
aber gar nicht der Fall war, und wollte sich bloß zeigen, weil
sie noch so sehr jung ist. Und während wir noch so lachten
und scherzten und mit dem Ruder bloß so spielten, sahen wir
mit einem Male, daß von Treptow her das Dampfschiff auf
uns zukam, und wie Sie sich denken können, liebe Frau Dörr,
waren wir auf den Tod erschrocken und riefen in unserer
Angst Rudolfen an, daß er uns heraussteuern solle. Der Junge
war aber aus Rand und Band und steuerte bloß so, daß wir
uns beständig im Kreise drehten. Und nun schrien wir und
wären sicherlich überfahren worden, wenn nicht in eben diesem Augenblicke das andre Boot mit den zwei Herren sich
unsrer Not erbarmt hätte. Mit ein paar Schlägen war es neben
uns, und während der eine mit einem Bootshaken uns fest
und scharf heranzog und an das eigene Boot ankoppelte, ru-
derte der andere sich und uns aus dem Strudel heraus, und
nur einmal war es noch, als ob die große, vom Dampfschiff
auf uns zukommende Welle uns umwerfen wolle. Der Kapi-
tän drohte denn auch wirklich mit dem Finger (ich sah es inmitten all meiner Angst), aber auch das ging vorüber, und
eine Minute später waren wir bis an Stralau heran, und die
beiden Herren, denen wir unsre Rettung verdankten, spran-
gen ans Ufer und reichten uns die Hand und waren uns als
richtige Kavaliere beim Aussteigen behilflich. Und da standen wir denn nun auf der Landungsbrücke bei Tübbeckes und
waren sehr verlegen, und Lina weinte jämmerlich vor sich
hin, und bloß Rudolf, der überhaupt ein störrischer und großmäuliger Bengel is und immer gegens Militär, bloß Rudolf
sah ganz bockig vor sich hin, als ob er sagen wollte: ‚Dummes
Zeug, ich hätt euch auch rausgesteuert.' "
„Ja, so is er, ein großmäuliger Bengel; ich kenn ihn. Aber nu
die beiden Herren. Das ist doch die Hauptsache . . ."
„Nun, die bemühten sich erst noch um uns und blieben dann
an dem anderen Tisch und sahen immer zu uns rüber. Und als
wir so gegen sieben, und es schummerte schon, nach Hause
wollten, kam der eine und fragte, ob er und sein Kamerad

uns ihre Begleitung anbieten dürften. Und da lacht ich übermütig und sagte, sie hätten uns ja gerettet und einem Retter
dürfe man nichts abschlagen. Übrigens sollten sie sich's noch
mal überlegen, denn wir wohnten so gut wie am andern
Ende der Welt. Und sei eigentlich eine Reise. Worauf er verbindlich antwortete: ‚Desto besser.‘ Und mittlerweile war
auch der andre herangekommen... Ach, liebe Frau Dörr,
es mag wohl nicht recht gewesen sein, gleich so freiweg zu
sprechen, aber der eine gefiel mir, und sich zieren und zim-
perlich tun, das hab ich nie gekonnt. Und so gingen wir denn
den weiten Weg, erst an der Spree und dann an dem Kanal
hin.“

„Und Rudolf?“

„Der ging hinterher, als ob er gar nicht zugehöre, sah aber
alles und paßte gut auf. Was auch recht war; denn die Lina is
ja erst achtzehn und noch ein gutes, unschuldiges Kind!“

„Meinst du?“

„Gewiß, Frau Dörr. Sie brauchen sie ja bloß anzusehn. So
was sieht man gleich.“

„Ja, mehrstens. Aber mitunter auch nich. Und da haben sie
euch denn nach Hause gebracht?“

„Ja, Frau Dörr.“

„Und nachher?“

„Ja, nachher. Nun, Sie wissen ja, wie's nachher kam. Er kam
dann den andern Tag und fragte nach. Und seitdem ist er oft
gekommen, und ich freue mich immer, wenn er kommt. Gott,
man freut sich doch, wenn man mal was erlebt. Es ist oft so
einsam hier draußen. Sie wissen ja, Frau Dörr, Mutter hat
nichts dagegen und sagt immer: ‚Kind, es schadet nichts. Eh
man sich's versieht, is man alt.‘“

„Ja, ja“, sagte die Dörr, „so was hab ich die Nimptschen auch
schon sagen hören. Und hat auch ganz recht. Das heißt, wie
man's nehmen will, und nach 'm Katechismus is doch eigentlich immer noch besser und sozusagen überhaupt das beste.
Das kannst du mir schon glauben. Aber ich weiß woll, es geht
nich immer, und mancher will auch nich. Und wenn einer nich

will, na, denn will er nich, un denn muß es auch so gehn und
geht auch mehrstens, man bloß, daß man ehrlich is un anständig und Wort hält. Un natürlich, was denn kommt, das
muß man aushalten und darf sich nicht wundern. Un wenn
man all so was weiß und sich immer wieder zu Gemüte führt,
na, denn is es nich so schlimm. Un schlimm is eigentlich man
bloß das Einbilden."

„Ach, liebe Frau Dörr", lachte Lene, „was Sie nur denken.
Einbilden! Ich bilde mir gar nichts ein. Wenn ich einen liebe,
dann lieb ich ihn. Und das ist mir genug. Und will weiter gar
nichts von ihm, nichts, gar nichts, und daß mir mein Herze so
schlägt und ich die Stunden zähle, bis er kommt, und nicht
abwarten kann, bis er wieder da ist, das macht mich glücklich, das ist mir genug."

„Ja", schmunzelte die Dörr vor sich hin, „das is das Richtige,
so muß es sein. Aber is es denn wahr, Lene, daß er Botho
heißt? So kann doch einer eigentlich nich heißen; das is ja gar
kein christlicher Name."

„Doch, Frau Dörr." Und Lene machte Miene, die Tatsache,
daß es solchen Namen gäbe, des weiteren zu bestätigen. Aber
ehe sie dazu kommen konnte, schlug Sultan an, und im selben
Augenblicke hörte man deutlich vom Hausflur her, daß wer
eingetreten sei. Wirklich erschien auch der Briefträger und
brachte zwei Bestellkarten für Dörr und einen Brief für
Lene.

„Gott, Hahnke", rief die Dörr dem in großen Schweißperlen
vor ihr Stehenden zu, „Sie drippen ja man so. Is es denn so
'ne schwebende Hitze? Un erst halb zehn. Na, so viel seh ich
woll, Briefträger is auch kein Vergnügen."

Und die gute Frau wollte gehen, um ein Glas frische Milch
zu holen. Aber Hahnke dankte. „Habe keine Zeit, Frau Dörr.
Ein andermal." Und damit ging er.

Lene hatte mittlerweile den Brief erbrochen.

„Na, was schreibt er?"

„Er kommt heute nicht, aber morgen. Ach, es ist so lange bis
morgen. Ein Glück, daß ich Arbeit habe; je mehr Arbeit,

desto besser. Und ich werde heut nachmittag in Ihren Garten
kommen und graben helfen. – Aber Dörr darf nicht dabei-
sein."

„I, Gott bewahre."

Danach trennte man sich, und Lene ging in das Vorderzimmer, um der Alten das von der Frau Dörr erhaltene Spargel-
gericht zu bringen.

VIERTES KAPITEL

Und nun war der andre Abend da, zu dem Botho sich angemeldet hatte. Lene ging im Vorgarten auf und ab, drinnen
aber, in der großen Vorderstube, saß wie gewöhnlich Frau
Nimptsch am Herd, um den herum sich auch heute wieder die
vollzählig erschienene Familie Dörr gruppiert hatte. Frau
Dörr strickte mit großen Holznadeln an einer blauen, für
ihren Mann bestimmten Wolljacke, die, vorläufig noch ohne
rechte Form, nach Art eines großen Vlieses auf ihrem Schoße
lag. Neben ihr, die Beine bequem übereinandergeschlagen,
rauchte Dörr aus einer Tonpfeife, während der Sohn in einem
dicht am Fenster stehenden Großvaterstuhle saß und seinen
Rotkopf an die Stuhlwange lehnte. Jeden Morgen bei Hah-
nenschrei aus dem Bett, war er auch heute wieder vor Müdigkeit eingeschlafen. Gesprochen wurde wenig, und so hörte
man denn nichts als das Klappern der Holznadeln und das
Knabbern des Eichhörnchens, das mitunter aus seinem Schil-
derhäuschen herauskam und sich neugierig umsah. Nur das
Herdfeuer und der Widerschein des Abendrotes gaben etwas
Licht.

Frau Dörr saß so, daß sie den Gartensteg hinaufsehen und
trotz der Dämmerung erkennen konnte, wer draußen, am
Heckenzaun entlang, des Weges kam.

„Ah, da kommt er", sagte sie. „Nu, Dörr, laß mal deine Pfeife
ausgehen. Du bist ja heute wieder wie 'n Schornstein und
rauchst und schmookst den ganzen Tag. Und so 'n Knaller-
baller wie deiner, der is nich für jeden."

Dörr ließ sich solche Rede wenig anfechten, und ehe seine Frau mehr sagen oder ihre Wahrsprüche wiederholen konnte, trat der Baron ein. Er war sichtlich angeheitert, kam er doch von einer Maibowle, die Gegenstand einer Klubwette gewesen war, und sagte, während er Frau Nimptsch die Hand reichte: „Guten Tag, Mutterchen. Hoffentlich gut bei Weg. Ah, und Frau Dörr, und Herr Dörr, mein alter Freund und Gönner. Hören Sie, Dörr, was sagen Sie zu dem Wetter? Eigens für Sie bestellt und für mich mit. Meine Wiesen zu Hause, die vier Jahre von fünf immer unter Wasser stehen und nichts bringen als Ranunkeln, die können solch Wetter brauchen. Und Lene kann's auch brauchen, daß sie mehr draußen ist; sie wird mir sonst zu blaß."

Lene hatte derweilen einen Holzstuhl neben die Alte gerückt, weil sie wußte, daß Botho hier am liebsten saß; Frau Dörr aber, in der eine starke Vorstellung davon lebte, daß ein Baron auf einem Ehrenplatz sitzen müsse, war inzwischen aufgestanden und rief, immer das blaue Vlies nachschleppend, ihrem Pflegesohn zu: „Will er woll auf! Nee, ich sage. Wo's nich drin steckt, da kommt es auch nich." Der arme Junge fuhr blöd und verschlafen in die Höhe und wollte den Platz räumen, der Baron litt es aber nicht. „Um Himmels willen, liebe Frau Dörr, lassen Sie doch den Jungen. Ich sitz am liebsten auf einem Schemel, wie mein Freund Dörr hier."

Und damit schob er den Holzstuhl, den Lene noch immer in Bereitschaft hatte, neben die Alte und sagte, während er sich setzte: „Hier neben Frau Nimptsch; das ist der beste Platz. Ich kenne keinen Herd, auf den ich so gern sähe; immer Feuer, immer Wärme. Ja, Mutterchen, es ist so, hier ist es am besten."

„Ach, du mein Gott", sagte die Alte. „Hier am besten! Hier bei 'ner alten Wasch- und Plättefrau."

„Freilich. Und warum nicht? Jeder Stand hat seine Ehre. Waschfrau auch. Wissen Sie denn, Mutterchen, daß es hier in Berlin einen berühmten Dichter gegeben hat, der ein Gedicht auf seine alte Waschfrau gemacht hat?"

„Is es möglich?"

„Freilich ist es möglich. Es ist sogar gewiß. Und wissen Sie, was er zum Schluß gesagt hat? Da hat er gesagt, er möchte so leben und sterben wie die alte Waschfrau. Ja, das hat er gesagt."

„Is es möglich?" simperte die Alte noch einmal vor sich hin.

„Und wissen Sie, Mutterchen, um auch das nicht zu vergessen, daß er ganz recht gehabt hat und daß ich ganz dasselbe sage? Ja, Sie lachen so vor sich hin. Aber sehen Sie sich mal um hier, wie leben Sie? Wie Gott in Frankreich. Erst haben Sie das Haus und diesen Herd und dann den Garten und dann Frau Dörr. Und dann haben Sie die Lene. Nicht wahr? Aber wo steckt sie nur?"

Er wollte noch weiter sprechen, aber im selben Augenblicke kam Lene mit einem Kaffeebrett zurück, auf dem eine Karaffe mit Wasser samt Apfelwein stand, Apfelwein, für den der Baron, weil er ihm wunderbare Heilkraft zuschrieb, eine sonst schwer begreifliche Vorliebe hatte.

„Ach, Lene, wie du mich verwöhnst. Aber du darfst es mir nicht so feierlich präsentieren, das ist ja, wie wenn ich im Klub wäre. Du mußt es mir aus der Hand bringen, da schmeckt es am besten. Und nun gib mir deine Patsche, daß ich sie streicheln kann. Nein, nein, die Linke, die kommt von Herzen. Und nun setze dich da hin, zwischen Herrn und Frau Dörr, dann hab ich dich gegenüber und kann dich immer ansehn. Ich hab mich den ganzen Tag auf diese Stunde gefreut."

Lene lachte.

„Du glaubst es wohl nicht? Ich kann es dir aber beweisen, Lene, denn ich habe dir von der großen Herren- und Damen-Fete, die wir gestern hatten, was mitgebracht. Und wenn man was zum Mitbringen hat, dann freut man sich auch auf die, die's kriegen sollen. Nicht wahr, lieber Dörr?"

Dörr schmunzelte. Frau Dörr aber sagte: „Jott, der. Der un mitbringen. Dörr is bloß für rapschen un sparen. So sind die Gärtners. Aber neugierig bin ich doch, was der Herr Baron mitgebracht haben."

„Nun, da will ich nicht lange warten lassen, sonst denkt meine
liebe Frau Dörr am Ende, daß es ein goldener Pantoffel ist
oder sonst was aus dem Märchen. Es ist aber bloß das."
Und dabei gab er Lenen eine Tüte, daraus, wenn nicht alles
täuschte, das gefranste Papier einiger Knallbonbons hervor-
guckte.
Wirklich, es waren Knallbonbons, und die Tüte ging reihum.
„Aber nun müssen wir auch ziehen, Lene; halt fest und Augen
zu."
Frau Dörr war entzückt, als es einen Knall gab, und noch
mehr, als Lenes Zeigefinger blutete. „Das tut nich weh, Lene,
das kenn ich; das is, wie wenn sich 'ne Braut in 'n Finger sticht.
Ich kannte mal eine, die war so versessen drauf, die stach sich
immerzu un lutschte un lutschte, wie wenn es wunder was
wäre."
Lene wurde rot. Aber Frau Dörr sah es nicht und fuhr fort:
„Und nu den Vers lesen, Herr Baron."
Und dieser las denn auch:

> „In Liebe selbstvergessen sein,
> Freut Gott und die lieben Engelein."

„Jott", sagte Frau Dörr und faltete die Hände. „Das is ja wie
aus 'n Gesangbuch. Is es denn immer so fromm?"
„I bewahre", sagte Botho. „Nicht immer. Kommen Sie, liebe
Frau Dörr, wir wollen auch mal ziehen und sehn, was dabei
herauskommt."
Und nun zog er wieder und las:

> „Wo Amors Pfeil recht tief getroffen,
> Da stehen Himmel und Hölle offen."

Nun, Frau Dörr, was sagen Sie dazu? Das klingt schon
anders, nicht wahr?"
„Ja", sagte Frau Dörr, „anders klingt es. Aber es gefällt mir
nicht recht . . . Wenn ich einen Knallbonbon ziehe . . ."
„Nun?"

„Da darf nichts von Hölle vorkommen, da will ich nich hören, daß es so was gibt."

„Ich auch nicht", lachte Lene. „Frau Dörr hat ganz recht; sie hat überhaupt immer recht. Aber das ist wahr, wenn man solchen Vers liest, da hat man immer gleich was zum Anfangen, ich meine zum Anfangen mit der Unterhaltung, denn Anfangen is immer das schwerste, gerade wie beim Briefschreiben, und ich kann mir eigentlich keine Vorstellung machen, wie man mit so vielen fremden Damen (und ihr kennt euch doch nicht alle) so gleich mir nichts, dir nichts ein Gespräch anfangen kann."

„Ach, meine liebe Lene", sagte Botho, „das ist nicht so schwer, wie du denkst. Es ist sogar ganz leicht. Und wenn du willst, will ich dir gleich eine Tischunterhaltung vormachen."

Frau Dörr und Frau Nimptsch drückten ihre Freude darüber aus, und auch Lene nickte zustimmend.

„Nun", fuhr Baron Botho fort, „denke dir also, du wärst eine kleine Gräfin. Und eben hab ich dich zu Tische geführt und Platz genommen, und nun sind wir beim ersten Löffel Suppe."

„Gut. Gut. Aber nun?"

„Und nun sag ich: ‚Irr ich nicht, meine gnädigste Komtesse, so sah ich Sie gestern in der »Flora«, Sie und Ihre Frau Mama. Nicht zu verwundern. Das Wetter lockt ja jetzt täglich heraus, und man könnte schon von Reisewetter sprechen. Haben Sie Pläne, Sommerpläne, meine gnädigste Gräfin?' Und nun antwortest du, daß leider noch nichts feststünde, weil der Papa durchaus nach dem Bayrischen wolle, daß aber die Sächsische Schweiz mit dem Königstein und der Bastei dein Herzenswunsch wäre."

„Das ist es auch wirklich", lachte Lene.

„Nun sieh, das trifft sich gut. Und so fahr ich denn fort: ‚Ja, gnädigste Komtesse, da begegnen sich unsere Geschmacksrichtungen. Ich ziehe die Sächsische Schweiz ebenfalls jedem anderen Teile der Welt vor, namentlich auch der eigentlichen Schweiz. Man kann nicht immer große Natur schwelgen, nicht

immer klettern und außer Atem sein. Aber Sächsische Schweiz!
Himmlisch, ideal. Da hab ich Dresden; in einer Viertel- oder
halben Stunde bin ich da, da seh ich Bilder, Theater, Großen Garten, Zwinger, Grünes Gewölbe. Versäumen Sie nicht,
sich die Kanne mit den törichten Jungfrauen zeigen zu lassen,
und vor allem den Kirschkern, auf dem das ganze Vaterunser
steht. Alles bloß durch die Lupe zu sehen.' "
„Und so sprecht ihr?"
„Ganz so, mein Schatz. Und wenn ich mit meiner Nachbarin
zur Linken, also mit Komtesse Lene, fertig bin, so wend ich
mich zu meiner Nachbarin zur Rechten, also zu Frau Baronin
Dörr ..."
Die Dörr schlug vor Entzücken mit der Hand aufs Knie, daß
es einen lauten Puff gab ...
„Zu Frau Baronin Dörr also. Und spreche nun worüber? Nun,
sagen wir, über Morcheln."
„Aber mein Gott, Morcheln. Über Morcheln, Herr Baron,
das geht doch nicht."
„O warum nicht, warum soll es nicht gehen, liebe Frau Dörr?
Das ist ein sehr ernstes und lehrreiches Gespräch und hat für
manche mehr Bedeutung, als Sie glauben. Ich besuchte mal
einen Freund in Polen, Regiments- und Kriegskameraden,
der ein großes Schloß bewohnte, rot und mit zwei dicken
Türmen und so furchtbar alt, wie's eigentlich gar nicht mehr
vorkommt. Und das letzte Zimmer war sein Wohnzimmer;
denn er war unverheiratet, weil er ein Weiberfeind war ..."
„Ist es möglich?"
„Und überall waren morsche, durchgetretene Dielen, und
immer, wo ein paar Dielen fehlten, da war ein Morchelbeet,
und an all den Morchelbeeten ging ich vorbei, bis ich zuletzt
in sein Zimmer kam."
„Ist es möglich?" wiederholte die Dörr und setzte hinzu:
„Morcheln. Aber man kann doch nicht immer von Morcheln
sprechen."
„Nein, nicht immer. Aber oft oder wenigstens manchmal,
und eigentlich ist es ganz gleich, wovon man spricht. Wenn

es nicht Morcheln sind, sind es Champignons, und wenn es nicht das rote polnische Schloß ist, dann ist es Schlößchen Tegel oder Saatwinkel oder Valentinswerder. Oder Italien oder Paris oder die Stadtbahn, oder ob die Panke zugeschüttet werden soll. Es ist alles ganz gleich. Über jedes kann man ja was sagen, und ob's einem gefällt oder nicht. Und ‚ja‘ ist geradesoviel wie ‚nein‘.“

„Aber“, sagte Lene, „wenn alles so redensartlich ist, da wundert es mich, daß ihr solche Gesellschaften mitmacht.“

„Oh, man sieht doch schöne Damen und Toiletten und mitunter auch Blicke, die, wenn man gut aufpaßt, einem eine ganze Geschichte verraten. Und jedenfalls dauert es nicht lange, so daß man immer noch Zeit hat, im Klub alles nachzuholen. Und im Klub ist es wirklich reizend, da hören die Redensarten auf, und die Wirklichkeiten fangen an. Ich habe gestern Pitt seine Graditzer Rappstute abgenommen.“

„Wer ist Pitt?“

„Ach, das sind so Namen, die wir nebenher führen, und wir nennen uns so, wenn wir unter uns sind. Der Kronprinz sagt auch Vicky, wenn er Viktoria meint. Es ist ein wahres Glück, daß es solche Liebes- und Zärtlichkeitsnamen gibt. Aber horch, eben fängt drüben das Konzert an. Können wir nicht die Fenster aufmachen, daß wir's besser hören? Du wippst ja schon mit der Fußspitze hin und her. Wie wär es, wenn wir anträten und einen Contre versuchten oder eine Française? Wir sind drei Paare: Vater Dörr und meine gute Frau Nimptsch und dann Frau Dörr und ich (ich bitte um die Ehre), und dann kommt Lene mit Hans.“

Frau Dörr war sofort einverstanden, Dörr und Frau Nimptsch aber lehnten ab, diese, weil sie zu alt sei, jener, weil er so was Feines nicht kenne.

„Gut, Vater Dörr. Aber dann müssen Sie den Takt schlagen; Lene, gib ihm das Kaffeebrett und einen Löffel. Und nun antreten, meine Damen. Frau Dörr, Ihren Arm. Und nun, Hans, aufwachen, flink, flink.“

Und wirklich, beide Paare stellten sich auf, und Frau Dörr

wuchs ordentlich noch an Stattlichkeit, als ihr Partner in einem feierlichen Tanzmeister-Französisch anhob: „En avant deux. Pas de basque." Der sommersprossige, leider noch immer verschlafene Gärtnerjunge sah sich maschinenmäßig und ganz nach Art einer Puppe hin und her geschoben, die drei andern aber tanzten wie Leute, die's verstehen, und entzückten den alten Dörr derart, daß er sich von seinem Schemel erhob und, statt mit dem Löffel, mit seinem Knöchel an das Kaffeebrett schlug. Auch der alten Frau Nimptsch kam die Lust früherer Tage wieder, und weil sie nichts Besseres tun konnte, wühlte sie mit dem Feuerhaken so lange in der Kohlenglut umher, bis die Flamme hoch aufschlug.

So ging es, bis die Musik drüben schwieg; Botho führte Frau Dörr wieder an ihren Platz, und nur Lene stand noch da, weil der ungeschickte Gärtnerjunge nicht wußte, was er mit ihr machen sollte. Das aber paßte Botho gerade, der, als die Musik drüben wieder anhob, mit Lene zu walzen und ihr zuzuflüstern begann, wie reizend sie sei, reizender denn je.

Sie waren alle warm geworden, am meisten die gerade jetzt am offenen Fenster stehende Frau Dörr. „Jott, mir schuddert so", sagte sie mit einem Male, weshalb Botho verbindlich aufsprang, um die Fenster zu schließen. Aber Frau Dörr wollte davon nichts wissen und behauptete: „Was die feinen Leute wären, die wären alle für frische Luft, und manche wären so fürs Frische, daß ihnen im Winter das Deckbett an den Mund fröre. Denn Atem wäre dasselbe wie Wrasen, grade wie der, der aus der Tülle käm. Also die Fenster müßten aufbleiben, davon ließe sie nicht. Aber wenn Lenechen so fürs Innerliche was hätte, so was für Herz und Seele . . ."

„Gewiß, liebe Frau Dörr; alles, was Sie wollen. Ich kann einen Tee machen oder einen Punsch, oder noch besser, ich habe ja noch das Kirschwasser, das Sie Mutter Nimptschen und mir letzten Weihnachten zu der großen Mandelstolle geschenkt haben . . ."

Und ehe sich Frau Dörr zwischen Tee und Punsch entscheiden konnte, war auch die Kirschwasserflasche schon da mit

Gläsern, großen und kleinen, in die sich nun jeder nach Gutdünken hineintat. Und nun ging Lene, den rußigen Herdkessel in der Hand, reihum und goß das kochsprudelnde Wasser ein.

„Nicht zu viel, Leneken, nicht zu viel. Immer aufs Ganze. Wasser nimmt die Kraft." Und im Nu füllte sich der Raum mit dem aufsteigenden Kirschmandelarom.

„Ah, das hast du gut gemacht", sagte Botho, während er aus dem Glase nippte. „Weiß es Gott, ich habe gestern nichts gehabt und heute im Klub erst recht nicht, was mir so geschmeckt hätte. Hoch Lene! Das eigentliche Verdienst in der Sache hat aber doch unsere Freundin, Frau Dörr, ‚weil's ihr so geschuddert hat', und so bring ich denn gleich noch eine zweite Gesundheit aus: Frau Dörr, sie lebe hoch!"

„Sie lebe hoch!" riefen alle durcheinander, und der alte Dörr schlug wieder mit seinem Knöchel ans Brett.

Alle fanden, daß es ein feines Getränk sei, viel feiner als Punschextrakt, der im Sommer immer nach bittrer Zitrone schmeckte, weil es meistens alte Flaschen seien, die schon, von Fastnacht an, im Ladenfenster in der grellen Sonne gestanden hätten. Kirschwasser aber, das sei was Gesundes und nie verdorben, und ehe man sich mit dem Bittermandelgift vergifte, da müßte man doch schon was Ordentliches einnehmen, wenigstens eine Flasche.

Diese Bemerkung machte Frau Dörr, und der Alte, der es nicht darauf ankommen lassen wollte, vielleicht weil er diese hervorragendste Passion seiner Frau kannte, drang auf Aufbruch: „Morgen sei auch noch ein Tag."

Botho und Lene redeten zu, doch noch zu bleiben. Aber die gute Frau Dörr, die wohl wußte, „daß man zu Zeiten nachgeben müsse, wenn man die Herrschaft behalten wolle", sagte nur: „Laß, Leneken, ich kenn ihn; er geht nu mal mit die Hühner zu Bett."

„Nun", sagte Botho, „wenn es beschlossen ist, ist es beschlossen. Aber dann begleiten wir die Familie Dörr bis an ihr Haus."

Und damit brachen alle auf und ließen nur die alte Frau
Nimptsch zurück, die den Abgehenden freundlich und kopf-
nickend nachsah und dann aufstand und sich in den Groß-
vaterstuhl setzte.

FÜNFTES KAPITEL

Vor dem „Schloß" mit dem grün und rot gestrichenen Turme
machten Botho und Lene halt und baten Dörr in aller Förm-
lichkeit um Erlaubnis, noch in den Garten gehen und eine
halbe Stunde promenieren zu dürfen. Der Abend sei so schön.
Vater Dörr brummelte, daß er sein Eigentum in keinem beß-
ren Schutz lassen könne, worauf das junge Paar unter artigen
Verbeugungen Abschied nahm und auf den Garten zuschritt.
Alles war schon zur Ruh, und nur Sultan, an dem sie vorbei
mußten, richtete sich hoch auf und winselte so lange, bis ihn
Lene gestreichelt hatte. Dann kroch er wieder in seine Hütte
zurück.
Drinnen im Garten war alles Duft und Frische; denn den
ganzen Hauptweg hinauf, zwischen den Johannis- und Sta-
chelbeersträuchern, standen Levkoien und Reseda, deren feiner Duft sich mit dem kräftigeren der Thymianbeete mischte.
Nichts regte sich in den Bäumen, und nur Leuchtkäfer schwirr-
ten durch die Luft.
Lene hatte sich in Bothos Arm gehängt und schritt mit ihm
auf das Ende des Gartens zu, wo zwischen zwei Silberpappeln
eine Bank stand.
„Wollen wir uns setzen?"
„Nein", sagte Lene, „nicht jetzt", und bog in einen Seitenweg
ein, dessen hochstehende Himbeerbüsche fast über den Gartenzaun hinauswuchsen. „Ich gehe so gern an deinem Arm.
Erzähle mir etwas. Aber etwas recht Hübsches. Oder frage."
„Gut. Ist es dir recht, wenn ich mit den Dörrs anfange?"
„Meinetwegen."
„Ein sonderbares Paar. Und dabei, glaub ich, glücklich. Er
muß tun, was sie will, und ist doch um vieles klüger."

„Ja", sagte Lene, „klüger ist er, aber auch geizig und hart-
herzig, und das macht ihn gefügig, weil er beständig ein
schlechtes Gewissen hat. Sie sieht ihm scharf auf die Finger
und leidet es nicht, wenn er jemand übervorteilen will. Und
das ist es, wovor er Furcht hat und was ihn nachgiebig
macht."

„Und weiter nichts?"

„Vielleicht auch noch Liebe, so sonderbar es klingt. Das heißt
Liebe von seiner Seite. Denn trotz seiner Sechsundfünfzig
oder mehr ist er noch wie vernarrt in seine Frau, und bloß,
weil sie groß ist. Beide haben mir die wunderlichsten Ge-
ständnisse darüber gemacht. Ich bekenne dir offen, mein Geschmack wäre sie nicht."

„Da hast du aber unrecht, Lene; sie macht eine Figur."

„Ja", lachte Lene, „sie macht eine Figur, aber sie hat keine.
Siehst du denn gar nicht, daß ihr die Hüften eine Handbreit zu
hoch sitzen? Aber so was seht ihr nicht, und ‚Figur' und ‚stattlich' ist immer euer drittes Wort, ohne daß sich wer drum
kümmert, wo denn die Stattlichkeit eigentlich herkommt."

So plaudernd und neckend blieb sie stehen und bückte sich,
um auf einem langen und schmalen Erdbeerbeete, das sich in
Front von Zaun und Hecke hinzog, nach einer Früherdbeere
zu suchen. Endlich hatte sie, was sie wollte, nahm das Sten-
gelchen eines wahren Prachtexemplars zwischen die Lippen
und trat vor ihn hin und sah ihn an.

Er war auch nicht säumig, pflückte die Beere von ihrem
Munde fort und umarmte sie und küßte sie.

„Meine süße Lene, das hast du recht gemacht. Aber höre nur,
wie Sultan blafft; er will bei dir sein; soll ich ihn los-
machen?"

„Nein, wenn er hier ist, hab ich dich nur noch halb. Und
sprichst du dann gar noch von der stattlichen Frau Dörr, so
hab ich dich so gut wie gar nicht mehr."

„Gut", lachte Botho, „Sultan mag bleiben, wo er ist. Ich bin
es zufrieden. Aber von Frau Dörr muß ich noch weiter sprechen. Ist sie wirklich so gut?"

„Ja, das ist sie, trotzdem sie sonderbare Dinge sagt, Dinge, die wie Zweideutigkeiten klingen und es auch sein mögen. Aber sie weiß nichts davon, und in ihrem Tun und Wandel ist nicht das geringste, was an ihre Vergangenheit erinnern könnte."

„Hat sie denn eine?"

„Ja. Wenigstens stand sie jahrelang in einem Verhältnis und ‚ging mit ihm', wie sie sich auszudrücken pflegt. Und darüber ist wohl kein Zweifel, daß über dies Verhältnis und natürlich auch über die gute Frau Dörr selbst viel, sehr viel geredet worden ist. Und sie wird auch Anstoß über Anstoß gegeben haben. Nur sie selber hat sich in ihrer Einfalt nie Gedanken darüber gemacht und noch weniger Vorwürfe. Sie spricht davon wie von einem unbequemen Dienst, den sie getreulich und ehrlich erfüllt hat, bloß aus Pflichtgefühl. Du lachst, und es klingt auch sonderbar genug. Aber es läßt sich nicht anders sagen. Und nun lassen wir die Frau Dörr und setzen uns lieber und sehen in die Mondsichel."

Wirklich, der Mond stand drüben über dem Elefantenhause, das in dem niederströmenden Silberlichte noch phantastischer aussah als gewöhnlich. Lene wies darauf hin, zog die Mantelkapuze fester zusammen und barg sich an seine Brust.

So vergingen ihr Minuten, schweigend und glücklich, und erst als sie sich wie von einem Traume, der sich doch nicht festhalten ließ, wieder aufrichtete, sagte sie: „Woran hast du gedacht? Aber du mußt mir die Wahrheit sagen."

„Woran ich dachte, Lene? Ja, fast schäm ich mich, es zu sagen. Ich hatte sentimentale Gedanken und dachte nach Haus hin an unsren Küchengarten in Schloß Zehden, der genauso daliegt wie dieser Dörrsche, dieselben Salatbeete mit Kirschbäumen dazwischen und, ich möchte wetten, auch ebenso viele Meisenkästen. Und auch die Spargelbeete liefen so hin. Und dazwischen ging ich mit meiner Mutter, und wenn sie guter Laune war, gab sie mir das Messer und erlaubte, daß ich ihr half. Aber weh mir, wenn ich ungeschickt war und die Spargelstange zu lang oder zu kurz abstach. Meine Mutter hatte eine rasche Hand."

„Glaub's. Und mir ist immer, als ob ich Furcht vor ihr haben
müßte."

„Furcht? Wie das? Warum, Lene?"

Lene lachte herzlich, und doch war eine Spur von Gezwun-
genheit darin. „Du mußt nicht gleich denken, daß ich vorhabe, mich bei der Gnädigen melden zu lassen, und darfst es
nicht anders nehmen, als ob ich gesagt hätte, ich fürchte mich
vor der Kaiserin. Würdest du deshalb denken, daß ich zu
Hofe wollte? Nein, ängstige dich nicht; ich verklage dich
nicht."

„Nein, das tust du nicht. Dazu bist du viel zu stolz und eigentlich eine kleine Demokratin und ringst dir jedes freundliche
Wort nur so von der Seele. Hab ich recht? Aber wie's auch
sei, mache dir auf gut Glück hin ein Bild von meiner Mutter.
Wie sieht sie aus?"

„Genauso wie du: groß und schlank und blauäugig und
blond."

„Arme Lene" (und das Lachen war diesmal auf seiner Seite),
„da hast du fehlgeschossen. Meine Mutter ist eine kleine Frau
mit lebhaften schwarzen Augen und einer großen Nase."

„Glaub es nicht. Das ist nicht möglich."

„Und ist doch so. Du mußt nämlich bedenken, daß ich auch
einen Vater habe. Aber das fällt euch nie ein. Ihr denkt
immer, ihr seid die Hauptsache. Und nun sage mir noch etwas
über den Charakter meiner Mutter. Aber rate besser."

„Ich denke mir sie sehr besorgt um das Glück ihrer Kinder."

„Getroffen ..."

„... und daß all ihre Kinder reiche, das heißt sehr reiche
Partien machen. Und ich weiß auch, wen sie für dich in Bereitschaft hält."

„Eine Unglückliche, die du ..."

„Wie du mich verkennst. Glaube mir, daß ich dich habe,
diese Stunde, das ist mein Glück. Was daraus wird, das
kümmert mich nicht. Eines Tages bist du weggeflogen ..."

Er schüttelte den Kopf.

„Schüttle nicht den Kopf; es ist so, wie ich sage. Du liebst

mich und bist mir treu, wenigstens bin ich in meiner Liebe
kindisch und eitel genug, es mir einzubilden. Aber wegfliegen
wirst du, das seh ich klar und gewiß. Du wirst es müssen. Es
heißt immer, die Liebe mache blind, aber sie macht auch hell
und fernsichtig."

„Ach, Lene, du weißt gar nicht, wie lieb ich dich habe."

„Doch, ich weiß es. Und weiß auch, daß du deine Lene für
was Besonderes hältst und jeden Tag denkst: ‚Wenn sie doch
eine Gräfin wäre.' Damit ist es nun aber zu spät, das bring
ich nicht mehr zuwege. Du liebst mich und bist schwach.
Daran ist nichts zu ändern. Alle schönen Männer sind
schwach, und der Stärkere beherrscht sie … Und der Stärkere … ja, wer ist dieser Stärkere? Nun, entweder ist's deine
Mutter oder das Gerede der Menschen oder die Verhältnisse.
Oder vielleicht alles drei … Aber sieh nur."

Und sie wies nach dem Zoologischen hinüber, aus dessen
Baum- und Blätterdunkel eben eine Rakete zischend in die
Luft fuhr und mit einem Puff in zahllose Schwärmer zerstob.
Eine zweite folgte der ersten, und so ging es weiter, als ob
sie sich jagen und überholen wollten, bis es mit einem Male
vorbei war und die Gebüsche drüben in einem grünen und
roten Lichte zu glühen anfingen. Ein paar Vögel in ihren
Käfigen kreischten dazwischen, und dann fiel nach einer langen Pause die Musik wieder ein.

„Weißt du, Botho, wenn ich dich nun so nehmen und mit dir
die Lästerallee drüben auf und ab schreiten könnte, so sicher
wie hier zwischen den Buchsbaumrabatten, und könnte jedem
sagen: ‚Ja, wundert euch nur, er ist er und ich bin ich, und er
liebt mich und ich liebe ihn' – ja, Botho, was glaubst du wohl,
was ich dafür gäbe? Aber rate nicht, du rätst es doch nicht.
Ihr kennt ja nur euch und euren Klub und euer Leben. Ach,
das arme bißchen Leben."

„Sprich nicht so, Lene."

„Warum nicht? Man muß allem ehrlich ins Gesicht sehn und
sich nichts weismachen lassen und vor allem sich selber nichts
weismachen. Aber es wird kalt, und drüben ist es auch vor-

bei. Das ist das Schlußstück, das sie jetzt spielen. Komm, wir
wollen uns drin an den Herd setzen, das Feuer wird noch
nicht aus sein, und die Alte ist längst zu Bett."
So gingen sie, während sie sich leicht an seine Schulter lehnte,
den Gartensteg wieder hinauf. Im „Schloß" brannte kein
Licht mehr, und nur Sultan, den Kopf aus seiner Hütte vor-
streckend, sah ihnen nach. Aber er rührte sich nicht und hatte
bloß mürrische Gedanken.

SECHSTES KAPITEL

Es war die Woche danach, und die Kastanien hatten bereits
abgeblüht; auch in der Bellevuestraße. Hier hatte Baron
Botho von Rienäcker eine zwischen einem Front- und einem
Gartenbalkon gelegene Parterrewohnung inne: Arbeitszimmer, Eßzimmer, Schlafzimmer, die sich sämtlich durch eine
geschmackvolle, seine Mittel ziemlich erheblich übersteigende
Einrichtung auszeichneten. In dem Eßzimmer befanden sich
zwei Hertelsche Stilleben und dazwischen eine Bärenhatz,
wertvolle Kopie nach Rubens, während in dem Arbeitszimmer ein Andreas Achenbachscher „Seesturm", umgeben von
einigen kleineren Bildern des Meisters, paradierte. Der „Seesturm" war ihm bei Gelegenheit einer Verlosung zugefallen,
und an diesem schönen und wertvollen Besitze hatte er sich
zum Kunstkenner und speziell zum Achenbach-Enthusiasten
herangebildet. Er scherzte gern darüber und pflegte zu versichern, „daß ihm sein Lotterieglück, weil es ihn zu beständig
neuen Ankäufen verführt habe, teuer zu stehen gekommen
sei", hinzusetzend, „daß es vielleicht mit jedem Glücke dasselbe sei".
Vor dem Sofa, dessen Plüsch mit einem persischen Teppich
überdeckt war, stand auf einem Malachittischchen das Kaffee-
geschirr, während auf dem Sofa selbst allerlei politische Zeitungen umherlagen, unter ihnen auch solche, deren Vorkommen an dieser Stelle ziemlich verwunderlich war und nur aus

dem Baron Bothoschen Lieblingssatze „Schnack gehe vor Politik" erklärt werden konnte. Geschichten, die den Stempel der Erfindung an der Stirn trugen, sogenannte „Perlen", amüsierten ihn am meisten. Ein Kanarienvogel, dessen Bauer während der Frühstückszeit allemal offenstand, flog auch heute wieder auf Hand und Schulter seines ihn nur zu sehr verwöhnenden Herrn, der, anstatt ungeduldig zu werden, das Blatt jedesmal beiseite tat, um den kleinen Liebling zu streicheln. Unterließ er es aber, so drängte sich das Tierchen an Hals und Bart des Lesenden und piepte so lang und eigensinnig, bis ihm der Wille getan war. „Alle Lieblinge sind gleich", sagte Baron Rienäcker, „und fordern Gehorsam und Unterwerfung."

In diesem Augenblicke ging die Korridorklingel, und der Diener trat ein, um die draußen abgegebenen Briefe zu bringen. Der eine, graues Kuvert im Quadrat, war offen und mit einer Dreipfennigmarke frankiert. „Hamburger Lotterielos oder neue Zigarren", sagte Rienäcker und warf Kuvert und Inhalt, ohne weiter nachzusehen, beiseite. „Aber das hier ... Ah, von Lene. Nun, den verspare ich mir bis zuletzt, wenn ihm dieser dritte, gesiegelte, nicht den Rang streitig macht. Ostensches Wappen. Also von Onkel Kurt Anton; Poststempel ‚Berlin', will sagen: schon da. Was wird er nur wollen? Zehn gegen eins, ich soll mit ihm frühstücken oder einen Sattel kaufen oder ihn zu Renz begleiten, vielleicht auch zu Kroll; am wahrscheinlichsten das eine tun und das andere nicht lassen."

Und er schnitt das Kuvert, auf dem er auch Onkel Ostens Handschrift erkannt hatte, mit einem auf dem Fensterbrett liegenden Messerchen auf und nahm den Brief heraus. Der aber lautete:

„Hotel Brandenburg, Nummer 15. Mein lieber Botho. Vor einer Stunde bin ich unter Eurer alten Berliner Devise ‚vor Taschendieben wird gewarnt' auf dem Ostbahnhofe glücklich eingetroffen und habe mich im Hotel Brandenburg einquartiert, will sagen an alter Stelle; was ein richtiger Konserva-

tiver ist, ist es auch in kleinen Dingen. Ich bleibe nur zwei
Tage, denn Eure Luft drückt mich. Es ist ein stickiges Nest.
Alles andre mündlich. Ich erwarte Dich ein Uhr bei Hiller.
Dann wollen wir einen Sattel kaufen. Und dann abends zu
Renz. Sei pünktlich. Dein alter Onkel Kurt Anton."
Rienäcker lachte. „Dacht ich's doch! Und doch eine Neuerung.
Früher war es Borchardt, jetzt Hiller. Ei, ei, Onkelchen, was
ein richtiger Konservativer ist, ist es auch in kleinen Din-
gen ... Und nun meine liebe Lene ... Was Onkel Kurt Anton
wohl sagen würde, wenn er wüßte, in welcher Begleitung sein
Brief und seine Befehle hier eingetroffen sind."
Und während er so sprach, erbrach er Lenes Billett und las:
„Es sind nun schon volle fünf Tage, daß ich Dich nicht gesehen habe. Soll es eine volle Woche werden? Und ich dachte,
Du müßtest den anderen Tag wiederkommen, so glücklich war
ich den Abend. Und Du warst so lieb und gut. Mutter neckt
mich schon und sagt: ‚Er kommt nicht wieder.' Ach, wie mir
das immer einen Stich ins Herz gibt, weil es ja mal so kommen muß und weil ich fühle, daß es jeden Tag kommen kann.
Daran wurd ich gestern wieder erinnert. Denn wenn ich Dir
eben schrieb, ich hätte Dich fünf Tage lang nicht gesehn, so
hab ich nicht die Wahrheit gesagt; ich *habe* Dich gesehn,
gestern, aber heimlich, verstohlen, auf dem Korso. Denke
Dir, ich war auch da, natürlich weit zurück in einer Seiten-
Alleh, und habe Dich eine Stunde lang auf und ab reiten
sehn. Ach, ich freute mich über die Maßen, denn Du warst der
Stattlichste (beinah so stattlich wie Frau Dörr, die sich Dir
empfehlen läßt), und ich hatte solchen Stolz, Dich zu sehen,
daß ich nicht einmal eifersüchtig wurde. Nur einmal kam es.
Wer war denn die schöne Blondine mit den zwei Schimmeln,
die ganz in einer Blumengirlande gingen? Und die Blumen
so dicht, ganz ohne Blatt und Stiehl. So was Schönes hab ich
all mein Lebtag nicht gesehn. Als Kind hätt ich gedacht, es
müß eine Prinzessin sein; aber jetzt weiß ich, daß Prinzessinnen nicht immer die Schönsten sind. Ja, sie war schön und
gefiel Dir, ich sah es wohl, und Du gefiehlst ihr auch. Aber

die Mutter, die neben der schönen Blondine saß, der gefiehlst
Du noch besser. Und das ärgerte mich. Einer ganz jungen gönne
ich Dich, wenn's durchaus sein muß. Aber einer alten! Und
nun gar einer Mama? Nein, nein, die hat ihr Teil. Jedenfalls,
mein einziger Botho, siehst Du, daß Du mich wieder gut
machen und beruhigen mußt. Ich erwarte Dich morgen oder
übermorgen. Und wenn Du nicht Abend kannst, so komme
bei Tag, und wenn es nur eine Minute wäre. Ich habe solche
Angst um Dich, das heißt eigentlich um mich. Du versteest
mich schon. Deine Lene."

„Deine Lene", sprach er, die Briefunterschrift wiederholend,
noch einmal vor sich hin, und eine Unruhe bemächtigte sich
seiner, weil ihm allerwiderstreitendste Gefühle durchs Herz
gingen: Liebe, Sorge, Furcht. Dann durchlas er den Brief
noch einmal. An zwei, drei Stellen konnt er sich nicht versagen, ein Strichelchen mit dem silbernen Crayon zu machen,
aber nicht aus Schulmeisterei, sondern aus eitel Freude. ‚Wie
gut sie schreibt! Kalligraphisch gewiß und orthographisch beinahe ... »Stiehl« statt Stiel ... Ja, warum nicht? Stiehl war
eigentlich ein gefürchteter Schulrat; aber Gott sei Dank, ich
bin keiner. Und »emphehlen«. Soll ich wegen f und h mit ihr
zürnen? Großer Gott, wer kann »empfehlen« richtig schreiben? Die ganz jungen Komtessen nicht immer und die ganz
alten nie. Also was schadt's! Wahrhaftig, der Brief ist wie
Lene selber: gut, treu, zuverlässig, und die Fehler machen
ihn nur noch reizender.'
Er lehnte sich in den Stuhl zurück und legte die Hand über
die Stirn und Augen: ‚Arme Lene, was soll werden! Es wär
uns beiden besser gewesen, der Ostermontag wäre diesmal
ausgefallen. Wozu gibt es auch zwei Feiertage? Wozu Treptow und Stralau und Wasserfahrten? Und nun der Onkel!
Entweder kommt er wieder als Abgesandter von meiner
Mutter, oder er hat Pläne für mich aus sich selbst, aus eigener
Initiative. Nun, ich werde ja sehen. Eine diplomatische Ver-
stellungsschule hat er nicht durchgemacht, und wenn er zehn
Eide geschworen hat zu schweigen, es kommt doch heraus.

Ich will's schon erfahren, trotzdem ich in der Kunst der Intrige gleich nach ihm selber komme.'

Dabei zog er ein Fach seines Schreibtisches auf, darin, von einem roten Bändchen umwunden, schon andere Briefe Lenens lagen. Und nun klingelte er nach dem Diener, der ihm beim Ankleiden behilflich sein sollte. „So, Johann, das wäre getan ... Und nun vergiß nicht, die Jalousien herunterzulassen. Und wenn wer kommt und nach mir fragt, bis zwölf bin ich in der Kaserne, nach eins bei Hiller und am Abend bei Renz. Und zieh auch die Jalousien zu rechter Zeit wieder auf, daß ich nicht wieder einen Brütofen vorfinde. Und laß die Lampe vorn brennen. Aber nicht in meinem Schlafzimmer; die Mücken sind wie toll in diesem Jahr. Verstanden?"

„Zu Befehl, Herr Baron."

Und unter diesem Gespräche, das schon halb im Korridor geführt wurde, trat Rienäcker in den Hausflur, ziepte draußen im Vorgarten die dreizehnjährige, sich grad über den Wagen ihres kleinen Bruders beugende Portiertochter von hinten her am Zopf und empfing einen wütenden, aber im Erkennungsmoment ebenso rasch in Zärtlichkeit übergehenden Blick als Antwort darauf.

Und nun erst trat er durch die Gittertür auf die Straße. Hier sah er, unter der grünen Kastanienlaube hin, abwechselnd auf das Tor und dann wieder nach dem Tiergarten zu, wo sich, wie auf einem Camera-obscura-Glase, die Menschen und Fuhrwerke geräuschlos hin und her bewegten. ‚Wie schön. Es ist doch wohl eine der besten Welten.'

SIEBENTES KAPITEL

Um zwölf war der Dienst in der Kaserne getan, und Botho von Rienäcker ging in die „Linden" hinunter aufs Tor zu, lediglich in der Absicht, die Stunde bis zum Rendezvous bei Hiller, so gut sich's tun ließ, auszufüllen. Zwei, drei Bilderläden waren ihm dabei sehr willkommen. Bei Lepke standen ein paar

Oswald Achenbachs im Schaufenster, darunter eine palermitanische Straße, schmutzig und sonnig und von einer geradezu frappierenden Wahrheit des Lebens und Kolorits. ‚Es gibt doch Dinge, worüber man nie ins reine kommt. So mit den Achenbachs. Bis vor kurzem hab ich auf Andreas geschworen; aber wenn ich so was sehe wie das hier, so weiß ich nicht, ob ihm der Oswald nicht gleichkommt oder ihn überholt. Jedenfalls ist er bunter und mannigfacher. All dergleichen aber ist mir bloß zu denken erlaubt, vor den Leuten es auszusprechen, hieße meinen »Seesturm« ohne Not auf den halben Preis herabsetzen.‘

Unter solchen Betrachtungen stand er eine Zeitlang vor dem Lepkeschen Schaufenster und ging dann, über den Pariser Platz hin, auf das Tor und die schräg links führende Tiergartenallee zu, bis er vor der Wolffschen Löwengruppe haltmachte. Hier sah er nach der Uhr. ‚Halb eins. Also Zeit.‘ Und so wandt er sich wieder, um auf demselben Wege nach den „Linden“ hin zurückzukehren. Vor dem Redernschen Palais sah er Leutnant von Wedell von den Gardedragonern auf sich zukommen.

„Wohin, Wedell?“

„In den Klub. Und Sie?“

„Zu Hiller.“

„Etwas früh.“

„Ja. Aber was hilft's? Ich soll mit einem alten Onkel von mir frühstücken, neumärkisch Blut und just in dem Winkel zu Hause, wo Bentsch, Rentsch, Stentsch liegen – lauter Reimwörter auf Mensch, selbstverständlich ohne weitere Konsequenz oder Verpflichtung. Übrigens hat er, ich meine den Onkel, mal in Ihrem Regiment gestanden. Freilich lange her, erste vierziger Jahre, Baron Osten.“

„Der Wietzendorfer?“

„Eben der.“

„Oh, den kenn ich, das heißt dem Namen nach. Etwas Verwandtschaft. Meine Großmutter war eine Osten. Ist doch derselbe, der mit Bismarck auf dem Kriegsfuß steht.“

„Derselbe. Wissen Sie was, Wedell, kommen Sie mit. Der Klub läuft Ihnen nicht weg und Pitt und Serge auch nicht; Sie finden sie um drei geradsogut wie um eins. Der Alte schwärmt noch immer für Dragonerblau mit Gold und ist Neumärker genug, um sich über jeden Wedell zu freuen."

„Gut, Rienäcker. Aber auf Ihre Verantwortung."

„Mit Vergnügen."

Unter solchem Gespräche waren sie bei Hiller angelangt, wo der alte Baron bereits an der Glastür stand und ausschaute, denn es war eine Minute nach eins. Er unterließ aber jede Bemerkung und war augenscheinlich erfreut, als Botho vorstellte: „Leutnant von Wedell."

„Ihr Herr Neffe . . ."

„Nichts von Entschuldigungen, Herr von Wedell, alles, was Wedell heißt, ist mir willkommen, und wenn es diesen Rock trägt, doppelt und dreifach. Kommen Sie, meine Herren, wir wollen uns aus diesem Stuhl- und Tischdefilee herausziehen und, so gut es geht, nach rückwärts hin konzentrieren. Sonst nicht Preußensache; hier aber ratsam."

Und damit ging er, um gute Plätze zu finden, vorauf und wählte nach Einblick in verschiedene kleine Kabinetts schließlich ein mäßig großes, mit einem lederfarbenen Stoff austapeziertes Zimmer, das trotz eines breiten und dreigeteilten Fensters wenig Licht hatte, weil es auf einen engen und dunklen Hof sah. Von einem hier zu vier gedeckten Tisch wurde im Nu das vierte Kuvert entfernt, und während die beiden Offiziere Pallasch und Säbel in die Fensterecke stellten, wandte sich der alte Baron an den Oberkellner, der in einiger Entfernung gefolgt war, und befahl einen Hummer und einen weißen Burgunder. „Aber welchen, Botho?"

„Sagen wir Chablis."

„Gut, Chablis. Und frisches Wasser. Aber nicht aus der Leitung; lieber so, daß die Karaffe beschlägt. Und nun, meine Herren, bitte Platz zu nehmen: lieber Wedell, hier, Botho, du da. Wenn nur diese Glut, diese verfrühte Hundstagshitze nicht wäre. Luft, meine Herren, Luft. Ihr schönes Berlin, das

immer schöner wird (so versichern einem wenigstens alle, die
nichts Besseres kennen), Ihr schönes Berlin hat alles, aber
keine Luft." Und dabei riß er die großen Fensterflügel auf
und setzte sich so, daß er die breite Mittelöffnung gerade vor
sich hatte.

Der Hummer war noch nicht gekommen, aber der Chablis
stand schon da. Voll Unruhe nahm der alte Osten eins der
Brötchen aus dem Korb und schnitt es mit ebensoviel Hast
wie Virtuosität in Schrägstücke, bloß um etwas zu tun zu
haben. Dann ließ er das Messer wieder fallen und reichte
Wedell die Hand. „Ihnen unendlich verbunden, Herr von
Wedell, und brillanter Einfall von Botho, Sie dem Klub auf
ein paar Stunden abspenstig gemacht zu haben. Ich nehm es
als eine gute Vorbedeutung, gleich bei meinem ersten Ausgang in Berlin einen Wedell begrüßen zu dürfen."

Und nun begann er einzuschenken, weil er seiner Unruhe
nicht länger Herr bleiben konnte; befahl, eine Cliquot kalt
zu stellen, und fuhr dann fort: „Eigentlich, lieber Wedell,
sind wir verwandt; es gibt keine Wedells, mit denen wir nicht
verwandt wären, und wenn's auch bloß durch einen Scheffel
Erbsen wäre; neumärkisch Blut ist in allen. Und wenn ich
nun gar mein altes Dragonerblau wiedersehe, da schlägt mir
das Herz bis in den Hals hinein. Ja, Herr von Wedell, alte
Liebe rostet nicht. Aber da kommt der Hummer... Bitte,
hier die große Schere. Die Scheren sind immer das Beste...
Aber, was ich sagen wollte, alte Liebe rostet nicht und der
Schneid auch nicht. Und ich setze hinzu: Gott sei Dank. Damals hatten wir noch den alten Dobeneck. Himmelwetter,
war *das* ein Mann! Ein Mann wie ein Kind. Aber wenn es
mal schlecht ging und nicht klappen wollte, wenn er einen
dann ansah, *den* hätt ich sehen wollen, der den Blick ausgehalten hätte. Richtiger alter Ostpreuße noch von Anno 13 und
14 her. Wir fürchteten ihn, aber wir liebten ihn auch. Denn
er war wie ein Vater. Und wissen Sie, Herr von Wedell, wer
mein Rittmeister war...?"

In diesem Augenblick kam auch der Champagner.

„Mein Rittmeister war Manteuffel, derselbe, dem wir alles
verdanken, der uns die Armee gemacht hat und mit der Armee den Sieg."

Herr von Wedell verbeugte sich, während Botho leichthin
sagte: „Gewiß, man kann es sagen."

Aber das war nicht klug und weise von Botho, wie sich gleich
herausstellen sollte, denn der ohnehin an Kongestionen lei-
dende alte Baron wurde rot über den ganzen kahlen Kopf
weg, und das bißchen krause Haar an seinen Schläfen schien
noch krauser werden zu wollen. „Ich verstehe dich nicht, Botho; was soll dies ‚Man kann es sagen', das heißt soviel wie
‚Man kann es auch *nicht* sagen'. Und ich weiß auch, worauf
das alles hinaus will. Es will andeuten, daß ein gewisser Kürassieroffizier aus der Reserve, der im übrigen mit nichts in
Reserve gehalten hat, am wenigsten mit revolutionären Maßnahmen, es will andeuten, sag ich, daß ein gewisser Halberstädter mit schwefelgelbem Kragen eigentlich auch St. Privat
allerpersönlichst gestürmt und um Sedan herum den großen
Zirkel gezogen habe. Botho, damit darfst du mir nicht kommen. Er war Referendar und hat auf der Potsdamer Regierung gearbeitet, sogar unter dem alten Meding, der nie gut
auf ihn zu sprechen war, ich weiß das, und hat eigentlich
nichts gelernt als Depeschen schreiben. So viel will ich ihm
lassen, *das* versteht er, oder mit andern Worten: er ist ein
Federfuchser. Aber nicht die Federfuchser haben Preußen
groß gemacht. War der bei Fehrbellin ein Federfuchser? War
der bei Leuthen ein Federfuchser? War Blücher ein Federfuchser oder Yorck? *Hier* sitzt die preußische Feder. Ich kann
diesen Kultus nicht leiden."

„Aber lieber Onkel . . ."

„Aber, aber, ich dulde kein Aber. Glaube mir, Botho, zu solcher Frage, dazu gehören Jahre; derlei Dinge versteh ich besser. Wie steht es denn? Er stößt die Leiter um, drauf er
emporgestiegen, und verbietet sogar die Kreuzzeitung, und
rundheraus: er ruiniert uns; er denkt klein von uns, er sagt
uns Sottisen, und wenn ihm der Sinn danach steht, verklagt

er uns auf Diebstahl oder Unterschlagung und schickt uns auf die Festung. Ach, was sag ich, auf die Festung, Festung ist für anständige Leute, nein, ins Landarmenhaus schickt er uns, um Wolle zu zupfen... Aber Luft, meine Herren, Luft. Sie haben keine Luft hier. Verdammtes Nest."

Und er erhob sich und riß zu dem bereits offenstehenden Mittelflügel auch noch die beiden Nebenflügel auf, so daß von dem Zuge, der ging, die Gardinen und das Tischtuch ins Wehen kamen. Dann sich wieder setzend, nahm er ein Stück Eis aus dem Champagnerkühler und fuhr sich damit über die Stirn.

„Ah", fuhr er fort, „das Stück Eis hier, das ist das Beste vom ganzen Frühstück... Und nun sagen Sie, Herr von Wedell, hab ich recht oder nicht? Botho, Hand aufs Herz, hab ich recht? Ist es nicht so, daß man sich als ein Märkischer von Adel aus reiner Edelmannsempörung einen Hochverratsprozeß auf den Leib reden möchte? Solchen Mann... aus unsrer besten Familie... vornehmer als die Bismarcks, und so viele für Thron und Hohenzollerntum gefallen, daß man eine ganze Leibkompanie daraus formieren könnte, Leibkompanie mit Blechmützen, und der Boitzenburger kommandiert sie. Ja, meine Herren. Und solcher Familie solchen Affront. Und warum? Unterschlagung, Indiskretion, Bruch von Amtsgeheimnis. Ich bitte Sie, fehlt nur noch Kindsmord und Vergehen gegen die Sittlichkeit, und wahrhaftig, es bleibt verwunderlich genug, daß nicht auch *das* noch herausgedrückt worden ist. Aber die Herren schweigen. Ich bitte Sie, sprechen Sie. Glauben Sie mir, daß ich andre Meinungen hören und ertragen kann; ich bin nicht wie er; sprechen Sie, Herr von Wedell, sprechen Sie."

Wedell, in immer wachsender Verlegenheit, suchte nach einem Ausgleichs- und Beruhigungsworte: „Gewiß, Herr Baron, es ist, wie Sie sagen. Aber, Pardon, ich habe damals, als die Sache zum Austrag kam, vielfach aussprechen hören, und die Worte sind mir im Gedächtnis geblieben, daß der Schwächere darauf verzichten müsse, dem Stärkeren die Wege kreu-

zen zu wollen, das verbiete sich in Leben wie Politik; es sei
nun mal so: Macht gehe vor Recht."

„Und kein Widerspruch dagegen, kein Appell?"

„Doch, Herr Baron. Unter Umständen auch ein Appell. Und
um nichts zu verschweigen, ich kenne solche Fälle gerecht-
fertigter Opposition. Was die Schwäche nicht darf, das darf
die Reinheit, die Reinheit der Überzeugung, die Lauterkeit
der Gesinnung. *Die* hat das Recht der Auflehnung, sie hat
sogar die Pflicht dazu. Wer aber *hat* diese Lauterkeit? Hatte
sie ... Doch ich schweige, weil ich weder Sie, Herr Baron,
noch die Familie, von der wir sprechen, verletzen möchte.
Sie wissen aber, auch ohne daß ich es sage, daß er, der das
Wagnis wagte, diese Lauterkeit der Gesinnung *nicht* hatte.
Der bloß Schwächere darf nichts, nur der Reine darf
alles."

„Nur der Reine darf alles", wiederholte der alte Baron mit
einem so schlauen Gesicht, daß es zweifelhaft blieb, ob er
mehr von der Wahrheit oder der Anfechtbarkeit dieser These
durchdrungen sei. „Der Reine darf alles. Kapitaler Satz, den
ich mir mit nach Hause nehme. Der wird meinem Pastor gefallen, der letzten Herbst den Kampf mit mir aufgenommen
und ein Stück von meinem Acker zurückgefordert hat. Nicht
seinetwegen, i Gott bewahre, bloß um des Prinzips und seines Nachfolgers willen, dem er nichts vergeben dürfe. Schlauer
Fuchs. Aber der Reine darf alles."

„Du wirst schon nachgeben in der Pfarrackerfrage", sagte
Botho. „Kenn ich doch Schönemann noch von Sellenthins
her."

„Ja, da war er noch Hauslehrer und kannte nichts Besseres,
als die Schulstunden abkürzen und die Spielstunden in die
Länge ziehen. Und konnte Reifen spielen wie ein junger Mar-
quis; wahrhaftig, es war ein Vergnügen, ihm zuzusehen. Aber
nun ist er sieben Jahre im Amt, und du würdest den Schönemann, der der gnädigen Frau den Hof machte, nicht wieder-
erkennen. Eins aber muß ich ihm lassen, er hat beide Frölens
gut erzogen und am besten deine Käthe ..."

Botho sah den Onkel verlegen an, fast als ob er ihn um Diskretion bitten wollte. Der alte Baron aber, überfroh, das
heikle Thema so glücklich beim Schopfe gefaßt zu haben, fuhr
in überströmender und immer wachsender guter Laune fort:
„Ach laß doch, Botho. Diskretion. Unsinn. Wedell ist Lands-
mann und wird von der Geschichte so gut wissen wie jeder
andere. Weshalb schweigen über solche Dinge. Du bist doch
so gut wie gebunden. Und weiß es Gott, Junge, wenn ich so
die Frölens Revue passieren lasse, 'ne Beßre findest du nicht;
Zähne wie Perlen und lacht immer, daß man die ganze Schnur
sieht. Eine Flachsblondine zum Küssen, und wenn ich dreißig
Jahre jünger wäre, höre . . ."
Wedell, der Bothos Verlegenheit bemerkte, wollte ihm zu
Hilfe kommen und sagte: „Die Sellenthinschen Damen sind
alle sehr anmutig, Mutter wie Töchter; ich war vorigen Sommer mit ihnen in Norderney, charmant, aber ich würde der
zweiten den Vorzug geben . . ."
„Desto besser, Wedell. Da kommt ihr euch nicht in die Quere,
und wir können gleich eine Doppelhochzeit feiern. Und
Schönemann kann trauen, wenn Kluckhuhn, der, wie alle
Alten, empfindlich ist, es zugibt, und ich will ihm nicht nur
das Fuhrwerk stellen, ich will ihm auch das Stück Pfarracker
ohne weiteres zedieren, wenn ich solche Hochzeit zwischen
heut und einem Jahr erlebe. Sie sind reich, lieber Wedell, und
mit Ihnen pressiert es am Ende nicht. Aber sehen Sie sich unsern Freund Botho an. Daß er so wohlgenährt aussieht, das
verdankt er nicht seiner Sandbüchse, die, die paar Wiesen
abgerechnet, eigentlich nichts als eine Kiefernschonung ist,
und noch weniger seinem Muränensee. ‚Muränensee‘, das
klingt wundervoll, und man könnte beinahe sagen, poetisch.
Aber das ist auch alles. Man kann von Muränen nicht leben.
Ich weiß, du hörst nicht gerne davon; aber da wir mal dabei
sind, so muß es heraus. Wie liegt es denn? Dein Großvater
hat die Heide runterschlagen lassen, und dein Vater selig
– ein kapitaler Mann, aber ich habe keinen Menschen je so
schlecht Lomber spielen sehn und so hoch dazu –, dein Vater

selig, sag ich, hat die fünfhundert Morgen Bruchacker an die
Jeseritzer Bauern parzelliert, und was von gutem Boden
übriggeblieben ist, ist nicht viel, und die dreißigtausend Taler sind auch längst wieder fort. Wärst du allein, so möcht es
gehn; aber du mußt teilen mit deinem Bruder, und vorläufig
hat die Mama, meine Frau Schwester Liebden, das Ganze
noch in Händen, eine prächtige Frau, klug und gescheit, aber
auch nicht auf die sparsame Seite gefallen. Botho, wozu stehst
du bei den Kaiserkürassieren, und wozu hast du eine reiche
Kusine, die bloß darauf wartet, daß du kommst und in einem
regelrechten Antrage das besiegelst und wahr machst, was die
Eltern schon verabredet haben, als ihr noch Kinder wart?
Wozu noch überlegen? Höre, wenn ich morgen auf der Rück-
reise bei deiner Mama mit vorfahren und ihr die Nachricht
bringen könnte: ‚Liebe Josephine, Botho *will*, alles abgemacht‘, höre, Junge, das wäre mal was, das einem alten Onkel, der’s gut mit dir meint, eine Freude machen könnte. Reden Sie zu, Wedell, es ist Zeit, daß er aus der Garçonschaft
herauskommt. Er vertut sonst sein bißchen Vermögen oder
verplempert sich wohl gar mit einer kleinen Bourgeoise. Hab
ich recht? Natürlich. Abgemacht. Und darauf müssen wir noch
anstoßen. Aber nicht mit diesem Rest..." Und er drückte
auf die Klingel. – „Eine Heidsieck. Beste Marke."

ACHTES KAPITEL

Im Klub befanden sich um ebendiese Zeit zwei junge Kavaliere, der eine, von den Garde du Corps, schlank, groß und
glatt, der andere, von den Pasewalkern abkommandiert,
etwas kleiner, mit Vollbart und nur vorschriftsmäßig freiem
Kinn. Der weiße Damast des Tisches, dran sie gefrühstückt
hatten, war zurückgeschlagen, und an der frei gewordenen
Hälfte saßen beide beim Pikett.
„Sechs Blatt mit ’ner Quart."
„Gut."

„Und du?"

„Vierzehn As, drei Könige, drei Damen . . . Und du machst keinen Stich." Und er legte das Spiel auf den Tisch und schob im nächsten Augenblicke die Karten zusammen, während der andere mischte.

„Weißt du schon, Ella verheiratet sich."

„Schade."

„Warum schade?"

„Sie kann dann nicht mehr durch den Reifen springen."

„Unsinn. Je mehr sie sich verheiraten, desto schlanker werden sie."

„Doch mit Ausnahme. Viel Namen aus der Zirkusaristokratie blühen schon in der dritten und vierten Generation, was denn doch einigermaßen auf Wechselzustände von schlank und nicht schlank oder, wenn du willst, auf Neumond und erstes Viertel und so weiter hinweist."

„Irrtum. Error in calculo. Du vergißt Adoption. Alle diese Zirkusleute sind heimliche Gichtelianer und vererben nach Plan und Abmachung ihr Vermögen, ihr Ansehen und ihren Namen. Es scheinen dieselben und sind doch andere geworden. Immer frisches Blut. – Heb ab . . . Übrigens hab ich noch eine zweite Nachricht. Afzelius kommt in den Generalstab."

„Welcher?"

„Der von den Ulanen."

„Unmöglich."

„Moltke hält große Stücke auf ihn, und er soll eine vorzügliche Arbeit gemacht haben."

„Imponiert mir nicht. Alles Bibliotheks- und Abschreibesache. Wer nur ein bißchen findig ist, kann Bücher leisten wie Humboldt oder Ranke."

„Quart. Vierzehn As."

„Quint vom König."

Und während die Stiche gemacht wurden, hörte man in dem Billardzimmer nebenan das Klappern der Bälle und das Fallen der kleinen Boulekegel.

Nur sechs oder acht Herren waren alles in allem in den zwei

hinteren Klubzimmern, die mit ihrer Schmalseite nach einem sonnigen und ziemlich langweiligen Garten hinaussahen, versammelt, alle schweigsam, alle mehr oder weniger in ihr Whist oder Domino vertieft, nicht zum wenigsten die zwei pikettspielenden Herren, die sich eben über Ella und Afzelius unterhalten hatten. Es ging hoch, weshalb beide von ihrem Spiel erst wieder aufsahen, als sie, durch eine offne Rundbogennische, von dem nebenherlaufenden Zimmer her eines neuen Ankömmlings gewahr wurden. Es war Wedell.

„Aber Wedell, wenn Sie nicht eine Welt von Neuigkeiten mitbringen, so belegen wir Sie mit dem großen Bann."

„Pardon, Serge, es war keine bestimmte Verabredung."

„Aber doch beinah. Übrigens finden Sie mich persönlich in nachgiebigster Stimmung. Wie Sie sich mit Pitt auseinandersetzen wollen, der eben einhundertfünfzig Points verloren, ist Ihre Sache."

Dabei schoben beide die Karten beiseite, und der von dem herzukommenden Wedell als Serge Begrüßte zog seine Remontoiruhr und sagte: „Drei Uhr fünfzehn. Also Kaffee. Irgendein Philosoph, und es muß einer der größten gewesen sein, hat einmal gesagt, das sei das Beste am Kaffee, daß er in jede Situation und Tagesstunde hineinpasse. Wahrhaftig. Wort eines Weisen. Aber wo nehmen wir ihn? Ich denke, wir setzen uns draußen auf die Terrasse, mitten in die Sonne. Je mehr man das Wetter brüskiert, desto besser fährt man. Also, Pehlecke, drei Tassen. Ich kann das Umfallen der Boulekegel nicht mehr mit anhören, es macht mich nervös; draußen haben wir freilich auch Lärm, aber doch anders, und hören statt des spitzen Klappertons das Poltern und Donnern unserer unterirdischen Kegelbahn, wobei wir uns einbilden können, am Vesuv oder Ätna zu sitzen. Und warum auch nicht? Alle Genüsse sind schließlich Einbildung, und wer die beste Phantasie hat, hat den größten Genuß. Nur das Unwirkliche macht den Wert und ist eigentlich das einzig Reale."

„Serge", sagte der andere, der beim Pikettspielen als Pitt angeredet worden war, „wenn du mit deinen berühmten großen

Sätzen so fortfährst, so bestrafst du Wedell härter, als er verdient. Außerdem hast du Rücksicht auf mich zu nehmen, weil
ich verloren habe. So, hier wollen wir bleiben, den Lawn im
Rücken, diesen Efeu neben uns und eine kahle Wand en vue.
Himmlischer Aufenthalt für Seiner Majestät Garde! Was
wohl der alte Fürst Pückler zu diesem Klubgarten gesagt
haben würde! Pehlecke ... so, hier den Tisch her, jetzt geht's.
Und zum Schluß eine Kuba von Ihrem gelagertsten Lager.
Und nun, Wedell, wenn Ihnen verziehen werden soll, schütteln Sie Ihr Gewand, bis ein neuer Krieg herausfällt oder
irgendeine andere große Nachricht. Sie sind ja durch Puttkamers mit unserem lieben Herrgott verwandt. Mit welchem,
brauch ich nicht erst hinzuzusetzen. Was kocht er wieder?"

„Pitt", sagte Wedell, „ich beschwöre Sie, nur keine Bismarck-
fragen. Denn erstlich wissen Sie, daß ich nichts weiß, weil
Vettern im siebzehnten Grad nicht gerade zu den Intimen und
Vertrauten des Fürsten gehören; zum zweiten aber komme
ich, statt vom Fürsten, recte von einem Bolzenschießen her,
das sich mit einigen Treffern und vielen, vielen Nichttreffern
gegen niemand anders als gegen Seine Durchlaucht richtete."

„Und wer war dieser kühne Schütze?"

„Der alte Baron Osten, Rienäckers Onkel. Charmanter alter
Herr und Bon-Garçon. Aber freilich auch Pfiffikus."

„Wie alle Märker."

„Bin auch einer."

„Tant mieux. Da wissen Sie's von sich selbst. Aber heraus
mit der Sprache. Was sagt der Alte?"

„Vielerlei. Das Politische kaum der Rede wert, aber ein anderes desto wichtiger: Rienäcker steht vor einer scharfen
Ecke."

„Und vor welcher?"

„Er soll heiraten."

„Und das nennen Sie eine scharfe Ecke? Ich bitte Sie, Wedell,
Rienäcker steht vor einer viel schärferen: er hat neuntausend
jährlich und gibt zwölftausend aus, und das ist immer die

schärfste aller Ecken, jedenfalls schärfer als die Heirats-
ecke. Heiraten ist für Rienäcker keine Gefahr, sondern die
Rettung. Übrigens hab ich es kommen sehen. Und wer ist es
denn?"

„Eine Kusine!"

„Natürlich. Retterin und Kusine sind heutzutage fast iden-
tisch. Und ich wette, daß sie Paula heißt. Alle Kusinen heißen jetzt Paula."

„Diese nicht."

„Sondern?"

„Käthe."

„Käthe? Ah, da weiß ich's. Käthe Sellenthin. Hm, nicht übel,
glänzende Partie. Der alte Sellenthin – es ist doch der mit
dem Pflaster überm Auge? – hat sechs Güter, und die Vor-
werke mit eingerechnet, sind es sogar dreizehn. Geht zu gleichen Teilen, und das dreizehnte kriegt Käthe noch als Zu-
schlag. Gratuliere . . ."

„Sie kennen sie?"

„Gewiß. Wundervolle Flachsblondine mit Vergißmeinnicht-
augen, aber trotzdem nicht sentimental, weniger Mond als
Sonne. Sie war hier bei der Zülow in Pension und wurde mit
vierzehn schon umcourt und umworben."

„In der Pension?"

„Nicht direkt und nicht alltags, aber doch sonntags, wenn sie
beim alten Osten zu Tische war, demselben, von dem Sie jetzt
herkommen. Käthe, Käthe Sellenthin . . . sie war damals wie
'ne Bachstelze, und wir nannten sie so, und war der reizend-
ste Backfisch, den Sie sich denken können. Ich seh noch ihren
Haardutt, den wir immer den Wocken nannten. Und den soll
Rienäcker nun abspinnen. Nun, warum nicht? Es wird ihm so
schwer nicht werden."

„Am Ende doch schwerer, als mancher denkt", antwortete
Wedell. „Und so gewiß er der Aufbesserung seiner Finanzen
bedarf, so bin ich doch nicht sicher, daß er sich für die
blonde Speziallandsmännin ohne weiteres entscheiden wird.
Rienäcker ist nämlich seit einiger Zeit in einen anderen Far-

benton, und zwar ins Aschfarbene gefallen, und wenn es wahr ist, was mir Balafré neulich sagte, so hat er sich's ganz ernsthaft überlegt, ob er nicht seine Weißzeugdame zur Weißen Dame erheben soll. Schloß Avenel oder Schloß Zehden macht ihm keinen Unterschied, Schloß ist Schloß, und Sie wissen, Rienäcker, der überhaupt in manchem seinen eigenen Weg geht, war immer fürs Natürliche."

„Ja", lachte Pitt. „Das war er. Aber Balafré schneidet auf und erfindet sich interessante Geschichten. Sie sind nüchtern, Wedell, und werden doch solch erfundenes Zeug nicht glauben wollen."

„Nein, Erfundenes nicht", sagte Wedell. „Aber ich glaube, was ich weiß. Rienäcker, trotz seiner sechs Fuß, oder vielleicht auch gerade deshalb, ist schwach und bestimmbar und von einer seltenen Weichheit und Herzensgüte."

„Das ist er. Aber die Verhältnisse werden ihn zwingen, und er wird sich lösen und freimachen, schlimmstenfalls wie der Fuchs aus dem Eisen. Es tut weh und ein Stückchen Leben bleibt dran hängen. Aber das Hauptstück ist doch wieder heraus, wieder frei. Vive Käthe! Und Rienäcker! Wie sagt das Sprichwort: ‚Mit den Klugen ist Gott.'"

NEUNTES KAPITEL

Botho schrieb denselben Abend noch an Lene, daß er am andern Tage kommen würde, vielleicht schon früher als gewöhnlich. Und er hielt Wort und war eine Stunde vor Sonnenuntergang da. Natürlich fand er auch Frau Dörr. Es war eine prächtige Luft, nicht zu warm, und nachdem man noch eine Weile geplaudert hatte, sagte Botho: „Wir können vielleicht in den Garten gehen."

„Ja, in den Garten. Oder sonst wohin?"

„Wie meinst du?"

Lene lachte. „Sei nicht wieder in Sorge, Botho. Niemand ist in den Hinterhalt gelegt, und die Dame mit dem Schimmelgespann und der Blumengirlande wird dir nicht in den Weg treten."

„Also wohin, Lene?"

„Bloß ins Feld, ins Grüne, wo du nichts haben wirst als Gänseblümchen und mich. Und vielleicht auch Frau Dörr, wenn sie die Güte haben will, mich zu begleiten."

„Ob sie will", sagte Frau Dörr. „Gewiß will sie. Große Ehre. Aber man muß sich doch erst ein bißchen zurechtmachen. Ich bin gleich wieder da."

„Nicht nötig, Frau Dörr, wir holen Sie ab."

Und so geschah es, und als das junge Paar eine Viertelstunde später auf den Garten zuschritt, stand Frau Dörr schon an der Tür, einen Umhang überm Arm und einen prachtvollen Hut auf dem Kopf, ein Geschenk Dörrs, der, wie alle Geizhälse, mitunter etwas lächerlich Teures kaufte.

Botho sagte der so Herausgeputzten etwas Schmeichelhaftes, und gleich danach gingen alle drei den Gang hinunter und traten durch ein verstecktes Seitenpförtchen auf einen Feldweg hinaus, der hier, wenigstens zunächst noch und ehe er weiter abwärts in das freie Wiesengrün einbog, an dem an seiner Außenseite hoch in Nesseln stehenden Gartenzaun hinlief.

„Hier bleiben wir", sagte Lene. „Das ist der hübscheste Weg und der einsamste. Da kommt niemand."

Und wirklich, es war der einsamste Weg, um vieles stiller und menschenleerer als drei, vier andere, die parallel mit ihm über die Wiese hin auf Wilmersdorf zuführten und zum Teil ein eigentümliches Vorstadtleben zeigten. An dem einen dieser Wege befanden sich allerlei Schuppen, zwischen denen reckartige, wie für Turner bestimmte Gerüste standen und Bothos Neugier weckten; aber ehe er noch erkunden konnte, was es denn eigentlich sei, gab ihm das Tun drüben auch schon Antwort auf seine Frage: Decken und Teppiche wurden über die Gerüste hin ausgebreitet, und gleich danach begann ein Klopfen und Schlagen mit großen Rohrstöcken, so daß der Weg drüben alsbald in einer Staubwolke lag.

Botho wies darauf hin und wollte sich eben mit Frau Dörr

in ein Gespräch über den Wert oder Unwert der Teppiche vertiefen, die, bei Lichte besehen, doch bloß Staubfänger seien, „und wenn einer nicht fest auf der Brust sei, so hätt er die Schwindsucht weg, er wisse nicht wie". Mitten im Satz aber brach er ab, weil der von ihm eingeschlagene Weg in ebendiesem Augenblicke an einer Stelle vorüberführte, wo der Schutt einer Bildhauerwerkstatt abgeladen sein mußte, denn allerhand Stuckornamente, namentlich Engelsköpfe, lagen in großer Zahl umher.

„Das ist ein Engelskopf", sagte Botho. „Sehen Sie, Frau Dörr. Und hier ist sogar ein geflügelter."

„Ja", sagte Frau Dörr, „und ein Pausback dazu. Aber is es denn ein Engel? Ich denke, wenn er so klein is und Flügel hat, heißt er Amor."

„Amor oder Engel", sagte Botho, „das ist immer dasselbe. Fragen Sie nur Lene, die wird es bestätigen. Nicht wahr, Lene?"

Lene tat empfindlich, aber er nahm ihre Hand, und alles war wieder gut.

Unmittelbar hinter dem Schutthaufen bog der Pfad nach links ab und mündete gleich danach in einen etwas größeren Feldweg ein, dessen Pappelweiden eben blühten und ihre flockenartigen Kätzchen über die Wiese hin ausstreuten, auf der sie nun wie gezupfte Watte dalagen.

„Sieh, Lene", sagte Frau Dörr, „weißt du denn, daß sie jetzt die Betten damit stopfen, ganz wie mit Federn? Und sie nennen es Waldwolle."

„Ja, ich weiß, Frau Dörr. Und ich freue mich immer, wenn die Leute so was ausfinden und sich zunutze machen. Aber für Sie wär es nichts."

„Nein, Lene, für mich wär es nich. Da hast du recht. Ich bin so mehr fürs Feste, für Pferdehaar und Sprungfedern, und wenn es denn so wuppt . . ."

„O ja", sagte Lene, der diese Beschreibung etwas ängstlich zu werden anfing. „Ich fürchte bloß, daß wir Regen kriegen. Hören Sie nur die Frösche, Frau Dörr."

„Ja, die Poggen", bestätigte diese. „Nachts ist es mitunter ein
Gequake, daß man nicht schlafen kann. Und woher kommt
es? Weil hier alles Sumpf is und bloß so tut, als ob es Wiese
wäre. Sieh doch den Tümpel an, wo der Storch steht und
kuckt gerade hierher. Na, nach mir sieht er nich. Da könnt er
lange sehn. Und is auch recht gut so."

„Wir müssen am Ende doch wohl umkehren", sagte Lene
verlegen, und eigentlich nur, um etwas zu sagen.

„I bewahre", lachte Frau Dörr. „Nun erst recht nich, Lene; du
wirst dich doch nicht graulen und noch dazu vor so was.
Adebar, du Guter, bring mir . . . Oder soll ich lieber singen:
Adebar, du Bester?"

So ging es noch eine Weile weiter, denn Frau Dörr brauchte
Zeit, um von einem solchen Lieblingsthema wieder loszukommen.

Endlich war doch eine Pause da, während welcher man in
langsamem Tempo weiterschritt, bis man zuletzt an einen Hö-
henrücken kam, der sich hier plateauartig von der Spree nach
der Havel hinüberzieht. An ebendieser Stelle hörten auch die
Wiesen auf, und Korn- und Rapsfelder fingen an, die sich
bis an die vorderste Häuserreihe von Wilmersdorf zogen.

„Nun bloß da noch rauf", sagte Frau Dörr, „und dann setzen
wir uns und pflücken Butterblumen und flechten uns einen
Stengelkranz. Jott, das macht immer so viel Spaß, wenn man
den einen Stengel in den andern piekt, bis der Kranz fertig
is oder die Kette."

„Wohl, wohl", sagte Lene, der es heute beschieden war, aus
kleinen Verlegenheiten gar nicht herauszukommen. „Wohl,
wohl. Aber nun kommen Sie, Frau Dörr; hier geht der
Weg."

Und so sprechend, stiegen sie den niedrigen Abhang hinauf
und setzten sich, oben angekommen, auf einen hier seit letz-
tem Herbst schon aus Peden und Nesseln zusammengekarrten
Unkrauthaufen. Dieser Pedenhaufen war ein prächtiger Ruhe-
platz, zugleich auch ein Aussichtspunkt, von dem aus man
über einen von Werft und Weiden eingefaßten Graben hin

nicht nur die nördliche Häuserreihe von Wilmersdorf über-
blicken, sondern auch von einer benachbarten Kegelbahn-
tabagie her das Fallen der Kegel und vor allem das Zurück-
rollen der Kugel auf zwei klapprigen Latten in aller Deut-
lichkeit hören konnte. Lene vergnügte sich über die Maßen
darüber, nahm Bothos Hand und sagte: „Sieh, Botho, ich weiß
so gut Bescheid damit (denn als Kind wohnten wir auch
neben einer solchen Tabagie), daß ich, wenn ich die Kugel
bloß aufsetzen höre, gleich weiß, wieviel sie machen wird."
„Nun", sagte Botho, „da können wir ja wetten."
„Und um was?"
„Das findet sich."
„Gut. Aber ich brauch es nur dreimal zu treffen, und wenn
ich schweige, so zählt es nicht."
„Bin es zufrieden."
Und nun horchten alle drei hinüber, und die mit jedem Moment erregter werdende Frau Dörr verschwor sich hoch und
teuer, ihr puppre das Herz und ihr sei geradeso, wie wenn
sie vor einem Theatervorhang sitze. „Lene, Lene, du hast dir
zuviel zugetraut, Kind, das is ja gar nich möglich."
So wär es wohl noch weitergegangen, wenn man nicht in ebendiesem Augenblicke gehört hätte, daß eine Kugel aufgesetzt
und nach einmaligem dumpfem Aufschlag an die Seiten-
bande wieder still wurde. „Sandhase", rief Lene. Und richtig,
so war es.
„Das war leicht", sagte Botho. „Zu leicht. Das hätt ich auch
geraten. Sehen wir also, was kommt."
Und siehe da, zwei weitere Würfe folgten, ohne daß Lene
gesprochen oder sich auch nur gerührt hätte. Nur Frau
Dörrs Augen traten immer mehr aus dem Kopfe. Jetzt aber,
und Lene hob sich sofort von ihrem Platz, kam eine kleine
feste Kugel, und in einem eigentümlichen Mischton von
Elastizität und Härte hörte man sie vibrierend über das Brett
hintanzen. „Alle neun", rief Lene. Und im Nu gab es drüben
ein Fallen, und der Kegeljunge bestätigte nur, was kaum noch
der Bestätigung bedurfte.

„Du sollst gewonnen haben, Lene. Wir essen heute noch ein Vielliebchen, und dann geht alles in einem. Nicht wahr, Frau Dörr?"

„Versteht sich", zwinkerte diese, „alles in einem." Und dabei band sie den Hut ab und beschrieb Kreise damit, wie wenn es ihr Markthut gewesen wäre.

Mittlerweile sank die Sonne hinter den Wilmersdorfer Kirchturm, und Lene schlug vor, aufzubrechen und den Rückweg anzutreten, „es werde so fröstlich; unterwegs aber wollte man spielen und sich greifen: sie sei sicher, Botho werde sie nicht fangen".

„Ei, da wollen wir doch sehen."

Und nun begann ein Jagen und Haschen, bei dem Lene wirklich nicht gefangen werden konnte, bis sie zuletzt vor Lachen und Aufregung so abgeäschert war, daß sie sich hinter die stattliche Frau Dörr flüchtete.

„Nun hab ich meinen Baum", lachte sie, „nun kriegst du mich erst recht nicht." Und dabei hielt sie sich an Frau Dörrs etwas abstehender Schoßjacke fest und schob die gute Frau so geschickt nach rechts und links, daß sie sich eine Zeitlang mit Hilfe derselben deckte. Plötzlich aber war Botho neben ihr, hielt sie fest und gab ihr einen Kuß.

„Das ist gegen die Regel; wir haben nichts ausgemacht." Aber trotz solcher Abweisung hing sie sich doch an seinen Arm und kommandierte, während sie die Gardeschnarrstimme nachahmte: „Parademarsch... frei weg", und ergötzte sich an den bewundernden und nicht enden wollenden Ausrufen, womit die gute Frau Dörr das Spiel begleitete.

„Is es zu glauben?" sagte diese. „Nein, es is nich zu glauben. Und immer so un nie anders. Un wenn ich denn an meinen denke! Nicht zu glauben, sag ich. Und war doch auch einer. Un tat auch immer so."

„Was meint sie nur?" fragte Botho leise.

„Oh, sie denkt wieder... Aber, du weißt ja... Ich habe dir ja davon erzählt."

„Ach, *das* ist es. *Der*. Nun, er wird wohl so schlimm nicht
gewesen sein."

„Wer weiß. Zuletzt ist einer wie der andere."

„Meinst du?"

„Nein." Und dabei schüttelte sie den Kopf, und in ihrem
Auge lag etwas von Weichheit und Rührung. Aber sie wollte
diese Stimmung nicht aufkommen lassen und sagte deshalb
rasch: „Singen wir, Frau Dörr. Singen wir. Aber was?"

„‚Morgenrot' ..."

„Nein, das nicht ... ‚Morgen in das kühle Grab', das ist mir
zu traurig. Nein, singen wir ‚Übers Jahr, übers Jahr', oder
noch lieber ‚Denkst du daran'."

„Ja, *das* is recht, *das* is schön; das is mein Leib- und Magen-
lied."

Und mit gut eingeübter Stimme sangen alle drei das Lieb-
lingslied der Frau Dörr, und man war schon bis in die Nähe
der Gärtnerei gekommen, als es noch immer über das Feld
hin klang: „Ich denke dran ... ich danke dir mein Leben"
und dann von der anderen Wegseite her, wo die lange Reihe
der Schuppen und Remisen stand, im Echo widerhallte.

Die Dörr war überglücklich. Aber Lene und Botho waren
ernst geworden.

ZEHNTES KAPITEL

Es dunkelte schon, als man wieder vor der Wohnung der
Frau Nimptsch war, und Botho, der seine Heiterkeit und
gute Laune rasch zurückgewonnen hatte, wollte nur einen
Augenblick noch mit hineinsehen und sich gleich danach verabschieden. Als ihn Lene jedoch an allerlei Versprechungen
und Frau Dörr mit Betonung und Augenspiel an das noch
ausstehende Vielliebchen erinnerte, gab er nach und entschloß
sich, den ganzen Abend über zu bleiben.

„Das is recht", sagte die Dörr. „Und ich bleibe nun auch.
Das heißt, wenn ich bleiben darf und bei dem Vielliebchen

nich störe. Denn man kann doch nie wissen. Und ich will
bloß noch den Hut nach Hause bringen und den Umhang.
Und denn komm ich wieder."

„Gewiß müssen Sie wiederkommen", sagte Botho, während
er ihr die Hand gab. „So jung kommen wir nicht wieder zusammen."

„Nein, nein", lachte die Dörr, „so jung kommen wir nich
wieder zusammen. Un is auch eigentlich ganz unmöglich, un
wenn wir auch morgen schon wieder zusammenkämen. Denn
ein Tag is doch immer ein Tag und macht auch schon was
aus. Und deshalb is es ganz richtig, daß wir so jung nich
wieder zusammenkommen. Und muß sich jeder gefallen lassen."

In dieser Tonart ging es noch eine Weile weiter, und die von
niemandem bestrittene Tatsache des täglichen Älterwerdens
gefiel ihr so, daß sie dieselbe noch einige Male wiederholte.
Dann erst ging sie. Lene begleitete sie bis auf den Flur, Botho
seinerseits aber setzte sich neben Frau Nimptsch und fragte,
während er ihr das von der Schulter gefallene Umschlagetuch
wieder umhing, „ob sie noch böse sei, daß er die Lene wieder
auf ein paar Stunden entführt habe? Aber es sei so hübsch gewesen, und oben auf dem Pedenhaufen, wo sie sich aus-
geruht und geplaudert hätten, hätten sie der Zeit ganz vergessen."

„Ja, die Glücklichen vergessen die Zeit", sagte die Alte. „Und
die Jugend is glücklich, un is auch gut so un soll so sein. Aber
wenn man alt wird, lieber Herr Baron, da werden einen die
Stunden lang, un man wünscht sich die Tage fort un das
Leben auch."

„Ach, das sagen Sie so, Mutterchen. Alt oder jung, eigentlich
lebt doch jeder gern. Nicht wahr, Lene, wir leben gern?"

Lene war eben wieder vom Flur her in die Stube getreten und
lief, wie betroffen von dem Wort, auf ihn zu und umhalste
und küßte ihn und war überhaupt von einer Leidenschaftlichkeit, die ihr sonst ganz fremd war.

„Lene, was hast du nur?"

Aber sie hatte sich schon wieder gesammelt und wehrte mit
rascher Handbewegung seine Teilnahme ab, wie wenn sie
sagen wollte: ‚Frage nicht.‘ Und nun ging sie, während
Botho mit Frau Nimptsch weitersprach, auf das Küchen-
schapp zu, kramte drin umher und kam gleich danach und
völlig heitern Gesichts mit einem kleinen, in blaues Zucker-
papier genähten Buche zurück, das ganz das Aussehen hatte
wie die, drin Hausfrauen ihre täglichen Ausgaben aufschrei-
ben. Dazu diente das Büchelchen denn auch wirklich und
zugleich zu Fragen, mit denen sich Lene, sei's aus Neugier
oder gelegentlich auch aus tieferem Interesse, beschäftigte. Sie
schlug es jetzt auf und wies auf die letzte Seite, drauf Bothos
Blick sofort der dick unterstrichenen Überschrift begegnete:
„Was zu wissen not tut.“
„Alle tausend, Lene, das klingt ja wie Traktätchen oder
Lustspieltitel.“
„Ist auch so was. Lies nur weiter.“
Und nun las er: „Wer waren die beiden Damen auf dem
Korso? Ist es die ältere, oder ist es die junge? Wer ist Pitt?
Wer ist Serge? Wer ist Gaston?“
Botho lachte. „Wenn ich dir das alles beantworten soll, Lene,
so bleib ich bis morgen früh.“
Ein Glück, daß Frau Dörr bei dieser Antwort fehlte, sonst
hätte es eine neue Verlegenheit gegeben. Aber die sonst so
flinke Freundin, flink wenigstens, wenn es sich um den Ba-
ron handelte, war noch nicht wieder zurück, und so sagte
denn Lene: „Gut, so will ich mich handeln lassen. Und meinetwegen denn von den zwei Damen ein andermal! Aber
was bedeuten die fremden Namen? Ich habe schon neulich
danach gefragt, als du die Tüte brachtest. Aber was du da
sagtest, war keine rechte Antwort, nur so halb. Ist es ein
Geheimnis?“
„Nein.“
„Nun, denn sage.“
„Gern, Lene. Diese Namen sind bloß Necknamen.“
„Ich weiß. Das sagtest du schon.“

„. . . Also Namen, die wir uns aus Bequemlichkeit beigelegt
haben, mit und ohne Beziehung, je nachdem."

„Und was heißt Pitt?"

„Pitt war ein englischer Staatsmann."

„Und ist dein Freund auch einer?"

„Um Gottes willen . . ."

„Und Serge?"

„Das ist ein russischer Vorname, den ein Heiliger und viele
russische Großfürsten führen."

„Die aber nicht Heilige zu sein brauchen, nicht wahr? . . .
Und Gaston?"

„Ist ein französischer Name."

„Ja, dessen entsinn ich mich. Ich habe mal als ein ganz junges
Ding, und ich war noch nicht eingesegnet, ein Stück gesehn:
,Der Mann mit der eisernen Maske'. Und der mit der Maske,
der hieß Gaston. Und ich weinte jämmerlich."

„Und du lachst jetzt, wenn ich dir sage: Gaston bin ich."

„Nein, ich lache nicht. Du hast auch eine Maske."

Botho wollte scherz- und ernsthaft das Gegenteil versichern,
aber Frau Dörr, die gerade wieder eintrat, schnitt das Gespräch ab, indem sie sich entschuldigte, daß sie so lange habe
warten lassen. Aber eine Bestellung sei gekommen, und sie
habe rasch noch einen Begräbniskranz flechten müssen.

„Einen großen oder einen kleinen?" fragte die Nimptsch,
die gern von Begräbnissen sprach und eine Passion hatte,
sich von allem Dazugehörigen erzählen zu lassen.

„Nu", sagte die Dörr, „es war ein mittelscher; kleine Leute.
Efeu mit Azalie."

„Jott", fuhr die Nimptsch fort, „alles is jetzt für Efeu mit
Azalie, bloß ich nich. Efeu is ganz gut, wenn er aufs Grab
kommt und alles so grün und dicht einspinnt, daß das Grab
seine Ruhe hat und der drunter liegt auch. Aber Efeu in 'n
Kranz, das is nich richtig. Zu meiner Zeit, da nahmen wir
Immortellen, gelbe oder halbgelbe, und wenn es ganz was
Feines sein sollte, denn nahmen wir rote oder weiße und
machten Kränze draus oder auch bloß einen und hingen ihn

ans Kreuz, und da hing er denn den ganzen Winter, und
wenn der Frühling kam, da hing er noch. Un manche hingen
noch länger. Aber so mit Efeu oder Azalie, das is nichts. Un
warum nich? Darum nich, weil es nich lange dauert. Un ich
denke mir immer, je länger der Kranz oben hängt, desto länger denkt der Mensch auch an seine Toten unten. Un mitunter auch 'ne Witwe, wenn sie nich zu jung is. Un das is es,
warum ich für Immortelle bin, gelbe oder rote oder auch
weiße, un kann ja jeder einen andern Kranz zuhängen, wenn
er will. Das is denn so für den Schein. Aber der immortellige,
das is der richtige."

„Mutter", sagte Lene, „du sprichst wieder soviel von Grab
und Kranz."

„Ja, Kind, jeder spricht, woran er denkt. Un denkt einer an
Hochzeit, denn red't er von Hochzeit, un denkt einer an Begräbnis, denn red't er von Grab. Un ich habe nich mal ange-
fangen, von Grab und Kranz zu reden, Frau Dörr hat ange-
fangen, was auch ganz recht war. Un ich spreche bloß immer
davon, weil ich immer 'ne Angst habe un immer denke: ja,
wer wird dir mal einen bringen?"

„Ach, Mutter . . ."

„Ja, Lene, du bist gut, du bist ein gutes Kind. Aber der
Mensch denkt, un Gott lenkt, un heute rot, un morgen tot. Un
du kannst sterben so gut wie ich, jeden Tag, den Gott werden
läßt, wenn ich es auch nich glaube. Un Frau Dörr kann auch
sterben oder wohnt denn, wenn ich sterbe, vielleicht woanders, oder ich wohne woanders un bin vielleicht eben erst
eingezogen. Ach, meine liebe Lene, man hat nichts sicher,
gar nichts, auch nich mal einen Kranz aufs Grab."

„Doch, doch, Mutter Nimptsch", sagte Botho, „den haben Sie
sicher."

„Na, na, Herr Baron, wenn es man wahr is."

„Und wenn ich in Petersburg bin oder in Paris und ich höre,
daß meine alte Frau Nimptsch gestorben ist, dann schick ich
einen Kranz, und wenn ich in Berlin bin oder in der Nähe,
dann bring ich ihn selber."

sprochen, zugleich deutlich genug, um herauszuhören, daß es Weiterreisende waren, keine Mitpassagiere für Hankels Ablage.

Lene war glücklich, reichte Botho die Hand und sah schweigend in die Wald- und Heidelandschaft hinaus. Endlich sagte sie: „Was wird aber Frau Dörr sagen, daß wir sie zu Hause gelassen?"

„Sie darf es gar nicht erfahren."

„Mutter wird es ihr ausplaudern."

„Ja, dann steht es schlimm, und doch ließ sich's nicht anders tun. Sieh, auf der Wiese neulich, da ging es, da waren wir mutterwindallein. Aber wenn wir in Hankels Ablage auch noch soviel Einsamkeit finden, so finden wir doch immer einen Wirt und eine Wirtin und vielleicht sogar einen Berliner Kellner. Und solch Kellner, der immer so still vor sich hin lacht oder wenigstens in sich hinein, den kann ich nicht aushalten, der verdirbt mir die Freude. Frau Dörr, wenn sie neben deiner Mutter sitzt oder den alten Dörr erzieht, ist unbezahlbar, aber nicht unter Menschen. Unter Menschen ist sie bloß komische Figur und eine Verlegenheit."

Gegen fünf hielt der Zug an einem Waldrande ... Wirklich, niemand außer Botho und Lene stieg aus, und beide schlenderten jetzt behaglich und unter häufigem Verweilen auf ein Gasthaus zu, das, in etwa zehn Minuten Entfernung von dem kleinen Stationsgebäude, hart an der Spree seinen Platz hatte. Dies „Etablissement", wie sich's auf einem schiefstehenden Wegweiser nannte, war ursprünglich ein bloßes Fischerhaus gewesen, das sich erst sehr allmählich und mehr durch An- als Umbau in ein Gasthaus verwandelt hatte; der Blick über den Strom aber hielt für alles, was sonst vielleicht fehlen mochte, schadlos und ließ das glänzende Renommee, dessen sich diese Stelle bei allen Eingeweihten erfreute, keinen Augenblick als übertrieben erscheinen. Auch Lene fühlte sich sofort angeheimelt und nahm in einer verandaartig vorgebauten Holzhalle Platz, deren eine Hälfte von dem Zweig

einer alten zwischen Haus und Ufer stehenden Ulme ver-
deckt wurde.

„Hier bleiben wir", sagte sie. „Sieh doch nur die Kähne, zwei,
drei ... und dort weiter hinauf kommt eine ganze Flotte. Ja,
das war ein glücklicher Gedanke, der uns hierher führte.
Sieh doch nur, wie sie drüben auf dem Kahne hin und her
laufen und sich gegen die Ruder stemmen. Und dabei alles
so still. Oh, mein einziger Botho, wie schön das ist, und wie
gut ich dir bin."

Botho freute sich, Lene so glücklich zu sehen. Etwas Ent-
schlossenes und beinahe Herbes, das sonst in ihrem Charakter lag, war wie von ihr genommen und einer ihr sonst fremden Gefühlsweichheit gewichen, und dieser Wechsel schien
ihr selber unendlich wohlzutun.

Nach einer Weile kam der sein „Etablissement" schon von
Vater und Großvater her innehabende Wirt, um nach den
Befehlen der Herrschaften zu fragen, vor allem auch, „ob sie
zu Nacht bleiben würden", und bat, als diese Frage bejaht
worden war, über ihr Zimmer Beschluß fassen zu wollen. Es
ständen ihnen mehrere zur Verfügung, unter denen die Giebelstube wohl die beste sein würde. Sie sei zwar niedrig, aber
sonst groß und geräumig und hätte den Blick über die Spree
bis an die Müggelberge.

Der Wirt ging nun, als sein Vorschlag angenommen war, um
die nötigen Vorbereitungen zu treffen, und Botho und Lene
waren nicht nur wieder allein miteinander, sondern genossen
auch das Glück dieses Alleinseins in vollen Zügen. Auf einem
der herabhängenden Ulmenzweige wiegte sich ein in einem
niedrigen Nachbargebüsch nistender Fink, Schwalben fuhren
hin und her, und zuletzt kam eine schwarze Henne mit einem
langen Gefolge von Entenküken an der Veranda vorüber
und stolzierte gravitätisch auf einen weit in den Fluß hinein-
gebauten Wassersteg zu. Mitten auf diesem Steg aber blieb
die Henne stehen, während sich die Küken ins Wasser stürz-
ten und fortschwammen.

Lene sah eifrig dem allem zu. „Sieh nur, Botho, wie der

Strom durch die Pfähle schießt." Aber eigentlich war es weder der Steg noch die durchschießende Flut, was sie fesselte, sondern die zwei Boote, die vorn angekettet lagen. Sie liebäugelte damit und erging sich in kleinen Fragen und Anspielungen, und erst als Botho taub blieb und durchaus nichts davon verstehen wollte, rückte sie klarer mit der Sprache heraus und sagte rundweg, daß sie gern Wasser fahren möchte.

„Weiber sind doch unverbesserlich. Unverbesserlich in ihrem Leichtsinn. Denk an den zweiten Ostertag. Um ein Haar ..."

„... wär ich ertrunken. Gewiß. Aber das war nur das eine. Nebenher lief die Bekanntschaft mit einem stattlichen Herrn, dessen du dich vielleicht entsinnst. Er hieß Botho ... Du wirst doch, denk ich, den zweiten Ostertag nicht als einen Unglückstag ansehen wollen? Da bin ich artiger und galanter."

„Nun, nun ... Aber kannst du auch rudern, Lene?"

„Freilich kann ich. Und kann auch sogar steuern und ein Segel stellen. Weil ich beinahe ertrunken wäre, denkst du gering von mir und meiner Kunst. Aber der Junge war schuld, und ertrinken kann am Ende jeder."

Und dabei ging sie von der Veranda her den Steg entlang auf die zwei Boote zu, deren Segel eingerefft waren, während ihre Wimpel, mit eingesticktem Namen, oben an der Mastspitze flatterten.

„Welches nehmen wir", sagte Botho, „die ‚Forelle' oder die ‚Hoffnung'?"

„Natürlich die ‚Forelle'. Was sollen wir mit der ‚Hoffnung'?"

Botho hörte wohl heraus, daß dies von Lene mit Absicht und um zu sticheln gesagt wurde, denn so fein sie fühlte, so verleugnete sie doch nie das an kleinen Spitzen Gefallen findende Berliner Kind. Er verzieh ihr aber dies Spitzige, schwieg und war ihr beim Einsteigen behilflich. Dann sprang er nach. Als er gleich darauf das Boot losketteln wollte, kam der Wirt und brachte Jackett und Plaid, weil es bei Sonnenuntergang kalt würde. Beide dankten, und in Kürze waren sie mitten auf dem Strom, der hier, durch Inseln und Landzungen eingeengt, keine dreihundert Schritte breit sein mochte. Lene tat nur dann und wann einen Schlag mit dem Ruder, aber auch diese wenigen Schläge reichten schon aus, sie nach einer kleinen Weile bis an eine hoch in Gras stehende, zugleich als Schiffswerft dienende Wiese zu führen, auf der, in einiger Entfernung von ihnen, ein Spreekahn gebaut und alte, leck gewordene Kähne kalfatert und geteert wurden.

„Dorthin müssen wir!" jubelte Lene, während sie Botho mit sich fortzog. Aber ehe beide bis an die Schiffsbaustelle heran waren, hörte das Hämmern der Zimmermannsaxt auf, und das beginnende Läuten der Glocke verkündete, daß Feierabend sei. So bogen sie denn hundert Schritte von der Werft in einen Pfad ein, der, schräg über die Wiese hin, auf einen Kiefernwald zuführte. Die roten Stämme desselben glühten prächtig im Widerschein der schon tief stehenden Sonne, während über den Kronen ein bläulicher Nebel lag.

„Ich möchte dir einen recht schönen Strauß pflücken", sagte Botho, während er Lene bei der Hand nahm. „Aber sieh nur, die reine Wiese, nichts als Gras und keine Blume. Nicht eine."

„Doch. Die Hülle und Fülle. Du siehst nur keine, weil du zu anspruchsvoll bist."

„Und wenn ich es wäre, so wär ich es bloß für dich."

„Oh, keine Ausflüchte. Du wirst sehen, ich finde welche." Und sich niederbückend, suchte sie nach rechts und links hin und sagte: „Sieh nur, hier ... und da ... und hier wieder. Es stehen hier mehr als in Dörrs Garten; man muß nur ein Auge dafür haben." Und so pflückte sie behend und emsig, zugleich allerlei Unkraut und Grashalme mit ausreißend, bis sie nach ganz kurzer Zeit eine Menge Brauchbares und Unbrauchbares in Händen hatte.

Währenddem waren sie bis an eine seit Jahr und Tag leerstehende Fischerhütte gekommen, vor der auf einem mit Kienäpfeln überstreuten Sandstreifen (denn der Wald stieg unmittelbar dahinter an) ein umgestülpter Kahn lag.

„Der kommt uns zupaß", sagte Botho, „hier wollen wir uns
setzen. Du mußt ja müde sein. Und nun laß sehen, was du
gepflückt hast. Ich glaube, du weißt es selber nicht, und ich
werde mich auf den Botaniker hin ausspielen müssen. Gib
her. Das ist Ranunkel, und das ist Mäuseohr, und manche
nennen es auch falsches Vergißmeinnicht. Hörst du, falsches.
Und hier das mit dem gezackten Blatt, das ist Taraxacum,
unsere gute alte Butterblume, woraus die Franzosen Salat
machen. Nun meinetwegen. Aber Salat und Bukett ist ein
Unterschied."

„Gib nur wieder her", lachte Lene. „Du hast kein Auge für
diese Dinge, weil du keine Liebe dafür hast, und Auge und
Liebe gehören immer zusammen. Erst hast du der Wiese die
Blumen abgesprochen, und jetzt, wo sie da sind, willst du sie
nicht als richtige Blumen gelten lassen. Es sind aber Blumen
und noch dazu sehr gute. Was gilt die Wette, daß ich dir
etwas Hübsches zusammenstelle."

„Nun, da bin ich aber doch neugierig, was du wählen wirst."

„Nur solche, denen du selber zustimmst. Und nun laß uns
anfangen. Hier ist Vergißmeinnicht, aber kein Mäuseohr-
Vergißmeinnicht, will sagen kein falsches, sondern ein echtes.
Zugestanden?"

„Ja."

„Und das hier ist Ehrenpreis, eine feine kleine Blume. Die
wirst du doch wohl gelten lassen? Da frag ich gar nicht erst.
Und diese große rotbraune, das ist Teufelsabbiß und eigens
für dich gewachsen. Ja, lache nur. Und das hier", und sie
bückte sich nach ein paar gelben Blumenköpfchen, die gerade vor ihr auf der Sandstelle blühten, „das sind Immortellen."

„Immortellen", sagte Botho. „Die sind ja die Passion der
alten Frau Nimptsch. Natürlich, *die* nehmen wir, *die* dürfen
nicht fehlen. Und nun binde nur das Sträußchen zusammen."

„Gut. Aber womit? Wir wollen es lassen, bis wir eine Binse
finden."

„Nein, so lange will ich nicht warten. Und ein Binsenhalm

ist mir auch nicht gut genug, ist zu dick und zu grob. Ich will was Feines. Weißt du, Lene, du hast so schönes langes Haar; reiß eins aus und flicht den Strauß damit zusammen."

„Nein", sagte sie bestimmt.

„Nein? Warum nicht? Warum nein?"

„Weil das Sprichwort sagt: ‚Haar bindet.' Und wenn ich es um den Strauß binde, so bist du mitgebunden."

„Ach, das ist Aberglauben. Das sagt Frau Dörr."

„Nein, die alte Frau sagt es. Und was die mir von Jugend auf gesagt hat, auch wenn es wie Aberglauben aussah, das war immer richtig."

„Nun meinetwegen. Ich streite nicht. Aber ich will kein ander Band um den Strauß als ein Haar von dir. Und du wirst doch nicht so eigensinnig sein und mir's abschlagen."

Sie sah ihn an, zog ein Haar aus ihrem Scheitel und wand es um den Strauß. Dann sagte sie: „Du hast es gewollt. Hier, nimm es. Nun bist du gebunden."

Er versuchte zu lachen, aber der Ernst, mit dem sie das Gespräch geführt und die letzten Worte gesprochen hatte, war doch nicht ohne Eindruck auf ihn geblieben.

„Es wird kühl", sagte er nach einer Weile. „Der Wirt hatte recht, dir Jackett und Plaid nachzubringen. Komm, laß uns aufbrechen."

Und so gingen sie wieder auf die Stelle zu, wo das Boot lag, und eilten sich, über den Fluß zu kommen.

Jetzt erst, im Rückfahren, sahen sie, wie malerisch das Gasthaus dalag, dem sie mit jedem Ruderschlage näher kamen. Eine hohe groteske Mütze, so saß das Schilfdach auf dem niedrigen Fachwerkbau, dessen vier kleine Frontfenster sich eben zu erhellen begannen. Und im selben Augenblicke wurden auch ein paar Windlichter in die Veranda getragen, und durch das Gezweige der alten Ulme, das im Dunkel einem phantastischen Gitterwerke glich, blitzten allerlei Lichtstreifen über den Strom hin.

Keiner sprach. Jeder aber hing seinem Glück und der Frage nach, wie lange das Glück noch dauern werde.

ZWÖLFTES KAPITEL

Es dunkelte schon, als sie landeten.

„Laß uns diesen Tisch nehmen“, sagte Botho, während sie wieder unter die Veranda traten. „Hier trifft dich kein Wind, und ich bestelle dir einen Grog oder Glühwein, nicht wahr? Ich sehe ja, du hast es kalt.“

Er schlug ihr noch allerlei andres vor, aber Lene bat, auf ihr Zimmer gehen zu dürfen, wenn er dann komme, sei sie wieder munter. Sie sei nur angegriffen und brauche nichts; und wenn sie nur Ruhe habe, so werd es vorübergehen.

Damit verabschiedete sie sich und stieg in die mittlerweile hergerichtete Giebelstube hinauf, begleitet von der in durchaus irrigen Vermutungen befangenen Wirtin, die sofort neugierig fragte, „was es denn eigentlich sei“, und, einer Antwort unbedürftig, im selben Augenblicke fortfuhr: ja, das sei so bei jungen Frauen, das wisse sie von sich selber, und eh ihr Ältester geboren wurde (jetzt habe sie schon vier und eigentlich fünf, aber der mittelste sei zu früh gekommen und gleich tot), da hätte sie's auch gehabt. Es flög einen so an und sei dann wie zum Sterben. Aber eine Tasse Melissentee, das heißt Klostermelisse, da fiele es gleich wieder ab, und man sei mit eins wieder wie 'n Fisch im Wasser und ordentlich aufgekratzt und fidel und ganz zärtlich. „Ja, ja, gnädige Frau, wenn erst so vier um einen rumstehen, ohne daß ich den kleinen Engel mitrechne . . .“

Lene bezwang nur mit Mühe ihre Verlegenheit und bat, um wenigstens etwas zu sagen, um etwas Melissentee, Klostermelisse, wovon sie auch schon gehört habe.

Während oben in der Giebelstube dies Gespräch geführt wurde, hatte Botho Platz genommen, aber nicht innerhalb der windgeschützten Veranda, sondern an einem urwüchsigen Brettertisch, der, in Front derselben, auf vier Pfählen aufgenagelt war und einen freien Blick hatte. Hier wollte er sein Abendbrot einnehmen. Er bestellte sich denn auch ein Fischgericht, und als der „Schlei mit Dill“, wofür das Wirtshaus

von alter Zeit her ein Renommee hatte, aufgetragen wurde,
kam der Wirt, um zu fragen, welchen Wein der Herr Baron –
er gab ihm diesen Titel auf gut Glück hin – beföhle.

„Nun, ich denke", sagte Botho, „zu dem delikaten Schlei
paßt am besten ein Brauneberger oder, sagen wir lieber, ein
Rüdesheimer, und zum Zeichen, daß er gut ist, müssen Sie
sich zu mir setzen und bei Ihrem eigenen Weine mein Gast
sein."

Der Wirt verbeugte sich unter Lächeln und kam bald danach
mit einer angestaubten Flasche zurück, während die Magd,
eine hübsche Wendin in Friesrock und schwarzem Kopftuch,
auf einem Tablett die Gläser brachte.

„Nun lassen Sie sehn", sagte Botho. „Die Flasche verspricht
alles mögliche Gute. Zu viel Staub und Spinnweb ist allemal
verdächtig, aber diese hier ... Ah, superb! Das ist Siebziger,
nicht wahr? Und nun lassen Sie uns anstoßen! Ja, auf was?
Auf das Wohl von Hankels Ablage!"

Der Wirt war augenscheinlich entzückt, und Botho, der wohl
sah, welchen guten Eindruck er machte, fuhr deshalb in dem
ihm eigenen leichten und leutseligen Tone fort: „Ich find es
reizend hier, und nur eins läßt sich gegen Hankels Ablage
sagen: der Name."

„Ja", bestätigte der Wirt, „der Name, der läßt viel zu wünschen übrig und ist eigentlich ein Malheur für uns. Und doch
hat es seine Richtigkeit damit; Hankels Ablage war nämlich
wirklich eine Ablage, und so heißt es denn auch so."

„Gut. Aber das bringt uns nicht weiter. Warum hieß es Ablage? Was ist Ablage?"

„Nun, wir könnten auch sagen: Aus- und Einladestelle. Das
ganze Stück Land hier herum" (und er wies nach rückwärts),
„war nämlich immer ein großes Dominium und hieß unter
dem Alten Fritzen und auch früher schon unter dem Sol-
datenkönige die Herrschaft Wusterhausen. Und es gehörten
wohl an die dreißig Dörfer dazu, samt Forst und Heide.
Nun sehen Sie, die dreißig Dörfer, die schafften natürlich
was und brauchten was, oder was dasselbe sagen will, sie

hatten Ausfuhr und Einfuhr, und für beides brauchten sie
von Anfang an einen Hafen- oder Stapelplatz und konnte
nur noch zweifelhaft sein, welche Stelle man dafür wählen
würde. Da wählten sie *diese* hier, diese Bucht wurde Hafen,
Stapelplatz, ‚Ablage‘ für alles, was kam und ging, und weil
der Fischer, der damals hier wohnte, beiläufig mein Ahnherr,
Hankel hieß, so hatten wir eine ‚*Hankels Ablage*‘.“

„Schade“, sagte Botho, „daß man's nicht jedem so rund und
nett erklären kann“, und der Wirt, der sich hierdurch er-
mutigt fühlen mochte, wollte fortfahren. Ehe er aber beginnen konnte, hörte man einen Vogelschrei hoch oben in den
Lüften, und als Botho neugierig hinaufsah, sah er, daß zwei
mächtige Vögel, kaum noch erkennbar, im Halbdunkel über
der Wasserfläche hinschwebten.

„Waren das wilde Gänse?“

„Nein, Reiher. Der ganze Forst hier herum ist Reiherforst.
Überhaupt ein rechter Jagdgrund, Schwarzwild und Dam-
wild in Massen, und in dem Schilf und Rohr hier Enten,
Schnepfen und Bekassinen.“

„Entzückend“, sagte Botho, in dem sich der Jäger regte.
„Wissen Sie, daß ich Sie beneide. Was tut schließlich der
Name? Enten, Schnepfen, Bekassinen. Es überkommt einen
die Lust, daß man's auch so gut haben möchte. Nur einsam
muß es hier sein, zu einsam.“

Der Wirt lächelte vor sich hin, und Botho, dem es nicht entging, wurde neugierig und sagte: „Sie lächeln. Aber ist es
nicht so? Seit einer halben Stunde hör ich nichts als das Wasser, das unter dem Steg hingluckst, und in diesem Augenblick oben den Reiherschrei. Das nenn ich einsam, so hübsch
es ist. Und dann und wann ziehen ein paar große Spreekähne
vorüber, aber alle sind einander gleich oder sehen sich wenigstens ähnlich. Und eigentlich ist jeder wie ein Gespenster-
schiff. Eine wahre Totenstille.“

„Gewiß“, sagte der Wirt. „Aber doch alles nur, solang es
dauert.“

„Wie das?“

„Ja", wiederholte der Gefragte, „solang es dauert. Sie sprechen von Einsamkeit, Herr Baron, und tagelang ist es auch wirklich einsam hier. Und es können auch Wochen werden. Aber kaum, daß das Eis bricht und das Frühjahr kommt, so kommt auch schon Besuch, und der Berliner ist da."

„Wann kommt er?"

„Unglaublich früh. ,Okuli, da kommen sie.' Sehen Sie, Herr Baron, wenn ich, der ich doch ausgewettert bin, immer noch drin in der Stube bleibe, weil der Ostwind pustet und die Märzensonne sticht, setzt sich der Berliner schon ins Freie, legt seinen Sommerüberzieher über den Stuhl und bestellt eine Weiße. Denn sowie nur die Sonne scheint, spricht der Berliner von schönem Wetter. Ob in jedem Windzug eine Lungenentzündung oder Diphtheritis sitzt, ist ihm egal. Er spielt dann am liebsten mit Reifen; einige sind auch für Boccia, und wenn sie dann abfahren, ganz aufgedunsen von der Prallsonne, dann tut mir mitunter das Herz weh, denn keiner ist darunter, dem nicht wenigstens am andern Tage die Haut abschülbert."

Botho lachte. „Ja, die Berliner! Wobei mir übrigens einfällt, Ihre Spree hier herum muß ja auch die Gegend sein, wo die Ruderer und Segler zusammenkommen und ihre Regatten haben."

„Gewiß", sagte der Wirt. „Aber das will nicht viel sagen. Wenn's viele sind, dann sind es fünfzig oder vielleicht auch mal hundert. Und dann ruht es wieder und ist auf Wochen und Monate hin mit dem ganzen Wassersport vorbei. Nein, die Klubleute, das ist vergleichsweise bequem, das ist zum Aushalten. Aber wenn dann im Juni die Dampfschiffe kommen, dann ist es schlimm. Und dann bleibt es so den ganzen Sommer über oder doch eine lange, lange Weile."

„Glaub's", sagte Botho.

„... Dann trifft jeden Abend ein Telegramm ein: ,Morgen früh neun Uhr Ankunft auf Spreedampfer Alsen. Tagespartie. Zweihundertvierzig Personen.' Und dann folgen die Namen derer, die's arrangiert haben. Einmal geht das. Aber die

Länge hat die Qual. Denn wie verläuft eine solche Partie? Bis Dunkelwerden sind sie draußen in Wald und Wiese, dann aber kommt das Abendbrot, und dann tanzen sie bis um elf. Nun werden Sie sagen, ,das ist nichts Großes', und wär auch nichts Großes, wenn der andre Tag ein Ruhetag wär. Aber der zweite Tag ist wie der erste, und der dritte ist wie der zweite. Jeden Abend um elf dampft ein Dampfer mit zweihundertvierzig Personen ab, und jeden Morgen um neun ist ein Dampfer mit ebensoviel Personen wieder da. Und inzwischen muß doch aufgeräumt und alles wieder klar gemacht werden. Und so vergeht die Nacht mit Lüften, Putzen und Scheuern, und wenn die letzte Klinke wieder blank ist, ist auch das nächste Schiff schon wieder heran. Natürlich hat alles auch sein Gutes, und wenn man um Mitternacht die Kasse zählt, so weiß man, wofür man sich gequält hat. ,Von nichts kommt nichts', sagt das Sprichwort und hat auch ganz recht, und wenn ich all die Maibowlen auffüllen sollte, die hier schon getrunken sind, so müßt ich mir ein Heidelberger Faß anschaffen. Es bringt was ein, gewiß, und ist alles schön und gut. Aber dafür, daß man vorwärtskommt, kommt man doch auch rückwärts und bezahlt mit dem Besten, was man hat, mit Leben und Gesundheit. Denn was ist Leben ohne Schlaf?"

„Wohl, ich sehe schon", sagte Botho, „kein Glück ist vollkommen. Aber dann kommt der Winter, und dann schlafen Sie wie sieben Dächse."

„Ja, wenn nicht gerade Silvester oder Dreikönigstag oder Fastnacht ist. Und die sind öfter, als der Kalender angibt. Da sollten Sie das Leben hier sehen, wenn sie von zehn Dörfern her, zu Schlitten oder Schlittschuh, in dem großen Saal, den ich angebaut habe, zusammenkommen. Dann sieht man kein großstädtisch Gesicht mehr, und die Berliner lassen einen in Ruh, aber der Großknecht und die Jungemagd, die haben dann ihren Tag. Da sieht man Otterfellmützen und Manchesterjacken mit silbernen Buckelknöpfen, und allerlei Soldaten, die grad auf Urlaub sind, sind mit dabei: Schwedter

Dragoner und Fürstenwalder Ulanen, oder wohl gar Potsdamer Husaren. Und alles ist eifersüchtig und streitlustig,
und man weiß nicht, was ihnen lieber ist, das Tanzen oder
das Krakeelen, und bei dem kleinsten Anlaß stehen die Dörfer gegeneinander und liefern sich ihre Bataillen. Und so
toben und lärmen sie die ganze Nacht durch, und ganze
Pfannkuchenberge verschwinden, und erst beim Morgen-
grauen geht es über das Stromeis oder den Schnee hin wieder
nach Hause."

„Da seh ich freilich", sagte Botho, „daß sich von Einsamkeit
und Totenstille nicht gut sprechen läßt. Ein Glück nur, daß
ich von dem allen nicht gewußt habe, sonst hätt ich gar nicht
den Mut gehabt und wäre fortgeblieben. Und das wäre mir
doch leid gewesen, einen so hübschen Fleck Erde gar nicht
gesehen zu haben ... Aber Sie sagten vorhin: ,Was ist Leben
ohne Schlaf', und ich fühle, daß Sie recht haben. Ich bin müde
trotz früher Stunde; das macht, glaub ich, die Luft und das
Wasser. Und dann muß ich doch auch sehn ... Ihre liebe Frau
hat sich so bemüht ... Gute Nacht, Herr Wirt. Ich habe mich
verplaudert."

Und damit stand er auf und ging auf das still gewordene
Haus zu.

Lene, die Füße schräg auf dem herangerückten Stuhl, hatte
sich aufs Bett gelegt und eine Tasse von dem Tee getrunken,
den ihr die Wirtin gebracht hatte. Die Ruhe, die Wärme
taten ihr wohl, der Anfall ging vorüber, und sie hätte schon
nach kurzer Zeit wieder in die Veranda hinuntergehen und an
dem Gespräche, das Botho mit dem Wirte führte, teilnehmen
können. Aber ihr war nicht gesprächig zu Sinn, und so stand
sie nur auf, um sich in dem Zimmer umzusehen, für das sie
bis dahin kein Auge gehabt hatte.

Und wohl verlohnte sich's. Die Balkenlagen und Lehmwände
hatte man aus alter Zeit her fortbestehen lassen, und die ge-
weißte Decke hing so tief herab, daß man sie mit dem Finger
berühren konnte; was aber zu bessern gewesen war, das war
auch wirklich gebessert worden. An Stelle der kleinen Schei-

ben, die man im Erdgeschoß noch sah, war hier oben ein großes, bis fast auf die Diele reichendes Fenster eingesetzt worden, das ganz so, wie der Wirt es geschildert, einen prächtigen
Blick auf die gesamte Wald- und Wasserszenerie gestattete.
Das große Spiegelfenster war aber nicht alles, was Neuzeit
und Komfort hier getan hatten. Auch ein paar gute Bilder,
mutmaßlich auf einer Auktion erstanden, hingen an den alten,
überall Buckel und Blasen bildenden Lehmwänden umher,
und just da, wo der vorgebaute Fenstergiebel nach hinten
oder, was dasselbe sagen will, nach dem eigentlichen Zimmer
zu die Dachschrägung traf, standen sich ein paar elegante
Toilettentische gegenüber. Alles zeigte, daß man die Fischer-
und Schifferherberge mit Geflissentlichkeit beibehalten, aber
sie doch zugleich auch in ein gefälliges Gasthaus für die reichen Sportsleute vom Segler- und Ruderklub umgewandelt
hatte.

Lene fühlte sich angeheimelt von allem, was sie sah, und begann zunächst die rechts und links in breiter Umrahmung
über den Bettständen hängenden Bilder zu betrachten. Es
waren Stiche, die sie, dem Gegenstande nach, lebhaft inter-
essierten, und so wollte sie gerne wissen, was es mit den
Unterschriften auf sich habe. „Washington crossing the Delaware" stand unter dem einen, „The last hour at Trafalgar"
unter dem andern. Aber sie kam über ein bloßes Silbenent-
ziffern nicht hinaus, und das gab ihr, so klein die Sache war,
einen Stich ins Herz, weil sie sich der Kluft dabei bewußt
wurde, die sie von Botho trennte. Der spöttelte freilich über
Wissen und Bildung, aber sie war klug genug, um zu fühlen,
was von diesem Spotte zu halten war.

Dicht neben der Eingangstür, über einem Rokokotisch, auf
dem rote Gläser und eine Wasserkaraffe standen, hing noch
eine buntfarbige, mit einer dreisprachigen Unterschrift versehene Lithographie: „Si jeunesse savait" – ein Bild, das sie
sich entsann in der Dörrschen Wohnung gesehen zu haben.
Dörr liebte dergleichen. Als sie's hier wieder sah, fuhr sie
verstimmt zusammen. Ihre feine Sinnlichkeit fühlte sich von

dem Lüsternen in dem Bilde wie von einer Verzerrung ihres eigenen Gefühls beleidigt, und so ging sie denn, den Eindruck wieder loszuwerden, bis an das Giebelfenster und öffnete beide Flügel, um die Nachtluft einzulassen. Ach, wie sie das erquickte! Dabei setzte sie sich auf das Fensterbrett, das nur zwei Handbreit über der Diele war, schlang ihren linken Arm um das Kreuzholz und horchte nach der nicht allzu entfernten Veranda hinüber. Aber sie vernahm nichts. Eine tiefe Stille herrschte; nur in der alten Ulme ging ein Wehen und Rauschen, und alles, was eben noch von Verstimmung in ihrer Seele geruht haben mochte, das schwand jetzt hin, als sie den Blick immer eindringlicher und entzückter auf das vor ihr ausgebreitete Bild richtete. Das Wasser flutete leise, der Wald und die Wiese lagen im abendlichen Dämmer, und der Mond, der eben wieder seinen ersten Sichelstreifen zeigte, warf einen Lichtschein über den Strom und ließ das Zittern seiner kleinen Wellen erkennen.

„Wie schön!" sagte Lene hochaufatmend. „Und ich bin doch glücklich", setzte sie hinzu.

Sie mochte sich nicht trennen von dem Bilde. Zuletzt aber erhob sie sich, schob einen Stuhl vor den Spiegel und begann ihr schönes Haar zu lösen und wieder einzuflechten. Als sie noch damit beschäftigt war, kam Botho.

„Lene, noch auf? Ich dachte, daß ich dich mit einem Kusse wecken müßte."

„Dazu kommst du zu früh, so spät du kommst."

Und sie stand auf und ging ihm entgegen. „Mein einziger Botho. Wie lange du bleibst..."

„Und das Fieber? Und der Anfall?"

„Ist vorüber, und ich bin wieder munter, seit einer halben Stunde schon. Und ebensolange hab ich dich erwartet." Und sie zog ihn mit sich fort an das noch offenstehende Fenster: „Sieh nur! Ein armes Menschenherz, soll ihm keine Sehnsucht kommen bei solchem Anblick?"

Und sie schmiegte sich an ihn und blickte mit einem Ausdruck höchsten Glückes zu ihm auf.

DREIZEHNTES KAPITEL

Beide waren früh auf, und die Sonne kämpfte noch mit dem Morgennebel, als sie schon die Stiege herabkamen, um unten ihr Frühstück zu nehmen. Ein leiser Wind ging, eine Frühbrise, die die Schiffer nicht gern ungenutzt lassen, und so glitt denn auch, als unser junges Paar eben ins Freie trat, eine ganze Flottille von Spreekähnen an ihnen vorüber.

Lene war noch in ihrem Morgenanzuge. Sie nahm Bothos Arm und schlenderte mit ihm am Ufer entlang an eine Stelle hin, die hoch in Schilf und Binsen stand. Er sah sie zärtlich an. „Lene, du siehst ja aus, wie ich dich noch gar nicht gesehen habe. Ja, wie sag ich nur? Ich finde kein anderes Wort: du siehst so glücklich aus."

Und so war es. Ja, sie war glücklich, ganz glücklich und sah die Welt in einem rosigen Lichte. Sie hatte den besten, den liebsten Mann am Arm und genoß eine kostbare Stunde. War das nicht genug? Und wenn diese Stunde die letzte war, nun, so war sie die letzte. War es nicht schon ein Vorzug, einen solchen Tag durchleben zu können? Und wenn auch nur einmal, ein einzig Mal.

So schwanden ihr alle Betrachtungen von Leid und Sorge, die sonst wohl, ihr selbst zum Trotz, ihre Seele bedrückten, und alles, was sie fühlte, war Stolz, Freude, Dank. Aber sie sagte nichts; sie war abergläubisch und wollte das Glück nicht bereden, und nur an einem leisen Zittern ihres Arms gewahrte Botho, wie das Wort: „Ich glaube, du bist glücklich, Lene" ihr das innerste Herz getroffen hatte.

Der Wirt kam und erkundigte sich artig, wenn auch mit einem Anfluge von Verlegenheit, nach ihrer Nachtruhe.

„Vorzüglich", sagte Botho. „Der Melissentee, den Ihre liebe Frau verordnete, hat wahre Wunder getan, und die Mondsichel, die uns gerade ins Fenster schien, und die Nachtigallen, die leise schlugen, so leise, daß man sie nur eben noch hören konnte, ja, wer wollte da nicht schlafen wie im Paradiese? Hoffentlich wird sich kein Spreedampfer mit zwei-

hundertvierzig Gästen für heute nachmittag angemeldet haben. Das wäre dann freilich die Vertreibung aus dem Paradiese. Sie lächeln und denken: ‚Wer weiß?', und vielleicht hab ich mit meinen Worten den Teufel schon an die Wand gemalt. Aber noch ist er nicht da, noch seh ich keinen Schlot und keine Rauchfahne, noch ist die Spree rein, und wenn auch ganz Berlin schon unterwegs wäre, das Frühstück wenigstens können wir noch in Ruhe nehmen. Nicht wahr? Aber wo?"
„Die Herrschaften haben zu befehlen."
„Nun, dann denk ich, unter der Ulme. Die Halle, so schön sie ist, ist doch nur gut, wenn draußen die Sonne brennt. Und sie brennt noch nicht und hat noch drüben am Walde mit dem Nebel zu tun."
Der Wirt ging, das Frühstück anzuordnen; das junge Paar aber setzte seinen Spaziergang fort bis nach einer diesseitigen Landzunge hin, von der aus sie die roten Dächer eines Nachbardorfes und rechts daneben den spitzen Kirchturm von Königs Wusterhausen erkennen konnten. Am Rande der Landzunge lag ein angetriebener Weidenstamm. Auf diesen setzten sie sich und sahen von ihm aus zwei Fischersleuten zu, Mann und Frau, die das umstehende Rohr schnitten und die großen Bündel in ihren Prahm warfen. Es war ein hübsches Bild, an dem sie sich erfreuten, und als sie nach einer Weile wieder zurück waren, wurde das Frühstück eben aufgetragen, mehr ein englisches als ein deutsches: Kaffee und Tee, samt Eiern und Fleisch und in einem silbernen Ständer sogar Schnittchen von geröstetem Weißbrot.
„Ah, schau, Lene. Hier müssen wir öfters unser Frühstück nehmen. Was meinst du? Himmlisch. Und sieh nur drüben auf der Werft, da kalfatern sie schon wieder und geht ordentlich im Takt. Wahrhaftig, solch Arbeitstaktschlag ist doch eigentlich die schönste Musik."
Lene nickte, war aber nur halb dabei, denn ihr Interesse galt auch heute wieder dem Wassersteg, freilich nicht den angeketteten Booten, die gestern ihre Passion geweckt hatten, wohl aber einer hübschen Magd, die mitten auf dem Brettergange

neben ihrem Küchen- und Kupfergeschirr kniete. Mit einer
herzlichen Arbeitslust, die sich in jeder Bewegung ihrer Arme
ausdrückte, scheuerte sie die Kannen, Kessel und Kasserol-
len, und immer, wenn sie fertig war, ließ sie das plätschernde
Wasser das blankgescheuerte Stück umspielen. Dann hob sie's
in die Höh, ließ es einen Augenblick in der Sonne blitzen
und tat es in einen nebenstehenden Korb.

Lene war wie benommen von dem Bild.

„Sieh nur", und sie wies auf die hübsche Person, die sich, so
schien es, in ihrer Arbeit gar nicht genugtun konnte.

„Weißt du, Botho, das ist kein Zufall, daß sie da kniet; sie
kniet da für mich, und ich fühle deutlich, daß es mir ein
Zeichen ist und eine Fügung."

„Aber was ist dir nur, Lene? Du veränderst dich ja, du bist
ja mit einem Male ganz blaß geworden."

„O nichts."

„Nichts? Und hast doch einen Flimmer im Auge, wie wenn
dir das Weinen näher wäre als das Lachen. Du wirst doch
schon Kupfergeschirr gesehen haben und auch eine Köchin,
die's blank scheuert. Es ist ja fast, als ob du das Mädchen
beneidetest, daß sie da kniet und arbeitet wie für drei."

Das Erscheinen des Wirts unterbrach hier das Gespräch, und
Lene gewann ihre ruhige Haltung und bald auch ihren Frohmut wieder. Dann aber ging sie hinauf, um sich umzukleiden.

Als sie wiederkam, fand sie, daß inzwischen ein vom Wirt
aufgestelltes Programm von Botho bedingungslos angenommen war: ein Segelboot sollte das junge Paar nach dem
nächsten Dorfe, dem reizend an der wendischen Spree gelegenen Nieder-Löhme, bringen, von welchem Dorf aus sie den
Weg bis Königs Wusterhausen zu Fuß machen, daselbst Park
und Schloß besuchen und dann auf demselben Weg zurückkommen wollten. Es war eine Halbtagspartie. Über den
Nachmittag ließ sich dann weiter verfügen.

Lene war es zufrieden, und schon wurden ein paar Decken in
das rasch instand gesetzte Boot getragen, als man vom Garten
her Stimmen und herzliches Lachen hörte, was auf Besuch zu

deuten und eine Störung ihrer Einsamkeit in Aussicht zu
stellen schien.

„Ah, Segler und Ruderklubleute", sagte Botho. „Gott sei
Dank, daß wir ihnen entgehen, Lene. Laß uns eilen!"

Und beide brachen auf, um so rasch wie möglich ins Boot zu
kommen. Aber ehe sie noch den Wassersteg erreichen konnten, sahen sie sich bereits umstellt und eingefangen. Es waren
Kameraden, und noch dazu die intimsten: Pitt, Serge, Balafré. Alle drei mit ihren Damen.

„Ah, les beaux esprits se rencontrent", sagte Balafré voll übermütiger Laune, die jedoch rasch einer gesetzteren Haltung
wich, als er wahrnahm, daß er von der Hausschwelle her,
auf der Wirt und Wirtin standen, beobachtet wurde. „Welche
glückliche Begegnung an dieser Stelle. Gestatten Sie mir, Gaston, Ihnen unsere Damen vorstellen zu dürfen: Königin Isabeau, Fräulein Johanna, Fräulein Margot."

Botho sah, welche Parole heute galt, und sich rasch hinein-
findend, entgegnete er, nunmehr auch seinerseits vorstellend,
mit leichter Handbewegung auf Lene: „Mademoiselle Agnes
Sorel."

Alle drei Herren verneigten sich artig, ja dem Anscheine nach
sogar respektvoll, während die beiden Töchter Thibaut d'Arcs
einen überaus kurzen Knicks machten und der um wenigstens
fünfzehn Jahre älteren Königin Isabeau eine freundlichere Begrüßung der ihnen unbekannten und sichtlich unbequemen
Agnes Sorel überließen.

Das Ganze war eine Störung, vielleicht sogar eine geplante;
je mehr dies aber zutreffen mochte, desto mehr gebot es sich,
gute Miene zum bösen Spiel zu machen. Und dies gelang
Botho vollkommen. Er stellte Fragen über Fragen und erfuhr
bei der Gelegenheit, daß man, zu früher Stunde schon, mit
einem der kleineren Spreedampfer bis Schmöckwitz und von
dort aus mit einem Segelboot bis Zeuthen gefahren sei. Von
Zeuthen aus habe man den Weg zu Fuß gemacht, keine zwanzig Minuten; es sei reizend gewesen: alte Bäume, Wiesen und
rote Dächer.

Während der gesamte neue Zuzug, besonders aber die wohl-
arrondierte Königin Isabeau, die sich beinah mehr noch durch
Sprechfähigkeit als durch Abrundung auszeichnete, diese Mit-
teilungen machte, hatte man, zwanglos promenierend, die
Veranda erreicht, wo man an einem der langen Tische Platz
nahm.

„Allerliebst", sagte Serge, „weit, frei und offen und doch so
verschwiegen. Und diese Wiese drüben wie geschaffen für
eine Mondscheinpromenade."

„Ja", setzte Balafré hinzu, „Mondscheinpromenade. Hübsch,
sehr hübsch. Aber wir haben erst zehn Uhr früh, macht bis
zur Mondscheinpromenade runde zwölf Stunden, die doch
untergebracht sein wollen. Ich proponiere Wasserkorso."

„Nein", sagte Isabeau, „Wasserkorso geht nicht; davon haben
wir heute schon über und über gehabt. Erst Dampfschiff, dann
Boot und nun wieder Boot, das ist zuviel. Ich bin dagegen.
Überhaupt, ich begreife nicht, was dies ewige Pätscheln soll,
dann fehlt bloß noch, daß wir angeln oder die Ukleis mit der
Hand greifen und uns über die kleinen Biester freuen. Nein,
gepätschelt wird heute nicht mehr. Darum muß ich sehr
bitten."

Die Herren, an die sich diese Worte richteten, amüsierten
sich sichtlich über die Dezidiertheit der Königinmutter und
machten sofort andere Vorschläge, deren Schicksal aber dasselbe war. Isabeau verwarf alles und bat, als man schließlich
ihr Gebaren halb in Scherz und halb in Ernst zu mißbilligen
anfing, einfach um Ruhe. „Meine Herren", sagte sie, „Geduld.
Ich bitte, mir wenigstens einen Augenblick das Wort zu gönnen." Ironischer Beifall antwortete, denn nur *sie* hatte bis
dahin gesprochen. Aber unbekümmert darum fuhr sie fort:
„Meine Herren, ich bitte Sie, lehren Sie mich die Herrens
kennen. Was heißt Landpartie? Landpartie heißt frühstücken
und ein Jeu machen. Hab ich recht?"

„Isabeau hat immer recht", lachte Balafré und gab ihr einen
Schlag auf die Schulter. „Wir machen ein Jeu. Der Platz hier
ist kapital; ich glaube beinah, jeder muß hier gewinnen. Und

die Damen promenieren derweilen oder machen vielleicht ein Vormittagsschläfchen. Das soll das gesundeste sein, und anderthalb Stunden wird ja wohl ausreichen. Und um zwölf Uhr Reunion. Menu nach dem Ermessen unserer Königin. Ja, Königin, das Leben ist doch schön. Zwar aus ‚Don Carlos‘. Aber muß denn alles aus der ‚Jungfrau‘ sein?"

Das schlug ein, und die zwei Jüngeren kicherten, obwohl sie bloß das Stichwort verstanden hatten. Isabeau dagegen, die bei solcher antippenden und beständig in kleinen Anzüglichkeiten sich ergehenden Sprache großgeworden war, blieb vollkommen würdevoll und sagte, während sie sich zu den drei anderen Damen wandte: „Meine Damen, wenn ich bitten darf: wir sind jetzt entlassen und haben zwei Stunden für uns. Übrigens nicht das Schlimmste."

Damit erhoben sie sich und gingen auf das Haus zu, wo die Königin in die Küche trat und unter freundlichem, aber doch überlegenem Gruße nach dem Wirt fragte. Dieser war nicht zugegen, weshalb die junge Frau versprach, ihn aus dem Garten abrufen zu wollen; Isabeau aber litt es nicht, „sie werde selber gehn", und ging auch wirklich, immer gefolgt von ihrem Drei-Damen-Cortege (Balafré sprach von Klucke mit Küken), nach dem Garten hinaus, wo sie den Wirt bei der Anlage neuer Spargelbeete traf. Unmittelbar daneben lag ein altmodisches Treibhaus, vorne ganz niedrig, mit großen schrägliegenden Fenstern, auf dessen etwas abgebröckeltes Mauerwerk sich Lene samt den Töchtern Thibaut d'Arcs setzte, während Isabeau die Verhandlungen leitete.

„Wir kommen, Herr Wirt, um wegen des Mittagbrotes mit Ihnen zu sprechen. Was können wir haben?"

„Alles, was die Herrschaften befehlen."

„Alles? Das ist viel, beinah zu viel. Nun, dann bin ich für Aal. Aber nicht so, sondern so." Und sie wies, während sie das sagte, von einem Fingerring auf das breite, dicht anliegende Armband.

„Tut mir leid, meine Damen", erwiderte der Wirt. „Aal is nicht. Überhaupt Fisch; damit kann ich nicht dienen, der ist

Ausnahme. Gestern hatten wir Schlei mit Dill, aber der war aus Berlin. Wenn ich einen Fisch haben will, muß ich ihn vom Köllnischen Fischmarkt holen."

„Schade. Da hätten wir einen mitbringen können. Aber was dann?"

„Einen Rehrücken."

„Hm, das läßt sich hören. Und vorher etwas Gemüse. Spargel ist schon eigentlich zu spät, oder doch beinah. Aber Sie haben da, wie ich sehe, noch junge Bohnen. Und hier in dem Mistbeet wird sich ja wohl auch noch etwas finden lassen, ein paar Gurken oder ein paar Rapunzeln. Und dann eine süße Speise. So was mit Schlagsahne. Mir persönlich liegt nicht daran, aber die Herren, die beständig so tun, als machten sie sich nichts daraus, die sind immer fürs Süße. Also drei, vier Gänge, denk ich. Und dann Butterbrot und Käse."

„Und bis wann befehlen die Herrschaften?"

„Nun, ich denke bald oder doch wenigstens so bald wie möglich. Nicht wahr? Wir sind hungrig, und wenn der Rehrücken eine halbe Stunde Feuer hat, hat er genug. Also sagen wir: um zwölf. Und wenn ich bitten darf, eine Bowle: ein Rheinwein, drei Mosel, drei Champagner. Aber gute Marke. Glauben Sie nicht, daß sich's vertut. Ich kenne das und schmecke heraus, ob Moët oder Mumm. Aber Sie werden schon machen; ich darf sagen, Sie flößen mir ein Vertrauen ein. Apropos, können wir nicht aus Ihrem Garten gleich in den Wald? Ich hasse jeden unnützen Schritt. Und vielleicht finden wir noch Champignons. Das wäre himmlisch. Die können dann noch an den Rehrücken: Champignons verderben nie was."

Der Wirt bejahte nicht bloß die hinsichtlich des bequemeren Weges gestellte Frage, sondern begleitete die Damen auch persönlich bis an die Gartenpforte, von der aus man bis zur Waldlisiere nur ein paar Schritte hatte. Bloß eine chaussierte Straße lief dazwischen. Als diese passiert war, war man drüben im Waldesschatten, und Isabeau, die stark unter der immer größer werdenden Hitze litt, pries sich glücklich, den verhältnismäßig weiten Umweg über ein baumloses Stück

Grasland vermieden zu haben. Sie machte den eleganten, aber mit einem großen Fettfleck ausstaffierten Sonnenschirm zu, hing ihn an ihren Gürtel und nahm Lenens Arm, während die beiden andern Damen folgten. Isabeau war augenscheinlich in bester Stimmung und sagte, sich umwendend, zu Margot und Johanna: „Wir müssen aber doch ein Ziel haben. So bloß Wald und wieder Wald is eigentlich schrecklich. Was meinen Sie, Johanna?"

Johanna war die größere von den beiden d'Arcs, sehr hübsch, etwas blaß und mit raffinierter Einfachheit gekleidet. Serge hielt darauf. Ihre Handschuhe saßen wundervoll, und man hätte sie für eine Dame halten können, wenn sie nicht, während Isabeau mit dem Wirt sprach, den einen Handschuhknopf, der aufgesprungen war, mit den Zähnen wieder zugeknöpft hätte. „Was meinen Sie, Johanna?" wiederholte die Königin ihre Frage.

„Nun, dann schlag ich vor, daß wir nach dem Dorfe zurückgehen, von dem wir gekommen sind. Es hieß ja wohl Zeuthen und sah so romantisch und so melancholisch aus, und war ein so hübscher Weg hierher. Und zurück muß er eigentlich ebenso hübsch sein oder vielleicht noch hübscher. Und an der rechten, das heißt also von hier aus an der linken Seite war ein Kirchhof mit lauter Kreuzen drauf. Und ein sehr großes von Marmor."

„Ja, liebe Johanna, das ist alles ganz gut, aber was sollen wir damit? Wir haben ja den Weg gesehen. Oder wollen Sie den Kirchhof . . .?"

„Freilich will ich. Ich habe da so meine Gefühle, besonders an solchem Tage wie heute. Und es ist immer gut, sich zu erinnern, daß man sterben muß. Und wenn dann der Flieder so blüht . . ."

„Aber, Johanna, der Flieder blüht ja gar nicht mehr, höchstens noch der Goldregen, und der hat eigentlich auch schon Schoten. Du meine Güte, wenn Sie so partout für Kirchhöfe sind, so können Sie sich ja den in der Oranienstraße jeden Tag ansehen. Aber ich weiß schon, mit Ihnen ist nicht zu

reden. Zeuthen und Kirchhof, alles Unsinn. Da bleiben wir
doch lieber hier und sehen gar nichts. Kommen Sie, Kleine,
geben Sie mir Ihren Arm wieder."

Die Kleine, die durchaus nicht klein war, war Lene. Sie ge-
horchte. Die Königin aber fuhr jetzt, indem sie wieder vor-
aufging, in vertraulichem Tone fort: „Ach, diese Johanna,
man kann eigentlich nicht mit ihr umgehn; sie hat keinen guten Ruf und is eine Gans. Ach, Kind, Sie glauben gar nicht,
was jetzt alles so mitläuft; nu ja, sie hat 'ne hübsche Figur und
hält auf ihre Handschuh. Aber sie sollte lieber auf was andres
halten. Und sehen Sie, die, die so sind, die reden immer von
sterben und Kirchhof. Und nun sollen Sie sie nachher sehn!
Solang es so geht, geht es. Aber wenn dann die Bowle kommt
und wieder leer is und wiederkommt, dann quietscht und
johlt sie. Keine Idee von Anstand. Aber wo soll es auch herkommen? Sie war immer bloß bei kleinen Leuten, draußen
auf der Chaussee nach Tegel, wo kein Mensch recht hin-
kommt und bloß mal Artillerie vorbeifährt. Und Artillerie... Nu ja... Sie glauben gar nicht, wie verschieden das
alles ist. Und nun hat sie der Serge da rausgenommen und
will was aus ihr machen. Ja, du meine Güte, so geht das nicht,
oder wenigstens nicht so flink; gut Ding will Weile haben.
Aber da sind ja noch Erdbeeren. Ei, das ist nett! Kommen
Sie, Kleine, wir wollen welche pflücken (wenn nur das verdammte Bücken nicht wär), und wenn wir eine recht große
finden, dann wollen wir sie mitnehmen. Die steck ich ihm
dann in den Mund, und dann freut er sich. Denn Sie müssen wissen, er ist ein Mann wie 'n Kind und eigentlich der
Beste."

Lene, die wohl merkte, daß es sich um Balafré handelte, tat
ein paar Fragen und fragte unter anderm auch wieder, warum die Herren eigentlich die sonderbaren Namen hätten. Sie
habe schon früher danach gefragt, aber nie was gehört, was
der Rede wert gewesen wäre.

„Jott", sagte die Königin, „es soll so was sein und soll keiner
was merken und is doch alles bloß Ziererei. Denn erstens

kümmert sich keiner drum, und wenn sich einer drum kümmert, is es auch noch so. Und warum auch? Wem soll es denn
schaden? Sie haben sich alle nichts vorzuwerfen, und einer ist
wie der andre."

Lene sah vor sich hin und schwieg.

„Und eigentlich, Kind, und Sie werden das auch noch sehn,
eigentlich is es alles bloß langweilig. Eine Weile geht es, und
ich will nichts dagegen sagen und will's auch nicht abschwö-
ren. Aber die Länge hat die Last. So von fuffzehn an und
noch nich mal eingesegnet. Wahrhaftig, je bälder man wieder
raus ist, desto besser. Ich kaufe mir denn (denn das Geld
krieg ich) 'ne Dest'lation und weiß auch schon wo, und denn
heirat ich mir einen Wittmann und weiß auch schon wen.
Und er will auch. Denn das muß ich Ihnen sagen, ich bin
für Ordnung und Anständigkeit, und die Kinder orntlich er-
ziehn, und ob es seine sind oder meine, is janz egal ... Und
wie is es denn eigentlich mit Ihnen?"

Lene sagte kein Wort.

„Jott, Kind, Sie verfärben sich ja; Sie sind woll am Ende
mit *hier* dabei" (und sie wies aufs Herz), „und tun alles aus
Liebe? Ja, Kind, *denn* is es schlimm, denn gibt es 'nen Kladderadatsch."

Johanna folgte mit Margot. Sie blieben absichtlich etwas zurück und brachen sich Birkenreiser ab, wie wenn sie vor-
hätten, einen Kranz daraus zu flechten. „Wie gefällt sie dir
denn?" sagte Margot. „Ich meine die von Gaston."

„Gefallen? Gar nich. Das fehlt auch noch, daß solche mit-
spielen und in Mode kommen! Sieh doch nur, wie ihr die
Handschuh sitzen. Und mit dem Hut is auch nicht viel. Er
dürfte sie gar nicht so gehn lassen. Und sie muß auch dumm
sein, sie spricht ja kein Wort."

„Nein", sagte Margot, „dumm ist sie nicht; sie hat's bloß noch
nich weg. Und daß sie sich gleich an die gute Dicke ran-
macht, das is doch auch klug genug."

„Ach, die gute Dicke. Geh mir mit *der!* Die denkt, sie is es.

Aber es is gar nichts mit ihr. Ich will ihr sonst nichts nachsagen, aber falsch ist sie, falsch wie Galgenholz."

„Nein, Johanna, falsch is sie nu grade nich. Und sie hat dir
auch öfter aus der Patsche geholfen. Du weißt schon, was ich
meine."

„Gott, warum? Weil sie selber mit drinsaß und weil sie sich
ewig ziert und wichtig tut. Wer so dick ist, ist nie gut."

„Jott, Johanna, was du nur redst. Umgekehrt is es, die Dicken
sind immer gut."

„Na, meinetwegen. Aber das kannst du nicht bestreiten, daß
sie 'ne lächerliche Figur macht. Sieh doch nur, wie sie dahin-
watschelt; wie 'ne Fettente. Und immer bis oben ran zu, bloß
weil sie sich sonst vor anständigen Leuten gar nicht sehen
lassen kann. Und, Margot, das laß ich mir nicht nehmen, ein
bißchen schlanke Figur ist doch die Hauptsache. Wir sind doch
noch keine Türken. Und warum wollte sie nicht mit auf den
Kirchhof? Weil sie sich jrault? I bewahre, sie denkt nich dran,
bloß weil sie sich wieder eingeknallt hat und es vor Hitze
nicht aushalten kann. Und is eigentlich nich mal so furchtbar
heiß heute."

So gingen die Gespräche, bis sich die beiden Paare schließlich
wieder vereinigten und auf einen mit Moos bewachsenen
Grabenrand setzten.

Isabeau sah öfter nach der Uhr; der Zeiger wollte nicht recht
vom Fleck.

Als es aber halb zwölf war, sagte sie: „Nun, meine Damen,
es ist Zeit; ich denke, wir haben jetzt gerade genug Natur
gehabt und können mit Fug und Recht zu was andrem über-
gehen. Seit heute früh um sieben eigentlich keinen Bissen.
Denn die Grünauer Schinkenstulle kann ich doch nicht rechnen ... Aber Gott sei Dank, alles Entsagen, sagt Balafré, hat
seinen Lohn in sich, und Hunger ist der beste Koch. Kommen
Sie, meine Damen, der Rehrücken fängt an, wichtiger zu werden als alles andre. Nicht wahr, Johanna?"

Diese gefiel sich in einem Achselzucken und suchte die Zumutung, als ob Dinge wie Rehrücken und Bowle je Gewicht für sie haben könnten, entschieden abzulehnen.

Isabeau aber lachte. „Nun, wir werden ja sehn, Johanna. Freilich, der Zeuthner Kirchhof wäre besser gewesen, aber man muß nehmen, was man hat."

Und damit brachen allesamt auf, um aus dem Wald in den Garten und aus diesem, drin sich ein paar Zitronenvögel eben haschten, bis in die Front des Hauses, wo gegessen werden sollte, zurückzukehren.

Im Vorübergehen an der Gaststube sah Isabeau den mit dem Umstülpen einer Moselweinflasche beschäftigten Wirt.

„Schade", sagte sie, „daß ich grade *das* sehen mußte. Das Schicksal hätte mir auch einen besseren Anblick gönnen können. Warum gerade Mosel?"

VIERZEHNTES KAPITEL

Eine rechte Heiterkeit hatte nach diesem Spaziergange trotz aller von Isabeau gemachten Anstrengungen nicht mehr aufkommen wollen; was aber, wenigstens für Botho und Lene, das Schlimmere war, war das, daß diese Heiterkeit auch ausblieb, als sich beide von den Kameraden und ihren Damen verabschiedet und ganz allein, in einem nur von ihnen besetzten Coupé die Rückfahrt angetreten hatten. Eine Stunde später waren sie, ziemlich herabgestimmt, auf dem trübselig erleuchteten Görlitzer Bahnhof eingetroffen, und hier, beim Aussteigen, hatte Lene sofort und mit einer Art Dringlichkeit gebeten, sie den Weg durch die Stadt hin allein machen zu lassen: „sie seien ermüdet und abgespannt, und das tue nicht gut"; Botho aber war von dem, was er als schuldige Rücksicht und Kavalierspflicht ansah, nicht abzubringen gewesen, und so hatten sie denn in einer klapprigen alten Droschke die lange, lange Fahrt am Kanal hin gemeinschaftlich gemacht, immer bemüht, ein Gespräch über die Partie, und „wie hübsch sie gewesen sei", zustande zu bringen – eine schreckliche

Zwangsunterhaltung, bei der Botho nur zu sehr gefühlt hatte,
wie richtig Lenens Empfindung gewesen war, als sie von dieser Begleitung in beinahe beschwörendem Tone nichts hatte
wissen wollen. Ja, der Ausflug nach „Hankels Ablage", von
dem man sich so viel versprochen und der auch wirklich so
schön und glücklich begonnen hatte, war in seinem Ausgange
nichts als eine Mischung von Verstimmung, Müdigkeit und
Abspannung gewesen, und nur im letzten Augenblick, wo
Botho liebevoll-freundlich und mit einem gewissen Schuld-
bewußtsein sein „Gute Nacht, Lene" gesagt hatte, war diese
noch einmal auf ihn zugeeilt und hatte, seine Hand ergrei-
fend, ihn mit beinah leidenschaftlichem Ungestüm geküßt:
„Ach, Botho, es war heute nicht so, wie's hätte sein sollen,
und doch war niemand schuld ... Auch die andern nicht."
„Laß es, Lene."
„Nein, nein. Es war niemand schuld; dabei bleibt es, daran
ist nichts zu ändern. Aber daß es so ist, das ist eben das
Schlimme daran. Wenn wer schuld hat, dann bittet man um
Verzeihung, und dann ist es wieder gut. Aber das nutzt uns
nichts. Und es ist auch nichts zu verzeihn."
„Lene ..."
„Du mußt noch einen Augenblick hören. Ach, mein einziger
Botho, du willst es mir verbergen, aber es geht zu End. Und
rasch, ich weiß es."
„Wie du nur sprichst."
„Ich hab es freilich nur geträumt", fuhr Lene fort. „Aber war-
um hab ich es geträumt? Weil es mir den ganzen Tag vor der
Seele steht. Mein Traum war nur, was mir mein Herz eingab.
Und was ich dir noch sagen wollte, Botho, und warum ich
dir die paar Schritte nachgelaufen bin: es bleibt doch bei dem,
was ich dir gestern abend sagte. Daß ich diesen Sommer
leben konnte, war mir ein Glück und bleibt mir ein Glück,
auch wenn ich von heut ab unglücklich werde."
„Lene, Lene, sprich nicht so ..."
„Du fühlst selbst, daß ich recht habe; dein gutes Herz sträubt
sich nur, es zuzugestehen, und will es nicht wahrhaben. Aber

ich weiß es: gestern, als wir über die Wiese gingen und plauderten und ich dir den Strauß pflückte, das war unser letztes
Glück und unsere letzte schöne Stunde."

Mit diesem Gespräche hatte der Tag geschlossen, und nun
war der andere Morgen, und die Sommersonne schien hell in
Bothos Zimmer. Beide Fenster standen auf, und in den Kastanien draußen quirilierten die Spatzen. Botho selbst, aus
einem Meerschaum rauchend, lag zurückgelehnt in seinem
Schaukelstuhl und schlug dann und wann mit einem neben
ihm liegenden Taschentuch nach einem großen Brummer, der,
wenn er zu dem einen Fenster hinaus war, sofort wieder an
dem andern erschien, um Botho hartnäckig und unerbittlich
zu umsummen.

„Daß ich diese Bestie doch los wäre! Quälen, martern möcht
ich sie. Diese Brummer sind allemal Unglücksboten und so
hämisch zudringlich, als freuten sie sich über den Ärger, dessen Herold und Verkündiger sie sind." In diesem Augenblick
schlug er wieder danach. „Wieder fort. Es hilft nichts. Also
Resignation. Ergebung ist überhaupt das beste. Die Türken
sind die klügsten Leute."

Das Zuschlagen der kleinen Gittertür draußen ließ ihn während dieses Selbstgesprächs auf den Vorgarten blicken und
dabei des eben eingetretenen Briefträgers gewahr werden, der
ihm gleich danach unter leichtem militärischem Gruß und mit
einem „Guten Morgen, Herr Baron" erst eine Zeitung und
dann einen Brief in das nicht allzu hohe Parterrefenster hin-
einreichte. Botho warf die Zeitung beiseite, zugleich den Brief
betrachtend, auf dem er die kleine, dichtstehende, trotzdem
aber sehr deutliche Handschrift seiner Mutter unschwer erkannt hatte.

,Dacht ich's doch ... Ich weiß schon, eh ich gelesen. Arme
Lene.'

Und nun brach er den Brief auf und las:

„*Schloß Zehden,* 29. Juni 1875. Mein lieber Botho. Was ich
Dir als Befürchtung in meinem letzten Brief mitteilte, das

hat sich nun erfüllt: Rothmüller in Arnswalde hat sein Kapital zum 1. Oktober gekündigt und nur ‚aus alter Freundschaft‘ hinzugefügt, daß er bis Neujahr warten wolle, wenn es mir eine Verlegenheit schaffe. ‚Denn er wisse wohl, was er dem Andenken des seligen Herrn Barons schuldig sei.‘ Diese Hinzufügung, so gut sie gemeint sein mag, ist doch doppelt empfindlich für mich; es mischt sich so viel prätentiöse Rücksichtnahme mit ein, die niemals angenehm berührt, am wenigsten von solcher Seite her. Du begreifst vielleicht die Verstimmung und Sorge, die mir diese Zeilen geschaffen haben. Onkel Kurt Anton würde helfen, wie schon bei früherer Gelegenheit; er liebt mich und vor allem Dich, aber seine Geneigtheit immer wieder in Anspruch zu nehmen hat doch etwas Bedrückliches und hat es um so mehr, als er unsrer ganzen Familie, speziell aber uns beiden, die Schuld an unsren ewigen Verlegenheiten zuschiebt. Ich bin ihm, trotz meines redlichen Kümmerns um die Wirtschaft, nicht wirtschaftlich und anspruchslos genug, worin er recht haben mag, und Du bist ihm nicht praktisch und lebensklug genug, worin er wohl ebenfalls das Richtige treffen wird. Ja, Botho, so liegt es. Mein Bruder ist ein Mann von einem sehr feinen Rechts- und Billigkeitsgefühl und von einer in Geldangelegenheiten geradezu hervorragenden Gentilezza, was man nur von wenigen unsrer Edelleute sagen kann. Denn unsre gute Mark Brandenburg ist die Sparsamkeits- und, wo geholfen werden soll, sogar die Ängstlichkeitsprovinz; aber so gentil er ist, er hat seine Launen und Eigenwilligkeiten, und sich in diesen beharrlich gekreuzt zu sehen, hat ihn seit einiger Zeit aufs ernsthafteste verstimmt. Er sagte mir, als ich letzthin Veranlassung nahm, der uns abermals drohenden Kapitalskündigung zu gedenken: ‚Ich stehe gern zu Diensten, Schwester, wie du weißt, aber ich bekenne dir offen, immer da helfen zu sollen, wo man sich in jedem Augenblick selber helfen könnte, wenn man nur einsichtiger und etwas weniger eigensinnig wäre, das erhebt starke Zumutungen an *die* Seite meines Charakters, die nie meine hervorragendste war: an meine Nach-

giebigkeit . . .' Du weißt, Botho, worauf sich diese seine Worte
beziehen, und ich lege sie heute *Dir* ans Herz, wie sie damals,
von Onkel Kurt Antons Seite, *mir* ans Herz gelegt wurden.
Es gibt nichts, was Du, Deinen Worten und Briefen nach zu
schließen, mehr perhorreszierst als Sentimentalitäten, und
doch, fürcht ich, steckst Du selber drin, und zwar tiefer, als
Du zugeben willst oder vielleicht weißt. Ich sage nicht
mehr."

Rienäcker legte den Brief aus der Hand und schritt im Zimmer auf und ab, während er den Meerschaum halb mechanisch
mit einer Zigarette vertauschte. Dann nahm er den Brief wieder und las weiter.

„Ja, Botho, Du hast unser aller Zukunft in der Hand und
hast zu bestimmen, ob dies Gefühl einer beständigen Abhän-
gigkeit fortdauern oder aufhören soll. Du hast es in der
Hand, sag ich, aber, wie ich freilich hinzufügen muß, nur
kurze Zeit noch, jedenfalls nicht auf lange mehr. Auch darüber hat Onkel Kurt Anton mit mir gesprochen, namentlich
im Hinblick auf die Sellenthiner Mama, die sich, bei seiner
letzten Anwesenheit in Rothenmoor, in dieser sie lebhaft be-
schäftigenden Sache nicht nur mit großer Entschiedenheit,
sondern auch mit einem Anflug von Gereiztheit ausgesprochen
hat. Ob das Haus Rienäcker vielleicht glaube, daß ein immer
kleiner werdender Besitz nach Art der Sibyllinischen Bücher
(wo sie den Vergleich herhat, weiß ich nicht) immer wert-
voller würde? Käthe werde nun zweiundzwanzig, habe den
Ton der großen Welt und verfüge mit Hilfe der von ihrer
Tante Kielmannsegge herstammenden Erbschaft über ein
Vermögen, dessen Zinsbetrag hinter dem Kapitalsbetrag der
Rienäckerschen Heide samt Muränensee nicht sehr erheblich
zurückbleiben werde. Solche junge Dame lasse man überhaupt
nicht warten, am wenigsten aber mit so viel Beharrlichkeit
und Seelenruhe. Wenn es Herrn von Rienäcker beliebe, das,
was früher darüber von seiten der Familie geplant und gesprochen sei, fallenzulassen und stattgehabte Verabredungen
als bloßes Kinderspiel anzusehen, so habe sie nichts dagegen.

Herr von Rienäcker sei frei von dem Augenblick an, wo er frei sein wolle. Wenn er aber umgekehrt vorhabe, von dieser unbedingten Rückzugsfreiheit nicht Gebrauch machen zu wollen, so sei es an der Zeit, auch das zu zeigen. Sie wünsche nicht, daß ihre Tochter in das Gerede der Leute komme.

Du wirst dem Tone, der hieraus spricht, unschwer entnehmen, daß es durchaus nötig ist, Entschlüsse zu fassen und zu handeln. Was ich wünsche, weißt Du. Meine Wünsche sollen aber nicht verbindlich für Dich sein. Handle, wie Dir eigne Klugheit es eingibt; entscheide Dich so oder so, nur handle überhaupt! Ein Rückzug ist ehrenvoller als fernere Hinausschiebung. Säumst Du länger, so verlieren wir nicht nur die Braut, sondern das Sellenthiner Haus überhaupt und, was noch schlimmer, ja das schlimmste ist, auch die freundlichen und immer hilfebereiten Gesinnungen des Onkels. Meine Gedanken begleiten Dich, möchten sie Dich auch leiten können. Ich wiederhole Dir, es wäre der Weg zu Deinem und unser aller Glück. Womit ich verbleibe Deine Dich liebende Mutter Josephine von R."

Botho, als er gelesen, war in großer Erregung. Es war so, wie der Brief es aussprach, und ein Hinausschieben nicht länger möglich. Es stand nicht gut mit dem Rienäckerschen Vermögen, und Verlegenheiten waren da, die durch eigne Klugheit und Energie zu heben er durchaus nicht die Kraft in sich fühlte. „Wer bin ich? Durchschnittsmensch aus der sogenannten Obersphäre der Gesellschaft. Und was kann ich? Ich kann ein Pferd stallmeistern, einen Kapaun tranchieren und ein Jeu machen. Das ist alles, und so hab ich denn die Wahl zwischen Kunstreiter, Oberkellner und Croupier. Höchstens kommt noch der Troupier hinzu, wenn ich in eine Fremdenlegion eintreten will. Und Lene dann mit mir als Tochter des Regiments. Ich sehe sie schon in kurzem Rock und Hackenstiefeln und ein Tönnchen auf dem Rücken."

In diesem Tone sprach er weiter und gefiel sich darin, sich

bittre Dinge zu sagen. Endlich aber zog er die Klingel und beorderte sein Pferd, weil er ausreiten wolle. Und nicht lange, so hielt eine prächtige Fuchsstute draußen, ein Geschenk des Onkels, zugleich der Neid der Kameraden. Er hob sich in den Sattel, gab dem Burschen einige Weisungen und ritt auf die Moabiter Brücke zu, nach deren Passierung er in einen breiten, über Fenn und Feld in die Jungfernheide hinüberführenden Weg einlenkte. Hier ließ er sein Pferd aus dem Trab in den Schritt fallen und nahm sich, während er bis dahin allerhand unklaren Gedanken nachgehangen hatte, mit jedem Augenblicke fester und schärfer ins Verhör. ‚Was ist denn, was mich hindert, den Schritt zu tun, den alle Welt erwartet? Will ich Lene heiraten? Nein. Hab ich's ihr versprochen? Nein. Erwartet sie's? Nein. Oder wird uns die Trennung leichter, wenn ich sie hinausschiebe? Immer nein und wieder nein. Und doch säume und schwanke ich, *das* eine zu tun, was durchaus getan werden muß. Und weshalb säume ich? Woher diese Schwankungen und Vertagungen? Törichte Frage. Weil ich sie liebe.‘

Kanonenschüsse, die vom Tegeler Schießplatz herüberklangen, unterbrachen hier sein Selbstgespräch, und erst, als er das momentan unruhig gewordene Pferd wieder beruhigt hatte, nahm er den früheren Gedankengang wieder auf und wiederholte: ‚Weil ich sie liebe! Ja. Und warum soll ich mich dieser Neigung schämen? Das Gefühl ist souverän, und die Tatsache, daß man liebt, ist auch das Recht dazu, möge die Welt noch so sehr den Kopf darüber schütteln oder von Rätsel sprechen. Übrigens ist es kein Rätsel, und wenn doch, so kann ich es lösen. Jeder Mensch ist seiner Natur nach auf bestimmte, mitunter sehr, sehr kleine Dinge gestellt, Dinge, die, trotzdem sie klein sind, für ihn das Leben oder doch des Lebens Bestes bedeuten. Und dies Beste heißt mir Einfachheit, Wahrheit, Natürlichkeit. Das alles hat Lene, damit hat sie mir's angetan, da liegt der Zauber, aus dem mich zu lösen mir jetzt so schwerfällt.‘

In diesem Augenblicke stutzte sein Pferd, und er wurde eines

aus einem Wiesenstreifen aufgescheuchten Hasen gewahr, der
dicht vor ihm auf die Jungfernheide zujagte. Neugierig sah
er ihm nach und nahm seine Betrachtungen erst wieder auf,
als der Flüchtige zwischen den Stämmen der Heide verschwunden war. ‚Und war es denn‘, fuhr er fort, ‚etwas so
Törichtes und Unmögliches, was ich wollte? Nein. Es liegt
nicht in mir, die Welt herauszufordern und ihr und ihren
Vorurteilen öffentlich den Krieg zu erklären; ich bin durchaus gegen solche Donquichotterien. Alles, was ich wollte, war
ein verschwiegenes Glück, ein Glück, für das ich früher oder
später, um des ihr ersparten Affronts willen, die stille Gut-
heißung der Gesellschaft erwartete. So war mein Traum, so
gingen meine Hoffnungen und Gedanken. Und nun soll ich
heraus aus diesem Glück und soll ein andres eintauschen, das
mir keins ist. Ich hab eine Gleichgültigkeit gegen den Salon
und einen Widerwillen gegen alles Unwahre, Geschraubte,
Zurechtgemachte, Chic, Tournure, Savoir-faire – mir alles
ebenso häßliche wie fremde Wörter.‘
Hier bog das Pferd, das er schon seit einer Viertelstunde
kaum noch im Zügel hatte, wie von selbst in einen Seitenweg
ein, der zunächst auf ein Stück Ackerland und gleich dahinter auf einen von Unterholz und ein paar Eichen eingefaßten
Grasplatz führte. Hier, im Schatten eines der älteren Bäume,
stand ein kurzes, gedrungenes Steinkreuz, und als er näher
heranritt, um zu sehen, was es mit diesem Kreuz eigentlich
sei, las er: *„Ludwig v. Hinckeldey*, gest. 10. März 1856.“ Wie
das ihn traf! Er wußte, daß das Kreuz hier herum stehe, war
aber nie bis an diese Stelle gekommen und sah es nun als
ein Zeichen an, daß das seinem eigenen Willen überlassene
Pferd ihn gerade hierhergeführt hatte.
Hinckeldey! Das war nun an die zwanzig Jahre, daß der
damals Allmächtige zu Tode kam, und alles, was bei der
Nachricht davon in seinem Elternhause gesprochen worden
war, das stand jetzt wieder lebhaft vor seiner Seele. Vor
allem *eine* Geschichte kam ihm wieder in Erinnerung. Einer
der bürgerlichen, seinem Chef besonders vertrauten Räte

übrigens hatte gewarnt und abgemahnt und das Duell überhaupt, und nun gar ein solches und unter solchen Umständen, als einen Unsinn und ein Verbrechen bezeichnet. Aber der sich bei *dieser* Gelegenheit plötzlich auf den Edelmann hin ausspielende Vorgesetzte hatte brüsk und hochmütig geantwortet: „Nörner, davon verstehen Sie nichts." Und eine Stunde später war er in den Tod gegangen. Und warum? Einer Adelsvorstellung, einer Standesmarotte zuliebe, die mächtiger war als alle Vernunft, auch mächtiger als das Gesetz, dessen Hüter und Schützer zu sein er recht eigentlich die Pflicht hatte. ‚Lehrreich. Und was habe ich speziell daraus zu lernen? Was predigt dies Denkmal *mir*? Jedenfalls das eine, daß das Herkommen unser Tun bestimmt. Wer ihm gehorcht, kann zugrunde gehn, aber er geht besser zugrunde als der, der ihm widerspricht.'

Während er noch so sann, warf er sein Pferd herum und ritt querfeldein auf ein großes Etablissement, ein Walzwerk oder eine Maschinenwerkstatt, zu, draus aus zahlreichen Essen Qualm und Feuersäulen in die Luft stiegen. Es war Mittag, und ein Teil der Arbeiter saß draußen im Schatten, um die Mahlzeit einzunehmen. Die Frauen, die das Essen gebracht hatten, standen plaudernd daneben, einige mit einem Säugling auf dem Arm, und lachten sich untereinander an, wenn ein schelmisches oder anzügliches Wort gesprochen wurde. Rienäcker, der sich den Sinn für das Natürliche mit nur zu gutem Rechte zugeschrieben, war entzückt von dem Bilde, das sich ihm bot, und mit einem Anfluge von Neid sah er auf die Gruppe glücklicher Menschen. „Arbeit und täglich Brot und Ordnung. Wenn unsre märkischen Leute sich verheiraten, so reden sie nicht von Leidenschaft und Liebe, sie sagen nur: ‚Ich muß doch meine Ordnung haben.' Und das ist ein schöner Zug im Leben unsres Volkes und nicht einmal prosaisch. Denn Ordnung ist viel und mitunter alles. Und nun frag ich mich: War *mein* Leben in der ‚Ordnung'? Nein. Ordnung ist Ehe." So sprach er noch eine Weile vor sich hin, und dann sah er wieder Lene vor sich stehen, aber in ihrem Auge lag nichts von Vorwurf und Anklage, sondern es war umgekehrt, als ob sie freundlich zustimme.

„Ja, meine liebe Lene, du bist auch für Arbeit und Ordnung und siehst es ein und machst es mir nicht schwer ... aber schwer ist es doch ... für dich und mich."

Er setzte sein Pferd wieder in Trab und hielt sich noch eine Strecke hart an der Spree hin. Dann aber bog er, an den in Mittagsstille daliegenden Zelten vorüber, in einen Reitweg ein, der ihn bis an den Wrangelbrunnen und gleich danach bis vor seine Tür führte.

FÜNFZEHNTES KAPITEL

Botho wollte sofort zu Lene hinaus, und als er fühlte, daß er dazu keine Kraft habe, wollte er wenigstens schreiben. Aber auch das ging nicht. ‚Ich kann es nicht, heute nicht.' Und so ließ er den Tag vergehen und wartete bis zum andern Morgen. Da schrieb er denn in aller Kürze:

„Liebe Lene! Nun kommt es doch so, wie Du mir vorgestern gesagt: Abschied. Und Abschied auf immer. Ich hatte Briefe von Haus, die mich zwingen; es muß sein, und weil es sein muß, so sei es schnell ... Ach, ich wollte, diese Tage lägen hinter uns. Ich sage Dir weiter nichts, auch nicht, wie mir ums Herz ist ... Es war eine kurze schöne Zeit, und ich werde nichts davon vergessen. Gegen neun bin ich bei Dir, nicht früher, denn es darf nicht lange dauern. Auf Wiedersehen, nur noch einmal auf Wiedersehen. Dein B. v. R."

Und nun kam er. Lene stand am Gitter und empfing ihn wie sonst; nicht der kleinste Zug von Vorwurf oder auch nur von schmerzlicher Entsagung lag in ihrem Gesicht. Sie nahm seinen Arm, und so gingen sie den Vorgartensteig hinauf.

„Es ist recht, daß du kommst ... Ich freue mich, daß du da bist. Und du mußt dich auch freuen."

Unter diesen Worten hatten sie das Haus erreicht, und Botho machte Miene, wie gewöhnlich vom Flur her in das große

Vorderzimmer einzutreten. Aber Lene zog ihn weiter fort und sagte: „Nein, Frau Dörr ist drin ..."

„Und ist uns noch bös?"

„Das nicht. Ich habe sie beruhigt. Aber was sollen wir heut mit ihr? Komm, es ist ein so schöner Abend, und wir wollen allein sein."

Er war einverstanden, und so gingen sie denn den Flur hinunter und über den Hof auf den Garten zu. Sultan regte sich nicht und blinzelte nur beiden nach, als sie den großen Mittelsteig hinauf und dann auf die zwischen den Himbeerbüschen stehende Bank zuschritten.

Als sie hier ankamen, setzten sie sich. Es war still, nur vom Felde her hörte man ein Gezirp, und der Mond stand über ihnen.

Sie lehnte sich an ihn und sagte ruhig und herzlich: „Und das ist nun also das letztemal, daß ich deine Hand in meiner halte?"

„Ja, Lene. Kannst du mir verzeihn?"

„Wie du nur immer fragst. Was soll ich dir verzeihn?"

„Daß ich deinem Herzen wehe tue."

„Ja, wehe tut es. Das ist wahr."

Und nun schwieg sie wieder und sah hinauf auf die blaß am Himmel heraufziehenden Sterne.

„Woran denkst du, Lene?"

„Wie schön es wäre, dort oben zu sein."

„Sprich nicht so. Du darfst dir das Leben nicht wegwünschen; von solchem Wunsch ist nur noch ein Schritt ..."

Sie lächelte. „Nein, das nicht. Ich bin nicht wie das Mädchen, welches an den Ziehbrunnen lief und sich hineinstürzte, weil ihr Liebhaber mit einer andern tanzte. Weißt du noch, wie du mir davon erzähltest?"

„Aber was soll es dann? Du bist doch nicht so, daß du so was sagst, bloß um etwas zu sagen."

„Nein, ich hab es auch ernsthaft gemeint. Und wirklich", und sie wies hinauf, „ich wäre gerne da. Da hätt ich Ruh. Aber ich kann es abwarten ... Und nun komm und laß uns ins

Feld gehen. Ich habe kein Tuch mit herausgenommen und
find es kalt hier im Stillsitzen."

Und so gingen sie denn denselben Feldweg hinauf, der sie
damals bis an die vorderste Häuserreihe von Wilmersdorf
geführt hatte. Der Turm war deutlich sichtbar unter dem ster-
nenklaren Himmel, und nur über den Wiesengrund zog ein
dünner Nebelschleier.

„Weißt du noch", sagte Botho, „wie wir mit Frau Dörr hier
gingen?"

Sie nickte. „Deshalb hab ich dir's vorgeschlagen; mich fror
gar nicht oder doch kaum. Ach, es war ein so schöner Tag
damals, und so heiter und glücklich bin ich nie gewesen, nicht
vorher und nicht nachher. Noch in diesem Augenblicke lacht
mir das Herz, wenn ich daran zurückdenke, wie wir gingen
und sangen: ‚Denkst du daran.' Ja, Erinnerung ist viel, ist
alles. Und die hab ich nun und bleibt mir und kann mir nicht
mehr genommen werden. Und ich fühle ordentlich, wie mir
dabei leicht zumute wird."

Er umarmte sie. „Du bist so gut."

Lene aber fuhr in ihrem ruhigen Tone fort: „Und daß mir
so leicht ums Herz ist, das will ich nicht vorübergehen lassen
und will dir alles sagen. Eigentlich ist es das alte, was ich
dir immer schon gesagt habe, noch vorgestern, als wir draußen auf der halb gescheiterten Partie waren, und dann nachher, als wir uns trennten. Ich hab es so kommen sehen, von
Anfang an, und es geschieht nur, was muß. Wenn man schön
geträumt hat, so muß man Gott dafür danken und darf nicht
klagen, daß der Traum aufhört und die Wirklichkeit wieder
anfängt. Jetzt ist es schwer, aber es vergißt sich alles oder
gewinnt wieder ein freundliches Gesicht. Und eines Tages
bist du wieder glücklich und vielleicht ich auch."

„Glaubst du's? Und wenn nicht, was dann?"

„Dann lebt man ohne Glück."

„Ach, Lene, du sagst das so hin, als ob Glück nichts wäre.
Aber es ist was, und das quält mich eben und ist mir doch,
als ob ich dir ein Unrecht getan hätte."

„Davon sprech ich dich frei. Du hast mir kein Unrecht getan,
hast mich nicht auf Irrwege geführt und hast mir nichts versprochen. Alles war mein freier Entschluß. Ich habe dich von
Herzen liebgehabt, das war mein Schicksal, und wenn es eine
Schuld war, so war es *meine* Schuld. Und noch dazu eine
Schuld, deren ich mich, ich muß es dir immer wieder sagen,
von ganzer Seele freue, denn sie war mein Glück. Wenn ich
nun dafür zahlen muß, so zahle ich gern. Du hast nicht gekränkt, nicht verletzt, nicht beleidigt oder doch höchstens
das, was die Menschen Anstand nennen und gute Sitte. Soll
ich mich darum grämen? Nein. Es rückt sich alles wieder zurecht, auch das. Und nun komm und laß uns umkehren. Sieh
nur, wie die Nebel steigen; ich denke, Frau Dörr ist nun
fort und wir treffen die gute Alte allein. Sie weiß von allem
und hat den ganzen Tag über immer nur ein und dasselbe
gesagt.“
„Und was?“
„Daß es so gut sei.“

Frau Nimptsch war wirklich allein, als Botho und Lene bei
ihr eintraten. Alles war still und dämmerig, und nur das
Herdfeuer warf einen Lichtschein über die breiten Schatten,
die sich schräg durch das Zimmer zogen. Der Stieglitz schlief
schon lange in seinem Bauer, und man hörte nichts als dann
und wann das Zischen des überkochenden Wassers.
„Guten Abend, Mutterchen“, sagte Botho.
Die Alte gab den Gruß zurück und wollte von ihrer Fußbank aufstehen, um den großen Lehnstuhl heranzurücken.
Aber Botho litt es nicht und sagte: „Nein, Mutterchen, ich
setze mich auf meinen alten Platz.“
Und dabei schob er den Schemel ans Feuer.
Eine kleine Pause trat ein; alsbald aber begann er wieder:
„Ich komme heut, um Abschied zu nehmen und Ihnen für
alles Liebe und Gute zu danken, das ich hier so lange gehabt
habe. Ja, Mutterchen, so recht von Herzen. Ich bin hier so
gern gewesen und so glücklich. Aber nun muß ich fort, und

alles, was ich noch sagen kann, ist bloß das: es ist doch wohl das beste so."

Die Alte schwieg und nickte zustimmend.

„Aber ich bin nicht aus der Welt", fuhr Botho fort, „und ich werde Sie nicht vergessen, Mutterchen. Und nun geben Sie mir die Hand. So. Und nun gute Nacht."

Hiernach stand er schnell auf und schritt auf die Tür zu, während Lene sich an ihn hing. So gingen sie bis an das Gartengitter, ohne daß weiter ein Wort gesprochen wäre. Dann aber sagte sie: „Nun kurz, Botho! Meine Kräfte reichen nicht mehr; es war doch zuviel, diese zwei Tage. Lebe wohl, mein Einziger, und sei so glücklich, wie du's verdienst, und so glücklich, wie du mich gemacht hast. Dann bist du glücklich. Und von dem andern rede nicht mehr, es ist der Rede nicht wert. So, so." Und sie gab ihm einen Kuß und noch einen und schloß dann das Gitter.

Als er an der andern Seite der Straße stand, schien er, als er Lenens ansichtig wurde, noch einmal umkehren und Wort und Kuß mit ihr tauschen zu wollen. Aber sie wehrte heftig mit der Hand. Und so ging er denn weiter die Straße hinab, während sie, den Kopf auf den Arm und den Arm auf den Gitterpfosten gestützt, ihm mit großem Auge nachsah. So stand sie noch lange, bis sein Schritt in der nächtlichen Stille verhallt war.

SECHZEHNTES KAPITEL

Mitte September hatte die Verheiratung auf dem Sellenthinschen Gute Rothenmoor stattgefunden. Onkel Osten, sonst kein Redner, hatte das Brautpaar in dem zweifellos längsten Toaste seines Lebens leben lassen, und am Tage darauf hatte die Kreuzzeitung unter ihren sonstigen Familienanzeigen auch die folgende gebracht: „Ihre am gestrigen Tage stattgehabte eheliche Verbindung zeigen hierdurch ergebenst an Botho Freiherr von Rienäcker, Premierleutnant im Kaiser-

Kürassier-Regiment; Käthe Freifrau von Rienäcker, geb. von Sellenthin." Die Kreuzzeitung war begreiflicherweise nicht das Blatt, das in die Dörrsche Gärtnerwohnung samt ihren Dependenzien kam, aber schon am andern Morgen traf ein an Fräulein Magdalene Nimptsch adressierter Brief ein, in dem nichts lag als der Zeitungsausschnitt mit der Vermählungsanzeige. Lene fuhr zusammen, sammelte sich aber rascher, als der Absender, aller Wahrscheinlichkeit nach eine neidische Kollegin, erwartet haben mochte. Daß es von solcher Seite her kam, war schon aus dem beigefügten „Hochwohlgeboren" zu schließen. Aber gerade dieser Extraschabernack, der den schmerzhaften Stich verdoppeln sollte, kam Lenen zustatten und verminderte das bittere Gefühl, das ihr diese Nachricht sonst wohl verursacht hätte.

Botho und Käthe von Rienäcker waren noch am Hochzeitstage selbst nach Dresden hin aufgebrochen, nachdem beide der Verlockung einer neumärkischen Vetternreise glücklich widerstanden hatten. Und wahrlich, sie hatten nicht Ursache, ihre Wahl zu bereuen, am wenigsten Botho, der sich jeden Tag nicht nur zu dem Dresdener Aufenthalte, sondern vielmehr noch zu dem Besitze seiner jungen Frau beglückwünschte, die Kapricen und üble Laune gar nicht zu kennen schien. Wirklich, sie lachte den ganzen Tag über, und so leuchtend und hellblond sie war, so war auch ihr Wesen. An allem ergötzte sie sich, und allem gewann sie die heitre Seite ab. In dem von ihnen bewohnten Hotel war ein Kellner mit einem Toupet, das einem eben umkippenden Wellenkamme glich, und dieser Kellner samt seiner Frisur war ihre tagtägliche Freude, so sehr, daß sie, wiewohl sonst ohne besonderen Esprit, sich in Bildern und Vergleichen gar nicht genugtun konnte. Botho freute sich mit und lachte herzlich, bis sich mit einem Male doch etwas von Bedenken und selbst von Unbehagen in sein Lachen einzumischen begann. Er nahm nämlich wahr, daß sie, was auch geschehen oder ihr zu Gesicht kommen mochte, lediglich am Kleinen und Komischen

hing, und als beide nach etwa vierzehntägigem glücklichem
Aufenthalt ihre Heimreise nach Berlin antraten, ereignete
sich's, daß ein kurzes, gleich zu Beginn der Fahrt geführtes
Gespräch ihm über diese Charakterseite seiner Frau volle
Gewißheit gab. Sie hatten ein Coupé für sich, und als sie von
der Elbbrücke her noch einmal zurückblickten, um nach Alt-
stadt-Dresden und der Kuppel der Frauenkirche hinüberzu-
grüßen, sagte Botho, während er ihre Hand nahm: „Und
nun sage mir, Käthe, was war eigentlich das Hübscheste hier
in Dresden?"

„Rate."

„Ja, das ist schwer, denn du hast so deinen eignen Geschmack, und mit Kirchengesang und Holbeinscher Madonna
darf ich dir gar nicht kommen..."

„Nein. Da hast du recht. Und ich will meinen gestrengen
Herrn auch nicht lange warten und sich quälen lassen. Es
war dreierlei, was mich entzückte: voran die Konditorei am
Altmarkt und der Scheffelgassen-Ecke mit den wundervollen
Pastetchen und dem Likör. Da so zu sitzen..."

„Aber, Käthe, man konnte ja gar nicht sitzen, man konnte
kaum stehn, und es war eigentlich, als ob man sich jeden
Bissen erobern müsse..."

„Das war es eben. Eben deshalb, mein Bester. Alles, was
man sich erobern muß..."

Und sie wandte sich ab und spielte neckisch die Schmollende,
bis er ihr einen herzlichen Kuß gab.

„Ich sehe", lachte sie, „du bist schließlich einverstanden, und
zur Belohnung höre nun auch das zweite und dritte. Mein
zweites war das Sommertheater draußen, wo wir ‚Monsieur
Herkules' sahn und Knaak den Tannhäusermarsch auf einem
klapprigen alten Whisttisch trommelte. So was Komisches
hab ich all mein Lebtag nicht gesehn und du wahrscheinlich
auch nicht. Es war wirklich zu komisch... Und das dritte...
Nun, das dritte, das war ‚Bacchus auf dem Ziegenbock' im
Grünen Gewölbe und ‚Der sich kratzende Hund' von Peter
Vischer."

„Ich dachte mir so was, und wenn Onkel Osten davon hört,
dann wird er dir recht geben und dich noch lieber haben als
sonst und mir noch öfter wiederholen: ‚Ich sage dir, Botho,
die Käthe...‘“

„Soll er's nicht?“

„O gewiß soll er.“

Und damit brach auf Minuten hin ihr Gespräch ab, das in
Bothos Seele, so zärtlich und liebevoll er zu der jungen Frau
hinübersah, doch einigermaßen ängstlich nachklang. Die junge
Frau selbst indes hatte keine Ahnung von dem, was in ihres
Gatten Seele vorging, und sagte nur: „Ich bin müde, Botho.
Die vielen Bilder. Es kommt doch nach ... Aber“ (der Zug
hielt eben), „was ist denn das für ein Lärm und Getreibe da
draußen?“

„Das ist ein Dresdener Vergnügungsort, ich glaube, Kötzschenbroda.“

„Kötzschenbroda? Zu komisch.“

Und während der Zug weiterdampfte, streckte sie sich aus
und schloß anscheinend die Augen. Aber sie schlief nicht und
sah zwischen den Wimpern hin nach dem geliebten Manne
hinüber.

In der damals noch einreihigen Landgrafenstraße hatte Käthes Mama mittlerweile die Wohnung eingerichtet, und als
zu Beginn des Oktobers das junge Paar in Berlin wieder ein-
traf, war es entzückt von dem Komfort, den es vorfand. In
den beiden Frontzimmern, die jedes einen Kamin hatten,
war geheizt, aber Tür und Fenster standen offen, denn es
war eine milde Herbstluft, und das Feuer brannte nur des An-
blicks und des Luftzuges halber. Das Schönste aber war der
große Balkon mit seinem weit herunterfallenden Zeltdach,
unter dem hinweg man in gerader Richtung ins Freie sah, erst
über das Birkenwäldchen und den Zoologischen Garten fort
und dahinter bis an die Nordspitze des Grunewalds.

Käthe freute sich unter Händeklatschen dieser prächtig
freien Aussicht, umarmte die Mama, küßte Botho und wies

dann plötzlich nach links hin, wo zwischen vereinzelten Pappeln und Weiden ein Schindelturm sichtbar wurde. „Sieh, Botho, wie komisch. Er ist ja wie dreimal eingeknickt. Und das Dorf daneben. Wie heißt es?"

„Ich glaube, Wilmersdorf", stotterte Botho.

„Nun gut, Wilmersdorf. Aber was heißt das: ‚ich glaube'? Du wirst doch wissen, wie die Dörfer hier herum heißen. Sieh nur, Mama, macht er nicht ein Gesicht, als ob er uns ein Staatsgeheimnis verraten hätte? Nichts komischer als diese Männer." Und damit verließ man den Balkon wieder, um in dem dahinter gelegenen Zimmer das erste Mittagsmahl en famille einzunehmen: nur ·die Mama, das junge Paar und Serge, der als einziger Gast geladen war.

Rienäckers Wohnung lag keine tausend Schritt von dem Hause der Frau Nimptsch. Aber Lene wußte nichts davon und nahm ihren Weg oft durch die Landgrafenstraße, was sie vermieden haben würde, wenn sie von dieser Nachbarschaft auch nur eine Ahnung gehabt hätte.

Doch es konnt ihr nicht lange ein Geheimnis bleiben.

Es ging schon in die dritte Oktoberwoche, trotzdem war es noch immer wie im Sommer, und die Sonne schien so warm, daß man den schärferen Luftton kaum empfand.

„Ich muß heut in die Stadt, Mutter", sagte Lene. „Goldstein hat mir geschrieben. Er will mit mir über ein Muster sprechen, das in die Wäsche der Waldeckschen Prinzessin eingestickt werden soll. Und wenn ich erst in der Stadt bin, will ich auch die Frau Demuth in der Alten Jakobstraße besuchen. Man kommt sonst ganz von aller Menschheit los. Aber um Mittag bin ich wieder hier. Ich werd es Frau Dörr sagen, daß sie nach dir sieht."

„Laß nur, Lene, laß nur. Ich bin am liebsten allein. Und die Dörr, die red't so viel un immer von ihrem Mann. Und ich habe ja mein Feuer. Und wenn der Stieglitz piept, das is mir genug. Aber wenn du mir eine Tüte mitbringst, ich habe jetzt immer solch Kratzen, und Malzbonbon löst so ..."

„Schön, Mutter."

Und damit hatte Lene die kleine, stille Wohnung verlassen und war erst die Kurfürsten- und dann die lange Potsdamer Straße hinuntergegangen, auf den Spittelmarkt zu, wo die Gebrüder Goldstein ihr Geschäft hatten. Alles verlief nach Wunsch, und es war nahezu Mittag, als sie, heimkehrend, diesmal anstatt der Kurfürsten- lieber die Lützowstraße passierte. Die Sonne tat ihr wohl, und das Treiben auf dem Magdeburger Platz, wo gerade Wochenmarkt war und alles eben wieder zum Aufbruch rüstete, vergnügte sie so, daß sie stehenblieb und sich das bunte Durcheinander mit ansah. Sie war wie benommen davon und wurd erst aufgerüttelt, als die Feuerwehr mit ungeheurem Lärm an ihr vorbeirasselte.

Lene horchte, bis das Gebimmel und Geklingel in der Ferne verhallt war, dann aber sah sie links hinunter nach der Turmuhr der Zwölf-Apostel-Kirche. „Gerade zwölf", sagte sie. „Nun ist es Zeit, daß ich mich eile; sie wird immer unruhig, wenn ich später komme, als sie denkt." Und so ging sie weiter die Lützowstraße hinunter auf den gleichnamigen Platz zu. Aber mit einem Male hielt sie und wußte nicht wohin, denn auf ganz kurze Entfernung erkannte sie Botho, der, mit einer jungen, schönen Dame am Arm, grad auf sie zukam. Die junge Dame sprach lebhaft und anscheinend lauter heitre Dinge, denn Botho lachte beständig, während er zu ihr niederblickte. Diesem Umstande verdankte sie's auch, daß sie nicht schon lange bemerkt worden war, und rasch entschlossen, eine Begegnung mit ihm um jeden Preis zu vermeiden, wandte sie sich vom Trottoir her nach rechts hin und trat an das zunächst befindliche Schaufenster heran, vor dem, mutmaßlich als Deckel für eine hier befindliche Kelleröffnung, eine viereckige geriffelte Eisenplatte lag. Das Schaufenster selbst war das eines gewöhnlichen Materialwarenladens mit dem üblichen Aufbau von Stearinlichten und Mixed-Pickles-Flaschen; nichts Besonderes, aber Lene starrte darauf hin, als ob sie dergleichen noch nie gesehen habe. Und wahrlich, Zeit war es, denn in ebendiesem Augenblick streifte das junge Paar hart an ihr vorüber, und kein Wort entging ihr von dem Gespräch, das zwischen beiden geführt wurde.

„Käthe, nicht so laut", sagte Botho, „die Leute sehen uns schon an."

„Laß sie . . ."

„Sie denken am Ende, wir zanken uns . . ."

„Unter Lachen? Zanken unter Lachen?"

Und sie lachte wieder.

Lene fühlte das Zittern der dünnen Eisenplatte, darauf sie stand. Ein waagerecht liegender Messingstab zog sich zum Schutze der großen Glasscheibe vor dem Schaufenster hin, und einen Augenblick war es ihr, als ob sie, wie zu Beistand und Hilfe, nach dem Messingstab greifen müsse. Sie hielt sich aber aufrecht, und erst als sie sicher sein durfte, daß beide weit genug fort waren, wandte sie sich wieder, um ihren Weg fortzusetzen. Sie tappte sich vorsichtig an den Häusern hin, und eine kurze Strecke ging es. Aber bald war ihr doch, als ob ihr die Sinne schwänden, und kaum, daß sie die nächste nach dem Kanal hin abzweigende Querstraße erreicht hatte, so bog sie hier ein und trat in einen Vorgarten, dessen Gittertür offenstand. Nur mit Mühe noch schleppte sie sich bis an eine kleine zu Veranda und Hochparterre hinaufführende Freitreppe, wenige Stufen, und setzte sich, einer Ohnmacht nah, auf eine derselben.

Als sie wieder erwachte, sah sie, daß ein halbwachsenes Mädchen, ein Grabscheit in der Hand, mit dem es kleine Beete gegraben hatte, neben ihr stand und sie teilnahmsvoll anblickte, während von der Verandabrüstung aus eine alte Kindermuhme sie mit kaum geringerer Neugier musterte. Niemand war augenscheinlich zu Haus als das Kind und die Dienerin, und Lene dankte beiden und erhob sich und schritt wieder auf die Pforte zu. Das halbwachsene Mädchen aber sah ihr traurig verwundert nach, und es war fast, wie wenn in dem Kinderherzen eine erste Vorstellung von dem Leid des Lebens gedämmert hätte.

Lene war inzwischen, den Fahrdamm passierend, bis an den

Kanal gekommen und ging jetzt unten an der Böschung entlang, wo sie sicher sein durfte, niemandem zu begegnen. Von
den Kähnen her blaffte dann und wann ein Spitz, und ein
dünner Rauch, weil Mittag war, stieg aus den kleinen Ka-
jütenschornsteinen auf. Aber sie sah und hörte nichts oder
war wenigstens ohne Bewußtsein dessen, was um sie her vorging, und erst als jenseits des Zoologischen die Häuser am
Kanal hin aufhörten und die große Schleuse mit ihrem drü-
berwegschäumenden Wasser sichtbar wurde, blieb sie stehen
und rang nach Luft. ‚Ach, wer weinen könnte!‘ Und sie
drückte die Hand gegen Brust und Herz.

Zu Hause traf sie die Mutter an ihrem alten Platz und setzte
sich ihr gegenüber, ohne daß ein Wort oder Blick zwischen
ihnen gewechselt worden wäre. Mit einem Male aber sah die
Alte, deren Auge bis dahin immer in derselben Richtung gegangen war, von ihrem Herdfeuer auf und erschrak, als sie
der Veränderung in Lenens Gesicht gewahr wurde.
„Lene, Kind, was hast du? Lene, wie siehst du nur aus?"
Und so schwer beweglich sie sonsten war, heute machte sie
sich im Umsehn von ihrer Fußbank los und suchte nach dem
Krug, um die noch immer wie halbtot Dasitzende mit Wasser
zu besprengen. Aber der Krug war leer, und so humpelte sie
nach dem Flur und vom Flur nach Hof und Garten hinaus,
um die gute Frau Dörr zu rufen, die gerade Goldlack und
Jelängerjelieber abschnitt, um Marktsträuße daraus zu binden. Ihr Alter aber stand neben ihr und sagte: „Nimm nich
wieder zuviel Strippe."
Frau Dörr, als sie das jämmerliche Rufen der alten Frau von
fernher hörte, verfärbte sich und antwortete mit lauter
Stimme: „Komme schon, Mutter Nimptsch, komme schon!",
und alles wegwerfend, was sie von Blumen und Bast in der
Hand hatte, lief sie gleich auf das kleine Vorderhaus zu, weil
sie sich sagte, daß da was los sein müsse.
„Richtig, dacht ich's doch ... Leneken." Und dabei rüttelte
und schüttelte sie die nach wie vor wie leblos Dasitzende,

während die Alte langsam nachkam und über den Flur hin-
schlurrte.

„Wir müssen sie zu Bett bringen", rief Frau Dörr, und die
Nimptsch wollte selber mit anfassen. Aber so war das „wir"
der stattlichen Frau Dörr nicht gemeint gewesen. „Ich mache
so was allein, Mutter Nimptsch", und Lenen in ihre Arme
nehmend, trug sie sie nebenan in die Kammer und deckte
sie hier zu.

„So, Mutter Nimptsch. Nu 'ne heiße Stürze. Das kenn ich, das
kommt von's Blut. Erst 'ne Stürze un denn 'n Ziegelstein an
die Fußsohlen; aber grad untern Spann, da sitzt das Leben ... Wovon is es denn eigentlich? Is gewiß 'ne Altration."

„Weiß nich. Sie hat nichts gesagt. Aber ich denke mir, daß
sie 'n vielleicht gesehn hat."

„Richtig. Das is es. Das kenn ich ... Aber nur die Fenster
zu un runter mit's Rollo ... Manche sind für Kampfer und
Hoffmannstropfen, aber Kampfer schwächt so und is eigentlich bloß für Motten. Nein, liebe Nimptschen, was 'ne Natur
is, un noch dazu solche junge, die muß sich immer selber helfen, un darum bin ich für schwitzen. Aber orntlich. Un wovon kommt es? Von die Männer kommt es. Un doch hat man
sie nötig un braucht sie ... Na, sie kriegt schon wieder
Farbe."

„Woll'n wir nich lieber nach 'n Doktor schicken?"

„I, Jott bewahre. Die kutschieren jetzt rum, und eh einer
kommt, is sie schon dreimal dod un lebendig."

SIEBZEHNTES KAPITEL

Drittehalb Jahre waren seit jener Begegnung vergangen, wäh-
rend welcher Zeit sich manches in unserem Bekannten- und
Freundeskreise verändert hatte, nur nicht in dem in der
Landgrafenstraße.

Hier herrschte dieselbe gute Laune weiter, der Frohmut der

Flitterwochen war geblieben, und Käthe lachte nach wie vor. Was andere junge Frauen vielleicht betrübt hätte: daß das Paar einfach ein Paar blieb, wurde von Käthe keinen Augenblick schmerzlich empfunden. Sie lebte so gern und fand an Putz und Plaudern, an Reiten und Fahren ein so volles Genüge, daß sie vor einer Veränderung ihrer Häuslichkeit eher erschrak als sie herbeiwünschte. Der Sinn für Familie, geschweige die Sehnsucht danach, war ihr noch nicht aufgegangen, und als die Mama brieflich eine Bemerkung über diese Dinge machte, schrieb Käthe ziemlich ketzerisch zurück: „Sorge Dich nicht, Mama. Bothos Bruder hat sich ja nun ebenfalls verlobt, in einem halben Jahr ist Hochzeit, und ich überlaß es gern meiner zukünftigen Schwägerin, sich die Fortdauer des Hauses Rienäcker angelegen sein zu lassen."

Botho sah es anders an, aber auch sein Glück wurde durch das, was fehlte, nicht sonderlich getrübt, und wenn ihn trotzdem von Zeit zu Zeit eine Mißstimmung anwandelte, so war es, wie schon damals auf seiner Dresdener Hochzeitsreise, vorwiegend darüber, daß mit Käthe wohl ein leidlich vernünftiges, aber durchaus kein ernstes Wort zu reden war. Sie war unterhaltlich und konnte sich mitunter bis zu glücklichen Einfällen steigern, aber auch das Beste, was sie sagte, war oberflächlich und „spielrig", als ob sie der Fähigkeit entbehrt hätte, zwischen wichtigen und unwichtigen Dingen zu unterscheiden. Und was das schlimmste war, sie betrachtete das alles als einen Vorzug, wußte sich was damit und dachte nicht daran, es abzulegen. „Aber Käthe, Käthe!" rief Botho dann wohl und ließ in diesem Zuruf etwas von Mißbilligung mit durchklingen; ihr glückliches Naturell aber wußt ihn immer wieder zu entwaffnen, ja, so sehr, daß er sich mit dem Anspruch, den er erhob, fast pedantisch vorkam.

Lene mit ihrer Einfachheit, Wahrheit und Unredensartlichkeit stand ihm öfters vor der Seele, schwand aber ebenso rasch wieder hin, und nur wenn Zufälligkeiten einen ganz bestimmten Vorfall in aller Lebendigkeit wieder in ihm wachriefen, kam ihm mit dieser größeren Lebendigkeit des

Bildes auch wohl ein stärkeres Gefühl und mitunter selbst eine Verlegenheit.

Eine solche Zufälligkeit ereignete sich gleich im ersten Sommer, als das junge Paar, von einem Diner bei Graf Alten zurückgekehrt, auf dem Balkon saß und seinen Tee nahm. Käthe lag zurückgelehnt in ihrem Stuhl und ließ sich aus der Zeitung einen mit Zahlenangaben reich gespickten Artikel über Pfarr- und Stolgebühren vorlesen. Eigentlich verstand sie wenig davon, um so weniger, als die vielen Zahlen sie störten, aber sie hörte doch ziemlich aufmerksam zu, weil alle märkischen Frölens ihre halbe Jugend „bei Predigers" zubringen und so den Pfarrhausinteressen ihre Teilnahme bewahren. So war es auch heut. Endlich brach der Abend herein, und im selben Augenblicke, wo's dunkelte, begann drüben im Zoologischen das Konzert, und ein entzückender Straußscher Walzer klang herüber.

„Höre nur, Botho", sagte Käthe, sich aufrichtend, während sie voll Übermut hinzusetzte: „Komm, laß uns tanzen." Und ohne seine Zustimmung abzuwarten, zog sie ihn aus seinem Stuhl in die Höh und walzte mit ihm in das große Balkonzimmer hinein und in diesem noch ein paarmal herum. Dann gab sie ihm einen Kuß und sagte, während sie sich an ihn schmiegte: „Weißt du, Botho, so wundervoll hab ich noch nie getanzt, auch nicht auf meinem ersten Ball, den ich noch bei der Zülow mitmachte, ja, daß ich's nur gestehe, noch eh ich eingesegnet war. Onkel Osten nahm mich auf seine Verantwortung mit, und die Mama weiß es bis auf diesen Tag nicht. Aber selbst da war es nicht so schön wie heut. Und doch ist die verbotene Frucht die schönste. Nicht wahr? Aber du sagst ja nichts, du bist ja verlegen, Botho. Sieh, so ertapp ich dich mal wieder." Er wollte, so gut es ging, etwas sagen, aber sie ließ ihn nicht dazu kommen. „Ich glaube wirklich, Botho, meine Schwester Ine hat es dir angetan, und du darfst mich nicht damit trösten wollen, sie sei noch ein halber Backfisch oder nicht weit darüber hinaus. Das sind immer die gefährlichsten. Ist es nicht so? Nun, ich will nichts gesehen haben,

und ich gönn es ihr und dir. Aber auf alte, ganz alte Geschichten bin ich eifersüchtig, viel, viel eifersüchtiger als auf
neue."

„Sonderbar", sagte Botho und versuchte zu lachen.

„Und doch am Ende nicht so sonderbar, wie's aussieht", fuhr
Käthe fort. „Sieh, neue Geschichten hat man doch immer halb
unter Augen, und es muß schon schlimm kommen und ein
wirklicher Meisterverräter sein, wenn man gar nichts merken
und so reinweg betrogen werden soll. Aber alte Geschichten,
da hört alle Kontrolle auf, da kann es tausendunddrei geben,
und man weiß es kaum."

„Und was man nicht weiß . . ."

„Kann einen doch heiß machen. Aber lassen wir's und lies
mir lieber weiter aus deiner Zeitung vor. Ich habe beständig
an unsere Kluckhuhns denken müssen, und die gute Frau
versteht es nicht. Und der Älteste soll jetzt gerade studieren."

Solche Geschichten ereigneten sich häufiger und beschworen
in Bothos Seele mit den alten Zeiten auch Lenens Bild herauf, aber sie selbst sah er nicht, was ihm auffiel, weil er ja
wußte, daß sie halbe Nachbarn waren.

Es fiel ihm auf und wär ihm doch leicht erklärlich gewesen,
wenn er rechtzeitig in Erfahrung gebracht hätte, daß Frau
Nimptsch und Lene gar nicht mehr an alter Stelle zu finden
seien. Und doch war es so. Von dem Tag an, wo Lene dem
jungen Paar in der Lützowstraße begegnet war, hatte sie der
Alten erklärt, in der Dörrschen Wohnung nicht mehr bleiben
zu können, und als Mutter Nimptsch, die sonst nie widersprach, den Kopf geschüttelt und geweimert und in einem
fort auf den Herd hingewiesen hatte, hatte Lene gesagt:
„Mutter, du kennst mich doch. Ich werde dir doch deinen
Herd und dein Feuer nicht nehmen; du sollst alles wieder
haben; ich habe das Geld dazu gespart, und wenn ich's nicht
hätte, so wollt ich arbeiten, bis es beisammen wär. Aber hier
müssen wir fort. Ich muß jeden Tag da vorbei, das halt ich
nicht aus, Mutter. Ich gönn ihm sein Glück, ja mehr noch,

ich freue mich, daß er's hat. Gott ist mein Zeuge, denn er war
ein guter, lieber Mensch und hat mir zuliebe gelebt, und kein
Hochmut und keine Haberei. Und daß ich's rundheraus sage,
trotzdem ich die feinen Herren nicht leiden kann, ein richtiger
Edelmann, so recht einer, der das Herz auf dem rechten
Flecke hat. Ja, mein einziger Botho, du sollst glücklich sein,
so glücklich, wie du's verdienst. Aber ich kann es nicht sehn,
Mutter, ich muß weg hier, denn sowie ich zehn Schritte gehe,
denk ich, er steht vor mir. Und da bin ich in einem ewigen
Zittern. Nein, nein, das geht nicht. Aber deine Herdstelle
sollst du haben. Das versprech ich dir, ich, deine Lene." Nach
diesem Gespräche war seitens der Alten aller Widerstand
aufgegeben worden, und auch Frau Dörr hatte gesagt: „Versteht sich, ihr müßt ausziehen. Und dem alten Geizkragen,
dem Dörr, dem gönn ich's. Immer hat er mir was vorge-
brummt, daß ihr zu billig einsäßt und daß nich die Steuer un
die Reparatur dabei rauskäme. Nu mag er sich freuen, wenn
ihm alles leer steht. Und so wird's kommen. Denn wer zieht
denn in solchen Puppenkasten, wo jeder Kater ins Fenster
kuckt und kein Gas nich un keine Wasserleitung. I, versteht
sich; ihr habt ja vierteljährliche Kündigung, und Ostern könnt
ihr raus, da helfen ihm keine Sperenzchen. Und ich freue mich
ordentlich; ja, Lene, so schlecht bin ich. Aber ich muß auch
gleich für meine Schadenfreude bezahlen. Denn wenn du weg
bist, Kind, und die gute Frau Nimptsch mit ihrem Feuer und
ihrem Teekessel und immer kochend Wasser, ja, Lene, was
hab ich denn noch? Doch bloß *ihn* un Sultan und den dummen Jungen, der immer dummer wird. Un sonst keinen Menschen nich. Und wenn's denn kalt wird und Schnee fällt, is es
mitunter zum kattol'sch werden vor lauter Stillsitzen und
Einsamkeit."
Das waren so die ersten Verhandlungen gewesen, als der Um-
zugsplan in Lene feststand; und als Ostern herankam, war
wirklich ein Möbelwagen vorgefahren, um aufzuladen, was
an Habseligkeiten da war. Der alte Dörr hatte sich bis zuletzt überraschend gut benommen, und nach erfolgtem feier-

lichem Abschiede war Frau Nimptsch in eine Droschke ge-
packt und mit ihrem Eichkätzchen und Stieglitz bis an das
Luisenufer gefahren worden, wo Lene, drei Treppen hoch,
eine kleine Prachtwohnung gemietet und nicht nur ein paar
neue Möbel angeschafft, sondern, in Erinnerung an ihr Versprechen, vor allem auch für einen an den großen Vorder-
zimmerofen angebauten Kamin gesorgt hatte. Seitens des
Wirts waren anfänglich allerlei Schwierigkeiten gemacht
worden, „weil solch Vorbau den Ofen ruiniere". Lene hatte
jedoch unter Angabe der Gründe darauf bestanden, was dem
Wirt, einem alten, braven Tischlermeister, dem so was gefiel,
einen großen Eindruck gemacht und ihn zum Nachgeben bestimmt hatte.

Beide wohnten nun ziemlich ebenso, wie sie vordem im Dörrschen Gartenhause gewohnt hatten, nur mit dem Unter-
schiede, daß sie jetzt drei Treppen hoch saßen und statt auf
die phantastischen Türme des Elefantenhauses auf die
hübsche Kuppel der Michaelskirche sahen. Ja, ihr Blick, dessen sie sich erfreuten, war entzückend und so schön und frei,
daß er selbst auf die Lebensgewohnheiten der alten Nimptsch
einen Einfluß gewann und sie bestimmte, nicht mehr bloß auf
der Fußbank am Feuer, sondern, wenn die Sonne schien, auch
am offenen Fenster zu sitzen, wo Lene für einen Tritt gesorgt
hatte. Das alles tat der alten Frau Nimptsch ungemein wohl
und half ihr auch gesundheitlich auf, so daß sie seit dem Woh-
nungswechsel weniger an Reißen litt als draußen in dem
Dörrschen Gartenhause, das, so poetisch es lag, nicht viel besser als ein Keller gewesen war.

Im übrigen verging keine Woche, wo nicht, trotz des endlos
weiten Weges, Frau Dörr vom Zoologischen her am Luisenufer erschienen wäre, bloß „um zu sehen, wie's stehe". Sie
sprach dann, nach Art aller Berliner Ehefrauen, ausschließlich von ihrem Manne, dabei regelmäßig einen Ton anschla-
gend, als ob die Verheiratung mit ihm eine der schwersten
Mesalliancen und eigentlich etwas halb Unerklärliches gewesen wäre. In Wahrheit aber stand es so, daß sie sich nicht

nur äußerlich behaglich und zufrieden fühlte, sondern sich auch freute, daß Dörr geradeso war, wie er war. Denn sie hatte nur Vorteile davon, einmal den, beständig reicher zu werden, und nebenher den zweiten, ihr ebenso wichtigen, ohne jede Gefahr vor Änderung und Vermögenseinbuße sich unausgesetzt über den alten Geizkragen erheben und ihm Vorhaltungen über seine niedrige Gesinnung machen zu können. Ja, Dörr war das Hauptthema bei diesen Gesprächen, und Lene, wenn sie nicht bei Goldsteins oder sonstwo in der Stadt war, lachte jedesmal herzlich mit, und um so herzlicher, als sie sich, ebenso wie die Nimptsch, seit dem Umzuge sichtlich erholt hatte. Das Einrichten, Anschaffen und Instandsetzen hatte sie, wie sich denken läßt, von Anfang an von ihren Betrachtungen abgezogen, und was noch wichtiger und für ihre Gesundheit und Erholung erst recht von Vorteil gewesen war, war das, daß sie nun keine Furcht mehr vor einer Begegnung mit Botho zu haben brauchte. Wer kam nach dem Luisenufer? Botho gewiß nicht. All das vereinigte sich, sie vergleichsweise wieder frisch und munter erscheinen zu lassen, und nur eins war geblieben, das auch äußerlich an zurückliegende Kämpfe gemahnte: mitten durch ihr Scheitelhaar zog sich eine weiße Strähne. Mutter Nimptsch hatte kein Auge dafür oder machte nicht viel davon, die Dörr aber, die nach ihrer Art mit der Mode ging und vor allem ungemein stolz auf ihren echten Zopf war, sah die weiße Strähne gleich und sagte zu Lene: „Jott, Lene. Un grade links. Aber natürlich ... da sitzt es ja ... links muß es ja sein."

Es war bald nach dem Umzuge, daß dies Gespräch geführt wurde. Sonst geschah im allgemeinen weder Bothos noch der alten Zeiten Erwähnung, was einfach darin seinen Grund hatte, daß Lene, wenn die Plauderei speziell *diesem* Thema sich zuwandte, jedesmal rasch abbrach oder auch aus dem Zimmer ging. Das hatte sich die Dörr, als es Mal auf Mal wiederkehrte, gemerkt, und so schwieg sie denn über Dinge, von denen man ganz ersichtlich weder reden noch hören wollte. So ging es ein Jahr lang, und als das Jahr um war, war noch ein anderer Grund da, der es nicht rätlich erscheinen ließ, auf die alten Geschichten zurückzukommen. Nebenan nämlich war, Wand an Wand mit der Nimptsch, ein Mieter eingezogen, der, von Anfang an auf gute Nachbarschaft haltend, bald noch mehr als ein guter Nachbar zu werden versprach. Er kam jeden Abend und plauderte, so daß es mitunter an die Zeiten erinnerte, wo Dörr auf seinem Schemel gesessen und seine Pfeife geraucht hatte, nur daß der neue Nachbar in vielen Stücken doch anders war: ein ordentlicher und gebildeter Mann, von nicht gerade feinen, aber sehr anständigen Manieren, dabei guter Unterhaltung, der, wenn Lene mit zugegen war, von allerlei städtischen Angelegenheiten, von Schulen, Gasanstalten und Kanalisation und mitunter auch von seinen Reisen zu sprechen wußte. Traf es sich, daß er mit der Alten allein war, so verdroß ihn auch das nicht, und er spielte dann „Tod und Leben" mit ihr oder Dambrett oder half ihr auch wohl eine Patience legen, trotzdem er eigentlich alle Karten verabscheute. Denn er war ein Konventikler und hatte, nachdem er erst bei den Mennoniten und dann später bei den Irvingianern eine Rolle gespielt hatte, neuerdings eine selbständige Sekte gestiftet.

Wie sich denken läßt, erregte dies alles die höchste Neugier der Frau Dörr, die denn auch nicht müde wurde, Fragen zu stellen und Anspielungen zu machen, aber immer nur, wenn Lene wirtschaftlich zu tun oder in der Stadt allerlei Besorgungen hatte. „Sagen Sie, liebe Frau Nimptsch, was is er denn eigentlich? Ich habe nachgeschlagen, aber er steht noch nich drin; Dörr hat bloß immer den vorjährigen. Franke heißt er?"

„Ja, Franke."

„Franke. Da war mal einer in der Ohmgasse, Großböttchermeister, und hatte bloß ein Auge; das heißt, das andre war auch noch da, man bloß ganz weiß und sah eigentlich aus wie 'ne Fischblase. Un wovon war es? Ein Reifen, als er ihn umlegen wollte, war abgesprungen und mit der Spitze grad ins Auge. Davon war es. Ob er von da herstammt?"

„Nein, Frau Dörr, er is gar nich von hier. Er is aus Bremen."

„Ach so. Na, denn is es ja ganz natürlich."

Frau Nimptsch nickte zustimmend, ohne sich über diese Na-
türlichkeitsversicherung weiter aufklären zu lassen, und fuhr
ihrerseits fort: „Un von Bremen bis Amerika dauert bloß
vierzehn Tage. Da ging er hin. Un er war so was wie Klemp-
ner oder Schlosser oder Maschinenarbeiter, aber als er sah,
daß es nich ging, wurd er Doktor und zog rum mit lauter
kleine Flaschen und soll auch gepredigt haben. Und weil er
so gut predigte, wurd er angestellt bei . . . ja, nun hab ich es
wieder vergessen. Aber es sollen lauter sehr fromme Leute
sein und auch sehr anständige."

„Herr, du meine Güte", sagte Frau Dörr. „Er wird doch
nich . . . Jott, wie heißen sie doch, die so viele Frauen haben,
immer gleich sechs oder sieben und manche noch mehre . . .
Ich weiß nich, was sie mit so viele machen."

Es war ein Thema, wie geschaffen für Frau Dörr. Aber die
Nimptsch beruhigte die Freundin und sagte: „Nein, liebe
Dörr, es is doch anders. Ich hab erst auch so was gedacht, aber
da hat er gelacht und gesagt: ‚I bewahre, Frau Nimptsch, ich
bin Junggesell. Und wenn ich mich verheirate, da denk ich
mir, eine ist grade genug.‘ "

„Na, da fällt mir ein Stein vom Herzen", sagte die Dörr.
„Und wie kam es denn nachher? Ich meine, drüben in
Amerika."

„Nu, nachher kam es ganz gut und dauerte gar nich lange, so
war ihm geholfen. Denn was die Frommen sind, die helfen
sich immer untereinander. Und hatte wieder Kundschaft gekriegt und auch sein altes Metier wieder. Und das hat er noch
und is in einer großen Fabrik hier in der Köpenicker Straße,
wo sie kleine Röhren machen und Brenner und Hähne und
alles, was sie für den Gas brauchen. Und er ist da der Ober-
ste, so wie Zimmer- oder Mauerpolier, un hat wohl hundert
unter sich. Un is ein sehr reputierlicher Mann mit Zylinder
un schwarze Handschuh. Un hat auch ein gutes Gehalt."

„Un Lene?"

„Nu, Lene, die nähm ihn schon. Und warum auch nich? Aber sie kann ja den Mund nich halten, und wenn er kommt un ihr was sagt, dann wird sie ihm alles erzählen, all die alten Geschichten; erst die mit Kuhlwein (un is doch nu schon so lang, als wär's eigentlich gar nich gewesen) und denn die mit dem Baron. Und Franke, müssen Sie wissen, ist ein feiner un anständiger Mann, un eigentlich schon ein Herr."

„Wir müssen es ihr ausreden. Er braucht ja nich alles zu wissen; wozu denn? Wir wissen ja auch nich alles."

„Woll, woll. Aber die Lene ..."

ACHTZEHNTES KAPITEL

Nun war Juni 78. Frau von Rienäcker und Frau von Sellenthin waren den Mai über auf Besuch bei dem jungen Paar gewesen, und Mutter und Schwiegermutter, die sich mit jedem Tage mehr einredeten, ihre Käthe blasser, blutloser und matter als sonst vorgefunden zu haben, hatten, wie sich denken läßt, nicht aufgehört, auf einen Spezialarzt zu dringen, mit dessen Hilfe, nach beiläufig sehr kostspieligen gynäkologischen Untersuchungen, eine vierwöchige Schlangenbader Kur als vorläufig unerläßlich festgesetzt worden war. Schwalbach könne dann folgen. Käthe hatte gelacht und nichts davon wissen wollen, am wenigsten von Schlangenbad, „es sei so was Unheimliches in dem Namen, und sie fühle schon die Viper an der Brust"; aber schließlich hatte sie nachgegeben und in den nun beginnenden Reisevorbereitungen eine Befriedigung gefunden, die größer war als die, die sie sich von der Kur versprach. Sie fuhr täglich in die Stadt, um Einkäufe zu machen, und wurde nicht müde zu versichern, wie sie jetzt erst das so hoch in Gunst und Geltung stehende „shopping" der englischen Damen begreifen lerne: so von Laden zu Laden zu wandern und immer hübsche Sachen und höfliche Menschen zu finden, das sei doch wirklich ein Vergnügen und

lehrreich dazu, weil man so vieles sehe, was man gar nicht
kenne, ja, wovon man bis dahin nicht einmal den Namen gehört hätte. Botho nahm in der Regel an diesen Gängen und
Ausfahrten teil, und ehe die letzte Juniwoche heran war, war
die halbe Rienäckersche Wohnung in eine kleine Ausstellung
von Reiseeffekten umgewandelt: ein Riesenkoffer mit Messingbeschlag, den Botho nicht ganz mit Unrecht den Sarg seines Vermögens nannte, leitete den Reigen ein; dann kamen
zwei kleinere von Juchtenleder, samt Taschen, Decken und
Kissen, und über das Sofa hin ausgebreitet lag die Reise-
garderobe mit einem Staubmantel obenan und einem Paar
wundervoller dicksohliger Schnürstiefel, als ob es sich um
irgendeine Gletscherpartie gehandelt hätte.

Den 24. Juni, Johannistag, sollte die Reise beginnen; aber
am Tage vorher wollte Käthe den cercle intime noch einmal
um sich versammeln, und so waren denn Wedell und ein junger Osten und selbstverständlich auch Pitt und Serge zu verhältnismäßig früher Stunde geladen worden. Dazu Käthes
besonderer Liebling Balafré, der bei Mars-la-Tour, damals
noch als „Halberstädter", die große Attacke mitgeritten und
wegen eines wahren Prachthiebes schräg über Stirn und
Backe seinen Beinamen erhalten hatte.

Käthe saß zwischen Wedell und Balafré und sah nicht aus, als
ob sie Schlangenbads oder irgendeiner Badekur der Welt besonders bedürftig sei; sie hatte Farbe, lachte, tat hundert
Fragen und begnügte sich, wenn der Gefragte zu sprechen
anhob, mit einem Minimum von Antwort. Eigentlich führte
sie das Wort, und keiner nahm Anstoß daran, weil sie die
Kunst des gefälligen Nichtssagens mit einer wahren Meister-
schaft übte. Balafré fragte, wie sie sich ihr Leben in den Kur-
tagen denke? Schlangenbad sei nicht bloß wegen seiner Heil-
wunder, sondern viel, viel mehr noch wegen seiner Langen-
weile berühmt, und vier Wochen Badelangeweile seien selbst
unter den günstigsten Kurverhältnissen etwas viel.

„Oh, lieber Balafré", sagte Käthe, „Sie dürfen mich nicht
ängstigen und würden es auch nicht, wenn Sie wüßten, wie

viel Botho für mich getan hat. Er hat mir nämlich acht Bände
Novellen als freilich unterste Schicht in den Koffer gelegt,
und damit sich meine Phantasie nicht kurwidrig erhitze, hat
er gleich noch ein Buch über künstliche Fischzucht mit zugetan."

Balafré lachte.

„Ja, Sie lachen, lieber Freund, und wissen doch erst die kleinere Hälfte, die Haupthälfte (Botho tut nämlich nichts ohne
Grund und Ursache) ist seine Motivierung. Es war natürlich
bloß Scherz, was ich da vorhin von meiner mit Hilfe der
Fischzuchtbroschüre nicht zu schädigenden Phantasie sagte,
das Ernste von der Sache lief darauf hinaus, ich *müsse* dergleichen, die Broschüre nämlich, endlich lesen, und zwar aus
Lokalpatriotismus; denn die Neumark, unsere gemeinsame
glückliche Heimat, sei seit Jahr und Tag schon die Brut- und
Geburtsstätte der künstlichen Fischzucht, und wenn ich von
diesem nationalökonomisch so wichtigen neuen Ernährungs-
faktor nichts wüßte, so dürft ich mich jenseits der Oder im
Landsberger Kreise gar nicht mehr sehen lassen, am aller-
wenigsten aber in Berneuchen, bei meinem Vetter Borne."

Botho wollte das Wort nehmen, aber sie schnitt es ihm ab
und fuhr fort: „Ich weiß, was du sagen willst und daß es
wenigstens mit den acht Novellen nur so für alle Fälle sei.
Gewiß, gewiß, du bist immer so schrecklich vorsichtig. Aber
ich denke, ‚alle Fälle‘ sollen gar nicht kommen. Ich hatte
nämlich gestern noch einen Brief von meiner Schwester Ine,
die mir schrieb, Anna Grävenitz sei seit acht Tagen auch da.
Sie kennen sie ja, Wedell, eine geborene Rohr, charmante
Blondine, mit der ich bei der alten Zülow in Pension und sogar in derselben Klasse war. Und ich entsinne mich noch, wie
wir unsern vergötterten Felix Bachmann gemeinschaftlich an-
schwärmten und sogar Verse machten, bis die gute alte Zülow sagte, sie verbäte sich solchen Unsinn. Und Elly Winterfeld, wie mir Ine schreibt, käme wahrscheinlich auch. Und
nun sag ich mir, in Gesellschaft von zwei reizenden jungen
Frauen – und ich als dritte, wenn auch mit den beiden andern

gar nicht zu vergleichen –, in so guter Gesellschaft, sag ich, muß man doch am Ende leben können. Nicht wahr, lieber Balafré?"

Dieser verneigte sich unter einem grotesken Mienenspiel, das in allem, nur nicht hinsichtlich eines von ihr selbst versicherten Zurückstehens gegen irgendwen sonst in der Welt, seine Zustimmung ausdrücken sollte, nahm aber nichtsdestoweniger sein ursprüngliches Examen wieder auf und sagte: „Wenn ich Details hören könnte, meine Gnädigste! Das einzelne, sozusagen die Minute, bestimmt unser Glück und Unglück. Und der Tag hat der Minuten so viele."

„Nun, ich denk es mir so. Jeden Morgen Briefe. Dann Promenadenkonzert und Spaziergang mit den zwei Damen, am liebsten in einer verschwiegenen Allee. Da setzen wir uns dann und lesen uns die Briefe vor, die wir doch hoffentlich erhalten werden, und lachen, wenn er zärtlich schreibt, und sagen ‚ja, ja'. Und dann kommt das Bad und nach dem Bade die Toilette, natürlich mit Sorglichkeit und Liebe, was doch in Schlangenbad nicht ununterhaltlicher sein kann als in Berlin. Eher das Gegenteil. Und dann gehen wir zu Tisch und haben einen alten General zur Rechten und einen reichen Industriellen zur Linken, und für Industrielle hab ich von Jugend an eine Passion gehabt. Eine Passion, deren ich mich nicht schäme. Denn entweder haben sie neue Panzerplatten erfunden oder unterseeische Telegraphen gelegt oder einen Tunnel gebohrt oder eine Kletter-Eisenbahn angelegt. Und dabei, was ich auch nicht verachte, sind sie reich. Und nach Tische Lesezimmer und Kaffee bei heruntergelassenen Jalousien, so daß einem die Schatten und Lichter immer auf der Zeitung umhertanzen. Und dann Spaziergang. Und vielleicht, wenn wir Glück haben, haben sich sogar ein paar Frankfurter oder Mainzer Kavaliere herüber verirrt und reiten neben dem Wagen her; und das muß ich Ihnen sagen, meine Herren, gegen Husaren, gleichviel ob rot oder blau, kommen Sie nicht auf, und von meinem militärischen Standpunkt aus ist und bleibt es ein entschiedener Fehler, daß man die Garde-

dragoner verdoppelt, aber die Gardehusaren sozusagen einfach gelassen hat. Und noch unbegreiflicher ist es mir, daß
man sie drüben läßt. So was Apartes gehört in die Hauptstadt."

Botho, den das enorme Sprechtalent seiner Frau zu genieren
anfing, suchte durch kleine Schraubereien ihrer Schwatzhaf-
tigkeit Einhalt zu tun. Aber seine Gäste waren viel unkriti-
scher als er, ja erheiterten sich mehr denn je über die „reizende kleine Frau", und Balafré, der in Käthe-Bewunderung
obenan stand, sagte: „Rienäcker, wenn Sie noch ein Wort
gegen Ihre Frau sagen, so sind Sie des Todes. Meine Gnädigste, was dieser Oger von Ehemann nur überhaupt will,
was er nur krittelt? Ich weiß es nicht. Und am Ende muß ich
gar glauben, daß er sich in seiner Schweren-Kavallerie-Ehre
gekränkt fühlt und – Pardon wegen der Wortspielerei! –
lediglich um eines Harnischs willen in Harnisch gerät. Rienäcker, ich beschwöre Sie! Wenn ich solche Frau hätte wie
Sie, so wäre mir jede Laune Befehl, und wenn mich die Gnädigste zum Husaren machen wollte, nun, so würd ich schlankweg Husar, und damit basta. So viel aber weiß ich gewiß
und möchte Leben und Ehre darauf wetten, wenn Seine Majestät solche beredten Worte hören könnte, so hätten die
Gardehusaren drüben keine ruhige Stunde mehr, lägen morgen schon im Marschquartier in Zehlendorf und rückten
übermorgen durchs Brandenburger Tor hier ein. Oh, dies
Haus Sellenthin, das ich, die Gelegenheit beim Schopf er-
greifend, in diesem ersten Toaste zum ersten, zum zweiten
und zum dritten Male leben lasse! Warum haben Sie keine
Schwester mehr, meine Gnädigste? Warum hat sich Fräulein
Ine bereits verlobt? Vor der Zeit und jedenfalls mir zum
Tort."

Käthe war glücklich über derlei kleine Huldigungen und versicherte, daß sie, trotz Ine, die nun freilich rettungslos für ihn
verloren sei, alles tun wolle, was sich tun lasse, wiewohl sie
recht gut wisse, daß er, als ein unverbesserlicher Junggeselle,
nur bloß so rede. Gleich danach aber ließ sie die Neckerei

mit Balafré fallen und nahm das Reisegespräch wieder auf, am eingehendsten das Thema, wie sie sich die Korrespondenz eigentlich denke. Sie hoffe, wie sie nur wiederholen könne, jeden Tag einen Brief zu empfangen, das sei nun mal Pflicht eines zärtlichen Gatten, werd es aber ihrerseits an sich kommen lassen und nur am ersten Tage von Station zu Station ein Lebenszeichen geben. Dieser Vorschlag fand Beifall, sogar bei Rienäcker, und wurde nur schließlich dahin abgeändert, daß sie zwar auf jeder Hauptstation bis Köln hin, über das sie trotz des Umweges ihre Route nahm, eine Karte schreiben, alle ihre Karten aber, so viel oder so wenig ihrer sein möchten, in ein gemeinschaftliches Kuvert stecken solle. Das habe dann den Vorzug, daß sie sich ohne Furcht vor Postexpedienten und Briefträgern über ihre Reisegenossen in aller Ungeniertheit aussprechen könne.

Nach dem Diner nahm man draußen auf dem Balkon den Kaffee, bei welcher Gelegenheit sich Käthe, nachdem sie sich eine Weile gesträubt, in ihrem Reisekostüm: in Rembrandthut und Staubmantel samt umgehängter Reisetasche präsentierte. Sie sah reizend aus. Balafré war entzückter denn je und bat sie, nicht allzusehr überrascht sein zu wollen, wenn sie ihn am andern Morgen, ängstlich in eine Coupé-Ecke gedrückt, als Reisekavalier vorfinden sollte.

„Vorausgesetzt, daß er Urlaub kriegt", lachte Pitt.

„Oder desertiert", setzte Serge hinzu, „was den Huldigungsakt freilich erst vollkommen machen würde."

So ging die Plauderei noch eine Weile. Dann verabschiedete man sich bei den liebenswürdigen Wirten und kam überein, bis zur Lützowplatzbrücke zusammenzubleiben. Hier aber teilte man sich in zwei Parteien, und während Balafré samt Wedell und Osten am Kanal hin weiterschlenderten, gingen Pitt und Serge, die noch zu Kroll wollten, auf den Tiergarten zu.

„Reizendes Geschöpf, diese Käthe", sagte Serge. „Rienäcker wirkt etwas prosaisch daneben, und mitunter sieht er so sauertöpfisch und neunmalweise drein, als ob er die kleine Frau, die, bei Lichte besehn, eigentlich klüger ist als er, vor aller Welt entschuldigen müsse."

Pitt schwieg.

„Und was sie nur in Schwalbach oder Schlangenbad soll?" fuhr Serge fort. „Es hilft doch nichts. Und wenn es hilft, ist es meist eine sehr sonderbare Hilfe."

Pitt sah ihn von der Seite her an. „Ich finde, Serge, du russifizierst dich immer mehr oder, was dasselbe sagen will, wächst dich immer mehr in deinen Namen hinein."

„Immer noch nicht genug. Aber Scherz beiseite, Freund, eines ist ernst in der Sache: Rienäcker ärgert mich. Was hat er gegen die reizende kleine Frau. Weißt du's?"

„Ja."

„Nun?"

„She is rather a little silly. Oder wenn du's deutsch hören willst: sie dalbert ein bißchen. Jedenfalls *ihm* zuviel."

NEUNZEHNTES KAPITEL

Käthe zog zwischen Berlin und Potsdam schon die gelben Vorhänge vor ihr Coupéfenster, um Schutz gegen die beständig stärker werdende Blendung zu haben, am Luisenufer aber waren an demselben Tage keine Vorhänge herabgelassen, und die Vormittagssonne schien hell in die Fenster der Frau Nimptsch und füllte die ganze Stube mit Licht. Nur der Hintergrund lag im Schatten, und hier stand ein altmodisches Bett mit hoch aufgetürmten und rot- und weißkarierten Kissen, an die Frau Nimptsch sich lehnte. Sie saß mehr als sie lag, denn sie hatte Wasser in der Brust und litt heftig an asthmatischen Beschwerden. Immer wieder wandte sie den Kopf nach dem einen offenstehenden Fenster, aber doch noch häufiger nach dem Kaminofen, auf dessen Herdstelle heute kein Feuer brannte.

Lene saß neben ihr, ihre Hand haltend, und als sie sah, daß der Blick der Alten immer in derselben Richtung ging, sagte

sie: „Soll ich ein Feuer machen, Mutter? Ich dachte, weil du liegst und die Bettwärme hast und weil es so heiß ist . . ."
Die Alte sagte nichts, aber es kam Lenen doch so vor, als ob sie's wohl gern hätte. So ging sie denn hin und bückte sich und machte ein Feuer.

Als sie wieder ans Bett kam, lächelte die Alte zufrieden und sagte: „Ja, Lene, heiß ist es. Aber du weißt ja, ich muß es immer sehn. Und wenn ich es nicht sehe, dann denk ich, es ist alles aus und kein Leben und kein Funke mehr. Und man hat doch so seine Angst hier . . ."

Und dabei wies sie nach Brust und Herz.

„Ach, Mutter, du denkst immer gleich an Sterben. Und ist doch so oft schon vorübergegangen."

„Ja, Kind, oft ist es vorübergegangen, aber mal kommt es, und mit siebzig, da kann es jeden Tag kommen. Weißt du, mache das andere Fenster auch noch auf, dann is mehr Luft hier, und das Feuer brennt besser. Sieh doch bloß, es will nicht mehr recht, es raucht so . . ."

„Das macht die Sonne, die grade drauf steht . . ."

„Und dann gib mir von den grünen Tropfen, die mir die Dörr gebracht hat. Ein bißchen hilft es doch immer."

Lene tat wie geheißen, und der Kranken, als sie die Tropfen genommen hatte, schien wirklich etwas besser und leichter ums Herz zu werden. Sie stemmte die Hand aufs Bett und schob sich höher hinauf, und als ihr Lene noch ein Kissen ins Kreuz gestopft hatte, sagte sie: „War Franke schon hier?"

„Ja, gleich heute früh. Er fragt immer, eh er in die Fabrik geht."

„Is ein sehr guter Mann."

„Ja, das ist er."

„Und mit das Konventikelsche . . ."

„. . . Wird es so schlimm nicht sein. Und ich glaube beinah, daß er seine guten Grundsätze da herhat. Glaubst du nicht auch?"

Die Alte lächelte. „Nein, Lene, die kommen vom lieben Gott. Und der eine hat sie, und der andre hat sie nicht. Ich glaube nich recht ans Lernen un Erziehen . . . Und er hat noch nichts gesagt?"

„Ja, gestern abend."

„Un was hast du ihm geantwortet?"

„Ich hab ihm geantwortet, daß ich ihn nehmen wolle, weil ich ihn für einen ehrlichen und zuverlässigen Mann hielte, der nicht bloß für mich, sondern auch für dich sorgen würde . . ."

Die Alte nickte zustimmend.

„Und", fuhr Lene fort, „als ich das gesagt hatte, nahm er meine Hand und rief in guter Laune: ‚Na, Lene, denn also abgemacht!' Ich aber schüttelte den Kopf und sagte, daß das so schnell nicht ginge, denn ich hätt ihm noch was zu bekennen. Und als er fragte: ‚Was?', erzähl ich ihm, ich hätte zweimal ein Verhältnis gehabt: erst . . . na, du weißt ja, Mutter . . . und den ersten hätt ich ganz gern gehabt, und den andern hätt ich sehr geliebt, und mein Herz hinge noch an ihm. Aber er sei jetzt glücklich verheiratet, und ich hätt ihn nie wiedergesehen, außer ein einzig Mal, und ich wollt ihn auch nicht wiedersehn. Ihm aber, der es so gut mit uns meine, hätt ich das alles sagen müssen, weil ich keinen und am wenigsten ihn hintergehen wolle . . ."

„Jott, Jott", weimerte die Alte dazwischen.

„. . . Und gleich danach ist er aufgestanden und in seine Wohnung rübergegangen. Aber er war nicht böse, was ich ganz deutlich sehen konnte. Nur litt er's nicht, als ich ihn, wie sonst, bis an die Flurtür bringen wollte."

Frau Nimptsch war ersichtlich in Angst und Unruhe, wobei sich freilich nicht recht erkennen ließ, ob es um des eben Gehörten willen oder aus Atemnot war. Es schien aber fast das letztere, denn mit einem Male sagte sie: „Lene, Kind, ich liege nicht hoch genug. Du mußt mir noch das Gesangbuch unterlegen."

Lene widersprach nicht, ging vielmehr und holte das Gesangbuch. Als sie's aber brachte, sagte die Alte: „Nein, nich *das*, das ist das neue. Das alte will ich, das dicke mit den

zwei Klappen." Und erst als Lene mit dem dicken Gesang-
buche wieder da war, fuhr die Alte fort: „Das hab ich meiner
Mutter selig auch holen müssen und war noch ein halbes
Kind damals und meine Mutter noch keine fuffzig und saß
ihr auch hier und konnte keine Luft kriegen, und die großen
Angstaugen kuckten mich immer so an. Als ich ihr aber das
Porstsche, das sie bei der Einsegnung gehabt, unterschob, da
wurde sie ganz still und ist ruhig eingeschlafen. Und das
möcht ich auch. Ach, Lene. Der Tod ist es nich . . . Aber das
Sterben . . . So, so. Ah, das hilft."

Lene weinte still vor sich hin, und weil sie nun wohl sah,
daß der guten alten Frau letzte Stunde nahe sei, schickte sie
zu Frau Dörr und ließ sagen, „es stehe schlecht, und ob Frau
Dörr nicht kommen wolle". Die ließ denn auch zurücksagen,
„ja, sie werde kommen . . .", und um die sechste Stunde kam
sie wirklich mit Lärm und Trara, weil Leisesein, auch bei
Kranken, nicht ihre Sache war. Sie stappste nur so durch die
Stube hin, daß alles schütterte und klirrte, was auf und neben
dem Herde lag, und dabei verklagte sie Dörr, der immer
grad in der Stadt sei, wenn er mal zu Hause sein solle, und
immer zu Hause wär, wenn sie ihn zum Kuckuck wünsche.
Dabei hatte sie der Kranken die Hand gedrückt und Lene
gefragt, ob sie denn auch tüchtig von den Tropfen eingegeben
habe.

„Ja."

„Wieviel denn?"

„Fünf . . . fünf alle zwei Stunden."

Das sei zuwenig, hatte die Dörr darauf versichert und unter
Auskramung ihrer gesamten medizinischen Kenntnisse hin-
zugesetzt, „sie habe die Tropfen vierzehn Tage lang in der
Sonne ziehn lassen, und wenn man sie richtig einnehme, so
ginge das Wasser weg wie mit 'ner Plumpe. Der alte Selke
drüben im Zoologischen sei schon wie 'ne Tonne gewesen
und habe schon ein Vierteljahr lang keinen Bettzipfel mehr
gesehn, immer aufrecht in 'n Stuhl un alle Fenster weit auf-
gerissen, als er aber vier Tage lang die Tropfen genommen,

sei's gewesen, wie wenn man auf eine Schweinsblase drücke:
hast du nich gesehen, alles raus un wieder lapp un schlapp."
Unter diesen Worten hatte die robuste Frau der alten
Nimptsch eine doppelte Portion von ihrem Fingerhut ein-
gezwungen.

Lene, die bei dieser energischen Hilfe von einer doppelten
und nur zu berechtigten Angst befallen wurde, nahm ihr
Tuch und schickte sich an, einen Arzt zu holen. Und die Dörr,
die sonst immer gegen die Doktors war, hatte diesmal nichts
dagegen.

„Geh", sagte sie, „sie kann's nicht lange mehr machen. Kuck
bloß mal hier" (und sie wies auf die Nasenflügel), „da sitzt
der Dod."

Lene ging; aber sie konnte den Michaelkirchplatz noch kaum
erreicht haben, als die bis dahin in einem Halbschlummer gelegene Alte sich aufrichtete und nach ihr rief: „Lene ..."

„Lene is nich da."

„Wer is denn da?"

„Ich, Mutter Nimptsch. Ich. Frau Dörr."

„Ach, Frau Dörr, das is recht. So, hierher; hier auf die Hutsche."

Frau Dörr, gar nicht gewöhnt, sich kommandieren zu lassen,
schüttelte sich ein wenig, war aber doch zu gutmütig, um
dem Kommando nicht nachzukommen. Und so setzte sie sich
denn auf die Fußbank.

Und sieh da, im selben Augenblick begann auch die alte Frau
schon: „Ich will einen gelben Sarg haben un blauen Beschlag.
Aber nich zuviel ..."

„Gut, Frau Nimptsch."

„Un ich will auf'n neuen Jakobikirchhof liegen, hinter 'n Rollkrug un ganz weit weg nach Britz zu."

„Gut, Frau Nimptsch."

„Un gespart hab ich alles dazu, schon vordem, als ich noch
sparen konnte. Un es liegt in der obersten Schublade. Un da
liegt auch das Hemd un das Kamisol, un ein Paar weiße
Strümpfe mit N. Un dazwischen liegt es."

„Gut, Frau Nimptsch. Es soll alles geschehn, wie Sie gesagt haben. Und is sonst noch was?"

Aber die Alte schien von Frau Dörrs Frage gar nichts mehr gehört zu haben, und ohne Antwort zu geben, faltete sie bloß die Hände, sah mit einem frommen und freundlichen Ausdruck zur Decke hinauf und betete: „Lieber Gott im Himmel, nimm sie in deinen Schutz und vergilt ihr alles, was sie mir alten Frau getan hat."

„Ah, die Lene", sagte Frau Dörr vor sich hin und setzte dann hinzu: „Das wird der liebe Gott auch, Frau Nimptsch, den kenn ich und habe noch keine verkommen sehn, die so war wie die Lene und solch Herz und solche Hand hatte."

Die Alte nickte, und ein freundlich Bild stand sichtlich vor ihrer Seele.

So vergingen Minuten, und als Lene zurückkam und vom Flur her an die Korridortür klopfte, saß Frau Dörr noch immer auf der Fußbank und hielt die Hand ihrer alten Freundin. Und jetzt erst, wo sie das Klopfen draußen hörte, ließ sie die Hand los und stand auf und öffnete.

Lene war noch außer Atem. „Er ist gleich hier ... er wird gleich kommen."

Aber die Dörr sagte nur: „Jott, die Doktors" und wies auf die Tote.

ZWANZIGSTES KAPITEL

Käthes erster Reisebrief war in Köln auf die Post gegeben und traf, wie versprochen, am andern Morgen in Berlin ein. Die gleich mitgegebene Adresse rührte noch von Botho her, der jetzt, lächelnd und in guter Laune, den sich etwas fest anfühlenden Brief in Händen hielt. Wirklich, es waren drei mit blassem Bleistift und auf beiden Seiten beschriebene Karten in das Kuvert gesteckt worden, alle schwer lesbar, so daß Rienäcker auf den Balkon hinaustrat, um das undeutliche Gekritzel besser entziffern zu können.

„Nun laß sehn, Käthe."

Und er las:

„*Brandenburg a. H.,* 8 Uhr früh. Der Zug, mein lieber Botho, hält hier nur drei Minuten, aber sie sollen nicht ungenutzt vorübergehen, nötigenfalls schreib ich unterwegs im Fahren weiter, so gut oder so schlecht es geht. Ich reise mit einer jungen, sehr reizenden Bankiersfrau, Madame Salinger, geb. Saling, aus Wien. Als ich mich über die Namensähnlichkeit wunderte, sagte sie: ‚Joa schaun's, i haab halt mei Komp'rativ g'heirat.' Sie spricht in einem fort dergleichen und geht trotz einer zehnjährigen Tochter (blond; die Mutter brünett) ebenfalls nach Schlangenbad. Und auch über Köln und auch, wie ich, eines dort abzustattenden Besuches halber. Das Kind ist gut geartet, aber nicht gut erzogen und hat mir bei dem beständigen Umherklettern im Coupé bereits meinen Sonnenschirm zerbrochen, was die Mutter sehr in Verlegenheit brachte. Auf dem Bahnhofe, wo wir eben halten, d. h. in diesem Augenblick setzt sich der Zug schon wieder in Bewegung, wimmelt es von Militär, darunter auch Brandenburger Kürassiere mit einem quittgelben Namenszug auf der Achselklappe; wahrscheinlich Nikolaus. Es macht sich sehr gut. Auch Füsiliere waren da, Fünfunddreißiger, kleine Leute, die mir doch kleiner vorkamen als nötig, obschon Onkel Osten immer zu sagen pflegte: der beste Füsilier sei *der*, der nur mit bewaffnetem Auge gesehn werden könne. Doch ich schließe. Die Kleine (leider) rennt nach wie vor von einem Coupéfenster zum andern und erschwert mir das Schreiben. Und dabei nascht sie beständig Kuchen, kleine mit Kirschen und Pistazien belegte Tortenstücke. Schon zwischen Potsdam und Werder fing sie damit an. Die Mutter ist doch zu schwach. Ich würde strenger sein."

Botho legte die Karte beiseite und überflog, so gut es ging, die zweite. Sie lautete:

„*Hannover*, 12 Uhr 30 Minuten. In Magdeburg war Goltz am Bahnhofe und sagte mir, Du hättest ihm geschrieben, ich käme. Wie gut und lieb wieder von Dir. Du bist doch immer der Beste, der Aufmerksamste. Goltz hat jetzt die Vermessungen am Harz, d. h. am 1. Juli fängt er an. – Der Aufenthalt hier in Hannover währt eine Viertelstunde, was ich benutzt habe, mir den unmittelbar am Bahnhofe gelegenen Platz anzusehen: lauter, erst unter unserer Herrschaft entstandene Hotels und Bieretablissements, von denen eins ganz im gotischen Stile gebaut ist. Die Hannoveraner, wie mir ein Mitreisender erzählte, nennen es die ‚Preußische Bierkirche‘, bloß aus welfischem Antagonismus. Wie schmerzlich dergleichen! Die Zeit wird aber auch *hier* vieles mildern. Das walte Gott. – Die Kleine knabbert in einem fort weiter, was mich zu beunruhigen anfängt. Wohin soll das führen? Die Mutter aber ist wirklich reizend und hat mir schon *alles* erzählt. Sie war auch in Würzburg, bei Scanzoni, für den sie schwärmt. Ihr Vertrauen gegen mich ist beschämend und beinahe peinlich. Im übrigen ist sie, wie ich nur wiederholen kann, durchaus comme il faut. Um Dir bloß eins zu nennen, welch Reisenecessaire! Die Wiener sind uns in solchen Dingen doch sehr überlegen; man merkt die ältere Kultur.“

„Wundervoll“, lachte Botho. „Wenn Käthe kulturhistorische Betrachtungen anstellt, übertrifft sie sich selbst. Aber aller guten Dinge sind drei. Laß sehn.“

Und dabei nahm er die dritte Karte.

„*Köln*, 8 Uhr abends. Kommandantur. Ich will meine Karten doch lieber noch *hier* zur Post geben und nicht bis Schlangenbad warten, wo Frau Salinger und ich morgen mittag einzutreffen gedenken. Mir geht es gut. Schroffensteins sehr liebenswürdig; besonders er. Übrigens, um nichts zu vergessen, Frau Salinger wurde durch Oppenheims Equipage vom Bahnhofe abgeholt. Unsere Fahrt, anfangs so reizvoll, gestaltete sich von Hamm aus einigermaßen beschwerlich und unschön. Die Kleine litt schwer und leider durch Schuld der Mutter. ‚Was möchtest du noch?‘ fragte sie, nachdem unser Zug eben den Bahnhof Hamm passiert hatte, worauf das Kind antwortete: ‚Drops.‘ Und erst von dem Augenblicke an wurd es so schlimm ... Ach, lieber Botho, jung und alt, unsere Wünsche bedürfen doch beständig einer strengen und gewissenhaften Kontrolle. Dieser Gedanke beschäftigt mich seitdem unausgesetzt, und die Begegnung mit dieser liebenswürdigen Frau war vielleicht kein Zufall in meinem Leben. Wie oft habe ich Kluckhuhn in diesem Sinne sprechen hören. Und er hat recht. Morgen mehr. Deine Käthe."

Botho schob die drei Karten wieder ins Kuvert und sagte: „Ganz Käthe. Welch Talent für die Plauderei! Und ich könnte mich eigentlich freuen, daß sie so schreibt, wie sie schreibt. Aber es fehlt etwas. Es ist alles so angeflogen, so bloßes Gesellschaftsecho. Aber sie wird sich ändern, wenn sie Pflichten hat. Oder doch vielleicht. Jedenfalls will ich die Hoffnung darauf nicht aufgeben."

Am Tage danach kam ein kurzer Brief aus Schlangenbad, in dem viel, viel weniger stand als auf den drei Karten, und von diesem Tage an schrieb sie nur alle halbe Woche noch und plauderte von Anna Grävenitz und der wirklich auch noch erschienenen Elly Winterfeld, am meisten aber von Madame Salinger und der reizenden kleinen Sarah. Es waren immer dieselben Versicherungen, und nur am Schlusse der dritten Woche hieß es einigermaßen abweichend: „Ich finde jetzt die Kleine reizender als die Mutter. Diese gefällt sich in einem Toilettenluxus, den ich kaum passend finden kann, um so weniger, als eigentlich keine Herren hier sind. Auch seh ich jetzt, daß sie Farbe auflegt und namentlich die Augenbrauen malt und vielleicht auch die Lippen, denn sie sind kirschrot. Das Kind aber ist sehr natürlich. Immer wenn sie mich sieht, stürzt sie mit Vehemenz auf mich zu und küßt mir die Hand und entschuldigt sich zum hundertsten Male wegen der Drops, ,aber die Mama sei schuld', worin ich dem Kinde nur zustimmen kann. Und doch muß andererseits ein geheimnisvoll naschiger Zug in Sarahs Natur liegen; ich möchte beinahe sagen, etwas wie Erbsünde (glaubst Du daran? Ich glaube daran, mein lieber Botho), denn sie kann von den Süßigkeiten nicht lassen und kauft sich in einem fort Oblaten, nicht Berliner, die wie Schaumkringel schmecken,

sondern Karlsbader mit eingestreutem Zucker. Aber nichts
mehr schriftlich davon. Wenn ich Dich wiedersehe, was sehr
bald sein kann – denn ich möchte gern mit Anna Grävenitz
zusammen reisen, man ist doch so mehr unter sich –, sprechen
wir darüber und über vieles andere noch. Ach, wie freu ich
mich, Dich wiedersehn und mit Dir auf dem Balkon sitzen
zu können. Es ist doch am schönsten in Berlin, und wenn
dann die Sonne so hinter Charlottenburg und dem Grunewald steht und man so träumt und so müde wird, oh, wie
herrlich ist das! Nicht wahr? Und weißt Du wohl, was Frau
Salinger gestern zu mir sagte? ‚Ich sei noch blonder geworden', sagte sie. Nun, Du wirst ja sehn. Wie immer Deine
Käthe."
Rienäcker nickte mit dem Kopf und lächelte. ‚Reizende kleine
Frau. Von ihrer Kur schreibt sie nichts; ich wette, sie fährt
spazieren und hat noch keine zehn Bäder genommen.' Und
nach diesem Selbstgespräch gab er dem eben eintretenden
Burschen einige Weisungen und ging durch Tiergarten und
Brandenburger Tor erst die Linden hinunter und dann auf
die Kaserne zu, wo der Dienst ihn bis mittag in Anspruch
nahm. Als er bald nach zwölf Uhr wieder zu Hause war und
sich's nach eingenommenem Imbiß eben ein wenig bequem
machen wollte, meldete der Bursche, „daß ein Herr ... ein
Mann" (er schwankte in der Titulatur), „draußen sei, der den
Herrn Baron zu sprechen wünsche".
„Wer?"
„Gideon Franke ... Er sagte so."
„Franke? Sonderbar. Nie gehört. Laß ihn eintreten."
Der Bursche ging wieder, während Botho wiederholte:
„Franke ... Gideon Franke ... Nie gehört. Kenn ich nicht."
Einen Augenblick später trat der Angemeldete ein und ver-
beugte sich von der Tür her etwas steif. Er trug einen bis
obenhin zugeknöpften schwarzbraunen Rock, übermäßig
blanke Stiefel und blankes schwarzes Haar, das an beiden
Schläfen dicht anlag. Dazu schwarze Handschuhe und hohe
Vatermörder von untadeliger Weiße.

Botho ging ihm mit der ihm eigenen chevaleresken Artigkeit entgegen und sagte: „Herr Franke?"

Dieser nickte.

„Womit kann ich dienen? Darf ich Sie bitten, Platz zu nehmen ... Hier ... Oder vielleicht hier. Polsterstühle sind immer unbequem."

Franke lächelte zustimmend und setzte sich auf einen Rohrstuhl, auf den Rienäcker hingewiesen hatte.

„Womit kann ich dienen?" wiederholte Rienäcker.

„Ich komme mit einer Frage, Herr Baron."

„Die zu beantworten mir eine Freude sein wird, vorausgesetzt, daß ich sie beantworten kann."

„Oh, niemand besser als Sie, Herr von Rienäcker ... Ich komme nämlich wegen der Lene Nimptsch."

Botho fuhr zurück.

„... Und möchte", fuhr Franke fort, „gleich hinzusetzen dürfen, daß es nichts Genierliches ist, was mich herführt. Alles, was ich zu sagen oder, wenn Sie's gestatten, Herr Baron, zu fragen habe, wird Ihnen und Ihrem Hause keine Verlegenheiten schaffen. Ich weiß auch von der Abreise der gnädigen Frau, der Frau Baronin, und habe mit allem Vorbedacht auf Ihr Alleinsein gewartet, oder, wenn ich so sagen darf, auf Ihre Strohwitwertage."

Botho hörte mit feinem Ohr heraus, daß der, der da sprach, trotz seines spießbürgerlichen Aufzuges ein Mann von Freimut und untadeliger Gesinnung sei. Das half ihm rasch aus seiner Verwirrung heraus, und er hatte Haltung und Ruhe ziemlich wiedergewonnen, als er über den Tisch hin fragte: „Sie sind ein Anverwandter Lenens? Verzeihung, Herr Franke, daß ich meine alte Freundin bei diesem alten, mir so lieben Namen nenne."

Franke verbeugte sich und erwiderte: „Nein, Herr Baron, kein Verwandter; ich habe nicht diese Legitimation. Aber meine Legitimation ist vielleicht keine schlechtere: ich kenn die Lene seit Jahr und Tag und habe die Absicht, sie zu heiraten. Sie hat auch zugesagt, aber mir bei der Gelegenheit

auch von ihrem Vorleben erzählt und dabei mit so großer
Liebe von Ihnen gesprochen, daß es mir auf der Stelle feststand, Sie selbst, Herr Baron, offen und unumwunden fragen
zu wollen, was es mit der Lene eigentlich sei. Worin Lene
selbst, als ich ihr von meiner Absicht erzählte, mich mit sichtlicher Freude bestärkte, freilich gleich hinzusetzend: ich solle
es lieber nicht tun, denn Sie würden zu gut von ihr sprechen."

Botho sah vor sich hin und hatte Mühe, die Bewegung seines
Herzens zu bezwingen. Endlich aber war er wieder Herr
seiner selbst und sagte: „Sie sind ein ordentlicher Mann,
Herr Franke, der das Glück der Lene will, so viel hör und
seh ich, und das gibt Ihnen ein gutes Recht auf Antwort. Was
ich Ihnen zu sagen habe, darüber ist kein Zweifel, und ich
schwanke nur noch, *wie*. Das beste wird sein, ich erzähl Ihnen,
wie's kam und weiterging und dann abschloß."

Franke verbeugte sich abermals, zum Zeichen, daß er auch
seinerseits dies für das beste halte.

„Nun denn", hob Rienäcker an, „es geht jetzt ins dritte Jahr
oder ist auch schon ein paar Monate darüber, daß ich bei der
Gelegenheit einer Kahnfahrt um die Treptower Liebesinsel
herum in die Lage kam, zwei jungen Mädchen einen Dienst
zu leisten und sie vor dem Kentern ihres Bootes zu bewahren.
Eins der beiden Mädchen war die Lene, und an der Art, wie
sie dankte, sah ich gleich, daß sie anders war als andere. Von
Redensarten keine Spur, auch später nicht, was ich gleich
hier hervorheben möchte. Denn so heiter und mitunter beinahe ausgelassen sie sein kann, von Natur ist sie nachdenklich, ernst und einfach."

Botho schob mechanisch das noch auf dem Tisch stehende
Tablett beiseite, strich die Decke glatt und fuhr dann fort:
„Ich bat sie, sie nach Hause begleiten zu dürfen, und sie nahm
es ohne weiteres an, was mich damals einen Augenblick über-
raschte. Denn ich kannte sie noch nicht. Aber ich sah sehr
bald, woran es lag; sie hatte sich von Jugend an daran gewöhnt, nach ihren eigenen Entschlüssen zu handeln, ohne viel

Rücksicht auf die Menschen und jedenfalls ohne Furcht vor ihrem Urteil."

Franke nickte.

„So machten wir denn den weiten Weg, und ich begleitete sie nach Haus und war entzückt von allem, was ich da sah, von der alten Frau, von dem Herd, an dem sie saß, von dem Garten, darin das Haus lag, und von der Abgeschiedenheit und Stille. Nach einer Viertelstunde ging ich wieder, und als ich mich draußen am Gartengitter von der Lene verabschiedete, fragte ich, ,ob ich wiederkommen dürfe', welche Frage sie mit einem einfachen ,Ja' beantwortete. Nichts von falscher Scham, aber noch weniger von Unweiblichkeit. Umgekehrt, es lag etwas Rührendes in ihrem Wesen und ihrer Stimme."

Rienäcker, als das alles wieder vor seine Seele trat, stand in sichtlicher Erregung auf und öffnete beide Flügel der Balkontür, als ob es ihm in seinem Zimmer zu heiß werde. Dann, auf und ab schreitend, fuhr er in einem rascheren Tempo fort: „Ich habe kaum noch etwas hinzuzusetzen. Das war um Ostern, und wir hatten einen Sommer lang allerglücklichste Tage. Soll ich davon erzählen? Nein. Und dann kam das Leben mit seinem Ernst und seinen Ansprüchen. Und das war es, was uns trennte."

Botho hatte mittlerweile seinen Platz wieder eingenommen, und der all die Zeit über mit Glattstreichung seines Hutes beschäftigte Franke sagte ruhig vor sich hin: „Ja, so hat sie mir's auch erzählt."

„Was nicht anders sein kann, Herr Franke. Denn die Lene – und ich freue mich von ganzem Herzen, auch gerade das noch sagen zu können –, die Lene lügt nicht und bisse sich eher die Zunge ab, als daß sie flunkerte. Sie hat einen doppelten Stolz, und neben dem, von ihrer Hände Arbeit leben zu wollen, hat sie noch den andern, alles gradheraus zu sagen und keine Flausen zu machen und nichts zu vergrößern und nichts zu verkleinern. ,Ich brauche es nicht, und ich *will* es nicht', das hab ich sie so viele Male sagen hören. Ja, sie hat ihren eigenen Willen, vielleicht etwas mehr als recht ist, und wer sie

tadeln will, kann ihr vorwerfen, eigenwillig zu sein. Aber sie
will nur, was sie glaubt verantworten zu können und wohl
auch wirklich verantworten kann, und solch Wille, mein ich,
ist doch mehr Charakter als Selbstgerechtigkeit. Sie nicken,
und ich sehe daraus, daß wir einerlei Meinung sind, was mich
aufrichtig freut. Und nun noch ein Schlußwort, Herr Franke.
Was zurückliegt, liegt zurück. Können Sie darüber nicht hin,
so muß ich das respektieren. Aber können Sie's, so sag ich
Ihnen, Sie kriegen da eine selten gute Frau. Denn sie hat das
Herz auf dem rechten Fleck und ein starkes Gefühl für
Pflicht und Recht und Ordnung."

„So hab ich Lenen auch immer gefunden, und ich verspreche
mir von ihr, ganz wie der Herr Baron sagen, eine selten gute
Frau. Ja, der Mensch soll die Gebote halten, *alle* soll er sie
halten, aber es ist doch ein Unterschied, je nachdem die Gebote sind, und wer das *eine* nicht hält, der kann immer noch
was taugen, wer aber das *andere* nicht hält, und wenn's auch
im Katechismus dicht daneben stünde, der taugt nichts und
ist verworfen von Anfang an und steht außerhalb der
Gnade."

Botho sah ihn verwundert an und wußte sichtlich nicht, was
er aus dieser feierlichen Ansprache machen sollte.

Gideon Franke aber, der nun auch seinerseits im Gange war,
hatte kein Auge mehr für den Eindruck, den seine ganz auf
eigenem Boden gewachsenen Anschauungen hervorbrachten,
und fuhr deshalb in einem immer predigerhafter werdenden
Tone fort: „Und wer in seines Fleisches Schwäche gegen das
sechste verstößt, dem kann verziehen werden, wenn er in
gutem Wandel und in der Reue steht, wer aber gegen das
siebente verstößt, der steckt nicht bloß in des Fleisches
Schwäche, der steckt in der Seele Niedrigkeit, und wer lügt
und trügt oder verleumdet und falsch Zeugnis redet, der ist
vom Grund aus verdorben und aus der Finsternis geboren,
und ist keine Rettung mehr, und gleicht einem Felde, darin-
nen die Nesseln so tief liegen, daß das Unkraut immer wieder
aufschießt, soviel gutes Korn auch gesät werden mag. Und

darauf leb ich und sterb ich und hab es durch alle Tage hin erfahren. Ja, Herr Baron, auf die Proppertät kommt es an, und auf die Honettität kommt es an und auf die Reellität. Und auch im Ehestande. Denn ehrlich währt am längsten, und Wort und Verlaß muß sein. Aber was gewesen ist, das ist gewesen, das gehört vor Gott. Und denk ich anders darüber, was ich auch respektiere, geradeso wie der Herr Baron, so muß ich davonbleiben und mit meiner Neigung und Liebe gar nicht erst anfangen. Ich war lange drüben in den States, und wenn auch drüben, geradeso wie hier, nicht alles Gold ist, was glänzt, *das* ist doch wahr, man lernt drüben anders sehen und nicht immer durchs selbe Glas. Und lernt auch, daß es viele Heilswege gibt und viele Glückswege. Ja, Herr Baron, es gibt viele Wege, die zu Gott führen, und es gibt viele Wege, die zu Glück führen, dessen bin ich in meinem Herzen gleicherweise gewiß. Und der eine Weg ist gut, und der andere Weg ist gut. Aber jede gute Weg muß ein offner Weg und ein gerader Weg sein und in der Sonne liegen und ohne Morast und ohne Sumpf und ohne Irrlicht. Auf die Wahrheit kommt es an, und auf die Zuverlässigkeit kommt es an und auf die Ehrlichkeit."

Franke hatte sich bei diesen Worten erhoben, und Botho, der ihm artig bis an die Tür hin folgte, gab ihm hier die Hand.

„Und nun, Herr Franke, bitt ich zum Abschied noch um das eine: grüßen Sie mir die Frau Dörr, wenn Sie sie sehn und der alte Verkehr mit ihr noch andauert, und vor allem grüßen Sie mir die gute alte Frau Nimptsch. Hat sie denn noch ihre Gicht und ihre ‚Wehdage‘, worüber sie sonst beständig klagte?"

„Damit ist es vorbei."

„Wie das?" fragte Botho.

„Wir haben sie vor drei Wochen schon begraben, Herr Baron. Gerade heut vor drei Wochen."

„Begraben?" wiederholte Botho. „Und wo?"

„Draußen hinterm Rollkrug, auf dem neuen Jakobikirchhof ... Eine gute alte Frau. Und wie sie an der Lene hing.

Ja, Herr Baron, die Mutter Nimptsch ist tot. Aber Frau Dörr,
die lebt noch" (und er lachte), „*die* lebt noch lange. Und wenn
sie kommt, ein weiter Weg ist es, dann werd ich sie grüßen.
Und ich sehe schon, wie sie sich freut. Sie kennen sie ja, Herr
Baron. Ja, ja, die Frau Dörr . . ."
Und Gideon Franke zog noch einmal seinen Hut, und die
Tür fiel ins Schloß.

EINUNDZWANZIGSTES KAPITEL

Rienäcker, als er wieder allein war, war von dieser Begegnung und vor allem von dem, was er zuletzt gehört, wie benommen. Wenn er sich in der zwischenliegenden Zeit des
kleinen Gärtnerhauses und seiner Insassen erinnert hatte, so
hatte sich ihm selbstverständlich alles so vor die Seele gestellt, wie's einst gewesen war, und nun war alles anders,
und er hatte sich in einer ganz neuen Welt zurechtzufinden:
in dem Häuschen wohnten Fremde, wenn es überhaupt noch
bewohnt war, auf dem Herde brannte kein Feuer mehr, wenigstens nicht tagaus, tagein, und Frau Nimptsch, die das
Feuer gehütet hatte, war tot und lag draußen auf dem Jakobikirchhof. Alles das ging in ihm um, und mit einem Male
stand auch der Tag wieder vor ihm, an dem er der alten
Frau, halb humoristisch, halb feierlich, versprochen hatte, ihr
einen Immortellenkranz aufs Grab zu legen. In der Unruhe,
darin er sich befand, war es ihm schon eine Freude, daß ihm
das Versprechen wieder einfiel, und so beschloß er denn, die
damalige Zusage sofort wahrzumachen. ,Rollkrug und Mittag und pralle Sonne – die reine Reise nach Mittelafrika.
Aber die gute Alte soll ihren Kranz haben.'
Und gleich danach nahm er Degen und Mütze und machte
sich auf den Weg.
An der Ecke war ein Droschkenstand, freilich nur ein kleiner,
und so kam es, daß trotz der Inschrifttafel: „Halteplatz für
drei Droschken" immer nur der Platz und höchst selten eine

Droschke da war. So war es auch heute wieder, was mit Rücksicht auf die Mittagsstunde (wo die Droschken überall, als ob die Erde sie verschlänge, zu verschwinden pflegen) an diesem ohnehin nur auf ein Pflichtteil gesetzten Halteplatz kaum überraschen konnte. Botho ging also weiter, bis ihm, in Nähe der Von-der-Heydt-Brücke, ein ziemlich klappriges Gefährt entgegenkam, hellgrün mit rotem Plüschsitz und einem Schimmel davor. Der Schimmel schlich nur so hin, und Rienäcker konnte sich angesichts der „Tour", die dem armen Tiere bevorstand, eines wehmütigen Lächelns nicht erwehren. Aber so weit er auch das Auge schicken mochte, nichts Besseres war in Sicht, und so trat er denn an den Kutscher heran und sagte: „Nach dem Rollkrug. Jakobikirchhof."

„Zu Befehl, Herr Baron."

„. . . Aber unterwegs müssen wir halten. Ich will nämlich noch einen Kranz kaufen."

„Zu Befehl, Herr Baron."

Botho war einigermaßen verwundert über die mit so viel Promptheit wiederkehrende Titulatur und sagte deshalb: „Kennen Sie mich?"

„Zu Befehl, Herr Baron. Baron Rienäcker, Landgrafenstraße. Dicht bei 'n Halteplatz. Hab Ihnen schon öfter gefahren." Bei diesem Gespräch war Botho eingestiegen, gewillt, sich's in der Plüschecke nach Möglichkeit bequem zu machen, er gab es aber bald wieder auf, denn die Ecke war heiß wie ein Ofen.

Rienäcker hatte den hübschen und herzerquickenden Zug, mit Personen aus dem Volke gern zu plaudern, lieber als mit „Gebildeten", und begann denn auch ohne weiteres, während sie im Halbschatten der jungen Kanalbäume dahinfuhren: „Is das eine Hitze! Ihr Schimmel wird sich auch nicht gefreut haben, wenn er ,Rollkrug' gehört hat."

„Na, Rollkrug geht noch; Rollkrug geht noch von wegen der Heide. Wenn er da durchkommt un die Fichten riecht, freut er sich immer. Er is nämlich vons Land . . . Oder vielleicht is es auch die Musike. Wenigstens spitzt er immer die Ohren."

„Soso", sagte Botho. „Bloß nach tanzen sieht er mir nicht
aus ... Aber wo werden wir denn den Kranz kaufen? Ich
möchte nicht gern ohne Kranz auf den Kirchhof kommen."
„O damit is noch Zeit, Herr Baron. Wenn erst die Kirchhofs-
gegend kommt, von's Hallsche Tor an un die ganze Pionier-
straße runter."
„Ja, ja, Sie haben recht; ich entsinne mich ..."
„Un nachher, bis dicht an den Kirchhof ran, hat's ihrer auch
noch."
Botho lächelte. „Sie sind wohl ein Schlesier?"
„Ja", sagte der Kutscher. „Die meisten sind. Aber ich bin
schon lange hier und eigentlich ein halber Richtiger-Ber-
liner."
„Und's geht Ihnen gut?"
„Na, von gut is nu woll keine Rede nich. Es kost allens zu
viel un soll immer von's Beste sein. Und der Haber ist teuer.
Aber das ginge noch, wenn man bloß sonst nichts passierte.
Passieren tut aber immer was, heute bricht 'ne Achse und
morgen fällt een Pferd. Ich habe noch einen Fuchs zu Hause,
der bei den Fürstenwalder Ulanen gestanden hat; propres
Pferd, man bloß keine Luft nich und wird es woll nicht lange
mehr machen. Un mit eins is er weg ... Un denn die Fahr-
polizei; nie zufrieden, hier nich und da nich. Immer muß
man frisch anstreichen. Un der rote Plüsch is auch nich von
umsonst."
Während sie noch so plauderten, waren sie, den Kanal entlang, bis an das Hallesche Tor gekommen; vom Kreuzberg
her aber kam gerad ein Infanteriebataillon mit voller Musik,
und Botho, der keine Begegnungen wünschte, trieb deshalb
etwas zur Eile. So ging es rasch an der Belle-Alliance-Brücke
vorbei, jenseits derselben aber ließ er halten, weil er gleich
an einem der ersten Häuser gelesen hatte: „Kunst- und Han-
delsgärtnerei". Drei, vier Stufen führten in einen Laden hinauf, in dessen großem Schaufenster allerlei Kränze lagen.
Rienäcker stieg aus und die Stufen hinauf. Die Tür oben aber
gab beim Eintreten einen scharfen Klingelton.

„Darf ich Sie bitten, mir einen hübschen Kranz zeigen zu wollen?"

„Begräbnis?"

„Ja."

Das schwarzgekleidete Fräulein, das, vielleicht mit Rücksicht auf den Umstand, daß hier meist Grabkränze verkauft wurden, in seiner Gesamthaltung (selbst die Schere fehlte nicht) etwas ridikül Parzenhaftes hatte, kam alsbald mit einem Immergrünkranze zurück, in den weiße Rosen eingeflochten waren. Zugleich entschuldigte sie sich, daß es nur weiße Rosen seien. Weiße Kamelien stünden höher. Botho seinerseits war zufrieden, enthielt sich aller Ausstellungen und fragte nur, ob er zu dem frischen Kranz auch einen Immortellenkranz haben könne?

Das Fräulein schien über das Altmodische, das sich in dieser Frage kundgab, einigermaßen verwundert, bejahte jedoch und erschien gleich danach mit einem Karton, in dem fünf, sechs Immortellenkränze lagen, gelbe, rote, weiße.

„Zu welcher Farbe raten Sie mir?"

Das Fräulein lächelte: „Immortellenkränze sind ganz außer Mode. Höchstens in Winterzeit ... Und dann immer nur ..."

„Es wird das beste sein, ich entscheide mich ohne weiteres für diesen hier." Und damit schob Botho den ihm zunächst liegenden gelben Kranz über den Arm, ließ den von Immergrün mit den weißen Rosen folgen und stieg rasch wieder in seine Droschke. Beide Kränze waren ziemlich groß und fielen auf dem roten Plüschrücksitz, auf dem sie lagen, hinreichend auf, um in Botho die Frage zu wecken, ob er sie nicht lieber dem Kutscher hinüberreichen solle? Rasch aber entschlug er sich dieser Anwandlung wieder und sagte: „Wenn man der alten Frau Nimptsch einen Kranz bringen will, muß man sich auch zu dem Kranz bekennen. Und wer sich dessen schämt, muß es überhaupt nicht versprechen."

So ließ er denn die Kränze liegen, wo sie lagen, und vergaß ihrer beinah ganz, als sie gleich danach in einen Straßenteil einbogen, der ihn durch seine bunte, hier und da groteske

Szenerie von seinen bisherigen Betrachtungen abzog. Rechts, auf wohl fünfhundert Schritt Entfernung hin, zog sich ein Plankenzaun, über den hinweg allerlei Buden, Pavillons und Lampenportale ragten, alle mit einer Welt von Inschriften bedeckt. Die meisten derselben waren neueren und neuesten Datums, einige dagegen, und gerade die größten und buntesten, griffen weit zurück und hatten sich, wenn auch in einem regenverwaschenen Zustande, vom letzten Jahr her gerettet. Mitten unter diesen Vergnügungslokalen und mit ihnen abwechselnd, hatten verschiedene Handwerksmeister ihre Werkstätten aufgerichtet, vorwiegend Bildhauer und Steinmetze, die hier, mit Rücksicht auf die zahlreichen Kirchhöfe, meist nur Kreuze, Säulen und Obelisken ausstellten. All das konnte nicht verfehlen, auf jeden hier des Weges Kommenden einen Eindruck zu machen, und diesem Eindruck unterlag auch Rienäcker, der von seiner Droschke her unter wachsender Neugier die nicht enden wollenden und untereinander im tiefsten Gegensatz stehenden Anpreisungen las und die dazugehörigen Bilder musterte. „Fräulein Rosella, das Wundermädchen, lebend zu sehen"; „Grabkreuze zu billigsten Preisen"; „Amerikanische Schnellphotographie"; „Russisches Ballwerfen, sechs Wurf zehn Pfennig"; „Schwedischer Punsch mit Waffeln"; „Figaros schönste Gelegenheit oder erster Frisiersalon der Welt"; „Grabkreuze zu billigsten Preisen"; „Schweizer Schießhalle:

> Schieße gut und schieße schnell,
> Schieß und triff wie Wilhelm Tell."

Und darunter Tell selbst mit Armbrust, Sohn und Apfel.
Endlich war man am Ende der langen Bretterwand, und an ebendiesem Endpunkte machte der Weg eine scharfe Biegung auf die Hasenheide zu, von deren Schießständen her man in der mittäglichen Stille das Knattern der Gewehre hörte. Sonst blieb alles, auch in dieser Fortsetzung der Straße, so ziemlich dasselbe: Blondin, nur in Trikot und Medaillen gekleidet, stand balancierend auf dem Seil, überall von Feuer-

werk umblitzt, während um und neben ihm allerlei kleinere
Plakate sowohl Ballonauffahrten wie Tanzvergnügungen an-
kündigten. Eins lautete: „Sizilianische Nacht. Um zwei Uhr
Wiener Bonbonwalzer."

Botho, der diese Stelle wohl seit Jahr und Tag nicht passiert
hatte, las alles mit ungeheucheltem Interesse, bis er nach
Passierung der „Heide", deren Schatten ihn ein paar Minuten
lang erquickt hatte, jenseits derselben in den Hauptweg einer
sehr belebten und in ihrer Verlängerung auf Rixdorf zulau-
fenden Vorstadt einbog. Wagen in doppelter und dreifacher
Reihe bewegten sich vor ihm her, bis mit einem Male alles
stillstand und der Verkehr stockte. „Warum halten wir?"
Aber ehe der Kutscher antworten konnte, hörte Botho schon
das Fluchen und Schimpfen aus der Front her und sah, daß
alles ineinandergefahren war. Sich vorbeugend und dabei
neugierig nach allen Seiten hin ausspähend, würde ihm, bei
der ihm eigenen Vorliebe für das Volkstümliche, der ganze
Zwischenfall sehr wahrscheinlich mehr Vergnügen als Mißstimmung bereitet haben, wenn ihn nicht ein vor ihm haltender Wagen sowohl durch Ladung wie Inschrift zu trüb-
seliger Betrachtung angeregt hätte. „Glasbruch-Ein- und -Ver-
kauf von Max Zippel in Rixdorf" stand in großen Buchstaben
auf einem wandartigen Hinterbrett, und ein ganzer Berg von
Scherben türmte sich in dem Wagenkasten auf. „Glück und
Glas . . ." Und mit Widerstreben sah er hin, und dabei war
ihm in allen Fingerspitzen, als schnitten ihn die Scherben.

Endlich aber kam die Wagenreihe nicht nur wieder in Fluß,
sondern der Schimmel tat auch sein Bestes, Versäumtes ein-
zuholen, und eine kleine Weile, so hielt man vor einem lehn-
an gebauten, mit hohem Dach und vorspringendem Giebel
ausstaffierten Eckhause, dessen Erdgeschoßfenster so niedrig
über der Straße lagen, daß sie mit dieser fast dasselbe
Niveau hatten. Ein eiserner Arm streckte sich aus dem Giebel
vor und trug einen aufrecht stehenden vergoldeten Schlüssel.
„Was ist das?" fragte Botho.
„Der Rollkrug."

„Gut. Dann sind wir bald da. Bloß hier noch bergan. Tut
mir leid um den Schimmel, aber es hilft nichts."
Der Kutscher gab dem Pferd einen Knips, und gleich danach
fuhren sie die mäßig ansteigende Bergstraße hinauf, an deren
einer Seite der *alte*, wegen Überfüllung schon wieder halb
geschlossene Jakobikirchhof lag, während an der dem Kirch-
hofszaun gegenübergelegenen Seite hohe Mietskasernen auf-
stiegen.
Vor dem letzten Hause standen umherziehende Spielleute,
Horn und Harfe, dem Anschein nach Mann und Frau. Die
Frau sang auch, aber der Wind, der hier ziemlich scharf ging,
trieb alles hügelan, und erst als Botho zehn Schritt und mehr
an dem armen Musikantenpaar vorüber war, war er in der
Lage, Text und Melodie zu hören. Es war dasselbe Lied, das
sie damals auf dem Wilmersdorfer Spaziergang so heiter und
so glücklich gesungen hatten, und er erhob sich und blickte,
wie wenn es ihm nachgerufen würde, nach dem Musikantenpaar zurück. Die standen abgekehrt und sahen nichts; ein
hübsches Dienstmädchen aber, das an der Giebelseite des
Hauses mit Fensterputzen beschäftigt war und den um- und
rückschauhaltenden Blick des jungen Offiziers sich zuschrei-
ben mochte, schwenkte lustig von ihrem Fensterbrett her den
Lederlappen und fiel übermütig mit ein: „Ich denke dran,
ich danke dir mein Leben, doch *du* Soldat, Soldat denkst *du*
daran?"
Botho, die Stirn in die Hand drückend, warf sich in die
Droschke zurück, und ein Gefühl, unendlich süß und unend-
lich schmerzlich, ergriff ihn. Aber freilich das Schmerzliche
wog vor und fiel erst ab von ihm, als die Stadt hinter ihm
lag und fern am Horizont im blauen Mittagsdämmer die
Müggelberge sichtbar wurden.
Endlich hielten sie vor dem neuen Jakobikirchhof.
„Soll ich warten?"
„Ja. Aber nicht hier. Unten beim Rollkrug. Und wenn Sie die
Musikantenleute noch treffen ... hier, das ist für die arme
Frau."

ZWEIUNDZWANZIGSTES KAPITEL

Botho hatte sich der Führung eines gleich am Kirchhofsein-
gang beschäftigten Alten anvertraut und das Grab der Frau
Nimptsch in guter Pflege gefunden: Efeuranken waren eingesetzt, ein Geraniumtopf stand dazwischen, und an einem
Eisenständerchen hing bereits ein Immortellenkranz. „Ah,
Lene", sagte Botho vor sich hin. „Immer dieselbe ... Ich
komme zu spät." Und dann wandt er sich zu dem neben ihm
stehenden Alten und sagte: „War wohl bloß 'ne kleine
Leiche?"

„Ja, klein war sie man."

„Drei oder vier?"

„Justement vier. Und versteht sich, unser alter Supperndent.
Er sprach bloß 's Gebet, und die große mittelaltsche Frau, die
mit dabei war, so vierzig oder drum rum, die blieb in einem
Weinen. Und auch 'ne Jungsche war mit dabei. Die kommt
jetzt alle Woche mal, und den letzten Sonntag hat sie den
Geranium gebracht. Und will auch noch 'n Stein haben, wie
sie jetzt Mode sind: grünpoliert mit Namen und Datum
drauf."

Und hiernach zog sich der Alte mit der allen Kirchhofsleuten
eigenen Geschäftspolitesse wieder zurück, während Botho
seinen Immortellenkranz an den schon vorher von Lene gebrachten anhing, den aus Immergrün und weißen Rosen aber
um den Geraniumtopf herumlegte. Dann ging er, nachdem
er noch eine Weile das schlichte Grab betrachtet und der
guten Frau Nimptsch liebevoll gedacht hatte, wieder auf den
Kirchhofsausgang zu. Der Alte, der hier inzwischen seine
Spalierarbeit wieder aufgenommen, sah ihm, die Mütze zie-
hend, nach und beschäftigte sich mit der Frage, was einen so
vornehmen Herrn, über dessen Vornehmheit ihm, seinem
letzten Händedruck nach, kein Zweifel war, wohl an das
Grab der alten Frau geführt haben könne. ,Da muß so was
sein. Und hat die Droschke nicht warten lassen.' Aber er
kam zu keinem Abschluß, und um sich wenigstens auch sei-

nerseits so dankbar wie möglich zu zeigen, nahm er eine der
in seiner Nähe stehenden Gießkannen und ging erst auf den
kleinen eisernen Brunnen und dann auf das Grab der Frau
Nimptsch zu, um den im Sonnenbrand etwas trocken gewordenen Efeu zu bewässern.

Botho war mittlerweile bis an die dicht am Rollkrug haltende
Droschke zurückgegangen, stieg hier ein und hielt eine Stunde
später wieder in der Landgrafenstraße. Der Kutscher sprang
dienstfertig ab und öffnete den Schlag. „Da", sagte Botho . . .
„Und dies extra. War ja 'ne halbe Landpartie . . ."
„Na, man kann's auch woll vor 'ne ganze nehmen."
„Ich verstehe", lachte Rienäcker. „Da muß ich wohl noch zu-
legen?"
„Schaden wird's nich . . . Danke schön, Herr Baron."
„Aber nun futtert mir auch den Schimmel besser raus. Is ja
ein Jammer."
Und er grüßte und stieg die Treppe hinauf.

Oben in seiner Wohnung war alles still, selbst die Dienstboten fort, weil sie wußten, daß er um diese Zeit immer im
Klub war. Wenigstens seit seinen Strohwitwertagen. „Unzu-
verlässiges Volk", brummte er vor sich hin und schien ärgerlich. Trotzdem war es ihm lieb, allein zu sein. Er wollte niemand sehn und setzte sich draußen auf den Balkon, um so
vor sich hin zu träumen. Aber es war stickig unter der her-
abgelassenen Markise, dran zum Überfluß auch noch lange
blauweiße Fransen hingen, und so stand er wieder auf, um
die große Leinwand in die Höh zu ziehn. Das half. Die sich
nun einstellende frische Luftströmung tat ihm wohl, und
aufatmend und bis an die Brüstung vortretend, sah er über
Feld und Wald hin bis auf die Charlottenburger Schloßkuppel, deren malachitfarbne Kupferbekleidung im Glanz
der Nachmittagssonne schimmerte.
„Dahinter liegt Spandau", sprach er vor sich hin. „Und hinter
Spandau zieht sich ein Bahndamm und ein Schienengeleise,
das bis an den Rhein läuft. Und auf dem Geleise seh ich

einen Zug, viele Wagen, und in einem der Wagen sitzt Käthe. Wie sie wohl aussehen mag? O gut; gewiß. Und wovon sie sprechen mag? Nun, ich denke mir, von allerlei pikanten Badegeschichten und vielleicht auch von Frau Salingers Toiletten und daß es in Berlin doch eigentlich am besten sei. Und muß ich mich nicht freuen, daß sie wiederkommt? Eine so hübsche Frau, so jung, so glücklich, so heiter. Und ich freue mich auch. Aber *heute* darf sie nicht kommen. Um Gottes willen nicht. Und doch ist es ihr zuzutrauen. Sie hat seit drei Tagen nicht geschrieben und steht noch ganz auf dem Standpunkt der Überraschungen."

Er hing dem noch eine Weile nach, dann aber wechselten die Bilder, und längst Zurückliegendes trat statt Käthes wieder vor seine Seele: der Dörrsche Garten, der Gang nach Wilmersdorf, die Partie nach Hankels Ablage. Das war der letzte schöne Tag gewesen, die letzte glückliche Stunde ... ,Sie sagte damals, daß ein Haar zu fest binde, darum weigerte sie sich und wollt es nicht. Und ich? Warum bestand ich darauf? Ja, es gibt solche rätselhaften Kräfte, solche Sympathien aus Himmel oder Hölle, und nun bin ich gebunden und kann nicht los. Ach, sie war so lieb und gut an jenem Nachmittag, als wir noch allein waren und an Störung nicht dachten, und ich vergesse das Bild nicht, wie sie da zwischen den Gräsern stand und nach rechts und links hin die Blumen pflückte. Die Blumen – ich habe sie noch. Aber ich will ein Ende damit machen. Was sollen mir diese toten Dinge, die mir nur Unruhe stiften und mir mein bißchen Glück und meinen Ehefrieden kosten, wenn je ein fremdes Auge darauf fällt.'

Und er erhob sich von seinem Balkonplatz und ging durch die ganze Wohnung hin in sein nach dem Hofe hinaus gelegenes Arbeitszimmer, das des Morgens in heller Sonne, jetzt aber in tiefem Schatten lag. Die Kühle tat ihm wohl, und er trat an einen eleganten, noch aus seiner Junggesellenzeit herstammenden Schreibtisch heran, dessen Ebenholzkästchen mit allerlei kleinen Silbergirlanden ausgelegt waren.

In der Mitte dieser Kästchen aber baute sich ein mit einem Giebelfeld ausgestattetes und zur Aufbewahrung von Wertsachen dienendes Säulentempelchen auf, dessen nach hinten zu gelegenes Geheimfach durch eine Feder geschlossen wurde. Botho drückte jetzt auf die Feder und nahm, als das Fach aufsprang, ein kleines Briefbündel heraus, das mit einem roten Faden umwunden war, obenauf aber, und wie nachträglich eingeschoben, lagen die Blumen, von denen er eben gesprochen. Er wog das Päckchen in Händen und sagte, während er den Faden ablöste: „Viel Freud, viel Leid. Irrungen, Wirrungen. Das alte Lied."

Er war allein und an Überraschung nicht zu denken. In seiner Vorstellung aber immer noch nicht sicher genug, stand er auf und schloß die Tür. Und nun erst nahm er den obenauf liegenden Brief und las. Es waren die den Tag vor dem Wilmersdorfer Spaziergang geschriebenen Zeilen, und mit Rührung sah er jetzt im Wiederlesen auf alles das, was er damals mit einem Bleistiftstrichelchen bezeichnet hatte. ‚Stiehl ... Alleh ... Wie diese liebenswürdigen »h's« mich auch heute wieder anblicken, besser als alle Orthographie der Welt. Und wie klar die Handschrift. Und wie gut und schelmisch, was sie da schreibt. Ach, sie hatte die glücklichste Mischung und war vernünftig und leidenschaftlich zugleich. Alles, was sie sagte, hatte Charakter und Tiefe des Gemüts. Arme Bildung, wie weit bleibst du dahinter zurück.'

Er nahm nun auch den zweiten Brief und wollte sich überhaupt vom Schluß her bis an den Anfang der Korrespondenz durchlesen. Aber es tat ihm zu weh. ‚Wozu? Wozu beleben und auffrischen, was tot ist und tot bleiben muß? Ich muß aufräumen damit und dabei hoffen, daß mit diesen Trägern der Erinnerung auch die Erinnerungen selbst hinschwinden werden.'

Und wirklich, er war es entschlossen, und sich rasch von seinem Schreibtisch erhebend, schob er einen Kaminschirm beiseite und trat an den kleinen Herd, um die Briefe darauf zu verbrennen. Und siehe da, langsam, als ob er sich das

Gefühl eines süßen Schmerzes verlängern wolle, ließ er jetzt Blatt auf Blatt auf die Herdstelle fallen und in Feuer aufgehen. Das letzte, was er in Händen hielt, war das Sträußchen, und während er sann und grübelte, kam ihm eine Anwandlung, als ob er jede Blume noch einmal einzeln betrachten und zu diesem Zwecke das Haarfädchen lösen müsse. Plötzlich aber, wie von abergläubischer Furcht erfaßt, warf er die Blumen den Briefen nach. Ein Aufflackern noch, und nun war alles vorbei, verglommen.

‚Ob ich nun frei bin? . . . Will ich's denn? Ich will es nicht. Alles Asche. Und *doch* gebunden.‘

DREIUNDZWANZIGSTES KAPITEL

Botho sah in die Asche. ‚Wie wenig und wie viel.‘ Und dann schob er den eleganten Kaminschirm wieder vor, in dessen Mitte sich die Nachbildung einer pompejanischen Wandfigur befand. Hundertmal war sein Auge darüber hinweggeglitten, ohne zu beachten, was es eigentlich sei, heute sah er es und sagte: „Minerva mit Schild und Speer. Aber Speer bei Fuß. Vielleicht bedeutet es Ruhe . . . Wär es so." Und dann stand er auf, schloß das um seinen besten Schatz ärmer gewordene Geheimfach und ging wieder nach vorn.

Unterwegs, auf dem ebenso schmalen wie langen Korridor, traf er Köchin und Hausmädchen, die diesen Augenblick erst von einem Tiergartenspaziergange zurückkamen. Als er beide verlegen und ängstlich dastehen sah, überkam ihn ein menschlich Rühren, aber er bezwang sich und rief sich zu, wenn auch freilich mit einem Anfluge von Ironie, „daß endlich einmal ein Exempel statuiert werden müsse". So begann er denn, so gut er konnte, die Rolle des donnernden Zeus zu spielen. Wo sie nur gesteckt hätten? Ob das Ordnung und gute Sitte sei? Er habe nicht Lust, der gnädigen Frau, wenn sie zurückkomme (vielleicht heute schon), einen aus Rand und Band gegangenen Hausstand zu überliefern. Und der Bursche?

„Nun, ich will nichts wissen, nichts hören, am wenigsten Entschuldigungen." Und als dies heraus war, ging er weiter und lächelte, zumeist über sich selbst. ‚Wie leicht ist doch predigen und wie schwer ist danach handeln und tun. Armer Kanzelheld ich! Bin ich nicht selbst aus Rand und Band? Bin ich nicht selbst aus Ordnung und guter Sitte? Daß es war, das möchte gehn, aber daß es noch ist, das ist das schlimme.'

Dabei nahm er wieder seinen Platz auf dem Balkon und klingelte. Jetzt kam auch der Bursche, fast noch ängstlicher und verlegener als die Mädchen, aber es hatte keine Not mehr, das Wetter war vorüber. „Sage der Köchin, daß ich etwas essen will. Nun, warum stehst du noch? Ah, ich sehe schon" (und er lachte), „nichts im Hause. Trifft sich alles vorzüglich ... – Also Tee; bringe mir Tee, *der* wird doch wohl dasein. Und laß ein paar Schnitten machen; alle Wetter, ich habe Hunger ... Und sind die Abendzeitungen schon da?"

„Zu Befehl, Herr Rittmeister."

Nicht lange, so war der Teetisch draußen auf dem Balkon serviert, und selbst ein Imbiß hatte sich gefunden. Botho saß zurückgelehnt in dem Schaukelstuhl und starrte nachdenklich in die kleine blaue Flamme. Dann nahm er zunächst den Moniteur seiner kleinen Frau, das „Fremdenblatt", und erst in weiterer Folge die Kreuzzeitung zur Hand und sah auf die letzte Seite. ‚Gott, wie wird Käthe sich freuen, diese letzte Seite jeden Tag wieder frisch an der Quelle studieren zu können, will sagen zwölf Stunden früher als in Schlangenbad. Und hat sie nicht recht? »Unsere heute vollzogene eheliche Verbindung beehren sich anzuzeigen Adalbert von Lichterloh, Regierungsreferendar und Leutnant der Reserve, Hildegard von Lichterloh, geb. Holtze.« Wundervoll. Und wahrhaftig, so zu sehn, wie sich's weiter lebt und liebt in der Welt, ist eigentlich das Beste. Hochzeit und Kindtaufen! Und ein paar Todesfälle dazwischen. Nun, die braucht man ja nicht zu lesen, Käthe tut es nicht, und ich tu es auch nicht, und bloß wenn die Vandalen mal einen ihrer »alten Herrn« verloren haben und ich das Korpszeichen inmitten der Trauerannonce

sehe, das les ich, das erheitert mich und ist mir immer, als
ob der alte Korpskämpe zu Hofbräu nach Walhalla geladen
wäre. Spatenbräu paßt eigentlich noch besser.'
Er legte das Blatt wieder beiseite, weil es klingelte. ,... Sollte
sie wirklich ...' Nein, es war nichts, bloß eine vom Wirt
heraufgeschickte Suppenliste, drauf erst fünfzig Pfennig ge-
zeichnet standen. Aber den ganzen Abend über blieb er trotzdem in Aufregung, weil ihm beständig die Möglichkeit einer
Überraschung vorschwebte, und sooft er eine Droschke mit
einem Koffer vorn und einem Damenreisehut dahinter in die
Landgrafenstraße einbiegen sah, rief er sich zu: ,Das ist sie;
sie liebt dergleichen, und ich höre sie schon sagen: »Ich dacht
es mir so komisch, Botho.«'

Käthe war nicht gekommen. Statt ihrer kam am anderen
Morgen ein Brief, worin sie ihre Rückkehr für den dritten
Tag anmeldete. „Sie werde wieder mit Frau Salinger reisen,
die doch, alles in allem, eine sehr nette Frau sei, mit viel
guter Laune, viel Chic und viel Reisekomfort."
Botho legte den Brief aus der Hand und freute sich momentan ganz aufrichtig, seine schöne Frau binnen drei Tagen
wiederzusehen. ,Unser Herz hat Platz für allerlei Wider-
sprüche ... Sie dalbert, nun ja, aber eine dalbrige junge Frau
ist immer noch besser als keine.'
Danach rief er die Leute zusammen und ließ sie wissen, daß
die gnädige Frau in drei Tagen wieder dasein werde; sie
sollten alles instand setzen und die Schlösser putzen. Und
kein Fliegenfleck auf dem großen Spiegel.
Als er so Vorkehrungen getroffen, ging er zum Dienst in die
Kaserne. „Wenn wer fragt, ich bin von fünf an wieder zu
Haus."
Sein Programm für die dazwischenliegende Zeit ging dahin,
daß er bis Mittag auf dem Eskadronhofe bleiben, dann ein
paar Stunden reiten und nach dem Ritt im Klub essen wollte.
Wenn er niemand anders dort traf, so traf er doch Balafré,
was gleichbedeutend war mit Whist en deux und einer Fülle

von Hofgeschichten, wahren und unwahren. Denn Balafré,
so zuverlässig er war, legte doch grundsätzlich eine Stunde
des Tags für Humbug und Aufschneidereien an. Ja, diese Beschäftigung stand ihm, nach Art eines geistigen Sports, unter
seinen Vergnügungen obenan.

Und wie das Programm war, so wurd es auch ausgeführt. Die
Hofuhr in der Kaserne schlug eben zwölf, als er sich in den
Sattel hob und, nach Passierung erst der „Linden" und gleich
danach der Luisenstraße, schließlich in einen neben dem
Kanal hinlaufenden Weg einbog, der weiterhin seine Rich-
tung auf Plötzensee zu nahm. Dabei kam ihm der Tag wieder
in Erinnerung, an dem er hier auch herumgeritten war, um
sich Mut für den Abschied von Lene zu gewinnen, für den
Abschied, der ihm so schwer ward und der doch sein mußte
Das war nun drei Jahre her. Was lag alles dazwischen? Viel
Freude; gewiß. Aber es war doch keine rechte Freude gewesen. Ein Bonbon, nicht viel mehr. Und wer kann von
Süßigkeiten leben!

Er hing dem noch nach, als er auf einem von der Jungfernheide her nach dem Kanal hinüberführenden Reitwege zwei
Kameraden herankommen sah. Ulanen, wie die deutlich er-
kennbaren Tschapkas schon von fern her verrieten. Aber wer
waren sie? Freilich, die Zweifel auch darüber konnten nicht
lange währen, und noch ehe man sich von hüben und drüben
bis auf hundert Schritte genähert hatte, sah Botho, daß es
die Rexins waren, Vettern und beide vom selben Regiment.

„Ah, Rienäcker", sagte der Ältere. „Wohin?"

„So weit der Himmel blau ist."

„Das ist mir zu weit."

„Nun, dann bis Saatwinkel."

„Das läßt sich hören. Da bin ich mit von der Partie, vorausgesetzt, daß ich nicht störe ... Kurt" (und hiermit wandt er
sich an seinen jüngeren Begleiter), „Pardon! Aber ich habe
mit Rienäcker zu sprechen. Und unter Umständen ..."

„... Spricht sich's besser zu zweien. Ganz nach deiner Bequemlichkeit, Bozel", und dabei grüßte Kurt von Rexin und

ritt weiter. Der mit Bozel angeredete Vetter aber warf sein
Pferd herum, nahm die linke Seite neben dem ihm in der
Rangliste weit vorstehenden Rienäcker und sagte: „Nun, denn
also Saatwinkel. In die Tegeler Schußlinie werden wir ja
wohl nicht einreiten."

„Ich werd es wenigstens zu vermeiden suchen", entgegnete
Rienäcker, „erstens mir selbst und zweitens Ihnen zuliebe.
Und drittens und letztens um Henriettens willen. Was würde
die schwarze Henriette sagen, wenn ihr ihr Bogislaw tot-
geschossen würde, und noch dazu durch eine befreundete
Granate?"

„Das würd ihr freilich einen Stich ins Herz geben", erwiderte
Rexin, „und ihr und mir einen Strich durch die Rechnung
machen."

„Durch welche Rechnung?"

„Das ist eben der Punkt, Rienäcker, über den ich mit Ihnen
sprechen wollte."

„Mit mir? Und von welchem Punkte?"

„Sie sollten es eigentlich erraten und ist auch nicht schwer.
Ich spreche natürlich von einem Verhältnis, *meinem* Verhältnis."

„Verhältnis!" lachte Botho. „Nun, ich stehe zu Diensten,
Rexin. Aber offen gestanden, ich weiß nicht recht, was speziell mir Ihr Vertrauen einträgt. Ich bin nach keiner Seite hin,
am wenigsten aber nach dieser, eine besondere Weisheits-
quelle. Da haben wir ganz andere Autoritäten. Eine davon
kennen Sie gut. Noch dazu Ihr und Ihres Vetters besonderer
Freund."

„Balafré?"

„Ja."

Rexin fühlte was von Nüchternheit und Ablehnung heraus
und schwieg einigermaßen verstimmt. Das aber war mehr,
als Botho bezweckt hatte, weshalb er sofort wieder einlenkte.
„Verhältnisse, Pardon, Rexin, es gibt ihrer so viele."

„Gewiß. Aber so viel ihrer sind, so verschieden sind sie
auch."

Botho zuckte mit den Achseln und lächelte. Rexin aber, sichtlich gewillt, sich nicht zum zweiten Male durch Empfindelei
stören zu lassen, wiederholte nur in gleichmütigem Tone: „Ja,
so viel ihrer, so verschieden auch. Und ich wundre mich, Rienäcker, gerade Sie mit den Achseln zucken zu sehn. Ich dachte
mir . . .“

„Nun, denn heraus mit der Sprache.“

„Soll geschehn.“

Und nach einer Weile fuhr Rexin fort: „Ich habe die hohe
Schule durchgemacht, bei den Ulanen und schon vorher (Sie
wissen, daß ich erst spät dazu kam) in Bonn und Göttingen,
und brauche keine Lehren und Ratschläge, wenn sich's um
das Übliche handelt. Aber wenn ich mich ehrlich befrage, so
handelt sich's in meinem Falle nicht um das Übliche, sondern
um einen Ausnahmefall.“

„Glaubt jeder.“

„Kurz und gut, ich fühle mich engagiert, mehr als das, ich
liebe Henrietten, oder um Ihnen so recht meine Stimmung zu
zeigen, ich liebe die schwarze Jette. Ja, dieser anzügliche
Trivialname mit seinem Anklang an Kantine paßt mir am
besten, weil ich alle feierlichen Allüren in dieser Sache vermeiden möchte. Mir ist ernsthaft genug zumut, und weil mir
ernsthaft zumut ist, kann ich alles, was wie Feierlichkeit
und schöne Redensart aussieht, nicht brauchen. Das schwächt
bloß ab.“ Botho nickte zustimmend und entschlug sich mehr
und mehr jedes Anfluges von Spott und Superiorität, den er
bis dahin allerdings gezeigt hatte.

„Jette“, fuhr Rexin fort, „stammt aus keiner Ahnenreihe von
Engeln und ist selber keiner. Aber wo findet man dergleichen? In unsrer Sphäre? Lächerlich. Alle diese Unter-
schiede sind ja gekünstelt, und die gekünsteltsten liegen auf
dem Gebiet der Tugend. Natürlich gibt es Tugend und ähn-
liche schöne Sachen, aber Unschuld und Tugend sind wie
Bismarck und Moltke, das heißt rar. Ich habe mich ganz in
Anschauungen wie diese hineingelebt, halte sie für richtig
und habe vor, danach zu handeln, soweit es geht. Und nun

hören Sie, Rienäcker. Ritten wir hier statt an diesem langweiligen Kanal, so langweilig und strippengerade wie die
Formen und Formeln unsrer Gesellschaft, ich sage, ritten wir
hier statt an diesem elenden Graben am Sacramento hin und
hätten wir statt der Tegeler Schießstände die Diggings vor
uns, so würd ich die Jette freiweg heiraten; ich kann ohne sie
nicht leben, sie hat es mir angetan, und ihre Natürlichkeit,
Schlichtheit und wirkliche Liebe wiegen mir zehn Komtessen
auf. Aber es geht nicht. Ich kann es meinen Eltern nicht antun
und mag auch nicht mit siebenundzwanzig aus dem Dienst
heraus, um in Texas Cowboy zu werden oder Kellner auf
einem Mississippidampfer. Also Mittelkurs . . ."
„Was verstehen Sie darunter?"
„Einigung ohne Sanktion."
„Also Ehe ohne Ehe."
„Wenn Sie wollen, ja. Mir liegt nichts am Wort, ebensowenig
wie an Legalisierung, Sakramentierung, oder wie sonst noch
diese Dinge heißen mögen; ich bin etwas nihilistisch angeflogen und habe keinen rechten Glauben an pastorale Heilig-
sprechung. Aber, um's kurz zu machen, ich bin, weil ich nicht
anders kann, für Monogamie, nicht aus Gründen der Moral,
sondern aus Gründen meiner mir angebornen Natur. Mir
widerstehen alle Verhältnisse, wo knüpfen und lösen sozusagen in dieselbe Stunde fällt, und wenn ich mich eben einen
Nihilisten nannte, so kann ich mich mit noch größerem Recht
einen Philister nennen. Ich sehne mich nach einfachen Formen, nach einer stillen, natürlichen Lebensweise, wo Herz
zum Herzen spricht und wo man das Beste hat, was man
haben kann, Ehrlichkeit, Liebe, Freiheit."
„Freiheit", wiederholte Botho.
„Ja, Rienäcker. Aber weil ich wohl weiß, daß auch Gefahren
dahinter lauern und dies Glück der Freiheit, vielleicht aller
Freiheit, ein zweischneidig Schwert ist, das verletzen kann,
man weiß nicht, wie, so hab ich Sie fragen wollen."
„Und ich will Ihnen antworten", sagte der mit jedem Augenblick ernster gewordene Rienäcker, dem bei diesen Konfiden-

zen das eigne Leben, das zurückliegende wie das gegenwärtige, wieder vor die Seele treten mochte. „Ja, Rexin, ich will Ihnen antworten, so gut ich kann, und ich glaube, daß ich es kann. Und so beschwör ich Sie denn, bleiben Sie davon. Bei dem, was Sie vorhaben, ist immer nur zweierlei möglich, und das eine ist geradeso schlimm wie das andre. Spielen Sie den Treuen und Ausharrenden, oder, was dasselbe sagen will, brechen Sie von Grund aus mit Stand und Herkommen und Sitte, so werden Sie, wenn Sie nicht versumpfen, über kurz oder lang sich selbst ein Greuel und eine Last sein; verläuft es aber anders und schließen Sie, wie's die Regel ist, nach Jahr und Tag Ihren Frieden mit Gesellschaft und Familie, dann ist der Jammer da, dann muß gelöst werden, was durch glückliche Stunden und ach, was mehr bedeutet, durch unglückliche, durch Not und Ängste verwebt und verwachsen ist. Und das tut weh."

Rexin schien antworten zu wollen, aber Botho sah es nicht und fuhr fort: „Lieber Rexin, Sie haben vorhin in einem wahren Musterstücke dezenter Ausdrucksweise von Verhältnissen gesprochen, ‚wo knüpfen und lösen in dieselbe Stunde fällt', aber diese Verhältnisse, die keine sind, sind nicht die schlimmsten, die schlimmsten sind die, die, um Sie noch mal zu zitieren, den ‚Mittelkurs' halten. Ich warne Sie, hüten Sie sich vor diesem Mittelkurs, hüten Sie sich vor dem Halben. Was Ihnen Gewinn dünkt, ist Bankrott, und was Ihnen Hafen scheint, ist Scheiterung. Es führt *nie* zum Guten, auch wenn äußerlich alles glatt abläuft und keine Verwünschung ausgesprochen und kaum ein stiller Vorwurf erhoben wird. Und es kann auch nicht anders sein. Denn alles hat seine natürliche Konsequenz, dessen müssen wir eingedenk sein. Es kann nichts ungeschehn gemacht werden, und ein Bild, das uns in die Seele gegraben wurde, verblaßt nie ganz wieder, schwindet nie ganz wieder dahin. Erinnerungen bleiben, und Vergleiche kommen. Und so denn noch einmal, Freund, zurück von Ihrem Vorhaben, oder Ihr Leben empfängt eine Trübung, und Sie ringen sich nie mehr zu Klarheit und Helle durch.

Vieles ist erlaubt, nur nicht das, was die Seele trifft, nur nicht Herzen hineinziehen, und wenn's auch bloß das eigne wäre."

VIERUNDZWANZIGSTES KAPITEL

Am dritten Tage traf ein im Abreisemoment aufgegebenes Telegramm ein: „Ich komme heut abend. K."
Und wirklich, sie kam. Botho war am Anhalter Bahnhof und wurde der Frau Salinger vorgestellt, die von Dank für gute Reisekameradschaft nichts hören wollte, vielmehr immer nur wiederholte, wie glücklich *sie* gewesen sei, vor allem aber wie glücklich *er* sein müsse, solche reizende junge Frau zu haben. „Schaun's, Herr Baron, wann i das Glück hätt und der Herr Gemoahl wär, i würd mi kein drei Tag von *solch* ane Frau trenne." Woran sie dann Klagen über die gesamte Männerwelt, aber im selben Augenblick auch eine dringende Einladung nach Wien knüpfte. „Wir hoabn a netts Häusl kei Stund von Wian und a paar Reitpferd und a Küch. In Preußen hoaben's die Schul, und in Wian hoaben wir die Küch. Und i weiß halt nit, was i vorzieh."
„Ich weiß es", sagte Käthe, „und ich glaube, Botho auch."
Damit trennte man sich, und unser junges Paar stieg in einen offenen Wagen, nachdem Ordre gegeben war, das Gepäck nachzuschicken.
Käthe warf sich zurück und stemmte den kleinen Fuß gegen den Rücksitz, auf dem ein Riesenbukett, die letzte Huldigung der von der reizenden Berliner Dame ganz entzückten Schlangenbader Hauswirtin, lag. Käthe selbst nahm Bothos Arm und schmiegte sich an ihn, aber auf wenig Augenblicke nur, dann richtete sie sich wieder auf und sagte, während sie mit dem Sonnenschirm das immer aufs neue herunterfallende Bukett festhielt: „Es ist doch eigentlich reizend hier, all die Menschen und die vielen Spreekähne, die vor Enge nicht ein noch aus wissen. Und so wenig Staub. Ich find es doch einen rechten Segen, daß sie jetzt sprengen und alles unter Wasser

setzen; freilich, lange Kleider darf man dabei nicht tragen.
Und sieh nur den Brotwagen da mit dem vorgespannten
Hund. Es ist doch zu komisch. Nur der Kanal ... Ich weiß
nicht, er ist immer noch so ...“

„Ja“, lachte Botho, „er ist immer noch so. Vier Wochen Juli-
hitze haben ihn nicht verbessern können.“

Sie fuhren unter den jungen Bäumen hin, Käthe riß ein Lin-
denblatt ab, nahm's in die hohle Hand und schlug darauf,
daß es knallte. „So machten wir's immer zu Haus. Und in
Schlangenbad, wenn wir nichts Besseres zu tun hatten, haben
wir's auch so gemacht und alle die Spielereien aus der Kin-
derzeit wieder aufgenommen. Kannst du dir's denken, ich
hänge ganz ernsthaft an solchen Torheiten und bin doch
eigentlich eine alte Person und habe abgeschlossen.“

„Aber Käthe ...“

„Ja, ja, Matrone, du wirst es sehn ... Aber sieh doch nur,
Botho, da ist ja noch der Staketenzaun und das alte Weiß-
bierlokal mit dem komischen und etwas unanständigen Namen, über den wir in der Pension immer so schrecklich gelacht
haben. Ich dachte, das Lokal wäre längst eingegangen. Aber
so was lassen sich die Berliner nicht nehmen, so was hält sich;
alles muß nur einen sonderbaren Namen haben, über den sie
sich amüsieren können.“

Botho schwankte zwischen Glücklichsein und Anflug von Verstimmung. „Ich finde, du bist ganz unverändert, Käthe.“

„Gewiß bin ich. Und warum sollt ich auch verändert sein?
Ich bin ja nicht nach Schlangenbad geschickt worden, um mich
zu verändern, wenigstens nicht in meinem Charakter und
meiner Unterhaltung. Und ob ich mich sonst verändert habe?
Nun, cher ami, nous verrons.“

„Matrone?“

Sie hielt ihm den Finger auf den Mund und schlug den Reise-
schleier wieder zurück, der ihr halb über das Gesicht gefallen
war, gleich danach aber passierten sie den Potsdamer Bahn-
viadukt, über dessen Eisengebälk eben ein Kurierzug hin-
brauste. Das gab ein Zittern und Donnern zugleich, und als

sie die Brücke hinter sich hatten, sagte sie: „Mir ist es immer unangenehm, gerade drunter zu sein."

„Aber die drüber haben es nicht besser."

„Vielleicht nicht. Aber es liegt in der Vorstellung. Vorstellungen sind überhaupt so mächtig. Meinst du nicht auch?" Und sie seufzte, wie wenn sich ihr plötzlich etwas Schreckliches und tief in ihr Leben Eingreifendes vor die Seele gestellt hätte. Dann aber fuhr sie fort: „In England, so sagte mir Mr. Armstrong, eine Badebekanntschaft, von der ich dir noch ausführlicher erzählen muß, übrigens mit einer Alvensleben verheiratet, in England, sagte er, würden die Toten fünfzehn Fuß tief begraben. Nun, fünfzehn Fuß tief ist nicht schlimmer als fünf, aber ich fühlte ordentlich, während er mir's erzählte, wie sich mir der Clay, das ist nämlich das richtige englische Wort, zentnerschwer auf die Brust legte. Denn in England haben sie schweren Lehmboden."

„Armstrong sagtest du . . . Bei den badischen Dragonern war ein Armstrong."

„Ein Vetter von dem. Sie sind alle Vettern, ganz wie bei uns. Ich freue mich schon, dir ihn in all seinen kleinen Eigenheiten schildern zu können. Ein vollkommener Kavalier mit aufgesetztem Schnurrbart, worin er freilich etwas zu weit ging. Es sah sehr komisch aus, diese gewribbelte Spitze, dran er immer noch weiter wribbelte."

Zehn Minuten später hielt ihr Wagen vor ihrer Wohnung, und Botho, während er ihr den Arm reichte, führte sie hinauf. Eine Girlande zog sich um die große Korridortür, und eine Tafel mit dem Inschriftsworte „Willkommen", in dem leider ein „l" fehlte, hing etwas schief an der Girlande. Käthe sah hinauf und las und lachte.

„Willkommen! Aber bloß mit einem ‚l', will sagen nur halb. Ei, ei. Und ‚L' ist noch dazu der Liebesbuchstabe. Nun, du sollst auch alles nur halb haben."

Und so trat sie durch die Tür in den Korridor ein, wo Köchin und Hausmädchen bereits standen und ihr die Hand küßten.

„Guten Tag, Berta; guten Tag, Minette. Ja, Kinder, da bin

ich wieder. Nun, wie findet ihr mich? Hab ich mich erholt?"
Und eh die Mädchen antworten konnten, worauf auch gar
nicht gerechnet war, fuhr sie fort: „Aber *ihr* habt euch erholt.
Namentlich du, Minette, du bist ja ordentlich stark ge-
worden."
Minette sah verlegen vor sich hin, weshalb Käthe gutmütig
hinzusetzte: „Ich meine nur hier so um Kinn und Hals."
Indem kam auch der Bursche. „Nun, Orth, ich war schon in
Sorge um Sie. Gott sei Dank, ohne Not; ganz unverfallen,
bloß ein bißchen bläßlich. Aber das macht die Hitze. Und
immer noch dieselben Sommersprossen."
„Ja, gnädige Frau, *die* sitzen."
„Nun, das ist recht. Immer echt in der Farbe."
Unter solchem Gespräche war sie bis in ihr Schlafzimmer gegangen, wohin Botho und Minette ihr folgten, während die
beiden andern sich in ihre Küchenregion zurückzogen.
„Nun, Minette, hilf mir. Erst den Mantel. Und nun, nimm
den Hut. Aber sei vorsichtig, wir wissen uns sonst vor Staub
nicht zu retten. Und nun sage Orth, daß er den Tisch deckt
vorn auf dem Balkon, ich habe den ganzen Tag keinen Bissen
genossen, weil ich wollte, daß es mir recht gut bei euch
schmecken solle. Und nun geh, liebe Seele; geh, Minette."
Minette beeilte sich und ging, während Käthe vor dem hohen
Stehspiegel stehenblieb und sich das in Unordnung geratene
Haar arrangierte. Zugleich sah sie im Spiegel auf Botho, der
neben ihr stand und die schöne junge Frau musterte.
„Nun, Botho", sagte sie schelmisch und kokett und ohne sich
nach ihm umzusehen.
Und ihre liebenswürdige Koketterie war klug genug berechnet, und er umarmte sie, wobei sie sich seinen Liebkosungen
überließ. Und nun umspannte er ihre Taille und hob sie in
die Höh. „Käthe, Puppe, liebe Puppe."
„‚Puppe, liebe Puppe‘, das sollt ich eigentlich übelnehmen,
Botho. Denn mit Puppen spielt man. Aber ich nehm es nicht
übel, im Gegenteil, Puppen werden am meisten geliebt und
am besten behandelt. Und darauf kommt es mir an."

FÜNFUNDZWANZIGSTES KAPITEL

Es war ein herrlicher Morgen, der Himmel halb bewölkt, und in dem leisen Westwinde, der ging, saß das junge Paar auf dem Balkon und sah, während Minette den Kaffeetisch abräumte, nach dem Zoologischen und seinen Elefantenhäusern hinüber, deren bunte Kuppeln im Morgendämmer lagen.

„Ich weiß eigentlich noch nichts", sagte Botho, „du bist ja gleich eingeschlafen, und der Schlaf ist mir heilig. Aber nun will ich auch alles wissen. Erzähle."

„Ja, erzählen; was soll ich erzählen? Ich habe dir ja so viele Briefe geschrieben, und Anna Grävenitz und Frau Salinger mußt du ja so gut kennen wie ich oder eigentlich noch besser, denn ich habe mitunter mehr geschrieben, als ich wußte."

„Wohl. Aber ebensooft hieß es ‚davon mündlich'. Und dieser Moment ist nun da, sonst denk ich, du willst mir etwas verschweigen. Von deinen Ausflügen weiß ich eigentlich gar nichts, und du warst doch in Wiesbaden. Es heißt zwar, daß es in Wiesbaden nur Obersten und alte Generäle gäbe, aber es sind doch auch Engländer da. Und bei Engländern fällt mir wieder dein Schotte ein, von dem du mir erzählen wolltest. Wie hieß er doch?"

„Armstrong, Mr. Armstrong. Ja, das war ein entzückender Mann, und ich begriff seine Frau nicht, eine Alvensleben, wie ich dir, glaub ich, schon sagte, die beständig in Verlegenheit kam, wenn er sprach. Und er war doch ein vollkommener Gentleman, der sehr auf sich hielt, auch dann noch, wenn er sich gehenließ und eine gewisse Nonchalance zeigte. Gentlemen bewähren sich in solchen Momenten immer am besten. Meinst du nicht auch? Er trug einen blauen Schlips und einen gelben Sommeranzug und sah aus, als ob er darin eingenäht wäre, weshalb Anna Grävenitz immer sagte: ‚Da kommt das Pennal.' Und immer ging er mit einem großen aufgespannten Sonnenschirm, was er sich in Indien angewöhnt hatte. Denn er war Offizier in einem schottischen Regiment, das lange in

Madras oder Bombay gestanden, oder vielleicht war es auch
Delhi. Das ist aber am Ende gleich. Was der alles erlebt
hatte! Seine Konversation war reizend, wenn man auch mitunter nicht wußte, wie man's nehmen sollte."

„Also zudringlich? Insolent?"

„Ich bitte dich, Botho, wie du nur sprichst. Ein Mann wie der;
Kavalier comme il faut. Nun, ich will dir ein Beispiel von
seiner Art zu sprechen geben. Uns gegenüber saß die alte
Generalin von Wedell, und Anna Grävenitz fragte sie (ich
glaube, es war gerade der Jahrestag von Königgrätz), ob es
wahr sei, daß dreiunddreißig Wedells im Siebenjährigen
Kriege gefallen seien?, was die alte Generalin bejahte, hinzusetzend, es wären eigentlich noch einige mehr gewesen. Alle,
die zunächst saßen, waren über die große Zahl erstaunt, nur
Mr. Armstrong nicht, und als ich ihn wegen seiner Gleichgültigkeit scherzhaft zur Rede stellte, sagte er, daß er sich
über so kleine Zahlen nicht aufregen könne. ‚Kleine Zahlen‘,
unterbrach ich ihn, aber er setzte lachend und um mich zu
widerlegen hinzu: von den Armstrongs seien einhundertdrei-
unddreißig in den verschiedenen Kriegsfehden ihrer Clans
umgekommen. Und als die alte Generalin dies anfangs nicht
glauben wollte, schließlich aber (als Mr. Armstrong dabei be-
harrte) neugierig fragte: ob denn alle hundertdreiunddreißig
auch wirklich gefallen seien, sagte er: ‚Nein, meine Gnädigste,
nicht gerade gefallen, die meisten sind wegen Pferdediebstahl von den Engländern, unseren damaligen Feinden, ge-
henkt worden.‘ Und als sich alles über dies unstandesgemäße,
ja, man kann wohl sagen, etwas genierliche Gehenktwerden
entsetzte, schwor er, wir täten unrecht, Anstoß daran zu nehmen, die Zeiten und Anschauungen änderten sich, und was
seine doch zunächst beteiligte Familie betreffe, so sähe dieselbe mit Stolz auf diese Heldenvorfahren zurück. Die schottische Kriegführung habe dreihundert Jahre lang aus Viehraub und Pferdediebstahl bestanden, ländlich, sittlich, und
er könne nicht finden, daß ein großer Unterschied sei zwischen
Länderraub und Viehraub."

„Verkappter Welfe", sagte Botho. „Aber es hat manches für sich."

„Gewiß. Und ich stand immer auf seiner Seite, wenn er sich in solchen Sätzen erging. Ach, er war zum Totlachen. Er sagte, man müsse nichts feierlich nehmen, es verlohne sich nicht, und nur das Angeln sei eine ernste Beschäftigung. Er angle mitunter vierzehn Tage lang im Loch Neß oder im Loch Lochy, denke dir, solche komische Namen gibt es in Schottland, und schliefe dann im Boot, und mit Sonnenaufgang stünd er wieder da, und wenn dann die vierzehn Tage um wären, dann mausre er sich, dann ging' die ganze schülbrige Haut ab, und dann hab er eine Haut wie ein Baby. Und er täte das alles aus Eitelkeit, denn ein glatter, eleganter Teint sei doch eigentlich das Beste, was man haben könne. Und dabei sah er mich so an, daß ich nicht gleich eine Antwort finden konnte. Ach, ihr Männer! Aber das ist doch wahr, ich hatte von Anfang an ein rechtes Attachement für ihn und nahm nicht Anstoß an seiner Redeweise, die sich mitunter in langen Ausführungen, aber doch viel, viel lieber noch in einem beständigen Hin und Her erging. Einer seiner Lieblingssätze war: ‚Ich kann es nicht leiden, wenn ein einziges Gericht eine Stunde lang auf dem Tische steht; nur nicht immer dasselbe, mir ist es angenehmer, wenn die Gänge rasch wechseln.‘ Und so sprang er immer vom Hundertsten ins Tausendste."

„Nun, da müßt ihr euch freilich gefunden haben", lachte Botho.

„Haben wir auch. Und wir wollen uns Briefe schreiben, ganz in dem Stil, wie wir miteinander gesprochen; das haben wir beim Abschied gleich ausgemacht. Unsere Herren, auch deine Freunde, sind immer so gründlich. Und du bist der gründlichste, was mich mitunter recht bedrückt und ungeduldig macht. Und du mußt mir versprechen, auch so zu sein wie Mr. Armstrong und ein bißchen mehr einfach und harmlos plaudern zu wollen und ein bißchen rascher und nicht immer dasselbe Thema."

Botho versprach Besserung, und als Käthe, die die Super-
lative liebte, nach Vorführung eines phänomenal reichen
Amerikaners, eines absolut kakerlakigen Schweden mit Ka-
ninchenaugen und einer faszinierend schönen Spanierin – mit
einem Nachmittagsausfluge nach Limburg, Oranienstein und
Nassau geschlossen und ihrem Gatten abwechselnd die Krypta,
die Kadettenanstalt und die Wasserheilanstalt beschrieben
hatte, zeigte sie plötzlich auf die Schloßkuppel nach Charlottenburg und sagte: „Weißt du, Botho, da müssen wir heute
noch hin oder nach Westend oder nach Halensee. Die Berliner Luft ist doch etwas stickig und hat nichts von dem Atem
Gottes, der draußen weht und den die Dichter mit Recht so
preisen. Und wenn man aus der Natur kommt so wie ich, so
hat man das, was ich die Reinheit und Unschuld nennen
möchte, wieder liebgewonnen. Ach, Botho, welcher Schatz
ist doch ein unschuldiges Herz. Ich habe mir fest vorgenom-
men, mir ein reines Herz zu bewahren. Und du mußt mir
darin helfen. Ja, das mußt du, versprich es mir. Nein, nicht so;
du mußt mir dreimal einen Kuß auf die Stirn geben, bräut-
lich, ich will keine Zärtlichkeit, ich will einen Weihekuß ...
Und wenn wir uns mit einem Lunch begnügen, natürlich ein
warmes Gericht, so können wir um drei draußen sein."

Und wirklich, sie fuhren hinaus, und wiewohl die Charlottenburger Luft noch mehr hinter dem „Atem Gottes" zurückblieb
als die Berliner, so war Käthe doch fest entschlossen, im
Schloßpark zu bleiben und Halensee fallenzulassen. Westend
sei so langweilig, und Halensee sei noch wieder eine halbe
Reise fast wie nach Schlangenbad, im Schloßpark aber könne
man das Mausoleum sehen, wo die blaue Beleuchtung einen
immer so sonderbar berühre, ja, sie möchte sagen, wie wenn
einem ein Stück Himmel in die Seele falle. Das stimme dann
andächtig und zu frommer Betrachtung. Und wenn auch das
Mausoleum nicht wäre, so wäre doch die Karpfenbrücke da,
mit der Klingel dran, und wenn dann ein großer Mooskarpfen
käme, so wär es ihr immer, als käm ein Krokodil. Und viel-

leicht wär auch eine Frau mit Kringeln und Oblaten da,
von der man etwas kaufen und dadurch im kleinen ein gutes
Werk tun könne, sie sage mit Absicht ein „gutes Werk" und
vermeide das Wort christlich, denn Frau Salinger habe auch
immer gegeben.

Und alles verlief programmäßig, und als die Karpfen ge-
füttert waren, gingen beide weiter in den Park hinein, bis sie
dicht an das Belvedere kamen mit seinen Rokokofiguren und
seinen historischen Erinnerungen. Von diesen Erinnerungen
wußte Käthe nichts, und Botho nahm deshalb Veranlassung,
ihr von den Geistern abgeschiedener Kaiser und Kurfürsten
zu erzählen, die der General von Bischoffwerder an ebendieser Stelle habe erscheinen lassen, um den König Friedrich
Wilhelm II. aus seinen lethargischen Zuständen oder, was
dasselbe gewesen wäre, aus den Händen seiner Geliebten zu
befreien und ihn auf den Pfad der Tugend zurückzuführen.

„Und hat es geholfen?" fragte Käthe.

„Nein."

„Schade. Dergleichen berührt mich immer tief schmerzlich.
Und wenn ich mir dann denke, daß der unglückliche Fürst
(denn unglücklich muß er gewesen sein) der Schwiegervater
der Königin Luise war, so blutet mir das Herz. Wie muß sie
gelitten haben! Ich kann mir immer in unserem Preußen solche
Dinge gar nicht recht denken. Und Bischoffwerder, sagtest du,
hieß der General, der die Geister erscheinen ließ?"

„Ja. Bei Hofe hieß er der Laubfrosch."

„Weil er das Wetter machte?"

„Nein, weil er einen grünen Rock trug."

„Ach, das ist zu komisch . . . Der Laubfrosch."

SECHSUNDZWANZIGSTES KAPITEL

Bei Sonnenuntergang waren beide wieder daheim, und Käthe,
nachdem sie Hut und Mantel an Minette gegeben und den
Tee beordert hatte, folgte Botho in sein Zimmer, weil es sie

nach dem Bewußtsein und der Genugtuung verlangte, den ersten Tag nach der Reise ganz und gar an seiner Seite zugebracht zu haben.

Botho war es zufrieden, und weil sie fröstelte, schob er ihr ein Kissen unter die Füße, während er sie zugleich mit einem Plaid zudeckte. Bald danach aber wurd er abgerufen, um Dienstliches, das der Erledigung bedurfte, rasch abzumachen. Minuten vergingen, und da Kissen und Plaid nicht recht helfen und die gewünschte Wärme nicht geben wollten, so zog Käthe die Klingel und sagte dem eintretenden Diener, daß er ein paar Stücke Holz bringen solle; sie friere so.

Zugleich erhob sie sich, um den Kaminschirm beiseite zu schieben, und sah, als dies geschehen war, das Häuflein Asche, das noch auf der Eisenplatte lag.

Im selben Moment trat Botho wieder ein und erschrak bei dem Anblick, der sich ihm bot. Aber er beruhigte sich sogleich wieder, als Käthe mit dem Zeigefinger auf die Asche wies und in ihrem scherzhaftesten Tone sagte: „Was bedeutet das, Botho? Sieh, da hab ich dich mal wieder ertappt. Nun bekenne. Liebesbriefe? Ja oder nein?"

„Du wirst doch glauben, was du willst."

„Ja oder nein?"

„Gut denn; ja."

„*Das* war recht. Nun kann ich mich beruhigen. Liebesbriefe, zu komisch. Aber wir wollen sie doch lieber zweimal verbrennen; erst zu Asche und dann zu Rauch. Vielleicht glückt es."

Und sie legte die Holzstücke, die der Diener mittlerweile gebracht hatte, geschickt zusammen und versuchte sie mit ein paar Zündhölzchen anzuzünden. Und es gelang auch. Im Nu brannte das Feuer hell auf, und während sie den Fauteuil an die Flamme schob und die Füße bequem und, um sie zu wärmen, bis an die Eisenstäbe vorstreckte, sagte sie: „Und nun will ich dir auch die Geschichte von der Russin auserzählen, die natürlich gar keine Russin war. Aber eine sehr kluge Person. Sie hatte Mandelaugen, alle diese Personen haben

Mandelaugen, und gab vor, daß sie zur Kur in Schlangenbad
sei. Nun, das kennt man. Einen Arzt hatte sie nicht, wenigstens keinen ordentlichen, aber jeden Tag war sie drüben in
Frankfurt oder in Wiesbaden oder auch in Darmstadt und
immer in Begleitung. Und einige sagen sogar, es sei nicht mal
derselbe gewesen. Und nun hättest du sehen sollen, welche
Toilette und welche Suffisance! Kaum daß sie grüßte, wenn
sie mit ihrer Ehrendame zur Table d'hôte kam. Denn eine
Ehrendame hatte sie, das ist immer das erste bei solchen
Damen. Und wir nannten sie ,die Pompadour', ich meine die
Russin, und sie wußt es auch, daß wir sie so nannten. Und
die alte Generalin Wedell, die ganz auf unsrer Seite stand
und sich über die zweifelhafte Person ärgerte (denn eine
Person war es, darüber war kein Zweifel), die alte Wedell,
sag ich, sagte ganz laut über den Tisch hin: ,Ja, meine Damen,
die Mode wechselt in allem, auch in den Taschen und Täsch-
chen und sogar in den Beuteln und Beutelchen. Als ich noch
jung war, gab es noch Pompadours, aber heute gibt es keine
Pompadours mehr. Nicht wahr? Es gibt keine Pompadours
mehr?' Und dabei lachten wir und sahen alle die Pompadour
an. Aber die schreckliche Person gewann trotzdem einen Sieg
über uns und sagte mit lauter und scharfer Stimme, denn die
alte Wedell hörte schlecht: ,Ja, Frau Generalin, es ist so, wie
Sie sagen. Nur sonderbar, als die Pompadours abgelöst wurden, kamen die Retikules an die Reihe, die man dann später
die Ridikules nannte. Und solche Ridikules gibt es noch.'
Und dabei sah sie die gute alte Wedell an, die, weil sie nicht
antworten konnte, vom Tische aufstand und den Saal verließ. Und nun frag ich dich, was sagst du dazu? Was sagst
du zu solcher Impertinenz? ... Aber Botho, du sprichst ja
nicht, du hörst ja gar nicht ..."

„Doch, doch, Käthe ..."

Drei Wochen später war eine Trauung in der Jakobikirche,
deren kreuzgangartiger Vorhof auch heute von einer dichten
und neugierigen Menschenmenge, meist Arbeiterfrauen, einige

mit ihren Kindern auf dem Arm, besetzt war. Aber auch
Schul- und Straßenjugend hatte sich eingefunden. Allerlei
Kutschen fuhren vor, und gleich aus einer der ersten stieg
ein Paar, das, solang es im Gesichtskreise der Anwesenden
verblieb, mit Lachen und Getuschel begleitet wurde.
„*Die* Taille", sagte eine der zunächst stehenden Frauen.
„Taille?"
„Na denn Hüfte."
„Schon mehr Walfischrippe."
„*Das* stimmt."
Und kein Zweifel, daß sich dies Gespräch noch fortgesetzt
hätte, wenn nicht eben in diesem Augenblicke die Brautkutsche vorgefahren wäre. Der vom Bock herabspringende
Diener eilte, den Kutschenschlag zu öffnen, aber der Bräutigam selbst, ein hagerer Herr mit hohem Hut und spitzen
Vatermördern, war ihm bereits zuvorgekommen und reichte
seiner Braut die Hand, einem sehr hübschen Mädchen, das
übrigens, wie gewöhnlich bei Bräuten, weniger um seines
hübschen Aussehens als um seines weißen Atlaskleides willen
bewundert wurde. Dann stiegen beide die mit einem etwas
abgetretenen Teppich belegte, nur wenig Stufen zählende
Steintreppe hinauf, um zunächst in den Kreuzgang und gleich
danach in das Kirchenportal einzutreten. Aller Blicke folgten
ihnen.
„Un kein Kranz nich?" sagte dieselbe Frau, vor deren kri-
tischem Auge kurz vorher die Taille der Frau Dörr so schlecht
bestanden hatte.
„Kranz? ... Kranz? ... Wissen Sie denn nicht? ... Haben
Sie denn nichts munkeln hören?"
„Ach so. Freilich hab ich. Aber, liebe Kornatzki, wenn es nach's
Munkeln ginge, gäb es gar keine Kränze mehr, un Schmidt
in der Friedrichstraße könnte man gleich zumachen."
„Ja, ja", lachte jetzt die Kornatzki, „das könnt er. Un am
Ende für so 'nen Alten! Fuffzig jute hat er doch woll auf 'n
Puckel und sah eigentlich aus, als ob er seine silberne gleich
mitfeiern wollte."

„Woll. So sah er aus. Un haben Sie denn seine Vatermörder gesehn? So was lebt nich."

„Damit kann er sie gleich dod machen, wenn's wieder munkelt."

„Ja, das kann er."

Und so ging es noch eine ganze Weile weiter, während aus der Kirche schon das Präludium der Orgel hörbar wurde.

Den anderen Morgen saßen Rienäcker und Käthe beim Frühstück, diesmal in Bothos Arbeitszimmer, dessen beide Fenster, um Luft und Licht einzulassen, weit offenstanden. Rings um den Hof her flogen nistende Schwalben zwitschernd vorüber, und Botho, der ihnen allmorgendlich einige Krumen hinzustreuen pflegte, griff eben wieder zu gleichem Zweck nach dem Frühstückskorb, als ihm das ausgelassene Lachen seiner seit fünf Minuten schon in ihre Lieblingszeitung vertieften jungen Frau Veranlassung gab, den Korb wieder hinzustellen.

„Nun, Käthe, was ist? Du scheinst ja was ganz besonders Nettes gefunden zu haben."

„Hab ich auch ... Es ist doch zu komisch, was es für Namen gibt! Und immer gerade bei Heirats- und Verlobungsanzeigen. Höre doch nur."

„Ich bin ganz Ohr."

„... Ihre heute vollzogene eheliche Verbindung zeigen ergebenst an: *Gideon Franke*, Fabrikmeister, *Magdalene Franke*, geb. *Nimptsch*. ... Nimptsch. Kannst du dir was Komischeres denken? Und dann Gideon!"

Botho nahm das Blatt, aber freilich nur, weil er seine Verlegenheit dahinter verbergen wollte. Dann gab er es ihr zurück und sagte mit so viel Leichtigkeit im Ton, als er aufbringen konnte: „Was hast du nur gegen Gideon, Käthe? Gideon ist besser als Botho."

FRAU JENNY TREIBEL

An einem der letzten Maitage, das Wetter war schon sommerlich, bog ein zurückgeschlagener Landauer vom Spittelmarkt her in die Kur- und dann in die Adlerstraße ein und hielt gleich danach vor einem, trotz seiner Front von nur fünf Fenstern, ziemlich ansehnlichen, im übrigen aber altmodischen Hause, dem ein neuer, gelbbrauner Ölfarbenanstrich wohl etwas mehr Sauberkeit, aber keine Spur von gesteigerter Schönheit gegeben hatte, beinahe das Gegenteil. Im Fond des Wagens saßen zwei Damen mit einem Bologneserhündchen, das sich der hell- und warmscheinenden Sonne zu freuen schien. Die links sitzende Dame von etwa dreißig, augenscheinlich eine Erzieherin oder Gesellschafterin, öffnete, von ihrem Platz aus, zunächst den Wagenschlag und war dann der anderen, mit Geschmack und Sorglichkeit gekleideten und trotz ihrer hohen Fünfzig noch sehr gut aussehenden Dame beim Aussteigen behilflich. Gleich danach aber nahm die Gesellschafterin ihren Platz wieder ein, während die ältere Dame auf eine Vortreppe zuschritt und nach Passierung derselben in den Hausflur eintrat. Von diesem aus stieg sie, so schnell ihre Korpulenz es zuließ, eine Holzstiege mit abgelaufenen Stufen hinauf, unten von sehr wenig Licht, weiter oben aber von einer schweren Luft umgeben, die man füglich als eine Doppelluft bezeichnen konnte. Gerade der Stelle gegenüber, wo die Treppe mündete, befand sich eine Entreetür mit Guckloch und neben diesem ein grünes, knittriges Blechschild, darauf „Professor Wilibald Schmidt" ziemlich undeutlich zu lesen war. Die ein wenig asthmatische Dame fühlte zunächst das Bedürfnis, sich auszuruhen, und musterte bei der Gelegenheit den ihr übrigens von langer Zeit her bekannten Vorflur, der vier gelbgestrichene Wände mit etlichen Haken und Riegeln und dazwischen einen hölzernen Halbmond zum Bürsten und Ausklopfen der Röcke zeigte. Dazu wehte, der ganzen Atmosphäre auch hier den Charakter gebend, von einem nach hinten zu führenden Korridor her ein sonderbarer Küchengeruch heran, der, wenn

nicht alles täuschte, nur auf Rührkartoffeln und Karbonade
gedeutet werden konnte, beides mit Seifenwrasen untermischt.
„Also kleine Wäsche", sagte die von dem allen wieder ganz
eigentümlich berührte stattliche Dame still vor sich hin, während sie zugleich weit zurückliegender Tage gedachte, wo sie
selbst hier, in ebendieser Adlerstraße, gewohnt und in dem
gerade gegenüber gelegenen Materialwarenladen ihres Vaters
mit im Geschäft geholfen und auf einem über zwei Kaffee-
säcke gelegten Brett kleine und große Tüten geklebt hatte,
was ihr jedesmal mit „zwei Pfennig fürs Hundert" gutgetan
worden war. „Eigentlich viel zuviel, Jenny", pflegte dann
der Alte zu sagen, „aber du sollst mit Geld umgehen lernen."
Ach, waren das Zeiten gewesen! Mittags, Schlag zwölf, wenn
man zu Tisch ging, saß sie zwischen dem Kommis Herrn
Mielke und dem Lehrling Louis, die beide, so verschieden
sie sonst waren, dieselbe hochstehende Kammtolle und dieselben erfrorenen Hände hatten. Und Louis schielte bewun-
dernd nach ihr hinüber, aber wurde jedesmal verlegen, wenn
er sich auf seinen Blicken ertappt sah. Denn er war zu niedrigen Standes, aus einem Obstkeller in der Spreegasse. Ja,
das alles stand jetzt wieder vor ihrer Seele, während sie sich
auf dem Flur umsah und endlich die Klingel neben der Tür
zog. Der überall verbogene Draht raschelte denn auch, aber
kein Anschlag ließ sich hören, und so faßte sie schließlich
den Klingelgriff noch einmal und zog stärker. Jetzt klang
auch ein Bimmelton von der Küche her bis auf den Flur herüber, und ein paar Augenblicke später ließ sich erkennen,
daß eine hinter dem Guckloch befindliche kleine Holzklappe
beiseite geschoben wurde. Sehr wahrscheinlich war es des
Professors Wirtschafterin, die jetzt, von ihrem Beobachtungs-
posten aus, nach Freund oder Feind aussah, und als diese
Beobachtung ergeben hatte, daß es „gut Freund" sei, wurde
der Türriegel ziemlich geräuschvoll zurückgeschoben, und
eine ramassierte Frau von ausgangs Vierzig, mit einem ansehnlichen Haubenbau auf ihrem vom Herdfeuer geröteten
Gesicht, stand vor ihr.

„Ach, Frau Treibel ... Frau Kommerzienrätin ... Welche
Ehre ...“

„Guten Tag, liebe Frau Schmolke. Was macht der Professor?
Und was macht Fräulein Corinna? Ist das Fräulein zu
Hause?“

„Ja, Frau Kommerzienrätin. Eben wieder nach Hause gekommen aus der Philharmonie. Wie wird sie sich freuen.“

Und dabei trat Frau Schmolke zur Seite, um den Weg nach
dem einfenstrigen, zwischen den zwei Vorderstuben gelegenen und mit einem schmalen Leinwandläufer belegten Entree
freizugeben. Aber ehe die Kommerzienrätin noch eintreten
konnte, kam ihr Fräulein Corinna schon entgegen und führte
die „mütterliche Freundin“, wie sich die Rätin gern selber
nannte, nach rechts hin in das eine Vorderzimmer.

Dies war ein hübscher, hoher Raum, die Jalousien herab-
gelassen, die Fenster nach innen auf, vor deren einem eine
Blumenestrade mit Goldlack und Hyazinthen stand. Auf dem
Sofatische präsentierte sich gleichzeitig eine Glasschale mit
Apfelsinen, und die Porträts der Eltern des Professors, des
Rechnungsrats Schmidt aus der Heroldskammer und seiner
Frau, geb. Schwerin, sahen auf die Glasschale hernieder –
der alte Rechnungsrat in Frack und rotem Adlerorden, die
geborene Schwerin mit starken Backenknochen und Stubs-
nase, was, trotz einer ausgesprochenen Bürgerlichkeit, immer
noch mehr auf die pommersch-uckermärkischen Träger des
berühmten Namens als auf die spätere oder, wenn man will,
auch *viel* frühere posensche Linie hindeutete.

„Liebe Corinna, wie nett du dies alles zu machen verstehst
und wie hübsch es doch bei euch ist, so kühl und so frisch –
und die schönen Hyazinthen. Mit den Apfelsinen verträgt es
sich freilich nicht recht, aber das tut nichts, es sieht so gut
aus ... Und nun legst du mir in deiner Sorglichkeit auch noch
das Sofakissen zurecht! Aber verzeih, ich sitze nicht gern auf
dem Sofa; das ist immer so weich, und man sinkt dabei so
tief ein. Ich setze mich lieber hier in den Lehnstuhl und sehe
zu den alten, lieben Gesichtern da hinauf. Ach, war das ein

Mann; gerade wie dein Vater. Aber der .alte Rechnungsrat war beinah noch verbindlicher, und einige sagten auch immer, er sei so gut wie von der Kolonie. Was auch stimmte. Denn seine Großmutter, wie du freilich besser weißt als ich, war ja eine Charpentier, Stralauer Straße."

Unter diesen Worten hatte die Kommerzienrätin in einem hohen Lehnstuhle Platz genommen und sah mit dem Lorgnon nach den „lieben Gesichtern" hinauf, deren sie sich eben so huldvoll erinnert hatte, während Corinna fragte, ob sie nicht etwas Mosel und Selterwasser bringen dürfe, es sei so heiß.

„Nein, Corinna, ich komme eben vom Lunch, und Selterwasser steigt mir immer so zu Kopf. Sonderbar, ich kann Sherry vertragen und auch Port, wenn er lange gelagert hat, aber Mosel und Selterwasser, das benimmt mich ... Ja, sieh Kind, dies Zimmer hier, das kenne ich nun schon vierzig Jahre und darüber, noch aus Zeiten her, wo ich ein halbwachsen Ding war, mit kastanienbraunen Locken, die meine Mutter, soviel sie sonst zu tun hatte, doch immer mit rührender Sorgfalt wickelte. Denn damals, meine liebe Corinna, war das Rotblonde noch nicht so Mode wie jetzt, aber kastanienbraun galt schon, besonders wenn es Locken waren, und die Leute sahen mich auch immer darauf an. Und dein Vater auch. Er war damals noch ein Student und dichtete. Du wirst es kaum glauben, wie reizend und wie rührend das alles war, denn die Kinder wollen es immer nicht wahrhaben, daß die Eltern auch einmal jung waren und gut aussahen und ihre Talente hatten. Und ein paar Gedichte waren an mich gerichtet, die hab ich mir aufgehoben bis diesen Tag, und wenn mir schwer ums Herz ist, dann nehme ich das kleine Buch, das ursprünglich einen blauen Deckel hatte – jetzt aber hab ich es in grünen Maroquin binden lassen –, und setze mich ans Fenster und sehe auf unsern Garten und weine mich still aus, ganz still, daß es niemand sieht, am wenigsten Treibel oder die Kinder. Ach Jugend! Meine liebe Corinna, du weißt gar nicht, welch ein Schatz die Jugend ist und wie die reinen

Gefühle, die noch kein rauher Hauch getrübt hat, doch unser Bestes sind und bleiben."

„Ja", lachte Corinna, „die Jugend ist gut. Aber ‚Kommerzienrätin' ist auch gut und eigentlich noch besser. Ich bin für einen Landauer und einen Garten um die Villa herum. Und wenn Ostern ist und Gäste kommen, natürlich recht viele, so werden Ostereier in dem Garten versteckt, und jedes Ei ist eine Attrappe voll Konfitüren von Hövell oder Kranzler, oder auch ein kleines Necessaire ist drin. Und wenn dann all die Gäste die Eier gefunden haben, dann nimmt jeder Herr seine Dame, und man geht zu Tisch. Ich bin durchaus für Jugend, aber für Jugend mit Wohlleben und hübschen Gesellschaften."

„Das höre ich gern, Corinna, wenigstens gerade jetzt; denn ich bin hier, um dich einzuladen, und zwar auf morgen schon; es hat sich so rasch gemacht. Ein junger Mr. Nelson ist nämlich bei Otto Treibel angekommen – das heißt aber, er wohnt nicht bei ihnen –, ein Sohn von Nelson & Co. aus Liverpool, mit denen mein Sohn Otto seine Hauptgeschäftsverbindung hat. Und Helene kennt ihn auch. Das ist so hamburgisch, die kennen alle Engländer, und wenn sie sie nicht kennen, so tun sie wenigstens so. Mir unbegreiflich. Also Mr. Nelson, der übermorgen schon wieder abreist, um den handelt es sich; ein lieber Geschäftsfreund, den Ottos durchaus einladen mußten. Das verbot sich aber leider, weil Helene mal wieder Plättag hat, was nach ihrer Meinung allem andern vorgeht, sogar im Geschäft. Da haben *wir's* denn übernommen, offen gestanden nicht allzu gern, aber doch auch nicht geradezu ungern. Otto war nämlich, während seiner englischen Reise, wochenlang in dem Nelsonschen Hause zu Gast. Du siehst daraus, wie's steht und wie sehr mir an deinem Kommen liegen muß; du sprichst Englisch und hast alles gelesen und hast vorigen Winter auch Mr. Booth als Hamlet gesehen. Ich weiß noch recht gut, wie du davon schwärmtest. Und englische Politik und Geschichte wirst du natürlich auch wissen, dafür bist du ja deines Vaters Tochter."

„Nicht viel weiß ich davon, nur ein bißchen. Ein bißchen lernt man ja."

„Ja, jetzt, liebe Corinna. Du hast es gut gehabt, und alle haben es jetzt gut. Aber zu meiner Zeit, da war es anders, und wenn mir nicht der Himmel, dem ich dafür danke, das Herz für das Poetische gegeben hätte, was, wenn es mal in einem lebt, nicht wieder auszurotten ist, so hätte ich nichts gelernt und wüßte nichts. Aber, Gott sei Dank, ich habe mich an Gedichten herangebildet, und wenn man viele davon auswendig weiß, so weiß man doch manches. Und daß es so ist, sieh, das verdanke ich nächst Gott, der es in meine Seele pflanzte, deinem Vater. Der hat das Blümlein großgezogen, das sonst drüben in dem Ladengeschäft unter all den prosaischen Menschen – und du glaubst gar nicht, wie prosaische Menschen es gibt – verkümmert wäre ... Wie geht es denn mit deinem Vater? Es muß ein Vierteljahr sein oder länger, daß ich ihn nicht gesehen habe, den 14. Februar, an Ottos Geburtstag. Aber er ging so früh, weil so viel gesungen wurde."

„Ja, das liebt er nicht. Wenigstens dann nicht, wenn er damit überrascht wird. Es ist eine Schwäche von ihm, manche nennen es eine Unart."

„O nicht doch, Corinna, das darfst du nicht sagen. Dein Vater ist bloß ein origineller Mann. Ich bin unglücklich, daß man seiner so selten habhaft werden kann. Ich hätt ihn auch zu morgen gerne mit eingeladen, aber ich bezweifle, daß Mr. Nelson ihn interessiert, und von den andern ist nun schon gar nicht zu sprechen; unser Freund Krola wird morgen wohl wieder singen und Assessor Goldammer seine Polizeigeschichten erzählen und sein Kunststück mit dem Hut und den zwei Talern machen."

„O da freu ich mich. Aber freilich, Papa tut sich nicht gerne Zwang an, und seine Bequemlichkeit und seine Pfeife sind ihm lieber als ein junger Engländer, der vielleicht dreimal um die Welt gefahren ist. Papa ist gut, aber einseitig und eigensinnig."

„Das kann ich nicht zugeben, Corinna. Dein Papa ist ein Juwel, das weiß ich am besten."

„Er unterschätzt alles Äußerliche, Besitz und Geld, und überhaupt alles, was schmückt und schön macht."

„Nein, Corinna, sage das nicht. Er sieht das Leben von der richtigen Seite an; er weiß, daß Geld eine Last ist und daß das Glück ganz woanders liegt." Sie schwieg bei diesen Worten und seufzte nur leise. Dann aber fuhr sie fort: „Ach, meine liebe Corinna, glaube mir, kleine Verhältnisse, das ist *das,* was allein glücklich macht."

Corinna lächelte. „Das sagen alle die, die drüber stehen und die kleinen Verhältnisse nicht kennen."

„Ich kenne sie, Corinna."

„Ja, von früher her. Aber das liegt nun zurück und ist vergessen oder wohl gar verklärt. Eigentlich liegt es doch so: alles möchte reich sein, und ich verdenke es keinem. Papa freilich, der schwört noch auf die Geschichte von dem Kamel und dem Nadelöhr. Aber die junge Welt . . ."

„. . . Ist leider anders. Nur zu wahr. Aber so gewiß das ist, so ist es doch nicht so schlimm damit, wie du dir's denkst. Es wäre auch zu traurig, wenn der Sinn für das Ideale verlorenginge, vor allem in der Jugend. Und in der Jugend lebt er auch noch. Da ist zum Beispiel dein Vetter Marcell, den du beiläufig morgen auch treffen wirst – er hat schon zugesagt – und an dem ich wirklich nichts weiter zu tadeln wüßte, als daß er Wedderkopp heißt. Wie kann ein so feiner Mann einen so störrischen Namen führen! Aber wie dem auch sein möge, wenn ich ihn bei Ottos treffe, so spreche ich immer so gern mit ihm. Und warum? Bloß weil er die Richtung hat, die man haben soll. Selbst unser guter Krola sagte mir erst neulich, Marcell sei eine von Grund aus ethische Natur, was er noch höher stellte als das Moralische; worin ich ihm, nach einigen Aufklärungen von seiner Seite, beistimmen mußte. Nein, Corinna, gib den Sinn, der sich nach oben richtet, nicht auf, jenen Sinn, der von dorther allein das Heil erwartet. Ich habe nur meine beiden Söhne, Geschäftsleute, die den Weg ihres Vaters gehen, und ich muß es geschehen lassen; aber wenn mich Gott durch eine Tochter gesegnet hätte, *die* wäre *mein* gewesen, auch im Geist, und wenn sich ihr Herz einem armen, aber edlen Manne, sagen wir einem Manne wie Marcell Wedderkopp, zugeneigt hätte ..."

„... So wäre das ein Paar geworden", lachte Corinna. „Der arme Marcell! Da hätte er nun sein Glück machen können, und muß gerade die Tochter fehlen."

Die Kommerzienrätin nickte.

„Überhaupt ist es schade, daß es so selten klappt und paßt", fuhr Corinna fort. „Aber Gott sei Dank, gnädigste Frau haben ja noch den Leopold, jung und unverheiratet, und da Sie solche Macht über ihn haben – so wenigstens sagt er selbst, und sein Bruder Otto sagt es auch, und alle Welt sagt es –, so könnt er Ihnen, da der ideale Schwiegersohn nun mal eine Unmöglichkeit ist, wenigstens eine ideale Schwiegertochter ins Haus führen, eine reizende, junge Person, vielleicht eine Schauspielerin ..."

„Ich bin nicht für Schauspielerinnen ..."

„Oder eine Malerin, oder eine Pastors- oder eine Professorentochter ..."

Die Kommerzienrätin stutzte bei diesem letzten Worte und streifte Corinna stark, wenn auch flüchtig. Indessen wahrnehmend, daß diese heiter und unbefangen blieb, schwand ihre Furchtanwandlung ebenso schnell, wie sie gekommen war. „Ja, Leopold", sagte sie, „den hab ich noch. Aber Leopold ist ein Kind. Und seine Verheiratung steht jedenfalls noch in weiter Ferne. Wenn er aber käme ..." Und die Kommerzienrätin schien sich allen Ernstes – vielleicht weil es sich um etwas noch „in so weiter Ferne" Liegendes handelte – der Vision einer idealen Schwiegertochter hingeben zu wollen, kam aber nicht dazu, weil in ebendiesem Augenblicke der aus seiner Obersekunda kommende Professor eintrat und seine Freundin, die Rätin, mit vieler Artigkeit begrüßte.

„Stör ich?"

„In Ihrem eigenen Hause? Nein, lieber Professor; Sie können überhaupt nie stören. Mit Ihnen kommt immer das Licht. Und wie Sie waren, so sind Sie geblieben. Aber mit Corinna bin ich nicht zufrieden. Sie spricht so modern und verleugnet ihren Vater, der immer nur in einer schönen Gedankenwelt lebte . . .“

„Nun ja, ja“, sagte der Professor. „Man kann es so nennen. Aber ich denke, sie wird sich noch wieder zurückfinden. Freilich, einen Stich ins Moderne wird sie wohl behalten. Schade. Das war anders, als wir jung waren, da lebte man noch in Phantasie und Dichtung . . .“

Er sagte das so hin, mit einem gewissen Pathos, als ob er seinen Sekundanern eine besondere Schönheit aus dem Horaz oder aus dem „Parzival“ (denn er war Klassiker und Romantiker zugleich) zu demonstrieren hätte. Sein Pathos war aber doch etwas theatralisch gehalten und mit einer feinen Ironie gemischt, die die Kommerzienrätin auch klug genug war herauszuhören. Sie hielt es indessen trotzdem für angezeigt, einen guten Glauben zu zeigen, nickte deshalb nur und sagte: „Ja, schöne Tage, die nie wiederkehren.“

„Nein“, sagte der in seiner Rolle mit dem Ernst eines Großinquisitors fortfahrende Wilibald. „Es ist vorbei damit; aber man muß eben weiterleben.“

Eine halbverlegene Stille trat ein, während welcher man, von der Straße her, einen scharfen Peitschenknips hörte.

„Das ist mein Mahnzeichen“, warf jetzt die Kommerzienrätin ein, eigentlich froh der Unterbrechung. „Johann unten wird ungeduldig. Und wer hätte den Mut, es mit einem solchen Machthaber zu verderben.“

„Niemand“, erwiderte Schmidt. „An der guten Laune unserer Umgebung hängt unser Lebensglück; ein Minister bedeutet mir wenig, aber die Schmolke . . .“

„Sie treffen es wie immer, lieber Freund.“

Und unter diesen Worten erhob sich die Kommerzienrätin und gab Corinna einen Kuß auf die Stirn, während sie Wilibald die Hand reichte. „Mit uns, lieber Professor, bleibt es beim alten, unentwegt." Und damit verließ sie das Zimmer, von Corinna bis auf den Flur und die Straße begleitet.

„Unentwegt", wiederholte Wilibald, als er allein war. „Herrliches Modewort, und nun auch schon bis in die Villa Treibel gedrungen ... Eigentlich ist meine Freundin Jenny noch geradeso wie vor vierzig Jahren, wo sie die kastanienbraunen Locken schüttelte. Das Sentimentale liebte sie schon damals, aber doch immer unter Bevorzugung von Courmachen und Schlagsahne. Jetzt ist sie nun rundlich geworden und beinah gebildet, oder doch, was man so gebildet zu nennen pflegt, und Adolar Krola trägt ihr Arien aus ‚Lohengrin' und ‚Tannhäuser' vor. Denn ich denke mir, daß das ihre Lieblingsopern sind. Ach, ihre Mutter, die gute Frau Bürstenbinder, die das Püppchen drüben im Apfelsinenladen immer so hübsch herauszuputzen wußte, sie hat in ihrer Weiberklugheit damals ganz richtig gerechnet. Nun ist das Püppchen eine Kommerzienrätin und kann sich alles gönnen, auch das Ideale, und sogar ‚unentwegt'. Ein Musterstück von einer Bourgeoise."

Und dabei trat er ans Fenster, hob die Jalousien ein wenig und sah, wie Corinna, nachdem die Kommerzienrätin ihren Sitz wieder eingenommen hatte, den Wagenschlag ins Schloß warf. Noch ein gegenseitiger Gruß, an dem die Gesellschaftsdame mit sauersüßer Miene teilnahm, und die Pferde zogen an und trabten langsam auf die nach der Spree hin gelegene Ausfahrt zu, weil es schwer war, in der engen Adlerstraße zu wenden.

Als Corinna wieder oben war, sagte sie: „Du hast doch nichts dagegen, Papa? Ich bin morgen bei Treibels zu Tisch geladen. Marcell ist auch da, und ein junger Engländer, der sogar Nelson heißt."

„Ich was dagegen? Gott bewahre. Wie könnt ich was dagegen haben, wenn ein Mensch sich amüsieren will. Ich nehme an, du amüsierst dich."

„Gewiß amüsier ich mich. Es ist doch mal was anderes. Was Distelkamp sagt und Rindfleisch und der kleine Friedeberg,

das weiß ich ja schon alles auswendig. Aber was Nelson sagen
wird, denk dir, Nelson, das weiß ich nicht."

„Viel Gescheites wird es wohl nicht sein."

„Das tut nichts. Ich sehne mich manchmal nach Ungescheit-
heiten."

„Da hast du recht, Corinna."

ZWEITES KAPITEL

Die Treibelsche Villa lag auf einem großen Grundstücke,
das, in bedeutender Tiefe, von der Köpnicker Straße bis an
die Spree reichte. Früher hatten hier in unmittelbarer Nähe
des Flusses nur Fabrikgebäude gestanden, in denen alljähr-
lich ungezählte Zentner von Blutlaugensalz und später, als
sich die Fabrik erweiterte, kaum geringere Quantitäten von
Berliner Blau hergestellt worden waren. Als aber nach dem
siebziger Kriege die Milliarden ins Land kamen und die
Gründeranschauungen selbst die nüchternsten Köpfe zu beherrschen anfingen, da fand auch Kommerzienrat Treibel
sein bis dahin in der Alten Jakobstraße gelegenes Wohnhaus,
trotzdem es von Gontard, ja nach einigen sogar von Knobelsdorff herrühren sollte, nicht mehr zeit- und standesgemäß und
baute sich auf seinem Fabrikgrundstück eine modische Villa
mit kleinem Vorder- und parkartigem Hintergarten. Diese
Villa war ein Hochparterrebau mit aufgesetztem ersten Stock,
welcher letztere jedoch, um seiner niedrigen Fenster willen,
eher den Eindruck eines Mezzanin als einer Beletage machte.
Hier wohnte Treibel seit sechzehn Jahren und begriff nicht,
daß er es, einem noch dazu bloß gemutmaßten friderizia-
nischen Baumeister zuliebe, so lange Zeit hindurch in der un-
vornehmen und aller frischen Luft entbehrenden Alten Jakobstraße ausgehalten habe; Gefühle, die von seiner Frau Jenny
mindestens geteilt wurden. Die Nähe der Fabrik, wenn der
Wind ungünstig stand, hatte freilich auch allerlei Mißliches
im Geleite; Nordwind aber, der den Qualm herantrieb, war

notorisch selten, und man brauchte ja die Gesellschaften
nicht gerade bei Nordwind zu geben. Außerdem ließ Treibel
die Fabrikschornsteine mit jedem Jahre höher hinaufführen
und beseitigte damit den anfänglichen Übelstand immer mehr.

Das Diner war zu sechs Uhr festgesetzt; aber bereits eine
Stunde vorher sah man Hustersche Wagen mit runden und
viereckigen Körben vor dem Gittereingange halten. Die Kommerzienrätin, schon in voller Toilette, beobachtete von dem
Fenster ihres Boudoirs aus all diese Vorbereitungen und nahm
auch heute wieder, und zwar nicht ohne eine gewisse Berechtigung, Anstoß daran. ,Daß Treibel es auch versäumen mußte,
für einen Nebeneingang Sorge zu tragen! Wenn er damals
nur ein vier Fuß breites Terrain von dem Nachbargrund-
stücke zukaufte, so hätten wir einen Eingang für derart Leute
gehabt. Jetzt marschiert jeder Küchenjunge durch den Vorgarten, gerade auf unser Haus zu, wie wenn er miteingeladen
wäre. Das sieht lächerlich aus und auch anspruchsvoll, als ob
die ganze Köpnicker Straße wissen solle: Treibels geben heut
ein Diner. Außerdem ist es unklug, dem Neid der Menschen
und dem sozialdemokratischen Gefühl so ganz nutzlos neue
Nahrung zu geben.'
Sie sagte sich das ganz ernsthaft, gehörte jedoch zu den Glücklichen, die sich nur weniges andauernd zu Herzen nehmen,
und so kehrte sie denn vom Fenster zu ihrem Toilettentisch
zurück, um noch einiges zu ordnen und den Spiegel zu befragen, ob sie sich neben ihrer Hamburger Schwiegertochter auch
werde behaupten können. Helene war freilich nur halb so alt,
ja kaum das; aber die Kommerzienrätin wußte recht gut, daß
Jahre nichts bedeuten und daß Konversation und Augenaus-
druck und namentlich die „Welt der Formen", im einen und
im andern Sinne, ja im „andern" Sinne noch mehr, den Ausschlag zu geben pflegen. Und hierin war die schon stark an
der Grenze des Embonpoint angelangte Kommerzienrätin
ihrer Schwiegertochter unbedingt überlegen.
In dem mit dem Boudoir korrespondierenden, an der andern

Seite des Frontsaales gelegenen Zimmer saß Kommerzienrat
Treibel und las das „Berliner Tageblatt". Es war gerade eine
Nummer, der der „Ulk" beilag. Er weidete sich an dem
Schlußbild und las dann einige von Nunnes philosophischen
Betrachtungen. ‚Ausgezeichnet ... Sehr gut ... Aber ich
werde das Blatt doch beiseite schieben oder mindestens das
»Deutsche Tageblatt« darüber legen müssen. Ich glaube, Vogelsang gibt mich sonst auf. Und ich kann ihn, wie die Dinge
mal liegen, nicht mehr entbehren, so wenig, daß ich ihn zu
heute habe einladen müssen. Überhaupt eine sonderbare Gesellschaft! Erst dieser Mr. Nelson, den sich Helene, weil ihre
Mädchen mal wieder am Plättbrett stehen, gefälligst abge-
wälzt hat, und zu diesem Nelson dieser Vogelsang, dieser
Leutnant a. D. und agent provocateur in Wahlsachen. Er
versteht sein Metier, so sagt man mir allgemein, und ich muß
es glauben. Jedenfalls scheint mir das sicher: hat er mich erst
in Teupitz-Zossen und an den Ufern der wendischen Spree
durchgebracht, so bringt er mich auch *hier* durch. Und das ist
die Hauptsache. Denn schließlich läuft doch alles darauf hinaus, daß ich in Berlin selbst, wenn die Zeit dazu gekommen
ist, den Singer oder irgendeinen andern von der Coleur beiseite schiebe. Nach der Beredsamkeitsprobe neulich bei Buggenhagen ist ein Sieg sehr wohl möglich, und so muß ich ihn
mir warm halten. Er hat einen Sprechanismus, um den ich ihn
beneiden könnte, trotzdem ich doch auch nicht in einem Trap-
pistenkloster geboren und großgezogen bin. Aber neben Vogelsang? Null. Und kann auch nicht anders sein; denn bei
Lichte besehen, hat der ganze Kerl nur drei Lieder auf seinem
Kasten und dreht eins nach dem andern von der Walze herunter, und wenn er damit fertig ist, fängt er wieder an. So
steht es mit ihm, und darin steckt seine Macht, gutta cavat
lapidem; der alte Wilibald Schmidt würde sich freuen, wenn
er mich so zitieren hörte, vorausgesetzt, daß es richtig ist.
Oder vielleicht auch umgekehrt; wenn drei Fehler drin sind,
amüsiert er sich noch mehr; Gelehrte sind nun mal so ... Vogelsang, das muß ich ihm lassen, hat freilich noch eines, was

wichtiger ist als das ewige Wiederholen, er hat den Glauben an sich und ist überhaupt ein richtiger Fanatiker. Ob es wohl mit allem Fanatismus ebenso steht? Mir sehr wahrscheinlich. Ein leidlich gescheites Individuum kann eigentlich gar nicht fanatisch sein. Wer an einen Weg und eine Sache glaubt, ist allemal ein Poveretto, und ist seine Glaubenssache zugleich er selbst, so ist er gemeingefährlich und eigentlich reif für Dalldorf. Und von solcher Beschaffenheit ist just der Mann, dem zu Ehren ich, wenn ich von Mr. Nelson absehe, heute mein Diner gebe und mir zwei adlige Fräuleins eingeladen habe, blaues Blut, das hier in der Köpnicker Straße so gut wie gar nicht vorkommt und deshalb aus Berlin W von mir verschrieben werden mußte, ja zur Hälfte sogar aus Charlottenburg. O Vogelsang! Eigentlich ist mir der Kerl ein Greuel. Aber was tut man nicht alles als Bürger und Patriot.'

Und dabei sah Treibel auf das zwischen den Knopflöchern ausgespannte Kettchen mit drei Orden en miniature, unter denen ein rumänischer der vollgültigste war, und seufzte, während er zugleich auch lachte. ,Rumänien, früher Moldau und Walachei. Es ist mir wirklich zu wenig.'

Das erste Coupé, das vorfuhr, war das seines ältesten Sohnes Otto, der sich selbständig etabliert und ganz am Ausgange der Köpnicker Straße, zwischen dem zur Pionierkaserne gehörigen Pontonhaus und dem Schlesischen Tor, einen Holzhof errichtet hatte, freilich von der höheren Observanz, denn es waren Farbehölzer, Fernambuk- und Campecheholz, mit denen er handelte. Seit etwa acht Jahren war er auch verheiratet. Im selben Augenblicke, wo der Wagen hielt, zeigte er sich seiner jungen Frau beim Aussteigen behilflich, bot ihr verbindlich den Arm und schritt, nach Passierung des Vorgartens, auf die Freitreppe zu, die zunächst zu einem verandaartigen Vorbau der väterlichen Villa hinaufführte. Der alte Kommerzienrat stand schon in der Glastür und empfing die Kinder mit der ihm eigenen Jovialität. Gleich darauf erschien auch die Kommerzienrätin aus dem seitwärts angrenzenden und nur durch eine Portiere von dem großen Empfangssaal geschiedenen Zimmer und reichte der Schwiegertochter die Backe, während ihr Sohn ihr die Hand küßte. „Gut, daß du kommst, Helene", sagte sie mit einer glücklichen Mischung von Behaglichkeit und Ironie, worin sie, wenn sie wollte, Meisterin war. „Ich fürchtete schon, du würdest dich auch vielleicht behindert sehen."

„Ach, Mama, verzeih ... es war nicht bloß des Plättags halber; unsere Köchin hat zum ersten Juni gekündigt, und wenn sie kein Interesse mehr haben, so sind sie so unzuverlässig; und auf Elisabeth ist nun schon gar kein Verlaß mehr. Sie ist ungeschickt bis zur Unschicklichkeit und hält die Schüsseln immer so dicht über den Schultern, besonders der Herren, als ob sie sich ausruhen wollte ..."

Die Kommerzienrätin lächelte halb versöhnt, denn sie hörte gern dergleichen.

„... Und aufschieben", fuhr Helene fort, „verbot sich auch. Mr. Nelson, wie du weißt, reist schon morgen abend wieder. Übrigens ein charmanter junger Mann, der euch gefallen wird. Etwas kurz und einsilbig, vielleicht weil er nicht recht weiß, ob er sich deutsch oder englisch ausdrücken soll; aber was er sagt, ist immer gut und hat ganz die Gesetztheit und Wohlerzogenheit, die die meisten Engländer haben. Und dabei immer wie aus dem Ei gepellt. Ich habe nie solche Manschetten gesehen, und es bedrückt mich geradezu, wenn ich dann sehe, womit sich mein armer Otto behelfen muß, bloß weil man die richtigen Kräfte beim besten Willen nicht haben kann. Und so sauber wie die Manschetten, so sauber ist alles an ihm, ich meine, an Mr. Nelson, auch sein Kopf und sein Haar. Wahrscheinlich, daß er es mit Honey-water bürstet, oder vielleicht ist es auch bloß mit Hilfe von Shampooing."

Der so rühmlich Gekennzeichnete war der nächste, der am Gartengitter erschien und schon im Herankommen die Kommerzienrätin einigermaßen in Erstaunen setzte. Diese hatte, nach der Schilderung ihrer Schwiegertochter, einen Ausbund von Eleganz erwartet; statt dessen kam ein Menschenkind daher, an dem, mit Ausnahme der von der jungen Frau Treibel gerühmten Manschettenspezialität, eigentlich alles die Kritik herausforderte. Den ungebürsteten Zylinder im Nacken und reisemäßig in einem gelb- und braunquadrierten Anzuge steckend, stieg er, von links nach rechts sich wiegend, die Freitreppe herauf und grüßte mit der bekannten heimatlichen Mischung von Selbstbewußtsein und Verlegenheit. Otto ging ihm entgegen, um ihn seinen Eltern vorzustellen.

„Mr. Nelson from Liverpool – derselbe, lieber Papa, mit dem ich . . .“

„Ah, Mr. Nelson. Sehr erfreut. Mein Sohn spricht noch oft von seinen glücklichen Tagen in Liverpool und von dem Ausfluge, den er damals mit Ihnen nach Dublin und, wenn ich nicht irre, auch nach Glasgow machte. Das geht jetzt ins neunte Jahr; Sie müssen damals noch sehr jung gewesen sein.“

„O nicht sehr jung, Mr. Treibel . . . about sixteen . . .“

„Nun, ich dächte doch, sechzehn . . .“

„Oh, sechzehn, nicht sehr jung . . . nicht für uns.“

Diese Versicherungen klangen um so komischer, als Mr. Nelson, auch jetzt noch, wie ein Junge wirkte. Zu weiteren Betrachtungen darüber war aber keine Zeit, weil eben jetzt eine Droschke zweiter Klasse vorfuhr, der ein langer, hagerer Mann in Uniform entstieg. Er schien Auseinandersetzungen mit dem Kutscher zu haben, während deren er übrigens eine beneidenswert sichere Haltung beobachtete, und nun rückte er sich zurecht und warf die Gittertür ins Schloß. Er war in Helm und Degen; aber ehe man noch der „Schilderhäuser“ auf seiner Achselklappe gewahr werden konnte, stand es für jeden mit militärischem Blick nur einigermaßen Ausgerüsteten fest, daß er seit wenigstens dreißig Jahren außer Dienst sein müsse. Denn die Grandezza, mit der er daherkam, war mehr die Steifheit eines alten, irgendeiner ganz seltenen Sekte zugehörigen Torf- oder Salzinspektors als die gute Haltung eines Offiziers. Alles gab sich mehr oder weniger automatenhaft, und der in zwei gewirbelten Spitzen auslaufende schwarze Schnurrbart wirkte nicht nur gefärbt, was er natürlich war,

sondern zugleich auch wie angeklebt. Desgleichen der Henriquatre. Dabei lag sein Untergesicht im Schatten zweier vor-
springender Backenknochen. Mit der Ruhe, die sein ganzes
Wesen auszeichnete, stieg er jetzt die Freitreppe hinauf und
schritt auf die Kommerzienrätin zu. „Sie haben befohlen,
meine Gnädigste..." – „Hoch erfreut, Herr Leutnant..."
Inzwischen war auch der alte Treibel herangetreten und sagte:
„Lieber Vogelsang, erlauben Sie mir, daß ich Sie mit den
Herrschaften bekannt mache; meinen Sohn Otto kennen Sie,
aber nicht seine Frau, meine liebe Schwiegertochter – Hamburgerin, wie Sie leicht erkennen werden... Und hier", und
dabei schritt er auf Mr. Nelson zu, der sich mit dem inzwischen ebenfalls erschienenen Leopold Treibel gemütlich und
ohne jede Rücksicht auf den Rest der Gesellschaft unterhielt,
„und hier ein junger lieber Freund unseres Hauses, Mr. Nelson from Liverpool."
Vogelsang zuckte bei dem Worte „Nelson" zusammen und
schien einen Augenblick zu glauben – denn er konnte die
Furcht des Gefopptwerdens nie ganz loswerden –, daß man
sich einen Witz mit ihm erlaube. Die ruhigen Mienen aller aber
belehrten ihn bald eines Besseren, weshalb er sich artig verbeugte und zu dem jungen Engländer sagte: „Nelson. Ein
großer Name. Sehr erfreut, Mr. Nelson."
Dieser lachte dem alt und aufgesteift vor ihm stehenden Leutnant ziemlich ungeniert ins Gesicht, denn solche komische Person war ihm noch gar nicht vorgekommen. Daß er in seiner
Art ebenso komisch wirkte, dieser Grad der Erkenntnis lag
ihm fern. Vogelsang biß sich auf die Lippen und befestigte sich,
unter dem Eindruck dieser Begegnung, in der lang gehegten
Vorstellung von der Impertinenz englischer Nation. Im übrigen
war jetzt der Zeitpunkt da, wo das Eintreffen immer neuer
Ankömmlinge von jeder anderen Betrachtung abzog und die
Sonderbarkeiten eines Engländers rasch vergessen ließ.
Einige der befreundeten Fabrikbesitzer aus der Köpnicker
Straße lösten in ihren Chaisen mit niedergeschlagenem Ver-
deck die, wie es schien, noch immer sich besinnende Vogel-

sangsche Droschke rasch und beinah gewaltsam ab; dann kam Corinna samt ihrem Vetter Marcell Wedderkopp (beide zu Fuß), und schließlich fuhr Johann, der Kommerzienrat Treibelsche Kutscher, vor, und dem mit blauem Atlas ausgeschlagenen Landauer – derselbe, darin gestern die Kommerzienrätin ihren Besuch bei Corinna gemacht hatte – entstiegen zwei alte Damen, die von Johann mit ganz besonderem und beinahe überraschlichem Respekt behandelt wurden. Es erklärte sich dies aber einfach daraus, daß Treibel, gleich bei Beginn dieser ihm wichtigen und jetzt etwa um dritthalb Jahr zurückliegenden Bekanntschaft, zu seinem Kutscher gesagt hatte: „Johann, ein für allemal, diesen Damen gegenüber immer Hut in Hand. Das andere, du verstehst mich, ist *meine* Sache." Dadurch waren die guten Manieren Johanns außer Frage gestellt. Beiden alten Damen ging Treibel jetzt bis in die Mitte des Vorgartens entgegen, und nach lebhaften Bekomplimentierungen, an denen auch die Kommerzienrätin teilnahm, stieg man wieder die Gartentreppe hinauf und trat, von der Veranda her, in den großen Empfangssalon ein, der bis dahin, weil das schöne Wetter zum Verweilen im Freien einlud, nur von wenigen betreten worden war. Fast alle kannten sich von früheren Treibelschen Diners her; nur Vogelsang und Nelson waren Fremde, was den partiellen Vorstellungsakt erneuerte. „Darf ich Sie", wandte sich Treibel an die zuletzt erschienenen Damen, „mit zwei Herren bekannt machen, die mir heute zum ersten Male die Ehre ihres Besuchs geben: Leutnant Vogelsang, Präsident unseres Wahlkomitees, und Mr. Nelson from Liverpool." Man verneigte sich gegenseitig. Dann nahm Treibel Vogelsangs Arm und flüsterte diesem, um ihn einigermaßen zu orientieren, zu: „Zwei Damen vom Hofe; die korpulente: Frau Majorin von Ziegenhals; die *nicht* korpulente (worin Sie mir zustimmen werden): Fräulein Edwine von Bomst."

„Merkwürdig", sagte Vogelsang. „Ich würde, die Wahrheit zu gestehen ..."

„Eine Vertauschung der Namen für angezeigt gehalten haben.

Da treffen Sie's, Vogelsang. Und es freut mich, daß Sie ein Auge für solche Dinge haben. Da bezeugt sich das alte Leutnantsblut. Ja, diese Ziegenhals; einen Meter Brustweite wird sie wohl haben, und es lassen sich allerhand Betrachtungen darüber anstellen, werden wohl auch seinerzeit angestellt worden sein. Im übrigen, es sind das so die scherzhaften Widerspiele, die das Leben erheitern. Klopstock war Dichter, und ein anderer, den ich noch persönlich gekannt habe, hieß Griepenkerl . . . Es trifft sich, daß uns beide Damen ersprießliche Dienste leisten können."

„Wie das? Wieso?"

„Die Ziegenhals ist eine rechte Cousine von dem Zossener Landesältesten, und ein Bruder der Bomst hat sich mit einer Pastorstochter aus der Storkower Gegend ehelich vermählt. Halbe Mesalliance, die wir ignorieren müssen, weil wir Vorteil daraus ziehen. Man muß, wie Bismarck, immer ein Dutzend Eisen im Feuer haben . . . Ah, Gott sei Dank. Johann hat den Rock gewechselt und gibt das Zeichen. Allerhöchste Zeit . . . Eine Viertelstunde warten geht; aber zehn Minuten darüber ist zuviel . . . Ohne mich ängstlich zu belauschen, ich höre, wie der Hirsch nach Wasser schreit. Bitte, Vogelsang, führen Sie meine Frau . . . Liebe Corinna, bemächtigen Sie sich Nelsons . . . Victory and Westminster-Abbey: das Entern ist diesmal an Ihnen. Und nun, meine Damen . . . darf ich um Ihren Arm bitten, Frau Majorin? . . . und um den Ihren, mein gnädigstes Fräulein?"

Und die Ziegenhals am rechten, die Bomst am linken Arm, ging er auf die Flügeltür zu, die sich, während dieser seiner letzten Worte, mit einer gewissen langsamen Feierlichkeit geöffnet hatte.

DRITTES KAPITEL

Das Eßzimmer entsprach genau dem vorgelegenen Empfangszimmer und hatte den Blick auf den großen parkartigen Hintergarten mit plätscherndem Springbrunnen, ganz in der Nähe des Hauses; eine kleine Kugel stieg auf dem Wasserstrahl auf und ab, und auf dem Querholz einer zur Seite stehenden Stange saß ein Kakadu und sah, mit dem bekannten Auge voll Tiefsinn, abwechselnd auf den Strahl mit der balancierenden Kugel und dann wieder in den Eßsaal, dessen oberes Schiebefenster, der Ventilation halber, etwas herabgelassen war. Der Kronleuchter brannte schon, aber die niedriggeschraubten Flämmchen waren in der Nachmittagssonne kaum sichtbar und führten ihr schwaches Vorleben nur deshalb, weil der Kommerzienrat, um ihn selbst sprechen zu lassen, nicht liebte, „durch Manipulationen im Laternenansteckerstil in seiner Dinerstimmung gestört zu werden". Auch der bei Gelegenheit hörbar werdende kleine Puff, den er gern als „moderierten Salutschuß" bezeichnete, konnte seine Gesamtstellung zu der Frage nicht ändern. Der Speisesaal selbst war von schöner Einfachheit: gelber Stuck, in dem einige Reliefs eingelegt waren, reizende Arbeiten von Professor Franz. Seitens der Kommerzienrätin war, als es sich um diese Ausschmückung handelte, Reinhold Begas in Vorschlag gebracht, aber von Treibel, als seinen Etat überschreitend, abgelehnt worden. „Das ist für die Zeit, wo wir Generalkonsuls sein werden . . ." – „Eine Zeit, die nie kommt", hatte Jenny geantwortet. „Doch, doch, Jenny; Teupitz-Zossen ist die erste Staffel dazu." Er wußte, wie zweifelhaft seine Frau seiner Wahlagitation und allen sich daran knüpfenden Hoffnungen gegenüberstand, weshalb er gern durchklingen ließ, daß er von dem Baum seiner Politik auch für die weibliche Eitelkeit noch goldene Früchte zu heimsen gedenke.

Draußen setzte der Wasserstrahl sein Spiel fort. Drinnen im Saal aber, in der Mitte der Tafel, die statt der üblichen Riesenvase mit Flieder und Goldregen ein kleines Blumenparkett zeigte, saß der alte Treibel, neben sich die beiden adligen Damen, ihm gegenüber seine Frau zwischen Leutnant Vogelsang und dem ehemaligen Opernsänger Adolar Krola. Krola war seit fünfzehn Jahren Hausfreund, worauf ihm dreierlei einen gleichmäßigen Anspruch gab: sein gutes Äußere, seine gute Stimme und sein gutes Vermögen. Er hatte sich nämlich kurz vor seinem Rücktritt von der Bühne mit einer Millionärstochter verheiratet. Allgemein zugestanden war er ein sehr liebenswürdiger Mann, was er vor manchen seiner ehemaligen Kollegen ebensosehr voraushatte wie die mehr als gesicherte Finanzlage.

Frau Jenny präsentierte sich in vollem Glanz, und ihre Herkunft aus dem kleinen Laden in der Adlerstraße war in ihrer Erscheinung bis auf den letzten Rest getilgt. Alles wirkte reich und elegant; aber die Spitzen auf dem veilchenfarbenen Brokatkleide, soviel mußte gesagt werden, taten es nicht allein, auch nicht die kleinen Brillantohrringe, die bei jeder Bewegung hin und her blitzten; nein, was ihr mehr als alles andere eine gewisse Vornehmheit lieh, war die sichere Ruhe, womit sie zwischen ihren Gästen thronte. Keine Spur von Aufregung gab sich zu erkennen, zu der allerdings auch keine Veranlassung vorlag. Sie wußte, was in einem reichen und auf Repräsentation gestellten Hause brauchbare Dienstboten bedeuten, und so wurde denn alles, was sich nach dieser Seite hin nur irgendwie bewährte, durch hohen Lohn und gute Behandlung festgehalten. Alles ging infolge davon wie am Schnürchen, auch heute wieder, und ein Blick Jennys regierte das Ganze, wobei das untergeschobene Luftkissen, das ihr eine dominierende Stellung gab, ihr nicht wenig zustatten kam. In ihrem Sicherheitsgefühl war sie zugleich die Liebenswürdigkeit selbst. Ohne Furcht, wirtschaftlich irgend etwas ins Stocken kommen zu sehen, konnte sie sich selbstverständlich auch den Pflichten einer gefälligen Unterhaltung widmen, und weil sie's störend empfinden mochte – den ersten Begrüßungsmoment abgerechnet –, zu keinem einzigen intimeren Gesprächsworte mit den adligen Damen gekommen zu sein, so wandte sie sich jetzt über den Tisch hin an die Bomst und fragte voll anscheinender oder vielleicht auch voll wirklicher Teilnahme: „Haben Sie, mein gnädigstes Fräulein, neuerdings etwas von Prinzeß Anisettchen gehört? Ich habe mich immer für diese junge Prinzessin lebhaft interessiert, ja, für die ganze Linie des Hauses. Sie soll glücklich verheiratet sein. Ich höre so gern von glücklichen Ehen, namentlich in der Obersphäre der Gesellschaft, und ich möchte dabei bemerken dürfen, es scheint mir eine törichte Annahme, daß auf den Höhen der Menschheit das Eheglück ausgeschlossen sein solle."

„Gewiß", unterbrach hier Treibel übermütig, „ein solcher Verzicht auf das denkbar Höchste . . ."

„Lieber Treibel", fuhr die Rätin fort, „ich richtete mich an das Fräulein von Bomst, das, bei jedem schuldigen Respekt vor deiner sonstigen Allgemeinkenntnis, mir in allem, was ‚Hof' angeht, doch um ein erhebliches kompetenter ist als du."

„Zweifellos", sagte Treibel. Und die Bomst, die dies eheliche Intermezzo mit einem sichtlichen Behagen begleitet hatte, nahm nun ihrerseits das Wort und erzählte von der Prinzessin, die ganz die Großmutter sei, denselben Teint und vor allem dieselbe gute Laune habe. Das wisse, so viel dürfe sie wohl sagen, niemand besser als sie, denn sie habe noch des Vorzugs genossen, unter den Augen der Hochseligen, die eigentlich ein Engel gewesen, ihr Leben bei Hofe beginnen zu dürfen, bei welcher Gelegenheit sie so recht die Wahrheit begriffen habe, daß die Natürlichkeit nicht nur das Beste, sondern auch das Vornehmste sei.

„Ja", sagte Treibel, „das Beste und das Vornehmste. Da hörst du's, Jenny, von einer Seite her, die du, Pardon, mein gnädigstes Fräulein, eben selbst als ‚kompetenteste Seite' bezeichnet hast."

Auch die Ziegenhals mischte sich jetzt mit ein, und das Gesprächsinteresse der Kommerzienrätin, die, wie jede geborene Berlinerin, für Hof und Prinzessinnen schwärmte, schien sich mehr und mehr ihren beiden Visavis zuwenden zu wollen, als plötzlich ein leises Augenzwinkern Treibels ihr zu verstehen gab, daß auch noch andere Personen zu Tische säßen und daß des Landes der Brauch sei, sich, was Gespräch angehe, mehr mit seinem Nachbar zur Linken und Rechten als mit seinem Gegenüber zu beschäftigen. Die Kommerzienrätin erschrak denn auch nicht wenig, als sie wahrnahm, wie sehr Treibel mit seinem stillen, wenn auch halb scherzhaften Vorwurf im Rechte sei. Sie hatte Versäumtes nachholen wollen und war dadurch in eine neue, schwerere Versäumnis hineingeraten. Ihr linker Nachbar, Krola – nun, das mochte gehen, der war Hausfreund und harmlos und nachsichtig von Natur. Aber Vogelsang! Es kam ihr mit einem Male zum Bewußtsein, daß sie während des Prinzessinnengesprächs von der rechten Seite her immer etwas wie einen sich einbohrenden Blick empfunden hatte. Ja, das war Vogelsang gewesen, Vogelsang, dieser furchtbare Mensch, dieser Mephisto mit Hahnenfeder und Hinkefuß, wenn auch beides nicht recht zu sehen war. Er war ihr widerwärtig, und doch mußte sie mit ihm sprechen; es war die höchste Zeit.

„Ich habe, Herr Leutnant, von Ihren beabsichtigten Reisen in unsere liebe Mark Brandenburg gehört; Sie wollen bis an die Gestade der wendischen Spree vordringen, ja, noch darüber hinaus. Eine höchst interessante Gegend, wie mir Treibel sagt, mit allerlei Wendengöttern, die sich, bis diesen Tag, in dem finsteren Geiste der Bevölkerung aussprechen sollen."

„Nicht daß ich wüßte, meine Gnädigste."

„So zum Beispiel in dem Städtchen Storkow, dessen Burgemeister, wenn ich recht unterrichtet bin, der Burgemeister Tschech war, jener politische Rechtsfanatiker, der auf König Friedrich Wilhelm IV. schoß, ohne Rücksicht auf die nebenstehende Königin. Es ist eine lange Zeit, aber ich entsinne mich der Einzelheiten, als ob es gestern gewesen wäre, und ich entsinne mich auch noch des eigentümlichen Liedes, das damals auf diesen Vorfall gedichtet wurde."

„Ja", sagte Vogelsang, „ein erbärmlicher Gassenhauer, darin ganz der frivole Geist spukte, der die Lyrik jener Tage beherrschte. Was sich anders in dieser Lyrik gibt, ganz besonders auch in dem in Rede stehenden Gedicht, ist nur Schein, Lug und Trug. ,Er erschoß uns auf ein Haar unser teures Kö-

nigspaar.' Da haben Sie die ganze Perfidie. Das sollte loyal
klingen und unter Umständen vielleicht auch den Rückzug
decken, ist aber schnöder und schändlicher als alles, was jene
verlogene Zeit sonst noch hervorgebracht hat, den großen
Hauptsünder auf diesem Gebiete nicht ausgenommen. Ich
meine natürlich Herwegh, George Herwegh."

„Ach, da treffen Sie mich, Herr Leutnant, wenn auch unge-
wollt, an einer sehr empfindlichen Stelle. Herwegh war nämlich in der Mitte der vierziger Jahre, wo ich eingesegnet wurde,
mein Lieblingsdichter. Es entzückte mich, weil ich immer sehr
protestantisch fühlte, wenn er seine ‚Flüche gegen Rom' her-
beischleppte, worin Sie mir vielleicht beistimmen werden. Und
ein anderes Gedicht, worin er uns aufforderte, die Kreuze
aus der Erde zu reißen, las ich beinah mit gleichem Vergnügen. Ich muß freilich einräumen, daß es keine Lektüre für
eine Konfirmandin war. Aber meine Mutter sagte: ‚Lies es
nur, Jenny; der König hat es auch gelesen, und Herwegh war
sogar bei ihm in Charlottenburg, und die besseren Klassen
lesen es alle.' Meine Mutter, wofür ich ihr noch im Grabe
danke, war immer für die besseren Klassen. Und das sollte
jede Mutter, denn es ist bestimmend für unsern Lebensweg.
Das Niedere kann dann nicht heran und bleibt hinter uns
zurück."

Vogelsang zog die Augenbrauen zusammen, und jeder, den
die Vorstellung von seiner Mephistopheleschaft bis dahin
nur gestreift hatte, hätte bei diesem Mienenspiel unwillkürlich nach dem Hinkefuß suchen müssen. Die Kommerzienrätin aber fuhr fort: „Im übrigen wird mir das Zugeständnis
nicht schwer, daß die patriotischen Grundsätze, die der große
Dichter predigte, vielleicht sehr anfechtbar waren. Wiewohl
auch *das* nicht immer das Richtige ist, was auf der großen
Straße liegt . . ."

Vogelsang, der stolz darauf war, durchaus eine Nebenstraße
zu wandeln, nickte jetzt zustimmend.

„. . . Aber lassen wir die Politik, Herr Leutnant. Ich gebe
Ihnen Herwegh als politischen Dichter preis, da das Politische

nur ein Tropfen fremden Blutes in seinen Adern war. Indessen groß ist er, wo er nur Dichter ist. Erinnern Sie sich? ‚Ich möchte hingehn wie das Abendrot, und wie der Tag mit seinen letzten Gluten . . .‘ "

„‚. . . Mich in den Schoß des Ewigen verbluten . . .‘ Ja, das kenn ich, meine Gnädigste, das hab ich damals auch nachgebetet. Aber wer sich, als es galt, durchaus nicht verbluten wollte, das war der Herr Dichter selbst. Und so wird es immer sein. Das kommt von den hohlen, leeren Worten und der Reimsucherei. Glauben Sie mir, Frau Rätin, das sind überwundene Standpunkte. Der Prosa gehört die Welt."

„Jeder nach seinem Geschmack, Herr Leutnant Vogelsang", sagte die durch diese Worte tief verletzte Jenny. „Wenn Sie Prosa vorziehen, so kann ich Sie daran nicht hindern. Aber mir gilt die poetische Welt, und vor allem gelten mir auch die Formen, in denen das Poetische herkömmlich seinen Ausdruck findet. Ihm allein verlohnt es sich zu leben. Alles ist nichtig; am nichtigsten aber ist das, wonach alle Welt so begehrlich drängt: äußerlicher Besitz, Vermögen, Gold. ‚Gold ist nur Schimäre‘, da haben Sie den Ausspruch eines großen Mannes und Künstlers, der, seinen Glücksgütern nach, ich spreche von Meyerbeer, wohl in der Lage war, zwischen dem Ewigen und Vergänglichen unterscheiden zu können. Ich für meine Person verbleibe dem Ideal und werde nie darauf verzichten. Am reinsten aber hab ich das Ideal im Liede, vor allem in dem Liede, das gesungen wird. Denn die Musik hebt es noch in eine höhere Sphäre. Habe ich recht, lieber Krola?"

Krola lächelte gutmütig verlegen vor sich hin, denn als Tenor und Millionär saß er zwischen zwei Stühlen. Endlich aber nahm er seiner Freundin Hand und sagte: „Jenny, wann hätten Sie je *nicht* recht gehabt?"

Der Kommerzienrat hatte sich mittlerweile ganz der Majorin von Ziegenhals zugewandt, deren „Hoftage" noch etwas weiter zurücklagen als die der Bomst. Ihm, Treibel, war dies natürlich gleichgültig; denn sosehr ihm ein gewisser Glanz paßte, den das Erscheinen der Hofdamen, trotz ihrer Außerdienststellung, seiner Gesellschaft immer noch lieh, so stand er doch auch wieder völlig darüber, ein Standpunkt, den ihm die beiden Damen selbst eher zum Guten als zum Schlechten anrechneten. Namentlich die den Freuden der Tafel überaus zugeneigte Ziegenhals nahm ihrem kommerzienrätlichen Freunde nichts übel; am wenigsten aber verdroß es sie, wenn er, außer Adels- und Geburtsfragen, allerlei Sittlichkeitsprobleme streifte, zu deren Lösung er sich, als geborener Berliner, besonders berufen fühlte. Die Majorin gab ihm dann einen Tipp mit dem Finger und flüsterte ihm etwas zu, das vierzig Jahre früher bedenklich gewesen wäre, *jetzt* aber – beide renommierten beständig mit ihrem Alter – nur Heiterkeit weckte. Meist waren es harmlose Sentenzen aus Büchmann oder andere geflügelte Worte, denen erst der Ton, aber dieser oft sehr entschieden, den erotischen Charakter aufdrückte.

„Sagen Sie, cher Treibel", hob die Ziegenhals an, „wie kommen Sie zu dem Gespenst da drüben? Er scheint noch ein Vorachtundvierziger; das war damals die Epoche des sonderbaren Leutnants, aber dieser übertreibt es. Karikatur durch und durch. Entsinnen Sie sich noch eines Bildes aus jener Zeit, das den Don Quichote mit einer langen Lanze darstellte, dicke Bücher rings um sich her. Das ist er, wie er leibt und lebt."

Treibel fuhr mit dem linken Zeigefinger am Innenrand seiner Krawatte hin und her und sagte: „Ja, wie ich zu ihm komme, meine Gnädigste. Nun, jedenfalls mehr der Not gehorchend als dem eigenen Triebe. Seine gesellschaftlichen Meriten sind wohl eigentlich gering, und seine menschlichen werden dasselbe Niveau haben. Aber er ist ein Politiker."

„Das ist unmöglich. Er kann doch nur als Warnungsschatten vor den Prinzipien stehen, die das Unglück haben, von ihm vertreten zu werden. Überhaupt, Kommerzienrat, warum verirren Sie sich in Politik? Was ist die Folge? Sie verderben sich Ihren guten Charakter, Ihre guten Sitten und Ihre gute Gesellschaft. Ich höre, daß Sie für Teupitz-Zossen kandidieren wollen. Nun meinetwegen. Aber wozu? Lassen Sie doch die Dinge gehen. Sie haben eine charmante Frau, gefühlvoll und hochpoetisch, und haben eine Villa wie diese, darin wir eben ein Ragout fin einnehmen, das seinesgleichen sucht, und haben draußen im Garten einen Springbrunnen und einen Kakadu, um den ich Sie beneiden könnte, denn meiner, ein grüner, verliert gerade die Federn und sieht aus wie die schlechte Zeit. Was wollen Sie mit Politik? Was wollen Sie mit Teupitz-Zossen? Ja mehr, um Ihnen einen Vollbeweis meiner Vorurteilslosigkeit zu geben, was wollen Sie mit Konservatismus? Sie sind ein Industrieller und wohnen in der Köpnicker Straße. Lassen Sie doch diese Gegend ruhig bei Singer oder Ludwig Loewe oder wer sonst hier gerade das Prä hat. Jeder Lebensstellung entsprechen auch bestimmte politische Grundsätze. Rittergutsbesitzer sind agrarisch, Professoren sind nationale Mittelpartei, und Industrielle sind fortschrittlich. Seien Sie doch Fortschrittler! Was wollen Sie mit dem Kronenorden? Ich, wenn ich an Ihrer Stelle wäre, lancierte mich ins Städtische hinein und ränge nach der Bürgerkrone."

Treibel, sonst unruhig, wenn einer lange sprach – was er nur sich selbst ausgiebig gestattete –, war diesmal doch aufmerksam gefolgt und winkte zunächst einen Diener heran, um der Majorin ein zweites Glas Chablis zu präsentieren. Sie nahm auch, er mit, und nun stieß er mit ihr an und sagte: „Auf gute Freundschaft und noch zehn Jahre so wie heut! Aber das mit dem Fortschrittlertum und der Bürgerkrone – was ist da zu sagen, meine Gnädigste! Sie wissen, unsereins rechnet und rechnet und kommt aus der Regula-de-tri gar nicht mehr heraus, aus dem alten Ansatze: ‚Wenn das und das soviel bringt, wieviel bringt das und das.' Und sehen Sie, Freundin und Gönnerin, nach demselben Ansatz hab ich mir auch den Fortschritt und den Konservatismus berechnet und bin dahintergekommen, daß mir der Konservatismus, ich will nicht sagen, mehr abwirft, das wäre freilich falsch, aber besser zu mir paßt, mich besser kleidet. Besonders seitdem ich Kommerzienrat bin, ein Titel von fragmentischem Charakter, der doch natürlich seiner Vervollständigung entgegensieht."

„Ah, ich verstehe."

„Nun sehen Sie, l'appétit vient en mangeant, und wer A sagt, will auch B sagen. Außerdem aber, ich erkenne die Lebensaufgabe des Weisen vor allen Dingen in Herstellung des sogenannten Harmonischen, und dies Harmonische, wie die Dinge nun mal liegen, oder vielleicht kann ich auch sagen, wie die Zeichen nun mal sprechen, schließt in meinem Spezialfalle die fortschrittliche Bürgerkrone so gut wie aus."

„Sagen Sie das im Ernste?"

„Ja, meine Gnädigste. Fabriken im allgemeinen neigen der Bürgerkrone zu, Fabriken im besonderen aber – und dahin gehört ausgesprochenermaßen die meine – konstatieren den Ausnahmefall. Ihr Blick fordert Beweise. Nun denn, ich will es versuchen. Ich frage Sie, können Sie sich einen Handelsgärtner denken, der, sagen wir auf der Lichtenberger oder Rummelsburger Gemarkung, Kornblumen im großen zieht, Kornblumen, dies Symbol königlich preußischer Gesinnung, und der zugleich Petroleur und Dynamitarde ist? Sie schütteln den Kopf und bestätigen dadurch mein ‚Nein'. Und nun frage ich Sie weiter, was sind alle Kornblumen der Welt gegen eine Berliner-Blau-Fabrik? Im Berliner Blau haben Sie das symbolisch Preußische sozusagen in höchster Potenz, und je sicherer und unanfechtbarer das ist, desto unerläßlicher ist auch mein Verbleiben auf dem Boden des Konservatismus. Der Ausbau des Kommerzienrätlichen bedeutet in meinem Spezialfalle das natürlich Gegebene ... jedenfalls mehr als die Bürgerkrone."

Die Ziegenhals schien überwunden und lachte, während Krola, der mit halbem Ohr zugehört hatte, beistimmend nickte.

So ging das Gespräch in der Mitte der Tafel; aber noch heiterer verlief es am untern Ende derselben, wo sich die junge Frau Treibel und Corinna gegenübersaßen, die junge Frau

zwischen Marcell Wedderkopp und dem Referendar Enghaus,
Corinna zwischen Mr. Nelson und Leopold Treibel, dem
jüngeren Sohne des Hauses. An der Schmalseite des Tisches,
mit dem Rücken gegen das breite Gartenfenster, war das Ge-
sellschaftsfräulein, Fräulein Honig, placiert worden, deren
herbe Züge sich wie ein Protest gegen ihren Namen ausnahmen. Je mehr sie zu lächeln suchte, je sichtbarer wurde der
sie verzehrende Neid, der sich nach rechts hin gegen die
hübsche Hamburgerin, nach links hin in fast noch ausgespro-
chenerer Weise gegen Corinna richtete, diese halbe Kollegin,
die sich trotzdem mit einer Sicherheit benahm, als ob sie die
Majorin von Ziegenhals oder doch mindestens das Fräulein
von Bomst gewesen wäre.

Die junge Frau Treibel sah sehr gut aus, blond, klar, ruhig.
Beide Nachbarn machten ihr den Hof, Marcell freilich nur
mit erkünsteltem Eifer, weil er eigentlich Corinna beobachtete, die sich aus dem einen oder andern Grunde die Erobe-
rung des jungen Engländers vorgesetzt zu haben schien. Bei
diesem Vorgehen voll Koketterie sprach sie übrigens so lebhaft, so laut, als ob ihr daran läge, daß jedes Wort auch von
ihrer Umgebung und ganz besonders von ihrem Vetter Marcell gehört werde.

„Sie führen einen so schönen Namen", wandte sie sich an Mr.
Nelson, „so schön und berühmt, daß ich wohl fragen möchte,
ob Ihnen nie das Verlangen gekommen ist . . .?"

„O yes, yes . . ."

„. . . Sich der Fernambuk- und Campecheholzbranche, darin
Sie, soviel ich weiß, auch tätig sind, für immer zu entschla-
gen? Ich fühle deutlich, daß ich, wenn ich Nelson hieße, keine
ruhige Stunde mehr haben würde, bis ich mein Battle at the
Nile ebenfalls geschlagen hätte. Sie kennen natürlich die Einzelheiten der Schlacht . . ."

„Oh, to be sure."

„Nun, da wär ich denn endlich – denn hierlandes weiß niemand etwas Rechtes davon – an der richtigen Quelle. Sagen
Sie, Mr. Nelson, wie war das eigentlich mit der Idee, der An-

ordnung zur Schlacht? Ich habe die Beschreibung vor einiger
Zeit im Walter Scott gelesen und war seitdem immer im
Zweifel darüber, was eigentlich den Ausschlag gegeben habe,
ob mehr eine geniale Disposition oder ein heroischer
Mut . . ."

„I should rather think, a heroical courage . . . British oaks
and British hearts . . ."

„Ich freue mich, diese Frage durch Sie beglichen zu sehen und
in einer Weise, die meinen Sympathien entspricht. Denn ich
bin für das Heroische, weil es so selten ist. Aber ich möchte
doch auch annehmen, daß das geniale Kommando . . ."

„Certainly, Miss Corinna. No doubt . . . England expects that
every man will do his duty . . ."

„Ja, das waren herrliche Worte, von denen ich übrigens bis
heute geglaubt hatte, daß sie bei Trafalgar gesprochen seien.
Aber warum nicht auch bei Abukir? Etwas Gutes kann immer
zweimal gesagt werden. Und dann . . . eigentlich ist eine
Schlacht wie die andere, besonders Seeschlachten – ein Knall,
eine Feuersäule, und alles geht in die Luft. Es muß übrigens
großartig sein und entzückend für alle die, die zusehen können; ein wundervoller Anblick."

„Oh, splendid . . ."

„Ja, Leopold", fuhr Corinna fort, indem sie sich plötzlich an
ihren andern Tischnachbar wandte, „da sitzen Sie nun und
lächeln. Und warum lächeln Sie? Weil Sie hinter diesem
Lächeln Ihre Verlegenheit verbergen wollen. Sie haben eben
nicht jene ‚heroical courage', zu der sich dear Mr. Nelson so
bedingungslos bekannt hat. Ganz im Gegenteil. Sie haben
sich aus Ihres Vaters Fabrik, die noch in gewissem Sinne,
wenn auch freilich nur geschäftlich, die Blut- und Eisentheorie vertritt – ja, es klang mir vorhin fast, als ob Ihr Papa
der Frau Majorin von Ziegenhals etwas von diesen Dingen
erzählt hätte –, Sie haben sich, sag ich, aus dem Blutlaugen-
hof, in dem Sie verbleiben mußten, in den Holzhof Ihres
Bruders Otto zurückgezogen. Das war nicht gut, auch wenn
es Fernambukholz ist. Da sehen Sie meinen Vetter Marcell

drüben, der schwört jeden Tag, wenn er mit seinen Hanteln
umherficht, daß es auf das Reck und das Turnen ankomme,
was ihm ein für allemal die Heldenschaft bedeutet, und daß
Vater Jahn doch schließlich noch über Nelson geht."

Marcell drohte halb ernst-, halb scherzhaft mit dem Finger
zu Corinna hinüber und sagte: „Cousine, vergiß nicht, daß
der Repräsentant einer andern Nation dir zur Seite sitzt und
daß du die Pflicht hast, einigermaßen für deutsche Weiblichkeit einzutreten."

„O no, no", sagte Nelson. „Nichts Weiblichkeit; always quick
and clever ... das is, was wir lieben an deutsche Frauen.
Nichts Weiblichkeit. Fräulein Corinna is quite in the right
way."

„Da hast du's, Marcell. Mr. Nelson, für den du so sorglich
eintrittst, damit er nicht falsche Bilder mit in sein meerum-
gürtetes Albion hinübernimmt, Mr. Nelson läßt dich im
Stich, und Frau Treibel, denk ich, läßt dich auch im Stich
und Herr Enghaus auch und mein Freund Leopold auch. Und
so bin ich gutes Muts, und bleibt nur noch Fräulein
Honig ..."

Diese verneigte sich und sagte: „Ich bin gewohnt, mit der
Majorität zu gehen", und ihre Verbittertheit lag in diesem
Ton der Zustimmung.

„Ich will mir meines Vetters Mahnung aber doch gesagt sein
lassen", fuhr Corinna fort. „Ich bin etwas übermütig, Mr.
Nelson, und außerdem aus einer plauderhaften Familie ..."

„Just what I like, Miß Corinna. ‚Plauderhafte Leute, gute
Leute', so sagen wir in England."

„Und das sag ich auch, Mr. Nelson. Können Sie sich einen
immer plaudernden Verbrecher denken?"

„Oh, no; certainly not ..."

„Und zum Zeichen, daß ich, trotz ewigen Schwatzens, doch
eine weibliche Natur und eine richtige Deutsche bin, soll
Mr. Nelson von mir hören, daß ich auch noch nebenher
kochen, nähen und plätten kann und daß ich im Lette-Verein
die Kunststopferei gelernt habe. Ja, Mr. Nelson, so steht es

mit mir. Ich bin ganz deutsch und ganz weiblich, und bleibt eigentlich nur noch die Frage: kennen Sie den Lette-Verein, und kennen Sie die Kunststopferei?"

„No, Fräulein Corinna, neither the one nor the other."

„Nun sehen Sie, dear Mr. Nelson, der Lette-Verein ist ein Verein oder ein Institut oder eine Schule für weibliche Handarbeit. Ich glaube sogar nach englischem Muster, was noch ein besonderer Vorzug wäre."

„Not at all; German schools are always to be preferred."

„Wer weiß, ich möchte das nicht so schroff hinstellen. Aber lassen wir das, um uns mit dem weit Wichtigeren zu beschäftigen, mit der Kunststopfereifrage. Das ist wirklich was. Bitte, wollen Sie zunächst das Wort nachsprechen . . ."

Mr. Nelson lächelte gutmütig vor sich hin.

„Nun, ich sehe, daß es Ihnen Schwierigkeiten macht. Aber diese Schwierigkeiten sind nichts gegen die der Kunststopferei selbst. Sehen Sie, hier ist mein Freund Leopold Treibel und trägt, wie Sie sehen, einen untadeligen Rock mit einer doppelten Knopfreihe, und auch wirklich zugeknöpft, ganz wie es sich für einen Gentleman und einen Berliner Kommerzienratssohn geziemt. Und ich taxiere den Rock auf wenigstens hundert Mark."

„Überschätzung."

„Wer weiß. Du vergißt, Marcell, daß es verschiedene Skalen auch auf diesem Gebiete gibt, eine für Oberlehrer und eine für Kommerzienräte. Doch lassen wir die Preisfrage. Jedenfalls ein feiner Rock, prima. Und nun, wenn wir aufstehen, Mr. Nelson, und die Zigarren herumgereicht werden – ich denke, Sie rauchen doch –, werde ich Sie um Ihre Zigarre bitten und meinem Freunde Leopold Treibel ein Loch in den Rock brennen, hier gerade, wo sein Herz sitzt, und dann werd ich den Rock in einer Droschke mit nach Hause nehmen, und morgen um dieselbe Zeit wollen wir uns hier im Garten wieder versammeln und um das Bassin herum Stühle stellen, wie bei einer Aufführung. Und der Kakadu kann auch dabei sein. Und dann werd ich auftreten wie eine Künstlerin, die ich in der Tat auch bin, und werde den Rock herumgehen lassen, und wenn Sie, dear Mr. Nelson, dann noch imstande sind, die Stelle zu finden, wo das Loch war, so will ich Ihnen einen Kuß geben und Ihnen als Sklavin nach Liverpool hin folgen. Aber es wird nicht dazu kommen. Soll ich sagen leider? Ich habe zwei Medaillen als Kunststopferin gewonnen, und Sie werden die Stelle sicherlich *nicht* finden ..."

„O ich werde finden, no doubt, I will find it", entgegnete Mr. Nelson leuchtenden Auges, und weil er seiner immer wachsenden Bewunderung, passend oder nicht, einen Ausdruck geben wollte, schloß er mit einem in kurzen Ausrufungen gehaltenen Hymnus auf die Berlinerinnen und der sich daran anschließenden und mehrfach wiederholten Versicherung, daß sie decidedly clever seien.

Leopold und der Referendar vereinigten sich mit ihm in diesem Lob, und selbst Fräulein Honig lächelte, weil sie sich als Landsmännin mitgeschmeichelt fühlen mochte. Nur im Auge der jungen Frau Treibel sprach sich eine leise Verstimmung darüber aus, eine Berlinerin und kleine Professorstochter in dieser Weise gefeiert zu sehen. Auch Vetter Marcell, sosehr er zustimmte, war nicht recht zufrieden, weil er davon ausging, daß seine Cousine ein solches Hasten und Sich-in-Szene-Setzen nicht nötig habe; sie war ihm zu schade für die Rolle, die sie spielte. Corinna ihrerseits sah auch ganz deutlich, was in ihm vorging, und würde sich ein Vergnügen daraus gemacht haben, ihn zu necken, wenn nicht in ebendiesem Momente – das Eis wurde schon herumgereicht – der Kommerzienrat an das Glas geklopft und sich, um einen Toast auszubringen, von seinem Platz erhoben hätte: „Meine Herren und Damen, Ladies and Gentlemen ..."

„Ah, *das* gilt Ihnen", flüsterte Corinna Mr. Nelson zu.

„... Ich bin", fuhr Treibel fort, „an dem Hammelrücken vorübergegangen und habe diese verhältnismäßig späte Stunde für einen meinerseits auszubringenden Toast herankommen lassen – eine Neuerung, die mich in diesem Augenblicke freilich vor die Frage stellt, ob der Schmelzezustand eines rot

und weißen Panaché nicht noch etwas Vermeidenswerteres
ist als der Hammelrücken im Zustande der Erstarrung..."

„Oh, wonderfully good..."

„... Wie dem aber auch sein möge, jedenfalls gibt es zur Zeit
nur *ein* Mittel, ein vielleicht schon angerichtetes Übel auf ein
Mindestmaß herabzudrücken: Kürze. Genehmigen Sie denn,
meine Herrschaften, in Ihrer Gesamtheit meinen Dank für
Ihr Erscheinen, und gestatten Sie mir des ferneren und im
besonderen Hinblick auf zwei liebe Gäste, die hier zu sehen
ich heute zum ersten Male die Ehre habe, meinen Toast in
die britischerseits nahezu geheiligte Formel kleiden zu dürfen: ‚on our army and navy‘, auf Heer und Flotte also, die
wir das Glück haben, hier an dieser Tafel, *einer*seits" – er verbeugte sich gegen Vogelsang –, „durch Beruf und Lebensstellung, *anderer*seits" – Verbeugung gegen Nelson –, „durch einen
weltberühmten Heldennamen vertreten zu sehen. Noch einmal also: ‚our army and navy!‘ Es lebe Leutnant Vogelsang,
es lebe Mr. Nelson."

Der Toast fand allseitige Zustimmung, und der in eine ner-
vöse Unruhe geratene Mr. Nelson wollte sofort das Wort
nehmen, um zu danken. Aber Corinna hielt ihn ab. Vogelsang sei der ältere und würde vielleicht den Dank für ihn
mit aussprechen.

„Oh, no, no, Fräulein Corinna, not he... not such an ugly
old fellow... please, look at him", und der zapplige Helden-
namensvetter machte wiederholte Versuche, sich von seinem
Platze zu erheben und zu sprechen. Aber Vogelsang kam ihm
wirklich zuvor, und nachdem er den Bart mit der Serviette
geputzt und in nervöser Unruhe seinen Waffenrock erst auf-
und dann wieder zugeknöpft hatte, begann er mit einer an
Komik streifenden Würde: „Meine Herren. Unser liebenswürdiger Wirt hat die Armee leben lassen und mit der Armee
meinen Namen verknüpft. Ja, meine Herren, ich *bin* Soldat..."

„Oh, for shame!" brummte der über das wiederholte „meine
Herren" und das gleichzeitige Unterschlagen aller anwesen-

den Damen aufrichtig empörte Mr. Nelson, „oh, for shame", und ein Kichern ließ sich allerseits hören, das auch anhielt, bis des Redners immer finsterer werdendes Augenrollen eine wahre Kirchenstille wiederhergestellt hatte. Dann erst fuhr dieser fort: „Ja, meine Herren, ich *bin* Soldat ... Aber noch mehr als das, ich bin auch Streiter im Dienst einer Idee. Zwei große Mächte sind es, denen ich diene: Volkstum und Königtum. Alles andere stört, schädigt, verwirrt. Englands Aristokratie, die mir, von meinem Prinzip ganz abgesehen, auch persönlich widerstreitet, veranschaulicht eine solche Schädigung, eine solche Verwirrung; ich verabscheue Zwischenstufen und überhaupt die feudale Pyramide. Das sind Mittelalterlichkeiten. Ich erkenne mein Ideal in einem Plateau, mit einem einzigen, aber alles überragenden Pic."

Die Ziegenhals wechselte hier Blicke mit Treibel.

„... Alles sei von Volkesgnaden, bis zu der Stelle hinauf, wo die Gottesgnadenschaft beginnt. Dabei streng geschiedene Machtbefugnisse. Das Gewöhnliche, das Massenhafte, werde bestimmt durch die Masse, das Ungewöhnliche, das Große, werde bestimmt durch das Große. Das ist Thron und Krone. Meiner politischen Erkenntnis nach ruht alles Heil, alle Besserungsmöglichkeit in der Aufrichtung einer Royaldemokratie, zu der sich, soviel ich weiß, auch unser Kommerzienrat bekennt. Und in diesem Gefühle, darin wir uns eins wissen, erhebe ich das Glas und bitte Sie, mit mir auf das Wohl unseres hochverehrten Wirtes zu trinken, zugleich unseres Gonfaloniere, der uns die Fahne trägt. Unser Kommerzienrat Treibel, er lebe hoch!"

Alles erhob sich, um mit Vogelsang anzustoßen und ihn als Erfinder der Royaldemokratie zu beglückwünschen. Einige konnten als aufrichtig entzückt gelten, besonders das Wort „Gonfaloniere" schien gewirkt zu haben, andere lachten still in sich hinein, und nur drei waren direkt unzufrieden: Treibel, weil er sich von den Vogelsangschen Prinzipien praktisch nicht viel versprach, die Kommerzienrätin, weil ihr das Ganze nicht fein genug vorkam, und drittens Mr. Nelson, weil er

sich aus dem gegen die englische Aristokratie gerichteten
Satz Vogelsangs einen neuen Haß gegen eben diesen gesogen
hatte. „Stuff and nonsense! What does he know of our aristo-
cracy? To be sure, he doesn't belong to it – that's all."
„Ich weiß doch nicht", lachte Corinna, „hat er nicht was von
einem Peer of the Realm?"
Nelson vergaß über dieser Vorstellung beinahe all seinen
Groll und bot Corinna, während er eine Knackmandel von
einem der Tafelaufsätze nahm, eben ein Vielliebchen an, als
die Kommerzienrätin den Stuhl schob und dadurch das Zeichen zur Aufhebung der Tafel gab. Die Flügeltüren öffneten
sich, und in derselben Reihenfolge, wie man zu Tisch gegangen war, schritt man wieder auf den mittlerweile gelüfteten
Frontsaal zu, wo die Herren, Treibel an der Spitze, den älteren und auch einigen jüngeren Damen respektvoll die Hand
küßten.
Nur Mr. Nelson verzichtete darauf, weil er die Kommerzienrätin „a little pompous" und die beiden Hofdamen „a little
ridiculous" fand, und begnügte sich, an Corinna herantre-
tend, mit einem kräftigen „shaking hands".

VIERTES KAPITEL

Die große Glastür, die zur Freitreppe führte, stand auf; dennoch war es schwül, und so zog man es vor, den Kaffee draußen zu nehmen, die einen auf der Veranda, die andern im
Vorgarten selbst, wobei sich die Tischnachbarn in kleinen
Gruppen wieder zusammenfanden und weiterplauderten.
Nur als sich die beiden adligen Damen von der Gesellschaft
verabschiedeten, unterbrach man sich in diesem mit Medi-
sance reichlich gewürzten Gespräch und sah eine kleine Weile
dem Landauer nach, der, die Köpnicker Straße hinauf, erst
auf die Frau von Ziegenhalssche Wohnung, in unmittelbarer
Nähe der Marschallsbrücke, dann aber auf Charlottenburg
zu fuhr, wo die seit fünfunddreißig Jahren in einem Seiten-

flügel des Schlosses einquartierte Bomst ihr Lebensglück und zugleich ihren besten Stolz aus der Betrachtung zog, in erster Zeit mit des hochseligen Königs Majestät, dann mit der Königin Witwe und zuletzt mit den Meiningenschen Herrschaften dieselbe Luft geatmet zu haben. Es gab ihr all das etwas Verklärtes, was auch zu ihrer Figur paßte.

Treibel, der die Damen bis an den Wagenschlag begleitet, hatte mittlerweile, vom Straßendamm her, die Veranda wieder erreicht, wo Vogelsang, etwas verlassen, aber mit uneingebüßter Würde, seinen Platz behauptete. „Nun ein Wort unter uns, Leutnant, aber nicht hier; ich denke, wir absentieren uns einen Augenblick und rauchen ein Blatt, das nicht alle Tage wächst, und namentlich nicht überall." Dabei nahm er Vogelsang unter den Arm und führte den gern Gehorchenden in sein neben dem Saale gelegenes Arbeitszimmer, wo der geschulte, diesen Lieblingsmoment im Dinerleben seines Herrn von lang her kennende Diener bereits alles zurechtgestellt hatte: das Zigarrenkistchen, den Likörkasten und die Karaffe mit Eiswasser. Die gute Schulung des Dieners beschränkte sich aber nicht auf diese Vorarrangements, vielmehr stand er im selben Augenblick, wo beide Herren ihre Plätze genommen hatten, auch schon mit dem Tablett vor ihnen und präsentierte den Kaffee.

„Das ist recht, Friedrich, auch der Aufbau hier, alles zu meiner Zufriedenheit; aber gib doch lieber die andere Kiste her, die flache. Und dann sage meinem Sohn Otto, ich ließe ihn bitten ... Ihnen doch recht, Vogelsang? Oder wenn du Otto nicht triffst, so bitte den Polizeiassessor, ja, lieber *den*, er weiß doch besser Bescheid. Sonderbar, alles, was in der Molkenmarktluft groß geworden, ist dem Rest der Menschheit um ein beträchtliches überlegen. Und dieser Goldammer hat nun gar noch den Vorteil, ein richtiger Pastorssohn zu sein, was all seinen Geschichten einen eigentümlich pikanten Beigeschmack gibt." Und dabei klappte Treibel den Kasten auf und sagte: „Kognak oder Allasch? Oder das eine tun und das andere nicht lassen?"

Vogelsang lächelte, schob den Zigarrenknipser ziemlich
demonstrativ beiseite und biß die Spitze mit seinen Raffzäh-
nen ab. Dann griff er nach einem Streichhölzchen. Im übrigen
schien er abwarten zu wollen, womit Treibel beginnen würde.
Der ließ denn auch nicht lange warten: „Eh bien, Vogelsang,
wie gefielen Ihnen die beiden alten Damen? Etwas Feines,
nicht wahr? Besonders die Bomst. Meine Frau würde sagen:
ätherisch. Nun, durchsichtig genug ist sie. Aber offen gestanden, die Ziegenhals ist mir lieber, drall und prall, kapitales
Weib, und muß ihrerzeit ein geradezu formidables Festungs-
viereck gewesen sein. Nasses Temperament, und wenn ich
recht gehört habe, so pendelt ihre Vergangenheit zwischen
verschiedenen kleinen Höfen hin und her. Lady Milford,
aber weniger sentimental. Alles natürlich alte Geschichten,
alles beglichen, man könnte beinahe sagen, schade. Den Sommer über ist sie jetzt regelmäßig bei den Kraczinskis, in der
Zossener Gegend; weiß der Teufel, wo seit kurzem all die
polnischen Namen herkommen. Aber schließlich ist es gleichgültig. Was meinen Sie, wenn ich die Ziegenhals, in Anbe-
tracht dieser Kraczinskischen Bekanntschaft, unsern Zwecken
dienstbar zu machen suchte?"
„Kann zu nichts führen."
„Warum nicht? Sie vertritt einen richtigen Standpunkt."
„Ich würde mindestens sagen müssen, einen *nicht* richtigen."
„Wieso?"
„Sie vertritt einen durchaus beschränkten Standpunkt, und
wenn ich das Wort wähle, so bin ich noch ritterlich. Übrigens
wird mit diesem ‚ritterlich' ein wachsender und geradezu
horrender Mißbrauch getrieben; ich glaube nämlich nicht,
daß unsere Ritter sehr ritterlich, das heißt ritterlich im Sinne
von artig und verbindlich, gewesen sind. Alles bloß historische Fälschungen. Und was diese Ziegenhals angeht, die wir
uns, wie Sie sagen, dienstbar machen sollen, so vertritt sie
natürlich den Standpunkt des Feudalismus, den der Pyramide. Daß sie zum Hofe steht, ist gut und ist das, was sie mit

uns verbindet; aber das ist nicht genug. Personen wie diese Majorin und selbstverständlich auch ihr adliger Anhang, gleichviel ob er polnischen oder deutschen Ursprungs ist – alle leben mehr oder weniger in einem Wust von Einbildungen, will sagen von mittelalterlichen Standesvorurteilen, und das schließt ein Zusammengehen aus, trotzdem wir die Königsfahne mit ihnen gemeinsam haben. Aber diese Gemeinsamkeit frommt nicht, schadet uns nur. Wenn wir rufen: ,Es lebe der König!', so geschieht es, vollkommen selbstsuchtslos, um einem großen Prinzip die Herrschaft zu sichern; für mich bürge ich, und ich hoffe, daß ich es auch für *Sie* kann ..."

„Gewiß, Vogelsang, gewiß."

„Aber diese Ziegenhals – von der ich beiläufig fürchte, daß Sie nur zu sehr recht haben mit der von Ihnen angedeuteten, wenn auch, Gott sei Dank, weit zurückliegenden Auflehnung gegen Moral und gute Sitte –, diese Ziegenhals und ihresgleichen, wenn die rufen: ,Es lebe der König!', so heißt das immer nur, es lebe der, der für uns sorgt, unser Nährvater; sie kennen nichts als ihren Vorteil. Es ist ihnen versagt, in einer Idee aufzugehen, und sich auf Personen stützen, die nur *sich* kennen, das heißt unsre Sache verloren geben. Unsre Sache besteht nicht bloß darin, den fortschrittlichen Drachen zu bekämpfen, sie besteht auch in der Bekämpfung des Vampir-Adels, der immer bloß saugt und saugt. Weg mit der ganzen Interessenpolitik. In dem Zeichen absoluter Selbstlosigkeit müssen wir siegen, und dazu brauchen wir das Volk, nicht das Quitzowtum, das seit dem gleichnamigen Stücke wieder obenauf ist und das Heft in die Hand nehmen möchte. Nein, Kommerzienrat, nichts von Pseudo-Konservatismus, kein Königtum auf falscher Grundlage; das Königtum, wenn wir es konservieren wollen, muß auf etwas Soliderem ruhen als auf einer Ziegenhals oder einer Bomst."

„Nun, hören Sie, Vogelsang, die Ziegenhals wenigstens ..."

Und Treibel schien ernstlich gewillt, diesen Faden, der ihm paßte, weiterzuspinnen. Aber ehe er dazu kommen konnte, trat der Polizeiassessor vom Salon her ein, die kleine Meißner Tasse noch in der Hand, und nahm zwischen Treibel und Vogelsang Platz. Gleich nach ihm erschien auch Otto, vielleicht von Friedrich benachrichtigt, vielleicht auch aus eigenem Antriebe, weil er von langer Zeit her die der Erotik zugewendeten Wege kannte, die Goldammer, bei Likör und Zigarren, regelmäßig und meist sehr rasch, so daß jede Versäumnis sich strafte, zu wandeln pflegte.

Der alte Treibel wußte dies selbstverständlich noch viel besser, hielt aber ein auch seinerseits beschleunigtes Verfahren doch für angezeigt und hob deshalb ohne weiteres an: „Und nun sagen Sie, Goldammer, was gibt es? Wie steht es mit dem Lützowplatz? Wird die Panke zugeschüttet, oder, was so ziemlich dasselbe sagen will, wird die Friedrichstraße sittlich gereinigt? Offen gestanden, ich fürchte, daß unsre pikanteste Verkehrsader nicht allzuviel dabei gewinnen wird; sie wird um ein geringes moralischer und um ein beträchtliches langweiliger werden. Da das Ohr meiner Frau bis hierher nicht trägt, so läßt sich dergleichen allenfalls aufs Tapet bringen; im übrigen soll Ihnen meine gesamte Fragerei keine Grenzen ziehen. Je freier, je besser. Ich habe lange genug gelebt, um zu wissen, daß alles, was aus einem Polizeimunde kommt, immer Stoff ist, immer frische Brise, freilich mitunter auch Scirocco, ja geradezu Samum. Sagen wir Samum. Also was schwimmt obenauf?"

„Eine neue Soubrette."

„Kapital. Sehen Sie, Goldammer, jede Kunstrichtung ist gut, weil jede das Ideal im Auge hat. Und das Ideal ist die Hauptsache, soviel weiß ich nachgerade von meiner Frau. Aber das Idealste bleibt doch immer eine Soubrette. Name?"

„Grabillon. Zierliche Figur, etwas großer Mund, Leberfleck."

„Um Gottes willen, Goldammer, das klingt ja wie ein Steckbrief. Übrigens, Leberfleck ist reizend; großer Mund Geschmackssache. Und Protegé von wem?"

Goldammer schwieg.

„Ah, ich verstehe. Obersphäre. Je höher hinauf, je näher dem Ideal. Übrigens, da wir mal bei Obersphäre sind, wie steht

cs denn mit der Grußgeschichte? Hat er wirklich nicht ge-
grüßt? Und ist es wahr, daß er, natürlich der Nichtgrüßer,
einen Urlaub hat antreten müssen? Es wäre eigentlich das
beste, weil es so nebenher einer Absage gegen den ganzen
Katholizismus gleichkäme, sozusagen zwei Fliegen mit einer
Klappe."

Goldammer, heimlicher Fortschrittler, aber offener Anti-
katholik, zuckte die Achseln und sagte: „So gut steht es leider
nicht und kann auch nicht. Die Macht der Gegenströmung
ist zu stark. Der, der den Gruß verweigerte, wenn Sie wollen
der Wilhelm Tell der Situation, hat zu gute Rückendeckung.
Wo? Nun, das bleibt in der Schwebe; gewisse Dinge darf
man nicht bei Namen nennen, und ehe wir nicht der bekannten Hydra den Kopf zertreten oder, was dasselbe sagen will,
dem altenfritzischen ‚Écrasez l'Infâme' zum Siege verholfen
haben . . ."

In diesem Augenblicke hörte man nebenan singen, eine bekannte Komposition, und Treibel, der eben eine neue Zigarre
nehmen wollte, warf sie wieder in das Kistchen zurück und
sagte: „Meine Ruh ist hin . . . Und mit der Ihrigen, meine
Herren, steht es nicht viel besser. Ich glaube, wir müssen
wieder bei den Damen erscheinen, um an der Ära Adolar
Krola teilzunehmen. Denn *die* beginnt jetzt."

Damit erhoben sich alle vier und kehrten unter Vortritt Treibels in den Saal zurück, wo wirklich Krola am Flügel saß
und seine drei Hauptstücke, mit denen er rasch hintereinander aufzuräumen pflegte, vollkommen virtuos, aber mit
einer gewissen absichtlichen Klapprigkeit zum besten gab. Es
waren: „Der Erlkönig", „Herr Heinrich saß am Vogelherd"
und „Die Glocken von Speyer". Diese letzte Nummer, mit
dem geheimnisvoll einfallenden Glockenbimbam, machte
jedesmal den größten Eindruck und bestimmte selbst Treibel zu momentan ruhigem Zuhören. Er sagte dann auch wohl
mit einer gewissen höheren Miene: „Von Loewe, ex ungue Leonem; das heißt von Karl Loewe, Ludwig komponiert nicht."

Viele von denen, die den Kaffee im Garten oder auf der

Veranda genommen hatten, waren, gleich als Krola begann, ebenfalls in den Saal getreten, um zuzuhören, andere dagegen, die die drei Balladen schon von zwanzig Treibelschen Diners her kannten, hatten es doch vorgezogen, im Freien zu bleiben und ihre Gartenpromenade fortzusetzen, unter ihnen auch Mr. Nelson, der, als ein richtiger Vollblut-Engländer, musikalisch auf schwächsten Füßen stand und rundheraus erklärte, das liebste sei ihm ein Nigger mit einer Pauke zwischen den Beinen: „I can't see, what it means; music is nonsense." So ging er denn mit Corinna auf und ab, Leopold an der anderen Seite, während Marcell mit der jungen Frau Treibel in einiger Entfernung folgte, beide sich über Nelson und Leopold halb ärgernd, halb erheiternd, die, wie schon bei Tische, von Corinna nicht los konnten.

Es war ein prächtiger Abend draußen, von der Schwüle, die drinnen herrschte, keine Spur, und schräg über den hohen Pappeln, die den Hintergarten von den Fabrikgebäuden abschnitten, stand die Mondsichel; der Kakadu saß ernst und verstimmt auf seiner Stange, weil es versäumt worden war, ihn zu rechter Zeit in seinen Käfig zurückzunehmen, und nur der Wasserstrahl stieg so lustig in die Höhe wie zuvor.

„Setzen wir uns", sagte Corinna, „wir promenieren schon, ich weiß nicht wie lange", und dabei ließ sie sich ohne weiteres auf den Rand der Fontäne nieder. „Take a seat, Mr. Nelson. Sehen Sie nur den Kakadu, wie bös er aussieht. Er ist ärgerlich, daß sich keiner um ihn kümmert."

„To be sure, und sieht aus wie Leutnant Sangevogel. Doesn't he?"

„Wir nennen ihn für gewöhnlich Vogelsang. Aber ich habe nichts dagegen, ihn umzutaufen. Helfen wird es freilich nicht viel."

„No, no, there's no help for him: Vogelsang, ah, ein häßlicher Vogel, kein Singevogel, no finch, no trussel."

„Nein, er ist bloß ein Kakadu, ganz wie Sie sagen."

Aber kaum, daß dies Wort gesprochen war, so folgte nicht nur ein lautes Kreischen von der Stange her, wie wenn der

Kakadu gegen den Vergleich protestieren wolle, sondern auch Corinna schrie laut auf, freilich nur, um im selben Augenblicke wieder in ein helles Lachen auszubrechen, in das gleich danach auch Leopold und Mr. Nelson einstimmten. Ein plötzlich sich aufmachender Windstoß hatte nämlich dem Wasserstrahl eine Richtung genau nach der Stelle hin gegeben, wo sie saßen, und bei der Gelegenheit allesamt, den Vogel auf seiner Stange mit eingeschlossen, mit einer Flut von Spritzwasser überschüttet. Das gab nun ein Klopfen und Abschütteln, an dem auch der Kakadu teilnahm, freilich ohne seinerseits seine Laune dabei zu verbessern.

Drinnen hatte Krola mittlerweile sein Programm beendet und stand auf, um andern Kräften den Platz einzuräumen. Es sei nichts mißlicher als ein solches Kunstmonopol; außerdem dürfe man nicht vergessen, der Jugend gehöre die Welt. Dabei verbeugte er sich huldigend gegen einige junge Damen, in deren Familien er ebenso verkehrte wie bei den Treibels. Die Kommerzienrätin ihrerseits aber übertrug diese ganz allgemein gehaltene Huldigung gegen die Jugend in ein bestimmteres Deutsch und forderte die beiden Fräulein Felgentreus auf, doch einige der reizenden Sachen zu singen, die sie neulich, als Ministerialdirektor Stoeckenius in ihrem Hause gewesen, so schön vorgetragen hätten; Freund Krola werde gewiß die Güte haben, die Damen am Klavier zu begleiten. Krola, sehr erfreut, einer gesanglichen Mehrforderung, die sonst die Regel war, entgangen zu sein, drückte sofort seine Zustimmung aus und setzte sich an seinen eben erst aufgegebenen Platz, ohne ein Ja oder Nein der beiden Felgentreus abzuwarten. Aus seinem ganzen Wesen sprach eine Mischung von Wohlwollen und Ironie. Die Tage seiner eignen Berühmtheit lagen weit zurück; aber je weiter sie zurücklagen, desto höher waren seine Kunstansprüche geworden, so daß es ihm, bei dem totalen Unerfülltbleiben derselben, vollkommen gleichgültig erschien, *was* zum Vortrage kam und *wer* das Wagnis wagte. Von Genuß konnte keine Rede für ihn sein, nur von Amüsement, und weil er einen angeborenen Sinn für das Heitere hatte, durfte man sagen, sein Vergnügen stand jedesmal dann auf der Höhe, wenn seine Freundin Jenny Treibel, wie sie das liebte, durch Vortrag einiger Lieder den Schluß der musikalischen Soiree machte. Das war aber noch weit im Felde; vorläufig waren noch die beiden Felgentreus da, von denen denn auch die ältere Schwester, oder wie es zu Krolas jedesmaligem Gaudium hieß, „die weitaus talentvollere", mit „Bächlein, laß dein Rauschen sein" ohne weiteres einsetzte. Daran reihte sich: „Ich schnitt es gern in alle Rinden ein", was, als allgemeines Lieblingsstück, zu der Kommerzienrätin großem, wenn auch nicht geäußerten Verdruß, von einigen indiskreten Stimmen im Garten begleitet wurde. Dann folgte die Schlußnummer, ein Duett aus „Figaros Hochzeit". Alles war hingerissen, und Treibel sagte zu Vogelsang, „er könne sich nicht erinnern, seit den Tagen der Milanollos, etwas so Liebliches von Schwestern gesehen und gehört zu haben", woran er die weitere, allerdings unüberlegte Frage knüpfte, ob Vogelsang seinerseits sich noch der Milanollos erinnern könne. „Nein", sagte dieser barsch und peremptorisch. – „Nun, dann bitt ich um Entschuldigung."

Eine Pause trat ein, und einige Wagen, darunter auch der Felgentreusche, waren schon angefahren; trotzdem zögerte man noch mit dem Aufbruch, weil das Fest immer noch seines Abschlusses entbehrte. Die Kommerzienrätin nämlich hatte noch nicht gesungen, ja war unerhörterweise noch nicht einmal zum Vortrag eines ihrer Lieder aufgefordert worden – ein Zustand der Dinge, der so rasch wie möglich geändert werden mußte. Dies erkannte niemand klarer als Adolar Krola, der, den Polizeiassessor beiseite nehmend, ihm eindringlichst vorstellte, daß durchaus etwas geschehen und das hinsichtlich Jennys Versäumte sofort nachgeholt werden müsse. „Wird Jenny *nicht* aufgefordert, so seh ich die Treibelschen Diners, oder wenigstens unsere Teilnahme daran, für alle Zukunft in Frage gestellt, was doch schließlich einen Verlust bedeuten würde..."

„Dem wir unter allen Umständen vorzubeugen haben, verlassen Sie sich auf mich." Und die beiden Felgentreus an der Hand nehmend, schritt Goldammer rasch entschlossen auf die Kommerzienrätin zu, um, wie er sich ausdrückte, als erwählter Sprecher des Hauses, um ein Lied zu bitten. Die Kommerzienrätin, der das Abgekartete der ganzen Sache nicht entgehen konnte, kam in ein Schwanken zwischen Ärger und Wunsch, aber die Beredsamkeit des Antragstellers siegte doch schließlich; Krola nahm wieder seinen Platz ein, und einige Augenblicke später erklang Jennys dünne, durchaus im Gegensatz zu ihrer sonstigen Fülle stehende Stimme durch den Saal hin, und man vernahm die in diesem Kreise wohlbekannten Liedesworte:

> „Glück, von deinen tausend Losen
> Eines nur erwähl ich mir.
> Was soll Gold? Ich liebe Rosen
> Und der Blumen schlichte Zier.
>
> Und ich höre Waldesrauschen,
> Und ich seh ein flatternd Band –
> Aug in Auge Blicke tauschen,
> Und ein Kuß auf deine Hand.
>
> Geben! nehmen, nehmen! geben,
> Und dein Haar umspielt der Wind!
> Ach, nur das, nur das ist Leben,
> *Wo sich Herz zum Herzen find't.*"

Es braucht nicht gesagt zu werden, daß ein rauschender Beifall folgte, woran sich, von des alten Felgentreu Seite, die Bemerkung schloß, „die damaligen Lieder" – er vermied eine bestimmte Zeitangabe –, „wären doch schöner gewesen, namentlich inniger", eine Bemerkung, die von dem direkt zur Meinungsäußerung aufgeforderten Krola schmunzelnd bestätigt wurde.

Mr. Nelson seinerseits hatte von der Veranda dem Vortrage zugehört und sagte jetzt zu Corinna: „Wonderfully good. Oh,

these Germans, they know everything ... even such an old
lady."

Corinna legte ihm den Finger auf den Mund.

Kurze Zeit danach war alles fort, Haus und Park leer, und
man hörte nur noch, wie drinnen im Speisesaal geschäftige
Hände den Ausziehtisch zusammenschoben und wie draußen
im Garten der Strahl des Springbrunnens plätschernd ins
Bassin fiel.

FÜNFTES KAPITEL

Unter den letzten, die, den Vorgarten passierend, das kommerzienrätliche Haus verließen, waren Marcell und Corinna.
Diese plauderte nach wie vor in übermütiger Laune, was des
Vetters mühsam zurückgehaltene Verstimmung nur noch steigerte. Zuletzt schwiegen beide.

So gingen sie schon fünf Minuten nebeneinander her, bis
Corinna, die sehr gut wußte, was in Marcells Seele vorging, das Gespräch wieder aufnahm. „Nun, Freund, was gibt
es?"

„Nichts."

„Nichts?"

„Oder, wozu soll ich es leugnen, ich bin verstimmt."

„Worüber?"

„Über dich. Über dich, weil du kein Herz hast."

„Ich? Erst recht hab ich ..."

„Weil du kein Herz hast, sag ich, keinen Sinn für Familie,
nicht einmal für deinen Vater ..."

„Und nicht einmal für meinen Vetter Marcell ..."

„Nein, den laß aus dem Spiel, von dem ist nicht die Rede.
Mir gegenüber kannst du tun, was du willst. Aber dein Vater.
Da läßt du nun heute den alten Mann einsam und allein und
kümmerst dich sozusagen um gar nichts. Ich glaube, du weißt
nicht einmal, ob er zu Haus ist oder nicht."

„Freilich ist er zu Haus. Er hat ja heut seinen ‚Abend', und wenn auch nicht alle kommen, etliche vom hohen Olymp werden wohl dasein."

„Und du gehst aus und überlässest alles der alten, guten Schmolke?"

„Weil ich es ihr überlassen kann. Du weißt das ja so gut wie ich; es geht alles wie am Schnürchen, und in diesem Augenblick essen sie wahrscheinlich Oderkrebse und trinken Mosel. Nicht Treibelschen, aber doch Professor Schmidtschen, einen edlen Trarbacher, von dem Papa behauptet, er sei der einzige reine Wein in Berlin. Bist du nun zufrieden?"

„Nein."

„Dann fahre fort."

„Ach, Corinna, du nimmst alles so leicht und denkst, wenn du's leichtnimmst, so hast du's aus der Welt geschafft. Aber es glückt dir nicht. Die Dinge bleiben doch schließlich, was und wie sie sind. Ich habe dich nun bei Tisch beobachtet . . ."

„Unmöglich, du hast ja der jungen Frau Treibel ganz intensiv den Hof gemacht, und ein paarmal wurde sie sogar rot . . ."

„Ich habe dich beobachtet, sag ich, und mit einem wahren Schrecken das Übermaß von Koketterie gesehen, mit dem du nicht müde wurdest, dem armen Jungen, dem Leopold, den Kopf zu verdrehen . . ."

Sie hatten, als Marcell dies sagte, gerade die platzartige Verbreiterung erreicht, mit der die Köpnicker Straße, nach der Inselbrücke hin, abschließt; eine verkehrslose und beinahe menschenleere Stelle. Corinna zog ihren Arm aus dem des Vetters und sagte, während sie nach der anderen Seite der Straße zeigte: „Sieh, Marcell, wenn da drüben nicht der einsame Schutzmann stände, so stellt ich mich jetzt mit verschränkten Armen vor dich hin und lachte dich fünf Minuten lang aus. Was soll das heißen, ich sei nicht müde geworden, dem armen Jungen, dem Leopold, den Kopf zu verdrehen? Wenn du nicht ganz in Huldigung gegen Helenen aufgegangen wärst, so hättest du sehen müssen, daß ich kaum zwei Worte mit ihm gesprochen. Ich habe mich nur mit Mr. Nelson unterhalten, und ein paarmal hab ich mich ganz ausführlich an dich gewandt."

„Ach, das sagst du so, Corinna, und weißt doch, wie falsch es ist. Sieh, du bist sehr gescheit und weißt es auch; aber du hast doch den Fehler, den viele gescheite Leute haben, daß sie die anderen für ungescheiter halten, als sie sind. Und so denkst du, du kannst mir ein X für ein U machen und alles so drehen und beweisen, wie du's drehen und beweisen willst. Aber man hat doch auch so seine Augen und Ohren und ist also, mit deinem Verlaub, hinreichend ausgerüstet, um zu hören und zu sehen."

„Und was ist es denn nun, was der Herr Doktor gehört und gesehen haben?"

„Der Herr Doktor haben gehört und gesehen, daß Fräulein Corinna mit ihrem Redekatarakt über den unglücklichen Mr. Nelson hergefallen ist . . ."

„Sehr schmeichelhaft . . ."

„Und daß sie – wenn ich das mit dem Redekatarakt aufgeben und ein anderes Bild dafür einstellen will –, daß sie, sag ich, zwei Stunden lang die Pfauenfeder ihrer Eitelkeit auf dem Kinn oder auf der Lippe balanciert und überhaupt in den feineren akrobatischen Künsten ein Äußerstes geleistet hat. Und das alles vor wem? Etwa vor Mr. Nelson? Mitnichten. Der gute Nelson, der war nur das Trapez, daran meine Cousine herumturnte; *der*, um dessentwillen das alles geschah, der zusehen und bewundern sollte, der hieß Leopold Treibel, und ich habe wohl bemerkt, wie mein Cousinchen auch ganz richtig gerechnet hatte; denn ich kann mich nicht entsinnen, einen Menschen gesehen zu haben, der, verzeih den Ausdruck, durch einen ganzen Abend hin so ‚total weg‘ gewesen wäre wie dieser Leopold."

„Meinst du?"

„Ja, das mein ich."

„Nun, darüber ließe sich reden . . . Aber sieh nur . . ."

Und dabei blieb sie stehen und wies auf das entzückende Bild, das sich – sie passierten eben die Fischerbrücke – drüben

vor ihnen ausbreitete. Dünne Nebel lagen über den Strom
hin, sogen aber den Lichterglanz nicht ganz auf, der von rechts
und links her auf die breite Wasserfläche fiel, während die
Mondsichel oben im Blauen stand, keine zwei Handbreit
von dem etwas schwerfälligen Parochialkirchturm entfernt,
dessen Schattenriß am anderen Ufer in aller Klarheit auf-
ragte. „Sieh nur", wiederholte Corinna, „nie hab ich den
Singuhrturm in solcher Schärfe gesehen. Aber ihn schön
finden, wie seit kurzem Mode geworden, das kann ich doch
nicht; er hat so etwas Halbes, Unfertiges, als ob ihm auf
dem Wege nach oben die Kraft ausgegangen wäre. Da bin
ich doch mehr für die zugespitzten, langweiligen Schindel-
türme, die nichts wollen als hoch sein und in den Himmel
zeigen."
Und in demselben Augenblicke, wo Corinna dies sagte, begannen die Glöckchen drüben ihr Spiel.
„Ach", sagte Marcell, „sprich doch nicht so von dem Turm
und ob er schön ist oder nicht. Mir ist es gleich, und dir auch;
das mögen die Fachleute miteinander ausmachen. Und du
sagst das alles nur, weil du von dem eigentlichen Gespräch
los willst. Aber höre lieber zu, was die Glöckchen drüben
spielen. Ich glaube, sie spielen: ‚Üb immer Treu und Redlichkeit.'"
„Kann sein, und ist nur schade, daß sie nicht auch die berühmte Stelle von dem Kanadier spielen können, der noch
Europens übertünchte Höflichkeit nicht kannte. So was Gutes
bleibt leider immer unkomponiert, oder vielleicht geht es
auch nicht. Aber nun sage mir, Freund, was soll das alles
heißen? Treu und Redlichkeit. Meinst du wirklich, daß mir
die fehlen? Gegen wen versünd'ge ich mich denn durch
Untreue? Gegen dich? Hab ich Gelöbnisse gemacht? Hab
ich dir etwas versprochen und das Versprechen nicht gehalten?"
Marcell schwieg.
„Du schweigst, weil du nichts zu sagen hast. Ich will dir aber
noch allerlei mehr sagen, und dann magst du selber entschei-

den, ob ich treu und redlich oder doch wenigstens aufrichtig bin, was so ziemlich dasselbe bedeutet."

„Corinna ..."

„Nein, jetzt will *ich* sprechen, in aller Freundschaft, aber auch in allem Ernst. Treu und redlich. Nun, ich weiß wohl, daß du treu und redlich bist, was beiläufig nicht viel sagen will; ich für meine Person kann dir nur wiederholen, ich bin es auch."

„Und spielst doch beständig eine Komödie."

„Nein, das tu ich nicht. Und *wenn* ich es tue, so doch so, daß jeder es merken kann. Ich habe mir, nach reiflicher Überlegung, ein bestimmtes Ziel gesteckt, und wenn ich nicht mit dürren Worten sage: ‚dies *ist* mein Ziel', so unterbleibt das nur, weil es einem Mädchen nicht kleidet, mit solchen Plänen aus sich herauszutreten. Ich erfreue mich, dank meiner Erziehung, eines guten Teils von Freiheit, einige werden vielleicht sagen von Emanzipation, aber trotzdem bin ich durchaus kein emanzipiertes Frauenzimmer. Im Gegenteil, ich habe gar keine Lust, das alte Herkommen umzustoßen, alte gute Sätze, zu denen auch der gehört: ein Mädchen wirbt nicht, um ein Mädchen *wird* geworben."

„Gut, gut; alles selbstverständlich ..."

„... Aber freilich, das ist unser altes Evarecht, die großen Wasser spielen zu lassen und unsere Kräfte zu gebrauchen, bis *das* geschieht, um dessentwillen wir da sind, mit anderen Worten, bis man um uns wirbt. Alles gilt diesem Zweck. Du nennst das, je nachdem dir der Sinn steht, Raketensteigenlassen oder Komödie, mitunter auch Intrige, und immer Koketterie."

Marcell schüttelte den Kopf. „Ach, Corinna, du darfst mir darüber keine Vorlesung halten wollen und zu mir sprechen, als ob ich erst gestern auf die Welt gekommen wäre. Natürlich hab ich oft von Komödie gesprochen und noch öfter von Koketterie. Wovon spricht man nicht alles! Und wenn man dergleichen hinspricht, so widerspricht man sich auch wohl, und was man eben noch getadelt hat, das lobt man im nächsten Augenblick. Um's rundheraus zu sagen, spiele so viel

Komödie, wie du willst, sei so kokett, wie du willst, ich werde doch nicht so dumm sein, die Weiberwelt und die Welt überhaupt ändern zu wollen, ich will sie wirklich nicht ändern, auch dann nicht, wenn ich's könnte! Nur um eins muß ich dich angehen, du mußt, wie du dich vorhin ausdrücktest, die großen Wasser an der rechten Stelle, das heißt also vor den rechten Leuten springen lassen, vor solchen, wo's paßt, wo's hingehört, wo sich's lohnt. Du gehst aber mit deinen Künsten nicht an die richtige Adresse, denn du kannst doch nicht ernsthaft daran denken, diesen Leopold Treibel heiraten zu wollen?"

„Warum nicht? Ist er zu jung für mich? Nein. Er stammt aus dem Januar und ich aus dem September; er hat also noch einen Vorsprung von acht Monaten."

„Corinna, du weißt ja recht gut, wie's liegt und daß er einfach für dich nicht paßt, weil er zu unbedeutend für dich ist. Du bist eine aparte Person, vielleicht ein bißchen zu sehr, und er ist kaum Durchschnitt. Ein sehr guter Mensch, das muß ich zugeben, hat ein gutes, weiches Herz, nichts von dem Kiesel, den die Geldleute sonst hier links haben, hat auch leidlich weltmännische Manieren und kann vielleicht einen Dürerschen Stich von einem Ruppiner Bilderbogen unterscheiden; aber du würdest dich totlangweilen an seiner Seite. Du, deines Vaters Tochter und eigentlich noch klüger als der Alte, du wirst doch nicht dein eigentliches Lebensglück wegwerfen wollen, bloß um in einer Villa zu wohnen und einen Landauer zu haben, der dann und wann ein paar alte Hofdamen abholt, oder um Adolar Krolas ramponierten Tenor alle vierzehn Tage den ‚Erlkönig' singen zu hören. Es ist nicht möglich, Corinna; du wirst dich doch, wegen solchen Bettels von Mammon, nicht einem unbedeutenden Menschen an den Hals werfen wollen."

„Nein, Marcell, das letztere gewiß nicht; ich bin nicht für Zudringlichkeiten. Aber wenn Leopold morgen bei meinem Vater antritt – denn ich fürchte beinah, daß er noch zu denen gehört, die sich, statt der Hauptperson, erst der Nebenperso-

nen versichern –, wenn er also morgen antritt und um diese
rechte Hand deiner Cousine Corinna anhält, so nimmt ihn
Corinna und fühlt sich als Corinne au Capitole."

„Das ist nicht möglich; du täuschest dich, du spielst mit der
Sache. Es ist eine Phantasterei, der du nach deiner Art nach-
hängst."

„Nein, Marcell, *du* täuschest dich, nicht ich; es ist mein vollkommener Ernst, so sehr, daß ich ein ganz klein wenig davor
erschrecke."

„Das ist dein Gewissen."

„Vielleicht. Vielleicht auch nicht. Aber so viel will ich dir
ohne weiteres zugeben, *das*, wozu der liebe Gott mich so
recht eigentlich erschuf, das hat nichts zu tun mit einem Treibelschen Fabrikgeschäft oder mit einem Holzhof und vielleicht am wenigsten mit einer Hamburger Schwägerin. Aber
ein Hang nach Wohlleben, der jetzt alle Welt beherrscht, hat
mich auch in der Gewalt, ganz so wie alle anderen, und so
lächerlich und verächtlich es in deinem Oberlehrers-Ohre
klingen mag, ich halt es mehr mit Bonwitt und Littauer als
mit einer kleinen Schneiderin, die schon um acht Uhr früh
kommt und eine merkwürdige Hof- und Hinterstubenatmos-
phäre mit ins Haus bringt und zum zweiten Frühstück ein
Brötchen mit Schlackwurst und vielleicht auch einen Gilka
kriegt. Das alles widersteht mir im höchsten Maße; je weniger ich davon sehe, desto besser. Ich find es ungemein reizend,
wenn so die kleinen Brillanten im Ohre blitzen, etwa so, wie
bei meiner Schwiegermama in spe ... ‚Sich einschränken', ach,
ich kenne das Lied, das immer gesungen und immer gepredigt
wird, aber wenn ich bei Papa die dicken Bücher abstäube,
drin niemand hineinsieht, auch er selber nicht, und wenn dann
die Schmolke sich abends auf mein Bett setzt und mir von
ihrem verstorbenen Manne, dem Schutzmann, erzählt und
daß er, wenn er noch lebte, jetzt ein Revier hätte, denn Madai
hätte große Stücke auf ihn gehalten, und wenn sie dann zuletzt sagt: ‚Aber Corinnchen, ich habe ja noch gar nicht mal
gefragt, was wir morgen essen wollen? ... Die Teltower sind

jetzt so schlecht und eigentlich alle schon madig, und ich
möchte dir vorschlagen, Wellfleisch und Wruken, das aß
Schmolke auch immer so gern' – ja, Marcell, in solchem
Augenblicke wird mir immer ganz sonderbar zumut, und
Leopold Treibel erscheint mir dann mit einemmal als der
Rettungsanker meines Lebens oder, wenn du willst, wie das
aufzusetzende große Marssegel, das bestimmt ist, mich bei
gutem Wind an ferne, glückliche Küsten zu führen."
„Oder, wenn es stürmt, dein Lebensglück zum Scheitern zu
bringen."
„Warten wir's ab, Marcell."
Und bei diesen Worten bogen sie, von der alten Leipziger
Straße her, in Raules Hof ein, von dem aus ein kleiner Durch-
gang in die Adlerstraße führte.

SECHSTES KAPITEL

Um dieselbe Stunde, wo man sich bei Treibels vom Diner
erhob, begann Professor Schmidts „Abend". Dieser „Abend",
auch wohl Kränzchen genannt, versammelte, wenn man vollzählig war, um einen runden Tisch und eine mit einem roten
Schleier versehene Moderateurlampe sieben Gymnasiallehrer,
von denen die meisten den Professortitel führten. Außer unserem Freunde Schmidt waren es noch folgende: Friedrich
Distelkamp, emeritierter Gymnasialdirektor, Senior des
Kreises; nach ihm die Professoren Rindfleisch und Hannibal
Kuh, zu welchen beiden sich noch Oberlehrer Immanuel
Schultze gesellte, sämtlich vom Großen-Kurfürsten-Gymnasium. Den Schluß machte Doktor Charles Etienne, Freund
und Studiengenosse Marcells, zur Zeit französischer Lehrer
an einem vornehmen Mädchenpensionat, und endlich Zeichenlehrer Friedeberg, dem, vor ein paar Jahren erst – niemand wußte recht warum und woher –, der die Mehrheit des
Kreises auszeichnende Professortitel angeflogen war, übrigens
ohne sein Ansehen zu heben. Er wurde vielmehr, nach wie

vor, für nicht ganz voll angesehen, und eine Zeitlang war aufs
ernsthafteste die Rede davon gewesen, ihn, wie sein Haupt-
gegner Immanuel Schultze vorgeschlagen, aus ihrem Kreise
„herauszugraulen", was unser Wilibald Schmidt indessen mit
der Bemerkung bekämpft hatte, daß Friedeberg, trotz seiner
wissenschaftlichen Nichtzugehörigkeit, eine nicht zu unter-
schätzende Bedeutung für ihren „Abend" habe. „Seht, lieben
Freunde", so etwa waren seine Worte gewesen, „wenn wir
unter uns sind, so folgen wir unseren Auseinandersetzungen
eigentlich immer nur aus Rücksicht und Artigkeit und leben
dabei mehr oder weniger der Überzeugung, alles, was seitens
des anderen gesagt wurde, *viel* besser oder − wenn wir bescheiden sind − wenigstens ebenso gut sagen zu können. Und
das lähmt immer. Ich für meinen Teil wenigstens bekenne
offen, daß ich, wenn ich mit meinem Vortrage gerade an der
Reihe war, das Gefühl eines gewissen Unbehagens, ja zu-
zeiten einer geradezu hochgradigen Beklemmung nie ganz
losgeworden bin. Und in einem so bedrängten Augenblicke
seh ich dann unseren immer zu spät kommenden Friedeberg
eintreten, verlegen lächelnd natürlich, und empfinde sofort,
wie meiner Seele die Flügel wieder wachsen; ich spreche
freier, intuitiver, klarer, denn ich habe wieder ein Publikum,
wenn auch nur ein ganz kleines. *Ein* andächtiger Zuhörer,
anscheinend so wenig, ist doch schon immer was und mitunter
sogar sehr viel." Auf diese warme Verteidigung Wilibald
Schmidts hin war Friedeberg dem Kreise verblieben. Schmidt
durfte sich überhaupt als die Seele des Kränzchens betrachten,
dessen Namensgebung: „Die sieben Waisen Griechenlands"
ebenfalls auf ihn zurückzuführen war. Immanuel Schultze,
meist in der Opposition und außerdem ein Gottfried-Keller-
Schwärmer, hatte seinerseits „Das Fähnlein der sieben Aufrechten" vorgeschlagen, war aber damit nicht durchgedrun-
gen, weil, wie Schmidt betonte, diese Bezeichnung einer Ent-
lehnung gleichgekommen wäre. „Die sieben Waisen" klängen
freilich ebenfalls entlehnt, aber das sei bloß Ohr- und Sinnes-
täuschung: das „a", worauf es recht eigentlich ankomme, ver-

ändere nicht nur mit einem Schlage die ganze Situation, sondern erziele sogar den denkbar höchsten Standpunkt, den der Selbstironie.

Wie sich von selbst versteht, zerfiel die Gesellschaft, wie jede Vereinigung der Art, in fast ebenso viele Parteien, wie sie Mitglieder zählte, und nur dem Umstande, daß die drei vom Großen-Kurfürsten-Gymnasium, außer der Zusammengehörigkeit, die diese gemeinschaftliche Stellung gab, auch noch verwandt und verschwägert waren (Kuh war Schwager, Immanuel Schultze Schwiegersohn von Rindfleisch), nur diesem Umstande war es zuzuschreiben, daß die vier anderen, und zwar aus einer Art Selbsterhaltungstrieb, ebenfalls eine Gruppe bildeten und bei Beschlußfassungen meist zusammengingen. Hinsichtlich Schmidts und Distelkamps konnte dies nicht weiter überraschen, da sie von alter Zeit her Freunde waren; zwischen Etienne und Friedeberg aber klaffte für gewöhnlich ein tiefer Abgrund, der sich ebensosehr in ihrer voneinander abweichenden Erscheinung wie in ihren verschiedenen Lebensgewohnheiten aussprach. Etienne, sehr elegant, versäumte nie, während der großen Ferien, mit Nachurlaub nach Paris zu gehen, während sich Friedeberg, angeblich um seiner Malstudien willen, auf die Woltersdorfer Schleuse (die landschaftlich unerreicht dastände) zurückzog. Natürlich war dies alles nur Vorgabe. Der wirkliche Grund war der, daß Friedeberg, bei ziemlich beschränkter Finanzlage, nach dem erreichbar Nächstliegenden griff und überhaupt Berlin nur verließ, um von seiner Frau – mit der er seit Jahren immer dicht vor der Scheidung stand – auf einige Wochen loszukommen. In einem sowohl die Handlungen wie die Worte seiner Mitglieder kritischer prüfenden Kreise hätte diese Finte notwendig verdrießen müssen; indessen Offenheit und Ehrlichkeit im Verkehr mit- und untereinander war keineswegs ein hervorstechender Zug der „sieben Waisen", eher das Gegenteil. So versicherte beispielsweise jeder, „ohne den ‚Abend' eigentlich nicht leben zu können", was in Wahrheit nicht ausschloß, daß immer nur *die* kamen, die nichts Besseres vorhatten; Theater und Skat gingen weit vor und sorgten dafür, daß Unvollständigkeit der Versammlung die Regel war und nicht mehr auffiel.

Heute aber schien es sich schlimmer als gewöhnlich gestalten zu wollen. Die Schmidtsche Wanduhr, noch ein Erbstück vom Großvater her, schlug bereits halb, halb neun, und noch war niemand da außer Etienne, der, wie Marcell, zu den Intimen des Hauses zählend, kaum als Gast und Besuch gerechnet wurde.

„Was sagst du, Etienne“, wandte sich jetzt Schmidt an diesen, „was sagst du zu dieser Saumseligkeit? Wo bleibt Distelkamp? Wenn auch auf *den* kein Verlaß mehr ist – ‚die Douglas‘ waren immer treu‘ –, so geht der ‚Abend‘ aus den Fugen, und ich werde Pessimist und nehme für den Rest meiner Tage Schopenhauer und Eduard von Hartmann untern Arm.“

Während er noch so sprach, ging draußen die Klingel, und einen Augenblick später trat Distelkamp ein.

„Entschuldige, Schmidt, ich habe mich verspätet. Die Details erspar ich dir und unserem Freunde Etienne. Auseinandersetzungen, weshalb man zu spät kommt, selbst wenn sie wahr, sind nicht viel besser als Krankengeschichten. Also lassen wir's. Inzwischen bin ich überrascht, trotz meiner Verspätung immer noch der eigentlich erste zu sein. Denn Etienne gehört ja so gut wie zur Familie. Die Großen Kurfürstlichen aber! Wo sind sie? Nach Kuh und unserem Freunde Immanuel frag ich nicht erst, die sind bloß ihres Schwagers und Schwiegervaters Klientel. Rindfleisch selbst aber – wo steckt er?“

„Rindfleisch hat abgeschrieben; er sei heut in der ‚Griechischen‘.“

„Ach, das ist Torheit. Was will er in der Griechischen? Die sieben Waisen gehen vor. Er findet hier wirklich mehr.“

„Ja, das sagst du so, Distelkamp. Aber es liegt doch wohl anders. Rindfleisch hat nämlich ein schlechtes Gewissen, ich könnte vielleicht sagen: mal wieder ein schlechtes Gewissen.“

„Dann gehört er erst recht hierher; hier kann er beichten. Aber um was handelt es sich denn eigentlich? Was ist es?"
„Er hat da mal wieder einen Schwupper gemacht, irgendwas verwechselt, ich glaube Phrynichos den Tragiker mit Phrynichos dem Lustspieldichter. War es nicht so, Etienne?" – dieser nickte –, „und die Sekundaner haben nun mit lirum larum einen Vers auf ihn gemacht..."
„Und?"
„Und da gilt es denn, die Scharte, so gut es geht, wieder auszuwetzen, wozu die ‚Griechische' mit dem Lustre, das sie gibt, das immerhin beste Mittel ist."
Distelkamp, der sich mittlerweile seinen Meerschaum angezündet und in die Sofaecke gesetzt hatte, lächelte bei der ganzen Geschichte behaglich vor sich hin und sagte dann: „Alles Schnack. Glaubst du's? Ich nicht. Und wenn es zuträfe, so bedeutet es nicht viel, eigentlich gar nichts. Solche Schnitzer kommen immer vor, passieren jedem. Ich will dir mal was erzählen, Schmidt, was, als ich noch jung war und in Quarta brandenburgische Geschichte vortragen mußte – was damals, sag ich, einen großen Eindruck auf mich machte."
„Nun, laß hören. Was war's?"
„Ja, was war's. Offen gestanden, meine Wissenschaft, zum wenigsten was unser gutes Kurbrandenburg anging, war nicht weit her, ist es auch jetzt noch nicht, und als ich so zu Hause saß und mich notdürftig vorbereitete, da las ich – denn wir waren gerade beim ersten König – allerhand Biographisches und darunter auch was vom alten General Barfus, der, wie die meisten damaligen, das Pulver nicht erfunden hatte, sonst aber ein kreuzbraver Mann war. Und dieser Barfus präsidierte, während der Belagerung von Bonn, einem Kriegsgericht, drin über einen jungen Offizier abgeurteilt werden sollte."
„So, so. Nun, was war es denn?"
„Der Abzuurteilende hatte sich, das mindeste zu sagen, etwas unheldisch benommen, und alle waren für Schuldig und Totschießen. Nur der alte Barfus wollte nichts davon wissen und

sagte: ‚Drücken wir ein Auge zu, meine Herren. Ich habe dreißig Renkontres mitgemacht, und ich muß Ihnen sagen, ein Tag ist nicht wie der andere, und der Mensch ist ungleich und das Herz auch und der Mut erst recht. Ich habe mich manches Mal auch feige gefühlt. Solange es geht, muß man Milde walten lassen, denn jeder kann sie brauchen.‘ "

„Höre, Distelkamp", sagte Schmidt, „das ist eine gute Geschichte, dafür dank ich dir, und so alt ich bin, *die* will ich mir doch hinter die Ohren schreiben. Denn weiß es Gott, ich habe mich auch schon blamiert, und wiewohl es die Jungens nicht bemerkt haben, wenigstens ist mir nichts aufgefallen, so hab ich es doch selber bemerkt und mich hinterher riesig geärgert und geschämt. Nicht wahr, Etienne, so was ist immer fatal; oder kommt es im Französischen nicht vor, wenigstens dann nicht, wenn man alle Juli nach Paris reist und einen neuen Band Maupassant mit heimbringt? Das ist ja wohl jetzt das Feinste? Verzeih die kleine Malice. Rindfleisch ist überdies ein kreuzbraver Kerl, nomen et omen, und eigentlich der beste, besser als Kuh und namentlich besser als unser Freund Immanuel Schultze. Der hat's hinter den Ohren und ist ein Schlieker. Er grient immer und gibt sich das Ansehen, als ob er dem Bilde zu Saïs irgendwie und -wo unter den Schleier geguckt hätte, wovon er weitab ist. Denn er löst nicht mal das Rätsel von seiner eigenen Frau, an der manches verschleierter oder auch nicht verschleierter sein soll, als ihm, dem Ehesponsen, lieb sein kann."

„Schmidt, du hast heute mal wieder deinen medisanten Tag. Eben hab ich den armen Rindfleisch aus deinen Fängen gerettet, ja, du hast sogar Besserung versprochen, und schon stürzest du dich wieder auf den unglücklichen Schwiegersohn. Im übrigen, wenn ich an Immanuel etwas tadeln sollte, so läge es nach einer ganz anderen Seite hin."

„Und das wäre?"

„Daß er keine Autorität hat. Wenn er sie zu Hause nicht hat, nun, traurig genug. Indessen das geht uns nichts an. Aber daß er sie, nach allem, was ich höre, auch in der Klasse nicht hat, *das* ist schlimm. Sieh, Schmidt, das ist die Kränkung und der Schmerz meiner letzten Lebensjahre, daß ich den kategorischen Imperativ immer mehr hinschwinden sehe. Wenn ich da an den alten Weber denke! Von dem heißt es, wenn er in die Klasse trat, so hörte man den Sand durch das Stundenglas fallen, und kein Primaner wußte mehr, daß es überhaupt möglich sei, zu flüstern oder gar vorzusagen. Und außer seinem eigenen Sprechen, ich meine Webers, war nichts hörbar als das Knistern, wenn die Horazseiten umgeblättert wurden. Ja, Schmidt, *das* waren Zeiten, da verlohnte sich's, ein Lehrer und ein Direktor zu sein. Jetzt treten die Jungens in der Konditorei an einen heran und sagen: ‚Wenn Sie gelesen haben, Herr Direktor, dann bitt ich . . .‘ "

Schmidt lachte. „Ja, Distelkamp, so sind sie jetzt, das ist die neue Zeit, das ist wahr. Aber ich kann mich nicht darüber ägrieren. Wie waren denn, bei Lichte besehen, die großen Würdenträger mit ihrem Doppelkinn und ihren Pontacnasen? Schlemmer waren es, die den Burgunder viel besser kannten als den Homer. Da wird immer von alten, einfachen Zeiten geredet; dummes Zeug! sie müssen ganz gehörig gepichelt haben, das sieht man noch an ihren Bildern in der Aula. Nu ja, Selbstbewußtsein und eine steifleinene Grandezza, das alles hatten sie, das soll ihnen zugestanden sein. Aber wie sah es sonst aus?"

„Besser als heute."

„Kann ich nicht finden, Distelkamp. Als ich noch unsere Schulbibliothek unter Aufsicht hatte, Gott sei Dank, daß ich nichts mehr damit zu tun habe, da hab ich öfter in die Schulprogramme hineingeguckt, und in die Dissertationen und Aktusse, wie sie vordem in Schwung waren. Nun, ich weiß wohl, jede Zeit denkt, sie sei was Besonderes, und die, die kommen, mögen meinetwegen auch über uns lachen; aber sieh, Distelkamp, vom gegenwärtigen Standpunkt unseres Wissens, oder sag ich auch bloß unseres Geschmacks, aus darf doch am Ende gesagt werden, es war etwas Furchtbares mit dieser Perückengelehrsamkeit, und die stupende Wichtigkeit, mit der sie sich gab, kann uns nur noch erheitern. Ich weiß nicht, unter wem es war, ich glaube, unter Rodegast, da kam es in Mode – vielleicht weil er persönlich einen Garten vorm Rosentaler hatte –, die Stoffe für die öffentlichen Reden und ähnliches aus der Gartenkunde zu nehmen, und sieh, da hab ich Dissertationen gelesen über das Hortikulturliche des Paradieses, über die Beschaffenheit des Gartens zu Gethsemane und über die mutmaßlichen Anlagen im Garten des Joseph von Arimathia. Garten und immer wieder Garten. Nun, was sagst du dazu?"

„Ja, Schmidt, mit dir ist schlecht fechten. Du hast immer das Auge für das Komische gehabt. Das greifst du nun heraus, spießest es auf deine Nadel und zeigst es der Welt. Aber was daneben lag und viel richtiger war, das lässest du liegen. Du hast schon sehr richtig hervorgehoben, daß man über unsere Lächerlichkeiten auch lachen wird. Und wer bürgt uns dafür, daß wir nicht jeden Tag in Untersuchungen eintreten, die noch viel toller sind als die hortikulturlichen Untersuchungen über das Paradies. Lieber Schmidt, das Entscheidende bleibt doch immer der Charakter, nicht der eitle, wohl aber der gute, ehrliche Glaube an uns selbst. Bona fide müssen wir vorgehen. Aber mit unserer ewigen Kritik, eventuell auch Selbstkritik, geraten wir in eine mala fides hinein und mißtrauen uns selbst und dem, was wir zu sagen haben. Und ohne Glauben an uns und unsere Sache keine rechte Lust und Freudigkeit und auch kein Segen, am wenigsten Autorität. Und das ist es, was ich beklage. Denn wie kein Heerwesen ohne Disziplin, so kein Schulwesen ohne Autorität. Es ist damit wie mit dem Glauben. Es ist nicht nötig, daß das Richtige geglaubt wird, aber daß überhaupt geglaubt wird, darauf kommt es an. In jedem Glauben stecken geheimnisvolle Kräfte und ebenso in der Autorität."

Schmidt lächelte. „Distelkamp, ich kann da nicht mit. Ich kann's in der Theorie gelten lassen, aber in der Praxis ist es bedeutungslos geworden. Gewiß kommt es auf das Ansehen vor den Schülern an. Wir gehen nur darin auseinander, aus welcher Wurzel das Ansehen kommen soll. Du willst alles auf den Charakter zurückführen und denkst, wenn du es auch nicht aussprichst: ,Und wenn Ihr Euch nur selbst vertraut, vertrauen Euch auch die anderen Seelen.' Aber, teurer Freund, das ist just das, was ich bestreite. Mit dem bloßen Glauben an sich oder gar, wenn du den Ausdruck gestattest, mit der geschwollenen Wichtigtuerei, mit der Pomposität ist es heutzutage nicht mehr getan. An die Stelle dieser veralteten Macht ist die reelle Macht des wirklichen Wissens und Könnens getreten, und du brauchst nur Umschau zu halten, so wirst du jeden Tag sehen, daß Professor Hammerstein, der bei Spichern mit gestürmt und eine gewisse Premierleutnantshaltung von daher beibehalten hat, daß Hammerstein, sag ich, seine Klasse *nicht* regiert, während unser Agathon Knurzel, der aussieht wie Mr. Punch und einen Doppelbuckel, aber freilich auch einen Doppelgrips hat, die Klasse mit seinem kleinen Raubvogelgesicht in der Furcht des Herrn hält. Und nun besonders unsere Berliner Jungens, die gleich weghaben, wie schwer einer wiegt. Wenn einer von den Alten aus dem Grabe käme, mit Stolz und Hoheit angetan, und eine hortikulturelle Beschreibung des Paradieses forderte, wie würde der fahren mit all seiner Würde? Drei Tage später wär er im ,Kladderadatsch', und die Jungens selber hätten das Gedicht gemacht."

„Und doch bleibt es dabei, Schmidt, mit den Traditionen der alten Schule steht und fällt die höhere Wissenschaft."

„Ich glaub es nicht. Aber wenn es wäre, wenn die höhere Weltanschauung, das heißt das, was wir so nennen, wenn das alles fallen müßte, nun, so laß es fallen. Schon Attinghausen, der doch selber alt war, sagte: ,Das Alte stürzt, es ändert sich die Zeit.' Und wir stehen sehr stark vor solchem Umwandlungsprozeß oder, richtiger, wir sind schon drin. Muß ich dich daran erinnern, es gab eine Zeit, wo das Kirchliche Sache der Kirchenleute war. Ist es noch so? Nein. Hat die Welt verloren? Nein. Es ist vorbei mit den alten Formen, und auch unsere Wissenschaftlichkeit wird davon keine Ausnahme

machen. Sieh hier . . .", und er schleppte von einem kleinen
Nebentisch ein großes Prachtwerk herbei, „. . . sieh hier *das*.
Heute mir zugeschickt, und ich werd es behalten, so teuer es
ist. Heinrich Schliemanns Ausgrabungen zu Mykenä. Ja,
Distelkamp, wie stehst du dazu?"

„Zweifelhaft genug."

„Kann ich mir denken. Weil du von den alten Anschauungen
nicht los willst. Du kannst dir nicht vorstellen, daß jemand,
der Tüten geklebt und Rosinen verkauft hat, den alten Priamus ausbuddelt, und kommt er nun gar ins Agamemnonsche
hinein und sucht nach dem Schädelriß, aegisthschen Ange-
denkens, so gerätst du in helle Empörung. Aber ich kann mir
nicht helfen, du hast unrecht. Freilich, man muß was leisten;
hic Rhodus, hic salta; aber wer springen kann, der springt,
gleichviel, ob er's aus der Georgia Augusta oder aus der
Klippschule hat. Im übrigen will ich abbrechen; am wenigsten
hab ich Lust, dich mit Schliemann zu ärgern, der von Anfang
an deine Renonce war. Die Bücher liegen hier bloß wegen
Friedeberg, den ich der beigegebenen Zeichnungen halber
fragen will. Ich begreife nicht, daß er nicht kommt oder, richtiger, nicht schon da ist. Denn daß er kommt, ist unzweifelhaft, er hätte sonst abgeschrieben, artiger Mann, der er ist."

„Ja, das ist er", sagte Etienne, „das hat er noch aus dem Semi-
tismus mit rübergenommen."

„Sehr wahr", fuhr Schmidt fort, „aber wo er's herhat, ist am
Ende gleichgültig. Ich bedaure mitunter, Urgermane, der ich
bin, daß wir nicht auch irgendwelche Bezugsquelle für ein
bißchen Schliff und Politesse haben; es braucht ja nicht gerade
dieselbe zu sein. Diese schreckliche Verwandtschaft zwischen
Teutoburger Wald und Grobheit ist doch mitunter störend.
Friedeberg ist ein Mann, der, wie Max Piccolomini – sonst
nicht gerade sein Vorbild, auch nicht mal in der Liebe –, der
,Sitten Freundlichkeit' allerzeit kultiviert hat, und es bleibt
eigentlich nur zu beklagen, daß seine Schüler nicht immer das
richtige Verständnis dafür haben. Mit anderen Worten, sie
spielen ihm auf der Nase . . ."

„Das uralte Schicksal der Schreib- und Zeichenlehrer . . .“
„Freilich. Und am Ende muß es auch so gehen und geht auch.
Aber lassen wir die heikle Frage. Laß mich lieber auf Mykenä zurückkommen und sage mir deine Meinung über die
Goldmasken. Ich bin sicher, wir haben da ganz was Besonderes, so das recht Eigentlichste. Jeder Beliebige kann doch nicht
bei seiner Bestattung eine Goldmaske getragen haben, doch
immer nur die Fürsten, also mit höchster Wahrscheinlichkeit
Orests und Iphigeniens unmittelbare Vorfahren. Und wenn
ich mir dann vorstelle, daß diese Goldmasken genau nach
dem Gesicht geformt wurden, gerade wie wir jetzt eine Gips-
oder Wachsmaske formen, so hüpft mir das Herz bei der
doch mindestens zulässigen Idee, daß *dies* hier“ – und er
wies auf eine aufgeschlagene Bildseite –, „daß dies hier das
Gesicht des Atreus ist oder seines Vaters oder seines Onkels . . .“
„Sagen wir seines Onkels.“
„Ja, du spottest wieder, Distelkamp, trotzdem du mir doch
selber den Spott verboten hast. Und das alles bloß, weil du
der ganzen Sache mißtraust und nicht vergessen kannst, daß
er, ich meine natürlich Schliemann, in seinen Schuljahren über
Strelitz und Fürstenberg nicht rausgekommen ist. Aber lies
nur, was Virchow von ihm sagt. Und Virchow wirst du doch
gelten lassen.“
In diesem Augenblicke hörte man draußen die Klingel gehen.
„Ah, lupus in fabula. Das ist er. Ich wußte, daß er uns nicht
im Stiche lassen würde . . .“
Und kaum, daß Schmidt diese Worte gesprochen, trat Friedeberg auch schon herein, und ein reizender schwarzer Pudel,
dessen rote Zunge, wahrscheinlich vom angestrengten Laufe,
weit heraushing, sprang auf die beiden alten Herren zu und
umschmeichelte abwechselnd Schmidt und Distelkamp. An
Etienne, der ihm zu elegant war, wagte er sich nicht heran.
„Aber alle Wetter, Friedeberg, wo kommen Sie so spät
her?“
„Freilich, freilich, und sehr zu meinem Bedauern. Aber der

Fips hier treibt es zu arg oder geht in seiner Liebe zu mir zu weit, wenn ein Zuweitgehen in der Liebe überhaupt möglich ist. Ich bildete mir ein, ihn eingeschlossen zu haben, und mache mich zu rechter Zeit auf den Weg. Gut. Und nun denken Sie, was geschieht? Als ich hier ankomme, wer ist da, wer wartet auf mich? Natürlich Fips. Ich bring ihn wieder zurück bis in meine Wohnung und übergeb ihn dem Portier, meinem guten Freunde – man muß in Berlin eigentlich sagen, meinem Gönner. Aber, aber, was ist das Resultat all meiner Anstrengungen und guten Worte? Kaum bin ich wieder hier, so ist auch Fips wieder da. Was sollt ich am Ende machen? Ich hab ihn wohl oder übel mit hereingebracht und bitt um Entschuldigung für ihn und für mich."

„Hat nichts auf sich", sagte Schmidt, während er sich zugleich freundlich mit dem Hunde beschäftigte. „Reizendes Tier und so zutunlich und fidel. Sagen Sie, Friedeberg, wie schreibt er sich eigentlich? f oder ph? Phips mit ph ist englisch, also vornehmer. Im übrigen ist er, wie seine Rechtschreibung auch sein möge, für heute abend mit eingeladen und ein durchaus willkommener Gast, vorausgesetzt, daß er nichts dagegen hat, in der Küche sozusagen am Trompetertisch Platz zu nehmen. Für meine gute Schmolke bürge ich. Die hat eine Vorliebe für Pudel, und wenn sie nun gar von seiner Treue hört . . ."

„So wird sie", warf Distelkamp ein, „ihm einen Extrazipfel schwerlich versagen."

„Gewiß nicht. Und darin stimme ich meiner guten Schmolke von Herzen bei. Denn die Treue, von der heutzutage jeder red't, wird in Wahrheit immer rarer, und Fips predigt in seiner Stadtgegend, soviel ich weiß, umsonst."

Diese von Schmidt anscheinend leicht und wie im Scherze hingesprochenen Worte richteten sich doch ziemlich ernsthaft an den sonst gerade von ihm protegierten Friedeberg, dessen stadtkundig unglückliche Ehe, neben anderem, auch mit einem entschiedenen Mangel an Treue, besonders während seiner Mal- und Landschaftsstudien auf der Woltersdorfer Schleuse, zusammenhing. Friedeberg fühlte den Stich auch sehr wohl heraus und wollte sich durch eine Verbindlichkeit gegen Schmidt aus der Affäre ziehen, kam aber nicht dazu, weil in ebendiesem Augenblicke die Schmolke eintrat und unter einer Verbeugung gegen die anderen Herren ihrem Professor ins Ohr flüsterte, „daß angerichtet sei".

„Nun, lieben Freunde, dann bitt ich . . ." Und Distelkamp an der Hand nehmend, schritt er, unter Passierung des Entrees, auf das Gesellschaftszimmer zu, drin die Abendtafel gedeckt war. Ein eigentliches Eßzimmer hatte die Wohnung nicht. Friedeberg und Etienne folgten.

SIEBENTES KAPITEL

Das Zimmer war dasselbe, in welchem Corinna, am Tage zuvor, den Besuch der Kommerzienrätin empfangen hatte. Der mit Lichtern und Weinflaschen gut besetzte Tisch stand, zu vieren gedeckt, in der Mitte; darüber hing eine Hängelampe. Schmidt setzte sich mit dem Rücken gegen den Fensterpfeiler, seinem Freunde Friedeberg gegenüber, der seinerseits von seinem Platze aus zugleich den Blick in den Spiegel hatte. Zwischen den blanken Messingleuchtern standen ein Paar auf einem Basar gewonnene Porzellanvasen, aus deren halb gezahnter, halb wellenförmiger Öffnung – dentatus et undulatus, sagte Schmidt – kleine Marktsträuße von Goldlack und Vergißmeinnicht hervorwuchsen. Quer vor den Weingläsern lagen lange Kümmelbrote, denen der Gastgeber, wie allem Kümmlichen, eine ganz besondere Fülle gesundheitlicher Gaben zuschrieb.

Das eigentliche Gericht fehlte noch, und Schmidt, nachdem er sich von dem statutarisch festgesetzten Trarbache bereits zweimal eingeschenkt, auch beide Knusperspitzen vo.. seinem Kümmelbrötchen abgebrochen hatte, war ersichtlich auf dem Punkte, starke Spuren von Mißstimmung und Ungeduld zu zeigen, als sich endlich die zum Entree führende Tür auftat und die Schmolke, rot von Erregung und Herdfeuer, eintrat, eine mächtige Schüssel mit Oderkrebsen von sich hertragend. „Gott sei Dank", sagte Schmidt, „ich dachte schon, alles wäre den Krebsgang gegangen", eine unvorsichtige Bemerkung, die die Kongestionen der Schmolke nur noch steigerte, das Maß ihrer guten Laune aber ebensosehr sinken ließ. Schmidt, seinen Fehler rasch erkennend, war kluger Feldherr genug, durch einige Verbindlichkeiten die Sache wieder auszugleichen. Freilich nur mit halbem Erfolg.

Als man wieder allein war, unterließ es Schmidt nicht, sofort den verbindlichen Wirt zu machen. Natürlich auf seine Weise. „Sieh, Distelkamp, dieser hier ist für dich. Er hat eine große und eine kleine Schere, und das sind immer die besten. Es gibt Spiele der Natur, die mehr sind als bloßes Spiel und dem Weisen als Wegweiser dienen; dahin gehören beispielsweise die Pontacapfelsinen und die Borsdorfer mit einer Pocke. Denn es steht fest, je pockenreicher, desto schöner ... Was wir hier vor uns haben, sind Oderbruchkrebse; wenn ich recht berichtet bin, aus der Küstriner Gegend. Es scheint, daß durch die Vermählung von Oder und Warthe besonders gute Resultate vermittelt werden. Übrigens, Friedeberg, sind Sie nicht eigentlich da zu Haus? Ein halber Neumärker oder Oderbrücher?" Friedeberg bestätigte. „Wußt es; mein Gedächtnis täuscht mich selten. Und nun sagen Sie, Freund, ist dies, nach Ihren persönlichen Erfahrungen, mutmaßlich als streng lokale Produktion anzusehen, oder ist es mit den Oderbruchkrebsen wie mit den Werderschen Kirschen, deren Gewinnungsgebiet sich nächstens über die ganze Provinz Brandenburg erstrecken wird?"

„Ich glaube doch", sagte Friedeberg, während er durch eine geschickte, durchaus den Virtuosen verratende Gabelwendung einen weiß und rosa schimmernden Krebsschwanz aus seiner Stachelschale hob, „ich glaube doch, daß hier ein Segeln unter zuständiger Flagge stattfindet und daß wir auf dieser Schüssel wirkliche Oderkrebse vor uns haben, echteste Ware, nicht bloß dem Namen nach, sondern auch de facto."

„De facto", wiederholte der in Friedebergs Latinität einge-
weihte Schmidt, unter behaglichem Schmunzeln.

Friedeberg aber fuhr fort: „Es werden nämlich, um Küstrin
herum, immer noch Massen gewonnen, trotzdem es nicht mehr
das ist, was es war. Ich habe selbst noch Wunderdinge davon
gesehen, aber freilich nichts im Vergleich zu dem, was die
Leute von alten Zeiten her erzählten. Damals, vor hundert
Jahren, oder vielleicht auch noch länger, gab es so viele
Krebse, daß sie durchs ganze Bruch hin, wenn sich im Mai
das Überschwemmungswasser wieder verlief, von den Bäumen geschüttelt wurden, zu vielen Hunderttausenden."

„Dabei kann einem ja ordentlich das Herz lachen", sagte
Etienne, der ein Feinschmecker war.

„Ja, hier an diesem Tisch; aber dort in der Gegend lachte
man nicht darüber. Die Krebse waren wie eine Plage, natürlich ganz entwertet, und bei der dienenden Bevölkerung, die
damit geatzt werden sollte, so verhaßt und dem Magen der
Leute so widerwärtig, daß es verboten war, dem Gesinde
mehr als dreimal wöchentlich Krebse vorzusetzen. Ein Schock
Krebse kostete einen Pfennig."

„Ein Glück, daß das die Schmolke nicht hört", warf Schmidt
ein, „sonst würd ihr ihre Laune zum zweiten Male verdorben.
Als richtige Berlinerin ist sie nämlich für ewiges Sparen, und
ich glaube nicht, daß sie die Tatsache ruhig verwinden würde,
die Epoche von ,ein Pfennig pro Schock' so total versäumt zu
haben."

„Darüber darfst du nicht spotten, Schmidt", sagte Distelkamp. „Das ist eine Tugend, die der modernen Welt, neben
vielem anderen, immer mehr verlorengeht."

„Ja, da sollst du recht haben. Aber meine gute Schmolke hat
doch auch in diesem Punkte les défauts de ses vertus. So heißt
es ja wohl, Etienne?"

„Gewiß", sagte dieser. „Von der George Sand. Und fast ließe
sich sagen, ,les défauts de ses vertus' und ,comprende c'est
pardonner' – das sind so recht eigentlich die Sätze, wegen
deren sie gelebt hat."

„Und dann vielleicht auch von wegen dem Alfred de Musset", ergänzte Schmidt, der nicht gern eine Gelegenheit vorübergehen ließ, sich, aller Klassizität unbeschadet, auch ein modern literarisches Ansehen zu geben.

„Ja, wenn man will, auch von wegen dem Alfred de Musset. Aber das sind Dinge, daran die Literaturgeschichte glücklicherweise vorübergeht."

„Sage das nicht, Etienne, nicht glücklicherweise, sage leider. Die Geschichte geht fast immer an dem vorüber, was sie vor allem festhalten sollte. Daß der Alte Fritz am Ende seiner Tage dem damaligen Kammergerichtspräsidenten, Namen hab ich vergessen, den Krückstock an den Kopf warf und, was mir noch wichtiger ist, daß er durchaus bei seinen Hunden begraben sein wollte, weil er die Menschen, diese ,mechante Rasse', so gründlich verachtete – sieh, Freund, das ist mir mindestens ebensoviel wert wie Hohenfriedberg oder Leuthen. Und die berühmte Torgauer Ansprache, ,Rackers, wollt ihr denn ewig leben', geht mir eigentlich noch über Torgau selbst."

Distelkamp lächelte. „Das sind so Schmidtiana. Du warst immer fürs Anekdotische, fürs Genrehafte. Mir gilt in der Geschichte nur das Große, nicht das Kleine, das Nebensächliche."

„Ja und nein, Distelkamp. Das Nebensächliche, so viel ist richtig, gilt nichts, wenn es bloß nebensächlich ist, wenn nichts drin steckt. Steckt aber was drin, dann ist es die Hauptsache, denn es gibt einem dann immer das eigentlich Menschliche."

„Poetisch magst du recht haben."

„Das Poetische – vorausgesetzt, daß man etwas anderes darunter versteht als meine Freundin Jenny Treibel –, das Poetische hat immer recht; es wächst weit über das Historische hinaus . . ."

Es war dies ein Schmidtsches Lieblingsthema, drin der alte Romantiker, der er eigentlich mehr als alles andere war, jedesmal so recht zur Geltung kam; aber heute sein Stecken-

pferd zu reiten verbot sich ihm doch, denn ehe er noch zu
wuchtiger Auseinandersetzung ausholen konnte, hörte man
Stimmen vom Entree her, und im nächsten Augenblicke traten Marcell und Corinna ein, Marcell befangen und fast verstimmt, Corinna nach wie vor in bester Laune. Sie ging zur
Begrüßung auf Distelkamp zu, der ihr Pate war und ihr
immer kleine Verbindlichkeiten sagte. Dann gab sie Friedeberg und Etienne die Hand und machte den Schluß bei ihrem
Vater, dem sie, nachdem er sich auf ihre Ordre mit der breit
vorgebundenen Serviette den Mund abgeputzt hatte, einen
herzhaften Kuß gab.

„Nun, Kinder, was bringt ihr? Rückt hier ein. Platz die Hülle
und Fülle. Rindfleisch hat abgeschrieben . . . Griechische Gesellschaft . . . und die beiden anderen fehlen als Anhängsel
natürlich von selbst. Aber kein anzügliches Wort mehr, ich
habe ja Besserung geschworen und will's halten. Also, Corinna, du drüben neben Distelkamp, Marcell hier zwischen
Etienne und mir. Ein Besteck wird die Schmolke wohl gleich
bringen . . . So; so ist's recht . . . Und wie sich das gleich anders ausnimmt! Wenn so Lücken klaffen, denk ich immer,
Banquo steigt auf. Nun, Gott sei Dank, Marcell, von Banquo
hast du nicht viel, oder wenn doch vielleicht, so verstehst du's,
deine Wunden zu verbergen. Und nun erzählt, Kinder. Was
macht Treibel? Was macht meine Freundin Jenny? Hat sie
gesungen? Ich wette, das ewige Lied, *mein* Lied, die berühmte
Stelle: ‚Wo sich Herzen finden', und Adolar Krola hat begleitet. Wenn ich dabei nur mal in Krolas Seele lesen könnte.
Vielleicht aber steht er doch milder und menschlicher dazu.
Wer jeden Tag zu zwei Diners geladen ist und mindestens
anderthalb mitmacht . . . Aber bitte, Corinna, klingle."

„Nein, ich gehe lieber selbst, Papa. Die Schmolke läßt sich
nicht gern klingeln; sie hat so ihre Vorstellungen von dem,
was sie sich und ihrem Verstorbenen schuldig ist. Und ob ich
wiederkomme, die Herren wollen verzeihen, weiß ich auch
nicht; ich glaube kaum. Wenn man solchen Treibelschen Tag
hinter sich hat, ist es das schönste, darüber nachzudenken, wie

das alles so kam und was einem alles gesagt wurde. Marcell kann ja statt meiner berichten. Und nur noch so viel, ein höchst interessanter Engländer war mein Tischnachbar, und wer es von Ihnen vielleicht nicht glauben will, daß er so sehr interessant gewesen, dem brauche ich bloß den Namen zu nennen, er hieß nämlich Nelson. Und nun Gott befohlen." Und damit verabschiedete sich Corinna.

Das Besteck für Marcell kam, und als dieser, nur um des Onkels gute Laune nicht zu stören, um einen Kost- und Probe-krebs gebeten hatte, sagte Schmidt: „Fange nur erst an. Arti-schocken und Krebse kann man immer essen, auch wenn man von einem Treibelschen Diner kommt. Ob sich vom Hummer dasselbe sagen läßt, mag dahingestellt bleiben. Mir persönlich ist allerdings auch der Hummer immer gut bekommen. Ein eigen Ding, daß man aus Fragen der Art nie herauswächst, sie wechseln bloß ab im Leben. Ist man jung, so heißt es ‚hübsch oder häßlich‘, ‚brünett oder blond‘, und liegt der-gleichen hinter einem, so steht man vor der vielleicht wich-tigeren Frage ‚Hummer oder Krebse‘. Wir könnten übrigens darüber abstimmen. Andererseits, so viel muß ich zugeben, hat Abstimmung immer etwas Totes, Schablonenhaftes und paßt mir außerdem nicht recht; ich möchte nämlich Marcell gern ins Gespräch ziehen, der eigentlich dasitzt, als sei ihm die Gerste verhagelt. Also lieber Erörterung der Frage, De-batte. Sage, Marcell, was ziehst du vor?"

„Versteht sich, Hummer."

„Schnell fertig ist die Jugend mit dem Wort. Auf den ersten Anlauf, mit ganz wenig Ausnahmen, ist jeder für Hummer, schon weil er sich auf Kaiser Wilhelm berufen kann. Aber so schnell erledigt sich das nicht. Natürlich, wenn solch ein Hummer aufgeschnitten vor einem liegt und der wundervolle rote Rogen, ein Bild des Segens und der Fruchtbarkeit, einem zu allem anderen auch noch die Gewißheit gibt, ‚es wird immer Hummer geben‘, auch nach Äonen noch, geradeso wie heute . . ."

Distelkamp sah seinen Freund Schmidt von der Seite her an.

„... Also einem die Gewißheit gibt, auch nach Äonen noch
werden Menschenkinder sich dieser Himmelsgabe freuen – ja,
Freunde, wenn man sich mit diesem Gefühl des Unendlichen
durchdringt, so kommt das darin liegende Humanitäre dem
Hummer und unserer Stellung zu ihm unzweifelhaft zugute.
Denn jede philanthropische Regung, weshalb man die Philan-
thropie schon aus Selbstsucht kultivieren sollte, bedeutet die
Mehrung eines gesunden und zugleich verfeinerten Appetits.
Alles Gute hat seinen Lohn in sich, soviel ist unbestreitbar.“
„Aber ...“
„Aber es ist trotzdem dafür gesorgt, auch hier, daß die Bäume
nicht in den Himmel wachsen, und neben dem Großen hat
das Kleine nicht bloß seine Berechtigung, sondern auch seine
Vorzüge. Gewiß, dem Krebse fehlt dies und das, er hat sozusagen nicht das ‚Maß‘, was, in einem Militärstaate wie Preußen, immerhin etwas bedeutet, aber dem ohnerachtet, auch *er*
darf sagen: ich habe nicht umsonst gelebt. Und wenn er dann,
er, der Krebs, in Petersilienbutter geschwenkt, im allerappe-
titlichsten Reize vor uns hintritt, so hat er Momente wirklicher Überlegenheit, vor allem auch darin, daß sein Bestes
nicht eigentlich gegessen, sondern geschlürft, gesogen wird.
Und daß gerade das, in der Welt des Genusses, seine besonderen Meriten hat, wer wollte das bestreiten? Es ist, sozusagen, das natürlich Gegebene. Wir haben da in erster Reihe
den Säugling, für den saugen zugleich leben heißt. Aber auch
in den höheren Semestern ...“
„Laß es gut sein, Schmidt“, unterbrach Distelkamp. „Mir ist
nur immer merkwürdig, daß du neben Homer und sogar
neben Schliemann mit solcher Vorliebe Kochbuchliches be-
handelst, reine Menufragen, als ob du zu den Bankiers und
Geldfürsten gehörtest, von denen ich bis auf weiteres an-
nehme, daß sie gut essen ...“
„Mir ganz unzweifelhaft.“
„Nun, sieh, Schmidt, diese Herren von der hohen Finanz, darauf möcht ich mich verwetten, sprechen nicht mit halb soviel
Lust und Eifer von einer Schildkrötensuppe wie du.“

„Das ist richtig, Distelkamp, und sehr natürlich. Sieh, ich habe die Frische, die macht's; auf die Frische kommt es an, in allem. Die Frische gibt einem die Lust, den Eifer, das Interesse, und wo die Frische nicht ist, da ist gar nichts. Das ärmste Leben, das ein Menschenkind führen kann, ist das des petit crevé. Lauter Zappeleien; nichts dahinter. Hab ich recht, Etienne?"

Dieser, der in allem Parisischen regelmäßig als Autorität angerufen wurde, nickte zustimmend, und Distelkamp ließ die Streitfrage fallen oder war geschickt genug, ihr eine neue Richtung zu geben, indem er aus dem allgemein Kulinarischen auf einzelne berühmte kulinarische Persönlichkeiten überlenkte, zunächst auf den Freiherrn von Rumohr, und im raschen Anschluß an diesen auf den ihm persönlich befreundet gewesenen Fürsten Pückler-Muskau. Besonders dieser letztere war Distelkamps Schwärmerei. Wenn man dermaleinst das Wesen des modernen Aristokratismus an einer historischen Figur werde nachweisen wollen, so werde man immer den Fürsten Pückler als Musterbeispiel nehmen müssen. Dabei sei er durchaus liebenswürdig gewesen, allerdings etwas launenhaft, eitel und übermütig, aber immer grundgut. Es sei schade, daß solche Figuren ausstürben. Und nach diesen einleitenden Sätzen begann er speziell von Muskau und Branitz zu erzählen, wo er vordem oft tagelang zu Besuch gewesen war und sich mit der märchenhaften, von „Semilassos Weltfahrten" mit heimgebrachten Abessinierin über Nahes und Fernes unterhalten hatte.

Schmidt hörte nichts Lieberes als Erlebnisse der Art, und nun gar von Distelkamp, vor dessen Wissen und Charakter er überhaupt einen ungeheuchelten Respekt hatte.

Marcell teilte ganz und gar diese Vorliebe für den alten Direktor und verstand außerdem – obwohl geborener Berliner – gut und mit Interesse zuzuhören; trotzdem tat er heute Fragen über Fragen, die seine volle Zerstreutheit bewiesen. Er war eben mit anderem beschäftigt.

So kam elf heran, und mit dem Glockenschlage – ein Satz von

Schmidt wurde mitten durchgeschnitten – erhob man sich und
trat aus dem Eßzimmer in das Entree, darin seitens der
Schmolke die Sommerüberzieher samt Hut und Stock schon in
Bereitschaft gelegt waren. Jeder griff nach dem seinen, und
nur Marcell nahm den Oheim einen Augenblick beiseite und
sagte: „Onkel, ich spräche gerne noch ein Wort mit dir", ein
Ansinnen, zu dem dieser, jovial und herzlich wie immer, seine
volle Zustimmung ausdrückte. Dann, unter Vorantritt der
Schmolke, die mit der Linken den messingenen Leuchter über
den Kopf hielt, stiegen Distelkamp, Friedeberg und Etienne
zunächst treppab und traten gleich danach in die muffig
schwüle Adlerstraße hinaus. Oben aber nahm Schmidt seines
Neffen Arm und schritt mit ihm auf seine Studierstube zu.

„Nun, Marcell, was gibt es? Rauchen wirst du nicht, du siehst
mir viel zu bewölkt aus; aber verzeih, ich muß mir erst eine
Pfeife stopfen." Und dabei ließ er sich, den Tabakskasten vor
sich herschiebend, in eine Sofaecke nieder. „So! Marcell . . .
Und nun nimm einen Stuhl und setz dich und schieße los.
Was gibt es?"
„Das alte Lied."
„Corinna?"
„Ja."
„Ja, Marcell, nimm mir's nicht übel, aber das ist ein schlechter Liebhaber, der immer väterlichen Vorspann braucht, um
von der Stelle zu kommen. Du weißt, ich bin dafür. Ihr seid
wie geschaffen füreinander. Sie übersieht dich und uns alle;
das Schmidtsche strebt in ihr nicht bloß der Vollendung zu,
sondern, ich muß das sagen, trotzdem ich ihr Vater bin,
kommt auch ganz nah ans Ziel. Nicht jede Familie kann das
ertragen. Aber das Schmidtsche setzt sich aus solchen Ingre-
dienzien zusammen, daß die Vollendung, von der ich spreche,
nie bedrücklich wird. Und warum nicht? Weil die Selbstironie, in der wir, glaube ich, groß sind, immer wieder ein
Fragezeichen hinter der Vollendung macht. Das ist recht
eigentlich das, was ich das Schmidtsche nenne. Folgst du?"

„Gewiß, Onkel. Sprich nur weiter."

„Nun, sieh, Marcell, ihr paßt ganz vorzüglich zusammen. Sie hat die genialere Natur, hat so den letzten Knips von der Sache weg, aber das gibt keineswegs das Übergewicht im Leben. Fast im Gegenteil. Die Genialen bleiben immer halbe Kinder, in Eitelkeit befangen, und verlassen sich immer auf Intuition und bon sens und Sentiment und wie alle die französischen Worte heißen mögen. Oder wir können auch auf gut deutsch sagen, sie verlassen sich auf ihre guten Einfälle. Damit ist es nun aber so so; manchmal wetterleuchtet es freilich eine halbe Stunde lang oder auch noch länger, gewiß, das kommt vor; aber mit einem Male ist das Elektrische wie verblitzt, und nun bleibt nicht bloß der Esprit aus wie Röhrwasser, sondern auch der gesunde Menschenverstand. Ja, der erst recht. Und so ist es auch mit Corinna. Sie bedarf einer verständigen Leitung, das heißt, sie bedarf eines Mannes von Bildung und Charakter. Das bist du, das hast du. Du hast also meinen Segen; alles andere mußt du dir selber besorgen."

„Ja, Onkel, das sagst du immer. Aber wie soll ich das anfangen? Eine lichterlohe Leidenschaft kann ich in ihr nicht entzünden. Vielleicht ist sie solcher Leidenschaft nicht einmal fähig; aber wenn auch, wie soll ein Vetter seine Cousine zur Leidenschaft anstacheln? Das kommt gar nicht vor. Die Leidenschaft ist etwas Plötzliches, und wenn man von seinem fünften Jahr an immer zusammen gespielt und sich, sagen wir, hinter den Sauerkrauttonnen eines Budikers oder in einem Torf- und Holzkeller unzählige Male stundenlang versteckt hat, immer gemeinschaftlich und immer glückselig, daß Richard oder Arthur, trotzdem sie dicht um einen herum waren, einen doch nicht finden konnten, ja, Onkel, da ist von Plötzlichkeit, dieser Vorbedingung der Leidenschaft, keine Rede mehr."

Schmidt lachte. „Das hast du gut gesagt ‚Marcell, eigentlich über deine Mittel. Aber es steigert nur meine Liebe zu dir. Das Schmidtsche steckt doch auch in dir und ist nur unter dem

steifen Wedderkoppschen etwas vergraben. Und *das* kann ich
dir sagen, wenn du diesen Ton Corinna gegenüber festhältst,
dann bist du durch, dann hast du sie sicher."

„Ach, Onkel, glaube doch das nicht. Du verkennst Corinna.
Nach der einen Seite hin kennst du sie ganz genau, aber nach
der anderen Seite hin kennst du sie gar nicht. Alles, was
klug und tüchtig und, vor allem, was espritvoll an ihr ist,
das siehst du mit beiden Augen, aber was äußerlich und
modern an ihr ist, das siehst du nicht. Ich kann nicht sagen,
daß sie jene niedrigstehende Gefallsucht hat, die jeden erobern will, er sei, wer er sei; von dieser Koketterie hat sie
nichts. Aber sie nimmt sich erbarmungslos *einen* aufs Korn,
einen, an dessen Spezialeroberung ihr gelegen ist, und du
glaubst gar nicht, mit welcher grausamen Konsequenz, mit
welcher infernalen Virtuosität sie dies von ihr erwählte Opfer
in ihre Fäden einzuspinnen weiß."

„Meinst du?"

„Ja, Onkel. Heute bei Treibels hatten wir wieder ein Musterbeispiel davon. Sie saß zwischen Leopold Treibel und einem
Engländer, dessen Namen sie dir ja schon genannt hat, einem
Mr. Nelson, der, wie die meisten Engländer aus guten Häusern, einen gewissen Naivitäts-Charme hatte, sonst aber
herzlich wenig bedeutete. Nun hättest du Corinna sehen sollen. Sie beschäftigte sich anscheinend mit niemand anderem
als diesem Sohn Albions, und es gelang ihr auch, ihn in
Staunen zu setzen. Aber glaube nur ja nicht, daß ihr an dem
flachsblonden Mr. Nelson im geringsten gelegen gewesen
wäre; gelegen war ihr bloß an Leopold Treibel, an den sie
kein einziges Wort, oder wenigstens nicht viele, direkt richtete und dem zu Ehren sie doch eine Art von französischem
Proverbe aufführte, kleine Komödie, dramatische Szene.
Und wie ich dir versichern kann, Onkel, mit vollständigstem
Erfolg. Dieser unglückliche Leopold hängt schon lange an
ihren Lippen und saugt das süße Gift ein, aber so wie heute
habe ich ihn doch noch nicht gesehen. Er war von Kopf bis
Fuß die helle Bewunderung, und jede Miene schien aus-

drücken zu wollen: ‚Ach, wie langweilig ist Helene‘ – das ist, wie du dich vielleicht erinnerst, die Frau seines Bruders –, ‚und wie wundervoll ist diese Corinna.‘ "

„Nun gut, Marcell, aber das alles kann ich so schlimm nicht finden. Warum soll sie nicht ihren Nachbar zur Rechten unterhalten, um auf ihren Nachbar zur Linken einen Eindruck zu machen? Das kommt alle Tage vor, das sind so kleine Kaprizen, an denen die Frauennatur reich ist."

„Du nennst es Kaprizen, Onkel. Ja, wenn die Dinge so lägen! Es liegt aber anders. Alles ist Berechnung: sie will den Leopold heiraten."

„Unsinn, Leopold ist ein Junge."

„Nein, er ist fünfundzwanzig, geradeso alt wie Corinna selbst. Aber wenn er auch noch ein bloßer Junge wäre, Corinna hat sich's in den Kopf gesetzt und wird es durchführen."

„Nicht möglich."

„Doch, doch. Und nicht bloß möglich, sondern ganz gewiß. Sie hat es mir, als ich sie zur Rede stellte, selber gesagt. Sie will Leopold Treibels Frau werden, und wenn der Alte das Zeitliche segnet, was doch, wie sie mir versicherte, höchstens noch zehn Jahre dauern könne, und wenn er in seinem Zossener Wahlkreise gewählt würde, keine fünfe mehr, so will sie die Villa beziehen, und wenn ich sie recht taxiere, so wird sie zu dem grauen Kakadu noch einen Pfauhahn anschaffen."

„Ach, Marcell, das sind Visionen."

„Vielleicht von ihr, wer will's sagen? Aber sicherlich nicht von mir. Denn all das waren ihre eigensten Worte. Du hättest sie hören sollen, Onkel, mit welcher Suffisance sie von ‚kleinen Verhältnissen‘ sprach und wie sie das dürftige Kleinleben ausmalte, für das sie nun mal nicht geschaffen sei; sie sei nicht für Speck und Wruken und all dergleichen ... und du hättest nur hören sollen, *wie* sie das sagte, nicht bloß so drüber hin, nein, es klang geradezu was von Bitterkeit mit durch, und ich sah zu meinem Schmerz, wie veräußerlicht sie ist und wie die verdammte neue Zeit sie ganz in Banden hält."

„Hm", sagte Schmidt, „das gefällt mir nicht, namentlich das mit den Wruken. Das ist bloß ein dummes Vornehmtun und ist auch kulinarisch eine Torheit; denn alle Gerichte, die Friedrich Wilhelm I. liebte, so zum Beispiel Weißkohl mit Hammelfleisch oder Schlei mit Dill – ja, lieber Marcell, was will dagegen aufkommen? Und dagegen Front zu machen ist einfach Unverstand. Aber glaube mir, Corinna macht auch nicht Front dagegen, dazu ist sie viel zu sehr ihres Vaters Tochter, und wenn sie sich darin gefallen hat, dir von Modernität zu sprechen und dir vielleicht eine Pariser Hutnadel oder eine Sommerjacke, dran alles chic und wieder chic ist, zu beschreiben und so zu tun, als ob es in der ganzen Welt nichts gäbe, was an Wert und Schönheit damit verglichen werden könnte, so ist das alles bloß Feuerwerk, Phantasietätigkeit, jeu d'esprit, und wenn es ihr morgen paßt, dir einen Pfarramtskandidaten in der Jasminlaube zu beschreiben, der selig in Lottchens Armen ruht, so leistet sie das mit demselben Aplomb und mit derselben Virtuosität. Das ist, was ich das Schmidtsche nenne. Nein, Marcell, darüber darfst du dir keine grauen Haare wachsen lassen; das ist alles nicht ernstlich gemeint . . ."

„Es *ist* ernstlich gemeint . . ."

„Und *wenn* es ernstlich gemeint ist – was ich vorläufig noch nicht glaube, denn Corinna ist eine sonderbare Person –, so nützt ihr dieser Ernst nichts, gar nichts, und es wird *doch* nichts draus. Darauf verlaß dich, Marcell, denn zum Heiraten gehören zwei."

„Gewiß, Onkel. Aber Leopold will womöglich noch mehr als Corinna . . ."

„Was gar keine Bedeutung hat. Denn laß dir sagen, und damit sprech ich ein großes Wort gelassen aus: die Kommerzienrätin will *nicht*."

„Bist du dessen so sicher?"

„Ganz sicher."

„Und hast auch Zeichen dafür?"

„Zeichen und Beweise, Marcell. Und zwar Zeichen und Beweise, die du in deinem alten Onkel Wilibald Schmidt hier leibhaftig vor dir siehst ..."

„Das wäre."

„Ja, Freund, leibhaftig vor dir siehst. Denn ich habe das Glück gehabt, an mir selbst, und zwar als Objekt und Opfer, das Wesen meiner Freundin Jenny studieren zu können. Jenny Bürstenbinder, das ist ihr Vatersname, wie du vielleicht schon weißt, ist der Typus einer Bourgeoise. Sie war talentiert dafür, von Kindesbeinen an, und in jenen Zeiten, wo sie noch drüben in ihres Vaters Laden, wenn der Alte gerade nicht hinsah, von den Traubenrosinen naschte, da war sie schon geradeso wie heut und deklamierte den ‚Taucher‘ und den ‚Gang nach dem Eisenhammer‘ und auch allerlei kleine Lieder, und wenn es recht was Rührendes war, so war ihr Auge schon damals immer in Tränen, und als ich eines Tages mein berühmtes Gedicht gedichtet hatte, du weißt schon, das Unglücksding, das sie seitdem immer singt und vielleicht auch heute wieder gesungen hat, da warf sie sich mir an die Brust und sagte: ‚Wilibald, einziger, das kommt von Gott.‘ Ich sagte halb verlegen etwas von meinem Gefühl und meiner Liebe, sie blieb aber dabei, es sei von Gott, und dabei schluchzte sie dermaßen, daß ich, so glücklich ich einerseits in meiner Eitelkeit war, doch auch wieder einen Schreck kriegte vor der Macht dieser Gefühle. Ja, Marcell, das war so unsere stille Verlobung, ganz still, aber doch immerhin eine Verlobung; wenigstens nahm ich's dafür und strengte mich riesig an, um so rasch wie möglich mit meinem Studium am Ende zu sein und mein Examen zu machen. Und ging auch alles vortrefflich. Als ich nun aber kam, um die Verlobung perfekt zu machen, da hielt sie mich hin, war abwechselnd vertraulich und dann wieder fremd, und während sie nach wie vor das Lied sang, *mein* Lied, liebäugelte sie mit jedem, der ins Haus kam, bis endlich Treibel erschien und dem Zauber ihrer kastanienbraunen Locken und mehr noch

ihrer Sentimentalitäten erlag. Denn der Treibel von damals
war noch nicht der Treibel von heut, und am andern Tag
kriegte ich die Verlobungskarten. Alles in allem eine sonderbare Geschichte, daran, das glaub ich sagen zu dürfen, andere
Freundschaften gescheitert wären; aber ich bin kein Übel-
nehmer und Spielverderber, und in dem Liede, drin sich,
wie du weißt, ‚die Herzen finden' – beiläufig eine himmlische
Trivialität und ganz wie geschaffen für Jenny Treibel –, in
dem Liede lebt unsre Freundschaft fort bis diesen Tag, ganz
so, als sei nichts vorgefallen. Und am Ende, warum auch
nicht? Ich persönlich bin drüber weg, und Jenny Treibel hat
ein Talent, alles zu vergessen, was sie vergessen will. Es ist
eine gefährliche Person und um so gefährlicher, als sie's selbst
nicht recht weiß und sich aufrichtig einbildet, ein gefühl-
volles Herz und vor allem ein Herz ‚für das Höhere' zu
haben. Aber sie hat nur ein Herz für das Ponderable, für
alles, was ins Gewicht fällt und Zins trägt, und für viel weniger als eine halbe Million gibt sie den Leopold nicht fort,
die halbe Million mag herkommen, woher sie will. Und dieser arme Leopold selbst. So viel weißt du doch, der ist nicht
der Mensch des Aufbäumens oder der Eskapade nach Gretna
Green. Ich sage dir, Marcell, unter Brückner tun es Treibels
nicht, und Kögel ist ihnen noch lieber. Denn je mehr es
nach Hof schmeckt, desto besser. Sie liberalisieren und sen-
timentalisieren beständig, aber das alles ist Farce; wenn es
gilt, Farbe zu bekennen, dann heißt es: ‚Gold ist Trumpf'
und weiter nichts."

„Ich glaube, daß du Leopold unterschätzest."

„Ich fürchte, daß ich ihn noch überschätze. Ich kenn ihn noch
aus der Untersekunda her. Weiter kam er nicht; wozu auch?
Guter Mensch, Mittelgut, und als Charakter noch unter
Mittel."

„Wenn du mit Corinna sprechen könntest."

„Nicht nötig, Marcell. Durch Dreinreden stört man nur den
natürlichen Gang der Dinge. Mag übrigens alles schwanken und unsicher sein, eines steht fest: der Charakter

meiner Freundin Jenny. Da ruhen die Wurzeln deiner Kraft.
Und wenn Corinna sich in Tollheiten überschlägt, laß
sie; den Ausgang der Sache kenn ich. Du sollst sie haben, und du wirst sie haben, und vielleicht eher, als du
denkst."

ACHTES KAPITEL

Treibel war ein Frühauf, wenigstens für einen Kommerzienrat, und trat nie später als acht Uhr in sein Arbeitszimmer,
immer gestiefelt und gespornt, immer in sauberster Toilette.
Er sah dann die Privatbriefe durch, tat einen Blick in die
Zeitungen und wartete, bis seine Frau kam, um mit dieser
gemeinschaftlich das erste Frühstück zu nehmen. In der Regel
erschien die Rätin sehr bald nach ihm, heute aber verspätete
sie sich, und weil der eingegangenen Briefe nur ein paar
waren, die Zeitungen aber, in denen schon der Sommer vor-
spukte, wenig Inhalt hatten, so geriet Treibel in einen leisen
Zustand von Ungeduld und durchmaß, nachdem er sich rasch
von seinem kleinen Ledersofa erhoben hatte, die beiden großen nebenan gelegenen Räume, darin sich die Gesellschaft
vom Tage vorher abgespielt hatte. Das obere Schiebefenster
des Garten- und Eßsaales war ganz heruntergelassen, so daß
er, mit den Armen sich auflehnend, in bequemer Stellung in
den unter ihm gelegenen Garten hinabsehen konnte. Die
Szenerie war wie gestern, nur statt des Kakadu, der noch
fehlte, sah man draußen die Honig, die, den Bologneser der
Kommerzienrätin an einer Strippe führend, um das Bassin
herumschritt. Dies geschah jeden Morgen und dauerte Mal
für Mal, bis der Kakadu seinen Stangenplatz einnahm oder
in seinem blanken Käfig ins Freie gestellt wurde, worauf
sich dann die Honig mit dem Bologneser zurückzog, um einen
Ausbruch von Feindseligkeiten zwischen den beiden gleich-
mäßig verwöhnten Lieblingen des Hauses zu vermeiden. Das
alles indessen stand heute noch aus. Treibel, immer artig, er-

kundigte sich, von seiner Fensterstellung aus, erst nach dem
Befinden des Fräuleins – was die Kommerzienrätin, wenn
sie's hörte, jedesmal sehr überflüssig fand – und fragte dann,
als er beruhigende Versicherungen darüber entgegengenom-
men hatte, wie sie Mr. Nelsons englische Aussprache gefunden habe, dabei von der mehr oder weniger überzeugten
Ansicht ausgehend, daß es jeder von einem Berliner Schulrat examinierten Erzieherin ein kleines sein müsse, dergleichen festzustellen. Die Honig, die diesen Glauben nicht gern
zerstören wollte, beschränkte sich darauf, die Korrektheit
von Mr. Nelsons a anzuzweifeln und diesem seinem a eine
nicht ganz statthafte Mittelstellung zwischen der englischen
und schottischen Aussprache dieses Vokals zuzuerkennen,
eine Bemerkung, die Treibel ganz ernsthaft hinnahm und
weiter ausgesponnen haben würde, wenn er nicht im selben
Moment ein leises Insschloßfallen einer der Vordertüren,
also mutmaßlich das Eintreten der Kommerzienrätin, er-
lauscht hätte. Treibel hielt es auf diese Wahrnehmung hin
für angezeigt, sich von der Honig zu verabschieden, und
schritt wieder auf sein Arbeitszimmer zu, in das in der Tat
die Rätin eben eingetreten war. Das auf einem Tablett wohl
arrangierte Frühstück stand schon da.
„Guten Morgen, Jenny ... Wie geruht?"
„Doch nur passabel. Dieser furchtbare Vogelsang hat wie
ein Alp auf mir gelegen."
„Ich würde gerade diese bildersprachliche Wendung doch zu
vermeiden suchen. Aber wie du darüber denkst ... Im übrigen, wollen wir das Frühstück nicht lieber draußen nehmen?"
Und der Diener, nachdem Jenny zugestimmt und ihrerseits
auf den Knopf der Klingel gedrückt hatte, erschien wieder,
um das Tablett auf einen der kleinen, in der Veranda stehenden Tische hinauszutragen. „Es ist gut, Friedrich", sagte
Treibel und schob jetzt höchst eigenhändig eine Fußbank
heran, um es dadurch zunächst seiner Frau, zugleich aber
auch sich selber nach Möglichkeit bequem zu machen. Denn

Jenny bedurfte solcher Huldigungen, um bei guter Laune zu bleiben.

Diese Wirkung blieb denn auch heute nicht aus. Sie lächelte, rückte die Zuckerschale näher zu sich heran und sagte, während sie die gepflegte weiße Hand über den großen Blockstücken hielt: „Eins oder zwei?"

„Zwei, Jenny, wenn ich bitten darf. Ich sehe nicht ein, warum ich, der ich zur Runkelrübe, Gott sei Dank, keine Beziehungen unterhalte, die billigen Zuckerzeiten nicht fröhlich mitmachen soll."

Jenny war einverstanden, tat den Zucker ein und schob gleich danach die kleine, genau bis an den Goldstreifen gefüllte Tasse dem Gemahl mit dem Bemerken zu: „Du hast die Zeitungen schon durchgesehen? Wie steht es mit Gladstone?"

Treibel lachte mit ganz ungewöhnlicher Herzlichkeit. „Wenn es dir recht ist, Jenny, bleiben wir vorläufig noch diesseits des Kanals, sagen wir in Hamburg oder doch in der Welt des Hamburgischen, und transponieren uns die Frage nach Gladstones Befinden in eine Frage nach unserer Schwiegertochter Helene. Sie war offenbar verstimmt, und ich schwanke nur noch, was in ihren Augen die Schuld trug. War es, daß sie selber nicht gut genug plaziert war, oder war es, daß wir Mr. Nelson, ihren uns gütigst überlassenen oder, um es berlinisch zu sagen, ihren uns aufgepuckelten Ehrengast, so ganz einfach zwischen die Honig und Corinna gesetzt hatten?"

„Du hast eben gelacht, Treibel, weil ich nach Gladstone fragte, was du nicht hättest tun sollen, denn wir Frauen dürfen so was fragen, wenn wir auch was ganz anderes meinen; aber ihr Männer dürft uns das nicht nachmachen wollen. Schon deshalb nicht, weil es euch nicht glückt oder doch jedenfalls noch weniger als uns. Denn soviel ist doch gewiß und kann dir nicht entgangen sein, ich habe niemals einen entzückteren Menschen gesehen als den guten Nelson; also wird Helene wohl nichts dagegen gehabt haben, daß wir ihren Protegé gerade so plazierten, wie geschehen. Und wenn das auch eine ewige Eifersucht ist zwischen ihr und Corinna, die sich, ihrer Meinung nach, zuviel herausnimmt und . . ."

„. . . Und unweiblich ist und unhamburgisch, was nach ihrer Meinung so ziemlich zusammenfällt . . ."

„. . . So wird sie's ihr gestern", fuhr Jenny, der Unterbrechung nicht achtend, fort, „wohl zum erstenmal verziehen haben, weil es ihr selber zugute kam oder ihrer Gastlichkeit, von der sie persönlich freilich so mangelhafte Proben gegeben hat. Nein, Treibel, nichts von Verstimmung über Mr. Nelsons Platz. Helene schmollt mit uns beiden, weil wir alle Anspielungen nicht verstehen wollen und ihre Schwester Hildegard noch immer nicht eingeladen haben. Übrigens ist Hildegard ein lächerlicher Name für eine Hamburgerin. Hildegard heißt man in einem Schlosse mit Ahnenbildern oder wo eine weiße Frau spukt. Helene schmollt mit uns, weil wir hinsichtlich Hildegards so schwerhörig sind."

„Worin sie recht hat."

„Und ich finde, daß sie darin unrecht hat. Es ist eine Anmaßung, die an Insolenz grenzt. Was soll das heißen? Sind wir in einem fort dazu da, dem Holzhof und seinen Angehörigen Honneurs zu machen? Sind wir dazu da, Helenens und ihrer Eltern Pläne zu begünstigen? Wenn unsre Frau Schwiegertochter durchaus die gastliche Schwester spielen will, so kann sie Hildegard ja jeden Tag von Hamburg her verschreiben und das verwöhnte Püppchen entscheiden lassen, ob die Alster bei der Uhlenhorst oder die Spree bei Treptow schöner ist. Aber was geht *uns* das alles an? Otto hat seinen Holzhof so gut wie du deinen Fabrikhof, und seine Villa finden viele Leute hübscher als die unsre, was auch zutrifft. Unsre ist beinah altmodisch und jedenfalls viel zu klein, so daß ich oft nicht aus noch ein weiß. Es bleibt dabei, mir fehlen wenigstens zwei Zimmer. Ich mag davon nicht viel Worte machen, aber wie kommen wir dazu, Hildegard einzuladen, als ob uns daran läge, die Beziehungen der beiden Häuser aufs eifrigste zu pflegen, und wie wenn wir nichts sehnlicher

wünschten, als noch mehr Hamburger Blut in die Familie zu
bringen ..."

„Aber Jenny ..."

„Nichts von ‚aber', Treibel. Von solchen Sachen versteht ihr
nichts, weil ihr kein Auge dafür habt. Ich sage dir, auf solche
Pläne läuft es hinaus, und deshalb sollen wir die Einladen-
den sein. Wenn Helene Hildegarden einlädt, so bedeutet das
so wenig, daß es nicht einmal die Trinkgelder wert ist, und
die neuen Toiletten nun schon gewiß nicht. Was hat es für
eine Bedeutung, wenn sich zwei Schwestern wiedersehen?
Gar keine, sie passen nicht mal zusammen und schrauben sich
beständig; aber wenn *wir* Hildegard einladen, so heißt das,
die Treibels sind unendlich entzückt über ihre erste Hamburger Schwiegertochter und würden es für ein Glück und eine
Ehre ansehen, wenn sich das Glück erneuern und verdoppeln
und Fräulein Hildegard Munk Frau Leopold Treibel werden
wollte. Ja, Freund, darauf läuft es hinaus. Es ist eine abgekartete Sache. Leopold soll Hildegard oder eigentlich Hildegard soll Leopold heiraten; denn Leopold ist bloß passiv und
hat zu gehorchen. Das ist das, was die Munks wollen, was
Helene will und was unser armer Otto, der, Gott weiß es,
nicht viel sagen darf, schließlich auch wird wollen müssen.
Und weil wir zögern und mit der Einladung nicht recht heraus wollen, deshalb schmollt und grollt Helene mit uns und
spielt die Zurückhaltende und Gekränkte und gibt die
Rolle nicht einmal auf an einem Tage, wo ich ihr einen großen Gefallen getan und ihr den Mr. Nelson hierher eingeladen habe, bloß damit ihr die Plättbolzen nicht kalt werden."

Treibel lehnte sich weiter zurück in den Stuhl und blies kunst-
voll einen kleinen Ring in die Luft. „Ich glaube nicht, daß du
recht hast. Aber wenn du recht hättest, was täte es? Otto lebt
seit acht Jahren in einer glücklichen Ehe mit Helenen, was auch
nur natürlich ist; ich kann mich nicht entsinnen, daß irgend-
wer aus meiner Bekanntschaft mit einer Hamburgerin in einer
unglücklichen Ehe gelebt hätte. Sie sind alle so zweifelsohne,

haben innerlich und äußerlich so was ungewöhnlich Gewaschenes und bezeugen in allem, was sie tun und nicht tun, die Richtigkeit der Lehre vom Einfluß der guten Kinderstube. Man hat sich ihrer nie zu schämen, und ihrem zwar bestrittenen, aber im stillen immer gehegten Herzenswunsche, ‚für eine Engländerin gehalten zu werden‘, diesem Ideale kommen sie meistens sehr nah. Indessen, das mag auf sich beruhen. Soviel steht jedenfalls fest, und ich muß es wiederholen, Helene Munk hat unsern Otto glücklich gemacht, und es ist mir höchst wahrscheinlich, daß Hildegard Munk unsern Leopold auch glücklich machen würde, ja noch glücklicher. Und wär auch keine Hexerei, denn einen besseren Menschen als unsern Leopold gibt es eigentlich überhaupt nicht, er ist schon beinah eine Suse . . .“

„Beinah?“ sagte Jenny. „Du kannst ihn dreist für voll nehmen. Ich weiß nicht, wo beide Jungen diese Milchsuppenschaft herhaben. Zwei geborene Berliner, und sind eigentlich, wie wenn sie von Herrnhut oder Gnadenfrei kämen. Sie haben doch beide was Schläfriges, und ich weiß wirklich nicht, Treibel, auf wen ich es schieben soll . . .“

„Auf mich, Jenny, natürlich auf mich . . .“

„Und wenn ich auch sehr wohl weiß“, fuhr Jenny fort, „wie nutzlos es ist, sich über diese Dinge den Kopf zu zerbrechen, und leider auch weiß, daß sich solche Charaktere nicht ändern lassen, so weiß ich doch auch, daß man die Pflicht hat, da zu helfen, wo noch geholfen werden kann. Bei Otto haben wir's versäumt und haben zu seiner eignen Temperamentlosigkeit diese temperamentlose Helene hinzugetan, und was dabei herauskommt, das siehst du nun an Lizzi, die doch die größte Puppe ist, die man nur sehen kann. Ich glaube, Helene wird sie noch, auf Vorderzähne-Zeigen hin, englisch abrichten. Nun, meinetwegen. Aber ich bekenne dir, Treibel, daß ich an *einer* solchen Schwiegertochter und *einer* solchen Enkelin gerade genug habe und daß ich den armen Jungen, den Leopold, etwas passender als in der Familie Munk unterbringen möchte.“

„Du möchtest einen forschen Menschen aus ihm machen, einen Kavalier, einen Sportsman . . ."

„Nein, einen forschen Menschen nicht, aber einen Menschen überhaupt. Zum Menschen gehört Leidenschaft, und wenn er eine Leidenschaft fassen könnte, sieh, das wäre was, das würd ihn rausreißen, und sosehr ich allen Skandal hasse, ich könnte mich beinah freuen, wenn's irgend so was gäbe, natürlich nichts Schlimmes, aber doch wenigstens was Apartes."

„Male den Teufel nicht an die Wand, Jenny. Daß er sich aufs Entführen einläßt, ist mir, ich weiß nicht, soll ich sagen leider oder glücklicherweise, nicht sehr wahrscheinlich; aber man hat Exempel von Beispielen, daß Personen, die zum Entführen durchaus nicht das Zeug hatten, gleichsam, wie zur Strafe dafür, entführt *wurden*. Es gibt ganz verflixte Weiber, und Leopold ist gerade schwach genug, um vielleicht einmal in den Sattel einer armen und etwas emanzipierten Edeldame, die natürlich auch Schmidt heißen kann, hineingehoben und über die Grenze geführt zu werden . . ."

„Ich glaube es nicht", sagte die Kommerzienrätin, „er ist leider auch dafür zu stumpf." Und sie war von der Ungefährlichkeit der Gesamtlage so fest überzeugt, daß sie nicht einmal der vielleicht bloß zufällig, aber vielleicht auch absichtlich gesprochene Name „Schmidt" stutzig gemacht hatte. „Schmidt", das war nur so herkömmlich hingeworfen, weiter nichts, und in einem halb übermütigen Jugendanfluge gefiel sich die Rätin sogar in stiller Ausmalung einer Eskapade: Leopold, mit aufgesetztem Schnurrbart, auf dem Wege nach Italien und mit ihm eine Freiin aus einer pommerschen oder schlesischen Verwogenheitsfamilie, die Reiherfeder am Hut und den schottisch karierten Mantel über den etwas fröstelnden Liebhaber ausgebreitet. All das stand vor ihr, und beinah traurig sagte sie zu sich selbst: ‚Der arme Junge. Ja, wenn er *dazu* das Zeug hätte!'

Es war um die neunte Stunde, daß die alten Treibels dies Gespräch führten, ohne jede Vorstellung davon, daß um ebendiese Zeit auch die auf ihrer Veranda das Frühstück nehmenden jungen Treibels der Gesellschaft vom Tage vorher gedachten. Helene sah sehr hübsch aus, wozu nicht nur die kleidsame Morgentoilette, sondern auch eine gewisse Belebtheit in ihren sonst matten und beinah vergißmeinnichtblauen Augen ein erhebliches beitrug. Es war ganz ersichtlich, daß sie bis diese Minute mit ganz besonderem Eifer auf den halb verlegen vor sich hin sehenden Otto eingepredigt haben mußte; ja, wenn nicht alles täuschte, wollte sie mit diesem Ansturm eben fortfahren, als das Erscheinen Lizzis und ihrer Erzieherin, Fräulein Wulsten, dies Vorhaben unterbrach.

Lizzi, trotz früher Stunde, war schon in vollem Staate. Das etwas gewellte blonde Haar des Kindes hing bis auf die Hüften herab; im übrigen aber war alles weiß, das Kleid, die hohen Strümpfe, der Überfallkragen, und nur um die Taille herum, wenn sich von einer solchen sprechen ließ, zog sich eine breite rote Schärpe, die von Helenen nie „rote Schärpe", sondern immer nur „pink-coloured scarf" genannt wurde. Die Kleine, wie sie sich da präsentierte, hätte sofort als symbolische Figur auf den Wäscheschrank ihrer Mutter gestellt werden können, so sehr war sie der Ausdruck von Weißzeug mit einem roten Bändchen drum. Lizzi galt im ganzen Kreise der Bekannten als Musterkind, was das Herz Helenens einerseits mit Dank gegen Gott, andrerseits aber auch mit Dank gegen Hamburg erfüllte, denn zu den Gaben der Natur, die der Himmel hier so sichtlich verliehen, war auch noch eine Mustererziehung hinzugekommen, wie sie eben nur die Hamburger Tradition geben konnte. Diese Mustererziehung hatte gleich mit dem ersten Lebenstage des Kindes begonnen. Helene, „weil es unschön sei" – was übrigens von seiten des damals noch um sieben Jahre jüngeren Krola bestritten wurde –, war nicht zum Selbstnähren zu bewegen gewesen, und da bei den nun folgenden Verhandlungen eine seitens des alten Kommerzienrats in Vorschlag gebrachte Spreewälderamme mit dem Bemerken, „es gehe bekanntlich so viel davon auf das unschuldige Kind über", abgelehnt worden war, war man zu dem einzig verbleibenden Auskunftsmittel übergegangen. Eine verheiratete, von dem Geistlichen der Thomasgemeinde warm empfohlene Frau hatte das Aufpäppeln mit großer Gewissenhaftigkeit und mit der Uhr in der Hand übernommen, wobei Lizzi so gut gediehen war, daß sich eine Zeitlang sogar kleine Grübchen auf der Schulter gezeigt hatten. Alles normal und beinah über das Normale hinaus. Unser alter Kommerzienrat hatte denn auch der Sache nie so recht getraut, und erst um ein erhebliches später, als sich Lizzi mit einem Trennmesser in den Finger geschnitten hatte (das Kindermädchen war dafür entlassen worden), hatte Treibel beruhigt ausgerufen: „Gott sei Dank, soviel ich sehen kann, es ist wirkliches Blut."

Ordnungsmäßig hatte Lizzis Leben begonnen, und ordnungsmäßig war es fortgesetzt worden. Die Wäsche, die sie trug, führte durch den Monat hin die genau korrespondierende Tageszahl, so daß man ihr, wie der Großvater sagte, das jedesmalige Datum vom Strumpf lesen konnte. „Heut ist der Siebzehnte." Der Puppenkleiderschrank war an den Riegeln numeriert, und als es geschah (und dieser schreckliche Tag lag noch nicht lange zurück), daß Lizzi, die sonst die Sorglichkeit selbst war, in ihrer, mit allerlei Kästen ausstaffierten Puppenküche Grieß in den Kasten getan hatte, der doch ganz deutlich die Aufschrift „Linsen" trug, hatte Helene Veranlassung genommen, ihrem Liebling die Tragweite solchen Fehlgriffs auseinanderzusetzen. „Das ist nichts Gleichgültiges, liebe Lizzi. Wer Großes hüten will, muß auch das Kleine zu hüten verstehen. Bedenke, wenn du ein Brüderchen hättest, und das Brüderchen wäre vielleicht schwach, und du willst es mit Eau de Cologne bespritzen, und du bespritzest es mit Eau de Javelle, ja, meine Lizzi, so kann dein Brüderchen blind werden, oder wenn es ins Blut geht, kann es sterben. Und doch wäre es noch eher zu entschuldigen, denn beides ist weiß und sieht aus wie Wasser; aber Grieß und Linsen, meine liebe Lizzi, das ist doch ein starkes Stück von Unauf-

merksamkeit oder, was noch schlimmer wäre, von Gleichgültigkeit."

So war Lizzi, die übrigens zu weiterer Genugtuung der Mutter einen Herzmund hatte. Freilich, die zwei blanken Vor-
derzähne waren immer noch nicht sichtbar genug, um Helenen eine recht volle Herzensfreude gewähren zu können,
und so wandten sich ihre mütterlichen Sorgen auch in diesem
Augenblicke wieder der ihr so wichtigen Zahnfrage zu, weil
sie davon ausging, daß es hier dem von der Natur so glücklich gegebenen Material bis dahin nur an der rechten erzieh-
lichen Aufmerksamkeit gefehlt habe. „Du kneifst wieder die
Lippen so zusammen, Lizzi; das darf nicht sein. Es sieht besser aus, wenn der Mund sich halb öffnet, fast so wie zum
Sprechen. Fräulein Wulsten, ich möchte Sie doch bitten, auf
diese Kleinigkeit, die keine Kleinigkeit ist, mehr achten zu
wollen ... Wie steht es denn mit dem Geburtstagsgedicht?"

„Lizzi gibt sich die größte Mühe."

„Nun, dann will ich dir deinen Wunsch auch erfüllen, Lizzi.
Lade dir die kleine Felgentreu zu heute nachmittag ein. Aber
natürlich erst die Schularbeiten ... Und jetzt kannst du, wenn
Fräulein Wulsten es erlaubt" – diese verbeugte sich –, „im
Garten spazierengehen, überall wo du willst, nur nicht nach
dem Hof zu, wo die Bretter über der Kalkgrube liegen. Otto,
du solltest das ändern; die Bretter sind ohnehin so morsch."

Lizzi war glücklich, eine Stunde frei zu haben, und nachdem
sie der Mama die Hand geküßt und noch die Warnung, sich
vor der Wassertonne zu hüten, mit auf den Weg gekriegt
hatte, brachen das Fräulein und Lizzi auf, und das Elternpaar
blickte dem Kinde nach, das sich noch ein paarmal umsah
und dankbar der Mutter zunickte.

„Eigentlich", sagte diese, „hätte ich Lizzi gern hier behalten
und eine Seite Englisch mit ihr gelesen; die Wulsten versteht
es nicht und hat eine erbärmliche Aussprache, so low, so vulgar. Aber ich bin gezwungen, es bis morgen zu lassen, denn
wir müssen das Gespräch zu Ende bringen. Ich sage nicht
gern etwas gegen deine Eltern, denn ich weiß, daß es sich

nicht schickt, und weiß auch, daß es dich bei deinem eigentümlich starren Charakter" – Otto lächelte –, „nur noch in dieser deiner Starrheit bestärken wird; aber man darf die Schicklichkeitsfragen, ebenso wie die Klugheitsfragen, nicht über alles stellen. Und das täte ich, wenn ich länger schwiege. Die Haltung deiner Eltern ist in dieser Frage geradezu kränkend für mich und fast mehr noch für meine Familie. Denn sei mir nicht böse, Otto, aber wer sind am Ende die Treibels? Es ist mißlich, solche Dinge zu berühren, und ich würde mich hüten, es zu tun, wenn du mich nicht geradezu zwängest, zwischen unsren Familien abzuwägen."

Otto schwieg und ließ den Teelöffel auf seinem Zeigefinger balancieren, Helene aber fuhr fort: „Die Munks sind ursprünglich dänisch, und ein Zweig, wie du recht gut weißt, ist unter König Christian gegraft worden. Als Hamburgerin und Tochter einer Freien Stadt will ich nicht viel davon machen, aber es ist doch immerhin was. Und nun gar von meiner Mutter Seite! Die Thompsons sind eine Syndikatsfamilie. Du tust, als ob das nichts sei. Gut, es mag auf sich beruhen, und nur soviel möcht ich dir noch sagen dürfen, unsre Schiffe gingen schon nach Messina, als deine Mutter noch in dem Apfelsinenladen spielte, draus dein Vater sie hervorgeholt hat. Material- und Kolonialwaren. Ihr nennt das hier auch Kaufmann ... ich sage nicht, du ... aber Kaufmann und Kaufmann ist ein Unterschied."

Otto ließ alles über sich ergehen und sah den Garten hinunter, wo Lizzi Fangball spielte.

„Hast du noch überhaupt vor, Otto, auf das, was ich sagte, mir zu antworten?"

„Am liebsten nein, liebe Helene. Wozu auch? Du kannst doch nicht von mir verlangen, daß ich in dieser Sache deiner Meinung bin, und wenn ich es *nicht* bin und das ausspreche, so reize ich dich nur noch mehr. Ich finde, daß du doch mehr forderst, als du fordern solltest. Meine Mutter ist von großer Aufmerksamkeit gegen dich und hat dir noch gestern einen Beweis davon gegeben; denn ich bezweifle sehr, daß ihr das

unsrem Gast zu Ehren gegebene Diner besonders zupaß kam.
Du weißt außerdem, daß sie sparsam ist, wenn es nicht ihre
Person gilt."

„Sparsam", lachte Helene.

„Nenn es Geiz, mir gleich. Sie läßt es aber trotzdem nie an
Aufmerksamkeit fehlen, und wenn die Geburtstage da sind,
so sind auch ihre Geschenke da. Das stimmt dich aber alles
nicht um, im Gegenteil, du wächst in deiner beständigen Auflehnung gegen die Mama, und das alles nur, weil sie dir
durch ihre Haltung zu verstehen gibt, daß das, was Papa die
‚Hamburgerei‘ nennt, nicht das höchste in der Welt ist und
daß der liebe Gott seine Welt nicht um der Munks willen
geschaffen hat . . ."

„Sprichst du das deiner Mutter nach, oder tust du von deinem
Eigenen noch was hinzu? Fast klingt es so; deine Stimme zit-
tert ja beinah."

„Helene, wenn du willst, daß wir die Sache ruhig durchspre-
chen und alles in Billigkeit und mit Rücksicht für hüben und
drüben abwägen, so darfst du nicht beständig Öl ins Feuer
gießen. Du bist so gereizt gegen die Mama, weil sie deine Anspielungen nicht verstehen will und keine Miene macht, Hildegard einzuladen. Darin hast du aber unrecht. Soll das Ganze
bloß etwas Geschwisterliches sein, so muß die Schwester die
Schwester einladen; das ist dann eine Sache, mit der meine
Mama herzlich wenig zu tun hat . . ."

„Sehr schmeichelhaft für Hildegard und auch für mich . . ."

„. . . Soll aber ein anderer Plan damit verfolgt werden, und
du hast mir zugestanden, daß dies der Fall ist, so muß das,
so wünschenswert solche zweite Familienverbindung ganz unzweifelhaft auch für die Treibels sein würde, so muß das unter
Verhältnissen geschehen, die den Charakter des Natürlichen
und Ungezwungenen haben. Lädst *du* Hildegard ein und
führt das, sagen wir einen Monat später oder zwei, zur Verlobung mit Leopold, so haben wir genau das, was ich den natürlichen und ungezwungenen Weg nenne; schreibt aber
meine *Mama* den Einladungsbrief an Hildegard und spricht

sie darin aus, wie glücklich sie sein würde, die Schwester ihrer lieben Helene recht, recht lange bei sich zu sehen und sich des Glücks der Geschwister mitfreuen zu können, so drückt sich darin ziemlich unverblümt eine Huldigung und ein aufrichtiges Sichbemühen um deine Schwester Hildegard aus, und das will die Firma Treibel vermeiden."

„Und das billigst du?"

„Ja."

„Nun, das ist wenigstens deutlich. Aber weil es deutlich ist, darum ist es noch nicht richtig. Alles, wenn ich dich recht verstehe, dreht sich also um die Frage, wer den ersten Schritt zu tun habe."

Otto nickte.

„Nun, wenn dem so ist, warum wollen die Treibels sich sträuben, diesen ersten Schritt zu tun? Warum, frage ich. Solange die Welt steht, ist der Bräutigam oder der Liebhaber der, der wirbt ..."

„Gewiß, liebe Helene. Aber bis zum Werben sind wir noch nicht. Vorläufig handelt es sich noch um Einleitungen, um ein Brückenbauen, und dies Brückenbauen ist an denen, die das größere Interesse daran haben."

„Ah", lachte Helene. „Wir, die Munks ... und das größere Interesse! Otto, das hättest du nicht sagen sollen, nicht weil es mich und meine Familie herabsetzt, sondern weil es die ganze Treibelei und dich an der Spitze mit einem Ridikül ausstattet, das dem Respekt, den die Männer doch beständig beanspruchen, nicht allzu vorteilhaft ist. Ja, Freund, du forderst mich heraus, und so will ich dir denn offen sagen, auf eurer Seite liegt Interesse, Gewinn, Ehre. Und daß ihr das empfindet, das müßt ihr eben bezeugen, dem müßt ihr einen nicht mißzuverstehenden Ausdruck geben. Das ist der erste Schritt, von dem ich gesprochen. Und da ich mal bei Bekenntnissen bin, so laß mich dir sagen, Otto, daß diese Dinge, neben ihrer ernsten und geschäftlichen Seite, doch auch noch eine persönliche Seite haben und daß es dir, so nehm ich vorläufig an, nicht in den Sinn kommen kann, unsre Geschwister

in ihrer äußeren Erscheinung miteinander vergleichen zu wollen. Hildegard ist eine Schönheit und gleicht ganz ihrer Großmutter Elisabeth Thompson – nach der wir ja auch unsere
Lizzi getauft haben – und hat den Chic einer Lady; du hast
mir das selber früher zugestanden. Und nun sieh deinen Bruder Leopold! Er ist ein guter Mensch, der sich ein Reitpferd
angeschafft hat, weil er's durchaus zwingen will, und schnallt
sich nun jeden Morgen die Steigbügel so hoch wie ein Engländer. Aber es nutzt ihm nichts. Er ist und bleibt doch unter
Durchschnitt, jedenfalls weitab vom Kavalier, und wenn Hildegard ihn nähme – ich fürchte, sie nimmt ihn nicht –, so
wäre das wohl der einzige Weg, noch etwas wie einen per-
fekten Gentleman aus ihm zu machen. Und das kannst du
deiner Mama sagen."

„Ich würde vorziehen, du tätest es."

„Wenn man aus einem guten Hause stammt, vermeidet man
Aussprachen und Szenen . . ."

„Und macht sie dafür dem Manne."

„Das ist etwas anderes."

„Ja", lachte Otto. Aber in seinem Lachen war etwas Melan-
cholisches.

Leopold Treibel, der im Geschäft seines älteren Bruders tätig
war, während er im elterlichen Hause wohnte, hatte sein Jahr
bei den Gardedragonern abdienen wollen, war aber, wegen
zu flacher Brust, nicht angenommen worden, was die ganze
Familie schwer gekränkt hatte. Treibel selbst kam schließlich
drüber weg, weniger die Kommerzienrätin, am wenigsten
Leopold selbst, der – wie Helene bei jeder Gelegenheit und
auch an diesem Morgen wieder zu betonen liebte – zur Aus-
wetzung der Scharte wenigstens Reitstunde genommen hatte.
Jeden Tag war er zwei Stunden im Sattel und machte dabei, weil er sich wirklich Mühe gab, eine ganz leidliche
Figur.

Auch heute wieder, an demselben Morgen, an dem die alten
und jungen Treibels ihren Streit über dasselbe gefährliche

Thema führten, hatte Leopold, ohne die geringste Ahnung
davon, sowohl Veranlassung wie Mittelpunkt derartiger
heikler Gespräche zu sein, seinen wie gewöhnlich auf Treptow zu gerichteten Morgenausflug angetreten und ritt von der
elterlichen Wohnung aus die zu so früher Stunde noch wenig
belebte Köpnicker Straße hinunter, erst an seines Bruders
Villa, dann an der alten Pionierkaserne vorüber. Die Ka-
sernenuhr schlug eben sieben, als er das Schlesische Tor passierte. Wenn ihn dies Imsattelsein ohnehin schon an jedem
Morgen erfreute, so besonders heut, wo die Vorgänge des
voraufgegangenen Abends, am meisten aber die zwischen
Mr. Nelson und Corinna geführten Gespräche, noch stark in
ihm nachwirkten, so stark, daß er mit dem ihm sonst wenig
verwandten Ritter Karl von Eichenhorst wohl den gemein-
schaftlichen Wunsch des „Sich-Ruhe-Reitens" in seinem Busen
hegen durfte. Was ihm equestrisch dabei zur Verfügung stand,
war freilich nichts weniger als ein Dänenroß voll Kraft und
Feuer, sondern nur ein schon lange Zeit in der Manege ge-
hender Graditzer, dem etwas Extravagantes nicht mehr zu-
gemutet werden konnte. Leopold ritt denn auch Schritt, so
sehr er sich wünschte, davonstürmen zu können. Erst ganz
allmählich fiel er in einen leichten Trab und blieb darin, bis
er den Schafgraben und gleich danach den in geringer Entfernung gelegenen „Schlesischen Busch" erreicht hatte, drin
am Abend vorher, wie ihm Johann noch im Momente des
Abreitens erzählt hatte, wieder zwei Frauenzimmer und ein
Uhrmacher beraubt worden waren. „Daß dieser Unfug auch
gar kein Ende nehmen will! Schwäche, Polizeiversäumnis."
Indessen bei hellem Tageslichte bedeutete das alles nicht allzuviel, weshalb Leopold in der angenehmen Lage war, sich
der ringsumher schlagenden Amseln und Finken unbehindert
freuen zu können. Und kaum minder genoß er, als er aus dem
„Schlesischen Busch" wieder heraus war, der freien Straße,
zu deren Rechten sich Saat und Kornfelder dehnten, während
zur Linken die Spree mit ihren nebenherlaufenden Park-
anlagen den Weg begrenzte. Das alles war so schön, so mor-

genfrisch, daß er das Pferd wieder in Schritt fallen ließ. Aber
freilich, so langsam er ritt, bald war er trotzdem an der
Stelle, wo, vom andern Ufer her, das kleine Fährboot her-
überkam, und als er anhielt, um dem Schauspiele besser zusehen zu können, trabten von der Stadt her auch schon einige
Reiter auf der Chaussee heran, und ein Pferdebahnwagen
glitt vorüber, drin, soviel er sehen konnte, keine Morgengäste
für Treptow saßen. Das war so recht, was ihm paßte, denn
sein Frühstück im Freien, was ihn dort regelmäßig erquickte,
war nur noch die halbe Freude, wenn ein halb Dutzend echte
Berliner um ihn herumsaßen und ihren mitgebrachten Affenpinscher über die Stühle springen oder vom Steg aus appor-
tieren ließen. Das alles, wenn dieser leere Wagen nicht schon
einen vollbesetzten Vorläufer gehabt hatte, war für heute
nicht zu befürchten.

Gegen halb acht war er draußen, und einen halbwachsenen
Jungen mit nur einem Arm und dem entsprechenden losen
Ärmel (den er beständig in der Luft schwenkte) heranwinkend, stieg er jetzt ab und sagte, während er dem Einarmigen
die Zügel gab: „Führ es unter die Linde, Fritz. Die Morgen-
sonne sticht hier so." Der Junge tat auch, wie ihm geheißen,
und Leopold seinerseits ging nun an einem von Liguster über-
wachsenen Staketenzaun auf den Eingang des Treptower Eta-
blissements zu. Gott sei Dank, hier war alles wie gewünscht,
sämtliche Tische leer, die Stühle umgekippt und auch von
Kellnern niemand da als sein Freund Mützell, ein auf sich
haltender Mann von Mitte der Vierzig, der schon in den Vor-
mittagsstunden einen beinahe fleckenlosen Frack trug und die
Trinkgelderfrage mit einer erstaunlichen, übrigens von Leopold (der immer sehr splendid war) nie herausgeforderten
Gentilezza behandelte. „Sehen Sie, Herr Treibel", so waren,
als das Gespräch einmal in dieser Richtung lief, seine Worte
gewesen, „die meisten wollen nicht recht und streiten einem
auch noch was ab, besonders die Damens, aber viele sind
auch wieder gut und manche sogar sehr gut und wissen, daß
man von einer Zigarre nicht leben kann und die Frau zu

Hause mit ihren drei Kindern erst recht nicht. Und sehen Sie, Herr Treibel, die geben, und besonders die kleinen Leute. Da war erst gestern wieder einer hier, der schob mir aus Versehen ein Fünfzigpfennigstück zu, weil er's für einen Zehner hielt, und als ich's ihm sagte, nahm er's nicht wieder und sagte bloß: ‚Das hat so sein sollen, Freund und Kupferstecher; mitunter fällt Ostern und Pfingsten auf einen Dag.'"

Das war vor Wochen gewesen, daß Mützell so zu Leopold Treibel gesprochen hatte. Beide standen überhaupt auf einem Plauderfuß; was aber für Leopold noch angenehmer als diese Plauderei war, war, daß er über Dinge, die sich von selbst verstanden, gar nicht erst zu sprechen brauchte. Mützell, wenn er den jungen Treibel in das Lokal eintreten und über den frischgeharkten Kies hin auf seinen Platz in unmittelbarer Nähe des Wassers zuschreiten sah, salutierte bloß von fern und zog sich dann ohne weiteres in die Küche zurück, von der aus er nach drei Minuten mit einem Tablett, auf dem eine Tasse Kaffee mit ein paar englischen Biskuits und ein großes Glas Milch stand, wieder unter den Frontbäumen erschien. Das große Glas Milch war Hauptsache, denn Sanitätsrat Lohmeyer hatte noch nach der letzten Auskultation zur Kommerzienrätin gesagt: „Meine gnädigste Frau, noch hat es nichts zu bedeuten, aber man muß vorbeugen, dazu sind wir da; im übrigen ist unser Wissen Stückwerk. Also wenn ich bitten darf, sowenig Kaffee wie möglich und jeden Morgen ein Liter Milch."

Auch heute hatte bei Leopolds Erscheinen die sich täglich wiederholende Begegnungsszene gespielt: Mützell war auf die Küche zu verschwunden und tauchte jetzt in Front des Hauses wieder auf, das Tablett auf den fünf Fingerspitzen seiner linken Hand mit beinahe zirkushafter Virtuosität balancierend.

„Guten Morgen, Herr Treibel. Schöner Morgen heute morgen."

„Ja, lieber Mützell. Sehr schön. Aber ein bißchen frisch. Be-

sonders hier am Wasser. Mich schuddert ordentlich, und ich
bin schon auf und ab gegangen. Lassen Sie sehen, Mützell,
ob der Kaffee warm ist."
Und ehe der so freundlich Angesprochene das Tablett auf
den Tisch setzen konnte, hatte Leopold die kleine Tasse schon
herabgenommen und sie mit einem Zuge geleert.
„Ah, brillant. Das tut einem alten Menschen wohl. Und nun
will ich die Milch trinken, Mützell; aber mit Andacht. Und
wenn ich damit fertig bin – die Milch ist immer ein bißchen
labbrig, was aber kein Tadel sein soll, gute Milch muß eigentlich immer ein bißchen labbrig sein –, wenn ich damit fertig
bin, bitt ich noch um eine . . ."
„Kaffee?"
„Freilich, Mützell."
„Ja, Herr Treibel . . ."
„Nun, was ist? Sie machen ja ein ganz verlegenes Gesicht,
Mützell, als ob ich was Besonderes gesagt hätte."
„Ja, Herr Treibel . . ."
„Nun, zum Donnerwetter, was ist denn los?"
„Ja, Herr Treibel, als die Frau Mama vorgestern hier waren
und der Herr Kommerzienrat auch, und auch das Gesell-
schaftsfräulein, und Sie, Herr Leopold, eben nach dem Sperl
und dem Karussell gegangen waren, da hat mir die Frau
Mama gesagt: ‚Hören Sie, Mützell, ich weiß, er kommt bei-
nahe jeden Morgen, und ich mache Sie verantwortlich . . .
eine Tasse; nie mehr . . . Sanitätsrat Lohmeyer, der ja auch
mal Ihre Frau behandelt hat, hat es mir im Vertrauen, aber
doch mit allem Ernste gesagt: zwei sind Gift . . .'"
„So . . . und hat meine Mama vielleicht noch mehr gesagt?"
„Die Frau Kommerzienrätin sagten auch noch: ‚Ihr Schade
soll es nicht sein, Mützell . . . Ich kann nicht sagen, daß mein
Sohn ein passionierter Mensch ist, er ist ein guter Mensch,
ein lieber Mensch . . .', Sie verzeihen, Herr Treibel, daß ich
Ihnen das alles, was Ihre Frau Mama gesagt hat, hier so ganz
simplement wiederhole, „. . . aber er hat die Kaffeepassion.
Und das ist immer das Schlimme, daß die Menschen grade

die Passion haben, die sie nicht haben sollen. Also, Mützell, eine Tasse mag gehen, aber nicht zwei.'"

Leopold hatte mit sehr geteilten Empfindungen zugehört und nicht gewußt, ob er lachen oder verdrießlich werden solle. „Nun, Mützell, dann also lassen wir's; keine zweite." Und damit nahm er seinen Platz wieder ein, während sich Mützell in seine Wartestellung an der Hausecke zurückzog.

„Da hab ich nun mein Leben auf einen Schlag", sagte Leopold, als er wieder allein war. „Ich habe mal von einem gehört, der bei Josty, weil er so gewettet hatte, zwölf Tassen Kaffee hintereinander trank und dann tot umfiel. Aber was beweist das? Wenn ich zwölf Käsestullen esse, fall ich auch tot um; alles Verzwölffachte tötet einen Menschen. Aber welcher vernünftige Mensch verzwölffacht auch sein Speis und Trank. Von jedem vernünftigen Menschen muß man annehmen, daß er Unsinnigkeiten unterlassen und seine Gesundheit befragen und seinen Körper nicht zerstören wird. Wenigstens für mich kann ich einstehen. Und die gute Mama sollte wissen, daß ich dieser Kontrolle nicht bedarf, und sollte mir diesen meinen Freund Mützell nicht so naiv zum Hüter bestellen. Aber sie muß immer die Fäden in der Hand haben, sie muß alles bestimmen, alles anordnen, und wenn ich eine baumwollene Jacke will, so muß es eine wollene sein."

Er machte sich nun an die Milch und mußte lächeln, als er die lange Stange mit dem schon niedergesunkenen Milchschaum in die Hand nahm. „Mein eigentliches Getränk. ‚Milch der frommen Denkungsart' würde Papa sagen. Ach, es ist zum Ärgern, alles zum Ärgern. Bevormundung, wohin ich sehe, schlimmer, als ob ich gestern meinen Einsegnungstag gehabt hätte. Helene weiß alles besser, Otto weiß alles besser, und nun gar erst die Mama. Sie möchte mir am liebsten vorschreiben, ob ich einen blauen oder grünen Schlips und einen graden oder schrägen Scheitel tragen soll. Aber ich will mich nicht ärgern. Die Holländer haben ein Sprichwort: ‚Ärgere dich nicht, wundere dich bloß.' Und auch das werd ich mir schließlich noch abgewöhnen."

Er sprach noch so weiter in sich hinein, abwechselnd die Menschen und die Verhältnisse verklagend, bis er mit einemmal all seinen Unmut gegen sich selber richtete: „Torheit. Die Menschen, die Verhältnisse, das alles ist es nicht; nein, nein. Andre haben auch eine auf ihr Hausregiment eifersüchtige Mama und tun doch, was sie wollen; es liegt an mir. ‚Pluck, dear Leopold, that's it‘, das hat mir der gute Nelson noch gestern abend zum Abschied gesagt, und er hat ganz recht. Da liegt es; nirgend anders. Mir fehlt es an Energie und Mut, und das Aufbäumen hab ich nun schon gewiß nicht gelernt."

Er blickte, während er so sprach, vor sich hin, knipste mit seiner Reitgerte kleine Kiesstücke fort und malte Buchstaben in den frischgestreuten Sand. Und als er nach einer Weile wieder aufblickte, sah er zahlreiche Boote, die vom Stralauer Ufer her herüberkamen, und dazwischen einen mit großem Segel flußabwärts fahrenden Spreekahn. Wie sehnsüchtig richtete sich sein Blick darauf.

„Ach, ich muß aus diesem elenden Zustande heraus, und wenn es wahr ist, daß einem die Liebe Mut und Entschlossenheit gibt, so muß noch alles gut werden. Und nicht bloß gut, es muß mir auch leicht werden und mich geradezu zwingen und drängen, den Kampf aufzunehmen und ihnen allen zu zeigen, und der Mama voran, daß sie mich denn doch verkannt und unterschätzt haben. Und wenn ich in Unentschlossenheit zurückfalle, was Gott verhüte, so wird *sie* mir die nötige Kraft geben. Denn sie hat all das, was mir fehlt, und weiß alles und kann alles. Aber bin ich ihrer sicher? Da steh ich wieder vor der Hauptfrage. Mitunter ist es mir freilich, als kümmere sie sich um mich und als spräche sie eigentlich nur zu mir, wenn sie zu anderen spricht. So war es noch gestern abend wieder, und ich sah auch, wie Marcell sich verfärbte, weil er eifersüchtig war. Etwas anderes konnte es nicht sein. Und das alles . . ."

Er unterbrach sich, weil eben jetzt die sich um ihn sammelnden Sperlinge mit jedem Augenblick zudringlicher wurden. Einige kamen bis auf den Tisch und mahnten ihn durch Pikken und dreistes Ansehen, daß er ihnen noch immer ihr Frühstück schulde. Lächelnd zerbrach er ein Biskuit und warf ihnen die Stücke hin, mit denen zunächst die Sieger und, alsbald auch ihnen folgend, die anderen in die Lindenbäume zurückflogen. Aber kaum, daß die Störenfriede fort waren, so waren für ihn auch die alten Betrachtungen wieder da. „Ja, das mit Marcell, das darf ich mir zum Guten deuten und manches andere noch. Aber es kann auch alles bloß Spiel und Laune gewesen sein. Corinna nimmt nichts ernsthaft und will eigentlich immer nur glänzen und die Bewunderung oder das Verwundertsein ihrer Zuhörer auf sich ziehen. Und wenn ich mir diesen ihren Charakter überlege, so muß ich an die Möglichkeit denken, daß ich schließlich auch noch heimgeschickt und ausgelacht werde. Das ist hart. Und doch muß ich es wagen... Wenn ich nur wen hätte, dem ich mich anvertrauen könnte, der mir riete. Leider hab ich niemanden, keinen Freund; dafür hat Mama auch gesorgt, und so muß ich mir, ohne Rat und Beistand, allerpersönlichst ein doppeltes ‚Ja‘ holen. Erst bei Corinna. Und wenn ich dieses erste ‚Ja‘ habe, so hab ich noch lange nicht das zweite. Das seh ich nur zu klar. Aber das zweite kann ich mir wenigstens erkämpfen und will es auch... Es gibt ihrer genug, für die das alles eine Kleinigkeit wäre, für mich aber ist es schwer; ich weiß, ich bin kein Held, und das Heldische läßt sich nicht lernen. ‚Jeder nach seinen Kräften‘, sagte Direktor Hilgenhahn immer. Ach, ich finde doch beinahe, daß mir mehr aufgelegt wird, als meine Schultern tragen können.“

Ein mit Personen besetzter Dampfer kam in diesem Augenblicke den Fluß herauf und fuhr, ohne an dem Wassersteg anzulegen, auf den „Neuen Krug“ und „Sadowa“ zu; Musik war an Bord, und dazwischen wurden allerlei Lieder gesungen. Als das Schiff erst den Steg und bald auch die „Liebesinsel“ passiert hatte, fuhr auch Leopold aus seinen Träumereien auf und sah, nach der Uhr blickend, daß es höchste Zeit sei, wenn er noch pünktlich auf dem Kontor eintreffen und sich eine Reprimande oder, was schlimmer, eine spöttische

Bemerkung von seiten seines Bruders Otto ersparen wollte. So schritt er denn unter freundlichem Gruß an dem immer noch an seiner Ecke stehenden Mützell vorüber und auf die Stelle zu, wo der Einarmige sein Pferd hielt. „Da, Fritz!" Und nun hob er sich in den Sattel, machte den Rückweg in einem guten Trab und bog, als er das Tor und gleich danach die Pionierkaserne wieder passiert hatte, nach rechts hin in einen neben dem Otto Treibelschen Holzhofe sich hinziehenden schmalen Gang ein, über dessen Heckenzaun fort man auf den Vorgarten und die zwischen den Bäumen gelegene Villa sah. Bruder und Schwägerin saßen noch beim Frühstück. Leopold grüßte hinüber: „Guten Morgen, Otto; guten Morgen, Helene!" Beide erwiderten den Gruß, lächelten aber, weil sie diese tägliche Reiterei ziemlich lächerlich fanden. Und gerade Leopold! Was er sich eigentlich dabei denken mochte!

Leopold selbst war inzwischen abgestiegen und gab das Pferd einem an der Hintertreppe der Villa schon wartenden Diener, der es, die Köpnicker Straße hinauf, nach dem elterlichen Fabrikhof und dem dazugehörigen Stallgebäude führte – stableyard, sagte Helene.

NEUNTES KAPITEL

Eine Woche war vergangen, und über dem Schmidtschen Hause lag eine starke Verstimmung; Corinna grollte mit Marcell, weil er mit ihr grollte (so wenigstens mußte sie sein Ausbleiben deuten), und die gute Schmolke wiederum grollte mit Corinna wegen ihres Grollens auf Marcell. „Das tut nicht gut, Corinna, so sein Glück von sich zu stoßen. Glaube mir, das Glück wird ärgerlich, wenn man es wegjagt, und kommt dann nicht wieder. Marcell ist, was man einen Schatz nennt oder auch ein Juwel, Marcell ist ganz so, wie Schmolke war." So hieß es jeden Abend. Nur Schmidt selbst merkte nichts von der über seinem Hause lagernden Wolke, studierte sich vielmehr immer tiefer in die Goldmasken hinein und entschied sich, in einem mit Distelkamp immer heftiger geführten Streite, auf das bestimmteste hinsichtlich der einen für Aegisth. Aegisth sei doch immerhin sieben Jahre lang Klytämnestras Gemahl gewesen, außerdem naher Anverwandter des Hauses, und wenn er, Schmidt, auch seinerseits zugeben müsse, daß der Mord Agamemnons einigermaßen gegen seine Aegisth-Hypothese spreche, so sei doch andererseits nicht zu vergessen, daß die ganze Mordaffäre mehr oder weniger etwas Internes, sozusagen eine reine Familienangelegenheit gewesen sei, wodurch die nach außen hin auf Volk und Staat berechnete Beisetzungs- und Zeremonialfrage nicht eigentlich berührt werden könne. Distelkamp schwieg und zog sich unter Lächeln aus der Debatte zurück.

Auch bei den alten und jungen Treibels herrschte eine gewisse schlechte Laune vor: Helene war unzufrieden mit Otto, Otto mit Helenen, und die Mama wiederum mit beiden. Am unzufriedensten, wenn auch nur mit sich selber, war Leopold, und nur der alte Treibel merkte von der ihn umgebenden Verstimmung herzlich wenig oder wollte nichts davon merken, erfreute sich vielmehr einer ungewöhnlich guten Laune. Daß dem so war, hatte, wie bei Wilibald Schmidt, darin seinen Grund, daß er all die Zeit über sein Steckenpferd tummeln und sich einiger schon erzielter Triumphe rühmen durfte. Vogelsang war nämlich, unmittelbar nach dem zu seinen und Mr. Nelsons Ehren stattgehabten Diner, in den für Treibel zu erobernden Wahlkreis abgegangen, und zwar um hier in einer Art Vorkampagne die Herzen und Nieren der Teupitz-Zossener und ihre mutmaßliche Haltung in der entscheidenden Stunde zu prüfen. Es muß gesagt werden, daß er, bei Durchführung dieser seiner Aufgabe, nicht bloß eine bemerkenswerte Tätigkeit entfaltet, sondern auch beinahe täglich etliche Telegramme geschickt hatte, darin er über die Resultate seines Wahlfeldzuges, je nach der Bedeutung der Aktion, länger oder kürzer berichtete. Daß diese Telegramme mit denen des ehemaligen Bernauer Kriegskorrespondenten

eine verzweifelte Ähnlichkeit hatten, war Treibel nicht entgangen, aber von diesem, weil er schließlich nur auf das ach-
tete, was ihm persönlich gefiel, ohne sonderliche Beanstan-
dung hingenommen worden. In einem dieser Telegramme
hieß es: „Alles geht gut. Bitte, Geldanweisung nach Teupitz
hin. Ihr V." Und dann: „Die Dörfer am Schermützelsee sind
unser. Gott sei Dank. Überall dieselbe Gesinnung wie am
Teupitzsee. Anweisung noch nicht eingetroffen. Bitte drin-
gend. Ihr V." . . . „Morgen nach Storkow! Dort muß es sich
entscheiden. Anweisung inzwischen empfangen. Aber deckt
nur gerade das schon Verausgabte. Montecuculis Wort über
Kriegführung gilt auch für Wahlfeldzüge. Bitte weiteres nach
Groß-Rietz hin. Ihr V." Treibel, in geschmeichelter Eitelkeit,
betrachtete hiernach den Wahlkreis als für ihn gesichert, und
in den Becher seiner Freude fiel eigentlich nur ein Wermuts-
tropfen: Er wußte, wie kritisch ablehnend Jenny zu dieser
Sache stand, und sah sich dadurch gezwungen, sein Glück
allein zu genießen. Friedrich, überhaupt sein Vertrauter, war
ihm auch jetzt wieder „unter Larven die einzig fühlende
Brust", ein Zitat, das er nicht müde wurde sich zu wiederholen. Aber eine gewisse Leere blieb doch. Auffallend war
ihm außerdem, daß die Berliner Zeitungen gar nichts brachten, und zwar war ihm dies um so auffallender, als von scharfer Gegnerschaft, allen Vogelsangschen Berichten nach,
eigentlich keine Rede sein konnte. Die Konservativen und
Nationalliberalen, und vielleicht auch ein paar Parlamenta-
rier von Fach, mochten gegen ihn sein, aber was bedeutete
das? Nach einer ungefähren Schätzung, die Vogelsang angestellt und in einem eingeschriebenen Briefe nach Villa Treibel hin adressiert hatte, besaß der ganze Kreis nur sieben
Nationalliberale: drei Oberlehrer, einen Kreisrichter, einen
rationalistischen Superintendenten und zwei studierte Bauer-
gutsbesitzer, während die Zahl der Orthodox-Konservativen
noch hinter diesem bescheidenen Häuflein zurückblieb. „Ernst
zu nehmende Gegnerschaft, vacat." So schloß Vogelsangs
Brief, und „vacat" war unterstrichen. Das klang hoffnungs-

reich genug, ließ aber inmitten aufrichtiger Freude doch einen Rest von Unruhe fortbestehen, und als eine runde Woche seit Vogelsangs Abreise vergangen war, brach denn auch wirklich der große Tag an, der die Berechtigung der instinktiv immer wieder sich einstellenden Ängstlichkeit und Sorge dartun sollte. Nicht unmittelbar, nicht gleich im ersten Moment, aber die Frist war nur eine nach Minuten ganz kurz bemessene.

Treibel saß in seinem Zimmer und frühstückte. Jenny hatte sich mit Kopfweh und einem schweren Traum entschuldigen lassen. ,Sollte sie wieder von Vogelsang geträumt haben?' Er ahnte nicht, daß dieser Spott sich in derselben Stunde noch an ihm rächen würde. Friedrich brachte die Postsachen, unter denen diesmal wenig Karten und Briefe, dafür aber desto mehr Zeitungen unter Kreuzband waren, einige, soviel sich äußerlich erkennen ließ, mit merkwürdigen Emblemen und Stadtwappen ausgerüstet.

All dies (zunächst nur Vermutung) sollte sich, bei schärferem Zusehen, rasch bestätigen, und als Treibel die Kreuzbänder entfernt und das weiche Löschpapier über den Tisch hin ausgebreitet hatte, las er mit einer gewissen heiteren Andacht: „Der Wächter an der wendischen Spree", „Wehrlos, ehrlos", „Alltied Vorupp" und „Der Storkower Bote" – zwei davon waren cis-, zwei transspreeanischen Ursprunges. Treibel, sonst ein Feind alles überstürzten Lesens, weil er von jedem blinden Eifer nur Unheil erwartete, machte sich diesmal mit bemerkenswerter Raschheit über die Blätter und überflog die blau angestrichenen Stellen. Leutnant Vogelsang (so hieß es in jedem in wörtlicher Wiederholung), ein Mann, der schon Anno 48 gegen die Revolution gestanden und der Hydra das Haupt zertreten, hätte sich an drei hintereinander folgenden Tagen dem Kreise vorgestellt, nicht um seiner selbst, sondern um seines politischen Freundes, des Kommerzienrats Treibel willen, der später den Kreis besuchen und bei der Gelegenheit die von Leutnant Vogelsang ausgesprochenen Grundsätze wiederholen werde, was, soviel lasse sich schon heute sagen, als die wärmste Empfehlung des eigentlichen Kandidaten anzusehen sei. Denn das Vogelsangsche Programm laufe darauf hinaus, daß zuviel und namentlich unter zu starker Wahrnehmung persönlicher Interessen regiert werde, daß also demgemäß alle kostspieligen „Zwischenstufen" fallen müßten (was wiederum gleichbedeutend sei mit der Herabsetzung der Steuern) und daß von den gegenwärtigen, zum Teil unverständlichen Kompliziertheiten nichts übrigbleiben dürfe als ein freier Fürst und ein freies Volk. Damit seien freilich *zwei* Dreh- oder Mittelpunkte gegeben, aber nicht zum Schaden der Sache. Denn wer die Tiefe des Lebens ergründet oder ihr auch nur nachgespürt habe, der wisse, daß die Sache mit dem einfachen Mittelpunkt – er vermeide mit Vorbedacht das Wort Zentrum – falsch sei und daß sich das Leben nicht im Kreise, wohl aber in der Ellipse bewege. Weshalb zwei Drehpunkte das natürlich Gegebene seien.

„Nicht übel", sagte Treibel, als er gelesen, „nicht übel. Es hat so etwas Logisches; ein bißchen verrückt, aber doch logisch. Das einzige, was mich stutzig macht, ist, daß es alles klingt, als ob es Vogelsang selber geschrieben hätte. Die zertretene Hydra, die herabgesetzten Steuern, das gräßliche Wortspiel mit dem Zentrum und zuletzt der Unsinn mit dem Kreis und der Ellipse, das alles ist Vogelsang. Und der Einsender an die vier Spreeblätter ist natürlich wiederum Vogelsang. Ich kenne meine Pappenheimer." Und dabei schob Treibel den „Wächter an der wendischen Spree" samt dem ganzen Rest vom Tisch auf das Sofa hinunter und nahm eine halbe „Nationalzeitung" zur Hand, die gleichfalls mit den anderen Blättern unter Kreuzband eingegangen war, aber der Handschrift und ganzen Adresse nach von jemand anderem als Vogelsang aufgegeben sein mußte. Früher war der Kommerzienrat Abonnent und eifriger Leser der „Nationalzeitung" gewesen, und es kamen ihm auch jetzt noch tagtäglich Viertelstunden, in denen er den Wechsel in seiner Lektüre bedauerte.

„Nun laß sehn", sagte er schließlich und ging, das Blatt auf-
schlagend, mit lesegewandtem Auge die drei Spalten hinunter, und richtig, da war es: „Parlamentarische Nachrich-
ten. Aus dem Kreise Teupitz-Zossen." Als er den Kopftitel
gelesen, unterbrach er sich. „Ich weiß nicht, es klingt so sonderbar. Und doch auch wieder, wie soll es am Ende anders
klingen? Es ist der natürlichste Anfang von der Welt; also
nur vorwärts."

Und so las er denn weiter: „Seit drei Tagen haben in unserem stillen und durch politische Kämpfe sonst wenig gestör-
ten Kreise die Wahlvorbereitungen begonnen, und zwar seitens einer Partei, die sich augenscheinlich vorgesetzt hat, das,
was ihr an historischer Kenntnis und politischer Erfahrung,
ja, man darf füglich sagen, an gesundem Menschenverstande
fehlt, durch ‚Fixigkeit‘ zu ersetzen. Ebendiese Partei, die
sonst nichts weiß und kennt, kennt augenscheinlich das Märchen vom ‚Swinegel und siner Fru‘ und scheint gewillt, an
dem Tage, wo der Wettbewerb mit den wirklichen Parteien
zu beginnen hat, eine jede derselben mit dem aus jenem
Märchen wohlbekannten Swinegelzurufe: ‚Ick bin all hier‘
empfangen zu wollen. Nur so vermögen wir uns dies über-
frühe Zurstellesein zu erklären. Alle Plätze scheinen, wie bei
Theaterpremieren, von Leutnant Vogelsang und den Seinen
im voraus belegt werden zu sollen. Aber man wird sich täuschen. Es fehlt dieser Partei nicht an Stirn, wohl aber an
dem, was noch mit dazugehört; der Kasten ist da, nicht der
Inhalt ..."

„Alle Wetter", sagte Treibel, „der setzt scharf ein ... Was
davon auf mein Teil kommt, ist mir nicht eben angenehm,
aber dem Vogelsang gönn ich es. Etwas ist in seinem Programm, das blendet, und damit hat er mich eingefangen.
Indessen, je mehr ich mir's ansehe, desto fraglicher erscheint
es mir. Unter diesen Knickstiebeln, die sich einbilden, schon
vor vierzig Jahren die Hydra zertreten zu haben, sind immer
etliche Zirkelquadratur- und Perpetuum-mobile-Sucher,
immer solche, die das Unmögliche, das sich in sich Wider-

sprechende zustande bringen wollen. Vogelsang gehört dazu. Vielleicht ist es auch bloß Geschäft; wenn ich mir zusammenrechne, was ich in diesen acht Tagen ... Aber ich bin erst bis an den ersten Absatz der Korrespondenz gekommen; die zweite Hälfte wird ihm wohl noch schärfer zu Leibe gehen oder vielleicht auch mir." Und Treibel las weiter:

„Es ist kaum möglich, den Herrn, der uns gestern und vorgestern – seiner in unserem Kreise voraufgegangenen Taten zu geschweigen – zunächst in Markgraf-Pieske, dann aber in Storkow und Groß-Rietz beglückt hat, ernsthaft zu nehmen, und zwar um so weniger, je ernsthafter das Gesicht ist, das er macht. Er gehört in die Klasse der Malvolios, der feierlichen Narren, deren Zahl leider größer ist, als man gewöhnlich annimmt. Wenn sein Galimathias noch keinen Namen hat, so könnte man ihn das Lied vom dreigestrichenen C nennen, denn Cabinet, Churbrandenburg und Cantonale Freiheit, das sind die drei großen C, womit dieser Kurpfuscher die Welt oder doch wenigstens den preußischen Staat retten will. Eine gewisse Methode läßt sich darin nicht verkennen, indessen, Methode hat auch der Wahnsinn. Leutnant Vogelsangs Sang hat uns aufs äußerste mißfallen. Alles in seinem Programm ist gemeingefährlich. Aber was wir am meisten beklagen, ist das, daß er nicht für sich und in seinem Namen sprach, sondern im Namen eines unserer geachtetsten Berliner Industriellen, des Kommerzienrats Treibel (Berliner-Blau-Fabrik, Köpnicker Straße), von dem wir uns eines Besseren versehen hätten. Ein neuer Beweis dafür, daß man ein guter Mensch und doch ein schlechter Musikant sein kann, und desgleichen ein Beweis, wohin der politische Dilettantismus führt."

Treibel klappte das Blatt wieder zusammen, schlug mit der Hand darauf und sagte: „Nun, soviel ist gewiß, in Teupitz-Zossen ist das nicht geschrieben. Das ist Tells Geschoß. Das kommt aus nächster Nähe. Das ist von dem nationalliberalen Oberlehrer, der uns neulich bei Buggenhagen nicht bloß Opposition machte, sondern uns zu verhöhnen suchte. Drang aber nicht durch. Alles in allem, ich mag ihm nicht unrecht geben, und jedenfalls gefällt er mir besser als Vogelsang. Außerdem sind sie jetzt bei der ‚Nationalzeitung‘ halbe Hofpartei, gehen mit den Freikonservativen zusammen. Es war eine Dummheit von mir, mindestens eine Übereilung, daß ich abschwenkte. Wenn ich gewartet hätte, könnt ich jetzt, in viel besserer Gesellschaft, auf seiten der Regierung stehen. Statt dessen bin ich auf den dummen Kerl und Prinzipienreiter eingeschworen. Ich werde mich aber aus der ganzen Geschichte herausziehen, und zwar für immer; der Gebrannte scheut das Feuer ... Eigentlich könnt ich mich noch beglückwünschen, so mit tausend Mark, oder doch nicht viel mehr, davongekommen zu sein, wenn nur nicht mein Name genannt wäre. Mein Name. Das ist fatal ..." Und dabei schlug er das Blatt wieder auf. „Ich will die Stelle noch einmal lesen: ‚eines unserer geachtetsten Berliner Industriellen, des Kommerzienrats Treibel‘ – ja, das laß ich mir gefallen, das klingt gut. Und nun lächerliche Figur von Vogelsangs Gnaden."

Und unter diesen Worten stand er auf, um sich draußen im Garten zu ergehen und in der frischen Luft seinen Ärger nach Möglichkeit loszuwerden.

Es schien aber nicht recht glücken zu sollen, denn im selben Augenblick, wo er, um den Giebel des Hauses herum, in den Hintergarten einbog, sah er die Honig, die, wie jeden Morgen, so auch heute wieder das Bologneser Hündchen um das Bassin führte. Treibel prallte zurück, denn nach einer Unterhaltung mit dem aufgesteiften Fräulein stand ihm durchaus nicht der Sinn. Er war aber schon gesehen und begrüßt worden, und da große Höflichkeit und mehr noch große Herzensgüte zu seinen Tugenden zählte, so gab er sich einen Ruck und ging guten Muts auf die Honig zu, zu deren Kenntnissen und Urteilen er übrigens ein aufrichtiges Vertrauen hegte.

„Sehr erfreut, mein liebes Fräulein, Sie mal allein und zu so guter Stunde zu treffen ... Ich habe seit lange so dies und das auf dem Herzen, mit dem ich gern herunter möchte ..."

Die Honig errötete, weil sie trotz des guten Rufes, dessen sich Treibel erfreute, doch von einem ängstlich süßen Gefühl überrieselt wurde, dessen äußerste Nichtberechtigung ihr freilich im nächsten Moment schon in beinahe grausamer Weise klar werden sollte.

„. . . Mich beschäftigt nämlich meiner lieben kleinen Enkelin Erziehung, an der ich denn doch das Hamburgische sich in einem Grade vollstrecken sehe – ich wähle diesen Schafottausdruck absichtlich –, der mich von meinem einfacheren Berliner Standpunkt aus mit einiger Sorge erfüllt."

Das Bologneser Hündchen, das Czicka hieß, zog in diesem Augenblick an der Schnur und schien einem Perlhuhn nachlaufen zu wollen, das sich, vom Hof her, in den Garten verirrt hatte; die Honig verstand aber keinen Spaß und gab dem Hündchen einen Klaps. Czicka seinerseits tat einen Blaff und warf den Kopf hin und her, so daß die seinem Röckchen (eigentlich bloß eine Leibbinde) dicht aufgenähten Glöckchen in ein Klingen kamen. Dann aber beruhigte sich das Tierchen wieder, und die Promenade um das Bassin herum begann aufs neue.

„Sehen Sie, Fräulein Honig, so wird auch das Lizzichen erzogen. Immer an einer Strippe, die die Mutter in Händen hält, und wenn mal ein Perlhuhn kommt und das Lizzichen fort will, dann gibt es auch einen Klaps, aber einen ganz, ganz kleinen, und der Unterschied ist bloß, daß Lizzi keinen Blaff tut und nicht den Kopf wirft und natürlich auch kein Schellengeläut hat, das ins Klingen kommen kann."

„Lizzichen ist ein Engel", sagte die Honig, die während einer sechzehnjährigen Erzieherinnenlaufbahn Vorsicht im Ausdruck gelernt hatte.

„Glauben Sie das wirklich?"

„Ich glaub es wirklich, Herr Kommerzienrat, vorausgesetzt, daß wir uns über ‚Engel' einigen."

„Sehr gut, Fräulein Honig, das kommt mir zupaß. Ich wollte nur über Lizzi mit Ihnen sprechen und höre nun auch noch was über Engel. Im ganzen genommen ist die Gelegenheit, sich über Engel ein festes Urteil zu bilden, nicht groß. Nun sagen Sie, was verstehen Sie unter Engel? Aber kommen Sie mir nicht mit Flügel."

Die Honig lächelte. „Nein, Herr Kommerzienrat, nichts von Flügel, aber ich möchte doch sagen dürfen, ‚Unberührtheit vom Irdischen‘, das ist ein Engel."

„Das läßt sich hören. Unberührtheit vom Irdischen – nicht übel. Ja, noch mehr, ich will es ohne weiteres gelten lassen und will es schön finden, und wenn Otto und meine Schwiegertochter Helene sich klar und zielbewußt vorsetzen würden, eine richtige kleine Genoveva auszubilden oder eine kleine keusche Susanna, Pardon, ich kann im Augenblicke kein besseres Beispiel finden, oder wenn alles ganz ernsthaft darauf hinausliefe, sagen wir für irgendeinen Thüringer Landgrafen oder meinetwegen auch für ein geringeres Geschöpf Gottes einen Abklatsch der heiligen Elisabeth herzustellen, so hätte ich nichts dagegen. Ich halte die Lösung solcher Aufgabe für sehr schwierig, aber nicht für unmöglich, und wie so schön gesagt worden ist und immer noch gesagt wird, solche Dinge auch bloß gewollt zu haben, ist schon etwas Großes."

Die Honig nickte, weil sie der eigenen, nach dieser Seite hin liegenden Anstrengungen gedenken mochte.

„Sie stimmen mir zu", fuhr Treibel fort. „Nun, das freut mich. Und ich denke, wir sollen auch in dem zweiten einig bleiben. Sehen Sie, liebes Fräulein, ich begreife vollkommen, trotzdem es meinem persönlichen Geschmack widerspricht, daß eine Mutter ihr Kind auf einen richtigen Engel hin erzieht; man kann nie ganz genau wissen, wie diese Dinge liegen, und wenn es zum letzten kommt, so ganz zweifelsohne vor seinem Richter zu stehen, wer sollte sich das nicht wünschen? Ich möchte beinah sagen, ich wünsch es mir selber. Aber, mein liebes Fräulein, Engel und Engel ist ein Unterschied, und wenn der Engel weiter nichts ist als ein Waschengel und die Fleckenlosigkeit der Seele nach dem Seifenkonsum berechnet und die ganze Reinheit des werdenden Menschen auf die Weißheit seiner Strümpfe gestellt wird,

so erfüllt mich dies mit einem leisen Grauen. Und wenn es
nun gar das eigene Enkelkind ist, dessen flachsene Haare,
Sie werden es auch bemerkt haben, vor lauter Pflege schon
halb ins Kakerlakige fallen, so wird einem alten Großvater himmelangst dabei. Könnten Sie sich nicht hinter
die Wulsten stecken? Die Wulsten ist eine verständige
Person und bäumt, glaub ich, innerlich gegen diese Hambur-
gereien auf. Ich würde mich freuen, wenn Sie Gelegenheit
nähmen ..."
In diesem Augenblicke wurde Czicka wieder unruhig und
blaffte lauter als zuvor. Treibel, der sich in Auseinandersetzungen der Art nicht gern unterbrochen sah, wollte verdrießlich werden, aber ehe er noch recht dazu kommen konnte,
wurden drei junge Damen von der Villa her sichtbar, zwei
von ihnen ganz gleichartig in bastfarbene Sommerstoffe gekleidet. Es waren die beiden Felgentreus, denen Helene
folgte.
„Gott sei Dank, Helene", sagte Treibel, der sich – vielleicht
weil er ein schlechtes Gewissen hatte – zunächst an die
Schwiegertochter wandte, „Gott sei Dank, daß ich dich einmal wiedersehe. Du warst eben der Gegenstand unseres Ge-
sprächs, oder mehr noch dein liebes Lizzichen, und Fräulein Honig stellte fest, daß Lizzichen ein Engel sei. Du
kannst dir denken, daß ich nicht widersprochen habe. Wer
ist nicht gern der Großvater eines Engels? Aber, meine
Damen, was verschafft mir so früh diese Ehre? Oder gilt es
meiner Frau? Sie hat ihre Migräne. Soll ich sie rufen lassen ...?"
„O nein, Papa", sagte Helene mit einer Freundlichkeit, die
nicht immer ihre Sache war. „Wir kommen zu *dir*. Felgentreus haben nämlich vor, heute nachmittag eine Partie nach
Halensee zu machen, aber nur wenn alle Treibels, von Otto
und mir ganz abgesehen, daran teilnehmen." Die Felgentreuschen Schwestern bestätigten dies alles durch Schwenken
ihrer Sonnenschirme, während Helene fortfuhr: „Und nicht
später als drei. Wir müssen also versuchen, unserem Lunch

einen kleinen Dinner-Charakter zu geben oder unser Dinner
bis auf acht Uhr abends hinausschieben. Elfriede und Blanca
wollen noch in die Adlerstraße, um auch Schmidts aufzufor-
dern, zum mindesten Corinna; der Professor kommt dann
vielleicht nach. Krola hat schon zugesagt und will ein Quartett mitbringen, darunter zwei Referendare von der Potsdamer Regierung ..."

„Und Reserveoffiziere" ergänzte Blanca, die jüngere Felgentreu ...

„Reserveoffiziere", wiederholte Treibel ernsthaft. „Ja, meine
Damen, *das* gibt den Ausschlag. Ich glaube nicht, daß ein hierlandes lebender Familienvater, auch wenn ihm ein grausames
Schicksal eigene Töchter versagte, den Mut haben wird, eine
Landpartie mit zwei Reserveleutnants auszuschlagen. Also
bestens akzeptiert. Und drei Uhr. Meine Frau wird zwar
verstimmt sein, daß, über ihr Haupt hinweg, endgültige Be-
schlüsse gefaßt worden sind, und ich fürchte beinah ein
momentanes Wachsen des tic douloureux. Trotzdem bin ich
ihrer sicher. Landpartie mit Quartett und von solcher gesellschaftlichen Zusammensetzung – die Freude darüber bleibt
prädominierendes Gefühl. Dem ist keine Migräne gewachsen. Darf ich Ihnen übrigens meine Melonenbeete zeigen?
Oder nehmen wir lieber einen leichten Imbiß, ganz leicht,
ohne jede ernste Gefährdung des Lunch?"

Alle drei dankten, die Felgentreus, weil sie sich direkt zu
Corinna begeben wollten, Helene, weil sie Lizzis halber wieder nach Hause müsse. Die Wulsten sei nicht achtsam genug
und lasse Dinge durchgehen, von denen sie nur sagen könne,
daß sie „shocking" seien. Zum Glück sei Lizzichen ein so
gutes Kind, sonst würde sie sich ernstlicher Sorge darüber
hingeben müssen.

„Lizzichen ist ein Engel, die ganze Mutter", sagte Treibel
und wechselte, während er das sagte, Blicke mit der Honig,
welche die ganze Zeit über in einer gewissen reservierten
Haltung seitab gestanden hatte.

ZEHNTES KAPITEL

Auch Schmidts hatten zugesagt, Corinna mit besonderer
Freudigkeit, weil sie sich seit dem Dinertage bei Treibels in
ihrer häuslichen Einsamkeit herzlich gelangweilt hatte; die
großen Sätze des Alten kannte sie längst auswendig, und
von den Erzählungen der guten Schmolke galt dasselbe. So
klang denn „ein Nachmittag in Halensee" fast so poetisch
wie „vier Wochen auf Capri", und Corinna beschloß darauf-
hin, ihr Bestes zu tun, um sich bei dieser Gelegenheit auch
äußerlich neben den Felgentreus behaupten zu können. Denn
in ihrer Seele dämmerte eine unklare Vorstellung davon,
daß diese Landpartie nicht gewöhnlich verlaufen, sondern
etwas Großes bringen werde. Marcell war zur Teilnahme
nicht aufgefordert worden, womit seine Cousine, nach der
eine ganze Woche lang von ihm beobachteten Haltung,
durchaus einverstanden war. Alles versprach einen frohen
Tag, besonders auch mit Rücksicht auf die Zusammensetzung der Gesellschaft. Unter dem, was man im voraus
vereinbart hatte, war, nach Verwerfung eines von Treibel in Vorschlag gebrachten Kremsers, „der immer das Eigentliche sei", *das* die Hauptsache gewesen, daß man auf gemeinschaftliche Fahrt verzichten, dafür aber männiglich sich
verpflichten wolle, Punkt vier Uhr, und jedenfalls nicht
mit Überschreitung des akademischen Viertels, in Halensee
zu sein.

Und wirklich, um vier Uhr war alles versammelt oder doch
fast alles. Alte und junge Treibels, desgleichen die Felgentreus, hatten sich in eigenen Equipagen eingefunden, während Krola, von seinem Quartett begleitet, aus nicht auf-
geklärten Gründen die neue Dampfbahn, Corinna aber
mutterwindallein – der Alte wollte nachkommen – die
Stadtbahn benutzt hatte. Von den Treibels fehlten nur Leopold, der sich, weil er durchaus an Mr. Nelson zu schreiben
habe, wegen einer halben Stunde Verspätung im voraus
entschuldigen ließ. Corinna war momentan verstimmt dar-

über, bis ihr der Gedanke kam, es sei wohl eigentlich besser
so; kurze Begegnungen seien inhaltreicher als lange.

„Nun, lieben Freunde", nahm Treibel das Wort, „alles nach
der Ordnung. Erste Frage, wo bringen wir uns unter? Wir
haben verschiedenes zur Wahl. Bleiben wir hier Parterre,
zwischen diesen formidablen Tischreihen, oder rücken wir
auf die benachbarte Veranda hinauf, die Sie, wenn Sie Gewicht darauf legen, auch als Altan oder als Söller bezeichnen
können? Oder bevorzugen Sie vielleicht die Verschwiegen-
heit der inneren Gemächer, irgendeiner Kemenate von Halensee? Oder endlich, viertens und letztens, sind Sie für Turm-
besteigung und treibt es Sie, diese Wunderwelt, in der keines
Menschen Auge bisher einen frischen Grashalm entdecken
konnte, treibt es Sie, sag ich, dieses von Spargelbeeten und
Eisenbahndämmen durchsetzte Wüstenpanorama zu Ihren
Füßen ausgebreitet zu sehen?"

„Ich denke", sagte Frau Felgentreu, die, trotzdem sie kaum
ausgangs Vierzig war, schon das Embonpoint und das Asthma
einer Sechzigerin hatte, „ich denke, lieber Treibel, wir bleiben, wo wir sind. Ich bin nicht für Steigen, und dann mein
ich auch immer, man muß mit dem zufrieden sein, was man
gerade hat."

„Eine merkwürdig bescheidene Frau", sagte Corinna zu
Krola, der seinerseits mit einfacher Zahlennennung antwortete, leise hinzusetzend, „aber Taler".

„Gut denn", fuhr Treibel fort, „wir bleiben also in der Tiefe.
Wozu dem Höheren zustreben? Man muß zufrieden sein mit
dem durch Schicksalsbeschluß Gegebenen, wie meine Freundin Felgentreu soeben versichert hat. Mit anderen Worten:
,Genieße fröhlich, was du hast.' Aber, liebe Festgenossen,
was tun wir, um unsere Fröhlichkeit zu beleben oder, richtiger und artiger, um ihr Dauer zu geben? Denn von Bele-
bung unserer Fröhlichkeit sprechen, hieße das augenblickliche
Vorhandensein derselben in Zweifel ziehen – eine Blasphemie, deren ich mich nicht schuldig machen werde. Landpartien sind immer fröhlich. Nicht wahr, Krola?"

Krola bestätigte mit einem verschmitzten Lächeln, das für den Eingeweihten eine stille Sehnsucht nach Siechen oder dem schweren Wagner ausdrücken sollte.

Treibel verstand es auch so. „Landpartien also sind immer fröhlich, und dann haben wir das Quartett in Bereitschaft und haben Professor Schmidt in Sicht und Leopold auch. Ich finde, daß dies allein schon ein Programm ausdrückt." Und nach diesen Einleitungsworten einen in der Nähe stehenden mittelalterlichen Kellner heranwinkend, fuhr er in einer anscheinend an diesen, in Wahrheit aber an seine Freunde gerichteten Rede fort: „Ich denke, Kellner, wir rücken zunächst einige Tische zusammen, hier zwischen Brunnen und Fliederboskett; da haben wir frische Luft und etwas Schatten. Und dann, Freund, sobald die Lokalfrage geregelt und das Aktionsfeld abgesteckt ist, dann etwelche Portionen Kaffee, sagen wir vorläufig fünf, Zucker doppelt, und etwas Kuchiges, gleichviel was, mit Ausnahme von altdeutschem Napfkuchen, der mir immer eine Mahnung ist, es mit dem neuen Deutschland ernst und ehrlich zu versuchen. Die Bierfrage können wir später regeln, wenn unser Zuzug eingetroffen ist."

Dieser Zuzug war nun in der Tat näher, als die ganze Gesellschaft zu hoffen gewagt hatte. Schmidt, in einer ihn begleitenden Wolke daherkommend, war müllergrau von Chausseestaub und mußte es sich gefallen lassen, von den jungen, dabei nicht wenig kokettierenden Damen abgeklopft zu werden, und kaum daß er instand gesetzt und in den Kreis der übrigen eingereiht war, so ward auch schon Leopold in einer langsam herantrottenden Droschke sichtbar, und beide Felgentreus (Corinna hielt sich zurück) liefen auch ihm bis auf die Chaussee hinaus entgegen und schwenkten dieselben kleinen Batisttücher zu seiner Begrüßung, mit denen sie eben den alten Schmidt restituiert und wieder leidlich gesellschaftsfähig gemacht hatten.

Auch Treibel hatte sich erhoben und sah der Anfahrt seines Jüngsten zu. „Sonderbar", sagte er zu Schmidt und Felgen-

treu, zwischen denen er saß, „sonderbar; es heißt immer, der
Apfel fällt nicht weit vom Stamm. Aber mitunter tut er's
doch. Alle Naturgesetze schwanken heutzutage. Die Wissenschaft setzt ihnen zu arg zu. Sehen Sie, Schmidt, wenn
ich Leopold Treibel wäre – mit *meinem* Vater war das etwas
anderes, der war noch aus der alten Zeit –, so hätte mich
kein Deubel davon abgehalten, hier heute hoch zu Roß vor-
zureiten, und hätte mich graziös – denn, Schmidt, wir haben
doch auch unsere Zeit gehabt –, hätte mich graziös, sag ich,
aus dem Sattel geschwungen und mir mit der Badine die
Stiefel und die Unaussprechlichen abgeklopft und wäre hier,
schlecht gerechnet, wie ein junger Gott erschienen, mit einer
roten Nelke im Knopfloch, ganz wie Ehrenlegion oder ein
ähnlicher Unsinn. Und nun sehen Sie sich den Jungen an.
Kommt er nicht an, als ob er hingerichtet werden sollte?
Denn das ist ja gar keine Droschke, das ist ein Karren, eine
Schleife. Weiß der Himmel, wo's nicht drin steckt, da kommt
es auch nicht."
Unter diesen Worten war Leopold herangekommen, unter-
gefaßt von den beiden Felgentreus, die sich vorgesetzt zu
haben schienen, à tout prix für das „Landpartieliche" zu sorgen. Corinna, wie sich denken läßt, gefiel sich in Mißbilligung dieser Vertraulichkeit und sagte vor sich hin: „Dumme
Dinger!" Dann aber erhob auch sie sich, um Leopold gemeinschaftlich mit den andern zu begrüßen.
Die Droschke draußen hielt noch immer, was dem alten
Treibel schließlich auffiel. „Sage, Leopold, warum hält er
noch? Rechnet er auf Rückfahrt?"
„Ich glaube, Papa, daß er futtern will."
„Wohl und weise. Freilich, mit seinem Häckselsack wird er
nicht weit kommen. Hier müssen energischere Belebungsmit-
tel angewandt werden, sonst passiert was. Bitte, Kellner,
geben Sie dem Schimmel ein Seidel. Aber Löwenbräu. Dessen ist er am bedürftigsten."
„Ich wette", sagte Krola, „der Kranke wird von Ihrer Arz-
nei nichts wissen wollen."

„Ich verbürge mich für das Gegenteil. In dem Schimmel
steckt was; bloß heruntergekommen."

Und während das Gespräch noch andauerte, folgte man dem
Vorgange draußen und sah, wie das arme verschmachtete
Tier mit Gier das Seidel austrank und in ein schwaches Freu-
dengewieher ausbrach.

„Da haben wir's", triumphierte Treibel. „Ich bin ein Men-
schenkenner; *der* hat bessere Tage gesehen, und mit diesem
Seidel zogen alte Zeiten in ihm herauf. Und Erinnerungen
sind immer das Beste. Nicht wahr, Jenny?"

Die Kommerzienrätin antwortete mit einem langgedehnten
„Ja, Treibel" und deutete durch den Ton an, daß er besser
täte, sie mit solchen Betrachtungen zu verschonen.

Eine Stunde verging unter allerhand Plaudereien, und wer
gerade schwieg, der versäumte nicht, das Bild auf sich wir-
ken zu lassen, das sich um ihn her ausbreitete. Da stieg zunächst eine Terrasse nach dem See hinunter, von dessen anderm Ufer her man den schwachen Knall einiger Teschings
hörte, mit denen in einer dort etablierten Schießbude nach
der Scheibe geschossen wurde, während man aus verhält-
nismäßiger Nähe das Kugelrollen einer am diesseitigen Ufer
sich hinziehenden Doppelkegelbahn und dazwischen die
Rufe des Kegeljungen vernahm. Den See selbst aber sah
man nicht recht, was die Felgentreuschen Mädchen zuletzt
ungeduldig machte. „Wir müssen doch den See sehen.
Wir können doch nicht in Halensee gewesen sein, ohne den
Halensee gesehen zu haben!" Und dabei schoben sie zwei
Stühle mit den Lehnen zusammen und kletterten hinauf, um
so den Wasserspiegel vielleicht entdecken zu können. „Ach,
da ist er. Etwas klein."

„Das ‚Auge der Landschaft' muß klein sein", sagte Treibel.
„Ein Ozean ist kein Auge mehr."

„Und wo nur die Schwäne sind?" fragte die ältere Felgentreu neugierig. „Ich sehe doch zwei Schwanenhäuser."

„Ja, liebe Elfriede", sagte Treibel. „Sie verlangen zuviel. Das ist immer so; wo Schwäne sind, sind keine Schwanenhäuser, und wo Schwanenhäuser sind, sind keine Schwäne. Der eine hat den Beutel, der andre hat das Geld. Diese Wahrnehmung, meine junge Freundin, werden Sie noch verschiedentlich im Leben machen. Lassen Sie mich annehmen, nicht zu sehr zu Ihrem Schaden."

Elfriede sah ihn groß an. ‚Worauf bezog sich das und auf wen? Auf Leopold? Oder auf den früheren Hauslehrer, mit dem sie sich noch schrieb, aber doch nur so, daß es nicht völlig einschlief? Oder auf den Pionierleutnant? Es konnte sich auf alle drei beziehen. Leopold hatte das Geld ... Hm.‘

„Im übrigen", fuhr Treibel, an die Gesamtheit gewendet, fort, „ich habe mal wo gelesen, daß es immer das geratenste sei, das Schönste nicht auszukosten, sondern mitten im Genusse dem Genuß Valet zu sagen. Und dieser Gedanke kommt mir auch jetzt wieder. Es ist kein Zweifel, daß dieser Fleck Erde mit zu dem Schönsten zählt, was die norddeutsche Tiefebene besitzt, durchaus angetan, durch Sang und Bild verherrlicht zu werden, wenn es nicht schon geschehen ist, denn wir haben jetzt eine märkische Schule, vor der nichts sicher ist, Beleuchtungskünstler ersten Ranges, wobei Wort oder Farbe keinen Unterschied macht. Aber eben *weil* es so schön ist, gedenken wir jenes vorzitierten Satzes, der von einem letzten Auskosten nichts wissen will, mit andern Worten, beschäftigen wir uns mit dem Gedanken an Aufbruch. Ich sage wohlüberlegt ‚Aufbruch‘, nicht Rückfahrt, nicht vorzeitige Rückkehr in die alten Geleise, das sei ferne von mir; dieser Tag hat sein letztes Wort noch nicht gesprochen. Nur ein Scheiden speziell aus diesem Idyll, eh es uns ganz umstrickt! Ich proponiere Waldpromenade bis Paulsborn oder, wenn dies zu kühn erscheinen sollte, bis Hundekehle. Die Prosa des Namens wird ausgeglichen durch die Poesie der größeren Nähe. Vielleicht, daß ich mir den besonderen Dank meiner Freundin Felgentreu durch diese Modifikation verdiene."

Frau Felgentreu, der nichts ärgerlicher war als Anspielungen

auf ihre Wohlbeleibtheit und Kurzatmigkeit, begnügte sich,
ihrem Freunde Treibel den Rücken zu kehren.

„Dank vom Hause Österreich. Aber es ist immer so, der Ge-
rechte muß viel leiden. Ich werde mich auf einem verschwiegenen Waldwege bemühen, Ihrem schönen Unmut die Spitze
abzubrechen. Darf ich um Ihren Arm bitten, liebe Freundin?"

Und alles erhob sich, um in Gruppen zu zweien und dreien
die Terrasse hinabzusteigen und zu beiden Seiten des Sees
auf den schon im halben Dämmer liegenden Grunewald zu-
zuschreiten.

Die Hauptkolonne hielt sich links. Sie bestand, unter Vorantritt des Felgentreuschen Ehepaares (Treibel hatte sich von
seiner Freundin wieder frei gemacht), aus dem Krolaschen
Quartett, in das sich Elfriede und Blanca Felgentreu derart
eingereiht hatten, daß sie zwischen den beiden Referendaren
und zwei jungen Kaufleuten gingen. Einer der jungen Kauf-
leute war ein berühmter Jodler und trug auch den entsprechenden Hut. Dann kamen Otto und Helene, während Treibel und Krola abschlossen.

„Es geht doch nichts über eine richtige Ehe", sagte Krola
zu Treibel und wies auf das junge Paar vor ihnen. „Sie müssen sich doch aufrichtig freuen, Kommerzienrat, wenn Sie
Ihren Ältesten so glücklich und so zärtlich neben dieser hübschen und immer blink und blanken Frau einherschreiten
sehen. Schon oben saßen sie dicht beisammen, und nun gehen
sie Arm in Arm. Ich glaube beinah, sie drücken sich leise."

„Mir ein sichrer Beweis, daß sie sich vormittags gezankt
haben. Otto, der arme Kerl, muß nun Reugeld zahlen."

„Ach, Treibel, Sie sind ewig ein Spötter. Ihnen kann es keiner recht machen und am wenigsten die Kinder. Glücklicherweise sagen Sie das so hin, ohne recht dran zu glauben. Mit
einer Dame, die so gut erzogen wurde, kann man sich überhaupt nicht zanken."

In diesem Augenblicke hörte man den Jodler einige Juchzer

ausstoßen, so tirolerhaft echt, daß sich das Echo der Pichels-
berge nicht veranlaßt sah, darauf zu antworten.

Krola lachte. „Das ist der junge Metzner. Er hat eine merkwürdig gute Stimme, wenigstens für einen Dilettanten, und
hält eigentlich das Quartett zusammen. Aber sowie er eine
Prise frische Luft wittert, ist es mit ihm vorbei. Dann faßt
ihn das Schicksal mit rasender Gewalt, und er muß jodeln ...
Aber wir wollen von den Kindern nicht abkommen. Sie
werden mir doch nicht weismachen wollen" – Krola war neugierig und hörte gern Intimitäten –, „Sie werden mir doch
nicht weismachen wollen, daß die beiden da vor uns in einer
unglücklichen Ehe leben. Und was das Zanken angeht, so
kann ich nur wiederholen, Hamburgerinnen stehen auf einer
Bildungsstufe, die den Zank ausschließt."

Treibel wiegte den Kopf. „Ja, sehen Sie, Krola, Sie sind nun
ein so gescheiter Kerl und kennen die Weiber, ja, wie soll ich
sagen, Sie kennen sie, wie sie nur ein Tenor kennen kann.
Denn ein Tenor geht noch weit übern Leutnant. Und doch
offenbaren Sie hier in dem speziell Ehelichen, das noch wieder ein Gebiet für sich ist, ein furchtbares Manquement. Und
warum? Weil Sie's in Ihrer eigenen Ehe, gleichviel nun, ob
durch Ihr oder Ihrer Frau Verdienst, ausnahmsweise gut getroffen haben. Natürlich, wie Ihr Fall beweist, kommt auch
das vor. Aber die Folge davon ist einfach die, daß Sie – auch
das Beste hat seine Kehrseite –, daß Sie, sag ich, kein richtiger
Ehemann sind, daß Sie keine volle Kenntnis von der Sache
haben; Sie kennen den Ausnahmefall, aber nicht die Regel.
Über Ehe kann nur sprechen, wer sie durchgefochten hat,
nur der Veteran, der auf Wundenmale zeigt ... Wie heißt es
doch? ‚Nach Frankreich zogen zwei Grenadier, die ließen
die Köpfe hangen' ... Da haben Sie's."

„Ach, das sind Redensarten, Treibel ..."

„... Und die schlimmsten Ehen sind die, lieber Krola, wo
furchtbar ‚gebildet' gestritten wird, wo, wenn Sie mir den
Ausdruck gestatten wollen, eine Kriegsführung mit Samt-
handschuhen stattfindet oder, richtiger noch, wo man sich,

wie beim römischen Karneval, Konfetti ins Gesicht wirft. Es sieht hübsch aus, aber verwundet doch. Und in dieser Kunst anscheinend gefälligen Konfettiwerfens ist meine Schwiegertochter eine Meisterin. Ich wette, daß mein armer Otto schon oft bei sich gedacht hat, wenn sie dich doch kratzte, wenn sie doch mal außer sich wäre, wenn sie doch mal sagte: Scheusal oder Lügner oder elender Verführer ..."

„Aber, Treibel, das kann sie doch nicht sagen. Das wäre ja Unsinn. Otto ist ja doch kein Verführer, also auch kein Scheusal ..."

„Ach, Krola, darauf kommt es ja gar nicht an. Worauf es ankommt, ist, sie muß sich dergleichen wenigstens denken können, sie muß eine eifersüchtige Regung haben, und in solchem Momente muß es afrikanisch aus ihr losbrechen. Aber alles, was Helene hat, hat höchstens die Temperatur der Uhlenhorst. Sie hat nichts als einen unerschütterlichen Glauben an Tugend und Windsorsoap."

„Nun meinetwegen. Aber wenn es so ist, wo kommt dann der Zank her?"

„Der kommt doch. Er tritt nur anders auf, anders, aber nicht besser. Kein Donnerwetter, nur kleine Worte mit dem Giftgehalt eines halben Mückenstichs, oder aber Schweigen, Stummheit, Muffeln, das innere Düppel der Ehe, während nach außen hin das Gesicht keine Falte schlägt. Das sind so die Formen. Und ich fürchte, die ganze Zärtlichkeit, die wir da vor uns wandeln sehen und die sich augenscheinlich sehr einseitig gibt, ist nichts als ein Bußetun – Otto Treibel im Schloßhof zu Canossa und mit Schnee unter den Füßen. Sehen Sie nun den armen Kerl; er biegt den Kopf in einem fort nach rechts, und Helene rührt sich nicht und kommt aus der graden Hamburger Linie nicht heraus ... Aber jetzt müssen wir schweigen. Ihr Quartett hebt eben an. Was ist es denn?"

„Es ist das bekannte: ‚Ich weiß nicht, was soll es bedeuten?‘"

„Ah, das ist recht. Eine jederzeit wohl aufzuwerfende Frage, besonders auf Landpartien."

Rechts um den See hin gingen nur zwei Paare, vorauf der alte
Schmidt und seine Jugendfreundin Jenny und in einiger Entfernung hinter ihnen Leopold und Corinna.

Schmidt hatte seiner Dame den Arm gereicht und zugleich
gebeten, ihr die Mantille tragen zu dürfen, denn es war etwas
schwül unter den Bäumen. Jenny hatte das Anerbieten auch
dankbar angenommen; als sie aber wahrnahm, daß der gute
Professor den Spitzenbesatz immer nachschleppen und sich
abwechselnd in Wacholder und Heidekraut verfangen ließ,
bat sie sich die Mantille wieder aus. „Sie sind noch geradeso
wie vor vierzig Jahren, lieber Schmidt. Galant, aber mit keinem rechten Erfolge."

„Ja, gnädigste Frau, diese Schuld kann ich nicht von mir ab-
wälzen, und sie war zugleich mein Schicksal. Wenn ich mit
meinen Huldigungen erfolgreicher gewesen wäre, denken Sie,
wie ganz anders sich mein Leben und auch das Ihrige gestal-
tet hätte ..."

Jenny seufzte leise.

„Ja, gnädigste Frau, dann hätten Sie das Märchen Ihres Lebens nie begonnen. Denn alles große Glück ist ein Märchen."

„Alles große Glück ist ein Märchen", wiederholte Jenny langsam und gefühlvoll. „Wie wahr, wie schön! Und sehen Sie,
Wilibald, daß das beneidete Leben, das ich jetzt führe, meinem Ohr und meinem Herzen solche Worte versagt, daß
lange Zeiten vergehen, ehe Aussprüche von solcher poetischen
Tiefe zu mir sprechen, das ist für eine Natur, wie sie mir nun
mal geworden, ein ewig zehrender Schmerz. Und Sie sprechen
dabei von Glück, Wilibald, sogar von großem Glück! Glauben Sie mir, mir, die ich dies alles durchlebt habe, diese so
viel begehrten Dinge sind wertlos für den, der sie hat. Oft,
wenn ich nicht schlafen kann und mein Leben überdenke,
wird es mir klar, daß das Glück, das anscheinend so viel für
mich tat, mich nicht *die* Wege geführt hat, die für mich paß-
ten, und daß ich in einfacheren Verhältnissen und als Gattin
eines in der Welt der Ideen und vor allem auch des Idealen
stehenden Mannes wahrscheinlich glücklicher geworden wäre.

Sie wissen, wie gut Treibel ist und daß ich ein dankbares Gefühl für seine Güte habe. Trotzdem muß ich es leider aussprechen, es fehlt mir, meinem Manne gegenüber, jene hohe Freude der Unterordnung, die doch unser schönstes Glück ausmacht und so recht gleichbedeutend ist mit echter Liebe. Niemandem darf ich dergleichen sagen; aber vor Ihnen, Wilibald, mein Herz auszuschütten, ist, glaub ich, mein schön menschliches Recht und vielleicht sogar meine Pflicht . . ."

Schmidt nickte zustimmend und sprach dann ein einfaches „Ach, Jenny . . ." mit einem Tone, drin er den ganzen Schmerz eines verfehlten Lebens zum Ausdruck zu bringen trachtete. Was ihm auch gelang. Er lauschte selber dem Klang und beglückwünschte sich im stillen, daß er sein Spiel so gut gespielt habe. Jenny, trotz aller Klugheit, war doch eitel genug, an das „Ach" ihres ehemaligen Anbeters zu glauben.

So gingen sie, schweigend und anscheinend ihren Gefühlen hingegeben, nebeneinander her, bis Schmidt die Notwendigkeit fühlte, mit irgendeiner Frage das Schweigen zu brechen. Er entschied sich dabei für das alte Rettungsmittel und lenkte das Gespräch auf die Kinder. „Ja, Jenny", hob er mit immer noch verschleierter Stimme an, „was versäumt ist, ist versäumt. Und wer fühlte das tiefer als ich selbst. Aber eine Frau wie Sie, die das Leben begreift, findet auch im Leben selbst ihren Trost, vor allem in der Freude täglicher Pflichterfüllung. Da sind in erster Reihe die Kinder, ja, schon ein Enkelkind ist da, wie Milch und Blut, das liebe Lizzichen, und das sind dann, mein ich, die Hilfen, daran Frauenherzen sich aufrichten müssen. Und wenn ich auch Ihnen gegenüber, teure Freundin, von einem eigentlichen Eheglücke nicht sprechen will, denn wir sind wohl einig in dem, was Treibel ist und nicht ist, so darf ich doch sagen, Sie sind eine glückliche Mutter. Zwei Söhne sind Ihnen herangewachsen, gesund oder doch was man so gesund zu nennen pflegt, von guter Bildung und guten Sitten. Und bedenken Sie, was allein dies letzte heutzutage bedeuten will. Otto hat sich nach Neigung verheiratet und sein Herz einer schönen und reichen Dame geschenkt, die, soviel ich weiß, der Gegenstand allgemeiner Verehrung ist, und wenn ich recht berichtet bin, so bereitet sich im Hause Treibel ein zweites Verlöbnis vor, und Helenens Schwester steht auf dem Punkte, Leopolds Braut zu werden..."

„Wer sagt das?" fuhr jetzt Jenny heraus, plötzlich aus dem sentimental Schwärmerischen in den Ton ausgesprochenster Wirklichkeit verfallend. „Wer sagt das?"

Schmidt geriet, diesem erregten Tone gegenüber, in eine kleine Verlegenheit. Er hatte sich das so gedacht oder vielleicht auch mal etwas Ähnliches gehört und stand nun ziemlich ratlos vor der Frage „Wer sagt das?" Zum Glück war es damit nicht sonderlich ernsthaft gemeint, so wenig, daß Jenny, ohne eine Antwort abgewartet zu haben, mit großer Lebhaftigkeit fortfuhr: „Sie können gar nicht ahnen, Freund, wie mich das alles reizt. Das ist die so seitens des Holzhofs beliebte Art, mir die Dinge über den Kopf wegzunehmen. Sie, lieber Schmidt, sprechen nach, was Sie hören, aber die, die solche Dinge wie von ungefähr unter die Leute bringen, mit denen hab ich ernstlich ein Hühnchen zu pflücken. Es ist eine Insolenz. Und Helene mag sich vorsehen."

„Aber Jenny, liebe Freundin, Sie dürfen sich nicht so erregen. Ich habe das so hingesagt, weil ich es als selbstverständlich annahm."

„Als selbstverständlich", wiederholte Jenny spöttisch, die, während sie das sagte, die Mantille wieder abriß und dem Professor über den Arm warf. „Als selbstverständlich. Soweit also hat es der Holzhof schon gebracht, daß die nächsten Freunde solche Verlobung als eine Selbstverständlichkeit ansehen. Es ist aber keine Selbstverständlichkeit, ganz im Gegenteil, und wenn ich mir vergegenwärtige, daß Ottos alles besser wissende Frau neben ihrer Schwester Hildegard ein bloßer Schatten sein soll – und ich glaub es gern, denn sie war schon als Backfisch von einer geradezu ridikülen Überheblichkeit –, so muß ich sagen, ich habe an einer Hamburger Schwiegertochter aus dem Hause Munk gerade genug."

„Aber, teuerste Freundin, ich begreife Sie nicht. Sie setzen mich in das aufrichtigste Erstaunen. Es ist doch kein Zweifel, daß Helene eine schöne Frau ist und von einer, wenn ich mich so ausdrücken darf, ganz aparten Appetitlichkeit . . ."
Jenny lachte.
„. . . Zum Anbeißen, wenn Sie mir das Wort gestatten", fuhr Schmidt fort, „und von jenem eigentümlichen Charme, den schon, von alters her, alles besitzt, was mit dem flüssigen Element in eine konstante Berührung kommt. Vor allem aber ist mir kein Zweifel darüber, daß Otto seine Frau liebt, um nicht zu sagen, in sie verliebt ist. Und *Sie*, Freundin, Ottos leibliche Mutter, fechten gegen dies Glück an und sind empört, dies Glück in Ihrem Hause vielleicht verdoppelt zu sehen. Alle Männer sind abhängig von weiblicher Schönheit; ich war es auch, und ich möchte beinah sagen dürfen, ich bin es noch, und wenn nun diese Hildegard, wie mir durchaus wahrscheinlich – denn die Nestkücken sehen immer am besten aus –, wenn diese Hildegard noch über Helenen hinauswächst, so weiß ich nicht, was Sie gegen sie haben können. Leopold ist ein guter Junge, von vielleicht nicht allzu feurigem Temperament; aber ich denke mir, daß er doch nichts dagegen haben kann, eine sehr hübsche Frau zu heiraten. Sehr hübsch und reich dazu."
„Leopold ist ein Kind und darf sich überhaupt nicht nach eigenem Willen verheiraten, am wenigsten aber nach dem Willen seiner Schwägerin Helene. Das fehlte noch, das hieße denn doch abdanken und mich ins Altenteil setzen. Und wenn es sich noch um eine junge Dame handelte, der gegenüber einen allenfalls die Lust anwandeln könnte, sich unterzuordnen, also eine Freiin oder eine wirkliche, ich meine eine richtige Geheimratstochter oder die Tochter eines Oberhofpredigers . . . Aber ein unbedeutendes Ding, das nichts kennt als mit Ponys nach Blankenese fahren und sich einbildet, mit einem Goldfaden in der Plattstichnadel eine Wirtschaft führen oder wohl gar Kinder erziehen zu können, und ganz ernsthaft glaubt, daß wir hierzulande nicht einmal eine See-

zunge von einem Steinbutt unterscheiden können, und immer
von Lobster spricht, wo wir Hummer sagen, und Curry-Powder und Soja wie höhere Geheimnisse behandelt – ein solcher
eingebildeter Quack, lieber Wilibald, das ist nichts für meinen Leopold. Leopold, trotz allem, was ihm fehlt, soll höher
hinaus. Er ist nur einfach, aber er ist gut, was doch auch einen
Anspruch gibt. Und deshalb soll er eine kluge Frau haben,
eine wirklich kluge; Wissen und Klugheit und überhaupt das
Höhere – darauf kommt es an. Alles andere wiegt keinen
Pfifferling. Es ist ein Elend mit den Äußerlichkeiten. Glück,
Glück! Ach, Wilibald, daß ich es in solcher Stunde gerade
vor Ihnen bekennen muß, das Glück, es ruht *hier* allein."
Und dabei legte sie die Hand aufs Herz.

Leopold und Corinna waren in einer Entfernung von etwa
fünfzig Schritt gefolgt und hatten ihr Gespräch in herkömm-
licher Art geführt, das heißt, Corinna hatte gesprochen. Leopold war aber fest entschlossen, auch zu Worte zu kommen,
wohl oder übel. Der quälende Druck der letzten Tage machte,
daß er vor dem, was er vorhatte, nicht mehr so geängstigt
stand wie früher; – er mußte sich eben Ruhe schaffen. Ein
paarmal schon war er nahe daran gewesen, eine wenigstens
auf sein Ziel überleitende Frage zu tun; wenn er dann aber
der Gestalt seiner stattlich vor ihm dahinschreitenden Mutter ansichtig wurde, gab er's wieder auf, so daß er schließlich
den Vorschlag machte, eine gerade vor ihnen liegende Wald-
lichtung in schräger Linie zu passieren, damit sie, statt immer
zu folgen, auch mal an die Tete kämen. Er wußte zwar, daß
er infolge dieses Manövers den Blick der Mama vom Rücken
oder von der Seite her haben würde, aber etwas auf den
Vogel Strauß hin angelegt, fand er doch eine Beruhigung in
dem Gefühl, die seinen Mut beständig lähmende Mama
nicht immer gerade vor Augen haben zu müssen. Er konnte
sich über diesen eigentümlichen Nervenzustand keine rechte
Rechenschaft geben und entschied sich einfach für das, was
ihm von zwei Übeln als das kleinere erschien.

Die Benutzung der Schräglinie war geglückt, sie waren jetzt um ebensoviel voraus, als sie vorher zurück gewesen waren, und ein Gleichgültigkeitsgespräch fallenlassend, das sich, ziemlich gezwungen, um die Spargelbeete von Halensee samt ihrer Kultur und ihrer sanitären Bedeutung gedreht hatte, nahm Leopold einen plötzlichen Anlauf und sagte: „Wissen Sie, Corinna, daß ich Grüße für Sie habe?"

„Von wem?"

„Raten Sie."

„Nun, sagen wir Mr. Nelson."

„Aber das geht doch nicht mit rechten Dingen zu, das ist ja wie Hellseherei; nun können Sie auch noch Briefe lesen, von denen Sie nicht einmal wissen, daß sie geschrieben wurden."

„Ja, Leopold, dabei könnt ich Sie nun belassen und mich vor Ihnen als Seherin etablieren. Aber ich werde mich hüten. Denn vor allem, was so mystisch und hypnotisch und geisterseherisch ist, haben gesunde Menschen bloß ein Grauen. Und ein Grauen einzuflößen ist nicht das, was ich liebe. Mir ist es lieber, daß mir die Herzen guter Menschen zufallen."

„Ach, Corinna, das brauchen Sie sich doch nicht erst zu wünschen. Ich kann mir keinen Menschen denken, dessen Herz Ihnen nicht zufiele. Sie sollten nur lesen, was Mr. Nelson über Sie geschrieben hat; mit amusing fängt er an, und dann kommt charming und high-spirited, und mit fascinating schließt er ab. Und dann erst kommen die Grüße, die sich, nach allem, was voraufgegangen, beinahe nüchtern und alltäglich ausnehmen. Aber wie wußten Sie, daß die Grüße von Mr. Nelson kämen?"

„Ein leichteres Rätsel ist mir nicht bald vorgekommen. Ihr Papa teilte mir mit, Sie kämen erst später, weil Sie nach Liverpool zu schreiben hätten. Nun, Liverpool heißt Mr. Nelson. Und hat man erst Mr. Nelson, so gibt sich das andere von selbst. Ich glaube, daß es mit aller Hellseherei ganz ähnlich liegt. Und sehen Sie, Leopold, mit derselben Leichtigkeit, mit der ich Mr. Nelsons Brief gelesen habe, mit derselben Sicherheit lese ich zum Beispiel Ihre Zukunft."

Ein tiefes Aufatmen Leopolds war die Antwort, und sein Herz hätte jubeln mögen, in einem Gefühl von Glück und Erlösung. Denn wenn Corinna richtig las, und sie mußte richtig lesen, so war er allem Anfragen und allen damit verknüpften Ängsten überhoben, und *sie* sprach dann aus, was er zu sagen noch immer nicht den Mut finden konnte. Wie beseligt nahm er ihre Hand und sagte: „Das können Sie nicht."

„Ist es so schwer?"

„Nein, es ist eigentlich leicht. Aber leicht oder schwer, Corinna, lassen Sie mich's hören. Und ich will auch ehrlich sagen, ob Sie's getroffen haben oder nicht. Nur keine ferne Zukunft, bloß die nächste, die allernächste."

„Nun denn", hob Corinna schelmisch und hier und da mit besonderer Betonung an, „was ich sehe, ist das: zunächst ein schöner Septembertag, und vor einem schönen Hause halten viele schöne Kutschen, und die vorderste, mit einem Perükkenkutscher auf dem Bock und zwei Bedienten hinten, das ist eine Brautkutsche. Der Straßendamm aber steht voller Menschen, die die Braut sehen wollen, und nun kommt die Braut, und neben ihr schreitet ihr Bräutigam, und dieser Bräutigam ist mein Freund Leopold Treibel. Und nun fährt die Brautkutsche, während die anderen Wagen folgen, an einem breiten, breiten Wasser hin . . ."

„Aber Corinna, Sie werden doch unsere Spree zwischen Schleuse und Jungfernbrücke nicht ein breites Wasser nennen wollen . . ."

„. . . An einem breiten Wasser hin und hält endlich vor einer gotischen Kirche."

„Zwölf Apostel . . ."

„Und der Bräutigam steigt aus und bietet der Braut seinen Arm, und so schreitet das junge Paar der Kirche zu, drin schon die Orgel spielt und die Lichter brennen."

„Und nun . . ."

„Und nun stehen sie vor dem Altar, und nach dem Ringewechsel wird der Segen gesprochen und ein Lied gesungen, oder doch der letzte Vers. Und nun geht es wieder zurück, an

demselben breiten Wasser entlang, aber nicht dem Stadthause
zu, von dem sie ausgefahren waren, sondern immer weiter
ins Freie, bis sie vor einer Cottagevilla halten . . ."
„Ja, Corinna, so soll es sein . . ."
„Bis sie vor einer Cottagevilla halten und vor einem Triumph-
bogen, an dessen oberster Wölbung ein Riesenkranz hängt,
und in dem Kranze leuchten die beiden Anfangsbuchstaben:
L und H."
„L und H?"
„Ja, Leopold, L und H. Und wie könnte es auch anders sein.
Denn die Brautkutsche kam ja von der Uhlenhorst her und
fuhr die Alster entlang und nachher die Elbe hinunter, und
nun halten sie vor der Munkschen Villa draußen in Blankenese, und L heißt Leopold und H heißt Hildegard."
Einen Augenblick überkam es Leopold wie wirkliche Verstimmung. Aber sich rasch besinnend, gab er der vorgeb-
lichen Seherin einen kleinen Liebesklaps und sagte: „Sie sind
immer dieselbe, Corinna. Und wenn der gute Nelson, der der
beste Mensch und mein einziger Vertrauter ist, wenn er dies
alles gehört hätte, so würd er begeistert sein und von ‚capital
fun‘ sprechen, weil Sie mir so gnädig die Schwester meiner
Schwägerin zuwenden wollen."
„Ich bin eben eine Prophetin", sagte Corinna.
„Prophetin", wiederholte Leopold. „Aber diesmal eine falsche.
Hildegard ist ein schönes Mädchen, und Hunderte würden
sich glücklich schätzen. Aber Sie wissen, wie meine Mama zu
dieser Frage steht; sie leidet unter dem beständigen Sich-
besserdünken der dortigen Anverwandten und hat es wohl
hundertmal geschworen, daß ihr *eine* Hamburger Schwiegertochter, *eine* Repräsentantin aus dem großen Hause Thomp-
son-Munk gerade genug sei. Sie hat ganz ehrlich einen halben Haß gegen die Munks, und wenn ich mit Hildegard so
vor sie hinträte, so weiß ich nicht, was geschähe; sie würde
‚nein‘ sagen, und wir hätten eine furchtbare Szene."
„Wer weiß", sagte Corinna, die jetzt das entscheidende Wort
ganz nahe wußte.

„... Sie würde ‚nein' sagen und immer wieder ‚nein', das ist so sicher wie Amen in der Kirche", fuhr Leopold mit gehobener Stimme fort. „Aber dieser Fall kann sich gar nicht ereignen. Ich werde nicht mit Hildegard vor sie hintreten und werde statt dessen näher und besser wählen ... Ich weiß, und Sie wissen es auch, das Bild, das Sie da gemalt haben, es war nur Scherz und Übermut, und vor allem wissen Sie, wenn mir Armen überhaupt noch eine Triumphpforte gebaut werden soll, daß der Kranz, der dann zu Häupten hängt, einen ganz anderen Buchstaben als das Hildegard-H in hundert und tausend Blumen tragen müßte. Brauch ich zu sagen, welchen? Ach, Corinna, ich kann ohne Sie nicht leben, und diese Stunde muß über mich entscheiden. Und nun sagen Sie ja oder nein." Und unter diesen Worten nahm er ihre Hand und bedeckte sie mit Küssen. Denn sie gingen im Schutz einer Haselnußhecke.

Corinna – nach Confessions wie diese die Verlobung mit gutem Recht als fait accompli betrachtend – nahm klugerweise von jeder weiteren Auseinandersetzung Abstand und sagte nur kurzerhand: „Aber eines, Leopold, dürfen wir uns nicht verhehlen, uns stehen noch schwere Kämpfe bevor. Deine Mama hat an einer Munk genug, das leuchtet mir ein; aber ob ihr eine Schmidt recht ist, ist noch sehr die Frage. Sie hat zwar mitunter Andeutungen gemacht, als ob ich ein Ideal in ihren Augen wäre, vielleicht weil ich das habe, was dir fehlt, und vielleicht auch, was Hildegard fehlt. Ich sage ‚vielleicht' und kann dies einschränkende Wort nicht genug betonen. Denn die Liebe, das seh ich klar, ist demütig, und ich fühle, wie meine Fehler von mir abfallen. Es soll dies ja ein Kennzeichen sein. Ja, Leopold, ein Leben voll Glück und Liebe liegt vor uns, aber es hat deinen Mut und deine Festigkeit zur Voraussetzung, und hier unter diesem Waldesdom, drin es geheimnisvoll rauscht und dämmert, hier, Leopold, mußt du mir schwören, ausharren zu wollen in deiner Liebe."

Leopold beteuerte, daß er nicht bloß wolle, daß er es auch

werde. Denn wenn die Liebe demütig und bescheiden mache, was gewiß richtig sei, so mache sie sicherlich auch stark. Wenn Corinna sich geändert habe, *er* fühle sich auch ein anderer. „Und", so schloß er, „das eine darf ich sagen, ich habe nie große Worte gemacht, und Prahlereien werden mir auch meine Feinde nicht nachsagen; aber glaube mir, mir schlägt das Herz so hoch, so glücklich, daß ich mir Schwierigkeiten und Kämpfe beinah herbeiwünsche. Mich drängt es, dir zu zeigen, daß ich deiner wert bin . . ."

In diesem Augenblick wurde die Mondsichel zwischen den Baumkronen sichtbar, und von Schloß Grunewald her, vor dem das Quartett eben angekommen war, klang es über den See herüber:

> „Wenn nach *dir* ich oft vergebens
> In die Nacht gesehn,
> Scheint der dunkle Strom des Lebens
> Trauernd stillzustehn . . ."

Und nun schwieg es, oder der Abendwind, der sich aufmachte, trug die Töne nach der anderen Seite hin.

Eine Viertelstunde später hielt alles vor Paulsborn, und nachdem man sich daselbst wieder begrüßt und bei herumgereichtem Crême de Cacao (Treibel selbst machte die Honneurs) eine kurze Rast genommen hatte, brach man – die Wagen waren von Halensee her gefolgt – nach einigen Minuten endgültig auf, um die Rückfahrt anzutreten. Die Felgentreus nahmen bewegten Abschied von dem Quartett, jetzt lebhaft beklagend, den von Treibel vorgeschlagenen Kremser abgelehnt zu haben.

Auch Leopold und Corinna trennten sich, aber doch nicht eher, als bis sie sich im Schatten des hochstehenden Schilfes noch einmal fest und verschwiegen die Hände gedrückt hatten.

ELFTES KAPITEL

Leopold, als man zur Abfahrt sich anschickte, mußte sich mit
einem Platz vorn auf dem Bock des elterlichen Landauers begnügen, was ihm, alles in allem, immer noch lieber war als
innerhalb des Wagens selbst, en vue seiner Mutter zu sitzen,
die doch vielleicht, sei's im Wald, sei's bei der kurzen Rast
in Paulsborn, etwas bemerkt haben mochte; Schmidt benutzte
wieder den Vorortszug, während Corinna bei den Felgentreus mit einstieg. Man plazierte sie, so gut es ging, zwischen
das den Fond des Wagens redlich ausfüllende Ehepaar, und
weil sie nach all dem Voraufgegangenen eine geringere Neigung zum Plaudern als sonst wohl hatte, so kam es ihr außerordentlich zupaß, sowohl Elfriede wie Blanca doppelt rede-
lustig und noch ganz voll und beglückt von dem Quartett zu
finden. Der Jodler, eine sehr gute Partie, schien über die
freilich nur in Zivil erschienenen Sommerleutnants einen entschiedenen Sieg davongetragen zu haben. Im übrigen ließen
es sich die Felgentreus nicht nehmen, in der Adlerstraße vor-
zufahren und ihren Gast daselbst abzusetzen. Corinna be-
dankte sich herzlich und stieg, noch einmal grüßend, erst die
drei Steinstufen und gleich danach vom Flur aus die alte
Holztreppe hinauf.
Sie hatte den Drücker zum Entree nicht mitgenommen, und
so blieb ihr nichts anderes übrig, als zu klingeln, was sie nicht
gerne tat. Alsbald erschien denn auch die Schmolke, die die
Abwesenheit der „Herrschaft", wie sie mitunter mit Betonung
sagte, dazu benutzt hatte, sich ein bißchen sonntäglich herauszuputzen. Das Auffallendste war wieder die Haube, deren
Rüschen eben aus dem Tolleisen zu kommen schienen.
„Aber, liebe Schmolke", sagte Corinna, während sie die Tür
wieder ins Schloß zog, „was ist denn los? Ist Geburtstag?
Aber nein, den kenn ich ja. Oder seiner?"
„Nein", sagte die Schmolke, „seiner is auch nich. Und da werd
ich auch nicht solchen Schlips umbinden und solch Band."
„Aber wenn kein Geburtstag ist, was ist dann?"

„Nichts, Corinna. Muß denn immer was sein, wenn man sich
mal ordentlich macht? Sieh, du hast gut reden; du sitzt jeden
Tag, den Gott werden läßt, eine halbe Stunde vorm Spiegel,
und mitunter auch noch länger, und brennst dir dein Wuschel-
haar ..."

„Aber, liebe Schmolke ..."

„Ja, Corinna, du denkst, ich seh es nicht. Aber ich sehe alles
und seh noch viel mehr ... Und ich kann dir auch sagen,
Schmolke sagte mal, er fänd es eigentlich hübsch, solch Wu-
schelhaar ..."

„Aber war denn Schmolke so?"

„Nein, Corinna, Schmolke war *nich* so. Schmolke war ein sehr
anständiger Mann, und wenn man so was Sonderbares und
eigentlich Unrechtes sagen darf, er war beinah *zu* anständig. Aber nun gib erst deinen Hut und deine Mantille. Gott,
Kind, wie sieht denn das alles aus? Is denn solch furcht-
barer Staub? Un noch ein Glück, daß es nich gedrippelt hat,
denn is der Samt hin. Un so viel hat ein Professor auch nich,
un wenn er auch nich geradezu klagt, Seide spinnen kann er
nich."

„Nein, nein", lachte Corinna.

„Nu höre, Corinna, da lachst du nu wieder. Das ist aber gar
nicht zum Lachen. Der Alte quält sich genug, und wenn er so
die Bündel ins Haus kriegt und die Strippe mitunter nich
ausreicht, so viele sind es, denn tut es mir mitunter ordentlich
weh hier. Denn Papa is ein sehr guter Mann, und seine Sech-
zig drücken ihn nu doch auch schon ein bißchen. Er will es
freilich nich wahrhaben und tut immer noch so, wie wenn er
zwanzig wäre. Ja, hat sich was. Un neulich ist er von der
Pferdebahn runtergesprungen, un ich muß auch gerade dazu-
kommen; na, ich dachte doch gleich, der Schlag soll mich rühren ... Aber nu sage, Corinna, was soll ich dir bringen? Oder
hast du schon gegessen und bist froh, wenn du nichts
siehst ..."

„Nein, ich habe nichts gegessen. Oder doch so gut wie nichts;
die Zwiebacke, die man kriegt, sind immer so alt. Und dann

in Paulsborn einen kleinen süßen Likör. Das kann man doch nicht rechnen. Aber ich habe auch keinen rechten Appetit, und der Kopf ist mir so benommen; ich werde am Ende krank . . .“

„Ach, dummes Zeug, Corinna. Das ist auch eine von deinen Nücken; wenn du mal Ohrensausen hast oder ein bißchen heiße Stirn, dann redest du immer gleich von Nervenfieber. Un das is eigentlich gottlos, denn man muß den Teufel nich an die Wand malen. Es wird wohl ein bißchen feucht gewesen sein, ein bißchen neblig und Abenddunst.“

„Ja, neblig war es gerade, wie wir neben dem Schilf standen, und der See war eigentlich gar nicht mehr zu sehen. Davon wird es wohl sein. Aber der Kopf ist mir wirklich benommen, und ich möchte zu Bett gehen und mich einmummeln. Und dann mag ich auch nicht mehr sprechen, wenn Papa nach Hause kommt. Und wer weiß wann und ob es nicht zu spät wird.“

„Warum ist er denn nicht gleich mitgekommen?“

„Er wollte nicht und hat ja auch seinen ‚Abend‘ heut. Ich glaube, bei Kuhs. Und da sitzen sie meist lange, weil sich die Kälber mit einmischen. Aber mit Ihnen, liebe, gute Schmolke, möchte ich wohl noch eine halbe Stunde plaudern. Sie haben ja immer so was Herzliches . . .“

„Ach, rede doch nich, Corinna. Wovon soll ich denn was Herzliches haben? Oder eigentlich, wovon soll ich denn was Herzliches *nich* haben. Du warst ja noch so, als ich ins Haus kam.“

„Nun, also was Herzliches oder nicht was Herzliches“, sagte Corinna, „gefallen wird es mir schon. Und wenn ich liege, liebe Schmolke, dann bringen Sie mir meinen Tee ans Bett, die kleine Meißner Kanne, und die andere kleine Kanne, die nehmen Sie sich, und bloß ein paar Teebrötchen, recht dünn geschnitten und nicht zuviel Butter. Denn ich muß mich mit meinem Magen in acht nehmen, sonst wird es gastrisch und man liegt sechs Wochen.“

„Is schon gut“, lachte die Schmolke und ging in die Küche,

um den Kessel noch wieder in die Glut zu setzen. Denn hei-
ßes Wasser war immer da, und es bullerte nur noch nicht.

Eine Viertelstunde später trat die Schmolke wieder ein und
fand ihren Liebling schon im Bette. Corinna saß mehr auf,
als sie lag, und empfing die Schmolke mit der trostreichen
Versicherung, „es sei ihr schon viel besser"; was man so immer
zum Lobe der Bettwärme sage, das sei doch wahr, und sie
glaube jetzt beinahe, daß sie noch mal durchkommen und
alles glücklich überstehen werde.
„Glaub ich auch", sagte die Schmolke, während sie das Tablett auf den kleinen, am Kopfende stehenden Tisch setzte.
„Nun, Corinna, von welchem soll ich dir einschenken? Der
hier, mit der abgebrochenen Tülle, hat länger gezogen, und
ich weiß, du hast ihn gern stark und bitterlich, so daß er schon
ein bißchen nach Tinte schmeckt . . ."
„Versteht sich, ich will von dem starken. Und dann ordentlich Zucker; aber ganz wenig Milch, Milch macht immer
gastrisch."
„Gott, Corinna, laß doch das Gastrische. Du liegst da wie ein
Borsdorfer Apfel und redst immer, als ob dir der Tod schon
um die Nase säße. Nein, Corinnchen, so schnell geht es nich.
Un nu nimm dir ein Teebrötchen. Ich habe sie so dünn geschnitten, wie's nur gehen wollte . . ."
„Das ist recht. Aber da haben Sie ja eine Schinkenstulle mit
reingebracht."
„Für mich, Corinnchen. Ich will doch auch was essen."
„Ach, liebe Schmolke, da möcht ich mich aber doch zu Gaste
laden. Die Teebrötchen sehen ja nach gar nichts aus, und die
Schinkenstulle lacht einen ordentlich an. Und alles schon so
appetitlich durchgeschnitten. Nun merk ich erst, daß ich
eigentlich hungrig bin. Geben Sie mir ein Schnittchen ab,
wenn es Ihnen nicht sauer wird."
„Wie du nur redest, Corinna. Wie kann es mir denn sauer
werden. Ich führe ja bloß die Wirtschaft und bin bloß eine
Dienerin."

„Ein Glück, daß Papa das nicht hört. Sie wissen, das kann er nicht leiden, daß Sie so von Dienerin reden, und er nennt es eine falsche Bescheidenheit . . ."

„Ja, ja, so sagt er. Aber Schmolke, der auch ein ganz kluger Mann war, wenn er auch nicht studiert hatte, der sagte immer, ,höre, Rosalie, Bescheidenheit ist gut, und eine falsche Bescheidenheit – denn die Bescheidenheit ist eigentlich immer falsch – ist immer noch besser als gar keine.'"

„Hm", sagte Corinna, die sich etwas getroffen fühlte, „das läßt sich hören. Überhaupt, liebe Schmolke, Ihr Schmolke muß eigentlich ein ausgezeichneter Mann gewesen sein. Und Sie sagten ja auch vorhin schon, er habe so etwas Anständiges gehabt und beinah *zu* anständig. Sehen Sie, so was höre ich gern, und ich möchte mir wohl etwas dabei denken können. Worin war er denn nun eigentlich so sehr anständig . . . Und dann, er war ja doch bei der Polizei. Nun, offen gestanden, ich bin zwar froh, daß wir eine Polizei haben, und freue mich über jeden Schutzmann, an den ich herantreten und den ich nach dem Weg fragen und um Auskunft bitten kann, und das muß wahr sein, alle sind artig und manierlich, wenigstens hab ich es immer so gefunden. Aber das von der Anständigkeit und von *zu* anständig . . ."

„Ja, liebe Corinna, das is schon richtig. Aber da sind ja Unterschiedlichkeiten und was sie Abteilungen nennen. Und Schmolke war bei solcher Abteilung."

„Natürlich. Er kann doch nicht überall gewesen sein."

„Nein, nicht überall. Und er war gerade bei der allerschwersten, die für den Anstand und die gute Sitte zu sorgen hat."

„Und so was gibt es?"

„Ja, Corinna, so was gibt es und muß es auch geben. Und wenn nu – was ja doch vorkommt, und auch bei Frauen und Mädchen vorkommt, wie du ja wohl gesehen und gehört haben wirst, denn Berliner Kinder sehen und hören alles –, wenn nu solch armes und unglückliches Geschöpf – denn manche sind wirklich bloß arm und unglücklich – etwas gegen den Anstand und die gute Sitte tut, dann wird sie vernommen und bestraft. Und da, wo die Vernehmung is, da gerade saß Schmolke..."

„Merkwürdig. Aber davon haben Sie mir ja noch nie was erzählt. Und Schmolke, sagen Sie, war mit dabei? Wirklich, sehr sonderbar. Und Sie meinen, daß er gerade deshalb so sehr anständig und so solide war?"

„Ja, Corinna, das mein ich."

„Nun, wenn Sie's sagen, liebe Schmolke, so will ich es glauben. Aber ist es nicht eigentlich zum Verwundern? Denn Ihr Schmolke war ja damals noch jung oder so ein Mann in seinen besten Jahren. Und viele von unserem Geschlecht, und gerade solche, sind ja doch oft bildhübsch. Und da sitzt nun einer, wie Schmolke da gesessen, und muß immer streng und ehrbar aussehen, bloß weil er da zufällig sitzt. Ich kann mir nicht helfen, ich finde das schwer. Denn das ist ja geradeso wie der Versucher in der Wüste: ‚Dies alles schenke ich dir.'"

Die Schmolke seufzte. „Ja, Corinna, daß ich es dir offen gestehe, ich habe auch manchmal geweint, und mein furchtbares Reißen, hier grad im Nacken, das is noch von der Zeit her. Und zwischen das zweite und dritte Jahr, daß wir verheiratet waren, da hab ich beinahe elf Pfund abgenommen, und wenn wir damals schon die vielen Wiegewaagen gehabt hätten, da wär es wohl eigentlich noch mehr gewesen, denn als ich zu 's Wiegen kam, da setzte ich schon wieder an."

„Arme Frau", sagte Corinna. „Ja, das müssen schwere Tage gewesen sein. Aber wie kamen Sie denn darüber hin? Und wenn Sie wieder ansetzten, so muß doch so was von Trost und Beruhigung gewesen sein."

„War auch, Corinnchen. Und weil du ja nu alles weißt, will ich dir auch erzählen, wie's kam un wie ich meine Ruhe wieder kriegte. Denn ich kann dir sagen, es war schlimm, und ich habe mitunter viele Wochen lang kein Auge zugetan. Na, zuletzt schläft man doch ein bißchen; die Natur will es und is auch zuletzt noch stärker als die Eifersucht. Aber Eifersucht ist sehr stark, viel stärker als Liebe. Mit Liebe is es nich so

schlimm. Aber was ich sagen wollte, wie ich nu so ganz runter
war und man bloß noch so hing und bloß noch so viel Kraft
hatte, daß ich ihm doch sein Hammelfleisch un seine Bohnen
vorsetzen konnte, das heißt, geschnitzelte mocht er nich un
sagte immer, sie schmeckten nach Messer, da sah er doch wohl,
daß er mal mit mir reden müsse. Denn *ich* red'te nich, dazu
war ich viel zu stolz. Also er wollte reden mit mir, und als es
nu soweit war und er die Gelegenheit auch ganz gut abge-
paßt hatte, nahm er einen kleinen vierbeinigen Schemel, der
sonst immer in der Küche stand, un is mir, als ob es gestern
gewesen wäre, un rückte den Schemel zu mir ran und sagte:
,Rosalie, nu sage mal, was hast du denn eigentlich?' "
Um Corinnas Mund verlor sich jeder Ausdruck von Spott;
sie schob das Tablett etwas beiseite, stützte sich, während sie
sich aufrichtete, mit dem rechten Arm auf den Tisch und
sagte: „Nun weiter, liebe Schmolke."
„ ,Also, was hast du eigentlich?' sagte er zu mir. Na, da stürz-
ten mir denn die Tränen man so pimperlings raus, und ich
sagte: ,Schmolke, Schmolke', und dabei sah ich ihn an, als ob
ich ihn ergründen wollte. Un ich kann wohl sagen, es war ein
scharfer Blick, aber doch immer noch freundlich. Denn ich
liebte ihn. Und da sah ich, daß er ganz ruhig blieb und sich
gar nicht verfärbte. Und dann nahm er meine Hand, strei-
chelte sie ganz zärtlich un sagte: ,Rosalie, das is alles Unsinn, davon verstehst du nichts, weil du nicht in der ,Sitte'
bist. Denn ich sage dir, wer da so tagaus, tagein in der Sitte
sitzen muß, dem vergeht es, dem stehen die Haare zu Berge
über all das Elend und all den Jammer, und wenn dann
welche kommen, die nebenher auch noch ganz verhungert
sind, was auch vorkommt, und wo wir ganz genau wissen, da
sitzen nu die Eltern zu Hause un grämen sich Tag und Nacht
über die Schande, weil sie das arme Wurm, das mitunter sehr
merkwürdig dazu gekommen ist, immer noch liebhaben und
helfen und retten möchten, wenn zu helfen und zu retten noch
menschenmöglich wäre – ich sage dir, Rosalie, wenn man
das jeden Tag sehen muß, un man hat ein Herz im Leibe un

hat bei's erste Garderegiment gedient un is für Proppertät
und Strammheit und Gesundheit, na, ich sage dir, denn is es
mit Verführung un all so was vorbei, un man möchte raus-
gehn und weinen, un ein paarmal hab ich's auch, alter Kerl,
der ich bin, und von Karessieren und »Fräuleinchen« steht
nichts mehr drin, un man geht nach Hause und is froh, wenn
man sein Hammelfleisch kriegt und eine ordentliche Frau hat,
die Rosalie heißt. Bist du nu zufrieden, Rosalie?' Und dabei
gab er mir einen Kuß . . .«
Die Schmolke, der bei der Erzählung wieder ganz weh ums
Herz geworden war, ging an Corinnas Schrank, um sich ein
Taschentuch zu holen. Und als sie sich nun wieder zurecht-
gemacht hatte, so daß ihr die Worte nicht mehr in der Kehle
blieben, nahm sie Corinnas Hand und sagte: „Sieh, so war
Schmolke. Was sagst du dazu?"
„Ein sehr anständiger Mann."
„Na ob."

In diesem Augenblicke hörte man die Klingel. „Der Papa",
sagte Corinna, und die Schmolke stand auf, um dem Herrn
Professor zu öffnen. Sie war auch bald wieder zurück und
erzählte, daß sich der Papa nur gewundert habe, Corinnchen
nicht mehr zu finden; was denn passiert sei? Wegen ein bißchen Kopfweh gehe man doch nicht gleich zu Bett. Und dann
habe er sich seine Pfeife angesteckt und die Zeitung in die
Hand genommen und habe dabei gesagt: „Gott sei Dank,
liebe Schmolke, daß ich wieder da bin; alle Gesellschaften sind Unsinn; diesen Satz vermache ich Ihnen auf Lebens-
zeit." Er habe aber ganz fidel dabei ausgesehen, und sie sei
überzeugt, daß er sich eigentlich sehr gut amüsiert habe.
Denn er habe den Fehler, den so viele hätten, und die
Schmidts voran: sie red'ten über alles und wüßten alles besser. „Ja, Corinnchen, in diesem Belange bist du auch ganz
Schmidtsch."
Corinna gab der guten Alten die Hand und sagte: „Sie werden wohl recht haben, liebe Schmolke, und es ist ganz gut,

daß Sie mir's sagen. Wenn *Sie* nicht gewesen wären, wer hätte mir denn überhaupt was gesagt? Keiner. Ich bin ja wie wild aufgewachsen, und ist eigentlich zu verwundern, daß ich nicht noch schlimmer geworden bin, als ich bin. Papa ist ein guter Professor, aber kein guter Erzieher, und dann war er immer zu sehr von mir eingenommen und sagte: ‚das Schmidtsche hilft sich selbst‘ oder ‚es wird schon zum Durchbruch kommen‘.“

„Ja, so was sagt er immer. Aber mitunter ist eine Maulschelle besser.“

„Um Gottes willen, liebe Schmolke, sagen Sie doch so was nicht. Das ängstigt mich.“

„Ach, du bist närrisch, Corinna. Was soll dich denn ängstigen? Du bist ja nun eine große, forsche Person und hast die Kinderschuhe längst ausgetreten und könntest schon sechs Jahre verheiratet sein.“

„Ja“, sagte Corinna, „das könnt ich, wenn mich wer gewollt hätte. Aber dummerweise hat mich noch keiner gewollt. Und da habe ich denn für mich selber sorgen müssen . . .“

Die Schmolke glaubte nicht recht gehört zu haben und sagte: „Du hast für dich selber sorgen müssen? Was meinst du damit, was soll das heißen?“

„Es soll heißen, liebe Schmolke, daß ich mich heut abend verlobt habe.“

„Himmlischer Vater, is es möglich. Aber sei nich böse, daß ich mich so verfiere . . . Denn es is ja eigentlich was Gutes. Na, mit wem denn?“

„Rate.“

„Mit Marcell.“

„Nein, mit Marcell nicht.“

„Mit Marcell nich? Ja, Corinna, dann weiß ich es nich und will es auch nich wissen. Bloß wissen muß ich es am Ende doch. Wer is es denn?“

„Leopold Treibel.“

„Herr, du meine Güte . . .“

„Findest du's so schlimm? Hast du was dagegen?“

„I bewahre, wie werd ich denn. Und würde sich auch gar nich vor mir passen. Un denn die Treibels, die sind alle gut un sehr proppre Leute, der alte Kommerzienrat voran, der immer so spaßig is und immer sagt: ‚Je später der Abend, je schöner die Leute' un ‚noch fuffzig Jahre so wie heut' und so was. Und der älteste Sohn is auch sehr gut und Leopold auch. Ein bißchen spitzer, das is wahr, aber heiraten is ja nich bei Renz in 'n Zirkus. Und Schmolke sagte oft: ‚Höre, Rosalie, das laß gut kein, *so* was täuscht, da kann man sich irren; die Dünnen un die so schwach aussehn, die sind oft gar nich so schwach.' Ja, Corinna, die Treibels sind gut, un bloß die Mama, die Kommerzienrätin, ja, höre, da kann ich mir nich helfen, die Rätin, die hat so was, was mir nich recht paßt, un ziert sich immer un tut so, un wenn was Weinerliches erzählt wird von einem Pudel, der ein Kind aus dem Kanal gezogen, oder wenn der Professor was vorpredigt un mit seiner Baßstimme so vor sich hin brummelt: ‚wie der Unsterbliche sagt' ... un dann kommt immer ein Name, den kein Christenmensch kennt und die Kommerzienrätin woll auch nich – dann hat sie gleich immer ihre Träne un sind immer wie Stehtränen, die gar nich runter wolln."

„Daß sie so weinen kann, ist aber doch eigentlich was Gutes, liebe Schmolke."

„Ja, bei manchem is es was Gutes und zeigt ein weiches Herz. Un ich will auch weiter nichts sagen un lieber an meine eigne Brust schlagen, un muß auch, denn mir sitzen sie auch man lose ... Gott, wenn ich daran denke, wie Schmolke noch lebte, na, da war vieles anders, un Billetter für den dritten Rang hatte Schmolke jeden Tag un mitunter auch für den zweiten. Un da machte ich mich denn fein, Corinna, denn ich war damals noch keine dreißig un noch ganz gut im Stande. Gott, Kind, wenn ich daran denke! Da war damals eine, die hieß die Erhartten, die hat nachher einen Grafen geheiratet. Ach, Corinnchen, da hab ich auch manche schöne Träne vergossen. Ich sage schöne Träne, denn es erleichtert einen. Un in ‚Maria Stuart' war es am meisten. Da war denn doch eine

Schnauberei, daß man gar nichts mehr verstehn konnte, das heißt aber bloß ganz zuletzt, wie sie von all ihre Dienerinnen und von ihrer alten Amme Abschied nimmt, alle ganz schwarz, un sie selber immer mit's Kreuz, ganz wie 'ne Katholsche. Aber die Erhartten war keine. Und wenn ich mir das alles wieder so denke un wie ich da aus der Träne gar nich rausgekommen bin, da kann ich auch gegen die Kommerzienrätin eigentlich nichts sagen."

Corinna seufzte, halb im Scherz und halb im Ernst.

„Warum seufzt du, Corinna?"

„Ja, warum seufze ich, liebe Schmolke? Ich seufze, weil ich glaube, daß Sie recht haben und daß sich gegen die Rätin eigentlich nichts sagen läßt, bloß weil sie so leicht weint oder immer einen Flimmer im Auge hat. Gott, den hat mancher. Aber die Rätin ist freilich eine ganz eigene Frau, und ich trau ihr nicht, und der arme Leopold hat eigentlich eine große Furcht vor ihr und weiß auch noch nicht, wie er da heraus will. Es wird eben noch allerlei harte Kämpfe geben. Aber ich laß es darauf ankommen und halt ihn fest, und wenn meine Schwiegermutter gegen mich ist, so schad't es am Ende nicht allzu viel. Die Schwiegermütter sind eigentlich immer dagegen, und jede denkt, ihr Püppchen ist zu schade. Na, wir werden ja sehn; ich habe sein Wort, und das andere muß sich finden."

„Das ist recht, Corinna, halt ihn fest. Eigentlich hab ich ja einen Schreck gekriegt, und glaube mir, Marcell wäre besser gewesen, denn ihr paßt zusammen. Aber das sag ich so bloß zu dir. Un da du nu mal den Treibelschen hast, na, so hast du 'n, un da hilft kein Präzelbacken, un er muß stillhalten und die Alte auch. Ja, die Alte erst recht. Der gönn ich's."

Corinna nickte.

„Un nu schlafe, Kind. Ausschlafen is immer gut, denn man kann nie wissen, wie's kommt un wie man den andern Tag seine Kräfte braucht."

ZWÖLFTES KAPITEL

Ziemlich um dieselbe Zeit, wo der Felgentreusche Wagen in der Adlerstraße hielt, um daselbst abzusetzen, hielt auch der Treibelsche Wagen vor der kommerzienrätlichen Wohnung, und die Rätin samt ihrem Sohne Leopold stiegen aus, während der alte Treibel auf seinem Platze blieb und das junge Paar – das wieder die Pferde geschont hatte – die Köpnicker Straße hinunter bis an den Holzhof begleitete. Von dort aus, nach einem herzhaften Schmatz (denn er spielte gern den zärtlichen Schwiegervater), ließ er sich zu Buggenhagens fahren, wo Parteiversammlung war. Er wollte doch mal wieder sehen, wie's stünde, und, wenn nötig, auch zeigen, daß ihn die Korrespondenz in der „Nationalzeitung" nicht niedergeschmettert habe.

Die Kommerzienrätin, die für gewöhnlich die politischen Gänge Treibels belächelte, wenn nicht beargwohnte – was auch vorkam –, heute segnete sie Buggenhagen und war froh, ein paar Stunden allein sein zu können. Der Gang mit Wilibald hatte so vieles wieder in ihr angeregt. Die Gewißheit, sich verstanden zu sehen – es war doch eigentlich das Höhere. ,Viele beneiden mich, aber was hab ich am Ende? Stuck und Goldleisten und die Honig mit ihrem sauersüßen Gesicht. Treibel ist gut, besonders auch gegen mich; aber die Prosa lastet bleischwer auf ihm, und wenn *er* es nicht empfindet, *ich* empfinde es ... Und dabei Kommerzienrätin und immer wieder Kommerzienrätin. Es geht nun schon in das zehnte Jahr, und er rückt nicht höher hinauf, trotz aller Anstrengungen. Und wenn es so bleibt, und es wird so bleiben, so weiß ich wirklich nicht, ob nicht das andere, das auf Kunst und Wissenschaft deutet, doch einen feineren Klang hat. Ja, den hat es ... Und mit den ewigen guten Verhältnissen! Ich kann doch auch nur eine Tasse Kaffee trinken, und wenn ich mich zu Bett lege, so kommt es darauf an, daß ich schlafe. Birkenmaser oder Nußbaum macht keinen Unterschied, aber Schlaf oder Nichtschlaf, das macht

einen, und mitunter flieht mich der Schlaf, der des Lebens
Bestes ist, weil er uns das Leben vergessen läßt ... Und auch
die Kinder wären anders. Wenn ich die Corinna ansehe, das
sprüht alles von Lust und Leben, und wenn sie bloß so macht,
so steckt sie meine beiden Jungen in die Tasche. Mit Otto ist
nicht viel, und mit Leopold ist gar nichts.'

Jenny, während sie sich in süße Selbsttäuschungen wie diese
versenkte, trat ans Fenster und sah abwechselnd auf den Vorgarten und die Straße. Drüben, im Hause gegenüber, hoch
oben in der offenen Mansarde, stand, wie ein Schattenriß in
hellem Licht, eine Plätterin, die mit sicherer Hand über das
Plättbrett hinfuhr – ja, es war ihr, als höre sie das Mädchen
singen. Der Kommerzienrätin Auge mochte von dem an-
mutigen Bilde nicht lassen, und etwas wie wirklicher Neid
überkam sie.

Sie sah erst fort, als sie bemerkte, daß hinter ihr die Tür
ging. Es war Friedrich, der den Tee brachte. „Setzen Sie hin,
Friedrich, und sagen Sie Fräulein Honig, es wäre nicht
nötig."

„Sehr wohl, Frau Kommerzienrätin. Aber hier ist ein Brief."

„Ein Brief?" fuhr die Rätin heraus. „Von wem?"

„Vom jungen Herrn."

„Von Leopold?"

„Ja, Frau Kommerzienrätin ... Und es wäre Antwort ..."

„Brief ... Antwort ... Er ist nicht recht gescheit", und die
Kommerzienrätin riß das Kuvert auf und überflog den Inhalt. „Liebe Mama! Wenn es Dir irgend paßt, ich möchte
heute noch eine kurze Unterredung mit Dir haben. Laß mich
durch Friedrich wissen, ja oder nein. Dein Leopold."

Jenny war derart betroffen, daß ihre sentimentalen An-
wandlungen auf der Stelle hinschwanden. So viel stand fest,
daß das alles nur etwas sehr Fatales bedeuten konnte. Sie
raffte sich aber zusammen und sagte: „Sagen Sie Leopold,
daß ich ihn erwarte."

Das Zimmer Leopolds lag über dem ihrigen; sie hörte deutlich, daß er rasch hin und her ging und ein paar Schub-

kästen, mit einer ihm sonst nicht eigenen Lautheit, zuschob. Und gleich danach, wenn nicht alles täuschte, vernahm sie seinen Schritt auf der Treppe.

Sie hatte recht gehört, und nun trat er ein und wollte (sie stand noch in der Nähe des Fensters) durch die ganze Länge des Zimmers auf sie zuschreiten, um ihr die Hand zu küssen; der Blick aber, mit dem sie ihm begegnete, hatte etwas so Abwehrendes, daß er stehenblieb und sich verbeugte.

„Was bedeutet das, Leopold? Es ist jetzt zehn, also nachtschlafende Zeit, und da schreibst du mir ein Billett und willst mich sprechen. Es ist mir neu, daß du was auf der Seele hast, was keinen Aufschub bis morgen früh duldet. Was hast du vor? Was willst du?"

„Mich verheiraten, Mutter. Ich habe mich verlobt."

Die Kommerzienrätin fuhr zurück, und ein Glück war es, daß das Fenster, an dem sie stand, ihr eine Lehne gab. Auf viel Gutes hatte sie nicht gerechnet, aber eine Verlobung über ihren Kopf weg, das war doch mehr, als sie gefürchtet. War es eine der Felgentreus? Sie hielt beide für dumme Dinger und die ganze Felgentreuerei für erheblich unterm Stand; er, der Alte, war Lageraufseher in einem großen Ledergeschäft gewesen und hatte schließlich die hübsche Wirtschaftsmamsell des Prinzipals, eines mit seiner weiblichen Umgebung oft wechselnden Witwers, geheiratet. So hatte die Sache begonnen und ließ in ihren Augen viel zu wünschen übrig. Aber verglichen mit den Munks, war es noch lange das Schlimmste nicht, und so sagte sie denn: „Elfriede oder Blanca?"

„Keine von beiden."

„Also..."

„Corinna."

Das war zu viel. Jenny kam in ein halb ohnmächtiges Schwanken, und sie wäre, angesichts ihres Sohnes, zu Boden gefallen, wenn sie der schnell Hinzuspringende nicht aufgefangen hätte. Sie war nicht leicht zu halten und noch weniger leicht zu tragen; aber der arme Leopold, den die ganze Situation über sich selbst hinaushob, bewährte sich auch physisch und trug die Mama bis ans Sofa. Danach wollte er auf den Knopf der elektrischen Klingel drücken; Jenny war aber, wie die meisten ohnmächtigen Frauen, doch nicht ohnmächtig genug, um nicht genau zu wissen, was um sie her vorging, und so faßte sie denn seine Hand, zum Zeichen, daß das Klingeln zu unterbleiben habe.

Sie erholte sich auch rasch wieder, griff nach dem vor ihr stehenden Flakon mit Kölnischem Wasser und sagte, nachdem sie sich die Stirn damit betupft hatte: „Also mit Corinna.“

„Ja, Mutter.“

„Und alles nicht bloß zum Spaß. Sondern um euch wirklich zu heiraten.“

„Ja, Mutter.“

„Und hier in Berlin und in der Luisenstädtischen Kirche, darin dein guter, braver Vater und ich getraut wurden?“

„Ja, Mutter.“

„Ja, Mutter, und immer wieder ja, Mutter. Es klingt, als ob du nach Kommando sprächst und als ob dir Corinna gesagt hätte, sage nur immer: ‚Ja, Mutter.‘ Nun, Leopold, wenn es so ist, so können wir beide unsre Rollen rasch auswendig lernen. Du sagst in einem fort: ‚Ja, Mutter‘, und ich sage in einem fort: ‚Nein, Leopold.‘ Und dann wollen wir sehen, was länger vorhält, dein Ja oder mein Nein.“

„Ich finde, daß du es dir etwas leicht machst, Mama.“

„Nicht, daß ich wüßte. Wenn es aber so sein sollte, so bin ich bloß deine gelehrige Schülerin. Jedenfalls ist es ein Operieren ohne Umschweife, wenn ein Sohn vor seine Mutter hintritt und ihr kurzweg erklärt: ‚Ich habe mich verlobt.‘ So geht das nicht in unsern Häusern. Das mag beim Theater so sein oder vielleicht auch bei Kunst und Wissenschaft, worin die kluge Corinna ja großgezogen ist, und einige sagen sogar, daß sie dem Alten die Hefte korrigiert. Aber wie dem auch sein möge, bei Kunst und Wissenschaft mag das gehen, meinetwegen, und wenn sie den alten Professor, ihren Vater – übrigens ein Ehrenmann –, auch ihrerseits mit einem: ‚Ich

habe mich verlobt' überrascht haben sollte, nun, so mag *der*
sich freuen; er hat auch Grund dazu, denn die Treibels wachsen nicht auf den Bäumen und können nicht von jedem, der
vorbeigeht, heruntergeschüttelt werden. Aber ich, ich freue
mich *nicht* und verbiete dir diese Verlobung. Du hast wieder
gezeigt, wie ganz unreif du bist, ja, daß ich es ausspreche,
Leopold, wie knabenhaft."

„Liebe Mama, wenn du mich etwas mehr schonen könntest..."

„Schonen? Hast du mich geschont, als du dich auf diesen Unsinn einließest? Du hast dich verlobt, sagst du. Wem willst
du das weismachen? *Sie* hat sich verlobt, und du bist bloß
verlobt worden. Sie spielt mit dir, und anstatt dir das zu
verbitten, küssest du ihr die Hand und lässest dich einfangen
wie die Gimpel. Nun, ich hab es nicht hindern können, aber
das Weitere, das kann ich hindern und werde es hindern.
Verlobt euch, soviel ihr wollt, aber wenn ich bitten darf, im
Verschwiegenen und Verborgenen; an ein Heraustreten damit ist nicht zu denken. Anzeigen erfolgen nicht, und wenn
du deinerseits Anzeigen machen willst, so magst du die Gra-
tulationen in einem Hôtel garni in Empfang nehmen. In meinem Hause existiert keine Verlobung und keine Corinna.
Damit ist es vorbei. Das alte Lied vom Undank erfahr ich
nun an mir selbst und muß erkennen, daß man unklug daran
tut, Personen zu verwöhnen und gesellschaftlich zu sich her-
aufzuziehen. Und mit dir steht es nicht besser. Auch du hättest mir diesen Gram ersparen können und diesen Skandal.
Daß du verführt bist, entschuldigt dich nur halb. Und nun
kennst du meinen Willen, und ich darf wohl sagen, auch
deines Vaters Willen, denn soviel Torheiten er begeht, in *den*
Fragen, wo die Ehre seines Hauses auf dem Spiele steht, ist
Verlaß auf ihn. Und nun geh, Leopold, und schlafe, wenn du
schlafen kannst. Ein gut Gewissen ist ein gutes Ruhe-
kissen..."

Leopold biß sich auf die Lippen und lächelte verbittert vor
sich hin.

„... Und bei dem, was du vielleicht vorhast – denn du
lächelst und stehst so trotzig da, wie ich dich noch gar nicht
gesehen habe, was auch bloß der fremde Geist und Einfluß
ist –, bei dem, was du vielleicht vorhast, Leopold, vergiß
nicht, daß der Segen der Eltern den Kindern Häuser baut.
Wenn ich dir raten kann, sei klug und bringe dich nicht um
einer gefährlichen Person und einer flüchtigen Laune willen
um die Fundamente, die das Leben tragen und ohne die es
kein rechtes Glück gibt."

Leopold, der sich, zu seinem eigenen Erstaunen, all die Zeit
über durchaus nicht niedergeschmettert gefühlt hatte, schien
einen Augenblick antworten zu wollen; ein Blick auf die Mutter aber, deren Erregung, während sie sprach, nur immer
noch gewachsen war, ließ ihn erkennen, daß jedes Wort die
Schwierigkeit der Lage bloß steigern würde; so verbeugte er
sich denn ruhig und verließ das Zimmer.
Er war kaum hinaus, als sich die Kommerzienrätin von ihrem
Sofaplatz erhob und über den Teppich hin auf und ab zu
gehen begann. Jedesmal, wenn sie wieder in die Nähe des
Fensters kam, blieb sie stehen und sah nach der Mansarde
und der immer noch im vollen Lichte dastehenden Plätterin
hinüber, bis ihr Blick sich wieder senkte und dem bunten
Treiben der vor ihr liegenden Straße zuwandte. Hier, in
ihrem Vorgarten, den linken Arm von innen her auf die
Gitterstäbe gestützt, stand ihr Hausmädchen, eine hübsche
Blondine, die mit Rücksicht auf Leopolds „mores" beinahe
nicht engagiert worden wäre, und sprach lebhaft und unter
Lachen mit einem draußen auf dem Trottoir stehenden „Cou-
sin", zog sich aber zurück, als der eben von Buggenhagen
kommende Kommerzienrat in einer Droschke vorfuhr und
auf seine Villa zuschritt. Treibel, einen Blick auf die Fen-
sterreihe werfend, sah sofort, daß nur noch in seiner Frau
Zimmer Licht war, was ihn mitbestimmte, gleich bei ihr einzutreten, um noch über den Abend und seine mannigfachen
Erlebnisse berichten zu können. Die flaue Stimmung, der er

anfänglich infolge der Nationalzeitungskorrespondenz bei Buggenhagens begegnet war, war unter dem Einfluß seiner Liebenswürdigkeit rasch gewichen, und das um so mehr, als er den auch hier wenig gelittenen Vogelsang schmunzelnd preisgegeben hatte.

Von diesem Siege zu erzählen, trieb es ihn, trotzdem er wußte, wie Jenny zu diesen Dingen stand; als er aber eintrat und die Aufregung gewahr wurde, darin sich seine Frau ganz ersichtlich befand, erstarb ihm das joviale „Guten Abend, Jenny" auf der Zunge, und ihr die Hand reichend, sagte er nur: „Was ist vorgefallen, Jenny? Du siehst ja aus wie das Leiden... nein, keine Blasphemie... Du siehst ja aus, als wäre dir die Gerste verhagelt."

„Ich glaube, Treibel", sagte sie, während sie ihr Auf und Ab im Zimmer fortsetzte, „du könntest dich mit deinen Vergleichen etwas höher hinaufschrauben; ‚verhagelte Gerste' hat einen überaus ländlichen, um nicht zu sagen bäuerlichen Beigeschmack. Ich sehe, daß Teupitz-Zossensche trägt bereits seine Früchte..."

„Liebe Jenny, die Schuld liegt, glaube ich, weniger an mir als an dem Sprach- und Bilderschatze deutscher Nation. Alle Wendungen, die wir als Ausdruck für Verstimmungen und Betrübnisse haben, haben einen ausgesprochenen Unterschichtscharakter, und ich finde da zunächst nur noch den Lohgerber, dem die Felle weggeschwommen."

Er stockte, denn es traf ihn ein so böser Blick, daß er es doch für angezeigt hielt, auf das Suchen nach weiteren Vergleichen zu verzichten. Auch nahm Jenny selbst das Wort und sagte: „Deine Rücksichten gegen mich halten sich immer auf derselben Höhe. Du siehst, daß ich eine Alteration gehabt habe, und die Form, in die du deine Teilnahme kleidest, ist *die* geschmackloser Vergleiche. Was meiner Erregung zugrunde liegt, scheint deine Neugier nicht sonderlich zu wecken."

„Doch, doch, Jenny... Du darfst das nicht übelnehmen; du kennst mich und weißt, wie das alles gemeint ist. Alteration! Das ist ein Wort, das ich nicht gern höre. Gewiß wieder was mit Anna, Kündigung oder Liebesgeschichte. Wenn ich nicht irre, stand sie . . .“

„Nein, Treibel, das ist es nicht. Anna mag tun, was sie will, und meinetwegen ihr Leben als Spreewälderin beschließen. Ihr Vater, der alte Schulmeister, kann dann an seinem Enkel erziehen, was er an seiner Tochter versäumt hat. Wenn mich Liebesgeschichten alterieren sollen, müssen sie von anderer Seite kommen . . .“

„Also doch Liebesgeschichten. Nun sage, wer?“

„Leopold.“

„Alle Wetter . . .“ Und man konnte nicht heraushören, ob Treibel bei dieser Namensnennung mehr in Schreck oder Freude geraten war. „Leopold? Ist es möglich?“

„Es ist mehr als möglich, es ist gewiß; denn vor einer Viertelstunde war er selber hier, um mich diese Liebesgeschichte wissen zu lassen . . .“

„Merkwürdiger Junge . . .“

„Er hat sich mit Corinna verlobt.“

Es war ganz unverkennbar, daß die Kommerzienrätin eine große Wirkung von dieser Mitteilung erwartete, welche Wirkung aber durchaus ausblieb. Treibels erstes Gefühl war das einer heiter angeflogenen Enttäuschung. Er hatte was von kleiner Soubrette, vielleicht auch von „Jungfrau aus dem Volk“ erwartet und stand nun vor einer Ankündigung, die, nach seinen unbefangenen Anschauungen, alles andere als Schreck und Entsetzen hervorrufen konnte. „Corinna“, sagte er. „Und schlankweg verlobt und ohne Mama zu fragen. Teufelsjunge. Man unterschätzt doch immer die Menschen und am meisten seine eigenen Kinder.“

„Treibel, was soll das? Dies ist keine Stunde, wo sich's für dich schickt, in einer noch nach Buggenhagen schmeckenden Stimmung ernste Fragen zu behandeln. Du kommst nach Haus und findest mich in einer großen Erregung, und im Augenblicke, wo ich dir den Grund dieser Erregung mitteile, findest du's angemessen, allerlei sonderbare Scherze zu machen. Du mußt doch fühlen, daß das einer Lächerlich-

machung meiner Person und meiner Gefühle ziemlich gleichkommt, und wenn ich deine ganze Haltung recht verstehe,
so bist du weit ab davon, in dieser sogenannten Verlobung
einen Skandal zu sehen. Und darüber möchte ich Gewißheit
haben, eh wir weitersprechen. Ist es ein Skandal oder
nicht?"

„Nein."

„Und du wirst Leopold nicht darüber zur Rede stellen?"

„Nein."

„Und bist nicht empört über diese Person?"

„Nicht im geringsten."

„Über diese Person, die deiner und meiner Freundlichkeit
sich absolut unwert macht und nun ihre Bettlade – denn um
viel was anderes wird es sich nicht handeln – in das Treibelsche Haus tragen will."

Treibel lachte. „Sieh, Jenny, diese Redewendung ist dir ge-
lungen, und wenn ich mir mit meiner Phantasie, die mein
Unglück ist, die hübsche Corinna vorstelle, wie sie, sozusagen
zwischen die Längsbretter eingeschirrt, ihre Bettlade hierher
ins Treibelsche Haus trägt, so könnte ich eine Viertelstunde
lang lachen. Aber ich will doch lieber nicht lachen und dir,
da du so sehr fürs Ernste bist, nun auch ein ernsthaftes Wort
sagen. Alles, was du da so hinschmetterst, ist erstens unsinnig
und zweitens empörend. Und was es außerdem noch alles ist,
blind, vergeßlich, überheblich, davon will ich gar nicht
reden . . ."

Jenny war ganz blaß geworden und zitterte, weil sie wohl
wußte, worauf das „blind und vergeßlich" abzielte. Treibel
aber, der ein guter und auch ganz kluger Kerl war und sich
aufrichtig gegen all den Hochmut aufrichtete, fuhr jetzt fort:
„Du sprichst da von Undank und Skandal und Blamage, und
fehlt eigentlich bloß noch das Wort ‚Unehre', dann hast du
den Gipfel der Herrlichkeit erklommen. Undank. Willst du
der klugen, immer heitren, immer unterhaltlichen Person, die
wenigstens sieben Felgentreus in die Tasche steckt – nächst-
stehender Anverwandten ganz zu geschweigen –, willst du

der die Datteln und Apfelsinen nachrechnen, die sie von unserer Majolikaschüssel, mit einer Venus und einem Cupido darauf, beiläufig eine lächerliche Pinselei, mit ihrer zierlichen Hand heruntergenommen hat? Und waren wir nicht bei dem guten alten Professor unsererseits auch zu Gast, bei Wilibald, der doch sonst dein Herzblatt ist, und haben wir uns seinen Brauneberger, der ebenso gut war wie meiner, oder doch nicht viel schlechter, nicht schmecken lassen? Und warst du nicht ganz ausgelassen und hast du nicht an dem Klimperkasten, der da in der Putzstube steht, deine alten Lieder runtergesungen? Nein, Jenny, komme mir nicht mit solchen Geschichten. Da kann ich auch mal ärgerlich werden ..."

Jenny nahm seine Hand und wollte ihn hindern weiterzusprechen.

„Nein, Jenny, noch nicht, noch bin ich nicht fertig. Ich bin nun mal im Zuge. Skandal sagst du und Blamage. Nun, *ich* sage dir, nimm dich in acht, daß aus der bloß eingebildeten Blamage nicht eine wirkliche wird und daß – ich sage das, weil du solche Bilder liebst – der Pfeil nicht auf den Schützen zurückfliegt. Du bist auf dem besten Wege, mich und dich in eine unsterbliche Lächerlichkeit hineinzubugsieren. Wer sind wir denn? Wir sind weder die Montmorencys noch die Lusignans – von denen, nebenher bemerkt, die schöne Melusine herstammen soll, was dich vielleicht interessiert –, wir sind auch nicht die Bismarcks oder die Arnims oder sonst was Märkisches von Adel, wir sind die Treibels, Blutlaugensalz und Eisenvitriol, und du bist eine geborene Bürstenbinder aus der Adlerstraße. Bürstenbinder ist ganz gut, aber der erste Bürstenbinder kann unmöglich höher gestanden haben als der erste Schmidt. Und so bitt ich dich denn, Jenny, keine Übertreibungen. Und wenn es sein kann, laß den ganzen Kriegsplan fallen und nimm Corinna mit so viel Fassung hin, wie du Helene hingenommen hast. Es ist ja nicht nötig, daß sich Schwiegermutter und Schwiegertochter furchtbar lieben, sie heiraten sich ja nicht; es kommt auf *die* an, die den Mut

haben, sich dieser ernsten und schwierigen Aufgabe allerpersönlichst unterziehen zu wollen . . ."

Jenny war während dieser zweiten Hälfte von Treibels Phi-
lippika merkwürdig ruhig geworden, was in einer guten
Kenntnis des Charakters ihres Mannes seinen Grund hatte.
Sie wußte, daß er in einem überhohen Grade das Bedürfnis
und die Gewohnheit des Sichaussprechens hatte und daß sich
mit ihm erst wieder reden ließ, wenn gewisse Gefühle von
seiner Seele heruntergeredet waren. Es war ihr schließlich
ganz recht, daß dieser Akt innerlicher Selbstbefreiung so
rasch und so gründlich begonnen hatte; was jetzt gesagt worden war, brauchte morgen nicht mehr gesagt zu werden, war
abgetan und gestattete den Ausblick auf friedlichere Verhandlungen. Treibel war sehr der Mann der Betrachtung aller
Dinge von zwei Seiten her, und so war Jenny denn völlig überzeugt davon, daß er über Nacht dahin gelangen würde, die
ganze Leopoldsche Verlobung auch mal von der Kehrseite
her anzusehen. Sie nahm deshalb seine Hand und sagte: "Treibel, laß uns das Gespräch morgen früh fortsetzen. Ich glaube,
daß du, bei ruhigerem Blute, die Berechtigung meiner Anschauungen nicht verkennen wirst. Jedenfalls rechne nicht darauf, mich anderen Sinnes zu machen. Ich wollte dir, als dem
Manne, der zu handeln hat, selbstverständlich auch in dieser
Angelegenheit nicht vorgreifen; lehnst du jedoch jedes Handeln ab, so handle *ich*. Selbst auf die Gefahr deiner Nicht-
zustimmung."

"Tu, was du willst."

Und damit warf Treibel die Tür ins Schloß und ging in sein
Zimmer hinüber. Als er sich in den Fauteuil warf, brummte
er vor sich hin: "Wenn sie am Ende doch recht hätte!"

Und konnte es anders sein? Der gute Treibel, er war doch
auch seinerseits das Produkt dreier im Fabrikbetrieb immer
reicher gewordenen Generationen, und aller guten Geistes-
und Herzensanlagen unerachtet und trotz seines politischen
Gastspiels auf der Bühne Teupitz-Zossen – der Bourgeois
steckte ihm wie seiner sentimentalen Frau tief im Geblüt.

DREIZEHNTES KAPITEL

Am andern Morgen war die Kommerzienrätin früher auf als gewöhnlich und ließ von ihrem Zimmer aus zu Treibel hinüber sagen, daß sie das Frühstück allein nehmen wolle. Treibel schob es auf die Verstimmung vom Abend vorher, ging aber darin fehl, da Jenny ganz aufrichtig vorhatte, die durch Verbleib auf ihrem Zimmer frei gewordene halbe Stunde zu einem Briefe an Hildegard zu benutzen. Es galt eben Wichtigeres heute, als den Kaffee mußevoll und friedlich oder vielleicht auch unter fortgesetzter Kriegführung einzunehmen, und wirklich, kaum daß sie die kleine Tasse geleert und auf das Tablett zurückgeschoben hatte, so vertauschte sie auch schon den Sofaplatz mit ihrem Platz am Schreibtisch und ließ die Feder mit rasender Schnelligkeit über verschiedene kleine Bogen hingleiten, von denen jeder nur die Größe einer Handfläche, Gott sei Dank aber die herkömmlichen vier Seiten hatte. Briefe, wenn ihr die Stimmung nicht fehlte, gingen ihr immer leicht von der Hand, aber nie so wie heute, und ehe noch die kleine Konsoluhr die neunte Stunde schlug, schob sie schon die Bogen zusammen, klopfte sie auf der Tischplatte wie ein Spiel Karten zurecht und überlas noch einmal mit halblauter Stimme das Geschriebene.

„Liebe Hildegard! Seit Wochen tragen wir uns damit, unsren seit lange gehegten Wunsch erfüllt und Dich mal wieder unter unsrem Dache zu sehen. Bis in den Mai hinein hatten wir schlechtes Wetter, und von einem Lenz, der mir die schönste Jahreszeit bedeutet, konnte kaum die Rede sein. Aber seit beinah vierzehn Tagen ist es anders, in unsrem Garten schlagen die Nachtigallen, was Du, wie ich mich sehr wohl erinnere, so sehr liebst, und so bitten wir Dich herzlich, Dein schönes Hamburg auf ein paar Wochen verlassen und uns Deine Gegenwart schenken zu wollen. Treibel vereinigt seine Wünsche mit den meinigen, und Leopold schließt sich an. Von Deiner Schwester Helene bei dieser Gelegenheit und in diesem Sinne zu sprechen ist überflüssig, denn ihre herzlichen

Gefühle für Dich kennst Du so gut, wie wir sie kennen, Gefühle, die, wenn ich recht beobachtet habe, gerade neuerdings wieder in einem beständigen Wachsen begriffen sind. Es liegt so, daß ich, soweit das in einem Briefe möglich, ausführlicher darüber zu Dir sprechen möchte. Mitunter, wenn ich sie so blaß sehe, so gut sie gerade diese Blässe kleidet, tut mir doch das innerste Herz weh, und ich habe nicht den Mut, nach der Ursache zu fragen. Otto ist es *nicht,* dessen bin ich sicher, denn er ist nicht nur gut, sondern auch rücksichtsvoll, und ich empfinde dann allen Möglichkeiten gegenüber ganz deutlich, daß es nichts anderes sein kann als Heimweh. Ach, mir nur zu begreiflich, und ich möchte dann immer sagen, ‚reise, Helene, reise heute, reise morgen, und sei versichert, daß ich mich, wie des Wirtschaftlichen überhaupt, so auch namentlich der Weißzeugplätterei nach besten Kräften annehmen werde, geradeso, ja mehr noch, als wenn es für Treibel wäre, der in diesen Stücken auch so diffizil ist, diffiziler als viele andere Berliner.‘ Aber ich sage das alles nicht, weil ich ja weiß, daß Helene lieber auf jedes andere Glück verzichtet als auf das Glück, das in dem Bewußtsein erfüllter Pflicht liegt. Vor allem dem Kinde gegenüber. Lizzi mit auf die Reise zu nehmen, wo dann doch die Schulstunden unterbrochen werden müßten, ist fast ebenso undenkbar, wie Lizzi zurückzulassen. Das süße Kind! Wie wirst Du Dich freuen, sie wiederzusehen, immer vorausgesetzt, daß ich mit meiner Bitte keine Fehlbitte tue. Denn Photographien geben doch nur ein sehr ungenügendes Bild, namentlich bei Kindern, deren ganzer Zauber in einer durchsichtigen Hautfarbe liegt; der Teint nüanciert nicht nur den Ausdruck, er ist der Ausdruck selbst. Denn wie Krola, dessen Du Dich vielleicht noch erinnerst, erst neulich wieder behauptete, der Zusammenhang zwischen Teint und Seele sei geradezu merkwürdig. Was wir Dir bieten können, meine süße Hildegard? Wenig, eigentlich nichts. Die Beschränktheit unserer Räume kennst Du; Treibel hat außerdem eine neue Passion ausgebildet und will sich wählen lassen, und zwar in einem Landkreise, dessen sonderbaren, etwas wendisch klingenden

Namen ich Deiner Geographiekenntnis nicht zumute, trotzdem ich wohl weiß, daß auch Eure Schulen – wie mir Felgentreu (freilich keine Autorität auf diesem Gebiete) erst ganz
vor kurzem wieder versicherte – den unsrigen überlegen sind.
Wir haben zur Zeit eigentlich nichts als die Jubiläumsausstel-
lung, in der die Firma Dreher aus Wien die Bewirtung übernommen hat und hart angegriffen wird. Aber was griffe der
Berliner nicht an – daß die Seidel zu klein sind, kann einer
Dame wenig bedeuten –, und ich wüßte wirklich kaum etwas,
was vor der Eingebildetheit unserer Bevölkerung sicher wäre.
Nicht einmal Euer Hamburg, an das ich nicht denken kann,
ohne daß mir das Herz lacht. Ach, Eure herrliche Buten-
Alster! Und wenn dann abends die Lichter und die Sterne
darin flimmern – ein Anblick, der den, der sich seiner freuen
darf, jedesmal dem Irdischen wie entrückt. Aber vergiß es,
liebe Hildegard, sonst haben wir wenig Aussicht, Dich hier
zu sehen, was doch ein aufrichtiges Bedauern bei allen Treibels hervorrufen würde, am meisten bei Deiner Dich innig
liebenden Freundin und Tante　　　　　　　Jenny Treibel."

„*Nachschrift.* Leopold reitet jetzt viel, jeden Morgen nach
Treptow und auch nach dem Eierhäuschen. Er klagt, daß er
keine Begleitung dabei habe. Hast Du noch Deine alte Passion? Ich sehe Dich noch so hinfliegen, Du Wildfang. Wenn
ich ein Mann wäre, *Dich* einzufangen würde mir das Leben
bedeuten. Übrigens bin ich sicher, daß andere ebenso denken,
und wir würden längst den Beweis davon in Händen haben,
wenn Du weniger wählerisch wärst. Sei es nicht fürder und
vergiß die Ansprüche, die Du machen darfst.　　Deine J. T."

Jenny faltete jetzt die kleinen Bogen und tat sie in ein Kuvert, das, vielleicht um auch schon äußerlich ihren Friedens-
wunsch anzudeuten, eine weiße Taube mit einem Ölzweig
zeigte. Dies war um so angebrachter, als Hildegard mit Helenen in lebhafter Korrespondenz stand und recht gut wußte,
wie, bisher wenigstens, die wahren Gefühle der Treibels und
besonders die der Frau Jenny gewesen waren.

Die Rätin hatte sich eben erhoben, um nach der am Abend vorher etwas angezweifelten Anna zu klingeln, als sie, wie von ungefähr ihren Blick auf den Vorgarten richtend, ihrer Schwiegertochter ansichtig wurde, die rasch vom Gitter her auf das Haus zuschritt. Draußen hielt eine Droschke zweiter Klasse, geschlossen und das Fenster in die Höhe gezogen, trotzdem es sehr warm war.

Einen Augenblick danach trat Helene bei der Schwiegermutter ein und umarmte sie stürmisch. Dann warf sie den Sommermantel und Gartenhut beiseite und sagte, während sie ihre Umarmung wiederholte: „Ist es denn wahr? Ist es denn möglich?"

Jenny nickte stumm und sah nun erst, daß Helene noch im Morgenkleide und ihr Scheitel noch eingeflochten war. Sie hatte sich also, wie sie da ging und stand, im selben Moment, wo die große Nachricht auf dem Holzhofe bekannt geworden war, sofort auf den Weg gemacht, und zwar in der ersten besten Droschke. Das war etwas, und angesichts dieser Tatsache fühlte Jenny das Eis hinschmelzen, das acht Jahre lang ihr Schwiegermutterherz umgürtet hatte. Zugleich traten ihr Tränen in die Augen. „Helene", sagte sie, „was zwischen uns gestanden hat, ist fort. Du bist ein gutes Kind, du fühlst mit uns. Ich war mitunter gegen dies und das, untersuchen wir nicht, ob mit Recht oder mit Unrecht; aber in *solchen* Stücken ist Verlaß auf euch, und ihr wißt Sinn von Unsinn zu unterscheiden. Von deinem Schwiegervater kann ich dies leider nicht sagen. Indessen, ich denke, das ist nur Übergang, und es wird sich geben. Unter allen Umständen laß uns zusammenhalten. Mit Leopold persönlich, das hat nichts zu bedeuten. Aber diese gefährliche Person, die vor nichts erschrickt und dabei ein Selbstbewußtsein hat, daß man drei Prinzessinnen damit ausstaffieren könnte, gegen *die* müssen wir uns rüsten. Glaube nicht, daß sie's uns leicht machen wird. Sie hat ganz den Professorentochterdünkel und ist imstande, sich einzubilden, daß sie dem Hause Treibel noch eine Ehre antut."

„Eine schreckliche Person", sagte Helene. „Wenn ich an den

Tag denke mit dear Mr. Nelson. Wir hatten eine Todesangst,
daß Nelson seine Reise verschieben und um sie anhalten
würde. Was daraus geworden wäre, weiß ich nicht; bei den
Beziehungen Ottos zu der Liverpooler Firma vielleicht ver-
hängnisvoll für uns."

„Nun, Gott sei Dank, daß es vorübergegangen. Vielleicht
immer noch besser so, so können wir's en famille austragen.
Und den alten Professor fürcht ich nicht, den habe ich von
alter Zeit her am Bändel. Er muß mit in unser Lager hinüber.
Und nun muß ich fort, Kind, um Toilette zu machen . . . Aber
noch ein Hauptpunkt. Eben habe ich an deine Schwester
Hildegard geschrieben und sie herzlich gebeten, uns mit näch-
stem ihren Besuch zu schenken. Bitte, Helene, füge ein paar
Worte an deine Mama hinzu und tue beides in das Kuvert
und adressiere."

Damit ging die Rätin, und Helene setzte sich an den Schreibtisch. Sie war so bei der Sache, daß nicht einmal ein trium-
phierendes Gefühl darüber, mit ihren Wünschen für Hildegard nun endlich am Ziele zu sein, in ihr aufdämmerte; nein,
sie hatte angesichts der gemeinsamen Gefahr nur Teilnahme
für ihre Schwiegermutter, als der „Trägerin des Hauses", und
nur Haß für Corinna. Was sie zu schreiben hatte, war rasch
geschrieben. Und nun adressierte sie mit schöner englischer
Handschrift in normalen Schwung- und Rundlinien: „Frau
Konsul Thora Munk, geb. Thompson. Hamburg. Uhlenhorst."

Als die Aufschrift getrocknet und der ziemlich ansehnliche
Brief mit zwei Marken frankiert war, brach Helene auf,
klopfte nur noch leise an Frau Jennys Toilettenzimmer und
rief hinein: „Ich gehe jetzt, liebe Mama. Den Brief nehme ich
mit." Und gleich danach passierte sie wieder den Vorgarten,
weckte den Droschkenkutscher und stieg ein.

Zwischen neun und zehn waren zwei Rohrpostbriefe bei
Schmidts eingetroffen, ein Fall, der, in dieser seiner Gedop-
peltheit, noch nicht dagewesen war. Der eine dieser Briefe

richtete sich an den Professor und hatte folgenden kurzen Inhalt: „Lieber Freund! Darf ich darauf rechnen, Sie heute zwischen zwölf und eins in Ihrer Wohnung zu treffen? Keine Antwort, gute Antwort. Ihre ganz ergebene Jenny Treibel." Der andere, nicht viel längere Brief war an Corinna adressiert und lautete: „Liebe Corinna! Gestern abend noch hatte ich ein Gespräch mit der Mama. Daß ich auf Widerstand stieß, brauche ich Dir nicht erst zu sagen, und es ist mir gewisser denn je, daß wir schweren Kämpfen entgegengehen. Aber nichts soll uns trennen. In meiner Seele lebt eine hohe Freudigkeit und gibt mir Mut zu allem. Das ist das Geheimnis und zugleich die Macht der Liebe. Diese Macht soll mich auch weiter führen und festigen. Trotz aller Sorge Dein überglücklicher Leopold." Corinna legte den Brief aus der Hand. ‚Armer Junge! Was er da schreibt, ist ehrlich gemeint, selbst das mit dem Mut. Aber ein Hasenohr guckt doch durch. Nun, wir müssen sehen. Halte, was du hast. *Ich* gebe nicht nach.'

Corinna verbrachte den Vormittag unter fortgesetzten Selbstgesprächen. Mitunter kam die Schmolke, sagte aber nichts und beschränkte sich auf kleine wirtschaftliche Fragen. Der Professor seinerseits hatte zwei Stunden zu geben, eine griechische: Pindar, und eine deutsche: romantische Schule (Novalis), und war bald nach zwölf wieder zurück. Er schritt in seinem Zimmer auf und ab, abwechselnd mit einem ihm in seiner Schlußwendung absolut unverständlich gebliebenen Novalis-Gedicht und dann wieder mit dem so feierlich angekündigten Besuche seiner Freundin Jenny beschäftigt. Es war kurz vor eins, als ein Wagengerumpel auf dem schlechten Steinpflaster unten ihn annehmen ließ, sie werde es sein. Und sie war es, diesmal allein, ohne Fräulein Honig und ohne den Bologneser. Sie öffnete selbst den Schlag und stieg dann langsam und bedächtig, als ob sie sich ihre Rolle noch einmal überhöre, die Steinstufen der Außentreppe hinauf. Eine Minute später hörte Schmidt die Klingel gehen, und gleich da-

nach meldete die Schmolke: „Frau Kommerzienrätin Treibel."

Schmidt ging ihr entgegen, etwas weniger unbefangen als
sonst, küßte ihr die Hand und bat sie, auf seinem Sofa, dessen tiefste Kesselstelle durch ein großes Lederkissen einigermaßen applaniert war, Platz zu nehmen. Er selber nahm
einen Stuhl, setzte sich ihr gegenüber und sagte: „Was verschafft mir die Ehre, liebe Freundin? Ich nehme an, daß etwas
Besonderes vorgefallen ist."

„Das ist es, lieber Freund. Und Ihre Worte lassen mir keinen
Zweifel darüber, daß Fräulein Corinna noch nicht für gut be-
funden hat, Sie mit dem Vorgefallenen bekannt zu machen.
Fräulein Corinna hat sich nämlich gestern abend mit meinem
Sohne Leopold verlobt."

„Ah", sagte Schmidt in einem Tone, der ebensogut Freude
wie Schreck ausdrücken konnte.

„Fräulein Corinna hat sich gestern auf unserer Grunewald-
partie, die vielleicht besser unterblieben wäre, mit meinem
Sohne Leopold verlobt, nicht umgekehrt. Leopold tut keinen
Schritt ohne mein Wissen und Willen, am wenigsten einen so
wichtigen Schritt wie eine Verlobung, und so muß ich denn
zu meinem lebhaften Bedauern von etwas Abgekartetem oder
einer gestellten Falle, ja, Verzeihung, lieber Freund, von
einem wohlüberlegten Überfall sprechen."

Dies starke Wort gab dem alten Schmidt nicht nur seine Seelenruhe, sondern auch seine gewöhnliche Heiterkeit wieder.
Er sah, daß er sich in seiner alten Freundin nicht getäuscht
hatte, daß sie, völlig unverändert, die, trotz Lyrik und Hoch-
gefühle, ganz ausschließlich auf Äußerlichkeiten gestellte
Jenny Bürstenbinder von ehedem war und daß seinerseits,
unter selbstverständlicher Wahrung artigster Formen und anscheinend vollen Entgegenkommens, ein Ton superioren Über-
muts angeschlagen und in die sich nun höchstwahrscheinlich
entspinnende Debatte hineingetragen werden müsse. Das war
er sich, das war er Corinna schuldig.

„Ein Überfall, meine gnädigste Frau. Sie haben vielleicht

nicht ganz unrecht, es so zu nennen. Und daß es gerade auf diesem Terrain sein mußte. Sonderbar genug, daß Dinge der Art ganz bestimmten Lokalitäten unveräußerlich anzuhaften scheinen. Alle Bemühungen, durch Schwanenhäuser und Kegelbahnen im stillen zu reformieren, der Sache friedlich beizukommen, erweisen sich als nutzlos, und der frühere Charakter dieser Gegenden, insonderheit unseres alten übelbeleumdeten Grunewalds, bricht immer wieder durch. Immer wieder aus dem Stegreif. Erlauben Sie mir, gnädigste Frau, daß ich den derzeitigen Junker generis feminini herbeirufe, damit er seiner Schuld geständig werde."

Jenny biß sich auf die Lippen und bedauerte das unvorsichtige Wort, das sie nun dem Spotte preisgab. Es war aber zu spät zur Umkehr, und so sagte sie nur: „Ja, lieber Professor, es wird das beste sein, Corinna selbst zu hören. Und ich denke, sie wird sich mit einem gewissen Stolz dazu bekennen, dem armen Jungen das Spiel über den Kopf weggenommen zu haben."

„Wohl möglich", sagte Schmidt und stand auf und rief in das Entree hinein: „Corinna."

Kaum, daß er seinen Platz wieder eingenommen hatte, so stand die von ihm Gerufene auch schon in der Tür, verbeugte sich artig gegen die Kommerzienrätin und sagte: „Du hast gerufen, Papa?"

„Ja, Corinna, das hab ich. Eh wir aber weitergehen, nimm einen Stuhl und setze dich in einiger Entfernung von uns. Denn ich möchte es auch äußerlich markieren, daß du vorläufig eine Angeklagte bist. Rücke in die Fensternische, da sehen wir dich am besten. Und nun sage mir, hat es seine Richtigkeit damit, daß du gestern abend im Grunewald, in dem ganzen Junkerübermut einer geborenen Schmidt, einen friedlich und unbewaffnet seines Weges ziehenden Bürgersohn, namens Leopold Treibel, seiner besten Barschaft beraubt hast?"

Corinna lächelte. Dann trat sie vom Fenster her an den Tisch heran und sagte: „Nein, Papa, das ist grundfalsch. Es hat

alles den landesüblichen Verlauf genommen, und wir sind
so regelrecht verlobt, wie man nur verlobt sein kann."

„Ich bezweifle das nicht, Fräulein Corinna", sagte Jenny.
„Leopold selbst betrachtet sich als Ihren Verlobten. Ich sage
nur das eine, daß Sie das Überlegenheitsgefühl, das Ihnen
Ihre Jahre . . ."

„*Nicht* meine Jahre. Ich bin jünger . . ."

„. . . das Ihnen Ihre Klugheit und Ihr Charakter gegeben, daß
Sie diese Überlegenheit dazu benutzt haben, den armen Jungen willenlos zu machen und ihn für sich zu gewinnen."

„Nein, meine gnädigste Frau, das ist ebenfalls nicht ganz
richtig, wenigstens zunächst nicht. Daß es schließlich doch
vielleicht richtig sein wird, darauf müssen Sie mir erlauben,
weiterhin zurückzukommen."

„Gut, Corinna, gut", sagte der Alte. „Fahre nur fort. Also
zunächst . . ."

„Also zunächst unrichtig, meine gnädigste Frau. Denn wie
kam es? Ich sprach mit Leopold von seiner nächsten Zukunft
und beschrieb ihm einen Hochzeitszug, absichtlich in unbe-
stimmten Umrissen und ohne Namen zu nennen. Und als ich
zuletzt Namen nennen mußte, da war es Blankenese, wo die
Gäste zum Hochzeitsmahle sich sammelten, und war es die
schöne Hildegard Munk, die, wie eine Königin gekleidet,
als Braut neben ihrem Bräutigam saß. Und dieser Bräutigam
war Ihr Leopold, meine gnädigste Frau. Selbiger Leopold aber
wollte von dem allen nichts wissen und ergriff meine Hand
und machte mir einen Antrag in aller Form. Und nachdem ich
ihn an seine Mutter erinnert und mit dieser Erinnerung kein
Glück gehabt hatte, da haben wir uns verlobt . . ."

„Ich glaube das, Fräulein Corinna", sagte die Rätin. „Ich glaube
das ganz aufrichtig. Aber schließlich ist das alles doch nur
eine Komödie. Sie wußten ganz gut, daß er Ihnen vor Hildegard den Vorzug gab, und Sie wußten nur zu gut, daß Sie, je
mehr Sie das arme Kind, die Hildegard, in den Vordergrund
stellten, desto gewisser – um nicht zu sagen desto leiden-
schaftlicher, denn er ist nicht eigentlich der Mann der Leiden-

schaften – desto gewisser, sag ich, würd er sich auf Ihre Seite stellen und sich zu Ihnen bekennen."

„Ja, gnädige Frau, das wußt ich oder wußt es doch beinah. Es war noch kein Wort in diesem Sinne zwischen uns gesprochen worden, aber ich glaubte trotzdem, und seit längerer Zeit schon, daß er glücklich sein würde, mich seine Braut zu nennen."

„Und durch die klug und berechnend ausgesuchte Geschichte mit dem Hamburger Hochzeitszuge haben Sie eine Erklärung herbeizuführen gewußt . . ."

„Ja, meine gnädigste Frau, das hab ich, und ich meine, das alles war mein gutes Recht. Und wenn Sie nun dagegen, und wie mir's scheint ganz ernsthaft, Ihren Protest erheben wollen, erschrecken Sie da nicht vor Ihrer eigenen Forderung, vor der Zumutung, ich hätte mich jedes Einflusses auf Ihren Sohn enthalten sollen? Ich bin keine Schönheit, habe nur eben das Durchschnittsmaß. Aber nehmen Sie, so schwer es Ihnen werden mag, für einen Augenblick einmal an, ich wäre wirklich so was wie eine Schönheit, eine Beauté, der Ihr Herr Sohn nicht hätte widerstehen können, würden Sie von mir verlangt haben, mir das Gesicht mit Ätzlauge zu zerstören, bloß damit Ihr Sohn, mein Verlobter, nicht in eine durch mich gestellte Schönheitsfalle fiele?"

„Corinna", lächelte der Alte, „nicht zu scharf. Die Rätin ist unter unserm Dache."

„Sie würden das *nicht* von mir verlangt haben, so wenigstens nehme ich vorläufig an, vielleicht in Überschätzung Ihrer freundlichen Gefühle für mich, und doch verlangen Sie von mir, daß ich mich dessen begebe, was die Natur *mir* gegeben hat. Ich habe meinen guten Verstand und bin offen und frei und übe damit eine gewisse Wirkung auf die Männer aus, mitunter auch gerade auf solche, denen das fehlt, was ich habe – soll ich mich dessen entkleiden? Soll ich mein Pfund begraben? Soll ich das bißchen Licht, das *mir* geworden, unter den Scheffel stellen? Verlangen Sie, daß ich bei Begegnungen mit Ihrem Sohne wie eine Nonne dasitze, bloß damit das

Haus Treibel vor einer Verlobung mit mir bewahrt bleibe? Erlauben Sie mir, gnädigste Frau, und Sie müssen meine Worte meinem erregten Gefühle, das Sie herausgefordert, zugute halten, erlauben Sie mir, Ihnen zu sagen, daß ich das nicht bloß hochmütig und höchst verwerflich, daß ich es vor allen Dingen auch ridikül finde. Denn wer sind die Treibels? Berliner-Blau-Fabrikanten mit einem Ratstitel, und ich, ich bin eine Schmidt."

„Eine Schmidt", wiederholte der alte Wilibald freudig, gleich danach hinzufügend: „Und nun sagen Sie, liebe Freundin, wollen wir nicht lieber abbrechen und alles den Kindern und einer gewissen ruhigen historischen Entwicklung überlassen?"

„Nein, mein lieber Freund, das wollen wir *nicht*. Wir wollen nichts der historischen Entwicklung und noch weniger der Entscheidung der Kinder überlassen, was gleichbedeutend wäre mit Entscheidung durch Fräulein Corinna. Dies zu hindern, deshalb eben bin ich hier. Ich hoffte bei den Erinnerungen, die zwischen uns leben, Ihrer Zustimmung und Unterstützung sicher zu sein, sehe mich aber getäuscht und werde meinen Einfluß, der hier gescheitert, auf meinen Sohn Leopold beschränken müssen."

„Ich fürchte", sagte Corinna, „daß er auch da versagt..."

„Was lediglich davon abhängen wird, ob er Sie sieht oder nicht."

„Er wird mich sehen!"

„Vielleicht. Vielleicht auch nicht."

Und darauf erhob sich die Kommerzienrätin und ging, ohne dem Professor die Hand gereicht zu haben, auf die Tür zu. Hier wandte sie sich noch einmal und sagte zu Corinna: „Corinna, lassen Sie uns vernünftig reden. Ich will alles vergessen. Lassen Sie den Jungen los. Er paßt nicht einmal für Sie. Und was das Haus Treibel angeht, so haben Sie's eben in einer Weise charakterisiert, daß es Ihnen kein Opfer kosten kann, darauf zu verzichten..."

„Aber meine Gefühle, gnädigste Frau..."

„Bah", lachte Jenny, „daß Sie so sprechen können, zeigt mir deutlich, daß Sie keine haben und daß alles bloßer Übermut oder vielleicht auch Eigensinn ist. Daß Sie sich dieses Eigensinns begeben mögen, wünsche ich Ihnen und uns. Denn es kann zu nichts führen. Eine Mutter hat *auch* Einfluß auf einen schwachen Menschen, und ob Leopold Lust hat, seine Flitterwochen in einem Ahlbecker Fischerhause zu verbringen, ist mir doch zweifelhaft. Und daß das Haus Treibel Ihnen keine Villa in Capri bewilligen wird, dessen dürfen Sie gewiß sein."

Und dabei verneigte sie sich und trat in das Entree hinaus. Corinna blieb zurück. Schmidt aber gab seiner Freundin das Geleit bis an die Treppe.

„Adieu", sagte hier die Rätin. „Ich bedaure, lieber Freund, daß dies zwischen uns treten und die herzlichen Beziehungen so vieler, vieler Jahre stören mußte. Meine Schuld ist es nicht. Sie haben Corinna verwöhnt, und das Töchterchen schlägt nun einen spöttischen und überheblichen Ton an und ignoriert, wenn nichts andres, so doch die Jahre, die mich von ihr trennen. Impietät ist der Charakter unserer Zeit."

Schmidt, ein Schelm, gefiel sich darin, bei dem Wort „Impietät" ein betrübtes Gesicht aufzusetzen. „Ach, liebe Freundin", sagte er, „Sie mögen wohl recht haben, aber nun ist es zu spät. Ich bedaure, daß es unserem Hause vorbehalten war, Ihnen einen Kummer wie diesen, um nicht zu sagen eine Kränkung, anzutun. Freilich, wie Sie schon sehr richtig bemerkt haben, die Zeit ... alles will über sich hinaus und strebt höheren Staffeln zu, die die Vorsehung sichtbarlich nicht wollte."

Jenny nickte. „Gott beßre es."

„Lassen Sie uns das hoffen."

Und damit trennten sie sich.

In das Zimmer zurückgekehrt, umarmte Schmidt seine Tochter, gab ihr einen Kuß auf die Stirn und sagte: „Corinna, wenn ich nicht Professor wäre, so würd ich am Ende Sozialdemokrat."

Im selben Augenblick kam auch die Schmolke. Sie hatte nur das letzte Wort gehört, und erratend, um was es sich handle, sagte sie: „Ja, das hat Schmolke auch immer gesagt."

VIERZEHNTES KAPITEL

Der nächste Tag war ein Sonntag, und die Stimmung, in der sich das Treibelsche Haus befand, konnte nur noch dazu beitragen, dem Tage zu seiner herkömmlichen Ödheit ein beträchtliches zuzulegen. Jeder mied den andern. Die Kommerzienrätin beschäftigte sich damit, Briefe, Karten und Photographien zu ordnen, Leopold saß auf seinem Zimmer und las Goethe (*was*, ist nicht nötig zu verraten), und Treibel selbst ging im Garten um das Bassin herum und unterhielt sich, wie meist in solchen Fällen, mit der Honig. Er ging dabei so weit, sie ganz ernsthaft nach Krieg und Frieden zu fragen, allerdings mit der Vorsicht, sich eine Art Präliminarantwort gleich selbst zu geben. In erster Reihe stehe fest, daß es niemand wisse, „selbst der leitende Staatsmann nicht" (er hatte sich diese Phrase bei seinen öffentlichen Reden angewöhnt), aber eben weil es niemand wisse, sei man auf Sentiments angewiesen, und darin sei niemand größer und zuverlässiger als die Frauen. Es sei nicht zu leugnen, das weibliche Geschlecht habe was Pythisches, ganz abgesehen von jenem Orakelhaften niederer Observanz, das noch so nebenherlaufe. Die Honig, als sie schließlich zu Worte kam, faßte ihre politische Diagnose dahin zusammen: sie sähe nach Westen hin einen klaren Himmel, während es im Osten finster braue, ganz entschieden, und zwar oben sowohl wie unten. „Oben wie unten", wiederholte Treibel. „O wie wahr. Und das Oben bestimmt das Unten und das Unten das Oben. Ja, Fräulein Honig, damit haben wir's getroffen." Und Czicka, das Hündchen, das natürlich auch nicht fehlte, blaffte dazu. So ging das Gespräch zu gegenseitiger Zufriedenheit. Treibel aber schien doch abgeneigt, aus diesem Weisheitsquell andauernd zu schöpfen, und zog sich nach einiger Zeit auf

sein Zimmer und seine Zigarre zurück, ganz Halensee verwünschend, das mit seiner Kaffeeklappe diese häusliche Mißstimmung und diese Sonntagsextralangeweile heraufbeschworen habe. Gegen Mittag traf ein an ihn adressiertes Telegramm ein: „Dank für Brief. Ich komme morgen mit dem
Nachmittagszug. Eure Hildegard." Er schickte das Telegramm, aus dem er überhaupt erst von der erfolgten Einladung erfuhr, an seine Frau hinüber und war, trotzdem er
das selbständige Vorgehen derselben etwas sonderbar fand,
doch auch wieder aufrichtig froh, nunmehr einen Gegenstand
zu haben, mit dem er sich in seiner Phantasie beschäftigen
konnte. Hildegard war sehr hübsch, und die Vorstellung,
innerhalb der nächsten Wochen ein anderes Gesicht als das
der Honig auf seinen Gartenspaziergängen um sich zu haben,
tat ihm wohl. Er hatte nun auch einen Gesprächsstoff, und
während ohne diese Depesche die Mittagsunterhaltung wahrscheinlich sehr kümmerlich verlaufen oder vielleicht ganz ausgefallen wäre, war es jetzt wenigstens möglich, ein paar Fragen zu stellen. Er stellte diese Fragen auch wirklich, und
alles machte sich ganz leidlich; nur Leopold sprach kein Wort
und war froh, als er sich vom Tisch erheben und zu seiner
Lektüre zurückkehren konnte.

Leopolds ganze Haltung gab überhaupt zu verstehen, daß er
über sich bestimmen zu lassen fürder nicht mehr willens sei;
trotzdem war ihm klar, daß er sich den Repräsentationspflichten des Hauses nicht entziehen und also nicht unterlassen
dürfe, Hildegard am andern Nachmittag auf dem Bahnhof
zu empfangen. Er war pünktlich da, begrüßte die schöne
Schwägerin und absolvierte die landesübliche Fragenreihe
nach dem Befinden und den Sommerplänen der Familie, während einer der von ihm engagierten Gepäckträger erst die
Droschke, dann das Gepäck besorgte. Dasselbe bestand nur
aus einem einzigen Koffer mit Messingbeschlag: dieser aber
war von solcher Größe, daß er, als er hinaufgewuchtet war,
der dahinrollenden Droschke den Charakter eines Baus von
zwei Etagen gab.

Unterwegs wurde das Gespräch von seiten Leopolds wieder
aufgenommen, erreichte seinen Zweck aber nur unvollkom-
men, weil seine stark hervortretende Befangenheit seiner
Schwägerin nur Grund zur Heiterkeit gab. Und nun hielten
sie vor der Villa. Die ganze Treibelei stand am Gitter, und
als die herzlichsten Begrüßungen ausgetauscht und die nötig-
sten Toiletten-Arrangements in fliegender Eile, das heißt
ziemlich mußevoll, gemacht worden waren, erschien Hildegard auf der Veranda, wo man inzwischen den Kaffee
serviert hatte. Sie fand alles „himmlisch", was auf den Empfang strenger Instruktionen von seiten der Frau Konsul Thora
Munk hindeutete, die sehr wahrscheinlich Unterdrückung
alles Hamburgischen und Achtung vor Berliner Empfindlich-
keiten als erste Regel empfohlen hatte. Keine Parallelen wurden gezogen und beispielsweise gleich das Kaffeeservice rundweg bewundert. „Eure Berliner Muster schlagen jetzt alles
aus dem Felde, selbst Sèvres. Wie reizend diese Grecborte."
Leopold stand in einiger Entfernung und hörte zu, bis Hildegard plötzlich abbrach und allem, was sie gesagt, nur noch
hinzusetzte: „Scheltet mich übrigens nicht, daß ich in einem
fort von Dingen spreche, für die sich ja morgen auch noch
die Zeit finden würde: Grecborte und Sèvres und Meißen
und Zwiebelmuster. Aber Leopold ist schuld; er hat unsere
Konversation in der Droschke so streng wissenschaftlich geführt, daß ich beinahe in Verlegenheit kam; ich wollte gern
von Lizzi hören, und denkt euch, er sprach nur von Anschluß
und Radialsystem, und ich genierte mich zu fragen, was es
sei."
Der alte Treibel lachte; die Kommerzienrätin aber verzog
keine Miene, während über Leopolds blasses Gesicht eine
leichte Röte flog.
So verging der erste Tag, und Hildegards Unbefangenheit,
die man sich zu stören wohl hütete, schien auch noch weiter
leidliche Tage bringen zu sollen, alles um so mehr, als es die
Kommerzienrätin an Aufmerksamkeiten jeder Art nicht fehlen ließ. Ja, sie verstieg sich zu höchst wertvollen Geschenken,

was sonst ihre Sache nicht war. Ungeachtet all dieser Anstrengungen aber und trotzdem dieselben, wenn man nicht tiefer nachforschte, von wenigstens halben Erfolgen begleitet waren, wollte sich ein recht eigentliches Behagen nicht einstellen, selbst bei Treibel nicht, auf dessen rasch wiederkehrende gute Laune bei seinem glücklichen Naturell mit einer Art Sicherheit gerechnet war. Ja, diese gute Laune, sie blieb aus mancherlei Gründen aus, unter denen gerade jetzt auch *der* war, daß die Zossen-Teupitzer Wahlkampagne mit einer totalen Niederlage Vogelsangs geendigt hatte. Dabei mehrten sich die persönlichen Angriffe gegen Treibel. Anfangs hatte man diesen, wegen seiner großen Beliebtheit, rücksichtsvoll außer Spiel gelassen, bis die Taktlosigkeiten seines Agenten ein weiteres Schonen unmöglich machten. „Es ist zweifellos ein Unglück", so hieß es in den Organen der Gegenpartei, „so beschränkt zu sein wie Leutnant Vogelsang; aber eine solche Beschränktheit in seinen Dienst zu nehmen, ist eine Mißachtung gegen den gesunden Menschenverstand unseres Kreises. Die Kandidatur Treibel scheitert einfach an diesem Affront."

Es sah nicht allzu heiter aus bei den alten Treibels, was Hildegard allmählich so sehr zu fühlen begann, daß sie halbe Tage bei den Geschwistern zubrachte. Der Holzhof war überhaupt hübscher als die Fabrik und Lizzi geradezu reizend mit ihren langen weißen Strümpfen. Einmal waren sie auch rot. Wenn sie so herankam und die Tante Hildegard mit einem Knicks begrüßte, flüsterte diese der Schwester zu: „quite english, Helen", und man lächelte sich dann glücklich an. Ja, es waren Lichtblicke. Wenn Lizzi dann aber wieder fort war, war auch zwischen den Schwestern von unbefangener Unterhaltung keine Rede mehr, weil das Gespräch die zwei wichtigsten Punkte nicht berühren durfte: die Verlobung Leopolds und den Wunsch, aus dieser Verlobung mit guter Manier herauszukommen.

Ja, es sah nicht heiter aus bei den Treibels, aber bei den

Schmidts auch nicht. Der alte Professor war eigentlich weder in Sorge noch in Verstimmung, lebte vielmehr umgekehrt der Überzeugung, daß sich nun alles bald zum Besseren wenden werde; diesen Prozeß aber sich still vollziehen zu lassen, schien ihm ganz unerläßlich, und so verurteilte er sich, was ihm nicht leicht wurde, zu bedingtem Schweigen. Die Schmolke war natürlich ganz entgegengesetzter Ansicht und hielt, wie die meisten alten Berlinerinnen, außerordentlich viel von „sich aussprechen", je mehr und je öfter, desto besser. Ihre nach dieser Seite hin abzielenden Versuche verliefen aber resultatlos, und Corinna war nicht zum Sprechen zu bewegen, wenn die Schmolke begann: „Ja, Corinna, was soll denn nun eigentlich werden? Was denkst du dir denn eigentlich?"

Auf all das gab es keine rechte Antwort, vielmehr stand Corinna wie am Roulette und wartete mit verschränkten Armen, wohin die Kugel fallen würde. Sie war nicht unglücklich, aber äußerst unruhig und unmutig, vor allem, wenn sie der heftigen Streitszene gedachte, bei der sie doch vielleicht zuviel gesagt hatte. Sie fühlte ganz deutlich, daß alles anders gekommen wäre, wenn die Rätin etwas weniger Herbheit, sie selber aber etwas mehr Entgegenkommen gezeigt hätte. Ja, da hätte sich dann ohne sonderliche Mühe Frieden schließen und das Bekenntnis einer gewissen Schuld, weil alles bloß Berechnung gewesen, allenfalls ablegen lassen. Aber freilich, im selben Augenblicke, wo sie, neben dem Bedauern über die hochmütige Haltung der Rätin, vor allem und in erster Reihe sich selber der Schuld zieh, in ebendiesem Augenblicke mußte sie sich doch auch wieder sagen, daß ein Wegfall alles dessen, was ihr vor ihrem eigenen Gewissen in dieser Angelegenheit als fragwürdig erschien, in den Augen der Rätin nichts gebessert haben würde. Diese schreckliche Frau, trotzdem sie beständig so tat und sprach, war ja weitab davon, ihr wegen ihres Spiels mit Gefühlen einen ernsthaften Vorwurf zu machen. Das war ja Nebensache, da lag es nicht. Und wenn sie diesen lieben und guten Menschen, wie's ja doch möglich war, aufrichtig und von Herzen geliebt hätte, so wäre das Verbrechen genau dasselbe gewesen. „Diese Rätin, mit ihrem überheblichen ‚Nein', hat mich nicht da getroffen, wo sie mich treffen konnte, sie weist diese Verlobung nicht zurück, weil mir's an Herz und Liebe gebricht, nein, sie weist sie nur zurück, weil ich arm oder wenigstens nicht dazu angetan bin, das Treibelsche Vermögen zu verdoppeln, um nichts, nichts weiter; und wenn sie vor anderen versichert oder vielleicht auch sich selber einredet, ich sei ihr zu selbstbewußt und zu professorlich, so sagt sie das nur, weil's ihr gerade paßt. Unter andern Verhältnissen würde meine Professorlichkeit mir nicht nur nicht schaden, sondern ihr umgekehrt die Höhe der Bewunderung bedeuten."

So gingen Corinnas Reden und Gedanken, und um sich ihnen nach Möglichkeit zu entziehen, tat sie, was sie seit lange nicht mehr getan, und machte Besuche bei den alten und jungen Professorfrauen. Am besten gefiel ihr wieder die gute, ganz von Wirtschaftlichkeit in Anspruch genommene Frau Rindfleisch, die jeden Tag, ihrer vielen Pensionäre halber, in die große Markthalle ging und immer die besten Quellen und billigsten Preise wußte, Preise, die dann später der Schmolke mitgeteilt, in erster Reihe den Ärger derselben, zuletzt aber ihre Bewunderung vor einer höheren wirtschaftlichen Potenz weckten. Auch bei Frau Immanuel Schultze sprach Corinna vor und fand dieselbe, vielleicht weil Friedebergs nahe bevorstehende Ehescheidung ein sehr dankbares Thema bildete, auffallend nett und gesprächig; Immanuel selbst aber war wieder so großsprecherisch und zynisch, daß sie doch fühlte, den Besuch nicht wiederholen zu können. Und weil die Woche so viele Tage hatte, so mußte sie sich zuletzt zu Museum und Nationalgalerie bequemen. Aber sie hatte keine rechte Stimmung dafür. Im Corneliussaal interessierte sie, vor dem einen großen Wandbilde, nur die ganz kleine Predelle, wo Mann und Frau nur den Kopf aus der Bettdecke strecken, und im Ägyptischen Museum fand sie eine merkwürdige Ähnlichkeit zwischen Ramses und Vogelsang.

Wenn sie dann nach Hause kam, fragte sie jedesmal, ob wer

dagewesen sei, was heißen sollte: „War Leopold da?", worauf
die Schmolke regelmäßig antwortete: „Nein, Corinna, keine
Menschenseele." Wirklich, Leopold hatte nicht den Mut zu
kommen und beschränkte sich darauf, jeden Abend einen
kleinen Brief zu schreiben, der dann am andern Morgen auf
ihrem Frühstückstische lag. Schmidt sah lächelnd drüber hin,
und Corinna stand dann wie von ungefähr auf, um das Brief-
chen in ihrem Zimmer zu lesen. „Liebe Corinna. Der heutige
Tag verlief wie alle. Die Mama scheint in ihrer Gegnerschaft
verharren zu wollen. Nun, wir wollen sehen, wer siegt. Hildegard ist viel bei Helene, weil niemand hier ist, der sich
recht um sie kümmert. Sie kann mir leid tun, ein so junges
und hübsches Mädchen. Alles das Resultat solcher Anzette-
lungen. Meine Seele verlangt, Dich zu sehen, und in der
nächsten Woche werden Entschlüsse von mir gefaßt werden,
die volle Klarheit schaffen. Mama wird sich wundern. Nur
so viel, ich erschrecke vor nichts, auch vor dem Äußersten
nicht. Das mit dem vierten Gebot ist recht gut, aber es hat
seine Grenzen. Wir haben auch Pflichten gegen uns selbst
und gegen die, die wir über alles lieben, die Leben und Tod
in unseren Augen bedeuten. Ich schwanke noch, wohin, denke
aber England; da haben wir Liverpool und Mr. Nelson, und
in zwei Stunden sind wir an der schottischen Grenze. Schließlich ist es gleich, wer uns äußerlich vereinigt, sind wir es
doch längst in uns. Wie mir das Herz dabei schlägt. Ewig der
Deine. Leopold."
Corinna zerriß den Brief in kleine Streifen und warf sie draußen ins Kochloch. ‚Es ist am besten so; dann vergeß ich wieder, was er heute geschrieben, und kann morgen nicht mehr
vergleichen. Denn mir ist, als schriebe er jeden Tag dasselbe.
Sonderbare Verlobung. Aber soll ich ihm einen Vorwurf
machen, daß er kein Held ist? Und mit meiner Einbildung,
ihn zum Helden umschaffen zu können, ist es auch vorbei. Die
Niederlagen und Demütigungen werden nun wohl ihren Anfang nehmen. Verdient? Ich fürchte.‘

Anderthalb Wochen waren um, und noch hatte sich im Schmidtschen Hause nichts verändert; der Alte schwieg nach wie vor, Marcell kam nicht und Leopold noch weniger, und nur seine Morgenbriefe stellten sich mit großer Pünktlichkeit ein; Corinna las sie schon längst nicht mehr, überflog sie nur und schob sie dann lächelnd in ihre Morgenrocktasche, wo sie zersessen und zerknittert wurden. Sie hatte zum Troste nichts als die Schmolke, deren gesunde Gegenwart ihr wirklich wohltat, wenn sie's auch immer noch vermied, mit ihr zu sprechen. Aber auch das hatte seine Zeit.

Der Professor war eben nach Hause gekommen, schon um elf, denn es war Mittwoch, wo die Klasse, für ihn wenigstens, um eine Stunde früher schloß. Corinna sowohl wie die Schmolke hatten ihn kommen und die Drückertür geräuschvoll ins Schloß fallen hören, nahmen aber beide keine Veranlassung, sich weiter um ihn zu kümmern, sondern blieben in der Küche, drin der helle Julisonnenschein lag und alle Fensterflügel geöffnet waren. An einem der Fenster stand auch der Küchentisch. Draußen, an zwei Haken, hing ein kastenartiges Blumenbrett, eine jener merkwürdigen Schöpfungen der Holzschneidekunst, wie sie Berlin eigentümlich sind: kleine Löcher zu Sternblumen zusammengestellt; Anstrich dunkelgrün. In diesem Kasten standen mehrere Geranium- und Goldlacktöpfe, zwischen denen hindurch die Sperlinge huschten und sich in großstädtischer Dreistigkeit auf den am Fenster stehenden Küchentisch setzten. Hier pickten sie vergnügt an allem herum, und niemand dachte daran, sie zu stören. Corinna, den Mörser zwischen den Knien, war mit Zimtstoßen beschäftigt, während die Schmolke grüne Kochbirnen der Länge nach durchschnitt und beide gleiche Hälften in eine große braune Schüssel, eine sogenannte Reibesatte, fallen ließ. Freilich, zwei ganz gleiche Hälften waren es nicht, konnten es nicht sein, weil natürlich nur eine Hälfte den Stengel hatte, welcher Stengel denn auch Veranlassung zu Beginn einer Unterhaltung wurde, wonach sich die Schmolke schon seit lange sehnte.

„Sieh, Corinna", sagte die Schmolke, „dieser hier, dieser lange, das ist so recht ein Stengel nach dem Herzen deines Vaters . . ."

Corinna nickte.

„. . . Den kann er anfassen wie 'ne Makkaroni und hochhalten und alles von unten her aufessen . . . Es ist doch ein merkwürdiger Mann . . ."

„Ja, das ist er!"

„Ein merkwürdiger Mann und voller Schrullen, und man muß ihn erst ausstudieren. Aber das Merkwürdigste, das ist doch das mit den langen Stengeln, un daß wir sie, wenn es Semmelpudding un Birnen gibt, nicht schälen dürfen un daß der ganze Kriepsch mit Kerne und alles drinbleiben muß. Er is doch ein Professor un ein sehr kluger Mann, aber das muß ich dir sagen, Corinna, wenn ich meinen guten Schmolke, der doch nur ein einfacher Mann war, mit so lange Stengel un ungeschält un den ganzen Kriepsch drin gekommen wäre, ja, da hätt es was gegeben. Denn so gut er war, wenn er dachte, ,sie denkt woll, das is gut genug', dann wurd er falsch un machte sein Dienstgesicht un sah aus, als ob er mich arretieren wollte . . ."

„Ja, liebe Schmolke", sagte Corinna, „das ist eben einfach die alte Geschichte vom Geschmack und daß sich über Geschmäkker nicht streiten läßt. Und dann ist es auch wohl die Gewohnheit und vielleicht auch von Gesundheits wegen."

„Von Gesundheits wegen", lachte die Schmolke. „Na, höre, Kind, wenn einem so die Hacheln in die Kehle kommen un man sich verschluckert un man mitunter zu 'nem ganz fremden Menschen sagen muß: ,Bitte, kloppen Sie mir mal en bißchen, aber hier ordentlich ins Kreuz' – nein, Corinna, da bin ich doch mehr für eine ausgekernte Malvasier, die runtergeht wie Butter. Gesundheit . . .! Stengel und Schale, was da von Gesundheit is, das weiß ich nich . . ."

„Doch, liebe Schmolke. Manche können Obst nicht vertragen und fühlen sich geniert, namentlich wenn sie, wie Papa, hinterher auch noch die Sauce löffeln. Und da gibt es nur ein

Mittel dagegen: alles muß dranbleiben, der Stengel und die grüne Schale. Die beiden, die haben das Adstringens ..."

„Was?"

„Das Adstringens, das heißt das, was zusammenzieht, erst bloß die Lippen und den Mund, aber dieser Prozeß des Zusammenziehens setzt sich dann durch den ganzen inneren Menschen hin fort, und das ist dann das, was alles wieder in Ordnung bringt und vor Schaden bewahrt."

Ein Sperling hatte zugehört, und wie durchdrungen von der Richtigkeit von Corinnas Auseinandersetzungen, nahm er einen Stengel, der zufällig abgebrochen war, in den Schnabel und flog damit auf das andere Dach hinüber. Die beiden Frauen aber verfielen in Schweigen und nahmen erst nach einer Viertelstunde das Gespräch wieder auf.

Das Gesamtbild war nicht mehr ganz dasselbe, denn Corinna hatte mittlerweile den Tisch abgeräumt und einen blauen Zuckerbogen darüber ausgebreitet, auf welchem zahlreiche alte Semmeln lagen und daneben ein großes Reibeisen. Dies letztere nahm sie jetzt in die Hand, stemmte sich mit der linken Schulter dagegen und begann nun ihre Reibtätigkeit mit solcher Vehemenz, daß die geriebene Semmel über den ganzen blauen Bogen hinstäubte. Dann und wann unterbrach sie sich und schüttelte die Bröckchen nach der Mitte hin zu einem Berg zusammen, aber gleich danach begann sie von neuem, und es hörte sich wirklich an, als ob sie bei dieser Arbeit allerlei mörderische Gedanken habe.

Die Schmolke sah ihr von der Seite her zu. Dann sagte sie: „Corinna, wen zerreibst du denn eigentlich?"

„Die ganze Welt."

„Das is viel ... un dich mit?"

„Mich zuerst."

„Das is recht. Denn wenn du nur erst recht zerrieben un recht mürbe bist, dann wirst du wohl wieder zu Verstande kommen."

„Nie."

„Man muß nie ‚nie' sagen, Corinna. Das war ein Hauptsatz

von Schmolke. Un das muß wahr sein, ich habe noch jedesmal gefunden, wenn einer ‚nie' sagte, dann is es immer dicht
vorm Umkippen. Un ich wollte, daß es mit dir auch so
wäre."

Corinna seufzte.

„Sieh, Corinna, du weißt, daß ich immer dagegen war. Denn
es is ja doch ganz klar, daß du deinen Vetter Marcell heiraten mußt."

„Liebe Schmolke, nur kein Wort von *dem*."

„Ja, das kennt man, das is das Unrechtsgefühl. Aber ich will
nichts weiter sagen un will nur sagen, was ich schon gesagt habe, daß ich immer dagegen war, ich meine, gegen Leopold, un daß ich einen Schreck kriegte, als du mir's sagtest.
Aber als du mir dann sagtest, daß die Kommerzienrätin sich
ärgern würde, da gönnt ich's ihr un dachte: ‚Warum nich?
Warum soll es nich gehen? Un wenn der Leopold auch bloß
ein Wickelkind is, Corinnchen wird ihn schon aufpäppeln
und ihn zu Kräften bringen.' Ja, Corinna, so dacht ich un hab
es dir auch gesagt. Aber es war ein schlechter Gedanke, denn
man soll seinen Mitmenschen nich ärgern, auch wenn man
ihn nich leiden kann, un was mir zuerst kam, der Schreck
über deine Verlobung, das war doch das Richtige. Du mußt
einen klugen Mann haben, einen, der eigentlich klüger ist als
du – du bist übrigens gar nich mal so klug – un der was
Männliches hat, so wie Schmolke, un vor dem du Respekt
hast. Un vor Leopold kannst du keinen Respekt haben. Liebst
du 'n denn noch immer?"

„Ach, ich denke ja gar nicht dran, liebe Schmolke."

„Na, Corinna, denn is es Zeit, un denn mußt du nu Schicht
damit machen. Du kannst doch nich die ganze Welt auf den
Kopp stellen un dein un andrer Leute Glück, worunter auch
dein Vater un deine alte Schmolke is, verschütten un verderben wollen, bloß um der alten Kommerzienrätin mit ihrem
Puffscheitel und ihren Brillantbommeln einen Tort anzutun.
Es is eine geldstolze Frau, die den Apfelsinenladen vergessen hat un immer bloß ötepotöte tut un den alten Professor

anschmachtet un ihn auch ‚Wilibald‘ nennt, als ob sie noch
auf 'n Hausboden Versteck miteinander spielten un hinterm
Torf stünden, denn damals hatte man noch Torf auf 'm Boden,
un wenn man runterkam, sah man immer aus wie 'n Schorn-
steinfeger – ja, sieh, Corinna, das hat alles seine Richtigkeit,
un ich hätt ihr so was gegönnt, un Ärger genug wird sie woll
auch gehabt haben. Aber wie der alte Pastor Thomas zu
Schmolke un mir in unserer Traurede gesagt hat: ‚Liebet
euch untereinander, denn der Mensch soll sein Leben nich
auf den Haß, sondern auf die Liebe stellen‘ – dessen Schmolke
un ich auch immer eingedenk gewesen sind –, so, meine liebe
Corinna, sag ich es auch zu dir, man soll sein Leben nich auf
den Haß stellen. Hast du denn wirklich einen solchen Haß
auf die Rätin, das heißt einen richtigen?“

„Ach, ich denke ja gar nicht daran, liebe Schmolke.“

„Ja, Corinna, da kann ich dir bloß noch mal sagen, dann is
es wirklich die höchste Zeit, daß was geschieht. Denn wenn
du *ihn* nicht liebst und *ihr* nicht haßt, denn weiß ich nich, was
die ganze Geschichte überhaupt noch soll.“

„Ich auch nicht.“

Und dann umarmte Corinna die gute Schmolke, und diese
sah denn auch gleich an einem Flimmer in Corinnas Augen,
daß nun alles vorüber und daß der Sturm gebrochen sei.

„Na, Corinna, denn wollen wir's schon kriegen, un es kann
noch alles gut werden. Aber nu gib die Form her, daß wir
ihn eintun, denn eine Stunde muß er doch wenigstens kochen.
Un vor Tisch sag ich deinem Vater kein Wort, weil er sonst
vor Freude nich essen kann . . .“

„Ach, der äße doch.“

„Aber nach Tisch sag ich's ihm, wenn er auch um seinen Schlaf
kommt. Und geträumt hab ich's auch schon un habe dir nur
nichts davon sagen wollen. Aber nun kann ich es ja. Sieben
Kutschen und die beiden Kälber von Professor Kuh waren
Brautjungfern. Natürlich, Brautjungfern möchten sie immer
alle sein, denn auf die kuckt alles, beinah mehr noch als auf
die Braut, weil die ja schon weg ist; un meistens kommen sie

auch bald ran. Un bloß den Pastor konnt ich nicht recht erkennen. Thomas war es nich. Aber vielleicht war es Souchon,
bloß daß er ein bißchen zu dicklich war."

FÜNFZEHNTES KAPITEL

Der Pudding erschien Punkt zwei, und Schmidt hatte sich
denselben munden lassen. In seiner behaglichen Stimmung
entging es ihm durchaus, daß Corinna für alles, was er sagte,
nur ein stummes Lächeln hatte; denn er war ein liebenswürdiger Egoist, wie die meisten seines Zeichens, und kümmerte
sich nicht sonderlich um die Stimmung seiner Umgebung, solange nichts passierte, was dazu angetan war, *ihm* die Laune
direkt zu stören.

„Und nun laß abdecken, Corinna; ich will, eh ich mich ein
bißchen ausstrecke, noch einen Brief an Marcell schreiben
oder doch wenigstens ein paar Zeilen. Er hat nämlich die
Stelle. Distelkamp, der immer noch alte Beziehungen unter-
hält, hat mich's heute vormittag wissen lassen." Und während der Alte das sagte, sah er zu Corinna hinüber, weil er
wahrnehmen wollte, wie diese wichtige Nachricht auf seiner
Tochter Gemüt wirke. Er sah aber nichts, vielleicht weil
nichts zu sehen war, vielleicht auch, weil er kein scharfer Be-
obachter war, selbst dann nicht, wenn er's ausnahmsweise
mal sein wollte.

Corinna, während der Alte sich erhob, stand ebenfalls auf
und ging hinaus, um draußen die nötigen Ordres zum Ab-
räumen an die Schmolke zu geben. Als diese bald danach eintrat, setzte sie mit jenem absichtlichen und ganz unnötigen
Lärm, durch den alte Dienerinnen ihre dominierende Haus-
stellung auszudrücken lieben, die herumstehenden Teller und
Bestecke zusammen, derart, daß die Messer- und Gabelspit-
zen nach allen Seiten hin herausstarrten, und drückte diesen
Stachelturm im selben Augenblicke, wo sie sich zum Hinaus-
gehen anschickte, fest an sich.

„Pieken Sie sich nicht, liebe Schmolke", sagte Schmidt, der sich gern einmal eine kleine Vertraulichkeit erlaubte.

„Nein, Herr Professor, von pieken is keine Rede nich mehr, schon lange nich. Un mit der Verlobung is es auch vorbei."

„Vorbei. Wirklich? Hat sie was gesagt?"

„Ja, wie sie die Semmeln zu den Pudding rieb, ist es mit eins rausgekommen. Es stieß ihr schon lange das Herz ab, und sie wollte bloß nichts sagen. Aber nu is es ihr zu langweilig geworden, das mit Leopolden. Immer bloß kleine Billetter mit 'n Vergißmeinnicht draußen un 'n Veilchen drin; da sieht sie nu doch wohl, daß er keine rechte Courage hat un daß seine Furcht vor der Mama noch größer is als seine Liebe zu ihr."

„Nun, das freut mich. Und ich hab es auch nicht anders erwartet. Und Sie wohl auch nicht, liebe Schmolke. Der Marcell ist doch ein andres Kraut. Und was heißt gute Partie? Marcell ist Archäologe."

„Versteht sich", sagte die Schmolke, die sich dem Professor gegenüber grundsätzlich nie zur Unvertrautheit mit Fremdwörtern bekannte.

„Marcell, sag ich, ist Archäologe. Vorläufig rückt er an Hedrichs Stelle. Gut angeschrieben ist er schon lange, seit Jahr und Tag. Und dann geht er mit Urlaub und Stipendium nach Mykenä . . ."

Die Schmolke drückte auch jetzt wieder ihr volles Verständnis und zugleich ihre Zustimmung aus.

„Und vielleicht", fuhr Schmidt fort, „auch nach Tiryns oder wo Schliemann gerade steckt. Und wenn er von da zurück ist und mir einen Zeus für diese meine Stube mitgebracht hat . . .", und er wies dabei unwillkürlich nach dem Ofen oben, als dem einzigen für Zeus noch leeren Fleck, „. . .wenn er von da zurück ist, sag ich, so ist ihm eine Professur gewiß. Die Alten können nicht ewig leben. Und sehen Sie, liebe Schmolke, das ist das, was ich eine gute Partie nenne."

„Versteht sich, Herr Professor. Wovor sind denn auch die Examens un all das? Un Schmolke, wenn er auch kein Studierter war, sagte auch immer . . ."

„Und nun will ich an Marcell schreiben und mich dann ein Viertelstündchen hinlegen. Und um halb vier den Kaffee. Aber nicht später."

Um halb vier kam der Kaffee. Der Brief an Marcell, ein Rohrpostbrief, zu dem sich Schmidt nach einigem Zögern entschlossen hatte, war seit wenigstens einer halben Stunde fort, und wenn alles gut ging und Marcell zu Hause war, so las er vielleicht in diesem Augenblicke schon die drei lapidaren Zeilen, aus denen er seinen Sieg entnehmen konnte. Gymnasial-Oberlehrer! Bis heute war er nur deutscher Literaturlehrer an einer höheren Mädchenschule gewesen und hatte manchmal grimmig in sich hineingelacht, wenn er über den Codex argenteus, bei welchem Worte die jungen Dinger immer kicherten, oder über den „Heliand" und „Beowulf" hatte sprechen müssen. Auch hinsichtlich Corinnas waren ein paar dunkle Wendungen in den Brief eingeflochten worden, und alles in allem ließ sich annehmen, daß Marcell binnen kürzester Frist erscheinen würde, seinen Dank auszusprechen.

Und wirklich, fünf Uhr war noch nicht heran, als die Klingel ging und Marcell eintrat. Er dankte dem Onkel herzlich für seine Protektion, und als dieser das alles mit der Bemerkung ablehnte, daß, wenn von solchen Dingen überhaupt die Rede sein könne, jeder Dankesanspruch auf Distelkamp falle, sagte Marcell: „Nun, dann also Distelkamp. Aber daß du mir's gleich geschrieben, dafür werd ich mich doch auch bei dir bedanken dürfen. Und noch dazu mit Rohrpost!"

„Ja, Marcell, das mit Rohrpost, das hat vielleicht Anspruch; denn eh wir Alten uns zu was Neuem bequemen, das dreißig Pfennig kostet, da kann mitunter viel Wasser die Spree runterfließen. Aber was sagst du zu Corinna?"

„Lieber Onkel, du hast da so eine dunkle Wendung gebraucht ... ich habe sie nicht recht verstanden. Du schriebst: ‚Kenneth von Leoparden sei auf dem Rückzug.' Ist Leopold gemeint? Und muß es Corinna jetzt als Strafe hinnehmen, daß sich Leopold, den sie so sicher zu haben glaubte, von ihr abwendet?"

„Es wäre so schlimm nicht, wenn es so läge. Denn in diesem Falle wäre die Demütigung, von der man doch wohl sprechen muß, noch um einen Grad größer. Und sosehr ich Corinna liebe, so muß ich doch zugeben, daß ihr ein Denkzettel wohl not täte."

Marcell wollte zum Guten reden ...

„Nein, verteidige sie nicht, sie hätte so was verdient. Aber die Götter haben es doch milder mit ihr vor und diktieren ihr statt der ganzen Niederlage, die sich in Leopolds selbstgewolltem Rückzuge aussprechen würde, nur die halbe Niederlage zu, nur die, daß die Mutter nicht will und daß meine gute Jenny, trotz Lyrik und obligater Träne, sich ihrem Jungen gegenüber doch mächtiger erweist als Corinna."

„Vielleicht nur, weil Corinna sich noch rechtzeitig besann und nicht alle Minen springen lassen wollte."

„Vielleicht ist es so. Aber wie es auch liegen mag, Marcell, wir müssen uns nun darüber schlüssig machen, wie du zu dieser ganzen Tragikomödie dich stellen willst, so oder so. Ist dir Corinna, die du vorhin so großmütig verteidigen wolltest, verleidet oder nicht? Findest du, daß sie wirklich eine gefährliche Person ist, voll Oberflächlichkeit und Eitelkeit, oder meinst du, daß alles nicht so schlimm und ernsthaft war, eigentlich nur bloße Marotte, die verziehen werden kann? Darauf kommt es an."

„Ja, lieber Onkel, ich weiß wohl, wie ich dazu stehe. Aber ich bekenne dir offen, ich hörte gern erst deine Meinung. Du hast es immer gut mit mir gemeint und wirst Corinna nicht mehr loben, als sie verdient. Auch schon aus Selbstsucht nicht, weil du sie gern im Hause behieltest. Und ein bißchen Egoist bist du ja wohl. Verzeih, ich meine, nur so dann und wann und in einzelnen Stücken ..."

„Sage dreist, in allen. Ich weiß das auch und getröste mich damit, daß es in der Welt öfters vorkommt. Aber das sind Abschweifungen. Von Corinna soll ich sprechen und will

auch. Ja, Marcell, was ist da zu sagen? Ich glaube, sie war
ganz ernsthaft dabei, hat dir's ja auch damals ganz frank und
frei erklärt, und du hast es auch geglaubt, mehr noch als ich.
Das war die Sachlage, so stand es vor ein paar Wochen. Aber
jetzt, darauf möcht ich mich verwetten, jetzt ist sie gänzlich
umgewandelt, und wenn die Treibels ihren Leopold zwischen
lauter Juwelen und Goldbarren setzen wollten, ich glaube,
sie nähm ihn nicht mehr. Sie hat eigentlich ein gesundes und
ehrliches und aufrichtiges Herz, auch einen feinen Ehrenpunkt, und nach einer kurzen Abirrung ist ihr mit einem Male
klargeworden, was es eigentlich heißt, wenn man mit zwei
Familienporträts und einer väterlichen Bibliothek in eine
reiche Familie hineinheiraten will. Sie hat den Fehler gemacht, sich einzubilden, ‚das ginge so‘, weil man ihrer Eitelkeit beständig Zuckerbrot gab und so tat, als bewerbe man
sich um sie. Aber bewerben und bewerben ist ein Unterschied.
Gesellschaftlich, das geht eine Weile; nur nicht fürs Leben.
In eine Herzogsfamilie kann man allenfalls hineinkommen,
in eine Bourgeoisfamilie nicht. Und wenn *er*, der Bourgeois,
es auch wirklich übers Herz brächte – seine Bourgeoise gewiß nicht, am wenigsten, wenn sie Jenny Treibel, née Bürstenbinder, heißt. Rundheraus, Corinnas Stolz ist endlich wach-
gerufen; laß mich hinzusetzen: Gott sei Dank, und gleichviel
nun, ob sie's noch hätte durchsetzen können oder nicht, sie
mag es und will es nicht mehr, sie hat es satt. Was vordem
halb Berechnung, halb Übermut war, das sieht sie jetzt in
einem andern Licht und ist ihr Gesinnungssache geworden.
Da hast du meine Weisheit. Und nun laß mich noch einmal
fragen, wie gedenkst du dich zu stellen? Hast du Lust und
Kraft, ihr die Torheit zu verzeihen?"

„Ja, lieber Onkel, das hab ich. Natürlich, so viel ist richtig,
es wäre mir ein gut Teil lieber, die Geschichte hätte *nicht*
gespielt; aber da sie nun einmal gespielt hat, nehm ich mir
das Gute daraus. Corinna hat nun wohl für immer mit der
Modernität und dem krankhaften Gewichtlegen aufs Äußerliche gebrochen und hat statt dessen die von ihr verspotteten

Lebensformen wieder anerkennen gelernt, in denen sie groß geworden ist."

Der Alte nickte.

„Mancher", fuhr Marcell fort, „würde sich anders dazu stellen, das ist mir völlig klar; die Menschen sind eben verschieden, das sieht man alle Tage. Da hab ich beispielsweise ganz vor kurzem erst eine kleine reizende Geschichte von Heyse gelesen, in der ein junger Gelehrter, ja, wenn mir recht ist, sogar ein archäologisch Angekränkelter, also eine Art Spezialkollege von mir, eine junge Baronesse liebt und auch herzlich und aufrichtig wiedergeliebt wird; er weiß es nur noch nicht recht, ist ihrer noch nicht ganz sicher. Und in diesem Unsicherheitszustande hört er in der zufälligen Verborgenheit einer Taxushecke, wie die mit einer Freundin im Park lustwandelnde Baronesse ebendieser ihrer Freundin allerhand Confessions macht, von ihrem Glück und ihrer Liebe plaudert und sich's nur leider nicht versagt, ein paar scherzhaft übermütige Bemerkungen über ihre Liebe mit einzuflechten. Und dieses hören und sein Ränzel schnüren und sofort das Weite suchen, ist für den Liebhaber und Archäologen eins. Mir ganz unverständlich. Ich, lieber Onkel, hätt es anders gemacht, *ich* hätte nur die Liebe herausgehört und nicht den Scherz und nicht den Spott und wäre, statt abzureisen, meiner geliebten Baronesse wahnsinnig glücklich zu Füßen gestürzt, von nichts sprechend als von meinem unendlichen Glück. Da hast du meine Situation, lieber Onkel. Natürlich kann man's auch anders machen: ich bin für mein Teil indessen herzlich froh, daß ich nicht zu den Feierlichen gehöre. Respekt vor dem Ehrenpunkt, gewiß; aber zuviel davon ist vielleicht überall vom Übel, und in der Liebe nun schon ganz gewiß."

„Bravo, Marcell. Hab es übrigens nicht anders erwartet und seh auch darin wieder, daß du meiner leiblichen Schwester Sohn bist. Sieh, das ist das Schmidtsche in dir, daß du so sprechen kannst; keine Kleinlichkeit, keine Eitelkeit, immer aufs Rechte und immer aufs Ganze. Komm her, Junge, gib mir einen Kuß. Einer ist eigentlich zuwenig, denn wenn ich bedenke, daß du mein Neffe und Kollege und nun bald auch mein Schwiegersohn bist, denn Corinna wird doch wohl nicht nein sagen, dann sind auch zwei Backenküsse kaum noch genug. Und *die* Genugtuung sollst du haben, Marcell, Corinna muß an dich schreiben und sozusagen beichten und Vergebung der Sünden bei dir anrufen."

„Um Gottes willen, Onkel, mache nur nicht so was. Zunächst wird sie's nicht tun, und wenn sie's tun wollte, so würd ich doch das nicht mit ansehen können. Die Juden, so hat mir Friedeberg erst ganz vor kurzem erzählt, haben ein Gesetz oder einen Spruch, wonach es als ganz besonders strafwürdig gilt, ‚einen Mitmenschen zu beschämen', und ich finde, das ist ein kolossal feines Gesetz und beinah schon christlich. Und wenn man niemanden beschämen soll, nicht einmal seine Feinde, ja, lieber Onkel, wie käm ich dann dazu, meine liebe Cousine Corinna beschämen zu wollen, die vielleicht schon nicht weiß, wo sie vor Verlegenheit hinsehen soll. Denn wenn die Nichtverlegenen mal verlegen werden, dann werden sie's auch ordentlich, und ist einer in solch peinlicher Lage wie Corinna, da hat man die Pflicht, ihm goldne Brücken zu baun. *Ich* werde schreiben, lieber Onkel."

„Bist ein guter Kerl, Marcell; komm her, noch einen. Aber sei nicht *zu* gut, das können die Weiber nicht vertragen, nicht einmal die Schmolke."

SECHZEHNTES KAPITEL

Und Marcell schrieb wirklich, und am andern Morgen lagen zwei an Corinna adressierte Briefe auf dem Frühstückstisch, einer in kleinem Format mit einem Landschaftsbildchen in der linken Ecke, Teich und Trauerweide, worin Leopold, zum ach, wievielsten Male, von seinem „unerschütterlichen Entschlusse" sprach, der andere, ohne malerische Zutat, von Marcell. Dieser lautete:

„Liebe Corinna! Der Papa hat gestern mit mir gesprochen und mich zu meiner innigsten Freude wissen lassen, daß, verzeih, es sind seine eignen Worte, ‚Vernunft wieder an zu sprechen fange‘. ‚Und‘, so setzte er hinzu, ‚die rechte Vernunft käme aus dem Herzen.‘ Darf ich es glauben? Ist ein Wandel eingetreten, die Bekehrung, auf die ich gehofft? Der Papa wenigstens hat mich dessen versichert. Er war auch der Meinung, daß Du bereit sein würdest, dies gegen mich auszusprechen, aber ich habe feierlichst dagegen protestiert, denn mir liegt gar nicht daran, Unrechts- oder Schuldgeständnisse zu hören; *das,* was ich jetzt weiß, wenn auch noch nicht aus Deinem Munde, genügt mir völlig, macht mich unendlich glücklich und löscht alle Bitterkeit aus meiner Seele. Manch einer würde mir in diesem Gefühl nicht folgen können, aber ich habe da, wo mein Herz spricht, nicht das Bedürfnis, zu einem Engel zu sprechen, im Gegenteil, mich bedrücken Vollkommenheiten, vielleicht weil ich nicht an sie glaube; Mängel, die ich menschlich begreife, sind mir sympathisch, auch dann noch, wenn ich unter ihnen leide. Was Du mir damals sagtest, als ich Dich an dem Mr.-Nelson-Abend von Treibels nach Hause begleitete, das weiß ich freilich noch alles, aber es lebt nur in meinem Ohr, nicht in meinem Herzen. In meinem Herzen steht nur das eine, das immer darin stand, von Anfang an, von Jugend auf.
Ich hoffe Dich heute noch zu sehen. Wie immer

Dein Marcell."

Corinna reichte den Brief ihrem Vater. Der las nun auch und blies dabei doppelte Dampfwolken; als er aber fertig war, stand er auf und gab seinem Liebling einen Kuß auf die Stirn: „Du bist ein Glückskind. Sieh, das ist das, was man das Höhere nennt, das wirklich Ideale, nicht das von meiner Freundin Jenny. Glaube mir, das Klassische, was sie jetzt verspotten, das ist das, was die Seele frei macht, das Kleinliche nicht kennt und das Christliche vorahnt und vergeben und vergessen lehrt, weil wir alle des Ruhmes mangeln. Ja,

Corinna, das Klassische, das hat Sprüche wie Bibelsprüche. Mitunter beinah noch etwas drüber. Da haben wir zum Beispiel den Spruch: ‚Werde, der du bist‘, ein Wort, das nur ein Grieche sprechen konnte. Freilich, dieser Werdeprozeß, der hier gefordert wird, muß sich verlohnen, aber wenn mich meine väterliche Befangenheit nicht täuscht, bei *dir* verlohnt es sich. Diese Treibelei war ein Irrtum, ein ‚Schritt vom Wege‘, wie jetzt, wie du wissen wirst, auch ein Lustspiel heißt, noch dazu von einem Kammergerichtsrat. Das Kammergericht, Gott sei Dank, war immer literarisch. Das Literarische macht frei … Jetzt hast du das Richtige wiedergefunden und dich selbst dazu … ‚Werde, der du bist‘, sagt der große Pindar, und deshalb muß auch Marcell, um der zu werden, der er ist, in die Welt hinaus, an die großen Stätten, und besonders an die ganz alten. Die ganz alten, das ist immer wie das Heilige Grab; dahin gehen die Kreuzzüge der Wissenschaft, und seid ihr erst von Mykenä wieder zurück – ich sage ‚ihr‘, denn du wirst ihn begleiten, die Schliemann ist auch immer dabei –, so müßte keine Gerechtigkeit sein, wenn ihr nicht übers Jahr Privatdozent wärt oder Extraordinarius.“

Corinna dankte ihm, daß er sie gleich mit ernenne, vorläufig indes sei sie mehr für Haus- und Kinderstube. Dann verabschiedete sie sich und ging in die Küche, setzte sich auf einen Schemel und ließ die Schmolke den Brief lesen. „Nun, was sagen Sie, liebe Schmolke?“

„Ja, Corinna, was soll ich sagen? Ich sage bloß, was Schmolke immer sagte: Manchen gibt es der liebe Gott im Schlaf. Du hast ganz unverantwortlich und beinahe schauderöse gehandelt un kriegst ihn nu doch. Du bist ein Glückskind.“

„Das hat mir Papa auch gesagt.“

„Na, denn muß es wahr sein, Corinna. Denn was ein Professor sagt, is immer wahr. Aber nu keine Flausen mehr und keine Witzchen, davon haben wir nu genug gehabt mit dem armen Leopold, der mir doch eigentlich leid tun kann, denn er hat sich ja nich selber gemacht, un der Mensch is am Ende, wie er is. Nein, Corinna, nu wollen wir ernsthaft werden.

Und wenn meinst du denn, daß es losgeht oder in die Zeitung kommt? Morgen?"

„Nein, liebe Schmolke, so schnell geht es nicht. Ich muß ihn doch erst sehn und ihm einen Kuß geben . . ."

„Versteht sich, versteht sich. Eher geht es nich . . ."

„Und dann muß ich doch auch dem armen Leopold erst abschreiben. Er hat mir ja erst heute wieder versichert, daß er für mich leben und sterben will . . ."

„Ach Jott, der arme Mensch."

„Am Ende ist er auch ganz froh . . ."

„Möglich is es."

Noch am selben Abend, wie sein Brief es angezeigt, kam Marcell und begrüßte zunächst den in seine Zeitungslektüre vertieften Onkel, der ihm denn auch – vielleicht weil er die Verlobungsfrage für erledigt hielt – etwas zerstreut und, das Zeitungsblatt in der Hand, mit den Worten entgegentrat: „Und nun sage, Marcell, was sagst du dazu? Summus episcopus . . . Der Kaiser, unser alter Wilhelm, entkleidet sich davon und will es nicht mehr, und Kögel wird es. Oder vielleicht Stoecker."

„Ach, lieber Onkel, erstlich glaub ich es nicht. Und dann, ich werde ja doch schwerlich im Dom getraut werden . . ."

„Hast recht. Ich habe den Fehler aller Nicht-Politiker, über eine Sensationsnachricht, die natürlich hinterher immer falsch ist, alles Wichtigere zu vergessen. Corinna sitzt drüben in ihrem Zimmer und wartet auf dich, und ich denke mir, es wird wohl das beste sein, ihr macht es untereinander ab; ich bin auch mit der Zeitung noch nicht ganz fertig, und ein dritter geniert bloß, auch wenn es der Vater ist."

Corinna, als Marcell eintrat, kam ihm herzlich und freundlich entgegen, etwas verlegen, aber doch zugleich sichtlich gewillt, die Sache nach ihrer Art zu behandeln, also so wenig tragisch wie möglich. Von drüben her fiel der Abendschein ins Fenster, und als sie sich gesetzt hatten, nahm sie seine Hand und sagte: „Du bist so gut, und ich hoffe, daß ich dessen immer eingedenk sein werde. Was ich wollte, war nur Torheit."

„Wolltest du's denn wirklich?"

Sie nickte.

„Und liebtest ihn ganz ernsthaft?"

„Nein. Aber ich wollte ihn ganz ernsthaft heiraten. Und mehr noch, Marcell, ich glaube auch nicht, daß ich sehr unglücklich geworden wäre, das liegt nicht in mir, freilich auch wohl nicht sehr glücklich. Aber wer ist glücklich? Kennst du wen? Ich nicht. Ich hätte Malstunden genommen und vielleicht auch Reitunterricht und hätte mich an der Riviera mit ein paar englischen Familien angefreundet, natürlich solche mit einer Pleasure-Yacht, und wäre mit ihnen nach Korsika oder nach Sizilien gefahren, immer der Blutrache nach. Denn ein Bedürfnis nach Aufregung würd ich doch wohl zeitlebens gehabt haben; Leopold ist etwas schläfrig. Ja, so hätt ich gelebt."

„Du bleibst immer dieselbe und malst dich schlimmer, als du bist."

„Kaum; aber freilich auch nicht besser. Und deshalb glaubst du mir wohl auch, wenn ich dir jetzt versichre, daß ich froh bin, aus dem allen heraus zu sein. Ich habe von früh an den Sinn für Äußerlichkeiten gehabt und hab ihn vielleicht noch, aber seine Befriedigung kann doch zu teuer erkauft werden, das hab ich jetzt einsehen gelernt."

Marcell wollte noch einmal unterbrechen, aber sie litt es nicht.

„Nein, Marcell, ich muß noch ein paar Worte sagen. Sieh, das mit dem Leopold, das wäre vielleicht gegangen, warum am Ende nicht? Einen schwachen, guten, unbedeutenden Menschen zur Seite zu haben kann sogar angenehm sein, kann einen Vorzug bedeuten. Aber diese Mama, diese furchtbare Frau! Gewiß, Besitz und Geld haben einen Zauber; wär es nicht so, so wäre mir meine Verirrung erspart geblieben; aber wenn Geld alles ist und Herz und Sinn verengt und zum Überfluß Hand in Hand geht mit Sentimentalität und

Tränen – dann empört sich's hier, und *das* hinzunehmen wäre mir hart angekommen, wenn ich's auch vielleicht ertragen hätte. Denn ich gehe davon aus, der Mensch in einem guten Bett und in guter Pflege kann eigentlich viel ertragen."

Den zweiten Tag danach stand es in den Zeitungen, und zugleich mit den öffentlichen Anzeigen trafen Karten ein. Auch bei Kommerzienrats. Treibel, der, nach vorgängigem Einblick in das Kuvert, ein starkes Gefühl von der Wichtigkeit dieser Nachricht und ihrem Einfluß auf die Wiederherstellung häuslichen Friedens und passabler Laune hatte, säumte nicht, in das Damenzimmer hinüberzugehen, wo Jenny mit Hildegard frühstückte. Schon beim Eintreten hielt er den Brief in die Höhe und sagte: „Was kriege ich, wenn ich euch den Inhalt dieses Briefes mitteile?"

„Fordere", sagte Jenny, in der vielleicht eine Hoffnung dämmerte.

„Einen Kuß."

„Keine Albernheiten, Treibel."

„Nun, wenn es von dir nicht sein kann, dann wenigstens von Hildegard."

„Zugestanden", sagte diese. „Aber nun lies."

Und Treibel las: „,Die am heutigen Tage stattgehabte Verlobung meiner Tochter ...', ja, meine Damen, *welcher* Tochter? Es gibt viele Töchter. Noch einmal also, ratet. Ich verdopple den von mir gestellten Preis ... also, ,meiner Tochter Corinna mit dem Doktor Marcell Wedderkopp, Oberlehrer und Leutnant der Reserve im brandenburgischen Füsilierregiment Nr. 35, habe ich die Ehre, hiermit ganz ergebenst anzuzeigen. Doktor Wilibald Schmidt, Professor und Oberlehrer am Gymnasium zum Heiligen Geist.'"

Jenny, durch Hildegards Gegenwart behindert, begnügte sich, ihrem Gatten einen triumphierenden Blick zuzuwerfen. Hildegard selbst aber, die sofort wieder auf Suche nach einem Formfehler war, sagte nur: „Ist das alles? Soviel ich weiß, pflegt es Sache der Verlobten zu sein, auch ihrerseits noch ein

Wort zu sagen. Aber die Schmidt-Wedderkopps haben am Ende darauf verzichtet."

„Doch nicht, teure Hildegard. Auf dem zweiten Blatt, das ich unterschlagen habe, haben auch die Brautleute gesprochen. Ich überlasse dir das Schriftstück als Andenken an deinen Berliner Aufenthalt und als Beweis für den allmählichen Fortschritt hiesiger Kulturformen. Natürlich stehen wir noch eine gute Strecke zurück, aber es macht sich allmählich. Und nun bitt ich um meinen Kuß."

Hildegard gab ihm zwei, und so stürmisch, daß ihre Bedeutung klar war. Dieser Tag bedeutete *zwei* Verlobungen.

Der letzte Sonnabend im Juli war als Marcells und Corinnas Hochzeitstag angesetzt worden; „nur keine langen Verlobungen", betonte Wilibald Schmidt, und die Brautleute hatten begreiflicherweise gegen ein beschleunigtes Verfahren nichts einzuwenden. Einzig und allein die Schmolke, die's mit der Verlobung so eilig gehabt hatte, wollte von solcher Beschleunigung nicht viel wissen und meinte, bis dahin sei ja bloß noch drei Wochen, also nur gerade noch Zeit genug, „um dreimal von der Kanzel zu fallen", und das ginge nicht, das sei zu kurz, darüber redeten die Leute; schließlich aber gab sie sich zufrieden oder tröstete sich wenigstens mit dem Satze: Geredet wird doch.

Am siebenundzwanzigsten war kleiner Polterabend in der Schmidtschen Wohnung, den Tag darauf Hochzeit im „Englischen Hause". Prediger Thomas traute. Drei Uhr fuhren die Wagen vor der Nikolaikirche vor, sechs Brautjungfern, unter denen die beiden Kuhschen Kälber und die zwei Felgentreus waren. Letztere, wie schon hier verraten werden mag, verlobten sich in einer Tanzpause mit den zwei Referendarien vom Quartett, denselben jungen Herren, die die Halenseepartie mitgemacht hatten. Der natürlich auch geladene Jodler wurde von den Kuhs heftig in Angriff genommen, widerstand aber, weil er, als Eckhaussohn, an solche Sturmangriffe gewöhnt war. Die Kuhschen Töchter selbst fanden sich ziemlich leicht in diesen Echec – „er war der erste nicht, er wird der letzte nicht sein", sagte Schmidt –, und nur die Mutter zeigte bis zuletzt eine starke Verstimmung.

Sonst war es eine durchaus heitere Hochzeit, was zum Teil damit zusammenhing, daß man von Anfang an alles auf die leichte Schulter genommen hatte. Man wollte vergeben und vergessen, hüben und drüben, und so kam es denn auch, daß, um die Hauptsache vorwegzunehmen, alle Treibels nicht nur geladen, sondern mit alleiniger Ausnahme von Leopold, der an demselben Nachmittag nach dem Eierhäuschen ritt, auch vollständig erschienen waren. Allerdings hatte die Kommerzienrätin anfänglich stark geschwankt, ja sogar von Taktlosigkeit und Affront gesprochen, aber ihr zweiter Gedanke war doch der gewesen, den ganzen Vorfall als eine Kinderei zu nehmen und dadurch das schon hier und da laut gewordene Gerede der Menschen auf die leichteste Weise totzumachen. Bei diesem zweiten Gedanken blieb es denn auch; die Rätin, freundlich-lächelnd wie immer, trat in pontificalibus auf und bildete ganz unbestritten das Glanz- und Repräsentationsstück der Hochzeitstafel. Selbst die Honig und die Wulsten waren auf Corinnas dringenden Wunsch eingeladen worden; erstere kam auch; die Wulsten dagegen entschuldigte sich brieflich, „weil sie Lizzi, das süße Kind, doch nicht allein lassen könne". Dicht unter der Stelle „das süße Kind" war ein Fleck, und Marcell sagte zu Corinna: „Eine Träne, und ich glaube, eine echte." Von den Professoren waren, außer den schon genannten Kuhs, nur Distelkamp und Rindfleisch zugegen, da sich die mit jüngerem Nachwuchs Gesegneten sämtlich in Kösen, Ahlbeck und Stolpmünde befanden. Trotz dieser Personaleinbuße war an Toasten kein Mangel; der Distelkampsche war der beste, der Felgentreusche der logisch ungeheuerlichste, weshalb ihm ein hervorragender, vom Ausbringer allerdings unbeabsichtigter Lacherfolg zuteil wurde.

Mit dem Herumreichen des Konfekts war begonnen, und Schmidt ging eben von Platz zu Platz, um den älteren und auch einigen jüngeren Damen allerlei Liebenswürdiges zu sagen, als der schon vielfach erschienene Telegraphenbote noch einmal in den Saal und gleich danach an den alten Schmidt herantrat. Dieser, von dem Verlangen erfüllt, den Überbringer so vieler Herzenswünsche schließlich wie den Goetheschen Sänger königlich zu belohnen, füllte ein neben ihm stehendes Becherglas mit Champagner und kredenzte es dem Boten, der es, unter vorgängiger Verbeugung gegen das Brautpaar, mit einem gewissen Avec leerte. Großer Beifall. Dann öffnete Schmidt das Telegramm, überflog es und sagte: „Vom stammverwandten Volk der Briten."

„Lesen, lesen."

„... To Doctor Marcell Wedderkopp."

„Lauter."

„England expects that every man will do his duty ... Unterzeichnet John Nelson."

Im Kreise der sachlich und sprachlich Eingeweihten brach ein Jubel aus, und Treibel sagte zu Schmidt: „Ich denke mir, Marcell ist Bürge dafür."

Corinna selbst war ungemein erfreut und erheitert über das Telegramm, aber es gebrach ihr bereits an Zeit, ihrer glücklichen Stimmung Ausdruck zu geben, denn es war acht Uhr, und um neuneinhalb ging der Zug, der sie zunächst bis München und von da nach Verona oder, wie Schmidt mit Vorliebe sich ausdrückte, „bis an das Grab der Julia" führen sollte. Schmidt nannte das übrigens alles nur Kleinkram und „Vorschmack", sprach überhaupt ziemlich hochmütig und orakelte, zum Ärger Kuhs, von Messenien und dem Taygetos, darin sich gewiß noch ein paar Grabkammern finden würden, wenn nicht von Aristomenes selbst, so doch von seinem Vater. Und als er endlich schwieg und Distelkamp ein vergnügtes Lächeln über seinen mal wieder sein Steckenpferd tummelnden Freund Schmidt zeigte, nahm man wahr, daß Marcell und Corinna den Saal inzwischen verlassen hatten.

Die Gäste blieben noch. Aber gegen zehn Uhr hatten sich die Reihen stark gelichtet; Jenny, die Honig, Helene waren aufgebrochen, und mit Helene natürlich auch Otto, trotzdem er noch gern eine Stunde zugegeben hätte. Nur der alte Kommerzienrat hatte sich emanzipiert und saß neben seinem Bruder Schmidt, eine Anekdote nach der andern aus dem „Schatzkästlein deutscher Nation" hervorholend, lauter blutrote Karfunkelsteine, von deren „reinem Glanze" zu sprechen Vermessenheit gewesen wäre. Treibel, trotzdem Goldammer fehlte, sah sich dabei von verschiedenen Seiten her unterstützt, am ausgiebigsten von Adolar Krola, dem denn auch Fachmänner wahrscheinlich den Preis zuerkannt haben würden.

Längst brannten die Lichter, Zigarrenwölkchen kräuselten sich in großen und kleinen Ringen, und junge Paare zogen sich mehr und mehr in ein paar Saalecken zurück, in denen ziemlich unmotiviert vier, fünf Lorbeerbäume zusammenstanden und eine gegen Profanblicke schützende Hecke bildeten. Hier wurden auch die Kuhschen gesehen, die noch einmal, vielleicht auf Rat der Mutter, einen energischen Vorstoß auf den Jodler unternahmen, aber auch diesmal umsonst. Zu gleicher Zeit klimperte man bereits auf dem Flügel, und es war sichtlich der Zeitpunkt nahe, wo die Jugend ihr gutes Recht beim Tanze behaupten würde.

Diesen gefahrdrohenden Moment ergriff der schon vielfach mit „du" und „Bruder" operierende Schmidt mit einer gewissen Feldherrngeschicklichkeit und sagte, während er Krola eine neue Zigarrenkiste zuschob: „Hören Sie, Sänger und Bruder, carpe diem. Wir Lateiner legen den Akzent auf die letzte Silbe. Nutze den Tag. Über ein kleines, und irgendein Klavierpauker wird die Gesamtsituation beherrschen und uns unsere Überflüssigkeit fühlen lassen. Also noch einmal, was du tun willst, tue bald. Der Augenblick ist da; Krola, du mußt mir einen Gefallen tun und Jennys Lied singen. Du hast es hundertmal begleitet und wirst es wohl auch singen können. Ich glaube, Wagnersche Schwierigkeiten sind nicht drin. Und unser Treibel wird es nicht übelnehmen, daß wir das Herzenslied seiner Eheliebsten in gewissem Sinne profanieren. Denn jedes Schaustellen eines Heiligsten ist das, was ich Profanierung nenne. Hab ich recht, Treibel, oder täusch ich mich in dir? Ich *kann* mich in dir nicht täuschen. In einem Manne wie du kann man sich nicht täuschen, du hast ein klares und offnes Gesicht. Und nun komm, Krola. ,Mehr Licht' – das war damals ein großes Wort unseres Olympiers; aber wir bedürfen seiner nicht mehr, wenigstens hier nicht, hier sind Lichter die Hülle und Fülle. Komm. Ich möchte diesen Tag als ein Ehrenmann beschließen und in Freundschaft mit aller Welt und nicht zum wenigsten mit dir, mit Adolar Krola."

Dieser, der an hundert Tafeln wetterfest geworden und im Vergleich zu Schmidt noch ganz leidlich imstande war, schritt, ohne langes Sträuben, auf den Flügel zu, während ihm Schmidt und Treibel Arm in Arm folgten, und ehe der Rest der Gesellschaft noch eine Ahnung haben konnte, daß der Vortrag eines Liedes geplant war, legte Krola die Zigarre beiseite und hob an:

> „Glück, von allen deinen Losen
> Eines nur erwähl ich mir.
> Was soll Gold? Ich liebe Rosen
> Und der Blumen schlichte Zier.
>
> Und ich höre Waldesrauschen,
> Und ich seh ein flatternd Band –
> Aug in Auge Blicke tauschen,
> Und ein Kuß auf deine Hand.
>
> Geben, nehmen, nehmen, geben,
> Und dein Haar umspielt der Wind.
> Ach, nur das, nur das ist Leben,
> *Wo sich Herz zum Herzen find't.*"

Alles war heller Jubel, denn Krolas Stimme war immer noch voll Kraft und Klang, wenigstens verglichen mit dem, was man sonst in diesem Kreise hörte. Schmidt weinte vor sich hin. Aber mit einem Male war er wieder da. „Bruder", sagte er, „das hat mir wohlgetan. Bravissimo. Treibel, unsere Jenny hat doch recht. Es ist was damit, es ist was drin; ich weiß nicht genau was, aber das ist es eben – es ist ein wirkliches Lied. Alle echte Lyrik hat was Geheimnisvolles. Ich hätte doch am Ende dabei bleiben sollen..."

Treibel und Krola sahen sich an und nickten dann zustimmend.

„... Und die arme Corinna! Jetzt ist sie bei Trebbin, erste Etappe zu Julias Grab... Julia Capulet, wie das klingt. Es soll übrigens eine ägyptische Sargkiste sein, was eigentlich noch interessanter ist... Und dann alles in allem, ich weiß nicht, ob es recht ist, die Nacht so durchzufahren; früher war das nicht Brauch, früher war man natürlicher, ich möchte sagen sittlicher. Schade, daß meine Freundin Jenny fort ist, die sollte darüber entscheiden. Für mich persönlich steht es fest, Natur ist Sittlichkeit und überhaupt die Hauptsache. Geld ist Unsinn, Wissenschaft ist Unsinn, alles ist Unsinn. Professor auch. Wer es bestreitet, ist ein pecus. Nicht wahr, Kuh... Kommen Sie, meine Herren, komm, Krola... Wir wollen nach Hause gehen."

ANMERKUNGEN

Die ersten nachweisbaren Anfänge der Arbeit Fontanes an „Irrungen Wirrungen" fallen in das Jahr 1882. Erst im Frühjahr 1884 setzte indes die eigentliche Arbeit ein. Unter dem 9. April heißt es in Fontanes Tagebuch: „Gearbeitet; meine neue Novelle ‚Irrungen Wirrungen' wieder in Angriff genommen; die Kapitel geordnet." Von da an verzeichnet das Tagebuch fast täglich Arbeit an dem Werk, bis wir Anfang Mai lesen: „Bis zum 2. Mai an meiner Novelle (Irrungen usw.) gearbeitet; dann stelle ich wegen Unwohlseins die Arbeit ein und beginne große Partien in die Umgegend von Berlin, zum Teil Ausflüge im Interesse meiner Novelle." Am 5. Mai unternahm Fontane einen „Ausflug nach der Jungfernheide, um das Hinckeldey-Kreuz aufzusuchen" (vgl. 14. Kapitel), am nächsten Tage ging es „nach dem Rollkrug und dem neuen Jacobi-Kirchhof" (21. und 22. Kapitel), und am Mittwoch, dem 7. Mai, fuhr Fontane „mit Zöllners [einer seit Jahrzehnten befreundeten Familie] nach ‚Hankels Ablage' an der Wendischen Spree".

Fünf Tage nach diesem Ausflug ging Fontane wiederum nach „Hankels Ablage": „Vom 12. bis 26. Mai, runde 14 Tage, blieb ich in Hankels Ablage und schrieb acht Kapitel zu meiner Novelle ‚Irrungen – Wirrungen', wodurch ich dieselbe im ersten Entwurf zum Abschluß brachte" (Tagebuch).

Am 14. Mai berichtete Fontane aus „Hankels Ablage" in einem Brief an seine Frau über den Fortgang der Arbeit an „Irrungen Wirrungen"; dieser Brief enthält die subtilste Umschreibung seines Schaffensgesetzes, die wir kennen: „Natürlich ist mir dies Wetter nicht sehr angenehm und erschwert mir das Arbeiten; dennoch bin ich herzlich froh, hier zu sein. Trotz starken Abattuseins hab ich auch heute wieder meine Kapitel geschrieben – nach dem alten Goethesatze: ‚Gebt ihr euch einmal für Poeten, so kommandiert die Poesie.' Daß es gleich gut wird, ist schließlich auch nicht nötig und eigentlich von *dem*, der täglich sein Pensum arbeitet, auch nicht zu verlangen. Es wird, wie's wird. In der Regel steht Dummes, Geschmackvolles, [-loses?], Ungeschicktes neben ganz Gutem, und ist letzteres nur überhaupt da, so kann ich schon zufrieden sein. Ich habe dann nur noch die Aufgabe, es herauszupulen. Dies ist zwar mitunter nicht bloß mühsam, sondern auch schwer; es gibt einem aber doch eine Beruhigung, zu wissen, ‚ja, *da* ist es, suche nur und finde'. Meine ganze Produktion ist Psychographie und Kritik, Dunkelschöpfung im Lichte zurechtgerückt. Ein Zufall hat es so gefügt, daß ich diese ganze Novelle mit halber und viertel Kraft geschrieben habe. Dennoch wird ihr dies schließlich niemand ansehn."

Nach der Rückkehr von „Hankels Ablage" ließ Fontane das Werk offenbar unberührt liegen. 14 Tage später fuhr er nach Thale, um seine angegriffene Gesundheit wiederherzustellen. Das gelang ihm nur teilweise. Die schöpferische Erregung dauerte fort. Als Fontane nach drei Wochen aus dem Harz zurückkehrte, brachte er das Konzept zu seinem Roman „Cécile" mit.

Halbvollendet lag „Irrungen Wirrungen" nahezu zwei Jahre im Schreibtisch – zusammen mit „Stine", ihrem „Pendant". Auch ein neuerlicher Aufenthalt in „Hankels Ablage", im Mai 1885, änderte daran nichts. Erst im April 1886 nahm Fontane die Erzählung wieder vor, begann – wie er im Tagebuch berichtet – mit der „Korrektur". Diese Korrektur – die Arbeit unermüdlichen „Pusselns und Feilens", für den reifen Fontane jedesmal die Hauptarbeit – zog sich bis in den Sommer 1887 hin. Schon Ende 1886 hatte er sich im Tagebuch versichert, nun „fertig" zu sein, aber im März 1887 begann er erneut damit, und erst am 5. Juli war er „ganz damit fertig". Das Werk wurde „eingesiegelt". –

„Irrungen Wirrungen" erschien vom 24. Juli bis zum 23. August 1887 im Vorabdruck in der „Vossischen Zeitung" in Berlin. Fontane hatte gehofft – wie er am 14. Juli 1887 an Emil Dominik schrieb –, daß „das bessere Publikum der ,Vossin' so recht in der Lage ist, den berlinischen ,Flavour' der Sache – worauf ich mich schließlich doch wohl am besten verstehe – herauszuschmecken. ... Anderseits sag ich mir: ,Gott, wer liest Novellen bei die Hitze? Wer hat jetzt Lust und Fähigkeit, auf die hundert und, ich kann dreist sagen, auf die tausend Finessen zu achten, die ich dieser von mir besonders geliebten Arbeit mit auf den Lebensweg gegeben habe?'" Fontanes Erwartungen wurden nur teilweise erfüllt. „Das bessere Publikum der ,Vossin'", des Blattes der deutschen Bourgeoisie, reagierte – zumindest in seinen offiziellen Wortführern – ganz anders, und der Adel übertraf es womöglich noch in geheuchelter Entrüstung. „Wird denn die gräßliche Hurengeschichte nicht bald aufhören?" – in dieser Frage, die ein Mitinhaber der Zeitung dem Chefredakteur stellte, ist zusammengefaßt, wie die „vornehme" Gesellschaft über Fontanes Werk dachte.

In einem großartigen Bekenntnisbrief an seinen Sohn Theo vom 8. September 1887 bezog Fontane Stellung: „In der Parallele, die Du zwischen ,Irrungen Wirrungen' und ,Cécile' ziehst, stehe ich ganz auf Deiner Seite. . . . . Auch darin hast Du recht, daß nicht alle Welt, wenigstens nicht nach außen hin, ebenso nachsichtig über Lene denken wird wie ich; aber so gern ich dies zugebe, so gewiß ist es mir auch, daß in diesem offenen Bekennen einer bestimmten Stellung zu diesen Fragen ein Stückchen Wert und ein Stückchen Bedeutung des Buches liegt. Wir stecken ja bis über die Ohren in allerhand konventioneller Lüge und sollten uns schämen über die Heuchelei, die wir treiben, über das falsche Spiel, das wir spielen. . . . ‚Du sollst nicht ehebrechen‘, das ist nun bald vier Jahrtausende alt und wird auch wohl noch älter werden und in Kraft und Ansehn bleiben. . . . Der freie Mensch aber, der sich nach dieser Seite hin zu nichts verpflichtet hat, kann tun, was er will, und muß nur die sogenannten ‚natürlichen Konsequenzen‘, die mitunter sehr hart sind, entschlossen und tapfer auf sich nehmen. Aber diese ‚natürlichen Konsequenzen‘, welcherart sie sein mögen, haben mit der Moralfrage gar nichts zu schaffen. Im wesentlichen denkt und fühlt alle Welt so, und es wird nicht mehr lange dauern, daß diese Anschauung auch gilt und ein ehrlicheres Urteil herstellt. Wie haben sich die Dinge seit dem ‚Einmauern‘ und ‚In den Sack stecken‘ geändert, und wie werden sie sich weiter ändern! Empörend ist die Haltung einiger Zeitungen, deren illegitimer Kinderbestand weit über ein Dutzend hinausgeht (der Chefredakteur immer mit dem Löwenanteil) und die sich nun darin gefallen, mir ‚gute Sitten‘ beizubringen. Arme Schächer! Aber es finden sich immer Geheimräte, sogar unsubalterne, die solcher Heuchelei zustimmen."

Die „Vossische Zeitung" hatte indes noch andere Leser. Die Wegbereiter einer Erneuerung der deutschen Literatur begrüßten „Irrungen Wirrungen" als ein Fanal. Die Allerjüngsten sahen sich bestätigt im alten Fontane. Es waren Otto Brahm, Paul Schlenther, der Kreis der „Zwanglosen". Kurz darauf gründeten sie die „Freie Bühne für modernes Leben". –

Ende Januar 1888 erschien „Irrungen Wirrungen" in dem Dresdner Verlag F. W. Steffens. „Die Zeitungen schweigen sich darüber aus, an der Spitze die ‚Vossin‘. Erst ärgerte ich mich darüber, nun ist es überwunden, und ich lache. Viele Privatbriefe drücken ihre Zustimmung aus", so schrieb Fontane im Tagebuch nieder.

Am 1. April 1888 wurde Paul Schlenthers Rezension über „Irrungen Wirrungen" in der „Vossischen Zeitung" gedruckt, und am 20. April 1888 folgte Otto Brahms Würdigung in der „Frankfurter Zeitung". Fontane war offenbar völlig überrascht: „Fünfzig Jahre lang habe ich mich nur bei Nullgraderfolgen, ohne Lob und ohne Tadel hingequält und mich mit dem Gedanken, ohne rechte Sonne hingehn zu müssen, vertraut gemacht: da sieht der nur noch auf Stunden Gestellte den Ball am Horizont und ruft mit dem bekannten Seligen: ,Verweile doch usw.' Eine Liebestat, eine Osterfreude."

9 *Büchsel* – Karl Büchsel (1803–1889), Generalsuperintendent und Pfarrer an der Berliner Matthäikirche, Vertreter eines pietistisch-orthodoxen, konservativen Standpunktes; durch Derbheit und Humor von starker Persönlichkeitswirkung. Vgl. Bd. 2, S. 367.

23 *berühmter Dichter ... die alte Waschfrau* – Die Schlußstrophe des Gedichtes „Die alte Waschfrau" von Adelbert von Chamisso (1781–1838) lautet: „Und ich, an meinem Abend, wollte,/Ich hätte, diesem Weibe gleich,/Erfüllt, was ich erfüllen sollte/In meinen Grenzen und Bereich;/Ich wollt, ich hätte so gewußt,/Am Kelch des Lebens mich zu laben,/Und könnt am Ende gleiche Lust/ An meinem Sterbehemde haben."

26 *„Flora"* – Vielbesuchtes Konzerthaus in Charlottenburg.

27 *Grünes Gewölbe* – Sammlung kunsthandwerklicher Kostbarkeiten im Dresdner Schloß.

28 *Graditzer Rappstute* – Graditz war das preußische Hauptgestüt bei Torgau.
   Kronprinz ... Vicky – Der deutsche Kronprinz, der spätere Kaiser Friedrich III. (1831–1888), war seit 1858 mit Viktoria (1840 bis 1901), einer Tochter der Königin Viktoria von England, verheiratet.

29 *En avant deux. Pas de basque* – (franz.) Zwei Schritt vorwärts. Baskischer Schritt.

36 *Hertel* – Albert Hertel (1843–1912), Berliner Modemaler.
   Rubens – Peter Paul Rubens (1577–1640), niederländischer Maler.
   Andreas Achenbach – Andreas Achenbach (1815–1910), ein führender Vertreter der sog. „Düsseldorfer Schule", erfreute sich mit seinen auf starke koloristische Effekte berechneten Landschafts- und Seebildern ebenfalls großer Beliebtheit in der zweiten Hälfte des 19. Jahrhunderts.

37 *Renz* – Zirkus. Vgl. Anm. zu S. 317.
   Kroll – Großes Vergnügungsetablissement am Rande des Tiergartens.

38 *Hiller* – Berühmtes Weinrestaurant Unter den Linden.

38 *Borchardt* – Vornehmes Weinrestaurant in der Französischen
   Straße (jetzt „Lukullus").

39 *Crayon* – (franz.) Bleistift.

   Stiehl – Ferdinand Stiehl (1812–1878), Beamter im preußischen
   Kulturministerium von 1844 bis 1872, war verantwortlich für die
   reaktionären „Regulative" für den Volksschul- und Seminarunter-
   richt.

40 *das Tor* – Das Brandenburger Tor.

   ... *eine der besten Welten* – Anspielung auf die von Wilhelm
   Leibniz in seiner „Théodicée" (1710) entwickelte These, daß die
   Welt „die beste aller möglichen Welten" sei.

41 *Lepke* – Kunsthandlung Unter den Linden.

   Oswald Achenbach – Landschaftsmaler der „Düsseldorfer Schule"
   (1827–1905), Bruder von Andreas Achenbach.

   die Wolffsche Löwengruppe – Der Tierbildhauer Wilhelm Wolff
   (1816–1887) war der Schöpfer der „Sterbenden Löwin" im Berliner Tiergarten.

   das Redernsche Palais – Palais des Grafen von Redern (1828 bis
   1842 Generalintendant der Königlichen Theater in Berlin) am
   Pariser Platz, von Karl Friedrich Schinkel (1781–1841) im Stil
   toskanischer Paläste erbaut. Es wurde 1906 abgerissen.

43 *Dobeneck* – Freiherr Ferdinand Dobeneck (1791–1867), preußischer Generalleutnant.

44 *Manteuffel* – Edwin Hans Karl Freiherr von Manteuffel (1809 bis
   1885), Chef des preußischen Militärkabinetts von 1857 bis 1865,
   war einer der Hauptorganisatoren der von Wilhelm I. betriebenen
   Umgestaltung der Armee im konservativen Sinne. Am Deutsch-
   Französischen Krieg nahm er als kommandierender General teil.

   ein gewisser Kürassieroffizier aus der Reserve ... Halberstädter
   mit schwefelgelbem Kragen – Bismarck war Offizier des Halberstädter Kürassierregiments Nr. 7, dessen Uniform er meist trug.
   Am 4. März 1894 schrieb Fontane an Maximilian Harden: „In
   fast allem, was ich seit 70 geschrieben, geht der ‚Schwefelgelbe'
   um, und wenn das Gespräch ihn auch nur flüchtig berührt, es ist
   immer von ihm die Rede wie von Karl oder Otto dem Großen."
   Fontanes Altersbriefe belegen seine zunehmend kritischere Haltung gegenüber Bismarck.

   St. Privat ... Sedan – Schlachten im Deutsch-Französischen Kriege
   1870/71 (18. August bzw. 1. September 1870)

44 *Meding* – Freiherr von Meding (1792–1871), Oberpräsident der brandenburgischen Provinzialregierung. Bismarck war von 1837 bis 1838 Referendar der Provinzialregierung.

... *nichts gelernt als Depeschen schreiben* – Anspielung auf die „Emser Depesche" aus dem Jahre 1870, deren Text Bismarck umformuliert hatte. Vgl. Bd. 2, Anm. zu S. 170.

der bei Fehrbellin – Kurfürst Friedrich Wilhelm (1620–1688) besiegte 1675 bei Fehrbellin die Schweden.

der bei Leuthen – Friedrich II. (1712–1786) besiegte 1757 bei Leuthen die Österreicher.

Blücher – Gebhard Leberecht Blücher, Fürst von Wahlstatt (1742 bis 1819), preußischer Generalfeldmarschall, volkstümlichster Feldherr der Befreiungskriege („Marschall Vorwärts").

Yorck – Johann David Ludwig Graf Yorck von Wartenburg (1759 bis 1830), preußischer Feldherr der Befreiungskriege.

Kreuzzeitung – Die „Neue Preußische Zeitung" (nach dem Eisernen Kreuz im Titel Kreuzzeitung genannt), begründet 1848, war in der Bismarck-Ära das führende Organ der Konservativen. Zwischen ihr und der Regierung kam es wiederholt zu ernsten Meinungsverschiedenheiten.

45 *Solchen Mann ... aus unsrer besten Familie ...* – Graf Harry von Arnim (1824–1881), von 1872 bis 1874 deutscher Botschafter in Paris, ein politischer und persönlicher Rivale Bismarcks, war 1874 wegen angeblicher Unterschlagung amtlicher Dokumente verhaftet und zu einer Gefängnisstrafe verurteilt worden. Er floh ins Ausland und griff von dort aus – unter Bezugnahme auf geheime Schriftstücke – Bismarck an. Er wurde deshalb in Abwesenheit wegen Landesverrats zu fünf Jahren Zuchthaus verurteilt.

der Boitzenburger – Adolf Graf von Arnim-Boitzenburg (1832 bis 1887), Oberpräsident von Schlesien. Nach der Verurteilung seines Schwagers Harry von Arnim hatte er sein Amt niedergelegt; 1880/81 war er Präsident des deutschen Reichstages.

46 *Frölen* – (niederdt.) Fräulein.

47 *Muräne* – Aalähnlicher Süßwasserfisch.

Lomber – L'Hombre: französisches Kartenspiel.

48 *Heidsieck* – Sektmarke.

Garde du Corps – (franz.) Leibgarde; in Preußen Name des Leibgarde-Kürassierregiments, dessen Chef der König war.

die Pasewalker – Gemeint ist das Kürassierregiment Nr. 2.

49 *Error in calculo* – (lat.) Fehler in der Rechnung.

Gichtelianer – Anspielung auf den mystischen Theologen Johann Georg Gichtel (1638–1710), der von seinen Anhängern, den „Engelsbrüdern", u. a. verlangt hatte, sich des ehelichen Umgangs zu enthalten.

Moltke – Helmuth Graf von Moltke (1800–1891), von 1866 bis 1888 Chef des preußischen Generalstabes.

Humboldt – Alexander von Humboldt (1769–1859), Naturwissenschaftler. Wilhelm von Humboldt (1767–1835), Sprachwissenschaftler, Begründer der Berliner Universität.

Ranke – Leopold von Ranke (1795–1886), konservativer Historiker.

51 *Lawn* – (engl.) Rasen.

en vue – (franz.) vor Augen.

Fürst Pückler – Vgl. Anm. zu S. 248.

Sie sind ja durch die Puttkamers mit unserem lieben Herrgott verwandt – Bismarcks Frau Johanna war eine geborene von Puttkamer.

recte – (lat.) gerade.

Bon-Garçon – (franz.) guter Kerl.

Tant mieux – (franz.) desto besser.

53 *Balafré* – (franz.) Der mit dem zerhauenen Gesicht, Beiname des französischen Herzogs von Guise (1519–1588). Vgl. S. 122.

Weiße Dame . . . Schloß Avenel – Schloß Avenel in Schottland ist der Schauplatz der Oper „Die weiße Dame" (1825) von François-Adrien Boieldieu (1775–1834); ein Graf heiratet darin die als „Weiße Dame" auftretende Tochter des Verwalters.

57 *Werft* – (niederdt.) Damm, Hügel.

Tabagie – Alte Bezeichnung eines Lokals, in dem geraucht werden durfte (bis 1848 war das Rauchen auf den Straßen verboten).

Sandhase – Fehlwurf beim Kegeln.

59 *‚Morgenrot'* – „Reiters Morgengesang", Nachdichtung eines Volksliedes von Wilhelm Hauff (1802–1827).

‚Übers Jahr . . .' – Dritte Strophe des Volksliedes „Muß i denn, muß i denn".

‚Denkst du daran' – „Denkst du daran, mein tapferer Lagienka": Lied aus dem Singspiel „Der alte Feldherr", das Karl von Holtei (1798–1880) für das Königstädtische Theater in Berlin verfaßt hatte (Uraufführung 1825, gedruckt 1829). Das Lied nahm auf

die polnischen Befreiungskämpfe zu Anfang des 19. Jahrhunderts
Bezug. Es erfreute sich großer Beliebtheit und gehörte zu den
bleibenden Kindheitserinnerungen des alten Fontane. Vgl. Bd. 1,
S. 185, Bd. 5, S. 140.

62 *Pitt* – William Pitt der Ältere, englischer Premierminister von
1766 bis 1768, bzw. sein Sohn William Pitt der Jüngere, Premierminister von 1783 bis 1801 und von 1804 bis 1806.

,*Der Mann mit der eisernen Maske*' – Gemeint ist wahrscheinlich
das Trauerspiel „Die eiserne Larve" (1804) von Heinrich Zschokke
(1771–1848).

73 *der Alte Fritz* – Friedrich II. (1712–1786).

der Soldatenkönig – Friedrich Wilhelm I. (1688–1740).

75 ,*Okuli, da kommen sie*' – „Okuli" ist der Name des vierten Sonntags vor Ostern im Kirchenjahr. Der Spruch stammt aus der Jäger-
sprache und bezieht sich auf das Eintreffen der Schnepfen.

78 „*Washington crossing the Delaware*" – (engl.) „Washington über-
schreitet den Delaware": Wichtiges Ereignis im Nordamerikanischen Unabhängigkeitskrieg (25. Dezember 1776).

Washington – George Washington (1732–1799), Oberbefehls-
haber des nordamerikanischen Heeres im Unabhängigkeitskrieg,
erster Präsident der Vereinigten Staaten von Amerika (1789 bis
1797).

„*The last hour at Trafalgar*" – (engl.) „Die letzte Stunde bei Trafalgar"; der englische Admiral Nelson (1758–1805) hatte am
21. Oktober 1805 die französisch-spanische Flotte bei Trafalgar
besiegt, war aber selbst gefallen.

„*Si jeunesse savait*" – (franz.) „Wenn die Jugend wüßte".

81 *Prahm* – Schleppkahn.

83 *Ah, les beaux esprits* ... – (franz.) Ah, die schönen Geister treffen sich.

Königin Isabeau, Fräulein Johanna, Fräulein Margot ... *Agnes
Sorel* – Gestalten aus Schillers „Jungfrau von Orleans".

Thibaut d' Arc – Vater Johannas und Margots.

84 *wohlarrondiert* – schön rundlich.

Uklei – Kleiner Weißfisch.

85 *Cortege* – Ehrengeleit, Gefolge.

94 *Gentilezza* – (ital.) Liebenswürdigkeit.

95 *Sibyllinische Bücher* – Eine ehemals in Rom befindliche griechische Verssammlung mit geheimnisvollen Weissagungen, die ver-

brannt war. Seit 83 v. u. Z. versuchte man eine neue Sammlung herzustellen.

96 *Troupier* – Erfahrener Berufssoldat.

Tochter des Regiments – Anspielung auf Gaetano Donizettis (1797–1848) Oper „Die Regimentstochter" (1840).

98 *Tournure* – (franz.) Haltung.

Savoir-faire – (franz.) Gewandtheit im Benehmen.

Ludwig v. Hinckeldey – Ludwig von Hinckeldey (1805–1856), seit November 1848 Polizeipräsident von Berlin, fiel im Duell.

106 *die Holbeinsche Madonna* – Die Madonna mit der Familie des Bürgermeisters Meyer, Gemälde von Hans Holbein d. J. (1497 bis 1543). Eine Kopie des Bildes befindet sich in der Dresdner Galerie.

‚Monsieur Herkules' – Posse von Leonhard Kohl von Kohlenegg (1834–1875), Pseudonym Poly Henrion. Vgl. Bd. 2, Anm. zu S. 200.

Knaak – Wilhelm Knaak (1829–1894), Wiener Komiker; Monsieur Herkules gehörte zu seinen Hauptrollen.

Vischer – Peter Vischer d. J. (1487–1528), Nürnberger Erzgießer.

112 *Altration* – Alteration: Aufregung.

114 *Stolgebühren* – Die dem Geistlichen für das Spenden von Sakramenten (wobei er die Stola trägt) zustehenden Gebühren. In der evangelischen Kirche seit 1892 aufgehoben.

119 *Konventikler* – Angehöriger einer religiösen Sekte.

Mennoniten – Protestantische Sekte, benannt nach dem friesischen Geistlichen Menno Simons (1492–1559).

Irvingianer – Katholisch-apostolische Gemeinde, die auf den schottischen Buß- und Erweckungsprediger Edward Irving (1792 bis 1834) zurückgeht.

120 *die so viele Frauen haben* – Gemeint ist die Sekte der Mormonen.

122 *cercle intime* – (franz.) vertrauter Kreis.

Mars-la-Tour – In der Schlacht bei Mars-la-Tour (in der Nähe von Metz) am 16. August 1870 hatte die Reiterei entscheidenden Anteil am Sieg der preußischen Armee.

125 *drüben* – Gemeint ist Potsdam.

Oger – Menschenfressender Dämon in französischen Märchen.

130 *das Porstsche* – Gemeint ist das von dem Geistlichen Johann Porst (1668–1728) herausgegebene Gesangbuch (1708).

134 *unter unserer Herrschaft* ... *welfischer Antagonismus* – Anspielung auf den von 1866 (der Okkupation Hannovers durch Preußen) bis 1913 bestehenden Konflikt zwischen der hohenzollernschen und der welfischen Dynastie, die ihre Ansprüche auf Hannover nicht aufgab.

Scanzoni – Friedrich Wilhelm Scanzoni von Lichtenfels (1821 bis 1891), von 1850 bis 1888 Professor der Frauenheilkunde und Geburtshilfe in Würzburg.

145 *etwas ridikül Parzenhaftes* – Anspielung auf eine der drei Parzen, die Schicksalsgöttin Atropos, die den Lebensfaden abschneidet.

154 *Moniteur* – (franz.) Berater. Name einer 1789 gegründeten französischen Zeitung, von 1800 bis 1869 offizielles Regierungsorgan.

Fremdenblatt – „Berliner Fremden- und Anzeigenblatt", gegründet von R. von Decker 1862; es erschien seit 1876 unter dem Namen „Berliner Fremdenblatt".

Vandalen – Feudale Studentenverbindung (Korps) in Heidelberg.

155 *Suppenliste* – Sammelliste für wohltätige Zwecke.

Whist en deux – (franz.) Whist zu zweien; Kartenspiel.

159 *Sacramento* – Fluß in Kalifornien.

Diggings – (engl.) Die Claims (Minenbezirke) der Goldgräber.

Konfidenzen – vertrauliche Bekenntnisse.

162 *cher ami, nous verrons* – (franz.) lieber Freund, wir werden sehen.

166 *Jahrestag von Königgrätz* – Am 3. Juli 1866 fand bei Königgrätz in Nordböhmen die Entscheidungsschlacht im Preußisch-Österreichischen Kriege statt.

167 *Verkappter Welfe* – Vgl. Anm. zu S. 134.

Er angle ... im Loch Neß oder im Loch Lochy – In seinem Buche über die Reise nach Schottland, „Jenseit des Tweed", berichtet Fontane in dem Kapitel „Ein Sonntag in Perth" ausführlich über den Angelsport in Schottland. Die vorliegende Stelle erweist sich bis in die Details und die sprachlichen Wendungen hinein abhängig von jenen ein Vierteljahrhundert zuvor niedergeschriebenen Beobachtungen.

169 *Bischoffwerder* – Johann Rudolf von Bischoff(s)werder (1741 bis 1803), Günstling Friedrich Wilhelms II. von Preußen, förderte die mystischen Neigungen des Königs.

171 *Pompadour* – Jeanne Antoinette Poisson (1721–1764), Geliebte Ludwigs XV. von Frankreich, seit 1745 Marquise de Pompadour.

Retikules – Strickbeutel; Wortspiel mit ridicule: (franz.) lächerlich.

FRAU JENNY TREIBEL

Fontane begann mit der Arbeit an „Frau Jenny Treibel" im Jahre 1888, unmittelbar nach dem Erscheinen von „Irrungen Wirrungen" (Januar 1888). Die Handlung verlegte er um nur wenige Jahre zurück, etwa in das Jahr 1882 oder 1883 (vgl. Anm. zu S. 181). Am 9. Mai 1888 schrieb er an seinen Sohn Theo: „Schon längst hätte ich Dir mal wieder geschrieben, wenn ich nicht, und zwar mit immer steigendem Eifer, mit der Zuendeführung meines neuen Romans beschäftigt gewesen wäre. Nun ist er, im Brouillon fertig, vorläufig beiseite geschoben. Titel: ‚Frau Kommerzienrätin' oder ‚Wo sich Herz zum Herzen find't'. Dies ist die Schlußzeile eines sentimentalen Lieblingsliedes, das die fünfzigjährige Kommerzienrätin im engeren Zirkel beständig singt und durch das sie sich Anspruch auf das ‚Höhere' erwirbt, während ihr in Wahrheit nur das Kommerzienrätliche, will sagen viel Geld, das ‚Höhere' bedeutet. Zweck der Geschichte: das Hohle, Phrasenhafte, Lügnerische, Hochmütige, Hartherzige des Bourgeoisstandpunktes zu zeigen, der von Schiller spricht und Gerson meint [Gerson war ein vornehmes Berliner Modenhaus]. Ich schließe mit dieser Geschichte den Zyklus meiner Berliner Romane ab. Es sind sechs im ganzen [„L'Adultera", „Schach von Wuthenow", „Cécile", „Irrungen Wirrungen", „Stine", „Frau Jenny Treibel"] . . ."

Der Roman blieb danach im Rohentwurf drei Jahre lang liegen, und erst Anfang 1891 nahm Fontane das Werk wieder vor. Am 2. Juli 1891 schrieb er an Julius Rodenberg (1831–1914), den Herausgeber der angesehenen literarischen Monatsschrift „Deutsche Rundschau", und fragte an, ob er ihm einen von zwei Romanen, die er „beinah fertig" habe, zum Vorabdruck anbieten dürfe. Die beiden Werke waren „Mathilde Möhring" und „Frau Jenny Treibel". Rodenberg entschied sich für „Frau Jenny Treibel". Die Korrespondenz mit Rodenberg zog sich bis Ende November 1891 hin, und Fontane überarbeitete in dieser Zeit den Roman nochmals, um den zahlreichen ihm „immer einleuchtender gewordenen Vorschlägen" Rodenbergs gerecht zu werden. Auch die endgültige Festlegung des Titels erfolgte erst Ende November 1891. Fontane hatte noch kurz zuvor – einer Anregung von Frau und Tochter folgend – vorgeschlagen, es bei dem einzigen (sozial konkreteren) Titel „Frau Kommerzienrat Treibel" bewenden zu lassen. Rodenberg bestand – gewiß nicht zuletzt aus Gründen der Publikumswirksamkeit, vielleicht auch aus Vorsicht – auf dem „Doppeltitel": „Frau Jenny

Treibel oder ‚Wo sich Herz zum Herzen find't‘ ". Fontane fügte sich diesem Wunsche.

„Frau Jenny Treibel" erschien im Vorabdruck in Band LXX und LXXI der „Deutschen Rundschau" von Januar bis April 1892 und im Oktober des gleichen Jahres (mit der Jahreszahl 1893), ebenfalls mit dem Doppeltitel, als Buch im Verlag von Fontanes Sohn Friedrich (F. Fontane & Co.) in Berlin. – Der Stoff des Romans beruht auf einem Bericht, den Fontane der Frau des Berliner Justizrates Karl Kette, eines „Tunnel"-Mitgliedes, verdankte.

178 *ramassiert* – untersetzt.
179 *Corinna* – Corinnas Vater ist Verehrer des griechischen Lyrikers Pindar (um 518 bis nach 446 v. u. Z.). Seine Tochter trägt den Namen der altgriechischen Lyrikerin Korinna aus Tanagra in Böotien, die um 500 v. u. Z. lebte und als Lehrerin und Rivalin Pindars galt.

Heroldskammer – Das 1855 in Preußen errichtete Heroldsamt, eine Behörde für Standes- und Adelsangelegenheiten.

roter Adlerorden – Zweithöchster preußischer Orden.
180 *Kolonie* – Die Kolonie französischer protestantischer Emigranten in Berlin.
181 *Hövell* – Berliner Schokoladenfabrik mit einer Verkaufsstelle Unter den Linden.

Kranzler – Vornehmes Café Unter den Linden.

Mr. Booth – Edwin Thomas Booth (1833–1893), amerikanischer Schauspieler, Shakespearedarsteller. Er trat 1882 bei einem Gastspiel in Berlin unter anderem als Hamlet, Othello und Jago auf. Die chronologische Angabe steht im Widerspruch zu der Erwähnung der erst 1888 erschienenen „Quitzows" (vgl. Anm. zu S. 215).

183 *die Geschichte von dem Kamel und dem Nadelöhr* – Matthäus-Evangelium, Kap. 19: „Es ist leichter, daß ein Kamel durch ein Nadelöhr gehe, denn daß ein Reicher ins Reich Gottes komme."
185 *Horaz* – Quintus Horatius Flaccus, römischer Dichter (65 bis 8 v. u. Z.).

„Parzival" – Epos des mittelhochdeutschen Dichters Wolfram von Eschenbach (um 1170 bis nach 1220).
186 *‚Lohengrin'* und *‚Tannhäuser'* – Opern von Richard Wagner (1850 bzw. 1845). Vgl. Bd. 2, Anm. zu S. 177.

187 *Gontard* – Karl von Gontard (1731–1791), klassizistischer deutscher Architekt, vornehmlich in Berlin und Potsdam schaffend.

Knobelsdorff – Georg Wenzeslaus von Knobelsdorff (1699–1753), deutscher Architekt, Gartengestalter und Maler; er schuf u. a. das Opernhaus in Berlin und das Schloß Sanssouci.

Mezzanin – Niedriges Zwischen- oder Halbgeschoß, meist zwischen dem Erd- und dem Hauptgeschoß.

188 *Hustersche Wagen* – Kleine einspännige Wagen der berühmten Gaststätte und Stadtküche „Englisches Haus" des kaiserlichen „Hoftraiteurs" A. Huster in Berlin, Mohrenstraße 49. Im „Englischen Haus" war am 4. Januar 1890 von der „Vossischen Zeitung" ein großes Fest zu Ehren des 70. Geburtstages von Fontane veranstaltet worden.

189 *„Ulk"* – Humoristisch-satirische Wochenbeilage des linksliberalen „Berliner Tageblattes", seit 1895 redigiert von Richard Schmidt-Cabanis (1838–1903).

Nunnes philosophische Betrachtungen – Satirische Zeitkommentare des Eckenstehers Nunne im „Ulk", meist aus der Feder von Schmidt-Cabanis.

„Deutsches Tageblatt" – Konservative Berliner Tageszeitung.

agent provocateur – (franz.) Lockspitzel, Anstifter.

Singer – Paul Singer (1844–1911), sozialdemokratischer Politiker, seit 1884 Abgeordneter in der Berliner Stadtverordnetenversammlung und im Reichstag; in den achtziger Jahren einer der einflußreichsten Führer und Sprecher der sozialdemokratischen Partei und Reichstagsfraktion.

Trappisten – Mönchsorden, benannt nach dem französischen Kloster La Trappe. Zu den Gelübden des Ordens gehörte immerwährendes Stillschweigen.

gutta cavat lapidem – (lat.) [steter] Tropfen höhlt den Stein.

190 *Poveretto* – (ital.) armer Teufel.

Dalldorf – Irrenanstalt nordwestlich von Berlin (heute Wittenau).

191 *Honey-water* – (engl.) Honigwasser.

192 *„Schilderhäuser"* – Volkstümliche Bezeichnung der Abzeichen für verabschiedete Offiziere.

193 *Henriquatre* – Spitzer Bart, wie ihn Heinrich IV. von Frankreich (1589–1610) trug.

195 *Griepenkerl* – Wolfgang Robert Griepenkerl (1810–1868), Dichter und Kunstschriftsteller.

195 *Landesältester* – In Preußen Titel des von der „Landschaft" (= Kreditverein der Gutsbesitzer) mit der Abschätzung der Güter beauftragten Kreistagsmitgliedes.
Victory – Die „Victory" (engl. Sieg) war das Flaggschiff Nelsons bei Trafalgar. Vgl. Anm. zu S. 78.
Westminster-Abbey – Westminster-Abtei, Londoner Kirche, Grabstätte berühmter Engländer. Ein Denkmal Nelsons befindet sich in der St.-Pauls-Kathedrale.

196 *Professor Franz* – Julius Franz (1824–1887), Berliner Bildhauer.
Reinhold Begas – Berliner Bildhauer (1831–1911).

199 *der Burgemeister Tschech* – Heinrich Ludwig Tschech (1789–1844), Bürgermeister in Storkow. Er unternahm am 26. Juli 1844 aus Privatrache in Berlin einen Attentatsversuch auf König Friedrich Wilhelm IV. von Preußen und wurde am 14. Dezember 1844 in Spandau hingerichtet.
das eigentümliche Lied – Der Verfasser des „Liedes vom Tschech", das in der Zeit vor der Revolution von 1848 weit verbreitet war, ist unbekannt. Die erste Strophe lautet: „Aber keiner war so frech/wie der Bürgermeister Tschech,/denn er traf fast auf ein Haar/unser teures Königspaar./Ja, er traf die Landesmutter/durch den Rock ins Unterfutter."

200 *George Herwegh* – Georg Herwegh (1817–1875), deutscher revolutionärer Lyriker. Fontane hatte in Leipzig 1841/42 einem Herwegh-Klub angehört, ein Huldigungsgedicht an Herwegh gerichtet und selbst in dessen Stil gedichtet.
‚Flüche gegen Rom' – Antiklerikales Gedicht Herweghs aus der Sammlung „Gedichte eines Lebendigen" (1841).
. . . die Kreuze aus der Erde zu reißen – Zitat aus Herweghs Gedicht „Aufruf", ebenfalls aus der Sammlung „Gedichte eines Lebendigen".
. . . Herwegh war sogar bei ihm in Charlottenburg – Friedrich Wilhelm IV. gewährte Herwegh 1842 eine Audienz, wies ihn aber kurz danach aus Preußen aus.

201 *‚Ich möchte hingehn wie das Abendrot . . .'* – Erste, in den folgenden Strophen variierte Zeile von Herweghs Gedicht „Strophen aus der Fremde" (1839).
‚Gold ist nur Schimäre' – Zitat aus der Oper „Robert der Teufel" (1831) von Giacomo Meyerbeer (1791–1864). Meyerbeer war Sohn eines Berliner Bankiers.

202 *Büchmann* – Georg Büchmann (1822–1884), Herausgeber der weitverbreiteten, immer wieder aufgelegten Zitatensammlung „Geflügelte Worte" (1864).

cher Treibel – (franz.) lieber Treibel.

eines Bildes . . . *das den Don Quichote mit einer langen Lanze darstellte, dicke Bücher rings um sich her* – Don Quichote, Titelheld des berühmten Romans des spanischen Dichters Miguel de Cervantes Saavedra (1547–1616), wurde zum Sinnbild eines wirklichkeitsfremden Narren. Möglicherweise denkt Fontane an die Illustrationen Gustave Dorés (1832–1883), die 1863 erschienen waren.

der Not gehorchend . . . – „Der Not gehorchend, nicht dem eignen Trieb": Zitat aus Schillers Drama „Die Braut von Messina", 1. Aufzug, 1. Vers.

203 *Ludwig Loewe* – Berliner Nähmaschinen- und Waffenfabrikant (1837–1886); seit 1864 Mitglied des Berliner Stadtverordnetenhauses, seit 1878 Reichstagsabgeordneter der linksliberalen Fortschrittspartei.

Regula-de-tri – (ital.) Dreisatzrechnung.

204 *l'appétit* . . . – (franz.) Der Appetit kommt beim Essen. Zitat aus François Rabelais' (1494–1553) Roman „Gargantua und Pantagruel" (1535), Kap. 5.

Kornblumen, dies Symbol königlich preußischer Gesinnung – Die Kornblume galt als Lieblingsblume König Wilhelms I. und wurde dadurch zum Symbol eines kitschig-sentimentalen Herrscherkultes, den Fontane verabscheute. So schrieb er am 24. November 1878 an den Verleger Wilhelm Hertz, sein Roman „Vor dem Sturm" sei „voll Haß gegen die ‚blaue Kornblume' und gegen ‚Mit Gott für König und Vaterland'", und am 11. Juni 1879, als die goldene Hochzeit Wilhelms I. gefeiert wurde, an Emilie Fontane: „Heute läuft alles mit ‚Kornblumen' im Knopfloch herum. Es ist eine lederne Blume, bloß blau, ohne Duft, ohne Schönheit, ohne Poesie. So recht wie geschaffen für uns."

Petroleur und Dynamitarde – Abschätzige, von der Konterrevolution kolportierte Bezeichnungen der Pariser Kommunarden (1871), danach zur Diffamierung revolutionärer Bestrebungen überhaupt verwendet.

205 *Battle at the Nile* – (engl.) Schlacht am Nil; Nelson besiegte am

1. August 1798 an der Nilmündung, vor Abukir, die französische Flotte.

205 *to be sure* – (engl.) gewiß.

206 ... *im Walter Scott gelesen* – Die Beschreibung der Schlacht in Walter Scotts (1771–1832) historischer Darstellung „Das Leben Napoleon Bonapartes" (1827).

„I should rather think..." – (engl.) Ich möchte eher annehmen, ein heroischer Mut... Britische Eichen und britische Herzen.

Certainly... – (engl.) Gewiß, Fräulein Corinna. Kein Zweifel... England erwartet, daß jedermann seine Pflicht tut. Der zitierte Satz war Nelsons Tagesbefehl vor der Schlacht bei Trafalgar.

splendid – (engl.) glänzend, großartig.

dear Mr. Nelson – (engl.) lieber Herr Nelson.

Blut- und Eisentheorie – Anspielung auf eine Äußerung Bismarcks in der Budgetkommission des preußischen Abgeordnetenhauses am 30. September 1862: „Nicht durch Reden und Majoritätsbeschlüsse werden die großen Fragen der Zeit entschieden, ... sondern durch Eisen und Blut."

207 *Vater Jahn* – „Turnvater" Friedrich Ludwig Jahn (1778–1852), Begründer der deutschen Turn- und Sportbewegung.

always quick and clever – (engl.) immer flink und klug.

is quite in the right way – (engl.) ist ganz auf dem rechten Wege.

Just what I like – (engl.) Gerade was ich liebe.

no, certainly not – (engl.) nein, gewiß nicht.

Lette-Verein – „Verein zur Förderung der Erwerbsfähigkeit des weiblichen Geschlechts", 1865 in Berlin von dem liberalen preußischen Politiker Wilhelm Adolf Lette (1799–1868) gegründet.

208 *neither the one...* – (engl.) weder das eine noch das andere.

Not at all... – (engl.) Durchaus nicht; deutsche Schulen sind immer vorzuziehen.

209 *no doubt...* – (engl.) kein Zweifel, ich werde sie finden.

decidedly clever – (engl.) entschieden klug.

210 *on our army and navy* – (engl.) auf unser Heer und unsere Flotte.

not he... – (engl.) nicht er, nicht solch ein widerlicher alter Kerl... bitte, schauen Sie ihn an.

for shame – (engl.) pfui.

211 *Gonfaloniere* – (ital.) Bannerträger.

212 *Stuff and nonsense!...* – (engl.) Dummes Zeug und Unsinn! Was

weiß er von unserer Aristokratie? Gewiß, er gehört nicht zu ihr – das ist alles.

212 *Peer of the Realm* – Angehöriger des englischen Hochadels und Mitglied des Oberhauses.

a little pompous ... – (engl.) etwas pompös ... etwas lächerlich.

shaking hands – (engl.) Händeschütteln.

213 *der hochselige König* – Friedrich Wilhelm IV. (1795–1861).

die Königin Witwe – Elisabeth, geb. Prinzessin von Bayern (1801 bis 1873).

die Meiningenschen Herrschaften – Erbprinz Bernhard von Meiningen (1851–1928), preußischer General; Großneffe Friedrich Wilhelms IV., verheiratet mit der preußischen Prinzessin Charlotte, einer Tochter Kaiser Friedrichs III.

alles, was in der Molkenmarktluft groß geworden ... – Am Molkenmarkt befand sich das Berliner Stadtgefängnis.

das eine tun und das andere nicht lassen – „Dies sollte man tun und jenes nicht lassen": Zitat aus dem Mattbäus-Evangelium, Kap. 23.

214 *Lady Milford* – Gestalt aus Schillers „Kabale und Liebe", Mätresse eines Fürsten.

215 *das Quitzowtum* – Anspielung auf das märkische Junkertum. Unter der Führung der Brüder Dietrich und Johann von Quitzow hatte sich der märkische Adel 1411/14 gegen den neuen Verweser der Mark, den späteren Kurfürsten Friedrich I. von Hohenzollern, erhoben. Fontane kommt auf diese Ereignisse in zahlreichen Werken und Briefen zu sprechen und stellte sie ausführlich in seinem Buche „Fünf Schlösser" (1888) dar.

seit dem gleichnamigen Stücke – Das Drama „Die Quitzows" von Ernst von Wildenbruch (1845–1909) wurde am 9. November 1888 in Berlin uraufgeführt.

216 *Scirocco* – (ital.) Schwüler Südwind in Italien.

217 *gewisse Dinge darf man nicht bei Namen nennen* – Anspielung auf den Gegensatz, in dem die deutsche Kaiserin Augusta (1811 bis 1890), eine geborene Prinzessin von Sachsen-Weimar, aus persönlichen Gründen wie auch durch ihre katholischen und französischen Sympathien, zu der offiziellen Politik Bismarcks stand.

‚Écrasez l'Infâme' – (franz.) „Vernichtet die Abscheuliche" (gemeint sind die katholische Kirche und der Aberglauben). Der Satz, zuerst in einem Briefe Friedrichs II. von Preußen an

Voltaire vom 18. Mai 1759 vorkommend, findet sich in zahlreichen Briefen Voltaires, sogar als Unterschrift, und wurde dadurch zum geflügelten Wort, das besonders während des „Kulturkampfes" in Deutschland häufig gebraucht wurde.

217 *„Der Erlkönig"* – Ballade Goethes, von Franz Schubert (1797 bis 1828) vertont.

„Herr Heinrich . . ." – Ballade von Johann Nepomuk Vogl (1802 bis 1866).

„Die Glocken von Speyer" – „Die Glocken zu Speyer", Ballade in zwei Teilen von Max von Oer (1806–1846).

ex ungue Leonem – (lat.) an der Klaue [erkennt man] den Löwen.

Loewe – Karl Loewe (1796–1869), Balladenkomponist. Die vorher genannten drei Balladen wurden von ihm vertont, ebenso Fontanes „Archibald Douglas" (vgl. Bd. 1, S. 41). Vgl. Bd. 4, S. 98 und Bd. 5, S. 140.

218 *I can't see . . .* – (engl.) Ich kann nicht begreifen, was es bedeutet; Musik ist Unsinn.

Take a seat – (engl.) Nehmen Sie Platz.

Doesn't he? – (engl.) Nicht wahr?

No, no . . . – (engl.) Nein, nein, ihm ist nicht zu helfen . . . Kein Fink, keine Drossel. (Drossel heißt im Englischen „trush". Das Wort „trussel" gibt es nicht.)

220 *„Bächlein, laß dein Rauschen sein"* . . . *„Ich schnitt es gern in alle Rinden ein"* – Gedichte aus dem Zyklus „Die schöne Müllerin" (1820) von Wilhelm Müller (1794–1827), vertont von Franz Schubert. Vgl. Bd. 4, S. 98.

die Milanollos – Die „Wunderschwestern" Teresa (1827–1904) und Marietta (1832–1848) Milanollo, berühmte italienische Geigenspielerinnen.

221 *Wonderfully good . . .* – (engl.) Wundervoll. O diese Deutschen können alles . . . sogar so eine alte Dame.

225 *Singuhrturm* – Singuhr: Volkstümliche Bezeichnung des Glockenspiels der Parochialkirche.

die berühmte Stelle von dem Kanadier . . . – Johann Gottfried Seumes (1763–1810) Gedicht „Der Wilde" (1801) beginnt mit den zu einem geflügelten Wort gewordenen Versen: „Ein Kanadier, der noch Europens/Übertünchte Höflichkeit nicht kannte".

227 *Ruppiner Bilderbogen* – Die bunten Bilderbogen aus der Kühn-

schen Druckerei in Neuruppin, die vorwiegend aktuelle und sensationelle Ereignisse darstellten, erfreuten sich im 19. Jahrhundert großer Beliebtheit und waren ein Vorläufer der illustrierten Zeitungen. Vgl. Bd. 1, Anm. zu S. 184.

228 *Corinne au Capitole* – (franz.) Corinna auf dem Kapitol; Titel des zweiten Buches des Romans „Corinne ou l'Italie" („Corinna oder Italien", 1807) der französisch-schweizerischen Schriftstellerin Louise Germaine de Staël-Holstein (1766–1817). Corinna wird in diesem Roman auf dem Kapitol in Rom als „Genius" Italiens gefeiert.

Bonwitt und Littauer – Vornehmes Berliner Damenmodehaus, Hoflieferant.

Madai – Guido von Madai, damaliger Polizeipräsident von Berlin, berüchtigt durch seine Maßnahmen gegen die Sozialdemokratie während des Sozialistengesetzes (1878–1890).

Die Teltower – Teltower „Rübchen".

229 *Wruken* – (niederdt.) Kohlrüben.

Moderateurlampe – Öllampe mit selbsttätiger Einrichtung zur Regulierung der Brennstoffzufuhr.

230 *„Die sieben Waisen Griechenlands"* – Anspielung auf die „Sieben Weisen Griechenlands", sieben Politiker und Philosophen aus dem 7./6. Jahrhundert v. u. Z., denen man später Sinnsprüche zuschrieb, die praktische Lebensweisheiten enthielten. Wer zu den „Sieben Weisen" gehörte, stand nicht unveränderlich fest; stets aber wurden Thales, Bias und Solon zu ihnen gezählt.

„Das Fähnlein der sieben Aufrechten" – Novelle (1861) von Gottfried Keller (1819–1890). Vgl. Bd. 1, S. 331 ff.

231 *den denkbar höchsten Standpunkt, den der Selbstironie* – Eines der für Fontane charakteristischen Selbstbekenntnisse. Vgl. Bd. 5, S. 10.

232 *‚die Douglas' waren immer treu'* – Selbstzitat Fontanes aus seiner freien Übertragung (1851, gedruckt 1854) der lyrischen Volksballade „Northumberland betrayed by Douglas". Die Ballade trägt bei Fontane den Titel „Percys Tod".

Schopenhauer – Arthur Schopenhauer (1788–1860), Philosoph, Vertreter des Irrationalismus und Pessimismus. In Fontanes Nachlaß fanden sich kritische Aufzeichnungen über Schopenhauer, die erst 1961 veröffentlicht wurden („Sinn und Form", H. 5/6, S. 708–712).

232 *Eduard von Hartmann* – Karl Robert Eduard von Hartmann (1842–1906), idealistischer Philosoph, von Schopenhauer beeinflußt, dessen einseitig-radikalen Pessimismus er jedoch ablehnte.

233 *Phrynichos* – Der Tragiker Phrynichos war der bedeutendste griechische Tragödiendichter vor Aischylos, er lebte zu Anfang des 5. Jahrhunderts v. u. Z. in Athen; der Komödiendichter Phrynichos, ebenfalls aus Athen, war etwa 50 Jahre jünger.

Lustre – (franz.) Glanz, Ansehen.

beim ersten König – Friedrich I., Kurfürst von Brandenburg seit 1688, König von Preußen 1701–1713.

General Barfus – Hans Albrecht Graf von Barfus (1635–1704), seit 1696 brandenburgischer Generalfeldmarschall.

die Belagerung von Bonn – Bonn war im „Pfälzischen Krieg" (1688–1697) Ludwigs XIV. von französischen Truppen besetzt worden; 1689 wurde es von einem deutschen Reichsheer zurückerobert.

234 *Maupassant* – Guy de Maupassant (1850–1893), realistischer französischer Erzähler, berühmt vor allem durch seine Novellen.

nomen et omen – (lat.) Name und Bedeutung.

... als ob er dem Bilde zu Saïs irgendwie und -wo unter den Schleier geguckt hätte – In der altägyptischen Stadt Saïs im unteren Nildelta wurde der griechischen Sage nach ein verschleiertes Standbild verehrt. In Schillers Gedicht „Das verschleierte Bild zu Saïs" verbirgt der Schleier die Wahrheit.

235 *kategorischer Imperativ* – Von Immanuel Kant (1724–1804) geprägtes Sittengesetz, das absolute Gültigkeit besitzen soll: „Handle so, daß die Maxime deines Willens jederzeit zugleich als Prinzip einer allgemeinen Gesetzgebung gelten könne."

Pontacnasen – Rotweinnasen.

236 *Rodegast* – Samuel Rodigast (1649–1708), Direktor des Berliner Gymnasiums zum Grauen Kloster.

Hortikulturlich – die Gartenkultur betreffend.

der Garten zu Gethsemane – Garten bei Jerusalem, in dem Christus nach biblischer Überlieferung gefangengenommen wurde (Matthäus-Evangelium, Kap. 26).

Joseph von Arimathia – Er soll nach der Kreuzigung den Leichnam Christi in seinem Garten bestattet haben (Matthäus-Evangelium, Kap. 27).

236 *Bona fide ... mala fides* – (lat.) in gutem Glauben ... schlechter
Glauben, Unaufrichtigkeit.

237 *‚Und wenn Ihr Euch nur selbst vertraut ...'* – Zitat aus „Faust",
1. Teil, Vers 2020 f.

der bei Spichern mit gestürmt – Am 6. August 1870 erstürmten
preußische Truppen die Spicherner Höhen.

Mr. Punch – Englische Hanswurstfigur mit großem Buckel und
großer Nase; Umschlagbild des 1841 gegründeten Londoner Witz-
blattes „Punch".

‚Kladderadatsch' – 1848 von David Kalisch begründete Berliner
politisch-satirische Wochenschrift. Das ursprünglich linksliberale
Blatt änderte später seine politische Haltung und unterstützte die
Politik Bismarcks. Vgl. Bd. 4, S. 206.

‚Das Alte stürzt ...' – Zitat aus Schillers „Wilhelm Tell", 4. Aufzug, 2. Szene.

238 *Heinrich Schliemanns Ausgrabungen zu Mykenä* – Schliemann
(1822–1890) hatte sich im Selbststudium umfassende sprachliche
und archäologische Kenntnisse angeeignet und begann, als Kaufmann zu großem Vermögen gelangt, 1870 auf eigene Faust das
alte Troia und 1874 Mykene in Südgriechenland auszugraben.
Fontanes Hochachtung vor Schliemann entsprang seiner Wert-
schätzung jeder nicht durch Schule und Studium erworbenen Bildung; auch er selbst war stolz darauf, Autodidakt zu sein (vgl.
Bd. 1, S. 197). Das genannte Werk erschien, mit einem Vorwort
von Gladstone (vgl. Anm. zu S. 258), 1877 in Leipzig.

Priamus – Priamos: König von Troia.

... ins Agamemnonsche. – Agamemnon war nach der griechischen
Mythologie König von Mykene. Nach seiner Rückkehr aus dem
Troischen Krieg wurde er von seiner Frau Klytaimestra und ihrem
Geliebten Aigisthos ermordet.

hic Rhodus, hic salta – (lat.) hier ist Rhodus, hier springe; Zitat
aus einer Fabel des Aisopos (6. Jahrhundert v. u. Z.), an einen
Großsprecher gerichtet, der sich rühmte, in Rhodus einst einen
gewaltigen Sprung getan zu haben.

Georgia Augusta – Name der 1734 gegründeten Universität in
Göttingen.

Renonce – (franz.) Hier: Ärgernis.

Max Piccolomini – Jugendlicher Held aus Schillers „Wallen-
stein".

239 *Orest und Iphigenie* – Kinder Agamemnons und Klytaimestras.
Atreus – Vater des Agamemnon.

Virchow – Rudolf Virchow (1821–1902), berühmter Berliner Arzt
und Pathologe; Reichstagsabgeordneter der linksliberalen Fortschrittspartei, Gegner Bismarcks. Virchow setzte sich für Schliemann ein.

lupus in fabula – (lat.) der Wolf in der Fabel (d. h., er ist nicht
weit weg, wenn man von ihm spricht). Zitat aus der Komödie
„Adelphi" des römischen Dichters Publius Terentius Afer (195
bis 159 v. u. Z.).

241 *dentatus et undulatus* – (lat.) gezackt und gewellt.

243 *les défauts . . .* – (franz.) die Kehrseiten ihrer Vorzüge.

George Sand – Pseudonym der französischen Romanschriftstelle-
rin Amandine-Lucile-Aurore Dupin (1804–1876).

comprendre . . . – (franz.) verstehen heißt verzeihen; geflügeltes
Wort, das angeblich auf einen Ausspruch der Madame de Staël
(vgl. Anm. zu S. 228) zurückgeht.

244 *Alfred de Musset* – Französischer Dichter (1810–1857), lebte von
1833 bis 1835 mit George Sand zusammen.

mechant – (franz.) niederträchtig.

Hohenfriedberg oder Leuthen – In den Schlachten bei Hohenfriedberg (4. Juni 1745) und Leuthen (5. Dezember 1757) be-
siegten die Preußen die Österreicher.

‚*Rackers, wollt ihr denn ewig leben*' – Friedrich II. soll in der
Schlacht bei Torgau (3. November 1760), nach anderen bei Kolin
(18. Juni 1757) oder Kunersdorf (12. August 1759) versucht
haben, die zurückweichenden preußischen Truppen mit diesen
Worten zum Stehen zu bringen.

245 *. . . Banquo steigt auf* – Der Geist des Feldherrn Banquo in
Shakespeares „Macbeth" ängstigt durch sein Erscheinen Macbeth,
auf dessen Geheiß er ermordet wurde (3. Akt, 4. Szene).

246 *Schnell fertig . . .* – Zitat aus Schillers Drama „Wallensteins Tod",
2. Aufzug, 2. Auftritt.

248 *petit crevé* – (franz.) schwächlicher, entnervter Mensch.

Rumohr – Karl Friedrich von Rumohr (1758–1843), Kunsthisto-
riker und Dichter, Verfasser des Buches „Geist der Kochkunst"
(1823).

Pückler-Muskau- – Hermann Ludwig Heinrich Fürst von Pückler-

Muskau (1785–1871), Schriftsteller und Gartengestalter, auch als Feinschmecker und Koch berühmt. Vgl. S. 51.

248 *Muskau und Branitz* – Schlösser und Parks des Fürsten Pückler in der Nähe von Cottbus.

„Semilassos Weltfahrten" – Pückler unternahm mehrere extravagante Reisen durch Europa, nach Kleinasien und Nordafrika. Seine Reiseberichte veröffentlichte er z. T. unter dem Namen Semilasso.

Abessinierin – Pückler-Muskau hatte auf einer seiner Reisen die junge Abessinierin Machhuba als Sklavin gekauft.

250 *bon sens* – (franz.) gesunder Menschenverstand.

251 *Proverbe* – Kurzes französisches Schauspiel in einem Akt mit lebhaftem Dialog, das die Wahrheit eines Sprichwortes (lat. proverbium) erweisen soll.

253 *jeu d'esprit* – (franz.) geistreiches Spiel.

damit sprech ich ein großes Wort gelassen aus – „Du sprichst ein großes Wort gelassen aus": Zitat aus Goethes „Iphigenie", 1. Aufzug, 3. Auftritt.

254 *‚Taucher' . . . ‚Gang nach dem Eisenhammer'* – Balladen Schillers.

255 *Gretna Green* – Das schottische Dorf Gretna Green, dicht an der englischen Grenze, war berühmt als Zufluchtsort für Paare, die ohne Zustimmung ihrer Eltern heiraten wollten. Nach schottischem Recht genügte die Abgabe der Eheerklärung vor dem Friedensrichter, um die Gültigkeit der Ehe zu gewährleisten.

Brückner – Benno Bruno Brückner (1824–1905), seit 1872 Generalsuperintendent von Berlin.

Kögel – Rudolf Kögel (1829–1896), seit 1880 Oberhofprediger am Berliner Dom, bevorzugt von den Angehörigen der herrschenden Gesellschaftskreise. Vgl. S. 363.

256 *Da ruhen die Wurzeln deiner Kraft* – „Hier sind die starken Wurzeln deiner Kraft": Zitat aus Schillers „Wilhelm Tell", 2. Aufzug, 1. Szene.

258 *Gladstone* – William Ewart Gladstone (1809–1898), liberaler englischer Politiker; zur Zeit der Handlung des Romans (1882 bis 1883) zum zweiten Male englischer Premierminister.

261 *Herrnhut oder Gnadenfrei* – Erziehungsanstalten der evangelischen „Brüdergemeinde" in Ostsachsen bzw. Schlesien.

263 *Spreewälderamme* – Uneheliche Mutter und Amme.

264 *Eau de Javelle* – (franz.) Chlornatron (Fleckenwasser).

265 *so low, so vulgar* – (engl.) so niedrig, so gewöhnlich.

266 ... *ist unter König Christian gegraft worden* – Christine Munk
war 1615 die Gattin (linker Hand) Christians IV. von Dänemark
(1577–1648) geworden.
Syndikatsfamilie – Patrizierfamilie.

270 *Ritter Karl von Eichenhorst ... des „Sich-Ruhe-Reitens" ...
Dänenroß voll Kraft und Feuer* – Zitate aus Gottfried August
Bürgers (1747–1794) Ballade „Die Entführung, oder Ritter Karl
von Eichenhorst und Fräulein Gertrude von Hochburg". Fontane
schätzte Bürger außerordentlich hoch. „Der Ruhm Bürgers hat
mir immer als Ideal vorgeschwebt" (an Heyden, 10. März 1894).
equestrisch – auf das Reiten bezüglich.
Graditzer – Pferd aus Graditz, dem preußischen Hauptgestüt bei
Torgau.

274 *Josty* – Die Konditorei Josty befand sich seit 1880 am Potsdamer
Platz.
‚Milch der frommen Denkungsart' – „In gärend Drachengift hast
du/Die Milch der frommen Denkart mir verwandelt": Zitat aus
Schillers „Wilhelm Tell", 4. Aufzug, 3. Szene.

275 *Pluck, dear Leopold ...* – (engl.) Mut, lieber Leopold, das ist
es.

278 ... *des ehemaligen Bernauer Kriegskorrespondenten* – Der Schriftsteller Julius Stettenheim (1831–1916) ließ in der von ihm 1868
gegründeten satirischen Zeitschrift „Berliner Wespen" (später:
„Deutsche Wespen") die erfundene Figur des Journalisten Wipp-
chen aus Bernau fingierte Berichte über den Russisch-Türkischen
Krieg (1877/78) schreiben, die viel belacht wurden. Vgl. Bd. 4,
S. 207.

279 *Montecuculis Wort über Kriegführung* – „Zum Kriegführen sind
drei Dinge nötig: erstens Geld, zweitens Geld, drittens Geld."
Ausspruch des kaiserlichen Feldmarschalls Raimund Graf von
Montecuccoli (1609–1680).
„unter Larven ..." – Zitat aus Schillers Ballade „Der Taucher".

281 *Ich kenne meine Pappenheimer* – „Daran erkenn ich meine Pappenheimer": Zitat aus Schillers Drama „Wallensteins Tod", 3. Aufzug, 15. Auftritt.
„Nationalzeitung" – 1848 gegründete Berliner politische Tageszeitung, in späterer Zeit ein Hauptorgan der bismarckhörigen

Nationalliberalen Partei; nach deren Spaltung (1879/80) zeitweise Organ der Freisinnigen Partei.

283 *Malvolio* – Haushofmeister aus Shakespeares Komödie „Was ihr wollt".

Methode hat auch der Wahnsinn – „Ist dies schon Tollheit, hat es doch Methode": Zitat aus Shakespeares „Hamlet", 2. Akt, 2. Auftritt.

ein guter Mensch und doch ein schlechter Musikant – Diese „guten Leute und schlechten Musikanten": Zitat aus Heinrich Heines „Ideen. Das Buch Le Grand" (1826), Kap. 13. Vgl. Bd. 4, S. 60, Bd. 5, S. 196.

Das ist Tells Geschoß – Zitat aus Schillers „Wilhelm Tell", 4. Aufzug, 3. Szene.

286 *Genoveva . . . keusche Susanna* – Frauengestalten der mittelalterlichen bzw. altjüdischen Sage, wegen ihrer Standhaftigkeit gegenüber allen Versuchungen berühmt.

die heilige Elisabeth – Elisabeth von Ungarn (1207–1231) wurde bereits als vierjähriges Kind mit dem Sohn des Landgrafen von Thüringen verlobt. Mittelalterliches Musterbild der Frömmigkeit, Barmherzigkeit und Askese; 1235 heiliggesprochen. Vgl. Bd. 5, S.185.

wie so schön gesagt worden ist . . . solche Dinge auch bloß gewollt zu haben, ist schon etwas Großes – Anspielung auf einen Vers des römischen Lyrikers Propertius (um 50 bis um 15 v. u. Z.): „Bei großen Dingen genügt es, sie auch bloß gewollt zu haben", Elegien, 3. Buch. Vgl. Goethes „Prolog": „Und wie man überhaupt das Wollen schätzt,/Wenn das Vollbringen auch nicht alles leistet . . ."

288 *tic douloureux* – (franz.) Gesichtsschmerz.

shocking – (engl.) anstößig, empörend.

290 ,*Genieße fröhlich . . .`* – „Genieße, was dir Gott beschieden": Zitat aus Gellerts (1715–1769) Lied „Zufriedenheit mit seinem Zustande".

291 *Siechen* – Bierlokal.

schwerer Wagner – Bekanntes Berliner Bierlokal, so genannt nach den „schweren" bayrischen Bieren, die dort ausgeschenkt wurden.

292 *Badine* – (franz.) Reitgerte.

Ehrenlegion – Der französische Orden der Ehrenlegion wurde am 19. Mai 1802 von Napoleon gestiftet.

à tout prix – (franz.) um jeden Preis.

294 *märkische Schule* ... *Beleuchtungskünstler ersten Ranges*: Anspielung auf den Berliner Maler Walter Leistikow (1865–1908), dessen erste märkische Landschaftsbilder in der Mitte der achtziger Jahre entstanden.

295 *Dank vom Hause Österreich* – Zitat aus Schillers Drama „Wallensteins Tod", 2. Aufzug, 6. Auftritt.

296 *Manquement* – (franz.) Unkenntnis.

,*Nach Frankreich zogen zwei Grenadier* ...' – Erster und vierter Vers von Heines Ballade „Die Grenadiere" aus dem „Buch der Lieder" (1827).

297 *Windsorsoap* – (engl.) Windsorseife.

Düppel – Die hart umkämpften Düppeler Schanzen wurden im Krieg gegen Dänemark am 18. April 1864 von preußischen Truppen erstürmt. „Das innere Düppel" wurde zu einem geflügelten Wort durch einen politischen Tagesbericht („Düppel im Innern") der „Norddeutschen Allgemeinen Zeitung" vom 30. September 1864. Vgl. Bd. 4, Anm. zu S. 303.

im Schloßhof zu Canossa – Der deutsche König Heinrich IV. (1056–1106) hatte sich 1077 in der mittelitalienischen Burg Canossa vor Papst Gregor VII. gedemütigt, um die Aufhebung des Kirchenbannes zu erwirken, der seinen politischen Zielen entgegenstand. Der „Canossagang" war in der Zeit des „Kulturkampfes", insbesondere durch eine Rede Bismarcks, zu einem geflügelten Wort geworden.

,*Ich weiß nicht, was soll es bedeuten?*' – Anfang von Heines Gedicht „Die Lorelei" aus dem „Buch der Lieder" (1827), vertont von Felix Mendelssohn-Bartholdy (1809–1847).

302 *Curry-Powder* – (engl.) Curry-Pulver: indisches Gewürz.

303 *amusing* ... *charming* ... *high-spirited* ... *fascinating* – (engl.) unterhaltsam ... reizend ... geistvoll ... bezaubernd.

305 *Cottagevilla* – Landhaus im englischen Stil.

capital fun – (engl.) Hauptspaß.

306 *fait accompli* – (franz.) vollendete Tatsache.

307 *Wenn nach dir ich oft vergebens* ... – Siebente Strophe von Nikolaus Lenaus (1802–1850) Gedicht „Das Mondlicht" (1831). Fontane war als junger Mann 1840 in Berlin Mitglied eines Lenau-Klubs geworden; noch kurz vor seinem Tode erinnerte er sich an den tiefen Eindruck, den ihm damals die erste Bekanntschaft mit Gedichten Lenaus, darunter „Das Mondlicht", gemacht

hatte, und er schrieb, er sei Lenau „bis diesen Tag treu geblieben" („Von Zwanzig bis Dreißig", Kap. 2).

308 *en vue* – (franz.) gegenüber.

309 *die Bündel* – zu korrigierende Schulhefte.

313 ... *Versucher in der Wüste: ,Dies alles schenke ich dir'* – Nach biblischer Überlieferung soll der Teufel Jesus „alle Reiche der Welt und ihre Herrlichkeit" versprochen haben, um ihn zu seinem Jünger zu machen (Matthäus-Evangelium, Kap. 4).

316 *verfieren* – erschrecken.

317 *Renz* – Ernst Jakob Renz (1815–1892) hatte sich 1846 in Berlin als selbständiger Zirkusdirektor niedergelassen und 1879 eine Markthalle als ständiges Zirkusgebäude erworben.

die Erhartten – Luise Erhartt (geb. 1844), 1865–1878 Schauspielerin am Königlichen Schauspielhaus in Berlin. Sie hatte 1868 den Grafen Karl von der Goltz geheiratet.

,Maria Stuart' – Die Titelheldin von Schillers Tragödie gehörte zu den Hauptrollen der Erhartt, mit der sie auch ihre Bühnenlaufbahn beschloß. Fontane wohnte dieser letzten Aufführung bei und besprach sie in der „Vossischen Zeitung", dabei, ebenso wie im vorliegenden Gespräch, das Schwergewicht auf den letzten Akt legend: „In diesem letzten Akt durfte sie, wie seit Jahren, ihres Sieges sicher sein" (31. Mai 1878).

323 *Hôtel garni* – (franz.) Fremdenpension.

326 *Spreewälderin* – S. Anm. zu S. 263.

328 *die Montmorencys ... die Lusignans* – Französische Adelsgeschlechter.

die schöne Melusine – Berühmte Gestalt der französischen Sage, halb Weib, halb Fisch. Angeblich die Begründerin der Familie und des Schlosses der Lusignans. Vgl. Anm. zu Bd. 2, S. 115.

332 *Eierhäuschen* – Beliebtes Ausflugslokal an der Oberspree.

335 *Pindar* – S. Anm. zu S. 179.

Novalis – Eigtl. Friedrich Leopold Freiherr von Hardenberg (1772–1801), frühromantischer deutscher Dichter.

337 *generis feminini* – (lat.) weiblichen Geschlechts.

339 *Pfund begraben ... Licht ... unter den Scheffel stellen* – Zitate aus dem Matthäus-Evangelium, Kap. 25 bzw. Kap. 5.

342 ... *las Goethe (was, ist nicht nötig zu verraten)* – Goethes Dichtung „Hermann und Dorothea". Die dort getroffene Entscheidung des reichen Bürgersohnes für das mittellose Mädchen findet die

Unterstützung der Mutter (4. und 5. Gesang). In einem 1876 geschriebenen Aufsatz über „Hermann und Dorothea", der sich im Nachlaß vorfand, rühmt Fontane „das Gesunde, das Schönmenschliche" von Goethes Dichtung.

342 *... das weibliche Geschlecht habe was Pythisches* – Die Priesterin Pythia im Apollotempel zu Delphi verkündete Weissagungen, die ihrer Dunkelheit und Zweideutigkeit wegen berühmt und berüchtigt waren.

344 *Sèvres* – Vorort von Paris mit berühmter Porzellanmanufaktur.
Grecborte – Antikisierende (griechische) Randverzierung.

345 *quite english* – (engl.) ganz englisch.

347 *Corneliussaal* – Der Düsseldorfer Historienmaler Peter Cornelius (1783–1867) hatte von 1843 an im Auftrag Friedrich Wilhelms IV. von Preußen eine Reihe von Gemälden für die im Bau befindliche Friedhofshalle der königlichen Familie entworfen. Die Gemälde selbst wurden nicht ausgeführt; die Kartons dazu wurden, zusammen mit denen für die Münchener Glyptothek, im „Corneliussaal" der Berliner Nationalgalerie aufgestellt.
Predelle – Sockelgemälde in Cornelius' Altarbild vom Weltgericht (1836–1840) für die Ludwigskirche in München; die Zeichnung dazu befindet sich in der Berliner Nationalgalerie.
Ramses – Name mehrerer ägyptischer Pharaonen.

348 *an der schottischen Grenze* – Vgl. Anm. zu S. 255.

356 *Codex argenteus* – (lat.) silbernes Buch: Prachthandschrift der Bibelübersetzung des westgotischen Bischofs Ulfilas (4. Jahrhundert).
„Heliand" – Altsächsisches Epos über das Leben Christi (um 830).
„Beowulf" – Altenglisches Heldenepos (Anfang des 8. Jahrhunderts).

358 *née* – (franz.) geborene.

359 *eine kleine reizende Geschichte von Heyse* – Die Novelle „Unvergeßbare Worte" (1883) von Paul Heyse. Vgl. Anm. zu Bd. 1, S. 303.

362 *‚Werde, der du bist'* – Zitat aus der zweiten Pythischen Ode (Vers 72) Pindars.
ein ‚Schritt vom Wege' – Anspielung auf das Schauspiel „Ein Schritt vom Wege" (1873) von Ernst Wichert (1831–1902). Vgl. Bd. 4, S. 153.
Das Kammergericht ... war immer literarisch – Sowohl Ernst

Wichert als auch E. Th. A. Hoffmann (1776–1822) und Traugott Wilhelm von Merckel (1803–1861), Mitglied des „Tunnels", Schriftsteller und väterlicher Freund des jungen Fontane, waren Räte am Berliner Kammergericht.

363 *Summus episcopus* – (lat.) höchster Bischof. In den evangelischen Gebieten Deutschlands Titel des Landesherrn als des höchsten Würdenträgers der Landeskirche.

Stoecker – Adolf Stoecker (1835–1909), Hofprediger in Berlin von 1874 bis 1890. Er hatte 1878 die konservative und antisemitische „Christlichsoziale Partei" begründet, um die Arbeiter von der im gleichen Jahr verbotenen Sozialdemokratischen Partei abzuziehen. 1880–1893 und 1898–1908 Mitglied des Reichstages. Vgl. Bd. 5, S. 32 f.

364 *hätte mich an der Riviera mit ein paar englischen Familien angefreundet* – Einer der zahlreichen Bezüge zwischen Corinna und Martha Fontane (vgl. Bd. 1, S. LIII). Martha hatte 1884 als Begleiterin einer Amerikanerin, Mrs. Dooly, Italien bereist.

Pleasure-Yacht – (engl.) Lustjacht.

366 *im „Englischen Hause"* – S. Anm. zu S. 188.

367 *Echec* – (franz.) Schlappe.

in pontificalibus – (lat.) in vollem Ornat, hier: in großer Toilette.

368 *wie den Goetheschen Sänger . . .* – In Goethes Ballade „Der Sänger" wird dieser mit dem „besten Becher Weins" belohnt.

. . . das Grab der Julia – Verona ist in Shakespeares Tragödie „Romeo und Julia" der Schauplatz der Handlung.

Messenien – Landschaft in Südgriechenland.

Taygetos – Gebirge in Südgriechenland, Grenze zwischen Messenien und Lakonien (Sparta).

Aristomenes – König und Hauptheld der Messenier im sog. Zweiten Messenischen Krieg (685–668 v. u. Z.) gegen Sparta.

369 *carpe diem* – (lat.) nütze den Tag. Zitat aus den Oden des Horaz.

370 *‚Mehr Licht' . . . ein großes Wort unseres Olympiers* – Angeblich die letzten Worte des sterbenden Goethe.

371 *pecus* – (lat.) Vieh.

NACHWORT

OTTO BRAHM

THEODOR FONTANE

Vor einem Jahre, als ein literarischer Streit, so lebhaft, wie ihn nur das Genie entfesseln kann, über Henrik Ibsens „Gespenster" in Berlin ausgefochten wurde, zeigte sich unter den Kämpfenden auch Theodor Fontanes Gestalt mit jugendlicher Tatenlust. Als Theaterkritiker der „Vossischen Zeitung" hatte er sich nicht von Amts wegen über das Werk zu äußern; seinem jüngeren Kollegen war das Amt ordnungsmäßig zugefallen; aber so rege war in Fontane das Bedürfnis, über das neue Kunstwerk zu sprechen, daß er auch seinerseits das Wort erbat und nun, unter unbedingter Anerkennung des poetischen und dramatischen Wertes der „Gespenster", dasjenige, was er als die Tendenz der Dichtung zu erkennen glaubte, heftig befehdete. Der Anschauung von dem Wesen der Ehe, als einer auf ursprüngliche Neigung einzig zu begründenden Verbindung, wie sie Ibsens Frau Alving ausspricht, trat Fontane entgegen, und mit guten und schlechten Beispielen, aus der Geschichte der Könige und aus der Bibel, suchte er seine These zu beweisen: Ehe ist Ordnung. Nicht das Empfinden des Individuums dürfe sie, vorwiegend oder ausschließlich, knüpfen und lösen, sondern auch der Angehörige des Staates, der Bürger erfülle hier eine Pflicht, und das Recht der persönlichen Neigung und Abneigung finde eine Grenze an der Rücksicht auf das Wohl des Ganzen. Darum protestierte er, der Staatsbürger, der Konservative, gegen die Tendenz der „Gespenster", gegen das Element von Revolutionärem, das in Frau Alving Gestalt gewonnen hat.

Erst später ist mir klar geworden, was die Heftigkeit und Einseitigkeit dieser Polemik in Fontane begründet hat. Erst als ich seinen Roman „Irrungen Wirrungen" in die Hand nahm, erkannte ich: daß nicht die Unbefangenheit eines Kritikers in jenem Urteil gesprochen hatte, der mit unpersönlicher Empfänglichkeit dem konträren Wollen und Meinen der Poeten zu folgen vermag, sondern die schöne Begrenztheit eines Produzierenden, die nur insoweit das Dichten des andern auffaßt, als es ihrer Individualität oder auch nur ihrer augenblicklichen Stimmung gemäß ist. Fontane konnte die „Gespenster" nicht unbefangen beurteilen – weil er selbst eben

damals an „Irrungen Wirrungen" schrieb, weil ihn mit voller Über-
zeugungskraft die These erfüllte: Ehe ist Ordnung. Wir dagegen
können den einen und den andern, den Apostel der nur durch Liebe
gedeihenden Ehe und den Vertreter der Ehe als bürgerlicher Institu-
tion ruhig anhören, können Ibsen und Fontane gelten lassen, jeden
nach seiner Art, und mit reinem Behagen der künstlerischen Aus-
führung einer sittlichen Idee folgen.

Das Kunstwerk, sagt Zola in einem treffenden Wort, das einem
immer von neuem in den Sinn kommt, das Kunstwerk ist ein Eck-
chen Natur, angeschaut durch ein Temperament. Der große Na-
turalist selbst erkennt hier, daß ein einfaches Abschildern des Wirklichen weder genügen noch überhaupt glücken kann, daß stets und
stets die Lebensanschauung und die Stimmung des Dichters, seine
fröhlichen und herben Erfahrungen, sein schwerer oder leichter
Sinn, mit einem Wort: daß sein Temperament modifizierend ein-
wirkt auf das Bild der Welt, welches sich ihm darstellt. Das Temperament ist die Brille, die so oder anders gefärbte, rosenrote oder
schwarze Brille, durch die der Dichter die Natur anschaut; und
freilich wäre der der Größte, der ohne alle subjektive Beleuchtung
die Dinge ganz unmittelbar auffaßte. Es ist Shakespeares und Goethes Ruhm, solchem Ideal am nächsten gekommen zu sein. Vorwiegend ethisch gestimmte Dichter dagegen, wie Schiller und – Zola,
Ibsen und Fontane, lassen das „Temperament" am stärksten und im
Ursprung walten; und die Frage vor jedem einzelnen Werk wird
darum sein, gerade vom Standpunkt unserer gegenwärtigen realistischen Kunstanschauung aus: ob das Temperament die Natur, ob die
Idee die Wirklichkeit gemeistert hat oder nicht? Im ersten Fall hätten wir eine bloße Tendenzdichtung, im andern würde die Reinheit
des Kunstwerkes gewahrt, und nur nach künstlerischen Erwägun-
gen fiele das Urteil.

Von der Idee, das ist kein Zweifel, geht Fontanes schöne Erzählung aus. Theoretische Erörterungen durchziehen sie, und die Gestalten sind erfunden, um den Gedanken zu verkörpern: Ehe ist
Ordnung. Botho Freiherr von Rienäcker, der Angehörige eines
alten märkischen Geschlechts und Premierleutnant bei den Kaiserkürassieren, liebt Lene Nimptsch, die Pflegetochter einer alten
Waschfrau; aber er reißt sich von ihr los in plötzlichem Entschluß
und geht eine Ehe nach dem Herkommen mit der reichen Käthe von
Sellenthin ein. Aus den Personen und aus den Verhältnissen wird

Holzschnitt des Verlages Schottlaender, Breslau 1892

solcher Entschluß motiviert: Bothos Verwandte drängen den wenig
Begüterten, an Luxus Gewöhnten in die Ehe hinein, er ist, ,,wie alle
schönen Männer, schwach'', und es ist seine Sache nicht, die Welt
und das Herkommen herauszufordern; und auch Lene verschmäht
es, den Kampf mit der Konvention aufzunehmen, ihrem Empfinden
genügt ein stilles und ein schnell verrauschendes Glück, sie liebt
und wird geliebt, nichts weiter begehrt sie. Aber in und über den
Personen, in dem stets wiederkehrenden Betonen des einen Grund-
gedankens erkennen wir doch die Meinung des Dichters selbst, und
die Tendenz der Erzählung spricht sich deutlich aus, wenn etwa
Botho am Grabe jenes Polizeipräsidenten Hinkeldey, der der
,,Standesmarotte'' des Duells zum Opfer gefallen ist, sich fragt:
,,Was predigt dies Denkmal mir? Jedenfalls das eine, daß das Herkommen unser Tun bestimmt. Wer ihm gehorcht, kann zugrunde
gehen, aber er geht besser zugrunde als der, der ihm widerspricht''.

Eine sehr eigentümliche und eine sehr anfechtbare Anschauung,
ohne Zweifel. Ich will auf die allgemeinen sozialen Fragen, welche
diese These anrege, auf die konträren Gedankenströmungen, in
die sie einführen könnten, hier garnicht eingehen, sondern nur mit
einem Worte daran erinnern, daß genau die entgegengesetzte Anschauung innerhalb der deutschen Poesie eine breite und weit aus-
greifende Behandlung in jenen älteren Dramen und Romanen
gefunden hat, welche das Problem des Standesunterschiedes behandeln. Die Verbindung von Hoch und Niedrig, die Hemmnisse,
welche Konvention und Pflicht auftürmen vor dem vornehmen
Liebenden und dem Mädchen aus dem Bürgerstande, wie oft, seit
Rousseaus und Diderots Zeiten her, haben die Poeten des achtzehn-
ten Jahrhunderts das Thema behandelt, bis es Schiller hinreißende
Gestalt gewinnen ließ in ,,Kabale und Liebe''. Und wie oft noch ist,
schwächend und abflachend, nach jenem großen Vorbilde das Problem variiert worden. Alle diese Dichter, wenn man den Maßstab
aus der politischen und sozialen Welt hier anwenden will, sind
liberal; Fontane ist konservativ.

Für die Beurteilung des Kunstwerkes jedoch ist weder mit dem
einen noch mit dem andern Schlagwort etwas geschehen. Nicht
konservativ oder liberal, nicht die politische Gesinnung: die künst-
lerische Wahrheit steht hier in Frage. L'art pour l'art, sagen die
Franzosen mit Recht; und auch wir lassen hier zurück, was wir an
eigenen Anschauungen über jene Fragen etwa auszusprechen hät-

ten, wir streben nach unbefangenem Urteil vor dem Dichter der Ordnung so gut wie vor dem Dichter der individuellen Freiheit. Daß auch in dem empfangenden wie in dem gebenden sein eigenes Temperament sich regen und ihn lebhafter zu dem einen oder andern ziehen wird, bleibt natürlich dabei bestehen, nur soll es sich nicht vordrängen und mit scharfer Einseitigkeit erklären: deine Natur ist nicht meine Natur – und darum ist deine Natur überhaupt gar keine Natur.

Wenn ich den theoretischen Ausgangspunkt der Fontanischen Erzählung richtig erkannt habe, so ist die Kraft und die Kunst doppelt zu bewundern, welche hier gewaltet hat und alles aus der Sphäre der Abstraktion in das Reich sinnlicher Anschauung hob. Hell und klug sprechen diese Fontanischen Menschen alle, weil ihnen der Dichter selber seine Herzensmeinung mitgegeben hat; aber doch sind sie deutlich hingezeichnet, sie stehen auf eigenen Füßen und sind wahr und poetisch zumal. Scheinbar ist es nur die Wirklichkeit, eine nicht idealistische, schmucklose Wirklichkeit, die der Dichter abschildert, und mancher Leser der guten „Tante Voß", der Zeitung, in der die Erzählung zuerst abgedruckt war, entrüstete sich über die „unmoralische" Darstellung; wie so manches von tiefstem sittlichem Ernst getragene Werk, erregte auch dieses die Entrüstung der „Gutgesinnten", nur weil es demjenigen resolut ins Angesicht zu sehen wagte, was uns im Leben auf Schritt und Tritt begegnet. Zur Naturgeschichte des „Verhältnisses" liefert Fontane die treffendsten Beispiele, und der versteht wahrlich die Aufgabe der modernen Poesie schlecht, der ihr rät, das „Peinliche" hier, das „Unmoralische" dort aus ihrem Reiche auszuschließen; er mag nur gleich dem ersten deutschen Roman seine erstaunlichste Gestalt, dem „Wilhelm Meister" seine Philine nehmen.

Nicht singuläre Gestalten schildert Fontane nach Art der Novelle, sondern ein Bild ganzer, großer Lebenskreise entfaltet er, und darum trägt seine Geschichte die Bezeichnung „Roman" zu Recht. Wir lernen seine Lene verstehen aus der Sphäre, in der sie aufgewachsen ist, und den moralischen Anschauungen, welche rund um sie her walten. Niemand, weder ihre Pflegemutter, die gute alte Nimptsch, die ruhig und schweigsam an ihrem ewigen Herdfeuer sitzt und in die Kohlen starrt, noch die dicke Frau Dörr, die redselig und beschränkt der Lene zur Seite steht, wie Frau Marthe dem Gretchen, erblicken in Lenes Verhältnis zu Botho auch nur die Spur eines Unrechtes; sie glauben weder, daß hier etwas zu verheimlichen ist, noch erwarten sie Dauer und ein glückliches Ende. „Sie wissen ja, Frau Dörr", sagt Lene, „Mutter hat nichts dagegen und sagt immer: ‚Kind, es schadt't nichts. Eh man sich's versieht, is man alt'". Und Frau Dörr in ihrer umständlichen Berlinischen Dialektik bestätigt das, wenn sie gleich meint, daß „nach'm Katechismus immer das beste" ist.

Noch von anderer Seite her fällt auf Lenes Verhältnis zu Botho Licht. Mit jener Anschaulichkeit, die dem berühmten „Wanderer durch die Mark" eigen ist, schildert Fontane einen Ausflug der Liebenden nach einem Ort an der Oberspree, Hankels Ablage, und führt sie hier mit Kontrastfiguren zusammen, den Kameraden Bothos und ihren „Damen", welche den nom de guerre führen: Königin Isabeau, Fräulein Johanna und Margot d'Arc. Ergötzlich schildert er die beinahe echte Eleganz der Mädchen, deren eine ihren eleganten Sonnenschirm mit einem großen Fettfleck ausstaffiert, deren andere den aufgesprungenen Knopf am vielreihigen Handschuh geschwind mit den Zähnen wieder zuknöpft; und er schildert, wie Königin Isabeau ihr Verhältnis zu ihrem Anbeter nur als einen Dienst empfindet und sich in die bürgerliche Sphäre, aus der sie entstammt, rechtschaffen zurücksehnt.

Aus dieser Umgebung erst tritt Lenes Bild leuchtend hervor. Die anmutige Gestalt gewinnt unsere herzliche Sympathie, ohne daß der Dichter in irgend einem Punkte beschönigte oder nur idealisierte. Wo ein Alexander Dumas etwa mit Edelmut und bengalischem Licht arbeiten würde, da darf Fontanes gut realistische Kunst es wagen, die Dinge in ihrem wahren Schein zu zeigen, ohne Sentimentalität und Tugendflitter, weil es ihr dennoch gelingt, alles in das Reich echter Poesie überzuführen. Gleich einer verwandten Gestalt Gottfried Kellers, gleich der lieblichen Hulda im „Grünen Heinrich"* steht Lene da: „Wie eine Erscheinung, die ihr eigenes Sittengesetz einer fremden Blume gleich in der Hand trägt." Aber wenn in der Münchnerin Hulda das süddeutsche leichte Blut stark durchschlägt, so ist Lene, als ein echt Berliner Typus, strenger, ernster und karg im Ausdruck der Empfindung; und die Mischung von Leidenschaftlichkeit und Besonnenheit in ihr, ihre „Einfachheit, Wahrheit und Unredensartlichkeit" ist es gerade, welche Botho so

* In: Zürcher Ausgabe, Werke und Materialien in 9 Bänden, detebe 20521–20528 und 20535.

fest zu ihr hinzieht. Und darum, als das preußische Mädchen, erkennt sie, wie der preußische Offizier: Ehe ist Ordnung; und den, der sich von ihr scheiden muß, halten zu wollen, bleibt ihr fern. Nicht einmal den Grund der Trennung zu erfragen treibt es sie an; ruhig und traurig läßt sie den Traurigen ziehen, und das Gefühl eines kurzen Sommertraumes, selig und schmerzlich zugleich, bleibt in beiden zurück.

Aus der Psychologie eines ganzen Standes heraus, aus einem bestimmten Milieu, sind so die führenden Gestalten des Romans zwingend angeschaut; und die Echtheit des Kolorits, im großen wie im kleinen, ist vielleicht das bewundernswürdigste in diesem an Vorzügen reichen Werke. Berlins gegenwärtiges Leben, so viel es auch die Schilderer in jüngster Zeit angezogen hat, hat noch niemand treuer dargestellt, als es Fontanes feiner Feder hier gelang; er gibt wirklich den „richtigen Berliner", und jeder, der die Hauptstadt liebt, muß an diesen wahren und klugen Schilderungen seine herzliche Freude haben. Und nicht nur durch die Richtigkeit seiner Beobachtung frappiert Fontane, er gewinnt uns auch durch ihre Schönheit, und erstaunt sehen wir den Dichter im märkischen Sande, ruhig und als müßte es so sein, das Gold der Poesie aufzeigen. Die besten Reize dieses Romans sind wie die Reize der märkischen Landschaft: sie drängen sich nicht auf, sie wollen gesucht sein; hat man sie aber einmal erkannt, so halten sie mit ihren stillen, tiefen Schönheiten sicherer fest als die pomphaften Knalleffekte der „großen" Landschaft. In der Tat, hier ist, wenn auch durch ein Temperament gesehen, Natur.

Und darum begrüßen wir Fontanes Werk mit aufrichtiger Freude und wünschen, daß es wacker Schule mache für den immer umfangreicher sich ausprägenden „Berliner Roman". Schule mache in seiner realistischen Kunst, nicht in seiner Tendenz. Denn ob man nun von rechts komme oder von links, ob man predige: Ehe ist Ordnung, oder: Ehe ist Liebe – ein jeder, der so viel Kraft und Tiefe, so viel reifes Können und modernes Wollen mitbringt, soll willkommen sein. L'art pour l'art.

Frankfurter Zeitung 20. April 1888